75 YEARS
आप हैं हम से

AF553637

अमिताभ बागची

अमिताभ बागची का जन्म सन् 1974 में दिल्ली में हुआ। उनकी प्रारम्भिक शिक्षा दिल्ली में ही हुई। आई.आई.टी., दिल्ली से बी.टेक. किया और जॉन्स हॉपकिन्स विश्वविद्यालय, अमेरिका से पी-एच.डी. की। उनके चार उपन्यास प्रकाशित हो चुके हैं। पहला उपन्यास 'एबव एवरेज' बेस्टसेलर रहा है। दूसरा उपन्यास 'द हाउसहोल्डर' भी काफ़ी चर्चित हुआ। तीसरा उपन्यास 'दिस प्लेस' 2014 में 'रेमंड क्रॉसवर्ड बुक अवार्ड' की शॉर्टलिस्ट में शामिल था। यह 'डबलिन इम्पैक लिटरेरी प्राइज़' 2015 के लिए भी नामित हुआ था। 'हाफ़ द नाइट इज़ गॉन' उनका चौथा उपन्यास है। यह इसी उपन्यास का हिन्दी अनुवाद है। इस उपन्यास को 2019 में दक्षिण एशिया का बहुप्रतिष्ठित 'डीएससी पुरस्कार' मिल चुका है। फ़िलहाल दिल्ली में कार्यरत हैं।

प्रभात रंजन

प्रभात रंजन ने अंग्रेज़ी से हिन्दी में 25 से अधिक पुस्तकों का अनुवाद किया है। 'बहुवचन', 'आलोचना' और 'जनसत्ता' के साथ सम्पादकीय कार्य। फ़िलहाल दिल्ली विश्वविद्यालय के ज़ाकिर हुसैन कॉलेज, दिल्ली (सांध्य) में अध्यापन करते हैं। साथ ही Jankipul.com नामक प्रसिद्ध वेबसाइट के मॉडरेटर हैं। आजकल इनकी किताब *पालतू बोहेमियन : मनोहर श्याम जोशी—एक याद* चर्चा में है।

सम्पर्क : prabhatranja@gmail.com

हो गई आधी रात

अमिताभ बागची

अनुवाद

प्रभात रंजन

राजकमल पेपरबैक्स

मूलकृति 'Half the Night is Gone' का हिन्दी अनुवाद

राजकमल पेपरबैक्स में
पहला संस्करण : 2022

राजकमल पेपरबैक्स : उत्कृष्ट साहित्य के जनसुलभ संस्करण

राजकमल प्रकाशन प्रा.लि.
1-बी, नेताजी सुभाष मार्ग, दरियागंज
नई दिल्ली-110 002
द्वारा प्रकाशित

शाखाएँ : अशोक राजपथ, साइंस कॉलेज के सामने, पटना-800 006
पहली मंज़िल, दरबारी बिल्डिंग, महात्मा गांधी मार्ग, प्रयागराज-211 001
36 ए, शेक्सपियर सरणी, कोलकाता-700 017

वेबसाइट : www.rajkamalprakashan.com
ई-मेल : info@rajkamalprakashan.com

यश प्रिंटोग्राफिक्स
नोएडा-201 301 (उत्तर प्रदेश)
द्वारा मुद्रित

मूल्य : ₹350

HO GAYI AADHI RAAT
Novel by Amitabh Bagchi
Translated by Prabhat Ranjan

ISBN : 978-93-93768-32-2

इंदिरा, रतिका और किशो के लिए

सोचता हूँ कि अब अंजाम-ए-सफ़र क्या होगा,
लोग भी काँच के हैं राह भी पथरीली है।

—मुज़फ़्फ़र वारसी

हिन्दी के पाठकों के नाम

हमारे देश में अंग्रेज़ी और हिन्दी दो ऐसे भाइयों की तरह रहते हैं जिनकी आपस में कभी बनती नहीं हो। दो ऐसे भाई जो एक बीते हुए समय की तल्ख़ यादों से कभी उभर न पाए हों। इस विकृत पारिवारिक रिश्ते में उर्दू एक और समस्या पैदा कर देती है। ऐसी घुमावदार स्थिति में हस्तक्षेप करना बेवकूफ़ी प्रतीत होती है। लेकिन कभी-कभार आदमी भटकता हुआ ऐसी जगह पहुँच जाता है जहाँ उसे शायद नहीं होना चाहिए। अंग्रेज़ी का लेखक अपने टोले को छोड़ हिन्दी-उर्दू के गलियारों में वर्षों क्यों भटकता रहा? क्या ढूँढ़ता रहा? क्या ढूँढ़ते हुए निकला था, ये तो याद नहीं, जो मिला वो आज आपके सामने है। अपने लेखन के लिए निवेदन करना मेरी आदत नहीं है, सिर्फ़ इतना कहना चाहता हूँ कि जिन चार-पाँच सालों तक 'हाफ़ द नाइट इज़ गॉन' लिखता रहा, मैं उस दिन का इन्तज़ार करता रहा जब उसका हिन्दी अनुवाद आपके सामने आएगा। अंग्रेज़ी के प्रकाशन के बाद भी चार-पाँच साल का इन्तज़ार गुज़रा और आज वो दिन नज़दीक आ गया है। इस मौक़े पर आपको एक बात बताना चाहता हूँ, बशर्ते आप अंग्रेज़ी के पाठकों को ये बात न बताएँ—ये किताब आप लोगों के लिए ही लिखी गई है। प्रभात रंजन जी का आभारी हूँ जिन्होंने आपके और मेरे बीच रामसेतु की भूमिका निभाई। और आभारी हूँ उन लोगों का जिन्होंने अपनी सोच और अपने लेखन की कला से हमारे दिल को छुआ, जीवन के अँधेरे नगर में प्रेम, वात्सल्य और सुन्दरता के दीप जलाए। कई ऐसे लोगों के नाम आपको इस किताब में मिलेंगे। यहाँ मैं सिर्फ़ वो एक नाम लेना चाहूँगा जो इस किताब में प्रत्यक्ष रूप से चाहे न हो पर अप्रत्यक्ष रूप से इसके कण-कण में बसा हुआ है। उस

लेखक का नाम जिन्होंने मुझे, हम सबको, ये सिखाया कि साहित्य मानवता से, अपनी और दूसरों की मानवता से, प्रेम की सबसे बड़ी अभिव्यक्ति बन सकता है। ये एक ऐसी श्रद्धांजलि तो नहीं है जो उनके लायक़ हो, लेकिन फिर भी मैं अपनी किताब के इस हिन्दी अनुवाद को कृष्णा सोबती जी के नाम समर्पित करता हूँ।

—अमिताभ बागची

दिल्ली
11 अप्रैल, 2022

हो गई आधी रात

आरम्भ

माँगेराम ज़िले का नामी पहलवान था और दिल्ली के अमीर व्यापारी लाला नेमिचन्द के खेत में काम करनेवाले काश्तकार का बेटा था। यह वो ज़मीन थी जिसे नेमिचन्द ने चालाकी से क़र्ज़ में डूबे ज़मींदार नवाब मंसूर अली को फुसलाकर हथिया लिया था। माँगेराम अभी कमसिन ही था तब उसके ऊपर पड़ोसी ख़ुदाबख़्श की नज़र पड़ी। ख़ुदाबख़्श कई साल नवाब के अखाड़े में पहलवानी करने के बाद घर बैठ चुका था। वह उस बच्चे के क़ुदरती बाँकपन और फ़ुर्ती से बहुत प्रभावित हुआ। ख़ुदाबख़्श ने माँगेराम के पिता को यह समझाने की कोशिश की कि अगर इस बच्चे को ठीक से ख़ुराक दी जाए और अच्छा प्रशिक्षण मिल जाए तो अखाड़े में इसके आगे कोई टिक नहीं पाएगा। उसने बच्चे को पहलवानी सिखाने का प्रस्ताव भी दिया। लेकिन माँगेराम के पिता के पास था ही क्या कि बच्चे को पहलवानी सिखाने के सपने देखते? उनको इस बात की क़तई उम्मीद नहीं थी कि उनका कोई बच्चा या उनके पूर्वजों का कोई वारिस इससे अधिक कुछ कर सकता है कि दूसरों की ज़मीन खोदे, अपना परिवार बनाए, बच्चों का लालन-पालन करे और मर जाए।

नवाब की हवेली से हर महीने जो पेंशन आती थी उसका एक हिस्सा अलग रखकर ख़ुदाबख़्श ने ख़ुद ही माँगेराम को दूध-बादाम की ज़रूरी ख़ुराक देनी शुरू कर दी और साथ ही वे कसरतें सिखानी शुरू कर दीं जो उसने बचपन में अपने उस्ताद से सीखी थीं। ख़ुदाबख़्श ने शुरू-शुरू में अपने चेले को दुनिया की नज़रों से छिपाए ही रखा, उसको इस बात का डर था कि अगर माँगेराम अपने दाँव-पेच से किसी को प्रभावित नहीं कर पाया तो उसके प्रतिद्वंद्वी यह कहकर उसका मज़ाक़ उड़ाएँगे कि उसने दिल खोलकर सिर्फ़ इसलिए अपना समय और पैसा लगाया क्योंकि वह फिर से चर्चा में आने के लिए बेक़रार है। यह बात कुछ हद तक सही भी थी। अगर माँगेराम ने ख़ुद को साबित कर दिया तो एक विजेता के उस्ताद का मज़ाक़ उड़ाने की सारी कोशिशों का ही मज़ाक़ बन जाएगा। सफलता में पारस पत्थर जैसी ताक़त होती है जो ग़लत को भी सही कर सकती है यानी हमलावर ख़ुद ही निशाना बन जाते और ईर्ष्या के ज़हर बुझे तीर अपनी दिशा बदलकर फेंकनेवाले के सीने पर ही जा गिरते।

उस्ताद की स्वाभाविक इच्छा थी कि वह अपने होनहार शिष्य को दुनिया के सामने पूरी तैयारी से लाए। वह नहीं चाहता था कि उसके पुराने प्रतिद्वंद्वियों को इसकी भनक भी पड़े। वह उन्हें मात देना चाहता था। इससे माँगेराम को भी मौक़ा मिला कि वह प्रतिस्पर्धा के दबाव के बिना ख़ुद को विकसित करे। जब उसके गुरु को इस बात का विश्वास हो गया कि उसके अन्दर वह हुनर, ताक़त और क्षमता है कि वह ज़िला स्तर का विजेता बन जाए, बल्कि राज्यस्तरीय मुक़ाबलों में भी जीत जाए, तब तक माँगेराम की उम्र उन्नीस साल हो चुकी थी। वह अपनी उम्र या अपने से अधिक उम्र वालों से भी ज़्यादा तैयार था क्योंकि उन लोगों को अखाड़े में लगी चोटों का दर्द भी सहना पड़ता था। उन चोटों को कुछ समय के लिए तो दबाया जा सकता था लेकिन उम्र के साथ उनमें इज़ाफ़ा हो जाता है, जिसके कारण उन पहलवानों की आयु भी कम हो जाती थी और जीवन के अन्तिम वर्ष नारकीय हो जाते थे। उनको जवानी के वो कुछ दंगल ही राहत दे सकते थे जिनमें उन्होंने अपने किसी मज़बूत प्रतिद्वंद्वी को धूल चटाते हुए जीत हासिल करके उन दर्शकों की प्रशंसा हासिल की होती थी जो उन्हें अखाड़े में और ज़्यादा जोखिम लेने के लिए उकसाते, लेकिन कुश्ती ख़त्म होने के बाद पहलवान को उसकी इकलौती ज़ख़्मी देह के साथ छोड़कर निकल जाते।

ख़ुदाबख़्श ने हिचकते हुए माँगेराम को नवाब मंसूर अली द्वारा हर साल आयोजित की जानेवाली एक प्रतियोगिता में हिस्सा लेने के लिए भेजा। हालाँकि बहुत निर्लिप्त होकर सोचने पर उसको यह महसूस हुआ कि हिचकने का कोई कारण नहीं था। नवाब मंसूर अली पहलवानों के जन्मजात संरक्षक थे और स्वभाव से मर्दाने जिस्म के शैदाई थे। उनके क़ायदे बड़े साफ़ थे, मुक़ाबले में हिस्सा लेनेवाले पहलवानों को तब तक उठक-बैठक करते रहना पड़ता था जब तक कि केवल दस पहलवान न रह जाते, उसके बाद उनको तब तक बैठक लगानी पड़ती जब तक कि मैदान में केवल एक पहलवान रह जाता।

नवाब द्वारा आयोजित की जानेवाली उस सालाना प्रतियोगिता की शुरुआत उनके पिता द्वारा की गई थी। एक तरह से प्रतियोगिता के माध्यम से हर साल उस पहलवान का चुनाव किया जाता था जिसको नवाब परिवार का संरक्षण हासिल होता। इसके बाद वह ऐसे बड़े घरानों में रखे जानेवाले पहलवानों की छोटी-सी सेना का रस्मी मुखिया बन जाता। हालाँकि 1857 के बाद से ब्रिटिश क़ायदे को बड़ी निर्ममता से इलाक़े पर लागू किया गया था, लेकिन इसके बावजूद विद्रोह के 50 वर्ष बाद भी इस तरह की निजी सेनाएँ रखी जा रही थीं। यह रस्मी मुखिया किसी क़र्ज़ वसूली के लिए या किसी तरह के छोटे-मोटे झगड़े को सुलझाने के लिए जाकर अपने पद की गरिमा को नहीं गिराता था। वह अपने शरीर की देखभाल करता और मन लगाकर कुश्ती के दाँव-पेच सीखता था जिसके कारण लोग उससे न केवल भय खाते थे

बल्कि आसपास के इलाक़ों में मीलों तक लोग उसकी इज़्ज़त भी करते थे। बड़े सलीके से मनाए जानेवाले रस्मी आयोजनों में वह मौजूद होता और इनसानी शरीर की अतिमानवीय सम्भावनाओं का जीता-जागता सबूत पेश करता था। जहाँ तक नवाब की मिल्कियत होती थी वहाँ तक के बाशिंदे उस शरीर को देख-देख कर सम्मोहित होते रहते थे। वहाँ के निवासी वही थे जिनको अक्सर अपने और अपने बच्चों का पेट भर पाने के लिए बहुत संघर्ष करना पड़ता था, और इस वजह से वे कभी भी उस तरह का शरीर नहीं बना सकते थे जिस तरह के शरीर नवाब के पहलवानों के होते थे।

नवाब के अब्बा यह समझने के लिए पर्याप्त होशियार थे कि सभी लौकिक शक्तियों को समय-समय पर अपनी वैधता को फिर से स्थापित करते रहने की ज़रूरत होती है, वरना सभी लौकिक वस्तुओं की तरह उनका क्षरण होता रहता है और फिर पूरी तरह नाश हो जाता है। इसलिए उन्होंने यह नियम बनाया था कि उनके पहलवान को हर साल इस प्रतियोगिता में हिस्सा लेना होगा जिससे या तो वह अपनी योग्यता को फिर से साबित करे या अगर वह हार जाए तो अपने उत्तराधिकारी की वैधता को स्वीकार कर ले। इस नीति का मतलब यह था कि अक्सर सालों तक अन्त में वही आदमी बार-बार मुक़ाबले में विजयी होता। हालाँकि, इस कारण से ऐसे मौक़ों पर देखनेवालों की दिलचस्पी में किसी तरह की कमी नहीं आती फिर भी दिन के आख़िर में मुक़ाबला ख़त्म होने के बाद जब सब अपने-अपने गाँव लौटते तो पूरे मुक़ाबले पर विस्तार से चर्चा कर लेने और उसका रेशा-रेशा उधेड़कर देख लेने के बाद, कोई यह कह ही देता, 'लेकिन जिस साल यूसुफ़ मोहम्मद ने ख़ुदाबख़्श से विजेता का ताज छीना था, वह मुक़ाबला भी क्या मुक़ाबला था!'

यह बात क़िस्मत में ही लिखी हुई थी कि नवाब के नियत मुक़ाबले में पहली बार माँगेराम का उतरना साल-दर-साल चर्चा का विषय बना रहेगा—तब भी जब मंसूर अली की माली हालत ऐसी नहीं रह गई कि वह मुक़ाबले का आयोजन करवा सके—इसलिए नहीं कि विजेता का सेहरा दूसरे के सिर पर बँध गया था बल्कि जिस तरह से यह बदलाव सम्भव हुआ उस वजह से भी। जब उस दिन की घटनाओं की सभी बातें लोगों की स्मृति से चली गईं, तो जो आख़िरी स्मृति बची रह गई वह यह थी, शाम के छह बजे तक मैदान में दो ही प्रतिद्वंद्वी रह गए थे, माँगेराम और यूसुफ़ मोहम्मद, जिसने नवाब के दरबार के मुख्य पहलवान के रूप में ख़ुदाबख़्श की जगह ली थी। वही यूसुफ़ मोहम्मद जो जीत के उस पल में ख़ुदाबख़्श के पैरों पर गिर पड़ा था और उससे विनती करने लगा था कि वह उसका उस्ताद बन जाए। पुराने पहलवान ने बहुत साल तक इस भूमिका का निर्वाह किया भी लेकिन अन्ततः उसने उस काम को छोड़ दिया, क्योंकि यूँ तो एक सच्चा गुरु होने के कारण वह अपने शिष्य को पूरे दिल से प्यार करता था

लेकिन वह इस बात को भी भूल नहीं पाया था कि यूसुफ़ ने उसको हराया था।

माँगेराम बिना किसी अधिक प्रयास के उसी तरह वापस खड़ा हो पा रहा था जिस तरह सुबह की उठक-बैठक करते हुए उसने किया था, लेकिन यूसुफ़ मोहम्मद की शक्ति कम होती जा रही थी। हर बार उठक-बैठक के दबाव से उसकी बाँहें काँप उठती थीं। वे उसी तरह फड़फड़ा रही थीं जिस तरह तूफ़ान आने पर पेड़ से टूटने से पहले पत्ता फड़फड़ाता है। उसके माथे से पसीना चुहचुहाकर आँखों में आने लगा जिनमें शर्म के आँसू भर आए थे क्योंकि उसको यह बात समझ में आ गई थी कि विजेता के रूप में उसका संक्षिप्त-सा काल अपनी समाप्ति की ओर था। वैसे तो विजेता के रूप में उसका काल लगभग 15 सालों तक चला लेकिन शायद ही कोई ऐसा विजेता हुआ होगा जो अपने अन्तिम दिनों में यह सोचता हो कि उसका काल बहुत लम्बा रहा। अन्ततः, कहानी यह बताई जाती है कि ख़ुदाबख़्श ने नवाब की अनुमति माँगी और बोलने लगा, "यूसुफ़, तुम मेरे लिए अपने बेटे की तरह हो। मैं तुमको और दर्द में नहीं देख सकता इसलिए मैं जो कह रहा हूँ उसको ध्यान से सुनो। तुम बहुत बड़े विजेता रहे हो, लेकिन तुम्हारा समय बीत चुका है। अब बैठ जाओ और अपने शरीर को आराम दो। इसे आराम की बहुत ज़रूरत लगती है।"

यूसुफ़ ने बड़ी मुश्किल से अपना सिर उठाया और अपने गुरु की आँखों में देखने लगा। ऐसे भी लोग थे जिन्होंने बाद में कहा कि ख़ुदाबख़्श ने ऐसी बातें इसलिए कहीं ताकि यूसुफ़ का हौसला टूट जाए और वह जल्दी हार जाए, लेकिन वे लोग आँखों के उस मिलन के रहस्य को समझ नहीं पाए। उनका दिल इतना बड़ा नहीं था कि वे प्यार की उस लहर को समझ पाते जो ख़ुदाबख़्श की नज़रों से यूसुफ़ के लिए निकल रही थीं। न ही वे लोग इस बात को समझ सकते हैं जिन्होंने किसी सच्चे उस्ताद से शिक्षा न पाई हो कि यूसुफ़ ख़ुदाबख़्श के ऊपर कितना यक़ीन करता था। ऐसा यक़ीन यूसुफ़ के शरीर के गोशे-गोशे में था, उस शरीर में जिसे दशकों पहले उसने अपने गुरु को सौंप दिया था। यूसुफ़ लेट गया। ख़ुदाबख़्श उसके पास गया और उसके सिर को अपनी बाँहों में लेकर उसको दिलासा देने लगा। दर्शकों में अधिकतर लोग यह देखकर रो पड़े थे, लेकिन जिनकी आँखों में आँसू नहीं थे उन्होंने ध्यान दिया कि माँगेराम उठक-बैठक किए ही जा रहा था इस बात से अनजान कि महज़ कुछ क़दमों के फ़ासले पर यूसुफ़ मोहम्मद के दौर का अन्त हो रहा था।

जो तीन साल माँगेराम ने ख़ुदाबख़्श के प्यार भरे संरक्षण में बिताए वे उसके जीवन के सबसे ख़ुशहाल दिन थे। ख़ुदाबख़्श ने यूसुफ़ मोहम्मद से कहा था कि वह माँगेराम को सिखाने में उसकी मदद करे। माँगेराम का दाना-पानी नवाब मंसूर अली की तरफ़ से चल रहा था, हालाँकि तब उसको इस बारे में पता नहीं था। वह

उस तरह का आदमी नहीं था जो अपने जीवन को लेकर गहराई से सोचे, इसलिए उसको यह बात कभी समझ में नहीं आई कि जो दिन उसने दो गुरुओं की देखभाल और प्यार भरे साए में इस एक ही ध्येय को ध्यान में रखते हुए गुज़ारे कि अखाड़े में इज़्ज़त हासिल करनी थी, उसकी ज़िन्दगी के केवल वही दिन थे जब खेल के बहाने उसका शरीर और उसकी आत्मा दोनों साथ मिलकर उसके अन्दर जो कुछ भी श्रेष्ठ था उसको उभार रहे थे। वह ज़िला स्तर पर प्रतियोगिताओं में जीत हासिल करने लगा था कि वह ख़बर आई जिसने उसके जीवन को निर्णायक रूप से और सदा के लिए बदलकर रख दिया, दिल्ली से कोई लाला मोतीचन्द आनेवाले थे, जिनके पिता अर्से से नवाब मंसूर अली को क़र्ज़ देते आ रहे थे।

दुनियादारी के मामलों का ख़ास जानकार न होने के कारण माँगेराम ने उन चर्चाओं पर ध्यान नहीं दिया कि नवाब साहब की ज़मींदारी पर उनके आने का क्या असर पड़ सकता था। सब कह रहे थे कि उनसे उनकी ज़मीनें छीन ली जानेवाली थीं। उसका ध्यान इस ख़बर पर अधिक था कि बमुश्किल 20 साल का लाला मोतीचन्द ख़ुद एक शौक़िया पहलवान था और उसने इस बात में दिलचस्पी ज़ाहिर की थी कि वह नवाब के अखाड़े को देखने का इच्छुक था और हो सके तो उनके किसी पहलवान के साथ हाथ भी आज़माना चाहता था। असल में हुआ यह था कि उत्साही और शौक़ीन नौजवान मोतीचन्द ने यह सुन रखा था कि नवाब और उसका परिवार कुश्ती का बहुत बड़ा सरपरस्त था और उनके जो विजेता पहलवान होते थे उनको सारे इलाक़े में सम्मान के साथ देखा जाता था। इसी कारण मोतीचन्द उसके विजेता पहलवान से मिलकर उससे कुछ दाँव-पेच सीखना चाहता था और उसको खेलते हुए भी देखना चाहता था। लेकिन जाने कैसे उसकी यह विनम्र भावना विजेता के साथ कुश्ती लड़ने की इच्छा में बदल गई। शायद एक शौक़्या खिलाड़ी का एक पेशेवर से मिलने का उत्साह, एक अमीर क़र्ज़दाता के एक बर्बाद क़र्ज़दार से मिलने के अहंकार पर भारी पड़ गया।

नवाब मंसूर अली इस बात को सोच-सोच कर परेशान थे कि उनकी पसन्द की हर चीज़ उनसे छिन जानेवाली थी। उनको लगा कि लाला मोतीचन्द चाहता था कि कुश्ती का मुक़ाबला हो इसलिए उन्होंने अपने नौकरों को यह आदेश दिया कि वे कुश्ती के मुक़ाबले की तैयारी करें। हालाँकि वह इस बात को अच्छी तरह जानते थे कि लाला कोई बहुत बड़ा पहलवान नहीं है क्योंकि उन्होंने उसका नाम पहले कभी नहीं सुना था, वह बड़ा पहलवान होता तो वे ज़रूर जानते होते। इसलिए इस कुश्ती का एक ही नतीजा निकल सकता था। जैसे-जैसे लाला के आने की तिथि नज़दीक आती जा रही थी उसके बारे में सोच-सोचकर मंसूर अली की नींद ग़ायब होती जा रही थी और उनके दिमाग़ में क़र्ज़ और कुश्ती के मुक़ाबले की गूँज एक-दूसरे का पीछा कर रहे थे। अन्ततः मुक़ाबले से एक दिन पहले लाला

मोतीचन्द के रूप में अपनी बर्बादी की सम्भावना को देखते हुए, जो पहले से ही उसके घर में मेहमान के रूप में पधार चुका था, नवाब मंसूर अली ने माँगेराम को बुलाया। उनका इरादा यह था कि वे अपने पहलवान को इस बात की सलाह दें कि वह लाला से मुक़ाबले में हार जाए। उनको हल्की-सी उम्मीद इस बात की थी कि अखाड़े में जीतने के बाद मोतीचन्द सौदेबाज़ी में शायद नरम पड़े। हो सकता है हवेली और कुछ एकड़ ज़मीन बच जाती जो नवाब और उसके परिवार के लिए कुछ कम खर्चे में गुज़ारा करने के लिए काफ़ी होती। लेकिन माँगेराम की श्रद्धा से भरी चमकती हुई आँखों पर एक नज़र पड़ते ही नवाब को यह समझ में आ गया कि माँगेराम को हारने के लिए कहने की बनिस्बत उनके लिए किसी झोंपड़ी में रहना अधिक आसान होगा। "अच्छी तरह लड़ना," उन्होंने कहा, "अखाड़े में तुम्हारे साथ मेरी इज़्ज़त भी होती है।"

लाला मोतीचन्द ने शायद यह सोचा था कि यह एक दोस्ताना मुक़ाबला होनेवाला है। दोनों अखाड़े में शान्ति से आएँगे जहाँ वह एक सम्मानित पहलवान से कुछ दाँव सीखेगा तथा अपने कुछ दाँव भी दिखाएगा जिनके बारे में उसको लगता था कि उसने बड़ी मेहनत से सीखे थे। लेकिन मुक़ाबले का दिन आते-आते मामला कुछ और ही रंग ले चुका था। जैसे-जैसे बात फैल रही थी आसपास के गाँवों के लोग अपने स्थानीय नायक को दिल्ली के उस अमीर आदमी से टक्कर लेते देखने के लिए जुटने लगे, जिसने नवाब को भारी क़र्ज़े के बोझ के नीचे कुचल डाला था। खाने-पीने के खोमचे लग गए, चूड़ी बेचनेवाले आ गए, तरह-तरह की दुकानें सज गईं। देखते ही देखते वहाँ मेले जैसा माहौल लगने लगा। मोतीचन्द आया, उसने अपने छरहरे गोरे बदन पर तेल लगाया हुआ था। उसके कारिंदे उसको तैयार करने के लिए उसके पुट्ठों की मालिश कर रहे थे। वहाँ जुटी भीड़ उसके सुन्दर चेहरे-मोहरे से तो प्रभावित हुई लेकिन उनको तत्काल यह बात समझ में आ गई कि साँवले और ताक़तवर माँगेराम से उसका कोई मुक़ाबला नहीं था।

'या अली मदद!' मोतीचन्द ने हुंकार लगाई और झुककर मिट्टी को छूने का अनुष्ठान निभाया और अखाड़े में घुस गया। इससे एक हाज़िरजवाब दर्शक को गुदगुदी हुई। उसने भी बाक़ी लोगों की तरह यह मान लिया था कि नवाब ने माँगेराम को हार जाने के लिए कहा होगा। इसलिए वह अपने साथी की तरफ़ मुड़ा और उससे पूछ बैठा, "ये हजरत अली से मदद माँग रहा है या मंसूर अली से?" माँगेराम वैसे तो मंदबुद्धि था लेकिन उसको यह बात समझ में आ गई कि लाला मोतीचन्द जैसे शक्तिशाली इनसान को हराना कोई अच्छा इरादा नहीं था। मुक़ाबले से ऐन पहले यूसुफ़ ने उससे कहा था, 'हज़रत अली ने कहा है कि शक्तिशाली वह होता है जो ख़ुद को नरम बना ले।' जब माँगेराम ने ख़ुदाबख़्श से इस बात का मतलब समझने की कोशिश की, तो उसके बड़े उस्ताद शर्म के मारे दूसरी तरफ़

देखने लगे। माँगेराम को यह समझते देर न लगी कि यूसुफ़ के कहने का मतलब क्या था, और यह भी कि नवाब असल में क्या कहना चाहते थे।

यह कहना अनुचित होगा कि अखाड़े के आसपास लोगों की भीड़ देखकर और उनके शोर-शराबे ने उसको बेहतर प्रदर्शन के लिए उत्साहित किया। जिस भीड़ ने उसको केवल जीतते हुए देखा था उसके सामने गिरते हुए, परास्त होते हुए उसके मन में थोड़ी दुविधा थी। बाद में जब वह यह बताने की कोशिश करता था कि क्या हुआ था तो वह बड़ी मुश्किल से यह दावा कर पाता था कि वह असल में हारना ही चाहता था। हालाँकि उसने जिससे भी यह बात कही किसी ने भी उसकी बात पर यक़ीन नहीं किया लेकिन सच्चाई यही थी कि वह सच में हारने के लिए एक बहाना तलाश रहा था। लेकिन उसके शरीर पर उसके दिमाग़ का कोई बस नहीं था, और आगे भी नहीं होनेवाला था, जैसा कि उन लोगों के साथ होता है जिनको सिर्फ़ शारीरिक कामों के लिए तैयार किया गया होता है और उसके शरीर ने सिर्फ़ उसी तर्क पर अमल किया जिसे घंटों की कसरत ने उसमें और उसके दिमाग़ में भरा था। उसको सोचकर दाँव चलने का वक़्त ही नहीं मिला। जब वे पहली बार गुत्थमगुत्था हुए तब अगर मोतीचन्द ने जरा सा भी कौशल या ताक़त दिखाई होती जिससे माँगेराम जैसे आला क़द के पहलवान का ध्यान उसकी तरफ़ जाता, तो हालात कुछ और होते। हुआ यह कि कुश्ती शुरू होने के बाद पलक झपकते ही वह ख़त्म भी हो गई। लाला मोतीचन्द ज़मीन पर गिरा पड़ा था और माँगेराम उसके ऊपर था।

गारिमापूर्वक हार स्वीकार करते हुए लाला मोतीचन्द ने माँगेराम को उपहार में सोने की एक अशरफ़ी दी और जाने से पहले मंसूर अली से कहा, "अगर यह लड़का दिल्ली आ जाता तो बहुत बड़ा विजेता बनता।" तब तक मंसूर अली के क़र्ज़ को लेकर दोबारा बातचीत हो चुकी थी। नवाब के पास उसकी हवेली और फलों के कुछ बाग़ बच गए थे जिनकी आय से शायद उसके परिवार का गुज़र-बसर हो जाता, बशर्ते बेमौसम बरसात फ़सलों को बर्बाद न कर दे। इसलिए मंसूर अली के दिलोदिमाग़ में, किसी ऐसे आदमी की तरह दर्द भी हो रहा था और राहत भी महसूस हो रही थी, जिसको फाँसी पर चढ़ाया जानेवाला हो लेकिन महज़ हाथ काटकर छोड़ दिया गया हो। मंसूर अली इस बात को समझ गया कि माँगेराम के भविष्य को लेकर जो बात सम्भावना के रूप में कही गई थी वह असल में एक आदेश था।

नवाब मंसूर अली ने लड़के को दिल्ली भेज दिया। वहाँ क़ायदे से उसको अखाड़े में जगह दी जानी चाहिए थी, लेकिन इसके बजाय माँगेराम को घर के बाहर बने कमरों के एक कोने में जगह दे दी गई जहाँ लाला मोतीचन्द के घर में काम करनेवाले कुछ कुँवारे नौकर सोते थे। उस घर का सबसे ख़ास नौकर था गणेशी, जो न तो उसके इस दावे के ऊपर अधिक ध्यान देता था कि वह गृहस्वामी का ख़ास मेहमान था, न ही उसे इस बात का पता था कि मालिक माँगेराम से कब मिलेंगे।

इस सबसे अनजान माँगेराम सुबह से शाम तक काम में लगा रहता था। वह या तो गोदाम में सामान चढ़ाने-उतारने के काम में या लाला की किसी दुकान में, या फिर रसोई में खानसामा की मदद के लिए सब्ज़ी काटने-छीलने में लगा रहता था। अपनी ज़िन्दगी में आए इस मोड़ से वह हैरान था। ख़ुद को अचानक एक बड़े शहरी घर में पाकर और गणेशी के रोबदाब के कारण वह कुछ हद तक डरा हुआ भी था, इसलिए पहले कुछ दिन तक बस एक मशीन की तरह सब काम करता रहा। उसके बाद उसको अपनी तन्दुरुस्ती की चिन्ता होने लगी। उसने कई बार कोशिश की कि जल्दी उठ जाए और पहले जिन व्यायामों को वह दिन में ज़्यादातर समय करता रहता था कम-से-कम उसका कुछ भाग कर ले, लेकिन निश्चित रूप से घर का कोई-न-कोई पुराना नौकर उसको देख लेता और उसे किसी काम पर लगा देता।

उसको दंड-बैठक करते देख घर के नौकर उसका मज़ाक़ उड़ाने लगते वही दंड-बैठक जिस पर पहले उसे इतनी शाबाशी मिलती थी। कोई कह उठता, "माँगे पहलवान, अगर तुम उसी तरह सूरज को नमस्कार करने में लगे रहे तो आलू कौन छीलेगा?" कोई दूसरा पीछे से जाकर उसके टखने पर मार देता, जिससे उसका सन्तुलन बिगड़ जाता और वह मुँह के बल गिर जाता। यहाँ तक कि अगर वह एकाध घंटे के लिए अकेला रहता तो भी वह व्यायाम नहीं कर पाता था, जो एक समय में उसके स्वभाव का हिस्सा था। वह हर दिन इतना श्रम करता था कि जिस बल के लिए वह विख्यात था वह कम होता जा रहा था। बार-बार जिस तरह से मेहनत भरे काम उससे करवाए जा रहे थे उसके कारण उसकी मांसपेशियाँ, जिनको उसने बड़ी लगन से बनाया था, कमज़ोर पड़ती जा रही थीं। खाने में उसको कुछ रोटियों के साथ कभी-कभार लाला की मेज़ से तेल में तर सब्ज़ियाँ दी जाती थीं जो दूध, मेवे और अंडों की उस ख़ुराक के सामने कुछ भी नहीं थीं जो नवाब मंसूर अली हर दिन उसके लिए भरपूर मात्रा में उपलब्ध करवाया करते थे।

कुछ सप्ताह तक तो माँगेराम यह सब सहता रहा। बाद में उसने हिम्मत जुटाई और इस बात की ज़िद करने लगा कि उसे लाला मोतीचन्द से मिलना है। वह गणेशी के इनकार को अनसुना करता रहा जब तक कि आख़िरकार गणेशी झुक नहीं गया।

जब माँगेराम को मोतीचन्द के सामने ले जाया गया तो वह बोला, "पहलवान माँगेराम, उम्मीद करता हूँ कि मेरे घर में तुम्हारी अच्छी तरह से ख़ातिरदारी हो रही होगी।" कई सप्ताह बाद माँगेराम ने किसी के प्यार भरे बोल सुने थे। उसकी आँखों में आँसू आ गए। "हुज़ूर," वह भारी गले से बोला, "हुज़ूर, आप माई-बाप हैं। कृपया मेरे साथ न्याय कीजिए।"

"तुम्हारे साथ किसने अन्याय किया है?" लाला मोतीचन्द ने पूछा।

माँगेराम की जगह कोई कम सीधा इनसान रहा होता तो उसने अपनी दयनीय स्थिति को समझा होता और लाला मोतीचन्द से मुलाक़ात के उस मौक़े का फ़ायदा

उठाते हुए अपने लिए कुछ बेहतर माँगा होता। लेकिन माँगेराम ने कुछ और ही किया, शायद बिना किसी चेतावनी के उसको जिस तरह की मुश्किल में डाल दिया गया था उसी के कारण वह इस बात के लिए मजबूर हुआ कि उसने इस बात की शिकायत कर दी कि किस तरह से घर के नौकर उसके साथ दुर्व्यवहार कर रहे थे, उसको व्यायाम करने का समय नहीं मिलता था और उसके जैसे ऊँचे दर्जे के पहलवान को ठीक से ख़ुराक तक नहीं मिल रही थी। वह रोता रहा, आहें भरता रहा। लाला मोतीचन्द की चुप्पी को वह सहानुभूति समझकर गणेशी की तीखी नज़रों को नज़रअन्दाज़ करता रहा, और उसने बड़े विस्तार से यह बताया कि उसके साथ किस तरह से बुरा बर्ताव किया गया।

लाला मोतीचन्द बैठकर उस शक्तिशाली विजेता को देख रहा था जिसने उसको बड़ी आसानी से चित कर दिया था। वही अब उसके सामने बच्चों की तरह रो-गा रहा था। यह देखकर उसको कुछ बुरा महसूस हुआ। उसने सोचा कि बच्चा बहुत भुगत चुका है और अभी और भुगतनेवाला है—वह जानता था कि गणेशी और उसके लोग मालिक के सामने अपनी शिकायत करने की सज़ा उसको ज़रूर देंगे। इसलिए जब माँगेराम का बोलना ख़त्म हुआ तो मोतीचन्द गणेशी की तरफ़ मुड़ा और बोला, "कल से माँगेराम मेरा निजी नौकर होगा। यह काशीराम की मदद करेगा और उससे काम सीखेगा।" उसके बाद वह अपने बही-खाते देखने लगा, जो उसके सामने खुले हुए थे। माँगेराम कुछ देर उम्मीद में खड़ा रहा लेकिन उनकी मुलाक़ात पूरी हो चुकी थी। आख़िरकार, गणेशी को उसे वहाँ से जाने के लिए इशारा करना पड़ा।

उस रात माँगेराम को घर के चार नौकरों ने बड़ी बुरी तरह से सोते से जगाया। तीन ने उसको पकड़ रखा था जबकि चौथा गणेशी की छड़ी से उसकी पिटाई कर रहा था—"अगर अगली बार तुमने लाला जी से हमारी शिकायत की तो हम तुम्हारी जान ले लेंगे।" वह उसको तब तक मारता रहा जब तक कि वह बेहोश नहीं हो गया। अगली सुबह वह हवेली के अन्दर अपने रहने के नये ठिकाने में चला गया।

काशीराम मोतीचन्द का निजी नौकर था और वह बहुत दयालु आदमी था। उसने अपने जीवन की शुरुआत एक छोटी-सी किराने की दुकान से की थी जिसे लाला नेमिचन्द चलाते थे। जब मोतीचन्द की स्कूली शिक्षा पूरी हुई और वह अपने पिता के साथ सक्रिय रूप से काम करने लगा तो नेमिचन्द ने काशीराम को अपने बेटे के साथ काम पर लगा दिया। वह जानता था कि उसका ख़ास नौकर होने के कारण वह उसके नौजवान बेटे के ऊपर नज़र रखेगा। साथ ही, पिता को उसके बेटे की कारगुज़ारियों के बारे में बताता भी रहेगा। मोतीचन्द उस पुराने नौकर से उसी तरह प्यार करता था जिस तरह अपने पिता से करता था। वह जानता था कि काशीराम उसके पिता को उसके बारे में बताता है, लेकिन इस बात के लिए उसने कभी किसी तरह का ग़ुस्सा नहीं जताया। उलटे इस मामले में उसे अपने पिता की

यह सावधानी अच्छी ही लगी और उसने यह तय किया कि जब उसके बेटे होंगे और वे बड़े हो जाएँगे तो वह भी इसी तरह का कुछ इन्तज़ाम रखेगा। वह जानता था कि उसके पिता की असली चिन्ता यही थी कि वह व्यवसाय में कोई ऐसा-वैसा फ़ैसला न ले ले और अगर वह कुछ ग़लत काम करे तो उसको लेकर सावधान रहे। दोनों चिन्ताएँ ऐसी थीं जो उसके पिता की विरासत की अमूल्य निधि थीं और ख़ून की तरह उसकी धमनियों में बह रही थीं। वैसे तो काशीराम कई सालों से उसका ख़ास सेवक था और वह उस बूढ़े आदमी को प्यार भी बहुत करता था, लेकिन मोतीचन्द को फिर भी ऐसा लगता था कि उसके कर्तव्यों में कुछ ऐसे काम भी शामिल थे जिनकी क़ाबिलियत उसमें नहीं थी।

इन बातों के अलावा माँगेराम मर्दानगी का एक प्रभावशाली नमूना था और किसी महँगी घड़ी की तरह या सोने की मूठ वाली छड़ी की तरह लाला मोतीचन्द की बग़ल में उसके होने से उनकी शानो-शौकत में इज़ाफ़ा ही होता। इसके अलावा, यह फ़ायदा भी था कि अगर कोई ऐसी स्थिति आए जब कोई उनको शारीरिक तौर पर धमकाए या उन्हें किसी ज़िद्दी इनसान को अपनी ताक़त का एहसास करवाना हो तो उसके लिए भी माँगेराम सबसे मुफीद साबित होता, जबकि महँगी घड़ी या सोने की मूठ वाली छड़ी इस मामले में किसी काम नहीं आती। उदाहरण के लिए, जब लालाजी चावड़ी बाज़ार के दो-तीन मकानों में से किसी एक में जाते जहाँ उनकी पसन्दीदा तवायफ़ें रहा करती थीं तो बेहतर था कि उनके साथ कोई मज़बूत आदमी रहे जो शहर के उस बदनाम मोहल्ले में रात में आनेवाली मुश्किलों से निबट सके। कई बार जब मोतीचन्द अपने क़र्ज़दारों से मिलने के लिए जाते, ख़ासकर दिल्ली में, तो उन्हें लगता कि उनके साथ ऐसा कोई आदमी होना चाहिए जिसे देखकर सामनेवाला इनसान कोई भी ग़लत क़दम उठाने का दुस्साहस न कर पाए। वैसे इस तरह की कोई मुश्किल स्थिति उनके सामने नहीं आई थी लेकिन मोतीचन्द को ऐसा लगता था कि किसी ने कभी कुछ करने की कोशिश की तो उनके पास मुक़ाबले के लिए कोई तो होगा। काशीराम को भी अपने कामों में मदद के लिए एक नौजवान की ज़रूरत थी। सबसे बढ़कर उस बेचारे पहलवान की आँखों में आँसू देखकर उसे कुछ अफ़सोस जैसा महसूस हुआ। अखाड़े की धूल में पटक दिए जाने के कारण उसके अन्दर जो बदले की भावना भरी हुई थी वह भी जाती रही।

जिस तरह से पहले माँगेराम ने यूसुफ़ मोहम्मद की जगह ली थी उसी तरह काशीराम की जगह माँगेराम को काम सौंपा जाना था और काशीराम को उस नौजवान को तैयार करने का काम भी दिया गया। जिस तरह यूसुफ़ मोहम्मद इमाम अली और अपने उस्ताद के बताए पथ पर आगे बढ़ा और स्वयं उस्ताद बना उसी तरह काशीराम, जो बचपन में अखाड़े जाता था, हनुमान के बताए पथ पर चला। वह राम के सबसे बड़े भक्त की रोज़ पूजा करता था और इस बात को माँगेराम ने पहचान

लिया और तत्काल उसका अनुसरण भी करने लगा। काशीराम दिन-भर अपना काम करते हुए मन-ही-मन हनुमान चालीसा गुनगुनाता रहता था। *बुद्धिहीन तनु जानि के सुमिरौ पवन कुमार, बल बुद्धि विद्या देहु मोहि हरहु कलेस बिकार*—उसका सबसे प्रिय दोहा था। दिन में कामकाज के दौरान वह जब भी हनुमान चालीसा का पाठ करता था तब इस दोहे को ज़ोर से दोहराता था। वह केवल उसी दौरान चुप रहता जब लाला मोतीचन्द के साथ होता था।

पहले माँगेराम जब पहलवानी करता था तो हनुमान की पूजा बुद्धि और बल के प्रतीक के रूप में करता था। उसको ऐसा करने की दिशा में उसके पहले उस्ताद ने प्रेरित किया था जो मुसलमान थे। लेकिन उसको यह बात समझ में आ गई थी कि यह बूढ़ा आदमी काशीराम जिस तरह समर्पित भाव से हनुमान की पूजा करता था उसके सामने उसकी अपनी पूजा कुछ भी नहीं थी। काशीराम जिस तरह से अविचल भाव और अटूट रूप से हनुमान की पूजा किया करता था उसने उसको हनुमान के व्यक्तित्व के एक नये रूप को समझने को बाध्य किया, सेवा के रूप को, जबकि वह उन्हें अब तक अपनी बुद्धि और बल के प्रदर्शन का ही एक माध्यम मानता आ रहा था। किसी बड़ी कठिनाई के गुज़र जाने पर जिस तरह के उत्साह का अनुभव होता है उसी तरह उसने सेवा के उस सिद्धान्त को अपना लिया जो काशीराम उसे दे रहा था। इस तरह उसने लाला मोतीचन्द को अपने से कमतर पहलवान के रूप में देखना छोड़ दिया जिसको उसने पलक झपकते ही चित कर दिया था, या उस धनी संरक्षक के रूप में जो उसको एक विजेता खिलाड़ी बना सकता था, या वह बेचारा हारा हुआ खिलाड़ी जो उससे बदला ले रहा था। वह उसे अपने मालिक और भगवान के रूप में देखने लगा—राम के रूप में।

इस नई भूमिका में वह पूरे उत्साह के साथ जुट गया। जूतों को दिन में दो बार तब तक पालिश करता था जब तक वे चमक न जाएँ। अपने मालिक की छड़ी की सुनहरी मूठ को तब तक चमकाता रहता था जब तक कि वह पूरी तरह दमक नहीं उठती थी। अपनी मूँछों को नोकदार और चमकदार बनाकर जब वह अपने मालिक की घोड़ागाड़ी पर बैठता और आसपास गुज़रनेवालों को कोचवान द्वारा जोते गए शानदार घोड़ों की जोड़ी को रास्ता देने के लिए कहता तब उसकी ख़ुशी की कोई सीमा नहीं रहती थी। जब वह मोतीचन्द के साथ कहीं जाता था, चाहे वह किसी अंग्रेज़ अधिकारी का बँगला हो या किसी सहयोगी व्यापारी का दफ़्तर या वेश्यालय तो वह इस बात की उम्मीद रखता था कि वहाँ के नौकर उसके साथ उसी तरह के सम्मान के साथ बर्ताव करें जो लाला मोतीचन्द के आदमी के लिए अपेक्षित हो। यह एक ऐसी उम्मीद थी जो शायद ही कभी अधूरी रही हो। एक नये तरह के सत्ता भाव और मक़सद से भरा हुआ माँगेराम अपनी मर्ज़ी और बड़ी व्यग्रता से अपने मालिक के सम्मान का प्रतीक बन गया। माँगेराम एक नौकर बन गया।

नये आत्मविश्वास के भाव से भरा हुआ माँगेराम अभी भी प्रभावशाली शरीर का स्वामी था। एक ज़माने में जब उसके उस्ताद यह कहते थे कि पहलवान के रूप में सफल होने के लिए यह बहुत ज़रूरी होता है कि अपनी लँगोट को मज़बूत बनाए रखा जाए तब वह उनकी हाँ में हाँ मिलाता था। लेकिन यहाँ उसकी आँख सहदेई से लड़ गई जो एक तरह से लाला मोतीचन्द के यहाँ काम करनेवाली नौकरानियों की सरदारिन थी। अपने दूसरे बेटे को जन्म देने के बाद से लाला मोतीचन्द की पत्नी आशा देवी की तबीयत ख़राब रहने लगी थी। सहदेई उस घर में लाला मोतीचन्द के सबसे बड़े बेटे की देखभाल के लिए आई थी। उसने इस मौक़े का फ़ायदा उठाया और हवेली के जनानख़ाने पर अधिकार जमा लिया। आशा देवी का अपने कमरे से निकलना कम-से-कम होता जा रहा था और सहदेई ने सफलतापूर्वक उनकी जगह भर दी। उसको लेकर जो अफ़वाहें फैल रही थीं उसने उनको फैलने दिया क्योंकि उनके माध्यम से भी वह अपनी स्थिति मज़बूत बना रही थी। वैसे भी यह बात सही थी कि गाहे-बगाहे लाला मोतीचन्द के उसके साथ शारीरिक सम्बन्ध थे। वह न तो कुँवारी थी, न ही शादीशुदा, न ही विधवा, बल्कि शादी के तत्काल बाद उसके पति ने नौटंकी कम्पनी में शामिल होने के लिए उसको छोड़ दिया था। वह मंच पर औरत बनकर उतरता था और कई बार मंच के बाहर भी। सहदेई ने पाया कि अधिकतर स्त्रियाँ जिन नियमों के बन्धन में रहती थीं वे नियम उसके ऊपर लागू नहीं होते थे। अपने लिए उसने ऐसे क़ायदे बनाए जो उसके अनुकूल थे और उसने ऐसे अधिकार के साथ यह सब किया कि शक्तिशाली नौकर गणेशी भी उसको क़ाबू में करने के लिए उसकी घातक कमज़ोरी—कि वह एक औरत थी—का फ़ायदा नहीं उठा सकता था।

एक तरह से उस जगह की मालकिन होने के कारण सहदेई ने कभी पहलवान रहे माँगेराम के कमज़ोर ब्रह्मचर्य को अनायास ही दरकिनार करने के बाद यह फ़ैसला किया कि उसको वह अपना संगी बनाएगी। वैसे तो यूसुफ़ मोहम्मद और ख़ुदाबख़्श ने माँगेराम को उस आदर्श पथ पर चलने के लिए निर्देशित किया था जिस पर दिल और दिमाग़ दोनों एक हों, और काशीराम ने भी अपने शिष्य को उच्च पथ पर चलने की सलाह दी थी। जबकि सहदेई की विशेषज्ञता मुख्य रूप से गुप्त विद्या में थी, इसलिए उसने माँगेराम को घर के अन्दर की नमकहरामी की कला में प्रशिक्षित किया, किस तरह से उचित वक़्त पर किसी वरिष्ठ नौकर के बारे में मालिक को चुगली करके उसको कमज़ोर कर देना चाहिए, किस तरह से नये नौकर को प्रभावित करके अपने वश में करना चाहिए या उसकी मदद करके या उसकी तारीफ़ करके अपने प्रतिद्वंद्वियों से पहले उसको जीत लेना चाहिए, किस तरह डरा-धमका के किसी को अपने वश में रखना चाहिए लेकिन उसका इतना अधिक प्रयोग भी नहीं करना चाहिए कि सामनेवाला डरना ही छोड़ दे। "हमारे मालिक जितना स्वीकार करते हैं उनको

हमारी ज़रूरत उससे अधिक होती है," सहदेई ने उससे कहा, "बिना कुछ कहे उनको इस बात को समझा देना चाहिए। उनको इस बात का यक़ीन दिला देना चाहिए कि तुम इस सत्ता का उपयोग उनके ख़िलाफ़ नहीं करोगे। उसके बाद तुम्हारा जो जी आए कर सकते हो, जो चाहे वह हासिल कर सकते हो।"

माँगेराम दो चीज़ें चाहता था, गणेशी से बदला लेना और विजेता पहलवान बनने की एक और कोशिश करना। उसकी जो दूसरी ख़्वाहिश थी उसको पूरा कर पाना सहदेई के सामर्थ्य के बाहर की बात थी। लेकिन वह इस बात को समझ गई थी कि गणेशी को लेकर उसको जो ग़ुस्सा था वह असल में लाला मोतीचन्द और अपनी क़िस्मत को लेकर था। लेकिन अपने प्रेमी को प्रभावित करने की ख़्वाहिश सहदेई में इतनी प्रबल थी कि उसने अकारण बदला लेने की बात उसके मन से नहीं हटाई और उसे पहली ख़्वाहिश की तरफ़ मोड़ दिया। 'सही समय का इन्तज़ार करो,' सहदेई ने माँगेराम से कहा। अगले ही दिन उसने रसोई से एक कटोरा खीर चुराई और उसे गणेशी की बेटी को देते हुए अपनी योजना पर अमल करना शुरू कर दिया। उस समय गणेशी की बेटी महज़ 12 साल की थी। सहदेई ने अपने लक्ष्य को हासिल करने के लिए सालों-साल धैर्य के साथ इन्तज़ार किया और धीरे-धीरे उसने बच्ची का दिल जीत लिया। जब तक गणेशी की बेटी सोलह साल की हुई तब तक निमोनिया से आशा देवी की मृत्यु हो चुकी थी और सहदेई लाला मोतीचन्द के बच्चों की दूसरी माँ जैसी हो गई थी। लाला मोतीचन्द शादी के आरम्भिक सालों में कभी-कभार भले किसी और औरत के पास चले गए हों लेकिन वे अपनी पत्नी से प्यार करते थे। उन्होंने पूरी ज़िम्मेदारी के साथ अपनी पत्नी का ध्यान रखा लेकिन वे उस लम्बी बीमारी से थक गए थे जिसने धीरे-धीरे आशा देवी की जान ले ली। सहदेई की कार्यकुशलता तथा उसकी विश्वसनीयता के कारण उन्होंने ख़ुद को शादी-ब्याह की थकाऊ प्रक्रिया से मुक्त ही रखा और ख़ुशी-ख़ुशी अपने बच्चों की देखभाल का ज़िम्मा उसके ऊपर छोड़ दिया, जिसके कारण घर में उसका दर्जा और ऊँचा हो गया। इस समय तक गणेशी की बेटी का सहदेई से बहुत लगाव हो चुका था, जो उसे तोहफ़े देती थी, और समय-समय पर अपनी चुनिंदा टिप्पणियों से उसको अपने माता-पिता के ख़िलाफ़ भड़काती रहती थी। जब लड़की के माता-पिता उसकी शादी की बातचीत करने लगे तब सहदेई ने अपनी चाल चली। तीन महीने के बाद घर इस समाचार से हिल गया कि गणेशी की बेटी गर्भवती थी।

सहदेई ने ख़ुद भी कई बार गर्भपात करवाया था—"क्यों किसी अवैध सन्तान को दुनिया में लाना?" उसी ने इस समस्या से छुटकारा पाने में गणेशी की मदद की। शर्म के मारे झटपट गणेशी ने उसकी शादी अपने गाँव के एक ग़रीब पड़ोसी के लड़के से तय कर दी। लड़के के परिवार को यह मा'लूम था कि हुआ क्या था।

लेकिन गणेशी ने उनको इतना पैसा दिया और इस बात का वादा भी किया कि वह उनको और पैसे देगा इसलिए उन्होंने वधू के अच्छे गुणों के ऊपर ही ध्यान लगाया तथा जो सन्दिग्ध लक्षण थे उनको नज़रअन्दाज़ कर दिया। गणेशी की बेटी दिल्ली से अपना नया जीवन शुरू करने के लिए चली गई जिसमें उसको बहुत खटना पड़ता था तथा अक्सर अपने सास-ससुर और पड़ोसियों के ताने सुनने पड़ते थे। उसके जाने के कुछ सप्ताह बाद माँगेराम ने गणेशी को बताया कि उसी ने गणेशी की बेटी को गर्भवती किया था। अचानक घर के बाक़ी नौकरों को भी इस बारे में पता चल गया कि उस गिराए गए गर्भ का पिता कौन था।

गणेशी को गुस्सा तो बहुत आया लेकिन उसके पास कोई उपाय नहीं था। गणेशी सार्वजनिक तौर पर लाला मोतीचन्द के सबसे विश्वस्त नौकर के ऊपर बिना किसी सबूत के इस तरह के दुष्कर्म का आरोप नहीं लगा सकता था। इसके अलावा, वह इस बात को भी समझता था कि इस मामले को लाला के पास ले जाने से उसके दुर्भाग्य की कथा और फैल जाएगी। यह बात और गहरा जाती, और अगर लाला, माँगेराम के खंडन के बावजूद उसकी बात पर यक़ीन कर भी लेते तो भी मोतीचन्द यही कहते कि मामले को रफ़ा-दफ़ा कर लो। अधिक-से-अधिक गणेशी के दर्द को कुछ कम करने के लिए वे कुछ रुपए दे देते। सहदेई के कुचक्र के सामने पूरी तरह से हार मानते हुए गणेशी ने लाला मोतीचन्द की नौकरी यह कहते हुए छोड़ दी कि उसके माता-पिता बहुत बूढ़े हो चुके हैं और उनको उसकी ज़रूरत थी। लाला मोतीचन्द ने यह सोचकर कि बेटी के गर्भवती हो जाने तथा जल्दबाज़ी में महँगी शादी करने के कारण गणेशी का मनोबल टूट गया होगा, उसको ढेर सारे रुपए देते हुए विदा कर दिया। लाला को उन कुचक्रों का पता नहीं था जिनके कारण गणेशी के जीवन में अचानक यह बदलाव आया था और सहदेई तथा माँगेराम अपने घर के नौकरों के प्रधान बन गए।

इस बीच माँगेराम ने एक स्त्री से विवाह कर लिया जो गाँव में रहती थी और उसके माता-पिता की सेवा करती थी। जब भी वह घर जाता अपनी पत्नी को गर्भवती कर देता, उसकी बीवी ने बच्चों की क़तार लगा दी, जिसमें से कुछ बेटियाँ और दो बेटे जीवित बचे। माँगेराम जब दिल्ली से अपने गाँव जाता था तब वह अपने सभी नातेदारों और पड़ोसियों के लिए उपहार ले जाया करता था और लोग माँगेराम को दौरे पर आए किसी हाकिम की तरह देखते। लोग उसकी पहलवानी के क़िस्से सुनाते और लाला मोतीचन्द की अकूत सम्पत्ति के बारे में बातें करते। उससे सब बार-बार आग्रह करते, "माँगे भइया अखाड़ा चलिए," लेकिन वह हमेशा इस बात को टाल जाता था। जब से मोतीचन्द के घर में उसकी स्थिति मज़बूत हुई उसकी ख़ुराक बेहतर हो गई थी और उसको व्यायाम करने के लिए भी थोड़ा समय मिलने लगा। लेकिन उसका शरीर कहीं से भी वैसा नहीं हुआ था जैसा अखाड़े में उतरने

के लिए होना चाहिए। फिर, एक साल रिश्ते के एक भाई ने माँगेराम से यह आग्रह किया कि वह उसके बेटे को अखाड़े में पहली बार उतरने से पहले आशीर्वाद दे। 12 साल के उस बच्चे के शरीर में अखाड़े की मिट्टी लगाते हुए, जो अभी कुछ समय पहले तक उसकी गोद में खेला करता था, अचानक माँगेराम को समय के तेज़ी से गुज़रने का एहसास हुआ।

जब वह वापस दिल्ली लौटकर आया तो उसने लाला मोतीचन्द की हवेली के साथ लगे एक छोटे से घर के आँगन के एक कोने में मिट्टी का एक छोटा-सा अखाड़ा बनाया। वह घर भी लाला की सम्पत्ति का ही हिस्सा था। वह हर दिन भोर होने से पहले ही उठने लगा और उस जगह पर जाकर अपने शरीर को फिर से वैसा ही बनाने की कोशिश करने लगा जैसा पहले था। उसके शरीर में ताक़त तो वही थी, बल्कि जितनी ताक़त उसके शरीर में 19 साल की उम्र में थी अब उससे अधिक ही महसूस हो रही थी, लेकिन उसकी फ़ुर्ती अब वैसी नहीं रह गई थी। वैसे तो वह अपने शरीर को उसी तरह से जानता था जिस तरह से बहुत से पुरुष अपने शरीर को जानते हैं, लेकिन उतना नहीं जितना ख़ुदाबख़्श और यूसुफ़ मोहम्मद इसे जानते थे। उसे यह बात पहले से अधिक समझ में आई कि एक शिक्षक की अनुभवी आँखें अपने शिष्य की कमियों को इतनी बारीकी से देख लेती हैं जितना बड़े से बड़ा सिद्ध पुरुष भी अपनी ग़लतियाँ नहीं देख पाता। अध्यापक के अपने शिष्य के लिए गहरे और सच्चे प्यार ने इस बात को पक्का किया कि वह अपनी शर्मसार करनेवाली कमियों को दुनिया से ध्यानपूर्वक छुपाए रहे जिस तरह से कोई बिका हुआ इनसान अपनी कमियों को छुपाए रहता है। अपनी बुद्धि तथा अपनी तटस्थता से अध्यापक अपने शिष्य की कमियों को दूर करने में अधिक प्रभावी तरीक़े से मदद कर सकता है जिसे वह शिष्य ख़ुद दूर नहीं कर सकता।

हर सुबह माँगेराम अपने दो गुरुओं को याद करते हुए जाप करता *बन्दऊँ गुरु पद पदुम परागा, सुरुचि सुबास सरस अनुरागा* और वह जो खो चुका था, उसे पाने की कोशिश करता। उसको यह उम्मीद थी कि तुलसी के इन प्यारे और पवित्र शब्दों को बार-बार दोहराने से हो सकता है कि उसके उस्ताद जादुई तरीक़े से वापस आ जाएँ या उसको उस दुनिया में वापस ले जाएँ जहाँ वह उनकी देखरेख में सुरक्षित था। माँगेराम अपने उन बिछड़े गुरुओं के लिए उस तरह रोता था जिस तरह वह कभी अपने पिता के लिए भी नहीं रोया था। लेकिन उसके सारे आँसू उस बंजर धरती को उर्वर नहीं कर पाते थे जो समय ने उसके जीवन को बना दिया था। बहरहाल, उसकी कोशिश जारी थी, कि एक दिन उसकी पीठ की एक मांसपेशी खिंच गई और उसको इतना भयानक दर्द हुआ कि दस दिन तक अपने बिस्तर पर पड़े रहने के अलावा वह कुछ और नहीं कर पाया।

जब माँगेराम दुबारा अपने पैरों पर खड़ा हुआ तो लाला मोतीचन्द ने उसको बुलाया और बाक़ी नौकरों को दूसरे कमरे में भेजकर आहिस्ता से बोले, "देखो, माँगेराम, हमारा जीवन चार चरणों में विभाजित होता है। हर चरण के लिए कुछ उचित होता है कुछ अनुचित। मैं समझ सकता हूँ कि तुमने जो किया वह क्यों किया। वैसे तो तुमने मुझसे सब कुछ छुपाने की कोशिश की लेकिन मुझे पता था कि दूसरे वाले घर में क्या चल रहा है। लेकिन मैंने उसके लिए तुम्हें मना नहीं किया, और अब भी नहीं कर रहा। मैं तुमसे एक मित्र के नाते, और एक पूर्व पहलवान होने के नाते, हालाँकि तुम्हारे मुक़ाबले मैं बहुत छोटा पहलवान था, यह पूछना चाहता हूँ कि तुम जो कर रहे हो क्या वह तुम्हारी उम्र के हिसाब से उचित है?" हो सकता है कि लाला मोतीचन्द ने अगर ग़ुस्से में आकर माँगेराम से कहा होता कि वह अपनी इस बेवकूफ़ी पर लगाम लगाए तो माँगेराम उसको जारी रखने के बारे में सोचता भी, लेकिन मालिक की आवाज़ का लहजा और उनके बीच बरसों पहले हुए कुश्ती के मुक़ाबले का हवाला देने के कारण दस दिनों के दर्द को सहने के बाद माँगेराम के अन्दर जो संकल्प बचा था वह भी जाता रहा। उसने अखाड़ा बन्द कर दिया।

माँगेराम समय के साथ तालमेल नहीं बिठा पानेवाली और भटकी हुई अपनी महत्त्वाकांक्षा के विदा हो जाने से पैदा हुए शून्य को भोजन से भरने लगा। वह उससे भी अधिक खाने लगा जितना वह सक्रिय पहलवानी के दौर में खाता था। कभी न शान्त होनेवाली भूख को शान्त करने के लिए कभी वह रसोई से भोजन चुरा लेता था या अपने पैसे खर्च करके खाता। पहले उसे ऐसा लगा कि अचानक प्रशिक्षण शुरू करने से बढ़े शारीरिक श्रम के कारण उसकी भूख बढ़ गई है, लेकिन जब इस तरह के किसी भी तर्क का कोई अर्थ नहीं रह गया वह तब भी भर-भर कर खाता रहा। जब वह अपनी भूख को शान्त कर पाने में असफल रहा तो उसने पाया कि सम्भोग की प्रबल लालसा उसके शरीर पर हावी हो गई है। वह हर रात सहदेई को परेशान करता। इस उम्र में सहदेई के अन्दर सम्भोग की पहले जैसी चाहत नहीं रह गई थी। सहदेई ने पाया कि माँगेराम देर तक उसके अन्दर घुसा रहता था और अक्सर बिना चरम सुख तक पहुँचे ही ठहर जाता था। जब सहदेई उसके लगातार लापरवाह और निष्फल सम्भोग की माँग से चिढ़ गई तो उसने दोनों के सम्बन्धों के ऊपर विराम लगा दिया। उसके बाद माँगेराम ने घर की नई जवान नौकरानियों की तरफ़ निगाह उठाई।

समय गुज़रने के साथ उसका विशाल और थुलथुल शरीर अपने पुराने रूप का मज़ाक़ उड़ाता हुआ लगने लगा, तथा एक कामुक व्यक्ति के रूप में उसकी ख्याति बढ़ने लगी। उसका हाजमा बिगड़ गया, जिगर कमज़ोर हो गया और उसके घुटने जवाब देने लगे। आख़िरकार लाला मोतीचन्द को लगा कि यह मोटा, व्यभिचारी

माँगेराम बोझ बनता जा रहा है। जिगर की बीमारी के कारण वह लम्बे-लम्बे समय तक बिस्तर पर पड़ा रहता था। इसलिए मोतीचन्द ने माँगेराम को सुझाव दिया कि वह गाँव चला जाए और अपने स्थान पर अपने बेटे को दिल्ली भेज दे। उसके पास इस सुझाव को मान लेने के अलावा कोई विकल्प नहीं था इसलिए क़रीब तीन दशकों के बाद माँगेराम अपने गाँव लौट आया। उसके बारे में गाँव में अब भी इस बात की चर्चा होती थी कि वह अपने ज़माने का माना हुआ पहलवान था। हर रोज़ चौपाल पर इसको लेकर बातचीत होती और अन्त किसी के यह कहने से होता, "अब उसको देखो, इतना मोटा हो गया है कि सुबह दिशा-मैदान जाने के लिए भी चारपाई से नहीं उठ पाता है।"

माँगेराम के छोटे बेटे परसादी की पत्नी ओमवती अपने पति के गाँव में कमसिन दुल्हन के रूप में आई थी और आते ही उसको यह पता चला कि उनकी शादी के दस दिन बाद ही उसके पति को दिल्ली जाना है, और हालाँकि घर में झगड़ा करने के लिए उसकी कोई सास नहीं थी, माँगेराम के सेवानिवृत्त होने से कुछ दिन पहले ही परसादी की माँ अचानक गुज़र गई थीं, लेकिन घर में बिस्तर पर पड़ा रहनेवाला उसका ससुर था जिसकी सेवा का ज़िम्मा उसकी बड़ी भाभी राधारानी ने तत्काल उसके हवाले कर दिया था। ओमवती से यह कहा गया कि पत्नी होने के नाते सास-ससुर की सेवा करना उसका कर्तव्य था, और भले ही वह इस बात से दुखी थी कि शादी के महज़ कुछ दिनों बाद ही उसके पति ने उसको एक तरह से छोड़ दिया, लेकिन बिना किसी शिकायत के उसने ख़ुशी-ख़ुशी आगे बढ़कर अपने ससुर की सेवा का ज़िम्मा सँभाल लिया। वह माँगेराम के भोजन का ध्यान रखती, उनको शौच आदि में मदद करती। गाँव के डॉक्टर ने जो तरह-तरह के चूरन और घोल बनाकर दिए थे उनको सँभालकर रखती और नियत समय पर उनको पिला देती।

माँगेराम बहुत कृतज्ञ मरीज़ था। वह समर्पित भाव से सेवा के लिए हमेशा उसकी तारीफ़ किया करता। कभी-कभी राधारानी के खाना पकाने की, उसके बोलने, उसके हँसने, गाँव के जवान लड़कों से उसके बात करने की आलोचना भी करता। इस तरह वह अपनी छोटी बहू के अन्दर बड़ी बहू के लिए प्रतिद्वंद्विता के भाव को जगाकर उसका दिल जीतने का प्रयास करता था। असल में ऐसी कोई प्रतिद्वंद्विता थी नहीं लेकिन उसको धीरे-धीरे पैदा करना माँगेराम की ज़रूरत थी, जो सालों तक ऐसे रईस घर में रहा, बल्कि फला-फूला, जिसने उसकी उपयोगिता ख़त्म हो जाने के बाद अब उसको छोड़ दिया था।

एक दिन शाम के समय जब ओमवती माँगेराम के ऊपर झुककर उसके बिस्तर को ठीक कर रही थी उसे अपनी छाती में कुछ महसूस हुआ। उसे कुछ समझ में नहीं आया। उसे लगा कि शायद कोई कीड़ा चढ़ गया है जिसे उसने हटाने की

कोशिश की, लेकिन उसने पाया वह उसके ससुर का हाथ था। "बाबूजी! आप क्या कर रहे हैं?"

"अरे माफ़ करना बहू," माँगेराम बोला, "ग़लती से हो गया।"

लेकिन इस तरह की ग़लती बार-बार होने लगी और ओमवती को उस बात का पूरा आशय समझ में आने लगा जो उस बूढ़े आदमी के बारे में राधारानी कई बार इशारों-इशारों में बताने की कोशिश करती थी। उसको यह बात समझ में आ गई कि इसने राधारानी के साथ भी कुछ ऐसा ही किया होगा। इसके कारण अपनी जेठानी से उसको लगाव महसूस हुआ जो उसके प्रति बहुत अधिक दोस्ताना रुख़ तो नहीं रखती थी लेकिन उससे सहानुभूति ज़रूर रखती थी। साथ ही, उसको ग़ुस्सा भी आया कि राधारानी ने उसको ऐसी हालत में डाल दिया और इसके बारे में अच्छी तरह से चेतावनी भी नहीं दी। आख़िरकार, एक सुबह जब वह आँगन में बैठकर भाभी के साथ चावल बीन रही थी तो ओमवती ने हिम्मत करते हुए कहा, "बाबूजी के हाथ कई बार भटक जाते हैं।"

राधारानी ने काम से ध्यान हटाते हुए ऊपर देखा, "क्या कहा तुमने?"

"कुछ नहीं," ओमवती बोली।

"बाबूजी के हाथ कई बार भटक जाते हैं," राधारानी ने दोहराया, "यही कहा था न तुमने?"

"जी, दीदी।"

"तब तुम क्या करती हो?"

"मैं बस हटा देती हूँ।"

"तुमने उनको ऐसा करने से मना किया?"

"मैंने किया। हर बार वह कहते हैं कि ग़लती से हो गया।"

"यह अच्छी बात है। तुमने सही किया।"

"लेकिन दीदी, वे जो कर रहे हैं वह सही नहीं है।"

"जो लोग तुमसे अधिक बुद्धिमान हैं यह फ़ैसला उनके ऊपर छोड़ दो कि क्या सही है और क्या ग़लत," राधारानी ने सख़्ती से कहा, लेकिन रुखाई से नहीं, "यह मत भूलो कि हम इसलिए खा-पी रहे हैं क्योंकि इस आदमी ने जीवन-भर किसी और के यहाँ नौकर बनकर काम किया।"

"लेकिन अब मेरा पति..."

"अच्छा, समझी," राधारानी के लहजे में रुख़ाई आ गई, "तुमको लगता है अब तुम्हारे पति ने अपने पिता की जगह ले ली है तो तुम इस घर पर हुक्म चलाओगी। यह मत भूलो कि लाला मोतीचन्द ने तुम्हारे ससुर को जो ज़मीन दी, जिस ज़मीन के लिए उन्होंने सालों-साल आरज़ू-मिन्नतें कीं, उस ज़मीन को मेरा पति जोतता है जबकि तुम्हारा पति दिल्ली की सुख-सुविधाओं में जी रहा है।"

"दीदी, मेरे कहने का यह मतलब नहीं था," ओमवती बोली।

"देखो," राधारानी ने एक बार फिर से मुलायम लहजे में कहा, "मैंने तुमको पहले ही कहा था कि उनके हाथ हटाकर तुमने अच्छा किया। ग़लत तुम यह कर रही हो कि उसके बारे में बात कर रही हो। जाने दो। वह आदमी दुनिया में अब है ही कितने दिन? आज गया, कल गया। तब तक अपना मुँह बन्द रखो।"

अगले दिन ओमवती ने अपने बक्से से एक सिक्का निकाला और डाकघर गई। जब लिखनेवाले ने उससे पूछा कि वह अपने पति को चिट्ठी में क्या लिखाना चाहती है तो उसको समझ में आया कि वह जो कहना चाहती थी इस आदमी के सामने नहीं कह सकती थी। उसने अपना पैसा वापस लिया और घर चली आई।

जो ग़लती पहले कभी-कभार होती थी अब रोज़-रोज़ होने लगी। माँगेराम ने ओमवती से अपने पैरों की मालिश के लिए कहना शुरू कर दिया। हर बार वह उससे जाँघों के ऊपर तक मालिश करने के लिए कहता। कई बार वह जान-बूझकर अपनी धोती को सरका देता था ताकि वह उसके गुप्तांग को देख सके। उसमें झुर्रियाँ पड़ गई थीं लेकिन वह काफ़ी फूला हुआ था। जब भी उसका हाथ ऊपर की तरफ़ जाता तो वह उसको उत्साहित करता, "बहुत अच्छे बहू, जीती रहो, सौभाग्यवती रहो।" उसकी आवाज़ में जो साफ़-साफ़ कामुकता थी उस कारण उस परम्परागत आशीर्वाद का रूप बदल गया और ओमवती के रोंगटे खड़े हो गए। उसकी विशाल मांसल जाँघों और सीधे लेटने पर उसके धोती के ऊपर फूले पेट के मांस को झूलते देख उसे घिन आ जाती, कई बार तो उल्टी करने का मन करने लगता था। लेकिन किसी तरह वह रोज़-रोज़ का काम कर लेती थी।

फिर एक शाम जब माँगेराम ने उसके ब्लाउज़ के ऊपर से उसके चूचुक पकड़ लिए तब ओमवती को वह महसूस हुआ जो उसको बहुत दिनों से महसूस नहीं हुआ था। उसके शरीर में झुरझुरी उठी जिससे उसके दिमाग़ में भी कुछ चमक गया और वह काँप उठी। उसने अपने भीतर उत्तेजना महसूस की। एक पल के लिए वह ठहर गई और माँगेराम जो अनुभवी खिलाड़ी था तत्काल समझ गया कि उसे कुछ कर देना चाहिए। कोशिश करके उसने अपना दूसरा हाथ उठाया और उसके दूसरे स्तन को पकड़ लिया। "आओ बहू," वह बोला, "मेरे पास आ जाओ।"

ओमवती ने ख़ुद को उस बूढ़े के चंगुल से आज़ाद किया।

"क्या हुआ बहू?" उसकी तरल आँखें अपनी अवश्यम्भावी जीत की सम्भावना से चमक उठीं।

ओमवती पीछे मुड़ी और कमरे से बाहर निकल गई। वह रसोई में गई, वहाँ उसको जो सबसे तेज़ धार वाला चाकू मिला उसको लेकर वापस माँगेराम के कमरे में आई और इससे पहले कि वह कुछ समझ पाता ओमवती ने चाकू उसके पेट में घुसेड़ दिया और क़रीब दो इंच लम्बा घाव कर दिया।

माँगेराम दर्द के मारे चीख़ उठा, "मार दिया। हे भगवान, इसने मुझे मार डाला। कोई बचाओ मुझे, कोई बचाओ।"

ओमवती ने उसके मुँह पर हाथ रख दिया, उसका जबड़ा दबोच लिया ताकि वह उसको काट न पाए। "यह एक ग़लती थी बाबूजी," वह बोली, "मुझे माफ़ कर दीजिए।"

जब तक राधारानी और उसके पति यह देखने के लिए आते कि क्या हुआ था, ओमवती ख़ून की धार को रोकने की कोशिश करते हुए घाव के ऊपर पट्टी बाँध रही थी।

अगले दिन परसादी के भाई ने परसादी को यह लिखा कि नई बहू को इतने दिन तक अकेले छोड़ना अच्छा नहीं है, उसको जल्दी से जल्दी कुछ दिनों की छुट्टी लेकर आना चाहिए और अपनी पत्नी को अपने साथ ले जाना चाहिए। राधारानी बाबूजी की देखभाल के लिए है, और तुमको भी अपने घर की देखभाल के लिए किसी की ज़रूरत है।

जब तक परसादी सप्ताह-भर की छुट्टी लेकर आया तब तक ओमवती ने अपने ससुर से शायद ही कोई बात की। किसी ने भी इस बात का ज़िक्र नहीं किया कि क्या हुआ था, और अगर माँगेराम ने कुछ कहा भी हो तो किसी ने वह बात ओमवती को नहीं बताई। कभी अगर कोई पड़ोसी या गाँव का कोई आदमी माँगेराम से मिलने के लिए आता तो वह उन्हें बताता कि किस तरह उसकी बहुएँ उसको मारने की योजना बना रही हैं, लेकिन वे उसकी बातों पर ध्यान नहीं देते क्योंकि उनको लगता था कि उसका दिमाग़ स्थिर नहीं है।

हो सकता है कि अगर लाला मोतीचन्द ने माँगेराम के कुश्ती कौशल के बारे में सुन नहीं रखा होता तो माँगेराम को बहुत मुश्किल जीवन बिताना पड़ता। देर-सबेर उसके सरपरस्त मंसूर अली की दौलत ख़त्म हो जाती और माँगेराम की ख़ुराक सूखी रोटी तथा कभी-कभार मिलनेवाली सब्ज़ी तक सिमट जाती, जो उसके पूर्वजों एवं उसके अपने पिता ने खाई थी। धीरे-धीरे उसके शरीर की रौनक जाती रहती, उसकी पहलवान वाली ताक़त कम होकर किसी ऐसे आदमी की तरह हो जाती जो दूसरे की ज़मीन में मज़दूरी करता हो। लेकिन क़िस्मत ने उसे दिल्ली में आराम का जीवन दिया, जहाँ वह अपनी भूख को शान्त कर पाया। उस तरह की भूख को भी जिसकी हनुमान के ऐसे भक्तों के लिए मनाही होती है, जो कुश्ती में अपना नाम बनाना चाहते हैं। जितनी उसने कल्पना की थी उससे भी अधिक अच्छी तरह उसकी भूख शान्त हुई।

अगर ज़िन्दगी का मूल्यांकन इसी बात से होता कि उसके जिगर की भूख कितनी शान्त हुई तो माँगेराम को मजबूरन यह मानना पड़ता कि इसके बावजूद कि समय से पहले उसके ऊपर बुढ़ापा आ गया उसने अच्छी ज़िन्दगी जी, अधिकतर

लोगों से कहीं बेहतर। अगर किसी आदमी की सफलता को इस आधार पर देखा जाए कि उसकी ताक़त कितनी थी और उसने कितने साधनों का उपभोग किया तो यह कहा जा सकता है कि माँगेराम ने अनेक वर्षों तक भरपूर सत्ता और साधनों का उपभोग किया, भले वह लाला मोतीचन्द जैसे इनसान के माध्यम से आई हो जिसको सहदेई ने और सुखमय बना दिया था। उसने और भी कई सालों तक इसका उपभोग किया होता अगर उसकी महत्त्वाकांक्षा के पूरी न होने की हताशा ने उसको बर्बाद न कर दिया होता। इस सबके बावजूद, वह अपने उस घर के आँगन में लेटा अपनी मौत का इन्तज़ार कर रहा था जो उस रकम से बना था, जिसे उसने लाला मोतीचन्द की बरसों की विश्वस्त सेवा से कमाया और चुराया था। हर इनसान की तरह उसे भी ऐसा महसूस हो रहा था कि उसकी मौत समय से पहले आ रही है। माँगेराम असफल हो जाने के भाव से बहुत पीड़ित था, इस भाव से कि उसकी यह दयनीय अवस्था इस कारण नहीं हुई कि लाला मोतीचन्द ने उससे बदला लिया, बल्कि उसकी अपने ही वजह से हुई, उसको भान होता था उससे किसी तरह की ग़लती हो गई।

परसादी के साथ ओमवती के दिल्ली जाने के कुछ महीने बाद सफ़ेद दाढ़ी वाला एक बूढ़ा आदमी, जिसने ख़ूब अच्छा कुर्ता-पाजामा पहन रखा था, माँगेराम के दरवाज़े पर आया।

"उस्ताद!" माँगेराम ने उठने की कोशिश करते हुए कहा। वह उस चारपाई पर बैठने की कोशिश कर रहा था जिसे उसकी बहू ने खींचकर बाहर डाल दिया था ताकि दिन के वक़्त वह कुछ ताज़ा हवा ले सके। अपने शरीर को सीधा करते हुए उसने अपने बिस्तर के एक किनारे पर लगे बाँस पर अपने चूतड़ टिकाए। वह अपने दाएँ पैर पर खड़ा होने ही वाला था, जो उसने पिछले कई महीने के दौरान बिना सहारे नहीं किया था, तभी उसको यह ख़याल आया, क्या वह सपना देख रहा है? क्या उसे किसी तरह का भ्रम हो रहा है? जिस आदमी को उसने दशकों से नहीं देखा था वह आदमी कैसे उसके दरवाज़े पर आ सकता है?

"उस्ताद, क्या आप हैं?" उसने पूछा।

"माँगेराम," उस आदमी ने आँगन में क़दम रखते हुए जवाब दिया, "मैं हूँ, यूसुफ़ मोहम्मद।"

"छोटे उस्ताद," कहकर माँगेराम रोने लगा, क्योंकि उसे लगा था कि ख़ुदाबख़्श उससे मिलने आया था। "आपने मुझे ख़बर भिजवा दी होती, मैं ख़ुद आ जाता।"

"मैं बाहर ही रहा," यूसुफ़ ने कहा, "लखनऊ, कानपुर, यहाँ तक कि कोलकाता और रंगून भी। कुछ महीने पहले ही लौटा। लेकिन मुझे तुम्हारी ख़बरें मिलती रहीं।"

माँगेराम ने चारपाई से अपने शरीर को उठाने की कोशिश की, लेकिन उसकी मांसल और कमज़ोर बाँहें उसके वज़न को सँभाल नहीं पाईं और वह वापस बैठ

गया। इस कोशिश से उसके सिर में चक्कर आ गया।

"तुम्हारी तबीयत ठीक नहीं है," यूसुफ़ ने पूछा।

"बड़े उस्ताद कैसे हैं?" माँगेराम ने पूछा।

"वे कई साल पहले हमें छोड़कर दूसरी दुनिया में चले गए।" यूसुफ़ बोला, "क्या तुमने सुना नहीं?"

"हाँ," माँगेराम बोला, "मैंने सुना था। भूल गया।" उसकी आँखें झपक रही थीं, शरीर के दाएँ हिस्से में तेज़ दर्द उठ रहा था।

"क्या तुम अपने उस्ताद के पैर नहीं छुओगे?" यूसुफ़ ने पूछा।

"मैं छूने ही वाला था उस्ताद," माँगेराम बोला और एक बार उसने फिर से चारपाई के किनारे पर हाथ जमाकर उठने की कोशिश की। उसकी बगल का दर्द बढ़ता गया, बढ़ता गया। उसने फिर ज़ोर लगाया लेकिन उसका शरीर नहीं हिला। उठने की कोशिश में उसके कंधे झुक गए। उसे ऐसा महसूस हो रहा था कि दबाव के कारण उसकी कलाइयाँ टूट जाएँगी। "या अली मदद," वह चिल्लाया, और एक अन्तिम झटके में वह उठ खड़ा हुआ।

हिलता-डुलता वह यूसुफ़ मोहम्मद के सामने खड़ा हो गया। उसके बाद हिचकते हुए उसने एक क़दम आगे की तरफ़ बढ़ाया और झुकने की कोशिश की। इससे पहले कि वह यूसुफ़ के घुटने तक झुक पाता यूसुफ़ ने उसको थाम लिया। उसने माँगेराम की कमर के इर्द-गिर्द बाँहें डाल दीं, मानो दोनों एक बार फिर से अखाड़े में हों। यूसुफ़ ने अपने शिष्य को कंधे के नीचे सहारा देकर ऊपर की तरफ़ उठाया।

"तुम मेरे अपने बेटे की तरह हो," यूसुफ़ मोहम्मद बोला, "मैं तुमको इस तरह तकलीफ़ में नहीं देख सकता। इसलिए मैं जो कहता हूँ वह सुनो। तुम्हारा समय आ गया है। शरीर को नीचे लेट जाने दो और उसे वह आराम दो जिसकी उसे बेहद ज़रूरत है।"

यूसुफ़ मोहम्मद के आख़िरी बार मिलने आने के कुछ सप्ताह बाद ही माँगेराम ने अन्तिम विदा ले ली। दस महीने बाद ओमवती ने एक बेटे को जन्म दिया।

1

12 फाइन होम अपार्टमेंट्स
मयूर विहार फ़ेज़-1
नई दिल्ली-110091

17 अप्रैल, 2008

श्री सर्वेश कुमार
प्रकाशक
एसके प्रकाशन
8/27 आसफ अली रोड
दरियागंज
नई दिल्ली-110002

प्रिय सर्वेश जी,

इस पत्र के साथ कुछ पृष्ठ हैं जो मैंने हाल में लिखे हैं। यह पूरी किताब नहीं है, न ही मुझे निश्चित तौर पर ऐसा लगता है कि मैं इसे पूरा कर पाऊँगा। और, जैसा कि आप जानते हैं, मेरी ऐसी आदत भी नहीं रही है कि मैं आपको ऐसी चीज़ें भेज दूँ जो पूरी न लिखी गई हों। हर लेखक इस बात के लिए संघर्ष करता है कि वह दुनिया के सामने अपनी कृति का खुलासा करने से पहले उसके पूरा हो जाने की प्रतीक्षा करे। मुझे लगता है कि अपने आपको लगातार वैध ठहराए जाने की आवश्यकता आपको हमेशा एक तनी हुई रस्सी पर बनाए रखती है। लेकिन इस बार यह रस्सी थोड़ी ढीली पड़ गई। मेरी यह आदत भी नहीं रही है कि मैं पत्र लिखकर यह बताऊँ कि आपको पांडुलिपि क्यों भेज रहा हूँ, फिर भी यह पत्र भेज रहा हूँ। सच बात यह है कि मुझे यह भी पता नहीं कि मैं इस पत्र में क्या कहना चाहता हूँ, मैं इस बात को स्वीकार करना चाहता हूँ कि क़लम और काग़ज़ के साथ बैठा हूँ और मुझे इस बात की समझ भी नहीं है कि मैं जो लिखने जा रहा हूँ वह मेरे लिए एक मुक्तिदायक अनुभव होनेवाला है। यह लिखने के लिए मुझे 70 साल की उम्र तक प्रतीक्षा नहीं करनी चाहिए थी।

मैं जब इस चिट्ठी में तारीख़ लिख रहा था तो मुझे ध्यान आया कि हमारी पहली भेंट को लगभग पैंतालीस साल हो चुके हैं। मैं कहना चाहता हूँ कि वह दिन आज भी अच्छी तरह मेरी स्मृति में है। क्या मेरे और आपके जैसे बूढ़े लोगों को पिछले महीने की घटनाओं को भूलकर दशकों पहले घटित चीज़ों को स्पष्ट तौर पर याद नहीं करना चाहिए? लेकिन ऐसा लगता है कि पिछले कुछ महीनों की घटनाओं ने मेरी स्मृति में सुदूर अतीत में घटी घटनाओं को धुँधला कर दिया है। जब हम पहली बार मिले, तब जो घटित हुआ था वह मुझे इसीलिए याद है कि पिछले सालों के दौरान उसे कई बार सुनाया जा चुका है। वैसे तो मेरी स्मृति में उस दिन की कोई गहरी छाप नहीं है लेकिन मैं कह सकता हूँ कि मैंने जब अपनी पांडुलिपि मेज़ की दूसरी तरफ़ आपको देने की कोशिश की तो मुझसे आपकी दवात उलट गई थी। आपकी सफ़ेद पतलून पर स्याही गिर गई थी। वह अन्तिम बार था जब आपने सफ़ेद पतलून पहनी। उस मुलाक़ात की यही एक याद मेरे मस्तिष्क में रह गई है, कम-से-कम मेरे मस्तिष्क में, और मुझे लगता है, आपके मस्तिष्क में भी। मुझे लगता है कि जब यह कहानी पहली बार सुनाई गई थी तब इससे जुड़ी कुछ और बातें भी थीं, लेकिन अब मुझे याद नहीं आ रहा कि वे बातें क्या थीं। जो भी हों, सैकड़ों-हज़ारों छोटी-बड़ी परिस्थितियों की श्रृंखला रही होगी जिनसे वह आधा घंटा बना होगा हमारा जीवन पहली बार एक-दूसरे के सामने आया था, लेकिन उस भेंट की सभी स्मृतियाँ पिछले सालों के दौरान मिट चुकी हैं और मुझे बस यही याद है कि मैंने अपने घबड़ाए हाथों में एक पांडुलिपि थाम रखी थी, दवात उलट गई थी, स्याही की बूँदों से आपकी सफ़ेद पतलून पर दाग़ पड़ गया था। सबसे ग़ौरतलब बात यह थी कि आपने यह फ़ैसला कर लिया कि अब आप कभी सफ़ेद पतलून नहीं पहनेंगे। यही चार कथन हैं जो हमारे जीवन के उन क्षणों की वास्तविकता से कटकर, अगर ऐसी कोई चीज़ रही हो तो, एक चुटकुले की तरह आपस में जुड़ गए हैं। जैसे संगीत की एक लम्बी रागिनी से किसी तान को निकालकर बाहर कर लिया गया हो, उन कहानियों की तरह जिन्हें मैं जीवन भर लिखता रहा और आप प्रकाशित करते रहे, अपूर्ण, अपर्याप्त, वह जो दर्ज कर सकती थीं उसे कर पाने में सीमित। सीमित शायद इस कारण कि उसका लेखक एक सीमित अनुभव वाला इनसान था या इस वजह से कि भाषा की भी अपनी एक सीमा होती है जिसके बाहर के जगत के ऊपर उसका किसी तरह का दावा नहीं होता, या शायद दोनों, और इसलिए आख़िरकार बेतुकी और अपर्याप्त।

सर्वेश जी मैंने बड़ी कोशिश की, मैंने बड़ी कोशिश की कि मैं जीवन और उससे जुड़े जगत को पूरी तरह लिख सकूँ जो हमें हर तरह से सम्मोहित किए रहता है! कितनी आसानी से, कितने रोज़मर्रा ढंग से हमारा जीवन सिमटता जाता है। कितनी आसानी से ज़िन्दगियाँ महत्त्वहीन और तुच्छ हो जाती हैं! ह्रास और सिकुड़न की

इस प्रक्रिया को हम तब तक समझ भी नहीं पाते हैं जब तक कि यह अपनी तार्किक परिणति पर नहीं पहुँच जाती। और वह अन्तिम परिणति जिस पल में घटित होती है उस पल हम इस योग्य भी नहीं रह जाते हैं कि उसको ठीक से देख भी सकें।

अब इस बात को चार महीने हो गए, हालाँकि ऐसा लग रहा है जैसे कल की ही बात हो, जब मैंने आपको विद्युत् शवदाहगृह के बाहर देखा था। ट्वीड जैकेट के भीतर आपने मटमैले रंग का स्वेटर पहन रखा था, वह जैकेट आपके टेलर ने उसी कपड़े से सिला था जो मैं आपके लिए हिमाचल से तब ख़रीदकर लाया जब मैं इसके लिए लिखने वहाँ गया हुआ था। उस दिन उसी हिमाचल से ठंडी हवा बहकर आ रही थी। तीन दिन पहले वहाँ बर्फ़बारी हुई थी। आपने कुछ कहा था। मेरे विचार से आपने कहा था, 'मुझे पता था कि तुम विद्युत् शवदाहगृह ही चुनोगे।' या शायद आपने कहा था, 'मुझे नहीं पता था कि यह विद्युत् वाला है।' और मैंने कुछ इस बारे में कहा था कि किस तरह विद्युत् आग का शुद्धतम रूप होती है, यह परिणति है आग को घरेलू बनाने की प्रक्रिया की, जो पूर्व ऐतिहासिक काल में आरम्भ हुई थी। आपने इस बात का कोई उत्तर नहीं दिया था लेकिन मुझे लगता है कि आप इस बात से चिन्तित थे कि मेरा दिमाग़ चकरा गया है, और हो सकता है कि आप इस बात को लेकर भी चिन्तित रहे हों कि मेरे अन्दर लिखने को कुछ विशेष बचा भी या नहीं। शायद आपने सोचा हो, कोई बात नहीं, अगर यह कुछ नया नहीं भी लिख पाया तो कम-से-कम इसकी पुरानी किताबें तो बिकती ही रहेंगी। नहीं, मैं शायद आपको लेकर ग़लत सोच रहा हूँ। आप कभी इस तरह की बात नहीं सोच सकते। लेकिन यह बात सच है, पुरानी किताबें बिकती रहती हैं।

मुझे पता है, आप यह सोच रहे होंगे कि इस आदमी के दिमाग़ में दुःख की बदली भरी हुई है। यह बेतरतीब, बिखरे गद्य में उलझ रहा है। वे चुस्त वाक्य कहाँ हैं, वे वन लाइनर्स जिनको देश भर के पाठक पढ़-पढ़कर एक-दूसरे को सुनाया करते थे? वह मारक व्यंग्य कहाँ है, जिसे पढ़कर लोग बाहर से हँसते थे लेकिन अन्दर-ही-अन्दर रोते थे? काश! मुझे इसका जवाब पता होता। गल्प लिखनेवाले लेखक के लिए आम मुहावरे का अगर मैं सच कहूँ का प्रयोग करते हुए बोलूँ तो आज मुझे ऐसा लगता है कि मैंने जितनी किताबें लिखीं और आपने प्रकाशित कीं वे खोखले गोले हैं, और उनको लिखने में मैंने जितना श्रम किया सब व्यर्थ साबित हुआ है। कई बार मुझे लगता है कि मैंने अपने पाठकों के साथ छल किया, देश-विदेश के सेमिनारों में जो लोग मुझे ध्यान लगाकर सुनते रहे मैंने उनके साथ छल किया। मैंने झूठ की बिना पर पुरस्कार प्राप्त किए और भारत के राष्ट्रपति से राष्ट्रीय सम्मान भी प्राप्त किया। जबकि कई बार मैं इस बात के लिए अपनी भर्त्सना भी करता हूँ कि मैंने अपरिपक्व तरीक़े से अपनी समालोचना की, मैं स्वयं को यह समझाता रहता हूँ कि इतने सारे लोग और इतनी सारी संस्थाएँ ग़लत नहीं

हो सकतीं। कोई पाठक एक किताब बिना यह जाने ख़रीद सकता है कि वह व्यर्थ है, लेकिन फिर वही पाठक उस लेखक की दूसरी किताब क्यों ख़रीदता है? लेकिन स्वयं को यह समझाने की कोशिश कि मैंने जीवन में कुछ सार्थक किया है व्यर्थ ही है। यह तर्क सही नहीं लगता। लेखन सच्चा नहीं लगता। प्रशंसा सही नहीं लगती। कुछ भी सही नहीं लगता।

अगर किसी और समय में मैंने यह सब कहा होता तो विमला पहले मुझे कुछ मिनट तो बोलने देती, मेरी बातों को वह उसी तरह ध्यान से सुनती जैसे सुशान्त की इस बात को ध्यान से सुनती थी जब वह भयंकर सर्दी के दिनों में भी कहता था कि वह ऊनी टोपी नहीं पहनेगा, उसके बाद वह मुँह बिचकाकर कुछ इस तरह की बात कहती, "मुझे तुम्हारे काम का महत्त्व पता है, और इस बात को दुनिया मानती है। अब बताओ, क्या मैं तुम्हारे लिए चाय बनाकर लाऊँ?" और इस तरह मेरा बिगड़ा मिज़ाज ठीक हो जाता। लेकिन जिस तरह मैं उसके बनाए हर स्वादिष्ट भोजन को खाता रहा और ख़ुद कभी कुछ पकाना नहीं सीखा, उसी तरह हमेशा वीतराग भाव से उसे अपना बचाव करने दिया, ख़ुद वीतरागी होना नहीं सीख पाया। अब जब भी मैं उसका चेहरा देखता हूँ तो सोचता हूँ कि जब से हम मिले उसके बाद से उसने मुझे जितना दिया काश मैं उसका एक छोटा सा अंश भी उसको दे पाता। काश मैं उसके साथ सहानुभूति जता पाता, हँसी-मज़ाक़ कर पाता और कोई ऐसी हल्की-फुल्की बात बोल पाता जिससे वह मुस्कुरा देती, जिससे अपने एकमात्र बच्चे को खोने का उसका दु:ख कुछ कम हो जाता। और हो सकता है ज़रूरत के वक़्त उसकी मदद करने से मैं ख़ुद को आत्मघृणा और आत्मसंशय से बचा पाता।

पहले मैं यह सोचता रहा कि मेरी मुश्किल यह नहीं है कि मुझे अपने ऊपर संशय होने लगा है, बल्कि यह है कि जब मेरी उम्र कम थी तब मैंने अपने ऊपर अधिक संशय नहीं किया। यहाँ तक कि जब मेरी उम्र 25 साल की थी और जब मैं आपके दफ़्तर में अपनी पहली पांडुलिपि लेकर आया था तब मुझे अपनी पुस्तक के महत्त्व को लेकर किसी तरह की शंका नहीं थी, मैं निश्चिन्त था कि वह अच्छी होगी। वह घबड़ाहट जिसके कारण मैं लड़खड़ा गया और जिसके कारण आपके ऊपर स्याही गिर गई वह जवानी की बेताबी थी, मैं यह जानकर रोमांचित हो उठा था कि अगर आपने मेरी पांडुलिपि स्वीकार कर ली तो मेरी गाड़ी चल निकलेगी, और अगर वह रुकी तो मैं निश्चित था कि वह कहाँ रुकेगी, वहाँ जहाँ एक नौकर के इस बेटे को एक महान लेखक के रूप में पहचाना जाएगा, साहित्य के एक स्तम्भ के रूप में।

जब कालिदास पांडेय के गौरवपूर्ण शब्दों के साथ वह पुस्तक दुनिया के सामने आई तो सन्देह का कोई कारण ही नहीं रह गया। पांडेय जी ने कहा था, "इस उपन्यास के चमकदार व्यंग्य-बोध के पीछे क्रोध की एक उबलती हुई नदी है। यह

क्रोध पुराने भारत को भस्म कर देगा ताकि उसके स्थान पर एक नये जनतंत्र का उदय हो।" अब कई साल के बाद ऐसा लगता है कि पांडेय जी ने क्रोध की जिस नदी की बात की थी वह भारत की पारम्परिक असमानता और उत्पीड़न को भस्म नहीं कर सकी, लेकिन उसने मेरे आत्मसंशय को अंगार ज़रूर बना दिया। उस भस्म से सिवाय अहंकार के कुछ भी नहीं निकला। आप भी इस बात को मानेंगे कि उस अहंकार को मैंने झूठी विनम्रता तथा आत्मनिंदा के आवरण में अच्छी तरह से छिपा रखा था, वह अहंकार जिसने मुझे भावनात्मक रूप से असमर्थ बना दिया।

आज मैं उन सभी लोगों को दोष दे रहा हूँ जिन्होंने मुझे इस तरह के लेखन के लिए उकसाया। वे सभी लोग जिन्होंने मेरे द्वारा लिखी किसी-न-किसी पंक्ति की प्रशंसा की, जिन्होंने यह लिखा कि मेरा लेखन घोर भ्रष्टाचार के विरुद्ध हमारे देश का अन्तिम बचाव था। लेखक! मैं आपको उफ़ करते हुए सुन सकता हूँ। उनकी प्रशंसा न करो तो वे दुखी हो जाते हैं, प्रशंसा करने पर वे शिकायत करते हैं। लेकिन हम दोनों इस बात को जानते हैं कि असंख्य लेखक झूठी प्रशंसा से दिग्भ्रमित हुए हैं।

प्रसिद्धि वह सूरज है जिसके कारण पौधों में फूल खिलते हैं। लेकिन अगर उसके नीचे जड़ के अँधेरों को अच्छी तरह से सींचा न जाए तो वही सूरज पौधे को कुम्हलाकर मार भी डालता है। मैं एक ग़रीब आदमी का बेटा था और उसी तरह प्यासा था जिस तरह केवल एक ग़रीब आदमी का बेटा ही हो सकता है, इसलिए मुझे जो भी प्रशंसा मिली मैंने सारी की सारी पी डाली, और वह मेरे दिमाग़ में चढ़ बैठी। मैंने सोचा कि अपने जनतंत्र का पर्दाफ़ाश करूँगा। बताऊँगा कि यह झूठ है, एक ऐसा झूठ जिसमें वादे जितनी जल्दी किए गए उतनी ही जल्दी टूट गए। इसके लिए मैंने उस शैली का प्रयोग किया जो 70 के दशक में बहुत सराही गई। और मुझे लगा कि ऐसा करते हुए मैं अपने देश और इस देश के नागरिकों की बड़ी सेवा कर रहा हूँ।

राजनेता, व्यवसायी, नौकरशाह—ये सब सबसे आसान शिकार थे और मैंने बहुत सरलता से एक-एक करके उनको चुना। मैं स्वयं को कितना शक्तिशाली महसूस करता था! दम्भी अंग्रेज़ीदां मसखरे जिनके दफ़्तरों में मुझे दिन के वक़्त हाथ में फ़ाइल लिए खड़े रहना पड़ता था, अपनी बात कहने के लिए अपनी बारी की प्रतीक्षा करनी पड़ती थी, रात के वक़्त जब मैं लिखने बैठता तो मेरे निशाने पर होते। इसने मुझे मदहोश बना दिया और मैं इन सालों के दौरान मदहोशी की हालत में ही रहा। हालाँकि, यह सच है कि ऐसे भी मौक़े आए जब मैं कुछ नर्म पड़ा। जैसे जब मैंने दुष्यन्त कुमार का यह शेर पढ़ा—

सिर्फ़ हंगामा खड़ा करना मेरा मक़सद नहीं
मेरी कोशिश है कि ये सूरत बदलनी चाहिए

दुष्यन्त एक अच्छे इनसान थे और जब मैंने पहली बार उनका यह शेर पढ़ा तब मुझे वह शराबख़ाने के बाहर ठंडी रात की हवा की तरह लगी थी जो नशेड़ी का अब तो यह शेर इतना घिसा-पिटा लगने लगा है कि इस बात की कल्पना भी मुश्किल लगती है कि कोई ऐसा भी दौर था जब ये पंक्तियाँ नहीं कही गई थीं। लेकिन अब मैं यह जानता हूँ कि कोई आदमी तब तक नहीं देख पाता जब तक कि वह स्वयं अपनी आँखों को खोलने का इरादा दिमाग़ साफ़ कर देता है। मैंने इन पंक्तियों को ख़ारिज कर दिया, उसी तरह जिस तरह से दुष्यन्त के मरने के बाद मैंने उनको भी ख़ारिज कर दिया; उनको और उनके लिखे को जीवित व्यक्ति के उस अहंकार भाव के साथ ख़ारिज कर दिया जिसमें ऐसा लगता है कि जो मर गया वह किसी-न-किसी तरह असफल साबित हुआ है उस खेल में जिसमें वह सफल साबित हो सकता था।

सम्भवत: मेरा बेटा मर गया है इसलिए मैं आज एक मृत व्यक्तियों के बारे में सोच रहा हूँ। मुझे नहीं पता कि मैंने आपको कभी यह बताया या नहीं कि पद्मश्री की उद्घोषणा के कुछ सप्ताह बाद मैं लखनऊ में था, और जैसा कि उनके जीवन-काल के दौरान हमेशा करता रहा था, मैं मनोहरलाल जी से मिलने गया। वह आदमी जिसने मुझे अपने बेटे की तरह प्यार किया, जब मैं नौजवान था और उनकी किताबों पर एक मौलिक शोध प्रबन्ध लिखकर महान विद्वान बनने के स्वप्न देखा करता था, उस दौरान उन्होंने मुझ पर बड़ी उदारता दिखाई थी। जब मिश्रा जी ने मेरे लेखन को चुराकर अपने नाम से प्रकाशित करवा लिया था उस समय उन्होंने जिस तरह से मुझे सांत्वना दी थी उस तरह मेरे पिता भी नहीं दे सकते थे। वे जानते थे कि अकादमिक जगत में जाने का अपना स्वप्न टूट जाने से मुझे कितनी गहरी निराशा हुई थी। जब मैं उनको अपने पहले उपन्यास की प्रति दिखाने गया था तो उनको दोहरी ख़ुशी हुई थी। उन्होंने मेरा हाथ थामकर मुझे अपनी बग़ल में उस तरह बिठाया जिस तरह कोई साधू किसी बच्चे को पास में बिठाता है, और कहता है, "हम अब एक जैसे हो गए।" उस दिन मुझे लगा कि वे कुछ ऐसा कहेंगे कि अन्तत: मुझे अपनी उपलब्धि के ऊपर गर्व महसूस होगा, क्योंकि मैं जानता था कि यह सब दाग़दार था, यह उसी व्यवस्था द्वारा दिया गया था जिसने न जाने कितने लोगों को असहनीय पीड़ा पहुँचाई थी। जब मैं उनके पास पहुँचा तो वे उसी गर्मजोशी से मिले जिस तरह अक्सर मिलते थे। उन्होंने मुझे बेमन से बधाई दी और जैसा वे अक्सर करते थे बातचीत की दिशा बदल दी और रामचरितमानस तथा गोस्वामी तुलसीदास के बारे में बात करने लगे। वे इस बात को याद करने लगे कि किस तरह मुंबई में उनके जाननेवाले एक फ़िल्म निर्देशक द्वारा प्रेरित किए जाने पर उन्होंने तुलसी की औपन्यासिक जीवनी लिखी।

ज़ाहिर है, यह कहानी पहले भी मैंने कई बार सुन रखी थी, लेकिन पहले की ही तरह मैंने उनको यह इसलिए सुनाने दी क्योंकि मुझे उनको सुनना अच्छा लगता था। लेकिन उस दिन उनके बात करने का तरीक़ा अलग था। बजाय किसी सधे हुए क़िस्सागो की तरह सुनाने के उन्होंने मुझे वह ऐसे सुनाई जैसे कोई हेडमास्टर बड़े प्यार से किसी अच्छे विद्यार्थी को शिक्षा दे रहा हो। उन्होंने हमेशा की तरह इस बारे में चर्चा की कि तुलसी की सबसे बड़ी उपलब्धि यह थी कि उन्होंने राम की कथा जनभाषा में प्रस्तुत की। रामलीला के अलग-अलग प्रसंगों को बनारस के अलग-अलग हिस्सों में मंचित किए जाने के तुलसी विचार के कारण पूरा बनारस मंच बन गया और प्रत्येक बनारसी अपने प्यारे राजा राम से जुड़ गया। "कुछ लोगों का यह कहना है कि गोस्वामी जी तार्किकता के विरोधी थे, अंध आस्था के पक्षधर थे," उन्होंने कहा, "लेकिन वे इस बात को नहीं समझते कि स्वयं विद्वान और ब्राह्मण होने के बावजूद उन्होंने राम की कथा को द्विजों की जकड़ से आज़ाद करवाकर ग़रीबों एवं अशिक्षितों में बाँट दिया। मुझे यह बताओ विश्वनाथ, इससे अधिक समाजवादी कुछ और हो सकता था क्या?" उन्होंने 'कुछ लोग' का प्रयोग किया। कोई और समय होता तो वे शरारती ढंग से मुस्कुराते और कहते, 'तुम्हारे जैसे नास्तिक।' उन्होंने 'कुछ लोग' कहा सर्वेश। तब मुझे समझ में आया कि वे मेरी हँसी उड़ा रहे थे। मुझे ऐसा महसूस हुआ जैसे उन्होंने मेरे पेट में घूँसा मारा हो।

वे कुछ देर तक इधर-उधर की बातें करते रहे, बताते रहे कि उन्होंने किस तरह किताब लिखी और लोगों ने उसके बारे में क्या कहा, सारी कहानियाँ मैं पहले भी कई दफा सुन चुका था। अन्त में जब मैंने कहा कि मुझे जाना है तब जाकर वे रुके। उसके बाद वे कुछ झिझके मानो समझने का प्रयास कर रहे हों कि क्या कहा जाए। कुछ देर बाद उन्होंने फिर से बातचीत शुरू की, मानो उन्होंने मेरी इस बात को सुना ही न हो कि मुझे जाना है। उसके बाद वे मुझे किसी ऐसे मुशायरे के बारे में बताने लगे जहाँ वे जा चुके थे। वहाँ एक मज़ाक़िया शायर दिलावर फिगार ने ग़ालिब को लेकर कोई नज़्म सुनाई थी। कहकर वे उस नज़्म की कुछ पंक्तियाँ दोहराने लगे, मुझे अब कुछ भी याद नहीं है। आख़िरकार उन्होंने यह शेर सुनाया, जो गम्भीर था और मुझे याद रह गया क्योंकि यह सच भी था और सुन्दर भी—

पहुँच गया है वो उस मंज़िले-तफ़क्कुर पर
जहाँ दिमाग़ भी दिल की तरह धड़कता है

फिर वे अचानक चुप हो गए, उनके चेहरे पर ग्लानि का भाव था। जब मैं उस पल को याद करता हूँ, मेरे दिमाग़ की नसें तन जाती हैं। मैं तत्काल समझ गया था कि वह क्या कह रहे थे। ग़ुस्से में तनी हुई उन नसों ने मेरे दिमाग़ को दिल की तरह धड़कने से रोका। ऐसा पहली बार हुआ जब मैं उनके पैर छुए बिना उनके

घर से निकला। उसके बाद उन्होंने मुझे कुछ चिट्ठियाँ लिखीं लेकिन मैंने उनका कोई जवाब नहीं दिया। कुछ महीने बाद उनकी मृत्यु हो गई और उसके बाद मैंने उनको कभी नहीं देखा। उनकी मृत्यु पर मुझे कुछ अफ़सोस तो हुआ लेकिन उस तरह नहीं जिस तरह मुझे इस समय महसूस हो रहा है जब मैं आपको यह सब बता रहा हूँ। जब मुझे उस दिन का ध्यान आता है तो उनका वह भाव याद आता है, जैसे कोई पिता हिचकते हुए, झिझकते हुए अपने बड़े हो चुके बेटे को सही राह पर लाने की कोशिश कर रहा हो, तो मेरा दिल फटने लगता है और मेरा मन करने लगता है कि उनकी छाती में सर छुपाकर बच्चे की तरह रोने लगूँ। लेकिन वह छाती और उसके अन्दर का हृदय, वह हृदय इतना बड़ा था कि समस्त संसार को उसकी तमाम ख़ामियों के साथ अपने अन्दर समो सकता था—एक या दो बार नहीं बल्कि अपनी हर पुस्तक में—अब दोनों भस्म हो चुके हैं, और इससे कुछ अन्तर नहीं पड़ता, अब मैं कितना भी चाहूँ इससे कुछ भी अन्तर नहीं पड़ता क्योंकि अब मैं बच्चा नहीं रह गया हूँ।

2 मई, 2008

मैंने यह निश्चय कर लिया था कि मैं न यह चिट्ठी आपको भेजूँगा, न वे पन्ने जो इसके साथ संलग्न हैं, लेकिन अगर मैंने सच में इनको नहीं भेजने के बारे में सोचा होता तो फाड़कर फेंक दिया होता। लेकिन मैंने उनको फेंका नहीं। आज शाम बाज़ार में टहलते हुए मैं हलवाई की दुकान के सामने ठहर गया। अब ऐसी दुकानों को 'स्वीट शॉप' कहा जाता है। मुझे अचानक ध्यान आया कि मुझे हमेशा से वह आलू टिक्की बनानेवाला आदमी पसन्द था। मैं सोचता था कि वह मुझे इसलिए अच्छा लगता है क्योंकि वह भला और विनम्र इनसान है और बहुत अच्छी टिक्कियाँ बनाता है, ऐसी टिक्कियाँ जैसी शहर के इस हिस्से से बाहर मुश्किल ही मिलती थीं, जिस हिस्से को पहले दिल्ली कहा जाता था और अब पुरानी दिल्ली। लेकिन आज मुझे ऐसा महसूस हुआ कि यह इस कारण था क्योंकि उसको देखकर मुझे अपने पिता की याद आती थी। नहीं नहीं, वह उनके जैसा तो बिलकुल ही नहीं लगता है, उसकी मुड़ी हुई नाक मेरे पिता की गोल नाक जैसी बिलकुल नहीं है, उसकी ठुड्डी भी अधिक उभरी हुई है। लेकिन आज जब वह एक नई टिक्की में मसाला भर रहा था तो उसकी आँखें जिस तरह अपने काम में डूबी लग रही थीं उससे मुझे पिताजी की याद हो आई। उसके चेहरे पर स्वाभाविक विनम्रता थी, वह बड़े ध्यान से अपने कौशल को अंजाम दे रहा था। चाहे उसका कौशल कितना भी सामान्य क्यों न रहा हो।

जैसा कि आप जानते हैं मेरे पिता एक घुमन्तू इनसान थे, जीवन की मौज-मस्ती के प्रति वे उतने ही समर्पित थे जितना कि सीमित साधनों वाले किसी इनसान को उसका जीवन अवसर देता है। उनके अन्दर चाहे जो भी कमियाँ रही हों आलस्य उनमें नहीं था।

कई बार बचपन में मैं उनको काम करते देखता था। बारिश के मौसम में लगाए जानेवाले झूले के लिए रस्सी की सही लम्बाई नापते हुए, जिसे सेठ जी के अहाते के बीच लगे आम के पेड़ पर डाला जाता था, या दोपहर में बड़ी मेहनत से लड़कों के काले चमड़े के जूते की पॉलिश करते हुए। बीच-बीच में उनको ऊपर उठाकर देखते हुए, और सन्तुष्टि नहीं होने पर एक बार और पॉलिश करते हुए। ऐसे मौक़ों पर उनके चेहरे पर उसी तरह का भाव होता था जैसा भाव टिक्कीवाले के चेहरे पर होता था, भौहें तनी हुई, होंठ सख़्ती से चिपके हुए, आँखें नीचे की तरफ़ झुकी हुईं। मैं बहुत कोशिश कर रहा हूँ लेकिन ऐसे शब्द नहीं खोज पा रहा हूँ जो यह वर्णन कर सकें कि आज बाज़ार में उसके उस भाव को देखकर मुझे कैसा महसूस हुआ। मुझे ऐसा महसूस हो रहा था कि मेरी सारी उपलब्धियों, मेरी सारी सफलताओं के बावजूद कुछ ऐसा था जो मेरी पहुँच से बाहर था। वह जो इतनी आसानी से सड़क के किनारे टिक्की बेचनेवाले, या मेरे पिता जैसे अर्धशिक्षित मेहनती इनसान के पास भी था या वे जब चाहे उसको पा सकते थे। इससे मुझे बीतते समय के अन्याय का एहसास हुआ।

किसी बूढ़े आदमी की तरह, जो कि मैं हूँ, मैंने और अधिक समय की कामना की, नहीं समय की नहीं, बल्कि उस जीवन की कामना जो गुज़र चुका है। मेरा अपना जैविक, कालक्रमबद्ध जीवन नहीं बल्कि उस जगह का जीवन जहाँ मेरा जन्म हुआ था। जब मैं भीड़-भरे बाज़ार से होता हुआ घर की तरफ़ जा रहा था तो दुकान से जो संगीत बज रहा था उसमें सुर की कमी महसूस हुई। मेरे मस्तिष्क में यह विचार आया कि जब मैं छोटा था तब भी लोग इस बात की शिकायत किया करते थे कि सिनेमा ने संगीत के स्तर को गिरा दिया है। मुझे गाड़ियों की भीड़ तथा सड़क के किनारे कूड़े के ढेर को देखकर ग़ुस्सा आया, जबकि दिल्ली के बाज़ारों में साठ साल पहले भी भीड़ और गन्दगी थी। और मैं इस बात से इनकार नहीं कर सकता कि कई बार लड़कियों को कम कपड़ों में देखकर मुझे हैरानी होती है, लेकिन मैं इतना संकीर्ण सोच का नहीं हूँ कि उनके पहनने-ओढ़ने की शैली की शिकायत करूँ। एक सीमा से अधिक मैं प्रदूषण के बारे में शिकायत नहीं कर सकता क्योंकि मैं इस बात को समझता हूँ कि बढ़ता प्रदूषण हमारे देश और इस शहर की बढ़ती समृद्धि से जुड़ा है। यह हमारे स्वास्थ्य के लिए बुरा है, लेकिन उसी तरह ग़रीबी भी बुरी है। इस तरह मेरे पास शिकायत करने के लिए कुछ भी नहीं रहा, और जब तक मैं घर पहुँचा तब मुझे समझ में आया कि हम जिस समय में जी रहे हैं उसके

साथ किसी तरह की गम्भीर समस्या नहीं है। बस मैं यह सोचता हूँ कि काश अतीत कभी अतीत न हुआ होता।

मुझे अचानक यह बात समझ में आ गई कि मैं क्यों पात्रों और कथानक के साथ जूझता रहा हूँ जो आपको इस पत्र के साथ संलग्न पन्नों में दिखाई देंगे।

मुझे पता है कि जब आपको यह लिफ़ाफ़ा मिलेगा तो नितिन आपको देखकर ही बता देगा कि यह मेरी लिखावट है, उसे इस बात पर गर्व है कि वह मेरी लिखावट को पहचान लेता है। आप मेरी हाथ से लिखी चिट्ठी और इसके साथ भेजे गए टाइप पन्नों को देखेंगे। सबसे पहले आप टाइप किए हुए पन्नों को देखेंगे। "यह क्या भेजा है इसने?" आप यही सोचेंगे। क्या यह कोई कहानी है? विश्वनाथ की! जिसने जीवन में कभी कोई कहानी नहीं लिखी। लेकिन एक ऐसे लेखक की ओर से भेजे गए महज़ तीस या चालीस पन्ने जो हमेशा पूरी पांडुलिपि भेजता रहा है, सफ़ेद धागे में अच्छी तरह बाँधकर, जिसमें सम्पादन की शायद ही कोई आवश्यकता रहती हो, चार-छह पन्नों में हो सकता है कि पाँच या छह अर्धविराम अपनी जगह पर नहीं रहते हों। आप नितिन को बुलाकर पूछेंगे कि इसके साथ कोई और लिफ़ाफ़ा तो नहीं था जो लाने से रह गया हो। उसके बाद आप पढ़ना शुरू करेंगे। अब तक मैं इस बात को अच्छी तरह समझ चुका हूँ मेरे दोस्त कि आप अभी भी इस पत्र को पढ़ रहे हैं, आप समझ नहीं पा रहे हैं कि मैं चाहता क्या हूँ। सच्चाई मैं भी नहीं जानता। मुझे लगता है, मैंने नई किताब के कुछ पन्ने लिखे हैं, और वही पन्ने मैं आपको भेज रहा हूँ। क्या मैं यह चाहता हूँ कि आप इनको पढ़ें? ज़ाहिर है, अगर मैंने आपको भेजा है तो मैं यह अवश्य चाहता हूँ कि आप इनको पढ़िए। लेकिन यह कोई ज़रूरी नहीं है कि आप इसका जवाब दीजिए या इसके बारे में कुछ बताइए ही। अगर आपको ऐसा लगता है कि आप कुछ कहना चाहते हैं तो मुझे ज़रूर लिखिएगा। हम कहीं न कहीं मिलेंगे, और हम शायद फ़ोन पर मेरी किसी अन्य किताब के बारे में कोई बात करेंगे। मेरा आपसे यह आग्रह है कि जब हमारे बीच बातचीत हो तो न इस चिट्ठी के बारे में बात की जाए न ही इसके साथ भेजे गए पन्नों के बारे में। आप जितना सोच सकते हैं मुझे उससे कहीं अधिक शर्मिन्दगी महसूस होगी।

यह पत्र कितना बड़ा हो गया है। जबकि आप एक अनुभवी प्रकाशक हैं, अपने जीवन में आपने हज़ारों अच्छे-बुरे पन्ने पढ़े होंगे, मुझे आपको यह सब लिखकर टीस हो रही है। उम्मीद करता हूँ आप मुझे माफ़ कर देंगे।

प्यार और शुभकामनाओं के साथ,

आपका दोस्त,

विश्वनाथ

लाला मोतीचन्द जिस बरामदे में बैठते थे वहाँ बेंत का एक पर्दा लगा हुआ था जिसकी एक पतली पट्टी हट गई थी। उससे जो जगह ख़ाली हुई थी उसके रास्ते दोपहर के सूरज की रोशनी की एक किरण लाला की घड़ी की सुनहरी चेन से टकराकर उनकी दाईं आँख से ठीक उसी समय जाकर टकराई जब वे दोपहर के भोजन के बाद की नींद से उठने का उपक्रम कर रहे थे। अगर ज़्यादा जगे हुए होते तो लाला मोतीचन्द की मूल चिन्ता परदे की वह टूटी हुई पट्टी रही होती, और उन्होंने तत्काल परदे बनानेवाले के लिए सख़्त निर्देश जारी कर दिया होता और मन-ही-मन यह सोच लिया होता कि जब कारीगर आएगा तो उसको उसकी कारीगरी के बारे में कुछ कड़ी हिदायत देंगे। लेकिन नींद का एक चमत्कारी गुण यह है कि वह एक नाव की तरह होती है जिसमें हम सभी अपने ज़िद्दी आत्म की ठोस धरती से निकलकर बह सकते हैं, और इसलिए बजाय नाराज़ कर देनेवाली उस टूटी हुई चिक की तरफ़ देखने के वह उसके उस छेद से बाहर की तरफ़ देखने लगे। उनकी आँखें परदे के अन्दर से बाहर की तेज़ रोशनी में देखने के लिए संघर्ष कर रही थीं, कुछ कोशिश के बाद उनकी आँखें उस रोशनी के अनुकूल हुईं और मिर्ज़ा कासिम की बरसाती पर जाकर ठहर गईं जो हवेली बोस्तां की दूसरी तरफ़ थी। बोस्तां क्यों? उन्होंने सोचा, यह ऐसा सवाल था जो बार-बार उनके मन में उठता था। हालाँकि वे ऐसा कुछ सोचने के मुक़ाबले ज़्यादा दुनियादार थे। उसका यह नाम शायद इसलिए रखा गया था क्योंकि वहाँ बहुत पहले एक बग़ीचा था। या शायद मिर्ज़ा कासिम के आदरणीय पूर्वजों को बोस्तां ख़ान कहा जाता हो या किसी अन्य कारण से जो हो सकता है कि आगे की पीढ़ियों तक ज्ञात नहीं रहीं क्योंकि इन पीढ़ियों की कुछ कड़ियों को वर्तमान के सामने अतीत की कुछ ख़ास प्रासंगिकता नहीं दिखाई देती थी।

मिर्ज़ा कासिम के पूर्वज जहाँज़ेब, जो मुमकिन है कि बोस्तां ख़ान के वारिस रहे हों या नहीं भी हो सकते, अकबर के काल में काबुल से भारत आए थे। वे अपने साथ एक तलवार लेकर आए थे और यह दावा कि वे चंगेज़ ख़ान के वंशज थे। उनके पास इस बात का कोई काग़ज़ी सबूत तो नहीं था लेकिन वे बहुत अच्छे घुड़सवार थे—यह ऐसा कौशल था जिसके कारण इस बात में कोई सन्देह नहीं रहा था कि वे मंगोलों के वंशज थे—तथा युद्ध के मैदान में निर्मम क्रूरता दिखाते थे। इन्हीं गुणों के कारण बादशाह के दरबार में उनको जगह मिली और कई गाँवों का नज़राना भी। जहाँज़ेब ने जिस ऊँचाई को हासिल किया उसको उनके वंशज बचा नहीं पाए, यद्यपि, बाद की पीढ़ी में उनके पड़पोते अमीनुल्ला ने, जिनके पास भले ही कोई ख़ास ओहदा नहीं था, लेकिन औरंगज़ेब के दक्षिण के अभियानों में पूरी निष्ठा के साथ सेवा की। अगर किसी ताक़तवर मालिक के लिए वफ़ादारी दिखाई जाए तो इससे काफ़ी बरकत होती है और इसी के नतीजे में अमीनुल्ला ने उस

दौलत में इज़ाफ़ा ही किया जिसे जहाँज़ेब ने जमा किया था। अमीनुल्ला के बाद की तीसरी या चौथी पीढ़ी में मिर्ज़ा कासिम आए, जिनका ओहदा एक नाबालिग मुग़ल के दरबारी से अधिक नहीं था, मूल रूप से जिनकी शारीरिक गतिविधि इतनी ही थी कि छत पर चढ़कर पतंग उड़ाएँ, कबूतरों के साथ खेलें, और जब जी चाहे हाल में ही ब्याहता अपनी बेगम के साथ मौज मनाएँ। इसके बावजूद कि मिर्ज़ा कासिम में जहाँज़ेब या अमीनुल्ला जैसा युद्ध कौशल नहीं था, उनमें बहुत उच्च कोटि का दरबारी दिमाग़ था, जिसकी बदौलत उन्होंने उस ज़मीन के मालिक को उल्लू बना दिया जिस ज़मीन पर हवेली बोस्तां खड़ी हुई, उसने ज़मीन के मालिक से औने-पौने दाम में उसे ख़रीद लिया। इससे पहले कि ज़मीन के मालिक को अपने फ़ैसले को लेकर पछतावा होता उसने जल्दी से उसके पुराने मालिक की बनवाई इमारत को गिरवा दिया और एक शानदार हवेली का निर्माण शुरू करा दिया जिसके वास्तुशिल्प से उसके बनवानेवाले की सुरुचि का पता चलता था।

कैसा नज़ारा होता होगा, लाला मोतीचन्द ने सोचा, मिर्ज़ा साहिब और उनकी नई बेगम बारिश के दिनों में छत पर जानेवाली सीढ़ियों पर चढ़ती होंगी, वही सीढ़ियाँ जो अब भी हैं, वहाँ से बदरी भरे आकाश से छनकर आती रोशनी में शहर की रंगीनी को देखती होंगी, जामा मस्जिद की मीनारों और लाल क़िले और नदी पार के इलाक़े को देखती होंगी। लाला मोतीचन्द आमतौर पर किसी मृत व्यक्ति के साथ सहानुभूति प्रकट नहीं करते थे, कम-से-कम उनके प्रति तो बिलकुल नहीं जिनके जीवित परिवार के पास अपने पूर्वजों के नाम को आगे बढ़ाने के लिए संसाधन ही न बचे हों। शायद यह दोपहर की आधी नींद का प्रभाव था कि वे गौरवशाली मिर्ज़ा परिवार के दुर्भाग्य का मातम मना रहे थे, जिनका पड़पोता बरकत अपनी गुज़र-बसर के लिए दिल्ली की सड़कों पर ठेला चलाता था। उसकी गौरवशाली वंशावली की एक ही चीज़ उसमें बची हुई थी, मंगोलों जैसी छोटी-छोटी आँखें, सदियों तक गोल आँखों वाले उप महाद्वीप के निवासियों से विवाह करने के बाद जो छोटी होते-होते न के बराबर रह गई थीं, इतनी कि अधिकतर लोगों को वो कभी दिखाई तक नहीं देती थीं। उसकी आँखें इतनी पतली थीं कि अगर कोई देखनेवाला उसके चेहरे को इतनी बारीकी से देखता कि उसके चेहरे की बारीक लकीरों और उतार-चढ़ावों को भी देख पाता, जो उस ख़ानदानी इनसान के चेहरे को उतना ही भरपूर बनाती थीं जितनी भरपूर कोई राजकीय वंशावली हुआ करती है, तब भी उसे वे आँखें दिखाई नहीं पड़तीं।

शहर के बाहर उनकी जो ज़मीनें थीं। 1857 के युद्ध के बाद अंग्रेज़ों ने उन पर क़ब्ज़ा कर लिया था। मुग़ल बादशाह की मृत्यु के बाद उनको अपने बेटों को शहर में वापस आने देने के लिए बड़ी मात्रा में रिश्वत देने के लिए मजबूर किया गया और मिर्ज़ा कासिम का परिवार कंगाल हो गया। किसी तरह परिवार के गहने

गिरवी रखकर और सूबे की शेष बची ज़मीनों को बेचकर अपने गौरवशाली जीवन को बरकरार रखने की कोशिश करते रहे, उस ज़िन्दगी के बचे-खुचे को बनाए रखने के लिए जिसके गौरव की नियति ही थी ख़त्म होना। अपनी उस जीवन शैली को बचाए रखने और अपनी आदतों की वजह से उनकी पीढ़ी-दर-पीढ़ी उनका दिमाग़ कमज़ोर होता गया। उनके पास जो बचा हुआ था अगर वे उसका सही इस्तेमाल करते तो ठीक-ठाक जीवन जीने लायक साधन जुटाए जा सकते थे, लेकिन मिर्ज़ा के बेटे आफताब के पास न तो वह ज्ञान था न ही वह मिज़ाज कि वह अपने लिए, और अपने घर के लिए कोई नया ज़रिया पैदा कर पाता, जो उस नई बन रही दिल्ली में था जो पुरानी वाली दिल्ली के तबाह होने के बाद आबाद होने लगी थी।

एक ऐसी दुनिया की कल्पना कर पाने में असमर्थ, जिसमें समय ने उनको सामर्थ्यहीन बना दिया, लाला मोतीचन्द यह सोचकर भयभीत हो गए कि कहीं उनका भी हाल ऐसा न हो जाए, उनकी भी समृद्धि न चली जाए, उनके भी नौकर कहीं दूसरे मालिकों की खोज में न निकल जाएँ, उनके बेटों को छोटे-मोटे काम न करने पड़ जाएँ, और इस डर के कारण उनके मन में एक तरह से जहाँज़ेब के वंशजों के लिए सहानुभूति का भाव आया उससे उन्हें सन्तोष हुआ। लेकिन इससे पहले कि उनके दिमाग़ में सहानुभूति उभरती उनके मन में एक और विचार कौंधा और वे सन्तुष्ट हो गए, सादी ने कहा था कि किसी योग्य पुत्र को अगर अपने पिता की विरासत की ख़्वाहिश हो तो उसको अपने पिता के इल्म की विरासत को अपनाना चाहिए, क्योंकि पिता की छोड़ी हुई दौलत तो कुछ दिनों में ख़र्च हो जाएगी। मोतीचन्द ने सोचा कि केवल पिता का व्यापारिक ज्ञान ही नहीं विपरीत परिस्थिति का सामना करने की उनके पिता की क्षमता भी मायने रखती है। उनके बचपन की स्मृति में अपने जवान पिता की वह छवि भी थी जब वे थोक बाज़ार से अनाज का बोरा अपने सर पर रखकर अपनी दुकान तक लेकर आते थे।

मोतीचन्द ने सोचा कि उनके पिता ने किस तरह संघर्ष किया, उन्होंने वह कठिन जीवन भी अपने पिता से विरासत में पाया था, जिनके अपने पिता बिना अपनी किसी ग़लती के 1857 में अंग्रेज़ों की विजय के बाद शहर की तबाही के दौर में लगभग भिखारी हो गए थे। जिसकी वजह से वे अपने बेटे के लिए एक छोटी-सी दुकान और कुछ नगदी ही छोड़ पाए। मोतीचन्द के पिता नेमिचन्द तथा उनसे पहले उनके भी पिता को बेहद ग़रीबी का जीवन बिताना पड़ा, ऐसी ख़तरनाक स्थिति से भी अगर वे अपने परिवार को निकाल पाए तो इसका कारण यही था कि उन्होंने अपने पूर्वजों से सहनशीलता सीखी थी। साथ ही, एक कारण यह भी था कि वे ऐसे वर्ग से ताल्लुक रखते थे जिनके लिए परिवार और उसकी पीढ़ियाँ कुछ कछुओं या पेड़ों की तरह अनंत काल तक कायम रहती हैं। परिवार को हासिल निरन्तरता का यह सिलसिला एक ऐसी अहमियत हासिल कर लेता है, जो निरन्तर

बढ़ती जाती है, कम-से-कम आनेवाली सन्ततियों की कल्पना में ऐसा होता ही है, और ऐसा तब तक होता जाता है जब तक इतिहास की घटनाएँ परिवार की गाथा को क़ायदे से सुनने-सुनाने के लिए महज़ एक ज़रूरी ब्योरा भर बनाकर न छोड़ दें। कई पीढ़ियों में फैले इस कारवाँ की असली दौलत कुछ सिक्के, कुछ सम्पत्ति और व्यावसायिक सम्बन्ध नहीं होते जो एक से दूसरी पीढ़ी तक चलते रहते हैं। न ही यह किसी बेहद विकसित दिमाग़ की तरह होती है जो उलझी हुई चीज़ों को जटिल गणितीय जोड़-घटाव से दूसरों के मुक़ाबले अधिक तेज़ी से हल करते हुए युक्तियुक्त फ़ैसले लेकर व्यावसायिक फ़ैसलों की रणनीति तैयार कर लेती हो, जो पिता के वीर्य और बड़े सलीके से चुने गए किसी उपयुक्त परिवार की स्त्री के अंडे के ज़रिये पीढ़ी दर पीढ़ी स्थानान्तरित होती हो। और निश्चित रूप से यह कोई प्रतिष्ठा भी नहीं थी, जिसे परिवार ने पीढ़ी दर पीढ़ी अर्जित किया हो और जिसने एक बड़े समुदाय में जगह बनाई हो और उसमें उस परिवार के योगदान को दर्ज किया गया हो, जो समय के साथ सबसे मूल्यवान विरासत की तरह सँजोयी जाती रही हो। हालाँकि इन सभी पहलुओं का असाधारण प्रभाव था; लेकिन इस कारवाँ की वास्तविक दौलत थी वह साझा समझदारी कि समय एक रेगिस्तान की तरह होता है, जिससे सुरक्षित तरीक़े से निकलने का उपाय यह है कि हरेक ऊँट को मज़बूती से एक के पीछे एक बाँध दिया जाए।

और इसलिए, लाला मोतीचन्द को दुनिया में अपनी भौतिक स्थिति से तो बहुत प्यार था, लेकिन उनको ऐसा कभी नहीं लगा कि उनके ख़ानदान के इतिहास में उनका अपना समय उनके किसी पूर्वज के समय से अधिक या कम महत्त्व रखता है। उदाहरण के लिए उनको गोटा मल के साहस पर गर्व था जिन्होंने पूँजी तथा अपने सबसे विश्वस्त नौकरों की ज़िन्दगी पर दाँव लगाते हुए औरंगज़ेब की मृत्यु के बाद के ख़तरनाक दशकों में सूद पर पैसे देने के व्यवसाय को स्थापित किया, या फिर उनके अपने परदादा रामआसरे जिनका बहुत सारा पैसा इसलिए डूब गया क्योंकि 1857 के बाद उनके बहुत से क़र्ज़दारों को अंग्रेज़ों ने कंगाल बना दिया। मिर्ज़ा कासिम का बेटा आफ़ताब उन्हीं क़र्ज़दारों में एक था। फिर भी वे इतना बचा पाने में कामयाब रहे कि मरने से पहले अपने बेटे के लिए एक दुकान छोड़ गए। लाला के पूर्वज बरकत के पूर्वजों की तरह प्रतिष्ठित नहीं थे—उनका जीवन वीरता से अधिक संचय की गतिविधियों से भरा था, उनके साहस की परीक्षा युद्ध में नहीं बल्कि आर्थिक संकट के दौर में हुई। लेकिन अब मोतीचन्द इस मुकाम पर आ गए थे कि वे अपने पूर्वजों का नाम रोशन कर सकें इसलिए उन्होंने अपने उन पूर्वजों के नाम पर दान-पुण्य के काम शुरू किए—उन्होंने रात्रि विश्राम स्थल, स्कूल, पुस्तकालय, मन्दिर आदि बनवाए। वे हमेशा ध्यान रखते कि उनके पूर्वजों के व्यक्तित्व से जुड़ी कुछ बातें संक्षेप में प्रमुख स्थानों पर स्थायी रूप से लगवा

दी जाएँ। इससे कोई छोटे दिल वाला व्यक्ति यह निष्कर्ष भी निकाल सकता था कि उन्होंने यह सब इस उम्मीद में किया इस धरती पर कि उनके दिन पूरे हो जाने के बाद उनके वंशज उनके लिए भी उसी तरह से कुछ करेंगे जिस तरह से उन्होंने अपने पूर्वजों के लिए किया था। असल में जो कम क़िस्मत वाले होते हैं वे, क़िस्मत का मारा होने की वजह से, अक्सर दौलत हासिल करने के रास्तों के बारे में राय बनाते हुए अपना दिल बड़ा नहीं रख पाते। लेकिन इस बात के बावजूद कि लाला मोतीचन्द का उद्देश्य स्वार्थी होता था, अधिक बड़ी और मूल बात यह थी कि वे उन स्त्री-पुरुषों के प्रति सच्चा समर्पण भाव रखते थे जो उस परिवार के मज़बूत तने और शाखाएँ थे और जिन्होंने उस टहनी को जन्म दिया जो वे ख़ुद थे।

अपनी आँखों को मूँदते हुए लाला मोतीचन्द ने मन-ही-मन अपने पिता की छवि का स्मरण किया। 'राम, राम, राम,' वह बुदबुदाए। फिर ज़ोर से बोले, "मुंशीजी, ईद आनेवाली है। बरकत के घर दो किलो घी और सेंवइयाँ भिजवा दीजिए। इस बार आस-पड़ोस के लोगों को उसकी पत्नी के हाथ की सेंवइयाँ खाने दीजिए।"

मुंशी गैंडामल मुस्कुराए जिनको यह पता था कि लाला मोतीचन्द के पिता ने बरकत के पिता से उस हवेली का क़ब्ज़ा उस क़र्ज़ के बदले लिया था जो बरकत के परदादा ने लाला मोतीचन्द के परदादा से मुग़ल सल्तनत के आख़िरी दिनों में ली थी। यह घर उस क़र्ज़ के बदले गिरवी रखा हुआ था, तब नौजवान मोतीचन्द और उनके गुर्गों ने अपने पिता के निर्देश पर बरकत के पिता से यह हवेली खाली करवाई थी। इस सदमे से उस बुज़ुर्ग इनसान की मौत हो गई, और लाला मोतीचन्द ने बड़ी निर्ममता से घूस देकर उस क़ानूनी मुक़दमे में भी जीत हासिल कर ली जो बरकत ने अपने पुरखों द्वारा बनवाई उस विशाल हवेली को वापस पाने की आख़िरी कोशिश करते हुए दायर की थी। मुंशी गैंडामल मुस्कुराते हुए बोला, "जी बहुत अच्छा हुज़ूर।"

"दो बोरे गेहूँ और कुछ दाल भी भिजवा देना।"

लाला मोतीचन्द अपने पिता के बारे में ही सोच रहे थे। वह छवि उस युवा नेमिचन्द से कई दशक आगे की थी जब हट्टे-कट्टे नेमिचन्द अपनी दुकान में मेहनत से काम करते थे। उनके मन में उनकी वह दुबली काया उभर रही थी जो मृत्युशैया पर पड़ी हुई थी, हाँफती-काँपती छवि, जब वे बेहोशी से जागते थे तो असम्बद्ध निर्देशों को दोहराते हुए रोते और सुबकने लगते और फिर बेहोश हो जाते थे। यह सिलसिला तब तक चलता रहा जब तक उनकी मृत्यु नहीं हो गई। जब उनकी साँस टूटी तब वे उनको वहाँ लेकर गए जहाँ उनके पुरखे गए थे और एक दिन जहाँ उनके बेटे को भी जाना था। मोतीचन्द ने एक बार फिर कोशिश की कि उनके दिमाग़ में उनके पिता की वह छवि आए जब वे युवा थे, जब वे उनको सिखाते थे कि बटखरे का इस्तेमाल किस तरह से किया जाना चाहिए जिससे

75 तोला आटे का वज़न एक सेर लगे, और उनके चेहरे पर थोड़ी देर के लिए मुस्कान आई, लेकिन फिर उनकी नज़रों के सामने पिता की वह छवि आ गई जिसमें वे खाँस रहे थे और उल्टियाँ कर रहे थे। उसके बाद ही वे मृत्युशैया पर चले गए थे। उनकी आँखें भर आईं। उन्होंने अपनी आँखें पोंछीं और सिर उठाकर मुंशीजी से कुछ बोलने ही वाले थे कि उनके बेटे दीनानाथ ने बीच में टोकते हुए आवाज़ दी, "पिताजी!"

"दीना बेटा?" लाला मोतीचन्द बोले। थोड़ी देर पहले वे जिस चिन्ता में डूबे थे उससे उनकी आवाज़ रुआँसी हो आई थी। जिसे सुनकर मुंशीजी ने हैरानी से उनकी तरफ़ देखा।

दीनानाथ अपने कामकाजी दिनों की तरह तैयार होकर आया था। उसने गहरे रंग का सलीके से सिला सूट पहना था, जो उसके सुगठित शरीर पर ख़ूब जँच रहा था। दीनानाथ का वह सूट उसके पिता की तहदार धोती-कुरते से असंगत नहीं रहा था, जिसके पीछे उनका उभरा हुआ पेट छिपा रहता था, बल्कि वह उसका पूरक ही लग रहा था।

"देवीप्रसाद ने टेलीग्राम भेजा है," वह बोला और आगे बढ़कर उसने अपने पिता के पाँव छूते हुए उनके पैरों की धूल अपने माथे से लगाई जो अदृश्य होते हुए भी अमिट थी। "कलकत्ता में सब मामला सुलट गया है।"

"जीते रहो," मोतीचन्द बोल पड़े, "तो अब हमें क्या करना होगा?"

"मैंने कल रात खाने पर ब्रिगेडियर जोन्स को बुलाया है," दीनानाथ बोला, "मैं उनके साथ सौदा पक्का कर लूँगा।"

"नब्बन हफ़्तों से इन्तज़ार कर रहा है," मोतीचन्द बोले, "कह रहा है कि उसके पास बीस प्रशिक्षित लड़के तैयार हैं।"

"मैंने पहले ही उसको कहलवा दिया है," दीनानाथ बोला, "मैं लँगड़े नवाब की हवेली उसके लिए खुलवा दूँगा और वहाँ मशीनें लगवा दूँगा। देवीप्रसाद ने कपड़ों की पहली खेप भिजवा दी है, अगले हफ़्ते तक यहाँ पहुँच जानी चाहिए।"

"देर-सबेर हमें यहीं कहीं कपड़ों का इन्तज़ाम देखना होगा," मोतीचन्द बोला, "अगर लड़ाई छिड़ गई तो हमें बहुत सारी वर्दियाँ तैयार करनी होंगी।"

"मैंने कुछ मिल देखे हैं पिताजी," दीनानाथ बोला, "यह सब जल्दी ही हो जाएगा। जब लड़ाई छिड़ेगी तब तक हम तैयार होंगे।"

अब यह तैयार हो चुका है, लाला मोतीचन्द ने सोचा। यह ज़रूरत से ज़्यादा तैयार हो चुका है, और यह सोचकर उनका शरीर ऐसे काँप गया जैसे जनवरी के शुरुआती दिनों में किवाड़ के पल्ले की दरार से हवा का झोंका गुज़रता है। यह सोचकर उनकी हड्डियों में कम्पन हुआ कि उनके तरीक़े अब पुराने पड़ चुके हैं। उनको इस बात का पता था कि उनकी अवश्यम्भावी सेवानिवृत्ति का समय

उसी तरह उनका इन्तज़ार कर रहा है जैसे कोई भिखारी किसी अमीर आदमी के दरवाज़े पर बैठा होता है कि मालिक की नज़र कब उसके ऊपर पड़े, फ़र्क़ बस ये था कि इस याचक को इनकार नहीं किया जा सकता था। दीनानाथ ने केवल वही नहीं सीखा था जो उसके पिता ने उसको सिखाया था, बल्कि इंग्लैंड में पढ़ाई के दौरान उसने नये तरीक़े, नये कौशल भी सीखे थे जो बदलते समय के साथ उसकी मदद करनेवाले थे।

यह लड़का जो इस घर के आँगन में नंगे बदन लुढ़कता रहता था! उसके पिता को लगा ही नहीं कि समय इतना बीत चुका है, जबकि इस बात को अब तीस साल से ज़्यादा हो चुके थे जब उसने उनकी गोद में पेशाब-पाखाना किया था, उल्टियाँ की थीं। जब उसने बदमाशी की तो उन्होंने अपने हाथों से उसकी मरम्मत भी की। अब वह बच्चा न केवल उम्र के लिहाज से या इस लिहाज से कि उसको पति और पिता बने भी कुछ साल हो गए थे, एक अच्छा-ख़ासा नौजवान हो गया था, बल्कि इस लिहाज से भी कि उसे अपने और अपने परिवार का ख़र्च चलाने के लिए अब पिता की ज़रूरत नहीं रह गई थी। गर्व ने लाला मोतीचन्द के शरीर को उसी तरह लपेट लिया जैसे कोई गर्म कम्बल हो। स्वाभाविक और शर्त रहित वह गर्व, जो माता-पिता उस वक़्त भी महसूस करते हैं जब बच्चा बहुत छोटा होता है और रोने और पेशाब-पाखाना करने के अलावा कुछ भी नहीं कर रहा होता है। जैसे-जैसे बच्चा बड़ा होता है, उसकी उपलब्धियों तथा उसके गुणों में वृद्धि होती जाती है यह गर्व और बढ़ता जाता है। समय के साथ उनमें बदलाव आता है, लेकिन असल में माता-पिता के दिल में वही राग बरकरार रहता है जो कोख से निकले लिसलिसे बालक को देखकर पहली बार उठता है।

"जीते रहो दीना," मोतीचन्द ने एक बार फिर कहा, "मुझे इसमें कोई शक ही नहीं है कि तुम पूरी तरह तैयार होगे।"

व्यापार के मामले में दीनानाथ की बुद्धि कभी कमज़ोर नहीं पड़ती थी इसलिए 'हम' के स्थान पर 'तुम' के प्रयोग से उसका ध्यान नहीं चूका। इस बात के बावजूद कि वह अक्सर यह सोचता था कि वह इतना वयस्क हो चुका है कि अपने पिता की ज़िम्मेदारियों को सँभाल ले, अकेले उसको एक बार फिर वैसी घबड़ाहट महसूस हुई जो किसी बच्चे को उस वक़्त होती है जब उसके माता-पिता उसे कमरे में अकेले छोड़कर चले जाते हैं। "हम तैयारी कर लेंगे," उसने सख़्ती से कहा। इसके पीछे अपने पिता की बात काटने के बजाय अपने डर को दूर भगाने का भाव अधिक था।

"हुज़ूर," लाला का निजी सहायक माधो बोला, "परसादी आया है। आपसे मिलना चाहता है।"

लाला मोतीचन्द ने दीनानाथ की तरफ़ ऐसे देखा मानो वे कुछ कहना चाहते हों, लेकिन उनके पास कहने के लिए कुछ था नहीं। इसलिए वे अपने नौकर की तरफ़

मुड़े, मानो बीच में टपक जाने के कारण उसके ऊपर चिढ़ जता रहे हों। जबकि असल में वे इस बात से ख़ुश थे। बोले, "परसादी? कौन परसादी?"

"आपका नौकर," माधो ने मुस्कुराते हुए कहा। वह या तो इस बात पर मुस्कुरा रहा था कि उनके बुढ़ाते मालिक की स्मृति क्षीण हो रही है या इस बात से उसे अन्दर से ख़ुशी महसूस हो रही थी कि किसी दूसरे नौकर का दर्ज़ा गिर गया था। "माँगेराम का लड़का।"

"क्या चाहता है वह?" लाला मोतीचन्द ने पूछा। अपने नौकर के पिता का नाम सुनकर उन्होंने अपनी स्मृति के ऊपर ज़ोर डाला, हालाँकि वे भूलने का नाटक कर रहे थे ताकि वे अपनी चिढ़ जता सकें, जो उनको महसूस नहीं हो रही थी।

"एक अच्छी ख़बर है हुज़ूर।"

"तब तो हमें तत्काल वह ख़बर सुननी चाहिए। क्या कहते हो माधो?" लाला मोतीचन्द बोले।

माधो से इशारा पाकर परसादी गलियारे से दौड़ता हुआ बरामदे में आया जहाँ लाला मोतीचन्द को अपना कामकाज करना पसन्द था।

"मालिक सब आपकी कृपा है," वह बोला और घुटनों के बल दीवान के सामने झुक गया जहाँ मोतीचन्द लेटे हुए थे। उसने मोतीचन्द के पैर पकड़ लिए और अपना सिर उसने पैरों पर रख दिया। लगभग बेमन से लाला मोतीचन्द ने अपना हाथ आशीर्वाद की मुद्रा में उठाया।

"उठ जाओ," वह बोले, "क्या हुआ?"

"मुझे एक बेटा हुआ है हुज़ूर," परसादी बोला। उसकी आवाज़ में उन उम्मीदों और महत्त्वाकांक्षाओं से भरा उत्साह छलक रहा था जो उसे अभी से उस नवजात बच्चे से हो गई। "वह आपकी और आपके परिवार की उसी तरह सेवा करेगा जैसे मैंने और मुझसे पहले मेरे पुरखों ने की।"

"अच्छी बात है," लाला मोतीचन्द ने इस बात को नज़रअन्दाज़ करते हुए कहा कि परसादी के सिर्फ़ एक ही पूर्वज ने उनके परिवार की सेवा की थी। "अच्छी ख़बर है।"

परसादी जब अपने पैरों पर खड़ा हुआ तो उसने देखा कि दीनानाथ भी मोतीचन्द के दीवान के पास लगे सोफ़े पर बैठा हुआ था। "मुझे माफ़ कर दीजिए दीना भइया," वह दीनानाथ के पैरों पर गिरते हुए बोला, "मैंने आपको देखा ही नहीं।"

"अच्छी ख़बर है," दीनानाथ ने अपने पैर पीछे खींचते हुए कहा। इंग्लैंड में रहने का एक अनपेक्षित नतीजा यह हुआ था कि कई बार वह इस सबसे चिढ़ जाता था, लेकिन वह फिर रुक गया और उसने परसादी को बहुत अच्छी तरह पॉलिश किए हुए अपने काले जूतों को छूने दिया। "उम्मीद करता हूँ कि माँ-बच्चा दोनों बिलकुल ठीक होंगे।"

जिस तेज़ी से दीनानाथ ने अपने पैर पीछे हटाए उससे परसादी को अपने अन्दर दबी उस ख़्वाहिश का ध्यान हो आया जब वह पहली बार लाला मोतीचन्द के घर आया था। उस समय उसकी सबसे बड़ी ख़्वाहिश यही थी कि वह दीनानाथ का निजी नौकर बने। यह ख़्वाहिश उसके मन में इतने दिन से थी कि उसके लिए यह ठीक-ठीक सम्भव भी नहीं था कि यह याद कर सके कि यह ख़्वाहिश उसके मन में असल में कब से पल रही थी। हालाँकि उसको इतना अनुमान था कि यह ख़्वाहिश ज़रूर उस दौर में पलनी शुरू हुई होगी जब वह गाँव में कभी-कभार आनेवाले अपने पिता का महीनों इन्तज़ार किया करता था। जब वे आते तो पन्द्रह दिनों तक त्योहार जैसा माहौल हो जाता और उनके जाने के बाद उस बच्चे की स्मृति में अपने जोशीले पिता, उनकी कड़क और मर्दाना नुकीली मूँछों, आत्मविश्वास से भरे उनके व्यक्तित्व की अमिट छाप रह जाती थी। वे एक से बढ़कर एक कहानियाँ सुनाया करते थे कि किस तरह दिल्ली के सबसे अमीर, सबसे शक्तिशाली व्यक्ति की बगल में वे शान से खड़े रहते हैं। परसादी के बड़े भाई का जन्म उससे कई साल पहले हुआ था, जब उसकी माँ अपने हालात से पूरी तरह तालमेल नहीं बिठा पाई थी। इन हालात के कारण वह अपनी माँ को दिलासा देने में लगा रहता जिसकी शादी के आरम्भिक सालों के दौरान उसका पति हर दो साल में कुछ दिनों के लिए उसके पास गाँव में आता और बिना किसी भावनात्मक लगाव के उसको गर्भवती बनाकर चला जाता था। इस कारण उसका बड़ा भाई अपने पिता के आगमन से ख़ास उत्साहित नहीं रहता था। माँगेराम के आने पर उसके अन्दर जिस तरह की भावनाएँ जगती थीं वह उसके छोटे भाई के मन में जगनेवाली भावनाओं से अलग होती थीं। वह अक्सर अपने पिता की तीखी आलोचना किया करता था, लेकिन इन आलोचनाओं का परसादी के ऊपर ख़ास असर नहीं होता था, वह अपने पिता को अपने हीरो की तरह देखता था। बल्कि बड़े भाई द्वारा पिता की इस तरह आलोचना किए जाने के कारण दोनों भाइयों में बकझक भी हो जाया करती जो माँगेराम के दिल्ली लौट जाने के बाद अपने आप शान्त हो जाती थी। बाद में माँगेराम का शरीर जब कमज़ोर पड़ने लगा और उसकी तबीयत ख़राब रहने लगी तब भी परसादी के लिए उन कहानियों का आकर्षण समाप्त नहीं हुआ जो उसने बड़े ध्यान से दोहरा-दोहराकर सँजो रखी थी, वह भी बिना किसी अलंकरण के। उन कहानियों को वह उन दोस्तों को सुनाया करता था जो सुनना चाहते थे और उनको भी जो नहीं सुनना चाहते थे। वे कहानियाँ थीं ही इतनी बड़ी कि उनको किसी प्रकार के अलंकरण की ज़रूरत नहीं थी। इस तरह बार-बार अपने पिता की कहानियों को सुनाते-सुनाते परसादी ने यह अटल फ़ैसला ले लिया, जैसा कभी-कभी बेटे लिया करते हैं कि उसको अपने पिता की तरह बनना है।

अन्ततः जब सेवा का मौक़ा आया तो परसादी पहले तो उसी तरह अपने पिता

की सेहत को लेकर बेचैन हो गया जिस तरह कोई भी बच्चा होगा, चाहे उस बच्चे ने अपने पिता को कई सालों में महज़ कुछ महीने के लिए ही क्यों न देखा हो। लेकिन यह सोचकर कि लाला मोतीचन्द की सेवा में वह अपने पिता के स्थान पर जानेवाला है और पिता के कारण उस घर में उसकी योग्यता दोहरी हो जाएगी, वह बहुत उत्साहित हुआ और उसे इस बात की बेहद ख़ुशी भी हुई कि जब से वह सोचने-समझने की उम्र में आया था तब से जिस मौक़े का इन्तज़ार वह कर रहा था वह आख़िरकार आ गया है। इसलिए वह यह सोचते हुए ख़ुशी-ख़ुशी दिल्ली के लिए रवाना हुआ कि कुछ महीनों के प्रशिक्षण के बाद वह दीनानाथ का निजी नौकर बन जाएगा। वैसे तो लाला मोतीचन्द को भगवान लम्बी उम्र दें लेकिन उनकी मृत्यु के बाद उसको लगता था कि जिस तरह माँगेराम स्वास्थ्य ख़राब होने से पहले तक घर के नौकरों का एक तरह से प्रमुख था वह भी बन जाएगा। लेकिन जब वह वहाँ पहुँचा तो उसने पाया कि दीनानाथ का एक निजी नौकर पहले से था जिसकी निष्ठा मूल रूप से लाला मोतीचन्द के नये निजी नौकर माधो के प्रति थी, जो गणेशी का आदमी था। इस कारण बजाय इसके कि एक प्यारे और सम्मानित पूर्व साथी के पुत्र के रूप में उसका स्वागत किया जाता, उसने पाया कि दूसरे नौकर उसके ऊपर फब्तियाँ कस कर रहे हैं। ख़ासकर माधो उस पर तानाकशी किया करता था, जिसने उसको अपने हावभाव और बातों से जता दिया था कि वह उस घर में तभी तक रह सकता है जब तक कि वह अपनी हैसियत में रहे और माँगेराम को चले जाने के लिए कहे जाने के फ़ौरन बाद नये बने शक्तितंत्र की अनदेखी करने की कोशिश न करे।

परसादी को नौकरों से इस बारे में पता चलने पर कि सहदेई की उसके पिता के जीवन में कितनी अहमियत थी, उसने अपनी माँ के प्रति पहले से ही कमज़ोर निष्ठा को और दबा दिया और सहदेई से मदद की गुहार लगाई। सहदेई को उससे सहानुभूति थी, लेकिन वह उसकी मदद कर पाने की स्थिति में नहीं थी। समय गुज़रने के साथ हालात ऐसे हो गए थे कि उसकी स्थिति अब पहले जैसी नहीं रह गई थी। उसके मालिक को उसके शरीर में कोई रुचि नहीं रह गई थी, बच्चे बड़े हो गए थे और अपने-अपने रास्ते निकल गए थे। उसके संगी माँगेराम को ज़बरदस्ती वहाँ से जाने के लिए कह दिया गया था। दीनानाथ की पत्नी सुवर्णलता का घर में आगमन हो चुका था। वह अपने साथ अपनी कामवाली लेकर आई थी। और जब उसने पहले ही दिन चाबी की माँग की तो उसको समझ में आ गया कि पुरानी और कमज़ोर इमारत में दरार पड़ चुकी है। सहदेई उसको मना कर पाने की हालत में नहीं थी। केवल इसलिए नहीं कि उसको मना करने का कोई आधार उसके पास नहीं था बल्कि इसलिए कि जवान और दृढ़निश्चयी सुवर्णलता के आ जाने से उस बूढ़ी स्त्री के पास यह गुंजाइश भी नहीं बची थी कि वह देखे कि क्या कोई

आधार मौजूद है भी या नहीं। उस समय उसको लगता था कि हो सकता है वह दूसरी बहू का दिल जीतकर अपना दर्ज़ा वापस पा ले। लेकिन सुवर्णलता तय कर चुकी थी कि वह सहदेई की हेकड़ी तोड़कर रहेगी। इसलिए जब शकुन्तला नई बहू बनकर घर में आई तो उसकी जेठानी ने इस बात को पक्का किया कि सहदेई उसके आसपास भी न फटके। बाद में जब लाला मोतीचन्द की आख़िरी सन्तान, उनकी बेटी, की शादी हो गई और वह घर से चली गई तो सहदेई के अन्दर लड़ाई की आख़िरी चिंगारी भी बुझ गई।

सहदेई ने दुनियादारी के मामलों में सुवर्णलता के सामने घुटने टेक दिए और अगले जन्मों में अपने भाग्य को सुधारने के लिए राम की शरण ले ली। जैसा कि गोस्वामी तुलसीदास ने कहा है, समर्पण का मार्ग मुश्किल नहीं होता, उसके लिए *सरल स्वभाव न मन कुटिलाई* की आवश्यकता होती है। सहदेई न तो सरल स्वभाव की थी न ही उसमें चतुराई की कमी थी लेकिन वह इतनी होशियार थी कि अपने सहज ज्ञान से इस बात को समझ जाए कि दुनिया को देखने की अपनी जटिल दृष्टि का त्याग कर दे। इसी नज़रिये के सहारे उसने अपना पूरा जीवन सफलता के साथ बिताया था, लेकिन अब सुकून-चैन हासिल करने का यही एक तरीक़ा था। उसने इसे एक चुनौती के रूप में ले लिया कि अपने दिमाग़ को सहज बनाए क्योंकि उसकी उम्र और बदले हालात के कारण उसके लिए यह बात सम्भव नहीं रह गई थी कि वह उसी कुटिलता के साथ काम करती रहे जिस कुटिलता के साथ वह अपने अच्छे दिनों में काम किया करती थी। "जो भी है उसी से सन्तोष कर लो," उसने परसादी से कहा, "इस दुनिया में ख़ुश रहने का यही एक तरीक़ा है।" उसने ध्यान से परसादी के चेहरे को देखा और उसके खिले हुए जवान चेहरे को देखते हुए वह उन दिनों की याद में खो गई जब उसके पिता और वह दोनों जवान थे। परसादी उसकी सलाह से सन्तुष्ट नहीं हुआ, बोला, "लेकिन मेरे पिता ने मुझसे कहा था कि छोटे मालिक के साथ रहना मेरा हक़ है और मैं उसे किसी और को लेने नहीं दे सकता।" अपनी मर्ज़ी से माँ नहीं बननेवाली सहदेई पहले तो मुस्कुराई, और उसके बाद आह भरते हुए बोली—*असि सिख तुम बिनु देइ न कोऊ, मातु पिता स्वारथ रत ओऊ।* एक ऐसी औरत के मुँह से यह बात सुनकर जिसकी इस दुनिया में अब अधिक रुचि नहीं रह गई थी, परसादी का अपने पिता के ऊपर से विश्वास हिल गया, या यूँ कहना चाहिए कि ऐसा हुआ कि जब से वह इस घर में आया था तब से यहाँ के लोग माँगेराम की निंदा करते हुए जो बातें करते थे, उनको झूठ मानना उसने बन्द कर दिया। उसे मानना पड़ा कि वह जिस आदमी को अपना आदर्श मानता था उसने उसको धोखा दिया है। उसने धीरज के साथ सही समय के लिए इन्तज़ार करने का फ़ैसला किया। उसको यह अपमान भी सहना पड़ा कि उसको घर छोड़कर लाला मोतीचन्द द्वारा आरम्भ किए गए एक स्कूल की

देखभाल के काम के लिए वहाँ रहने जाना पड़ा। इस बीच वह इस जुगत में लगा रहा कि किस तरह अपने मालिक का दिल जीता जाए। जब उसकी पत्नी गर्भवती हुई तो उसको एक मौक़ा सूझा, वैसे तो यह एक तुक्का था लेकिन उसने इसके ऊपर काम करना शुरू कर दिया।

"जच्चा-बच्चा दोनों ठीक हैं छोटे मालिक," परसादी ने दीनानाथ के पैरों से अपने शरीर को उठाते हुए इस अन्दाज़ में हाथ जोड़े जिसमें ख़ुशी भी थी और सेवा-भाव भी। "सब आपके आशीर्वाद का फल है।"

"हम्म," दीनानाथ बोला और अपने पिता की तरफ़ उस बातचीत को फिर से शुरू करने के लिए मुड़ा जो परसादी के आने से रुक गई थी।

"हुज़ूर," परसादी बोला। मालिक के साथ किस तरह से बातचीत करनी चाहिए इसकी बारीकियों की उसे कुछ और समझ रही होती अगर माधो ने चालाकी से उसको घर के बाहर काम में न लगा दिया होता और बाद में घर से दूर ही न करवा दिया होता। वह इस बात को समझ नहीं पाया कि दीनानाथ उसे जाने के लिए इशारा कर रहा था। वह बोल पड़ा, "मेरी हमेशा से यह ख़्वाहिश रही है कि मैं आपकी सेवा उसी तरह करूँ जिस तरह मेरे पिता ने आपके पिता की की थी। लेकिन भाग्य का लेखा कौन मिटा सकता है? मेरी बस एक ही इच्छा बची है कि मेरे बच्चे को भी आपकी और आपके परिवार की सेवा का मौक़ा मिले।"

"हाँ, ज़रूर," मोतीचन्द ने बातचीत को जितनी गरिमा से हो सके उतनी गरिमा से ख़त्म करने की कोशिश करते हुए कहा।

नौकरों को लेकर कभी-कभार सख़्ती से भरी भाषा का व्यवहार करनेवाले मालिक की भाषा में नरमी देखकर साहस करते हुए वह बोला, "मैंने बच्चे का नाम रामदास रखा है। जब यह बड़ा हो जाएगा तो राम जैसे केशो भैया की हनुमान की तरह सेवा करेगा।"

लाला मोतीचन्द झुँझला उठे और उन्होंने अपने बेटे की तरफ़ देखा, दीनानाथ का चेहरा भिंच गया था। लाला मोतीचन्द के पीछे मुंशी ने अपने होंठ भींच रखे थे। माधो अपना चेहरा घुमाकर बिना आवाज़ हँस रहा था।

दीनानाथ अपने पिता का सबसे प्रिय पुत्र था। उसके चार बच्चे थे लेकिन सभी बेटियाँ थीं। उसके छोटे भाई दीवानचन्द को दीनानाथ और लाला मोतीचन्द दोनों ही सुस्त एवं स्त्रैण मानते थे, लेकिन उसको पहली ही कोशिश में बेटा हो गया था। केशोलाल वही बच्चा था। इस एक दुर्घटना के कारण प्रकृति ने कछुआ दीवानचन्द को अपने ख़रगोश जैसे तेज़ बड़े भाई को पीटने का मौक़ा दे दिया। लेकिन इस लोककथा के विपरीत इस हार के लिए किसी भी तरह से दीनानाथ को दोषी नहीं ठहराया जा सकता था। दूसरे लोगों की तरह चुपचाप बैठकर वह इस बात का इन्तज़ार नहीं कर रहा था कि बड़ा बेटा होने के कारण जो उसका अधिकार है

वह उसको मिले। उसने अपने आपको साबित किया। वह एक आदर्श बेटा बना रहा, अपने पिता के प्रति पूरी तरह समर्पित, स्कूल और कॉलेज में गम्भीर विद्यार्थी। बचपन में अपने भाई से उसके रिश्ते ठीक नहीं थे क्योंकि दीनानाथ को लगता था कि दीवानचन्द को जन्म देते समय हुई कठिनाइयों के कारण ही उसकी माँ की मृत्यु हुई थी। वैसे तो यह बात सही थी लेकिन उदारता या तटस्थता से देखने पर कहा जा सकता था कि इस बात के लिए दीवानचन्द को दोषी नहीं ठहराया जा सकता। बड़े होने के बाद मुश्किलें और कई तरह की हो गईं। एक बार उसको दीवानचन्द के कारण इंग्लैंड में शर्मिन्दा होना पड़ गया था। इस शर्मिन्दगी के कारण उस देश में अपने व्यवसाय के विस्तार करने सम्बन्धी दीनानाथ के प्रयासों को बुरी तरह झटका लगा था। लेकिन दीनानाथ अपने भाई द्वारा उस सबक को सीख पाने में अक्षम रहने की निराशा एवं ग़ुस्से को पीछे छोड़ पाने में सफल रहा जो लाला मोतीचन्द ने अपने बड़े बेटे को सिखाई थी, इस दुनिया का सामना करने का सबसे अच्छा तरीक़ा यह है कि उसको स्वीकार किया जाए, इस स्वीकृति की मज़बूत ज़मीन से सम्पत्ति का अंबार लगाया जाए जो उसके और उसके परिवार की रक्षा करेगा और पालन-पोषण करेगा।

दीनानाथ के भारत वापस आने के कुछ साल बाद दीवानचन्द भी भारत आ गया। लेकिन उसने परिवार के व्यवसाय में शामिल होने में किसी तरह का उत्साह नहीं दिखाया। दूसरी तरफ़ लाला मोतीचन्द ने अपने बड़े बेटे से इस बात का वादा किया था कि वह अपने छोटे बेटे को व्यवसाय में उसका सहयोगी बनाने पर ज़ोर नहीं देगा। इसके कारण दीनानाथ के लिए भी उसका स्वागत कर पाना आसान हो गया। जब दीवानचन्द का विवाह हुआ तो दीनानाथ ने ख़ूब धूमधाम से बारात निकाली और शकुन्तला का घर में बड़े गर्व और उसी गर्मजोशी के साथ स्वागत किया जिस तरह पिता अपने प्यारे बेटे की नई पत्नी का करता। शकुन्तला को अपने विवाह के शुरुआती दिनों में ही इस बात से झटका-सा लगा कि दीवानचन्द ने बनारस जाकर कथावाचक का शिष्य बन जाने का फ़ैसला कर लिया। लेकिन इस दुर्घटना से पहले उसने एक बेटे को जन्म दे दिया। वह बेटा जो लाला मोतीचन्द का सबसे बड़ा पोता हुआ, और इस वजह से अपनी चचेरी बहनों के मुक़ाबले अपने दादा की सम्पत्ति पर उसका दावा अधिक मज़बूत हो गया था। दीनानाथ अपने पिता के व्यवसाय को आगे बढ़ाने के लिए बहुत मेहनत कर रहा था, साझा सम्पत्ति में वृद्धि कर रहा था, परिवार का ज़िम्मेदार पुरुष होने के कारण अपने छोटे भाई की पत्नी का भी पूरा ध्यान रख रहा था और अपने पितृहीन भतीजे के लिए पिता का फ़र्ज़ भी निभा रहा था। इस सबके बावजूद नौकरों का सोचना था कि यह बात सोच सोचकर दीनानाथ को नींद नहीं आती कि एक दिन यह सब उसके भाई के बेटे का हो जाएगा।

"तुम्हारे पास करने के लिए कोई काम नहीं है?" दीनानाथ ने परसादी से ग़ुस्से में लेकिन शान्त लहजे में पूछा।

"लेकिन...हुज़ूर," परसादी के मुँह से आवाज़ निकली, उसे समझ में नहीं आ रहा था कि दीनानाथ का लहजा अचानक बदल क्यों गया। जब माधो ने उसके कंधे पर हाथ रखते हुए कहा, "अब जाओ," तब अचानक उसको समझ में आया कि उससे क्या ग़लती हो गई थी। वह पीछे मुड़ा लेकिन माधो ने उसको रोक दिया। परसादी को यह बात समझ में आ गई कि उससे ऐसी चूक हो गई है जिसको वह किसी भी तरह ठीक नहीं कर सकता, इसलिए वह वहाँ से जाने लगा।

"रुको," लाला मोतीचन्द की आवाज़ आई। "तुम मेरे पास इस ख़बर के साथ आए थे कि तुम्हारे घर पहले बेटे का जन्म हुआ है जबकि मैं अपने बड़े बेटे के साथ बैठा हुआ हूँ। मैं अपने प्यारे दीनानाथ के नाम पर ग़रीबों को खाना खिलाना चाहता हूँ। मुंशीजी, कृपया बच्चे के नामकरण संस्कार के ठीक बाद भंडारे का आयोजन किया जाए।"

अपने मालिक द्वारा इस सारी स्थिति को बहुत अच्छी तरह सँभालते देखकर मुंशीजी ने हामी भरी और नीचे बैठकर बही में कुछ लिखने लगे। जिस तरीक़े से एक छोटे नौकर के लिए दरियादिली दिखाई गई, इस बात से माधो अचम्भित था, फिर भी उसको अपने मालिक की चतुराई के ऊपर गर्व महसूस हो रहा था। दीनानाथ अपने पिता के प्यार से अभिभूत था, उनके इस बर्ताव से उसे बहुत अच्छा महसूस हो रहा था। लेकिन वह दुखी भी था क्योंकि वह जानता था कि लाला मोतीचन्द जो भी कह-सुन लें, इससे कोई फ़र्क़ नहीं पड़ता। अपने बड़े बेटे के प्रति उनका प्यार कितना भी सच्चा और गहरा हो, समय आने पर केशोलाल ही अपने दादा की सम्पत्ति का उत्तराधिकारी बनेगा।

इस बीच परसादी ने एक बार फिर अपने मालिक के पैर पकड़ लिए थे। "आप सच में महान इनसान हैं मालिक" कहते हुए परसादी की आँखों से आँसू निकल पड़े। "आप जितने उदार हैं उतने ही बुद्धिमान भी हैं।"

~

परसादी की पत्नी ने जिस आशा देवी मेमोरियल स्कूल में बच्चे को जन्म दिया था, वह बच्चे के जन्म से कुछ महीने पहले तक आशा देवी विधवाश्रम था। वह स्थान ऐसी दुर्भाग्यशाली महिलाओं की मृत्यु से पहले उनके आख़िरी ठिकाने के रूप में बनाया गया था जहाँ वे स्त्रियाँ आती थीं जो रंगों एवं सुगंधों की दुनिया के लिए अपनी उपयोगिता खो चुकी होतीं। अचानक वह जगह एक बच्चे की जीवन यात्रा का पहला ठिकाना बन गई। इस जगह के कायाकल्प की शुरुआत ऐसे हुई कि

आशा देवी मेमोरियल ट्रस्ट के इकलौते ट्रस्टी लाला मोतीचन्द ने अपने विधुर होने के कुछ दिन बाद ही अपनी पत्नी आशा देवी की याद में हाल में ख़रीदी गई एक हवेली को आश्रम के रूप में तब्दील कर करना शुरू कर दिया था। उस आश्रम का नाम उन्होंने अपनी मृत पत्नी के नाम पर रखा जो मरने से पहले काफ़ी समय तक बीमार थीं, लेकिन अपने पति के लिए वह अब भी मायने रखती थीं। इसलिए उन्होंने ऐसी औरतों के रहने के लिए ठिकाना बनाने का फ़ैसला किया जो उनकी अपनी पत्नी कभी नहीं हो पाईं यानी—और न बन पातीं क्योंकि वो अपने पति से पहले मर गईं।

उस आश्रम की स्थापना के क़रीब दस साल बाद उसको स्कूल में बदलने का फ़ैसला दुर्भाग्यपूर्ण घटनाओं के कारण लिया गया जिसका सम्बन्ध वहाँ रहनेवाली एक कुँवारी स्त्री से था। लेकिन उसके स्कूल में बदले जाने का बड़ा कारण यह था कि लाला के एक अफसर दोस्त ने बातों-बातों में उनको बताया कि सरकार दिल्ली विकास न्यास की स्थापना के साथ पुरानी दिल्ली के बाहर बड़ी मात्रा में ज़मीन आवंटित करेगी जिससे दिल्ली की बढ़ती आबादी के लिए घर बनवाए जा सकें। चूँकि यहाँ सरकारी कामकाज के लिए जो लोग आएँगे वे शिक्षित होंगे इसलिए उनको अपने बच्चों के लिए शिक्षा की आवश्यकता होगी। इसलिए सम्भव था कि ऐसी संस्थाओं को सस्ती दरों पर ज़मीन दी जाए जो स्कूल खोल सकें। लेकिन ऐसी संस्थाओं को ज़मीन आवंटन में प्राथमिकता दी जाएगी जो पहले से ही स्कूल चला रही हों। लाला मोतीचन्द दो वायसरायों के साथ डिनर कर चुके थे, हर हाल में खादी ही पहनते थे और गांधी जी जब भी शहर में होते थे तो उनसे ज़रूर मिलते थे। साथ ही, उन्होंने चुपचाप दिल्ली और दिल्ली के बाहर अपने कई ठिकानों को आरएसएस की शाखा लगाने के लिए भी दे रखा था। उनके दोस्तों में कुछ ऐसे नेता भी थे जो बाद में बननेवाले पाकिस्तान के प्रमुख नेता बने। अफसर की बात को सुनने के बाद उन्होंने तत्काल यह फ़ैसला लिया कि एक भारतीय होने के नाते यह उनका कर्तव्य है कि वे पूरे दिल से शिक्षा के माध्यम से अपने देशवासियों के जीवन को सुधारने के आन्दोलन का हिस्सा बनें। विधवाओं को बनारस भेज दिया गया जो निस्सन्देह दिल्ली से अधिक पवित्र जगह और इसके लिए प्रसिद्ध थी कि वहाँ जिस व्यक्ति की मृत्यु होती है उसके लिए मोक्ष आसान होता है। जो लोग प्रकट या अप्रकट तौर पर उस जगह को विधवाओं से ख़ाली करवाने का कारण पूछते, उनको लाला मोतीचन्द यह तर्क भी देते कि क्या पता उनमें से कुछ जन्म-जन्मान्तर के बन्धन से मुक्त होकर देवी बन जाएँ। इस तरह के विचार के कारण अन्ततः सवाल पूछनेवाले शान्त हो गए, वे भी सामान्य तौर पर इस विचार से सहमति रखते थे कि इन औरतों के बिना भी जन्म-जन्मान्तर का चक्र अनन्त काल से ठीक-ठाक ही चल रहा था।

जब विधवाओं को वहाँ से भेज दिया गया और आश्रम को चलानेवाली महिलाओं को नौकरी से हटा दिया गया तो उसके बाद माधो के कहने पर लाला मोतीचन्द ने परसादी को बुलाया और कहा कि वह अपनी पत्नी के साथ आशा देवी मेमोरियल स्कूल के परिसर में उसकी देखभाल के लिए रहने चला जाए। परसादी उन्हीं दिनों अपनी पत्नी को गाँव से दिल्ली लेकर आया था। परसादी अपनी इस प्रोन्नति से इस वजह से दुखी था क्योंकि इसकी वजह से उसको हवेली से बाहर जाना पड़ रहा था। जब इस ख़बर के साथ वह घर आया और उसने ओमवती को इस बारे में बताया तो उसने सख़्ती से यह कहते हुए मना कर दिया, "मैं विधवाओं के घर में नहीं रहनेवाली।" यह सुनकर वह और ग़ुस्से में आ गया क्योंकि इसके कारण वह एक बुरी स्थिति में फँस गया। अब उसे ऐसी जगह जाने के लिए अपनी पत्नी को भी मनाना था जहाँ वह ख़ुद ही नहीं जाना चाहता था। चिल्ला-चिल्ली और कुछ थप्पड़ खाने के बाद ओमवती जाने के लिए तैयार हो गई। लेकिन उसने एक शर्त फिर भी रखी कि पूरे आश्रम को गंगाजल से धोया जाए और एक विशेष पूजा की जाए ताकि उन विधवा स्त्रियों द्वारा पीछे छोड़े गए अमंगल प्रभावों को दूर किया जा सके। उसके मुताबिक अपने मृत पतियों के पीछे विधवा बन जानेवाली वे स्त्रियाँ जहाँ रहतीं वहीं अमंगलकारी प्रभाव छोड़ती थीं। अभी ये सब पूजा-पाठ पूरे हुए ही थे कि लाला मोतीचन्द ने परसादी को बुलवाकर उसका परिचय उस आदमी से करवाया जिसको आगरा से स्कूल चलाने के लिए बुलाया गया था।

उस आदमी का नाम मक्खन लाल था और वह एक सख़्त चेहरेवाला इनसान था। परसादी ने अनुमान लगाया कि वह आदमी उससे बमुश्किल दो या तीन साल बड़ा रहा होगा, शायद तेईस या चौबीस साल का। वह अपने साथ बहुत सारी किताबें लेकर आया था, और घंटों-घंटों उन्हीं किताबों को पढ़ता रहता था। मास्टर जी के लिए जो कमरा परसादी ने ख़ाली किया वहाँ मास्टर जी ने कमरे में दीवार पर दो चित्र टाँग दिए। एक मूँछों वाले आदमी की तस्वीर थी जिसने टोप पहन रखी थी। उस तस्वीर को दुनिया के हालात की कम समझ रखनेवाले परसादी ने भी पहचान लिया कि वह भगत सिंह की थी। दूसरी तस्वीर ऐसे आदमी की थी जो सफ़ेद दाढ़ी में सिंह जैसा लग रहा था। कार्ल मार्क्स की उस तस्वीर से मास्टर जी का चेहरा बिलकुल नहीं मिलता था लेकिन उसने यह मानकर कि मास्टर जी का चेहरा शायद अपनी माँ से मिलता हो मन-ही-मन यह मान लिया कि वह तस्वीर मास्टर जी के पिता की थी। आमतौर पर किसी और स्थिति में गँवार और सीधे स्वभाव वाले परसादी ने अपनी उत्सुकता को शान्त करने के लिए मास्टर जी से इस बारे में सीधे-सीधे पूछ लिया होता कि क्या उन्होंने अपने पिता का सम्मान करने के लिहाज से उनकी तस्वीर लगाई थी। लेकिन मास्टर जी ज़्यादा बात नहीं करते थे, वह बोलते भी थे तो तभी जब परसादी को कुछ करने के लिए कहना होता। परसादी अगर उनके साथ

जान-पहचान बढ़ाने की कोशिश करता तो या तो वे उसको नज़रअन्दाज़ कर देते या साफ़-साफ़ कह देते कि वह अपने काम से काम रखे। शाम के समय मास्टर जी अक्सर पीकर नशे में आ जाते और बड़बड़ाने लगते और 'गधा-पाजी' जैसे शब्द उनकी ज़ुबान से निकलने लगते। दिन के वक़्त इस तरह के शब्द उनकी ज़ुबान से तभी निकलते थे जब वे विद्यार्थियों के जाने के बाद अख़बार पढ़ने के लिए बैठते थे, लेकिन शाम को जैसे-जैसे वे शराब पीते जाते, उनके मुँह से 'गधा-पाजी' जैसे शब्द निकलने लगते थे। कई बार वे शराब पीने के बाद बाहर निकल जाते थे और आधी रात को लौटते थे तो लस्त-पस्त लगते। इतने ज़्यादा लस्त-पस्त कि एक शाम परसादी ने उनका पीछा किया तो उसे समझ आया कि मास्टर जी सीधे उस रास्ते पर जाते थे जो सस्ती वेश्याओं के अड्डे की तरफ़ जाता था। वह देखकर लौट आया। जिस दिन मास्टर जी ऐसे सफ़र से लौटकर आते थे तो अगली सुबह परसादी के लिए हमेशा बड़ी भारी होती थी। उनके ग़ुस्से का सीधा निशाना वही होता था, ग़ुस्सा तो जैसे मास्टर जी के अन्दर भरा रहता था। ऐसी सुबहों में परसादी चाहे जितनी भी कोशिश कर ले, मास्टर जी उसकी कोई-न-कोई ग़लती ढूँढ़ ही लेते थे। 'आलसी हरामी', 'रंडी की औलाद', 'घटिया बीज की औलाद,' कहते हुए वे परसादी की सर्वथा वैध पैदाइश को अवैध ठहराने लगते थे।

केवल कक्षा में जब मास्टर जी आसपास के ग़रीब बच्चों को पढ़ा रहे होते थे, जिनके माता-पिताओं को मजबूरन बच्चों को पढ़ने के लिए भेजना पड़ता था, उनका ग़ुस्सा शान्त होता था और उनके पत्थर जैसे चेहरे से करुणा ऐसे टपकने लगती थी जैसे जीवनदायिनी झरने से पानी। ऐसे बहुत से लोगों की तरह जिनके लिए बड़ों की दुनिया को सह पाना मुश्किल होता है मास्टर जी बच्चों की ऐसी क्षमाशील दुनिया में शरण लेते थे जिसमें जितनी आसानी से प्यार लिया जाता था उसी आसानी से दिया भी जाता था। वे एक-एक बच्चे का निजी तौर पर ध्यान रखते, धीरज के साथ उनकी ग़लतियाँ सुधारते, उनको कहानियाँ पढ़कर सुनाते। उनकी बड़ी से बड़ी अनुशासनहीनता पर भी उनको प्यार से समझाते, जबकि उन दिनों स्कूलों में बच्चों को कठोर दंड देने का चलन आम था। और जो बात परसादी को सबसे अधिक हैरान करती थी वह यह थी कि वह बच्चों के साथ गाना भी गाते, वे जिन गीतों को जानते थे उन्हें बच्चों को सिखाते और उनको अपने साथ गाने के लिए प्रोत्साहित भी करते। परसादी—*सरफरोशी की तमन्ना अब हमारे दिल में है, देखना है ज़ोर कितना बाज़ू-ए-कातिल में है*—का अर्थ तो ठीक से नहीं समझ पाता था। वह इस बात को समझता था कि वहाँ आनेवाले छह-सात साल के बच्चे झाड़ू लगानेवालों, पानी ढोनेवालों, ताँगा चलानेवालों, ठेला चलानेवालों और घरेलू नौकरों के बच्चे थे और उनको भी इन शब्दों का मतलब समझ में नहीं आता होगा; लेकिन वह देखता था कि मास्टर जी जब अपनी बेसुरी आवाज़ में अपना सर घुमा-घुमाकर गाते थे

तो शायद बच्चे समझ जाते थे कि उनके अध्यापक क्या गा रहे हैं और वे भी उसी तरह जोश में भरकर गाने लगते।

मास्टर जी को दिल्ली आए अभी कुछ ही दिन हुए थे कि परसादी झिझकते हुए, अपने नवजात बच्चे के नामकरण संस्कार में भाग लेने के लिए उन्हें आमंत्रित करने गया। मास्टर जी ने उसकी तरफ़ ग़ुस्से से देखा और बोले, "मैं इन सब चीज़ों में यक़ीन नहीं रखता।"

"उसके बाद भोज होगा," परसादी इतना उत्साहित था कि उस समय वह मास्टर जी से डरना भी भूल गया था। "इसका ख़र्चा लालाजी दे रहे हैं।"

"मैं जो खाता हूँ उसी में ख़ुश हूँ। इसका पैसा भी लाला जी ही देते हैं," मास्टर जी ने कहा।

"बस थोड़ी देर की पूजा है मास्टर जी," परसादी बोला, "थोड़ी देर के लिए आकर बच्चे को अपना आशीर्वाद दे दीजिए।"

"ये पूजा-वूजा सब बकवास है," मास्टर जी ने कहा।

परसादी को लगा जैसे उसका ग़ुस्सा बढ़ रहा है। "भगवान की पूजा बकवास है मास्टर जी? हम सब इस दुनिया में उनकी कृपा से ही रह रहे हैं," परसादी बोला।

"मैं नहीं मानता। अब जाओ यहाँ से," मास्टर जी ने कहा।

परसादी के हाथ काँप रहे थे, उसने किसी तरह अपनी आवाज़ पर क़ाबू पाया और बोला, "हम सभी पापी हैं मास्टर जी। हमें अपने किए के परिणाम भुगतने के लिए तैयार रहना चाहिए," उसने मास्टर जी की आँखों में आँखें डालते हुए कहा।

मास्टर जी का चेहरा लाल हो गया, "अपनी औकात में रहो नहीं तो मैं तुम्हारी हड्डी तोड़ डालूँगा।"

नामकरण संस्कार वाले दिन जब लाला मोतीचन्द बग्घी से बाहर निकले तो मक्खन लाल वहाँ उनके स्वागत के लिए खड़ा था। वह लालाजी के साथ आँगन में गया जहाँ बच्चे के रोने की आवाज़ और मंत्र की आवाज़ एक साथ आ रही थी और आस-पड़ोस के लोग सब्र के साथ बैठकर समारोह ख़त्म होने का इन्तज़ार कर रहे थे ताकि भोज शुरू हो सके। कोने में एक तरफ़ रसोइए भोजन तैयार करने में लगे थे। एक तुंदियल बूढ़ा आदमी तेल से भरे बड़े से कड़ाह में एक भटूरा डालता, बगल में उसका सहायक दूसरा लेकर तैयार रहता था। पूड़ी छानने की आवाज़ को बच्चे हैरान होकर देख रहे थे। जिस दिशा में धार्मिक गतिविधि चल रही थी वे उसकी तरफ़ पीठ किए खड़े चुपचाप यह सब देख रहे थे। वे शायद उस दिन का इन्तज़ार कर रहे थे जब उनको किसी बड़े हलवाई के यहाँ सबसे बड़ी कड़ाही के पीछे खड़े होने का मौक़ा मिलेगा। परसादी का चेहरा गर्व से फूला हुआ लग रहा था। वह सब कुछ को इस तरह से देख रहा था जिस तरह कोई सेनापति ऊँचाई पर खड़ा होकर अपनी सेना को युद्ध जीतते हुए देखता है। जैसे ही उसने

लाला मोतीचन्द को आते देखा वह दौड़ते हुए गया और उनके पाँवों पर गिर गया।

लालाजी को परसादी की देखरेख में छोड़कर मक्खन लाल वहाँ से यह कहते हुए चला गया कि उसको कुछ ज़रूरी काम करने हैं। मोतीलाल कुछ कहने ही वाले थे कि परसादी ने रोते हुए बच्चे को उनके मुँह के ठीक सामने कर दिया। लालाजी कुछ देर वहाँ रुके और इससे पहले कि वहाँ भोज खानेवालों की भगदड़ मचती, वे चले गए। मास्टर जी उनको विदा करने के लिए आए। मोतीचन्द ने ध्यान दिया कि वहाँ मौजूद अन्य लोगों की तरह मास्टर जी ने माथे पर टीका नहीं लगा रखा था।

अगले दिन लाला मोतीचन्द ने परसादी के पास ख़बर भिजवाई कि वे उससे मिलना चाहते हैं। परसादी आया और जब उसने लालाजी का अभिवादन किया तो लालाजी ने पूछा, "मास्टर जी ने पूजा में हिस्सा नहीं लिया था?"

परसादी हैरान रह गया। एक पल को वह ठिठका, फिर बोला, "नहीं?"

"क्यों?" लाला मोतीचन्द ने पूछा।

"उनको दफ़्तर में कुछ काम था हुज़ूर," परसादी बोला।

"परसादी, तुम्हारे पिता ने इस घर में कितने साल काम किया?" लाला ने पूछा।

"बहुत साल, सरकार," परसादी बोला।

"और तुम कब से मेरा नमक खा रहे हो?"

"जब से पैदा हुआ सरकार।"

"अब मुझे बताओ, मक्खन लाल ने पूजा में हिस्सा क्यों नहीं लिया?" लाला ने पूछा।

परसादी ने माधो की तरफ़ देखा, जो लाला का पनबट्टा उठाए खड़ा था, और बोला, "इधर की उधर करना ठीक नहीं होता है।"

लाला ने अपना हाथ माधो की तरफ़ बढ़ाया और वह पनबट्टा उनके हाथ में देकर कमरे से चला गया।

परसादी को जब इस बात का यक़ीन हो गया कि माधो को सुनाई नहीं दे रहा होगा, वह बोला, "वह नास्तिक हैं सरकार।"

"नास्तिक?"

"जी सरकार। वह लाल झंडे को माननेवाले हैं," परसादी बोला।

अपने तरीक़े से जाँच करवाने पर लालाजी को पता चला कि मक्खन लाल असल में किसी राजनीतिक दल का सदस्य नहीं था, हालाँकि कुछ दिनों तक उसने कुछ सन्दिग्ध क़िस्म की बैठकों में हिस्सा लिया था। इस जानकारी के बाद एक सुबह लाला मोतीचन्द स्कूल आए। वह दफ़्तर में गए। उनके साथ एक नौकर कुछ सामान लेकर आया था। उससे उन्होंने सामान वहीं रखकर चले जाने और जाते हुए दरवाज़ा बन्द करने के लिए कहा। उस दिन बाद में जब परसादी दफ़्तर की

सफ़ाई करने के लिए गया तो उसने पाया कि वहाँ शेल्फ पर जो किताबें रखी हुई थीं अब वहाँ नहीं हैं, उनकी जगह दूसरी किताबें आ गई थीं। मास्टर जी की कुर्सी के पीछे भगत सिंह और मार्क्स की जो फोटो लगी हुई थी वह हटाई जा चुकी है। उन तस्वीरों के स्थान पर किंग जॉर्ज की वैसी ही तस्वीर टँगी हुई थी, जैसी एक आने के सिक्के पर होती है।

उस रात किसी के ज़ोर-ज़ोर से दरवाज़ा खटखटाने से परसादी की नींद खुली। मास्टर जी थे, उनकी आँखें सुर्ख थीं, वे लड़खड़ा रहे थे। उन्होंने उसके कॉलर पकड़ लिये और बोले, "बाहर आ, बाहर आ रंडी की औलाद।"

परसादी को पता था कि क्या हुआ है, फिर भी उसने मासूम बनते हुए पूछा, "क्या हुआ मास्टर जी?"

मास्टर जी परसादी को खींचते हुए बाहर आँगन में ले आए। नशे में न जाने उनमें कहाँ से इतनी ताक़त आ गई थी कि उन्होंने परसादी को ज़मीन पर पटक दिया। अपना दायाँ पैर ऊपर उठाते हुए उन्होंने परसादी की पसलियों में ज़ोर से एक लात जमाई और पूछा, "तुमने उनसे क्यों कहा कि मैं कम्यूनिस्ट हूँ?"

"मैंने उनसे कुछ भी नहीं कहा मास्टर जी," मुड़कर पीठ के बल लेटते हुए परसादी हाथ जोड़कर बोला।

"झूठे," मास्टर जी ने कहा और नीचे झुकते हुए परसादी का चेहरा बिलकुल अपने चेहरे के पास लाते हुए कहा, "मुझे पता है, तुमने ही कहा है।" उसके बाद उन्होंने उसको ज़मीन पर छोड़ दिया और खड़े हो गए। फिर बोले, "तुमने उनसे झूठ बोला। और अब मुझसे भी झूठ बोल रहे हो, हरामी।"

"मुझे माफ़ कर दीजिए मास्टर जी। उन्होंने ज़ोर डाला तो मैंने कह दिया," परसादी ने हाँफते हुए कहा।

"तुम गधे हो। पता भी है तुमको कि कम्यूनिस्ट होना क्या होता है?"

परसादी अच्छी तरह जानता था कि इस नशेड़ी द्वारा बार-बार पूछे जा रहे सवाल का जवाब किस तरह दिया जाए। वह बोला, "मुझे माफ़ कर दीजिए मास्टर जी। मुझसे ग़लती हो गई।"

परसादी उनके पैरों के पास बैठा हुआ था। मास्टर जी ने उसके ऊपर लात जमाते हुए कहा, "तुमको मेरे बारे में कुछ पता भी है? क्या तुम जानते हो मैं कौन हूँ? मैं कहाँ का रहनेवाला हूँ? तुमको पता है मेरे पिता कौन हैं?"

यह सुनकर परसादी कुछ हिचकिचाया, ये सवाल पहली बार पूछे जा रहे थे।

"वह...वह दाढ़ी वाला आदमी," वह बोला।

"क्या?" मास्टर जी उसको लात मारते-मारते रुक गए और उन्होंने पूछा, "कौन दाढ़ी वाला आदमी?"

"वही जिनकी फोटो भगत सिंह की फोटो के बगल में टँगी हुई थी।"

ग़ुस्से की उस हालत में भी मास्टर जी अपनी हँसी नहीं रोक पाए।

"बेवकूफ़ कहीं के" जब वे बोल रहे थे तो उनकी आवाज़ में वेदना साफ़ सुनाई दे रही थी, "वह कार्ल मार्क्स हैं!"

"मुझसे ग़लती हो गई मास्टर जी," परसादी ने यह समझते हुए कि यह उचित समय नहीं है उनका ध्यान इस बात की तरफ़ दिलाने का कि उसको यह भी पता नहीं था कि कार्ल मार्क्स कौन है कहा।

"वो मेरे पिता नहीं हैं," मास्टर जी बोले और उस महान विचारक के बारे में उनके मन में ख़याल आया और उनका ग़ुस्सा काफ़ूर हो गया। "वह मेरे और तुम्हारे जैसे ग़रीबों के लिए पिता से भी अधिक हैं।"

यह कहते हुए मास्टर जी ने अपनी नाक को ज़ोर का सुड़का, मानो उनकी नाक में कुछ फँस गया हो। उसके बाद उन्होंने अपनी नाक को अँगूठे और तर्जनी से दबाया और नाक को एक तरफ़ करके सुड़कने लगे। पीठ के बल लेटकर मास्टर जी को नीचे की तरफ़ से देखते हुए इतने हफ़्तों में पहली बार अचानक परसादी का ध्यान उनकी नाक की तरफ़ गया। जैसे ही उसका ध्यान उनकी नाक की तरफ़ गया वैसे ही उसको कौंध गया कि उनके पिता कौन थे।

आँगन में बालक रामदास के रोने की आवाज़ आने लगी।

"क्या हुआ?" ओमवती ने एक हाथ से अपनी आँखों को पोंछकर नींद को भगाते हुए और दूसरे हाथ से बच्चे को झुलाते हुए पूछा।

"कुछ नहीं। कुछ भी नहीं," परसादी ने अपने पैरों पर खड़े होते हुए कहा।

"लालाजी से मेरी शिकायत कभी मत करना," मास्टर जी ने कहा। उसके बाद वे पीछे मुड़े और कमरे से बाहर निकल गए।

इस घटना की ख़बर जब अगले दिन मोतीचन्द के पास पहुँची तो उन्होंने मक्खन लाल को बुला भेजा। पहले तो लालाजी ने उनको अपने हाथ से तीन थप्पड़ लगाए और फिर एक नौकर के साथ मिलकर छड़ी से पिटाई की। ग़ुस्से में आने के बाद हमेशा की तरह सख़्त आवाज़ में लालाजी बोले, "अगर मैंने फिर कभी इस तरह का कुछ सुना तो मैं तुमको काटकर नदी में फिंकवा दूँगा।"

पिटाई से फ़र्श पर गिर पड़े मास्टर जी ने रोते हुए कहा, "मैं आपका नौकर नहीं हूँ।"

"नहीं, तुम मेरी नाजायज़ औलाद हो," लाला मोतीचन्द बोले।

~

युद्ध कई बार उनके लिए बर्बादी का कारण बन जाता है जो समृद्ध होते हैं और कई बार दुर्भाग्यशाली लोगों के लिए भाग्यशाली साबित होता है। लेकिन ज़्यादातर

वह ग़रीबों को और ग़रीब बना देता है और जो पहले से अमीर होते हैं उनको और अमीर बना देता है। इसी तरह विश्वयुद्ध छिड़ जाने के कारण लाला नेमिचन्द के दरवाज़े पर ख़ूब सारे अवसर आए। ख़ासकर इस रूप में कि लाखों-लाख भारतीय पैरों के लिए जूतों की तत्काल ज़रूरत थी ताकि उन्हें पहनकर वे ब्रिटिश साम्राज्य की तरफ़ से दुनिया के अलग-अलग हिस्सों में युद्ध लड़ने जा सकें। नेमिचन्द दूरदृष्टि वाला इनसान था और उन्होंने मौक़े का फ़ायदा ख़ूब उठाया। उनके पिता उनके लिए एक दुकान छोड़कर मरे थे जिससे देखते-देखते कम समय में ही उन्होंने पैसों का अम्बार लगा लिया था। इसी तरह मौक़े को भाँपते हुए उन्होंने संसाधनों को बढ़ाने के लिए मेहनत की ताकि उनके बेटे और कम-से-कम एक पीढ़ी को उस तरह की मुश्किल न उठानी पड़े जैसी उनको बचपन में उठानी पड़ी थी। उन्होंने आगरा में अनेक व्यापारियों से व्यापारिक सम्बन्ध स्थापित किए। वे उनको ख़ूब उदारता से क़र्ज़ देते। तब भी जब क़र्ज़ देना आसान नहीं होता था। उनको दिल्ली में अपना माल रखने के लिए गोदाम देते, तब भी जब जगह की बड़ी कमी होती। कारण यह था कि आगरा के व्यापारियों के पास चमड़ा होता था और आनेवाले समय में चमड़े की माँग कभी भी बढ़ जा सकती थी। वैसी स्थिति के लिए वे अपने आपको तैयार रखना चाहते थे। और अब उस सद्भाव को भुनाने का समय आया था। उन्होंने आगरा में किशोरीलाल नामक एक एजेंट नियुक्त किया और वहाँ एक बड़ा-सा घर ख़रीद लिया ताकि जब वे व्यवसाय के सिलसिले में वहाँ जाएँ तो आगरा में धंधा कर सकें। उन्होंने उसमें ठहरकर सुनिश्चित किया कि उस हवेली में एजेंट और उनकी पत्नी के लिए भी दो कमरे रहें, दिल्ली ले जानेवाले जूतों को वहाँ रखने के लिए भी पर्याप्त स्थान हो, और जब नेमिचन्द वहाँ आएँ तो उनके रहने के लिए भी एक अलग हिस्सा अच्छी तरह तैयार रहे।

लेकिन उन दिनों लाला नेमिचन्द को पेट के दर्द से परेशानी होने लगी और उनके हकीम ने उनको दिल्ली से बाहर न जाने की सलाह दी। ऐसा नहीं था कि लाला नेमिचन्द बहुत कमज़ोर थे इस वजह से यात्रा नहीं कर सकते थे, बल्कि उनका इलाज करनेवाले जाने-माने हकीम साहब को चिन्ता नेमिचन्द के लक्षणों को लेकर थी, उनकी उसी बीमारी के लक्षण फिर से उभर आए थे जो एक दशक पहले हुई थी। वे उनके ऊपर नज़र रखना चाहते थे। इसलिए आगरा जाने की ज़िम्मेदारी पिता के स्थान पर मोतीचन्द के हिस्से आई, और उन्होंने आगे बढ़कर इस ज़िम्मेदारी को स्वीकार किया। वे व्यापार में अपनी इस नई और बड़ी भूमिका को लेकर बहुत उत्साहित थे और अपने पिता की नज़रों से बचकर और घर में अपनी पत्नी तथा अब अपने पिता की बीमारी के कारण बने ग़मगीन माहौल से दूर नई जगह पर कुछ समय बिताने के लिए बेचैन थे। जब दिल्ली पीछे छूट गया और हरे-भरे खेतों के बीच बनी अन्तहीन सड़क पर उनकी गाड़ी बढ़ने लगी तो

अचानक उनको यह बात समझ में आई कि वह आगरा में पिता के स्थान पर जिस सौदे को पूरा करने के लिए जा रहे थे वह लाला नेमिचन्द के बड़े व्यवसाय का एक छोटा लेकिन महत्त्वपूर्ण हिस्सा था। लेकिन जितना वे समझते थे यह कम दिनों में सम्पन्न होनेवाला काम नहीं था। यह एक ऐसी प्रक्रिया की शुरुआत हो सकती थी जिसके आख़िर में वह अकेले रह जाते, अपने पिता की जगह लेने के लिए, चाहे उनकी जगह अपनी स्थिति थोड़ी कच्ची ही क्यों न हों। जब उन्होंने यह सोचा कि कल उनके कंधे पर उनके पिता का हाथ नहीं भी रह सकता तो उनकी आँखों में आँसू आ गए। उसके बाद उन्होंने एक गहरी साँस छोड़ी जो संसार की इस रीत का स्वीकार थी कि इस दुनिया में कोई बच्चा अगर अपने माता-पिता से पहले नहीं मर जाता है तो वह अनाथ हो जाता है। अन्ततः यह सोचकर उनकी छाती उत्साह से फूल गई कि इस दुनिया में अब उनका समय उनके हाथ में आनेवाला है, ऐसा समय जब उनको पूरी आज़ादी होगी, और जब तक समय उनका भी अन्त नहीं कर देता तब तक वे सर्वेसर्वा बने रहेंगे। उन्होंने अपना सिर गाड़ी से बाहर निकाला। "माँगेराम, आगरा पहुँचने पर मैं चाहता हूँ कि तुम मैनाबाई के घर जाकर बता दो कि दिल्ली के लाला मोतीचन्द ने सलाम भेजा है।"

अगली सुबह जब दिल्ली से उनके साथ आए महाराज को काम में लगाकर, इस बात को सुनिश्चित करके कि साथ आए कोचवान और साईस घोड़ों को खिलाने के काम में लग जाएँ, उस नौजवान कायस्थ गैंडामल के लिए मेज़ का इन्तज़ाम करके जिसको लाला नेमिचन्द ने हाल में ही अपने फलते-फूलते बही-खाते को सँभालने में मदद के लिए मुंशी नियुक्त किया था, माँगेराम मैनाबाई की हवेली की तरफ़ निकलने ही वाला था कि उसके कानों में एक औरत की आवाज़ आई। "गुमाश्ता जी," वह बोली, "ज़रा एक पल के लिए इस तरफ़ आएँगे?" आवाज़ सुरीली नहीं थी लेकिन उस आवाज़ में ऐसी कशिश थी कि माँगेराम ने सुना तो गलियारे की तरफ़ चल पड़ा। वह गलियारा किशोरीलाल के कमरे में जाकर खुलता था, आवाज़ वहीं से आई थी। जब वह पीछे मुड़ा तो उसने एक बाँह देखी, वह उसी स्त्री की थी जिसने आवाज़ देकर उसको बुलाया था। कुहनियों से ऊपर उठी हुई बाँह जिससे सूती दुपट्टा नीचे लटका हुआ था। दुपट्टा इतना पतला था कि आँगन से आती दोपहर की धूप की रोशनी में उसके चेहरे को साफ़-साफ़ देखा जा सकता था। बाँह के आगे का हिस्सा न तो बहुत मांसल था, न ही गठीला, उस हिस्से को उसने बाँह के अगले हिस्से को सहारा देने के लिए लगा रखा था जिससे बने त्रिकोण के बीच से माँगेराम ने उसकी आँखों में देखा, देखते ही उसका कौतूहल जाग गया।

"कौन है?" कहता हुआ वह गलियारे में आगे बढ़ा, जबकि वह समझ गया था कि वह किशोरीलाल की पत्नी हो सकती है।

"आपकी दासी, गुमाश्ता जी," उस औरत ने कहा और हँसने लगी।

"तुम्हारा नाम क्या है?" माँगेराम ने पूछा।

"लाजवंती।"

"अच्छा नाम है," माँगेराम ने अपनी आवाज़ में कुछ सख़्ती लाने की कोशिश की और बोले, "बशर्ते तुमको पता हो कि इस नाम पर खरा किस तरह उतरा जाए।"

इस बार वह औरत ज़ोर से हँस पड़ी, "अगर मेरी किसी बात से आपको बुरा लगा हो तो मुझे मुआफ कर दीजिए," वह बोली।

वह पीछे मुड़ी और कमरे में चली गई, एक क़दम चलने के बाद उसने माँगेराम को अपने पीछे आने के लिए इशारा किया।

"किशोरीलाल कहाँ है?" माँगेराम ने कमरे में प्रवेश करते हुए पूछा।

लाजवंती पीछे मुड़ी, उसका हाथ नीचे गिरा और दुपट्टा उसके बन्धन से आज़ाद होकर उसके माथे से नीचे गिर गया अब उसका चेहरा साफ़ दिखाई दे रहा था। माँगेराम ने गहरी साँस ली। उसे अपने दिल की आवाज़ सुनाई दे रही थी।

"चिन्ता मत कीजिए गुमाश्ता जी," लाजवंती बोली, उसने पहले अपनी निगाह माँगेराम के शरीर पर फिराई और उसके बाद ऊपर उसके चेहरे को देखते हुए जवाब दिया, "वह बाज़ार गए हैं।"

माँगेराम ने एक पल के लिए उससे नज़र मिलाई और फिर दूसरी तरफ़ देखने लगा। "तुम चाहती क्या हो?" उसने पूछा।

"मैं तो बस यह जानना चाहती हूँ कि लाला मोतीचन्द आराम से तो हैं," लाजवंती ने अतिरिक्त चिन्ता जताते हुए पूछा, "और आप तथा आपके साथ आए मुंशीजी के पास ज़रूरत का सारा सामान तो है न।"

"हाँ, सब है हमारे पास। किशोरीलाल ने सारा इन्तज़ाम कर दिया था।"

"हम्म, अगर मैं उसकी मदद न करूँ तो उनको अपनी चुतिया का आगा-पीछा भी समझ में नहीं आएगा।"

अचानक ही बेधड़क होकर बोलने लगी लाजवंती ने लँगोट के लिए 'चुतिया' शब्द का प्रयोग किया। इसने उस आग पर घी डालने का काम किया जो आग उसकी आवाज़ ने माँगेराम के भीतर जगा दी थी।

"सब ठीक है," वह बोला। वह बोलना तो यह चाहता था कि "मुझे अब कुछ काम करने जाना है," लेकिन उसकी जीभ ने जैसे बोलने से इनकार कर दिया।

लाजवंती ने अपने शिकार के चेहरे पर असहजता देखी तो मुस्कुराते हुए पूछा, "आपको किस दिशा में जाना है गुमाश्ता जी?"

"मुझे...मुझे कुछ काम करने हैं," माँगेराम बोला।

"मैनाबाई के घर पर दिन में करने के लिए कुछ ख़ास होता नहीं है। वहाँ जो भी काम होता है वह रात को होता है," लाजवंती ने कहा।

"लालाजी ने मुझे कहा..." माँगेराम ने बताना शुरू किया लेकिन रुक गया। उसे ध्यान आया कि वह इस औरत को सफ़ाई क्यों दे रहा है।

लाजवंती ने दुपट्टे से अपना मुँह ढक लिया, लेकिन माँगेराम निश्चित था कि वह चुपचाप हँस रही है।

"अब मैं चलूँगा। बहुत से काम पड़े हैं," माँगेराम ने कहा।

"अरे, अरे, मैंने असली बात तो बताई ही नहीं," लाजवंती ने घबड़ाहट का नाटक करते हुए कहा।

"क्या?"

"नहीं, नहीं, कुछ ख़ास नहीं," लाजवंती अचानक पहली बार शरमाते हुए बोली, "मैं तो बस यह कहना चाहती थी कि लालाजी को कुछ ज़रूरत हो तो उनको माँगने में झिझकना नहीं चाहिए।"

"और अगर मुझे कुछ चाहिए हो तो?" माँगेराम ने लाजवंती की उस पल-भर की शर्म का फ़ायदा उठाते हुए कहा।

लाजवंती इतनी ज़ोर से मुस्कुराई कि उसके दाँत दिखाई देने लगे। वह उँगलियों में अपना दुपट्टा फँसाकर इधर से उधर चहलक़दमी करने लगी। "आप भी तो हमारे मेहमान हैं गुमाश्ता जी। आपकी सेवा करना भी तो हमारा कर्तव्य है।"

माँगेराम दिल्ली में मैनाबाई जैसी औरतों की कई हवेलियों में जा चुका था, और हर जगह उसका भरपूर स्वागत किया जाता था। लेकिन मैनाबाई की हवेली में उसे दो घंटे इन्तज़ार करना पड़ा। आख़िरकार जब उसको मैनाबाई के सामने ले जाया जा रहा था तब वह न सिर्फ़ बहुत अपमानित महसूस कर रहा, उसको ग़ुस्सा भी आ रहा था कि लाला मोतीचन्द के नाम के साथ उचित बर्ताव नहीं किया गया। वह ऐसा करनेवाले को आमने-सामने फटकार लगाना चाहता था।

मैनाबाई दीवान पर लेटी एक किताब के पन्ने पलट रही थी, और एक नौकरानी उसके पैरों के नाख़ूनों में रंग लगा रही थी। "लाला मोतीचन्द का आदमी आपसे मिलने आया है बाजी," उस लड़की ने कहा जो माँगेराम को अन्दर लेकर आई थी।

मैनाबाई ने ऐसे भौंहें चढ़ाईं मानो वह कुछ बहुत ध्यान से पढ़ रही हो, उसके बाद उसने एक पंख उठाया और किताब में बुक मार्क की तरह उसे रखते हुए किताब बन्द करके ऊपर की तरफ़ देखा।

"लाला मोतीचन्द ने सलाम भेजा है," माँगेराम बोला, और उसने तोहफ़े की एक छोटी-सी थैली भेंट की जो वह अपने साथ लेकर आया था।

परिचारिका ने उसके हाथ से थैली ली और मैनाबाई के पास गई।

उसने थैली खोली तो उसके अन्दर सोने का कंगन था। मैनाबाई ने एक नज़र कंगन की तरफ़ देखा और फिर माँगेराम को देखने लगी।

"अगर अल्लाह ने चाहा तो तुम्हारे मालिक मेरी जानकारी की कमी के लिए मुझे माफ़ कर देंगे लेकिन मैंने उनके बारे में सुना नहीं है," मैनाबाई ने उस आवाज़ में कहा जो पश्चिम में लाहौर से लेकर पूर्व में कोलकाता तक चाहनेवालों के दिलों में आग लगा देती थी। उसके बारे में चर्चाएँ तो इससे भी बड़े इलाक़े में होती थीं।

"आपकी आज्ञा हो हुज़ूर तो फरमाऊँ। मैं आपको यह बताना चाहता हूँ कि लाला मोतीचन्द लाला नेमिचन्द के बेटे हैं। वे उत्तर भारत में अनाज, कपड़े और लकड़ी के सबसे बड़े व्यापारी हैं," उस प्रसिद्ध गायिका के सामने माँगेराम ने बेहद विनम्रता से बयान किया।

"वे एक रईस दुकानदार हैं," मैनाबाई ने अपने होंठों को एक कोने से मोड़कर काटते हुए कहा।

"वह अमीर हैं और बड़े उदार इनसान हैं," माँगेराम को देर से समझ में आया कि वह व्यंग्य कर रही थी। मैनाबाई ने सोने का वह कंगन हाथ में ले लिया जो उनकी नौकरानी ने अभी भी थाम रखा था।

"बिब्बन," उसने उस लड़की को आवाज़ लगाई जो उसके नाख़ूनों में आलता लगा रही थी। "तुमने कहा था न कि तुमको सोने का कंगन चाहिए? यह लो। यह हल्का है, तुम्हारी पतली कलाई में फबेगा।"

बिब्बन ने माँगेराम की तरफ़ देखा और हँसने लगी। जो लड़की उसे लेकर आई थी वह भी हँसने लगी। मैनाबाई के चेहरे पर कोई भाव नहीं था। माँगेराम कुछ बोलने की स्थिति में नहीं रह गया था।

"मैंने सुना है कि दिल्ली की अच्छी, हुनरमंद लड़कियाँ अब उन राजाओं और दरबारियों को भूल गई हैं बीते ज़माने में जिनकी सेवा वे किया करती थीं। अब वे दुकानदारों की सेवा में लग गई हैं। उनको लगता है कि भविष्य के राजा-महाराजा यही लोग हैं। लेकिन यह पिछड़ा, छोटा-सा शहर जिसमें मैनाबाई रहती है अभी भी अतीत में जीता है," मैनाबाई बोली।

माँगेराम के पास इस बात का कोई जवाब नहीं था! वह कुछ नहीं बोला।

"आगरा के इस मुरझाए हुए शहर के भाग्य को तुम्हारे मालिक के आने से क्या फ़ायदा हुआ है?" मैनाबाई ने पूछा।

"लालाजी ने अपना व्यवसाय आगरा तक फैला लिया है," माँगेराम बोला, "वह यहाँ अपना व्यापार बढ़ाने आए हैं।"

"तो शाहजहाँ की तरह अनाज, कपड़े और लकड़ी के शहंशाह अपनी राजधानी आगरा ला रहे हैं।" मैनाबाई ने बिब्बन की तरफ़ देखा और उसकी परिचारिका भी अपनी मालकिन का यह भद्दा चुटकुला सुनकर हँसने लगी। "क्या वह मैनाबाई के लिए मरने के बाद नया ताजमहल बनवाने की योजना बना रहा है?"

"मेरे मालिक ने आपकी शानदार आवाज़ के बारे में बहुत सुन रखा है, हुज़ूर,"

माँगेराम बोला। वह हैरान था कि कितनी तैयारी के साथ ये तीन औरतें उसका मज़ाक़ उड़ा रही हैं।

"वह आपकी आवाज़ सुनने के लिए बहुत बेताब हैं," माँगेराम बोला।

मैनाबाई ने हँसी-मज़ाक़ छोड़ते हुए अचानक गम्भीर होकर बोलना शुरू किया, "अपने मालिक से कहना कि मैनाबाई ने कहा है—

आप हैं और मजमा-ए-अग़्यार
रोज़ दरबार-ए-आम होता है

मुझे अपने इस टूटे-फूटे घर में उनका स्वागत करके ख़ुशी होगी।"

माँगेराम को साहस नहीं हुआ कि वह मालिक को मैनाबाई की विनोदपूर्ण बातों के बारे में बता सके न ही उसके तानों के बारे में। इस कारण लाला मोतीचन्द मैनाबाई के कोठे पर लगातार तीन शाम गए लेकिन उसने लगातार उनको नज़रअन्दाज़ किया। उसने छोटे-छोटे ज़मींदारों का मनोरंजन करना बेहतर समझा जिनकी भारी-भरकम उपाधियों के बावजूद यह बात छिप नहीं सकती थी कि उनके पुरखों की जो सम्पत्ति थी वह ख़ाक में मिल चुकी। यह सब हुआ था ख़राब आर्थिक अवस्था के कारण। लेकिन इसमें कोई शक नहीं कि अच्छी-अच्छी गायिकाओं को बेहतरीन तोहफ़े देने से उनको प्यार था। लाला मोतीचन्द असहाय से देखते रहते थे जबकि मैनाबाई बड़ी अदा के साथ उन मर्दों के साथ चुहल करती रहती जिनकी पूरी की पूरी ज़मींदारी वह बिना क़र्ज़ा लिये ख़रीद सकते थे। उसकी सुन्दरता, उसके अल्फ़ाज़ भले ही दूसरे मर्दों के लिए हों लेकिन लाला मोतीचन्द इतनी कम आयु के थे कि वे अपनी इच्छाओं को रोक नहीं पा रहे थे। लेकिन वह वहाँ के तौर-तरीक़ों में भी उतने पारंगत नहीं थे कि इस तरह हस्तक्षेप करें कि बाज़ी उनकी तरफ़ हो जाए। संगीत बहुत अच्छा था, सुकून पहुँचानेवाला, शोख और गहरा, लेकिन लाला मोतीचन्द को जिस तरह के सन्तोष की दरकार थी वह अपने आपमें संगीत से जुड़ा हुआ नहीं था। आख़िरकार, तीसरी रात उन्होंने यह तय किया कि वे दुबारा नहीं आएँगे।

"आगरा की तवायफ़ें भूल गई हैं कि वे तवायफ़ हैं," उन्होंने घर के सामने बग्घी से उतरते हुए माँगेराम से कहा।

"मालिक अगर मुझे माफ़ी मिले तो मैं कुछ कहना चाहता था।"

"क्या?"

"घर से दूर किसी गले केले के पीछे क्यों भागना जब घर में ही पका हुआ आम हो।"

लाला मोतीचन्द नशे में हँसे, मैनाबाई ने उस शाम पीले कपड़े पहन रखे थे।

माँगेराम द्वारा अचानक जगाए जाने के बाद किशोरीलाल लाला मोतीचन्द के कमरे में आँखें मलता हुआ आया। उसने देखा कि उसके मालिक बिस्तर पर पड़े

हुए थे। जो कपड़े पहनकर बाहर गए थे वे उन्होंने उतारे भी नहीं थे—ज़रीदार धोती और लखनवी कुर्ता किनारों से मुचड़ गया था। वे अपने हाथ के ऊपर सर टिकाए आँखें बन्द किए लेटे थे।

"हुज़ूर ने याद किया?" वह बोला।

लाला मोतीचन्द ने आँखें नहीं खोलीं। बदले में माँगेराम बोला, "आज मालिक बहुत थक गए हैं। दिन भर काम करने से इनके पैरों में दर्द हो रहा है।"

"ओह, लेकिन इस समय किसी मालिश करनेवाले को बुला पाना मुश्किल होगा," किशोरीलाल बोला।

"मुझे किसी ने बताया है कि तुम्हारी पत्नी मालिश बहुत अच्छा करती है," माँगेराम बोला।

अगर लाला मोतीचन्द कमरे में नहीं रहे होते तो वह माँगेराम पर आरोप लगाते हुए पूछता कि उसको इस तरह की बात किसने बताई थी। लेकिन एक तो मोतीचन्द की मौजूदगी के कारण, दूसरे यह सोचकर कि हो न हो कहीं उसकी पत्नी ने ही यह बात माँगेराम को बताई हो, वह चुप रह गया।

"उसमें ऐसा कोई ख़ास हुनर नहीं है। अगर हुज़ूर सुबह तक इन्तज़ार कर सकें तो मैं ननकू को बुला दूँगा। आगरा के हकीम-वैद्य उसके इल्म की कसमें खाते हैं। वे तो यहाँ तक कहते हैं कि अगर ननकू को पर्याप्त समय मिले तो यह किसी लँगड़े को भी पैरों पर खड़ा कर सकता है," किशोरीलाल ने कहा।

"लालाजी लँगड़े नहीं हैं। कोई उनके पैरों की मालिश कर दे बस," माँगेराम बोला।

"वह सो गई है," किशोरीलाल बोला।

"अभी से?" माँगेराम ने पूछा, "तुम तो उसके पति हो, तुम उसको उठा सकते हो। और अगर तुमको डर लग रहा है तो मैं उठा देता हूँ।"

"नहीं, नहीं! आज उसकी तबीयत ठीक नहीं लग रही थी इसलिए जल्दी सो गई।"

माँगेराम ने लाला मोतीचन्द की तरफ़ देखा। लाला ने अपनी आँखें खोलीं, मानो उसको कोई संकेत मिल गया।

"आज मैं गैंडामल से बात कर रहा था," लालाजी थोड़े ग़ुस्से में आते हुए बोले, "उन्होंने बताया कि बही में चार सौ मदों में गड़बड़ी है।"

"यह कैसे हो सकता है सरकार?" किशोरीलाल ने पूछा, उसका दिल तेज़ी से धड़कने लगा।

"यही मैंने भी कहा उसको," मोतीचन्द धीरे से बोला, "किशोरीलाल बहुत ईमानदार इनसान है," मैंने बताया उसको "वह हमारी फ़ेहरिस्त की एक-एक चीज़ की रखवाली जान से बढ़कर करता है।"

"जी सरकार," किशोरीलाल बोला।

“मैंने उसको कल फिर से बही देखने के लिए कहा है। मुझे लगता है, उसको इस बात का पता चल जाएगा कि उससे ग़लती हुई है। तुमको क्या लगता है किशोरीलाल?” मोतीचन्द ने कहा।

“जी सरकार,” किशोरीलाल बोला, उसकी आवाज़ में पकड़े जाने के डर से ज़्यादा डर हार जाने का था।

“मेरे पैरों में बुरी तरह दर्द हो रहा है,” लाला मोतीचन्द ने कहा।

“मैं अपनी पत्नी भेज दूँगा,” किशोरीलाल ने कहा, “वह मालिश बहुत अच्छी तरह करती है। हुज़ूर जल्दी ही ठीक हो जाएँगे।”

अगली सुबह लाला मोतीचन्द को देखकर लग रहा था कि उनको बहुत सुकून मिला था, उन्होंने माँगेराम को उसकी कोशिशों के लिए सोने का एक सिक्का इनाम में दिया।

लाला मोतीचन्द का डेरा दिल्ली लौटने से पहले आगरा में चार महीने रहा। वह जितने दिन तक रहे लाजवंती लगभग हर रात उनके पास आई। लाला मोतीचन्द जब तक आगरा में रहे तब तक उनके साथ सोने के कारण लाजवंती घर की नौकरानी से घर की रखैल हो गई। मालिक के लिए जितने लोग भी काम करते थे वह सभी को अपने से कमतर समझने लगी। उसने माँगेराम को ‘गुमाश्ता जी’ कहना बन्द कर दिया। उसको जिस चीज़ की ज़रूरत होती वह उसके मातहतों के माध्यम से मँगवा लेती थी। उसने बिना एक शब्द कहे उसके सामने यह साफ़ कर दिया था कि उसने उसको जो पहले देने का वादा किया था अब वह उसके ऊपर कायम नहीं है और उसको उससे किसी तरह के लाभ की आशा नहीं रखनी चाहिए। माँगेराम, जो दिल्ली के घर में मालिक के साथ सहदेई को साझा करता था, इस बात से अधिक निराश नहीं था। उसको तो अपनी कोशिशों के लिए इनाम के रूप में सोने का सिक्का मिला था। सबसे बढ़कर उसके मालिक उसके प्रति आभार महसूस कर रहे थे जो भविष्य में कई सोने के सिक्कों से भी बढ़कर साबित होता। वह लाजवंती की झूठी शान को सहन करता रहा क्योंकि वह इस बात को जानता था कि एक बार लाला मोतीचन्द के दिल्ली जाने के बाद सब कुछ ऐसे नहीं चलेगा। माँगेराम की जो अतिरिक्त कमाई हुई थी उसका कुछ हिस्सा उसने उन कुछ ठीक-ठाक कीमत वाली वेश्याओं में लगाया जिनका बाज़ार उन लोगों के लिए सजता था जो मैनाबाई की सेवाएँ नहीं ले सकते थे।

लाजवंती के पति ने पाया कि परम्परा से उसका अपनी पत्नी के ऊपर जो आधिपत्य था वह अब अतीत की बात हो गई है। उसके लिए अपनी पत्नी को क़ाबू में रख पाना तब भी मुश्किल हो रहा था जब लाला मोतीचन्द का आगमन नहीं हुआ था। उसकी पत्नी को इस बात का अच्छी तरह पता था कि उसकी सुन्दरता की ताक़त क्या थी। अब तो लाजवंती उसको इस तरह से आदेश दिया करती मानो

वह घर का नौकर हो। उसने उसके साथ सोना भी छोड़ दिया। लाला मोतीचन्द के साथ पहली बार सम्बन्ध बनाने के कुछ दिन बाद एक रात जब वह उसके बिस्तर पर आया और सम्बन्ध बनाने की कोशिश की तो उसने बिना कोई बहाना बनाए उसको ग़ुस्से से झिड़क दिया। और जैसे इस तरह की ख़बरें फैलती हैं, यह ख़बर भी तेज़ी से फैल गई कि वह एक कुलटा का पति है। लोग किशोरीलाल को ताने देने लगे। माहौल को अपने पक्ष में करने के लिए उसने अपनी पत्नी की चरित्रहीनता के क़िस्से दूसरों को सुनाने शुरू कर दिए, लेकिन यह बात भी बुरी तरह उसके ख़िलाफ़ गई। उसे इस बात का दुःखद एहसास हुआ कि दुनिया ने जिस एक औरत पर आपको नियंत्रण करने का हक़ दिया हो अगर उसके ऊपर आपका क़ाबू नहीं रह जाता है तो ऐसी स्थिति में पुरुष स्त्री की चरित्रहीनता के चर्चे करके भी अपनी बदनामी से बच नहीं सकता। आगरा शहर में जन्में किशोरीलाल ने एक छोटे से गाँव में रहनेवाली लाजवंती से इसलिए विवाह किया था कि उसको लगता था कि वह सीधी-सादी होगी, लेकिन वह दिल्ली की सैकड़ों तवायफ़ों से भी अधिक चालाक निकली। आस-पड़ोस में सभी किशोरीलाल का मज़ाक़ उड़ाने लगे, उससे सहानुभूति केवल वही पुरुष रखते थे जिनको डर था कि कहीं उनका भाग्य भी वही न हो जाए। पुरुषों को यह डर भी लगता था कि उनका डर कहीं दुनिया के सामने ज़ाहिर न हो जाए, सो वे न केवल सार्वजनिक रूप से उसके लिए अफ़सोस जताने से बचते थे बल्कि दूसरों से भी अधिक उसका मज़ाक़ उड़ाते थे।

लाजवंती ने बच्चे को जन्म दिया और उसका नाम मक्खन लाल रखा। जब तक वह बच्चा दुनिया में आया तब तक किशोरीलाल अफीमची होकर बर्बाद हो चुका था। अब लाला मोतीचन्द के हिसाब में चोरी करने में उसकी कोई दिलचस्पी नहीं रह गई थी, उसी चोरी की वजह से तो उसकी ऐसी हालत हुई थी! इस फ़ायदे से भी बड़ी बात यह थी कि अब किसी भी चीज़ में उसकी दिलचस्पी नहीं रह गई थी। जब माल उठाने की ज़रूरत पड़ती तो वह अचेत पड़ा हुआ मिलता!, कई बार लोगों को ग़लत पते पर माल भेज देता, या नशे की हालत में न समझ पाने के कारण व्यापारियों को ज़रूरत से अधिक भुगतान कर देता। युद्ध दुनिया भर में फैलता जा रहा था यह उचित समय नहीं था कि लाला मोतीचन्द का काम देखनेवाला आदमी बेकार साबित हो जाए, इसलिए माँगेराम को बार-बार आगरा भेजा जाता ताकि वह उसके तौर-तरीक़े सुधार सके। लेकिन किशोरीलाल की ज़िन्दगी उस ढलान पर तेज़ी से फिसलती जा रही थी जिस पर उसकी ज़िन्दगी को ले जाने का षड्यंत्र लाला मोतीचन्द और माँगेराम ने ही किया था। वह फिसलन इतनी तेज़ थी कि उसकी गति को वापसी की दिशा में मोड़ पाना असम्भव हो गया था। न तो मनाने का कोई असर हुआ न ही धमकाने का, उसको काम से सीधे-सीधे हटा देना भी कोई विकल्प नहीं था। कुछ भी हो वह लाजवंती का पति था, इसलिए लाला मोतीचन्द

उलझन में थे। उन्होंने मन-ही-मन तय किया कि भविष्य में कभी व्यवसाय और मौज-मस्ती को एक साथ नहीं मिलाएँगे।

लाला मोतीचन्द ने इस समस्या को सुलझाने की ख़ुद भी कोशिश की। उनके पिता भी बार-बार उनसे पूछ रहे थे कि आगरा में उनका एजेंट इस तरह बर्ताव क्यों कर रहा है और अगर वह अपना काम ठीक तरह से नहीं कर पा रहा है तो कोई नया एजेंट ढूँढ़ लें। लेकिन समाधान अपने आप हो गया। एक रात जब किशोरीलाल शहर में भटक रहा था तो वह फिसलकर एक कुएँ में गिर गया। अगर वह होश में रहा होता तो शायद उसने अपनी मदद के लिए कुछ किया होता। लेकिन वह नशे की हालत में वहीं पड़ा रहा। सुबह के समय जब लोगों ने उसको ढूँढ़ा तो अधिक ख़ून बहने के कारण उसकी मृत्यु हो चुकी थी।

किशोरीलाल को जाननेवालों में जो लोग अधिक उम्र के थे उन्होंने कई लोगों को ख़ुद को बर्बाद करते देखा था इसलिए वे इस बात को समझ नहीं पाए कि वह किस दिशा में जा रहा है। उनको उस व्यक्ति में एक उदाहरण दिखाई दिया जिसके बारे में बताकर नौजवानों को वे इस बात की शिक्षा दे सकें कि जो आदमी जल्दी में मौत की तरफ़ बढ़ जाता है वह कैसा होता है। इस तरह किशोरीलाल की मृत्यु से लाजवंती के अलावा किसी को सदमा नहीं पहुँचा। एक अमीर लाला की रखैल बनकर वह नीले आकाश में सारस की तरह उड़ रही थी। उसने कभी रुककर इस बारे में नहीं सोचा कि षड्यंत्र के कारण उसने अपना आधार कितनी भुरभुरी ज़मीन पर बना रखा था। इसी नशे में वह अपने पति के ऊपर सत्ता की धौंस जमाती थी लेकिन इस बात को नहीं समझ पाई कि उस ओहदे का आधार किशोरीलाल का मोतीचन्द का एजेंट होना ही था। किशोरीलाल में तमाम कमियों के बावजूद एक बड़ा गुण था। उस गुण को उसने उसी तरह नज़रअन्दाज़ कर दिया जिस तरह से लोग तब कर दिया करते हैं जब वे युवा होते हैं आकर्षक होते हैं, और जिसको लेकर वे बाद में बहुत पछताते हैं। उसने लाजवंती को अपनी ज़िन्दगी में बहुत महत्त्व दे रखा था। दूसरी तरफ़, लाला मोतीचन्द के लिए उनकी एजेंसी का महत्त्व सबसे अधिक था। यह बात उसको तब समझ आई जब किशोरीलाल की मृत्यु के कुछ दिनों में ही एक नया एजेंट काम पर रख लिया गया। नये एजेंट ने काम शुरू करते ही लाजवंती के साथ ग़लत हरकत करने की कोशिश की, मानो नई नौकरी के साथ वह भी उसको मिली हो।

लाला मोतीचन्द इस बात को समझ सकते थे कि नये एजेंट की ऐसी हरकत का कारण क्या था, लेकिन वे अपने मातहत काम करनेवाले किसी इनसान को उस स्त्री पर हाथ डालने नहीं दे सकते थे जो उनके नाम से जानी जाती थी। वह भी इतनी जल्दी। इसलिए लाजवंती और उसके छोटे बच्चे के लिए नया घर तलाश किया गया और उसके भरण-पोषण के लिए कुछ मासिक रकम भी तय कर दी गई।

इससे पैदा हुई जटिलता को गैंडामल को बही-खाते में हेरफेर करके ठीक करना पड़ा ताकि अगर लाला नेमिचन्द कभी उसको देखें तो उनका आगरा के व्यवसाय के इस अतिरिक्त खर्चे के ऊपर ध्यान न जाए। इस ग़लती के लिए लाला मोतीचन्द अफ़सोस भी करते थे कि उन्होंने नाहक अपने ऊपर बोझ लिया। लेकिन वे इस बात को भी समझते थे कि जवानी में इस तरह की ग़लतियाँ करना स्वाभाविक ही था। इसलिए उन्होंने ख़ुशी-ख़ुशी उस ख़र्चे को वहन किया और उस कीमत को भविष्य के अपने सबक के लिए याद रख लिया। मक्खन लाल के जन्म के कुछ साल बाद जब विश्वयुद्ध की हवा कुछ शान्त होने लगी तो मोतीचन्द ने आगरा में अपने छोटे से परिवार तथा वहाँ के ऐसे कई छोटे-मोटे कामों से किनारा करने का फ़ैसला किया जो नियमित रूप से ध्यान दिए जाने की माँग करते थे। लेकिन इन सभी बातों का उनकी बड़ी योजना के ऊपर किसी तरह का प्रभाव नहीं पड़ा। जूतों की माँग कम पड़ते जाने के कारण लाला का आगरे के व्यवसाय का महत्त्व कम होने लगा और उसी के साथ-साथ लाजवंती का भी।

हालाँकि लाजवंती इस बात को समझ नहीं पाई कि लाला मोतीचन्द ने उसके और उसके बेटे के साथ भावनात्मक लगाव ख़त्म करने का संकेत तभी दे दिया था जब उसके लिए तब तक गुज़ारा भत्ता देने का इन्तज़ाम किया जब तक कि वह बच्चा पहला शब्द न बोले। उसके दिमाग़ में यह बात आई कि जल्दी ही उसका बेटा उससे सवाल पूछने लगेगा और उसको जवाब देना होगा। जब उस सवाल के आने में कुछ साल ही रह गए तो उसने जल्दबाज़ी में कुछ कहानियाँ बनानी शुरू कर दीं, उसको यह उम्मीद थी कि जब उसका बच्चा बड़ा होगा तो इस जवाब से सन्तुष्ट हो जाएगा। उसने यह कहानी फैलानी शुरू कर दी कि लाला मोतीचन्द ने बहुत समय पहले उससे गुप्त विवाह किया था। इस कहानी को आधार देने के लिए उसने पुरुषों से दूर रहने का फ़ैसला किया और लाला मोतीचन्द के प्रति समर्पित बने रहने का भी। अब चूँकि लाला मोतीचन्द ने उसके साथ सोना छोड़ दिया था इसलिए विश्वस्त बने रहने और ब्रह्मचर्य का उसका संकल्प पहले तो उसके लिए कठिन साबित होने लगा, लेकिन उसने पाया कि राम की पूजा की तरफ़ ध्यान लगाने से इसमें कुछ मदद मिली और उसका अपनी इच्छाओं के ऊपर क़ाबू हो गया। इसलिए वह भक्ति भाव से नियमित रूप से पूजा करने में लग गई। सतीत्व के प्रतीक के रूप में ख़ुद को ढाल लेने के अलावा लाजवंती ने यह कहानी भी प्रचारित करनी शुरू की कि लाला मोतीचन्द अपनी दूसरी पत्नी को दिल्ली आने के लिए कहकर अपनी बीमार पहली पत्नी को दुखी नहीं करना चाहते थे। इसलिए उन्होंने उससे यह वादा किया था कि अगर उनकी पहली पत्नी की तबीयत बेहतर हो गई या उसका देहान्त हो गया तो वे उसको और उसके बच्चे को दिल्ली ले जाएँगे और वहाँ शानो-शौकत का जीवन देंगे। झूठ को अगर बार-बार दोहराया

जाए तो कई बार वह सच का रूप ले लेता है, इस तरह लाजवंती अपने पड़ोसियों और रिश्तेदारों को लगातार यह समझाती रही कि वह एक अमीर आदमी की पवित्र और त्यागमयी दूसरी पत्नी है। उसका पति अपनी बीमार पहली पत्नी के प्रति बुरी तरह समर्पित था इसलिए वह उसकी तरफ़ ध्यान नहीं दे पा रहा था। वैसे तो उसके आसपास के लोग इस कहानी से पूरी तरह सहमत नहीं थे लेकिन वे उसकी बातों को मानते थे। कारण यह था कि शुचिता और धार्मिकता वाली बात भले पहले सही न रही हो लेकिन फ़िलहाल तो वह सच लगने ही लगी थी। उसका बेटा इस अर्धसत्य में पूरी तरह विश्वास रखता हुआ बड़ा हो रहा था।

लाजवंती को महसूस होता था कि जब उसका बेटा बड़ा होगा तो वह अपने पिता की थोड़ी-बहुत सम्पत्ति का तो उत्तराधिकारी बन ही जाएगा इसलिए वह अपने बेटे को इस भविष्य के लिए तैयार कर रही थी। वह उसको अक्सर उसके पिता के बारे में सुनाती थी कि वे कितने दयालु और उदार हैं, कितने सुन्दर और मज़बूत हैं, वे कितने अमीर हैं। वह उस बच्चे को उसके भाइयों दीनानाथ और दीवानचन्द के बारे में भी बताती थी। दीनानाथ के बारे में यह कि 'वह गम्भीर और थोड़ा ग़ुस्सैल है' जबकि 'दीवानचन्द सपने देखनेवाला इनसान है, हमेशा अपने में ही खोया रहता है।' उसकी बहन के बारे में बताती कि 'वह सुन्दर और प्यारी है।' अपने बेटे का दिल बहलाने के लिए इन लोगों के बारे में तरह-तरह की कहानियाँ भी बनाकर सुनाती। 'अगर तुम्हारी बड़ी अम्मा बीमार न पड़ी होतीं तो तुम्हारे पिताजी बहुत पहले ही हमें अपने साथ रहने के लिए ले गए होते,' वह अक्सर अपने बेटे को कहती। चार साल का मक्खन इस बात को समझ नहीं पाता था कि उसे अपने पिताजी के साथ रहने में उनकी पहली पत्नी क्यों बाधा थी। लेकिन उसकी माँ जो कहती थीं वह उन बातों को मान लेता था और हर शाम जब वह भगवान राम की पूजा करता तब वह अपने पिताजी का भी स्मरण करता था। दोनों से वह बस एक ही चीज़ माँगता था, उसको अपने पिता के साथ रहने तथा अपने बड़े भाई-बहनों के साथ खेलने का मौक़ा मिल जाए।

लाला मोतीचन्द की पत्नी का जब देहान्त हुआ तब मक्खन लाल महज़ चार साल का था। चूँकि दूसरा विश्वयुद्ध और जूते का व्यापार गुज़रे ज़माने की बात हो चुकी थी इसलिए आशा देवी के न रहने की ख़बर के दिल्ली से दो या तीन सौ किलोमीटर की दूरी को पार कर लाजवंती के पास आगरा पहुँचने में कुछ समय लग गया। लाजवंती तब तक ख़ुद अपने झूठ में यक़ीन करने लगी थी इसलिए वह सोचने लगी कि अब लाला मोतीचन्द उसे और मक्खन लाल को दिल्ली आने के लिए कहेंगे। लेकिन महीनों गुज़र गए कोई बुलावा नहीं आया और जल्दी ही सब इस बात को जान गए कि लाला मोतीचन्द की पत्नी का देहान्त हो चुका है और उन्होंने लाजवंती को छोड़ दिया है। लाजवंती इसी बात से ख़ुश होती रही कि उसने

अपने बेटे को इस बारे में नहीं बताया था कि उसके पिता की पत्नी का देहान्त हो गया था। उसका बेटा उनसे रोज़ यही पूछता कि उसके पिता ने उन लोगों को बुलाया क्यों नहीं और इस बात का जवाब समझा पाना उसके लिए मुश्किल होता और यह उसको पागल बना देता। कुछ लोगों का यह कहना था कि लाला मोतीचन्द ने दूसरी शादी कर ली थी, जबकि कुछ दूसरे लोगों का कहना था कि चौदह साल की उम्र में बेहद सख़्त माने जानेवाले उनके सबसे बड़े बेटे दीनानाथ ने घर में दूसरी पत्नी लाने के लिए अपने पिता पर इस बात की पाबन्दी लगा दी थी कि वे दूसरी पत्नी लाकर उसकी माँ का अपमान नहीं करेंगे। ज़ाहिर है, इनमें से कोई भी अफ़वाह सही नहीं थी, लेकिन सच्चाई भी कोई ख़ास राहत देनेवाली नहीं थी। लाला मोतीचन्द लाजवंती और उसके बेटे के बारे में भूल चुके थे। गुज़रते हुए समय ने लाजवंती की इसमें भी मदद की कि वह भी उस रिश्ते को ख़ारिज करे जो मुंशी की बही में एक मासिक प्रविष्टि भर बनकर रह गया था।

जब मक्खन लाल सात साल का था तब उसको अपने पड़ोस में रहनेवाले एक लड़के से आशा देवी की मृत्यु के बारे में पता चला, जिसने अपने पिता से इस बारे में सुना था और उसके पिता ने यह बात अपने पड़ोसी से सुनी थी, जिसके एक रिश्तेदार अक्सर व्यवसाय के सिलसिले में दिल्ली जाते रहते थे। वह यह सोचकर घर भागा कि उसके पास एक अच्छी ख़बर है। वह सोच रहा था कि उसको अपनी माँ को जल्दी से जल्दी इस बारे में बताना चाहिए ताकि वह जल्दी से जल्दी दिल्ली जाने की तैयारी शुरू कर सके। लाजवंती अपने ही झूठ में फँस गई थी। उसको इस बात का डर तो था कि मक्खन लाल को किसी-न-किसी दिन इस बारे में पता चल जाएगा, लेकिन वह इस बारे में फ़ैसला नहीं कर पा रही थी कि जिस दिन उसे इस बारे में पता चलेगा उस दिन वह उसे क्या बताएगी। कोई भी अफ़वाह उपयुक्त नहीं थी। उसको डर था कि अगर उसने उसको यह बता दिया कि उसके पिता ने दूसरी शादी कर ली तो वह अपने पिता से नफ़रत करने लगेगा। अगर उसने उसे यह बताया कि दीनानाथ ने अपनी माँ के घर में उन लोगों के आने पर रोक लगा दी तो अपने बड़े भाई के ख़िलाफ़ उसके मन में वैर का भाव आ जाएगा। इसलिए उसने उसको कहा कि उसे लाला मोतीचन्द का सन्देश मिला है और उन्होंने उससे कहा है कि हम कुछ महीने और इन्तज़ार कर लें क्योंकि हमारे आने से पहले उनको कुछ मामले सुलझाने हैं। मक्खन लाल के बार-बार पूछने के बावजूद उसने यह नहीं बताया कि वे कौन से मामले थे जिनको सुलझाए जाने की बात वे कर रहे थे।

बच्चे ने बड़े सब्र के साथ तीन महीने तक इन्तज़ार किया और एक बार फिर से ज़िद करने लगा, पिताजी हमें दिल्ली क्यों नहीं बुला रहे? इस बार उसने उसको ग़ुस्से में डाँटते हुए इस सवाल को उसी तरह से टाल दिया जिस तरह कई बार माता-पिता

ग़ुस्सा दिखाकर मुद्दे की बात को गोल कर जाते हैं। उसने उससे कहा कि एक अच्छे बच्चे को अपने माता-पिता से सवाल नहीं करने चाहिए। लेकिन मक्खन लाल एक बुद्धिमान और संवेदनशील लड़का था और यह सवाल बार-बार उसके मन में उठता रहता था। उसने अपने जिन दोस्तों को अपने आगामी भाग्यशाली जीवन के बारे में बढ़-चढ़कर बताया था वे उसके ऊपर व्यंग्य करते हुए पूछते—"तुम अपने पिताजी के पास कब जानेवाले हो?" या कई बार सीधे-सीधे यह भी कह देते कि उसकी माँ बस एक रखैल थी और वह एक अवैध सन्तान था। तब वह सख़्ती के साथ उनको जवाब देता, "जब मैं दिल्ली जाऊँगा तब तुम्हारा मुँह बन्द हो जाएगा।" लेकिन जैसे-जैसे समय बीतता जा रहा था उसके दिमाग़ में यह समझ पक्की होती जा रही थी कि दूसरे लड़के उसके बारे में जो बातें किया करते थे वे बातें शायद सही थीं, और उसके पिता का उसे दिल्ली बुलाने का कोई इरादा नहीं था।

जब वह तेरह साल का था तो उसके अध्यापक ने उसके लेखन की तारीफ़ की जिससे प्रभावित होकर उसने अपने पिता को एक पत्र लिखा जिसमें उसने अपने बारे में सब कुछ बताया। उसने लिखा कि वह देखने में कैसा था, उसको क्या-क्या खाना पसन्द था, वह पढ़ाई में कितना अच्छा माना जाता था, वह कितनी शिद्दत से अपने भाई-बहनों से मिलना चाहता था, आदि उसने उनसे विनती की कि वे अपना वादा निभाएँ और उन लोगों को दिल्ली बुला लें। लेकिन वह चिट्ठी उसकी माँ के हाथ लग गई। उसकी माँ वैसे तो अनपढ़ थी लेकिन उसको मक्खन लाल के बर्ताव से ऐसा लग गया कि उस चिट्ठी में कोई ऐसी बात थी जो वह उससे छिपा रहा था। वह उस चिट्ठी को एक पढ़े-लिखे आदमी के पास लेकर गई जो एक पोस्ट ऑफ़िस के सामने बैठता था और लोगों की चिट्ठियाँ लिखता था। उस आदमी ने उसको वह चिट्ठी पढ़कर सुनाई। जब वह घर लौटकर आई तो उसने मक्खन लाल की ऐसी पिटाई की कि वह लगभग अधमरा हो गया, उसके बाद उसने यह सौगंध खाई कि अगर भविष्य में उसने कभी अपने पिता से सम्पर्क करने का प्रयास किया तो वह अपनी जान दे देगी।

सोलह साल के बहुत से अन्य बच्चों की तरह मक्खन लाल ने भगत सिंह के मुक़दमे की कार्रवाई पर ध्यान से नज़र रखी थी, लेकिन सोलह साल के अन्य लड़कों के विपरीत भगत सिंह का लिखा जो भी उसके हाथ आया था वह भी उसने पढ़ रखा था। सम्भवत: आधुनिक दौर की तमाम तार्किक विचारधाराओं, चाहे वे प्रगतिवादी हों या प्रतिक्रियावादी, की मुश्किल यही रही है कि उनको अक्सर उन्हीं लोगों द्वारा अपनाया गया जिनके जीवन के अनुभवों ने उनको उनके प्रति बेहद संवेदनशील बना दिया था।

इसलिए मक्खन लाल अपनी दुनिया से निराश होकर उस नई दुनिया के लिए तैयार था जिसके बारे में भगत सिंह ने वादा किया था। भगत सिंह ने तीन बुराइयों

की चर्चा की थी—धर्म, निजी सम्पत्ति और राज्य। मक्खन लाल इनमें से दो से नफरत करने लगा था। इनमें से पहला धर्म था, जिसके बारे में उसे महसूस होता था कि इसने अनकहे लेकिन गहरे रूप से उसकी माँ को उससे दूर कर दिया था। इसी की आड़ लेकर उसकी माँ अपने बेटे के लगातार कठिन होते जाते सवालों को टाल जाया करती थीं—"राम में भरोसा रखो बेटा, वह सब ठीक कर देंगे।" माँ द्वारा बार-बार इस बात को कहने के कारण बेटा भगवान और उनमें आस्था से नफ़रत करने लगा, जिसके कारण वह जो चाहता था वह जान नहीं पा रहा था। जिसका नतीजा यह हुआ कि उसने उस नास्तिकता को अपना लिया जो भगत सिंह ने सुझाई थी। उसने नास्तिकता को समस्त मानवता के बेहतर भविष्य के वादे के रूप में भी अपनाया और अपनी माँ से सवाल-जवाब करने के लिए भी। उसे ऐसा लगने लगा था कि उसके पिता उससे और उसकी माँ से दूरी बनाकर इसलिए रखते थे क्योंकि उनको लगता था कि इससे उनकी इज़्ज़त को ख़तरा है। वह इज़्ज़त जो एक अमीर पूँजीपति के रूप में स्थापित होने और उसे बनाए रखने के लिए उनके लिए ज़रूरी थी। मक्खन लाल का दिमाग़ तर्क-वितर्क तो अच्छी तरह कर लेता था लेकिन वह इतना वयस्क नहीं हुआ था कि मार्क्स के विचारों को और भगत सिंह के पर्चों को पूरी तरह समझ पाता। वह उनको जितना समझ पाता था उससे अधिक उसको समझ में नहीं आता था। लेकिन उनके विचारों को पढ़ने से उसके भीतर जो ग़ुस्सा उबल रहा था उसे बाहर निकलने का एक मार्ग मिला। एक बिन्दु था जिस पर वह बार-बार अटक जाता था। भगत सिंह ने पूछा था, किसी आदमी को इस वजह से ताउम्र दुःख क्यों भोगना चाहिए कि उसका जन्म ग़रीब परिवार में हुआ और कोई आदमी महज़ इसलिए अवैध रूप से लाभ उठाता रहे क्योंकि वह अमीर घर में पैदा हुआ? एक तरफ़ उसका जीवन था जो माँ को मिलनेवाले बेहद कम मासिक भत्ते के सहारे चल रहा था तो दूसरी तरफ़ यह सम्भावना थी कि उसे एक अमीर आदमी की सम्पत्ति में हिस्सा मिल सकता था। इसलिए मक्खन लाल जब भगत सिंह की इस पंक्ति को पढ़ता था तो उसे याद आता था कि उसकी स्थिति त्रिशंकु की तरह स्वर्ग और धरती के बीच झूलनेवाली हो गई थी। यह सोचकर उसका ग़ुस्सा और बढ़ जाता था और उसका यह संकल्प भी मज़बूत हो जाता था कि जब उसकी उम्र कुछ और हो जाएगी तो वह क्रान्तिकारी संगठन का हिस्सा बन जाएगा।

लेकिन दो वजहों से वह संकल्प से भरे उन नौजवानों के दल का हिस्सा नहीं बन पाया जो महात्मा गांधी के बताए रूढ़िवादी तरीक़े के बजाय भारत के भविष्य को आमूलचूल ढंग से बदल देना चाहते थे। पहला कारण उसकी अपनी कायरता थी, इंटर की परीक्षा से महज़ कुछ माह पहले वह कुछ ऐसे विद्यार्थियों के समूह की कुछ बैठकों में शामिल हुआ था जो क्रान्तिकारियों के विचारों से सहानुभूति रखते थे। लेकिन जब उसको लगा कि हाथ में बन्दूक़ या बम उठाना पड़ सकता है तो

उसने महसूस किया कि वह डर गया था। इसी डर के कारण उसने इन बैठकों में जाना छोड़ दिया। दूसरी बात जिसने उसके पहले से ही मुश्किल भरे जीवन में और उथल-पुथल मचा दी वह उसकी माँ की मौत थी। एक शाम लाजवंती की साड़ी का पल्लू उस दीये की चपेट में आ गया जो उसने राम के लिए जलाया था। मक्खन लाल उस वक़्त घर पर नहीं था और जब तक पड़ोसी उसकी चीख़ों को सुन पाते तब तक बहुत देर हो चुकी थी। अगले दिन वह उस घर में मक्खन लाल को अकेला छोड़कर चली गई, जिस घर से, जहाँ तक मक्खन लाल को याद है, वह मुश्किल से ही कभी निकली थी।

लाला मोतीचन्द को जब लाजवंती के निधन की ख़बर मिली तो उन्होंने मक्खन लाल को चिट्ठी लिखी। उन्होंने उसको दिलासा दिया और इस बात का आश्वासन भी कि हर माह जो पैसे उसकी माँ के लिए आते थे वे उसके लिए भी आते रहेंगे। उस चिट्ठी में उन्होंने यह नहीं लिखा था कि मक्खन लाल उनके साथ दिल्ली आकर रहने लगे। अब उसके लिए उसकी माँ का ख़तरा नहीं था जिन्होंने उसको फाँसी लगाकर जान दे देने की धमकी दे रखी थी, और उसको आगे की पढ़ाई के लिए पैसों की ज़रूरत भी थी। इसलिए मक्खन लाल ने जवाबी चिट्ठी लिखी, एक संक्षिप्त-सी चिट्ठी लिखी जिसमें उसने उनको पिताजी नहीं बल्कि 'लाला मोतीचन्द जी' लिखकर सम्बोधित किया था। चिट्ठी में उसने उनकी संवेदना के लिए उनका आभार जताया था और उनको यह सूचित किया कि वह बीए की पढ़ाई के लिए कॉलेज में दाख़िला लेना चाहता है और उसको इसके लिए पैसों की ज़रूरत है। लाला मोतीचन्द इस चिट्ठी को पाकर चौंक गए, उनको इस चिट्ठी की उम्मीद नहीं थी, बल्कि अव्वल तो उनको उस लड़के को चिट्ठी लिखनी ही नहीं चाहिए थी। इसके बावजूद कि गैंडामल ने आपत्ति जताते हुए पूछा, "अब आगे वह क्या माँगेगा?" उन्होंने अपने मुंशी से उसको पैसे भेज देने के लिए कहा। लेकिन तीन साल बाद जब एक और चिट्ठी आई जिसमें उसने एम.ए. में दाख़िले के लिए पैसों की माँग की थी तो लाला मोतीचन्द ने अपने मुंशी की सलाह को मानते हुए उसके आग्रह को टाल दिया। उन्होंने मुंशीजी से यह भी कहा कि वह मक्खन लाल को सूचित कर दें कि अब वह पढ़-लिख कर बड़ा हो चुका है इसलिए उसको उनसे आर्थिक मदद की अपेक्षा नहीं रखनी चाहिए। उसको अपने लिए नौकरी की तलाश करनी चाहिए। मक्खन लाल ने लाला मोतीचन्द को उनकी ज़िम्मेदारियों की याद दिलाते हुए एक चिट्ठी लिखी। ज़ाहिर है, इस बात से लाला मोतीचन्द को और ग़ुस्सा आ गया। उन्होंने उस चिट्ठी का जवाब नहीं दिया।

दो सप्ताह बाद एक और चिट्ठी आई, उसमें भी पहली चिट्ठी की तरह ही बातें लिखी थीं। इस दफ़ा गैंडामल इस बात से डरकर कि कहीं उसके मालिक कोई सख़्त क़दम न उठा लें वह एक समाधान लेकर आया।

“लड़के ने बीए की परीक्षा पास की है और हमें अपने नये स्कूल के लिए अध्यापक की ज़रूरत है। धर्मार्थ चलाए जा रहे स्कूल में एक बीए पास अध्यापक का होना कितनी बड़ी बात होगी! आप उसको यहाँ आकर पढ़ाने के लिए क्यों नहीं कहते?”

इस समाधान के पक्ष में लाला मोतीचन्द की इज़्ज़त में बढ़ोतरी के अलावा और भी कई बातें थीं। आगरा वाले घर को बेचा जा सकता था। मक्खन लाल को दिया जानेवाला मासिक भत्ता बन्द किया जा सकता था क्योंकि स्कूल में पढ़ाने के कारण उसको वेतन तो मिलेगा ही। लेकिन मुश्किल यह थी कि इससे वह यहीं पास में आकर दिल्ली में रहनेवाला था न कि सुरक्षित दूरी पर आगरा में। “हुज़ूर उसने अगर कभी आगे चलकर आपके लिए मुश्किल खड़ी की तो बेहतर यही है कि वह यहीं रहकर करे ताकि हम पास से उसके ऊपर नज़र रख सकें। बजाय इसके कि वह हमारी नज़रों से दूर आगरा में कोई ख़ुराफ़ात करे,” गैंडामल ने तर्क दिया। लाला मोतीचन्द को यह सलाह इतनी बुद्धिमानी भरी लगी कि उनके दिल में अपने मुंशी के लिए आदर का भाव भर गया। वह इस बात को सोचकर दुखी भी हो रहे थे कि उनका एक कर्मचारी उनसे इतना अधिक बुद्धिमान था। उन्होंने गैंडामल को सलाह दी कि वह मक्खन लाल को चिट्ठी लिखकर सूचित कर दे कि उसको आशा देवी स्मृति विद्यालय में नौकरी दी जा रही है और वह तत्काल दिल्ली आकर अपनी नौकरी शुरू करे।

मक्खन लाल ने अब उस सफ़र की शुरुआत की जिसके लिए उसने बीस साल इन्तज़ार किया था। दिल्ली के लाल क़िला, जामा मस्जिद, चाँदनी चौक की रौनक को देखकर वह उत्साहित तो हुआ लेकिन उसको किसी तरह की हैरानी नहीं हुई। उसने चित्र देख रखे थे और दिल्ली आने से पहले उसने दिल्ली के इतिहास और इसके स्थापत्य के बारे में काफ़ी पढ़ लिया था। उसे हैरानी इस बात पर हुई कि दिल्ली आगरा के बहुत पास था। जो शहर उसे बहुत दूर लगता था वहाँ पहुँचने में उसे काफ़ी कम समय लगा। ट्रेन जब दिल्ली स्टेशन पर आकर रुकी तो मक्खन लाल को ऐसा लगा जैसे उसके साथ किसी तरह का धोखा हुआ है, क्योंकि ट्रेन को पहुँचने में महज़ कुछ ही घंटे लगे। वह ट्रेन में चढ़कर दिल्ली पहले ही क्यों नहीं पहुँच गया? पिछले दो दशक से वह ट्रेन रोज़-रोज़ उस शहर को जा रही थी जहाँ जाने की उसे मनाही थी, और उसने उस तरफ़ जाने की कभी कोशिश ही नहीं की।

“और आपको लाला मोतीचन्द से क्या काम है?” दरवाज़े पर खड़े नौकर को जब उसने अपना नाम बताते हुए कहा कि वह लाला मोतीचन्द से मिलना चाहता है तो नौकर ने उससे पूछा।

मक्खन लाल के दिमाग़ में अचानक यह उत्तर कौंधा, मुझे तुम्हारे घटिया लाला मोतीचन्द से कोई काम नहीं है। “उन्होंने मुझे अपने नये स्कूल में अध्यापक नियुक्त किया है,” वह बोला।

जब वह एक गलियारे से होता हुआ किसी खुले बरामदे में जा रहा था तो उसका दिल धड़क रहा था, उसके माथे पर पसीने की बूँदें छलक आई थीं। जब वह घर के अँधेरे से बाहर निकला तो आँगन में सूरज की रोशनी अचानक उसकी आँखों से आकर टकराई। उसने कई बार अपनी पलकों को झपकाया। उसने दूर से सुना, नौकर कह रहा था, "श्री मक्खन लाल आ गए हैं।" उसने अपना सिर घुमाया और पाया कि बारजे में एक आदमी अपनी कुर्सी में झूल रहा था। जब उसकी नज़र मक्खन लाल के ऊपर पड़ी तो वह पहले सीधा बैठ गया और फिर खड़ा हो गया। उनके पीछे एक छोटी सी मेज़ लगाए एक और आदमी बैठा हुआ था, जो कुछ उम्रदराज़ भी था। दूसरे आदमी ने सिर उठाकर देखा।

तो यही लाला मोतीचन्द हैं, मक्खन लाल ने मन-ही-मन सोचा। उसके घर में जो तस्वीर थी उनके बाल उससे अधिक सफ़ेद हो चुके थे, शरीर अधिक कृश हो गया था। वह तस्वीर अब उसके उस सूटकेस में बन्द थी जो उसने अपने दाएँ हाथ में ले रखी थी। अचानक सूटकेस भारी लगने लगा। मक्खन लाल ने उसको नीचे रख दिया। उसके दोनों हाथ बगल में झूलने लगे।

माधो अन्दर आया और उसके पीछे-पीछे सूटकेस उठाए एक आदमी था, उसने जैसे ही कहा कि श्री मक्खन लाल आए हैं, तो लाला मोतीचन्द के सर में जैसे ख़ून चढ़ गया। उनके ऊपर एक तरह का भय हावी हो गया। बैठे-बैठे उन्होंने देखा कि एक नौजवान खड़ा था, साफ़-सुथरे कपड़े पहने, सर पर सफ़ेद रंग की दोपल्ली टोपी लगाए। वे उस नौजवान से आँख मिलाकर नहीं देख पा रहे थे इसलिए कुछ देर तक वे नीचे देखते रहे। उसके बाद हिम्मत करके उन्होंने आँखें उठाईं और उस नौजवान के चेहरे की तरफ़ देखा। वही नाक! उन्होंने वह नाक आईने में कई दफ़ा देखी थी, और उसकी ठुड्डी ऐसी थी जो उन्होंने क़रीब 15 साल से नहीं देखी थी, जब उनके पिताजी का देहान्त हो गया था। और सबसे बढ़कर उसकी आँखें, लाजवंती की घूरती हुई आँखें। लाला मोतीचन्द का गला भर आया और आँखों में आँसू आ गए। वे खड़े हो गए।

"मक्खन लाल, इधर आओ," उन्होंने कहा।

मक्खन लाल ने मन-ही-मन इस पल का इतनी बार अभ्यास किया था कि उसका शरीर अपने पिता के पैर छूना चाह रहा था। लेकिन लाला मोतीचन्द को देखकर उसको ग़ुस्सा आ रहा था, वह उसको एक साधारण आदमी ही लगे, किसी आम आदमी की तरह, उसने जितना सोचा था उसे कहीं अधिक छोटे। ग़ुस्से के कारण वह उनके पैर छूने नहीं बढ़ा। आख़िरकार उसने अपने हाथ जोड़े और बोला, "मैं आ गया हूँ।"

जवाब में लाला मोतीचन्द ने भी अपने हाथ जोड़कर उसका अभिवादन किया। अपने मालिक का ऐसा बर्ताव माधो को अजीब लगा, वह भी एक नौजवान आदमी

के लिए। इसलिए वह उस आगन्तुक को ध्यान से देखने लगा जिसने उसके मालिक को इतना प्रभावित किया था। "माधो," लाला मोतीचन्द की आवाज़ आई, जबकि माधो अभी भी उस नौजवान का निरीक्षण कर रहा था और उसके चेहरे को देखकर अन्दाज़ा लगा रहा था कि उस आदमी में ऐसा क्या ख़ास था कि उसके मालिक उसको इतना महत्त्व दे रहे थे।

"जाओ स्कूल से परसादी को लेकर आ जाओ। उससे कहना कि मास्टर जी आ गए हैं।"

माधो चला गया और मक्खन लाल वहाँ खड़े होकर परसादी के आने का इन्तज़ार करने लगा। इस पर उसका ध्यान ही नहीं गया कि उसको एक उपनाम मिल गया है जो जीवन-भर उसका नाम रहनेवाला था।

12 फाइन होम अपार्टमेंट्स
मयूर विहार फ़ेज़-1
नई दिल्ली-110091

5 मई, 2008

श्री जगन्नाथ पांडेय
6726 हैलसी रोड
रॉकविल, एमडी, 20851
यूएसए

प्रिय भाई जगन्नाथ,

तुम्हारा 15 मार्च का लिखा पत्र मुझे कई सप्ताह पहले मिल गया था और तुम्हारे ईमेल भी जिनमें तुमने पूछा था कि मुझे तुम्हारा पत्र प्राप्त हुआ या नहीं। तुमको मेरा लिखा कोई उत्तर नहीं मिला और सम्भवतः तुमको ऐसा लगा हो कि तुम्हारा बड़ा भाई तुमसे रुष्ट है, जैसे कि पहले भी अक्सर रुष्ट हो जाया करता था। या सम्भवतः तुमको ऐसा लगा हो कि तुम्हारा बातूनी भाई बेटे को खो देने के दुःख में गुमसुम हो गया है। दोनों में से कोई भी कारण नहीं है। मैं तुमसे रुष्ट नहीं हूँ, और वैसे तो यह बात सच है कि विमला और मैं सुशान्त की मृत्यु के दुःख से उबर नहीं पाए हैं, मुश्किल यह नहीं है कि मेरे पास कहने को कुछ नहीं है। मैं तुम्हारे पत्र का उत्तर देने के लिए बैठा और मैंने उत्तर लिखा। यह उसी तरह के पत्रों जैसा एक था जैसे मैंने तुमको पहले कई बार लिखे थे। जिनमें मैंने तुमको अपना कुशल-क्षेम लिखा था और तुमसे तुम्हारा कुशल-क्षेम पूछा था। लेकिन न जाने क्यों मैंने जो लिखा था उससे सन्तुष्ट नहीं था और इस कारण मैं उसको डाक में नहीं डाल पा रहा था। फिर एक दिन मैंने शायर मुनीर नियाज़ी की पंक्तियाँ पढ़ीं, जिन पंक्तियों को मैंने बहुत पहले सुना था लेकिन भूल चुका था। अचानक मेरे समक्ष यह स्पष्ट हो गया कि मैं क्या कहना चाह रहा था। इसलिए यह पत्र, वह पत्र जिसका स्मरण मुझे मुनीर नियाज़ी ने दिलाया और जिसे बहुत दिनों से लिखा

जाना था। शायद दशकों से जिसको लिखा जाना शेष था। अगर मैं इस पत्र को पूरा लिख पाया तो वह नज़्म अन्त में लिख दूँगा। लेकिन अगर मैंने उस नज़्म को अभी लिख दिया तो मुझे भय है कि शायद मैं पत्र पूरा नहीं कर पाऊँ, या शायद लिखना आरम्भ भी न कर पाऊँ।

मैं यह सोचकर बहुत उत्साहित हुआ कि मैं तुमको कितना कुछ कहना चाहता हूँ, जो बातें मुझे तुमसे पहले ही कह देनी चाहिए थी, वह मैंने कही नहीं या कह नहीं पाया। सर्वप्रथम मैं यह कहना चाहता हूँ कि तुम्हारी चिट्ठी मेरे दिल को छू गई। तुमने सदा की तरह लिखा था कि मैं तुमसे मिलने के लिए अमेरिका आऊँ। तुमने रॉकविल वाले अपने घर के बारे में लिखा था, और यह कि जब भी तुम बरामदे, उस आरामकुर्सी को देखते हो जिसके ऊपर मैं तब बैठता था जब मैं तुम्हारे साथ कुछ दिन व्यतीत करने के लिए वहाँ आया था तब तुम मेरे बारे में सोचते हो। उस घर में रहते हुए तुमको 20 साल से अधिक हो गए हैं और वह घर तुम्हारे प्यारे बच्चों तथा बेहतरीन संगिनी शीला की स्मृतियों से भरा हुआ है—कृपया उसको मेरा प्यार और आशीष देना। वह एक सुन्दर घर है। जब उस घर में मैंने पैर रखा उसी समय मुझे यह महसूस हो गया था। और एक उदार घर। लेकिन मुझे नहीं पता कि वह इतना उदार था कि उसमें एक कोना उस खूसट बूढ़े के लिए समर्पित कर दिया जाए जो वहाँ कुछ दिन बैठा था। जो वहाँ बैठकर बिसूरता रहता था और शिकायत करता रहता था और जो दिन तुम लोगों के लिए प्रसन्नता से भरपूर हो सकते थे उन दिनों को दुखी बनाता रहता था। तुमने कहा कि तुम यह चाहते हो कि तुम मुझे उस कुर्सी पर एक बार और बैठे हुए देखो। तुम यह चाहते हो कि तुम मेरे साथ बरामदे में बैठकर सामने के उपवन को देखो। और इतने दशकों में भी तुमको इससे अधिक राहत किसी बात से नहीं मिलती है कि मैं भौतिक रूप से तुम्हारे पास उपस्थित रहूँ। मेरे प्रिय भाई मैं शब्दों में अभिव्यक्त नहीं कर सकता कि मुझे कैसा महसूस हुआ। मुझे इस समय तो गोस्वामी तुलसीदास की इस पंक्ति *सुचि सुबन्धु नहिं भरत समाना* का ही स्मरण आ रहा है।

तुमको याद है कि मैं किस तरह हर साल घंटाघर जाता था जहाँ रामलीला के अन्तिम दिन भरत मिलाप होता था? जाने से पहले हम हमेशा पिताजी के पास जाकर उनके पैर छूते थे। "अपने छोटे भाई को उसी तरह प्यार करना जिस तरह राम भरत को करते थे," वे मुझे कहते थे। "इस बात को हमेशा याद रखना कि तुम्हारा बड़ा भाई तुम्हारे लिए राम की तरह है," वे तुमसे कहते थे। "उसको प्यार करना और उसका उसी तरह सम्मान करना जिस तरह से भरत राम की करते थे।" सच बताऊँ जगन्नाथ जब मैं उन शब्दों को स्मरण करता हूँ तो हृदय में एक शूल उठता है। पिछले दिनों मैंने उनके बारे में इतना सोचा है। काश मैं तुम्हारे सामने करबद्ध खड़ा हो जाता और कहता, "मुझे क्षमा कर दो मेरे प्यारे भाई। तुम हमेशा

मेरे लिए भरत समान रहे हो, लेकिन मैं राम नहीं बन पाया।" लेकिन मुझे पता है कि मैं ऐसा नहीं कर सकता क्योंकि अगर तुम्हारे बड़े भाई ने तुमसे कभी क्षमा माँगी तो तुम शर्म और पीड़ा के मारे मर जाओगे। और जिस पिताजी से हम हर बार घंटाघर जाने से पहले वादा करते थे वे भी हमारे साथ नहीं हैं कि मुझे गले से लगाकर मेरी पीड़ा को राहत पहुँचाएँ और मुझे क्षमा कर दें। अब तो घंटाघर भी वहाँ नहीं है, कई साल हुए वह गिर गया। बहरहाल, मैं क्षमा नहीं माँग सकता लेकिन मुझे कुछ बातें कहने दो, शायद पश्चात्ताप के रूप में और फिर और कुछ नहीं।

कहानी शुरू कहाँ से होती है? शायद स्कूल से। मैं स्कूल का स्टार था, स्कॉलरशिप जीतता था, हर शिक्षक की आँखों का तारा था, जबकि तुमको परीक्षा पास होने में ही मुश्किल होती थी। रात में मैं तुमको पढ़ाता था, डाँटता था, मारता था, लेकिन तुम थे कि कुछ समझना ही नहीं चाहते थे। हर साल तुम वही ग़लतियाँ करते रहे। हर साल मैं तुमको परेशान करता रहा। तुम अपना सर झुकाए खड़े रहते थे, तुम्हारी आँखों से आँसू बहते रहते थे, तुम अपने बचाव में एक शब्द भी नहीं कहते थे। क्या वैसे अवसरों पर तुमको हमारी माँ की याद आती थी? मुझे अक्सर लगता था कि तुमको माँ की प्यार और उष्मा से भरी छुअन की तड़प महसूस होती रही होगी, जो तुम्हारे जन्म के बाद जल्दी ही संसार से चली गई थीं। उन दिनों मैं तुमसे क्रोध में क्या कहता था! मुझे याद है और मुझे निश्चित रूप से ऐसा लगता है कि तुम भी कभी नहीं भूले होगे, वह दिन जब पिताजी ने पहली और अन्तिम बार तुम्हारे सामने मुझे थप्पड़ मारा था। तुमने मुझे उस दिन की याद कभी नहीं दिलाई क्योंकि तुम मुझे बहुत अधिक प्यार करते हो, लेकिन मैं इस योग्य हूँ कि मुझे उस दिन का स्मरण दिलाया जाए, इसीलिए आज मैं उस दिन का स्मरण कर रहा हूँ। "तुम्हारे कारण मुझे इतनी शर्मिन्दगी हुई," मैंने कहा। "इतनी अधिक शर्मिन्दगी और इतनी अधिक पीड़ा।" लेकिन यह उससे अलग नहीं था जो बात मैं अक्सर कहा करता था। उसके बाद मैंने बहुत क्रूर बात कही जो शायद ही किसी ने तुमसे कही हो। हालाँकि तुमने सेठजी के घर में काम करनेवाली बदमाश औरतों से इसे अनेक रूपों में पहले भी सुना था। "तुमने मेरी माँ को मार डाला," मैं बोला। "और तुम मुझे भी मार डालोगे।" उस दिन पहली बार तुमने आँख उठाकर मुझे देखा। और तब पहली और आख़िरी बार हमारे पिताजी ने मुझे एक थप्पड़ मारा था। उस पिताजी ने जो मुझे अपने सामने तुमको डाँटने देते थे क्योंकि दो लड़कों के लिए माँ और पिता दोनों बनते-बनते उनकी कमर टूट गई थी। आज भी उस थप्पड़ की गूँज मेरे कानों में सुनाई देती है, लेकिन अब मुझे अपने चेहरे पर वह दर्द महसूस नहीं होता है। काश मुझे एक बार फिर वह दर्द महसूस होता। किसी तरह मेरे बार-बार उकसाने के कारण तुमने कॉलेज की पढ़ाई पूरी कर ली, तीसरी श्रेणी में बीए की परीक्षा उत्तीर्ण की। उसी साल मुझे वित्त

मंत्रालय में नौकरी मिल गई। मैं इतने सालों तक इस बात को बहुत गर्व के साथ बताता रहा लेकिन मुझे हमेशा यही लगता रहा कि अगर उन दिनों अंग्रेज़ी की अनिवार्यता न रही होती तो मैं आईएएस अफसर बना होता। मैंने हिन्दी माध्यम में पढ़ाई की, अंग्रेज़ी मेरा एक विषय ज़रूर था, लेकिन उसे मास्टर मोहन पढ़ाते थे, जिनके बारे में तुमको अच्छी तरह पता है कि वे स्वयं अंग्रेज़ी में एक भी पंक्ति व्याकरण की दृष्टि से शुद्ध नहीं लिख सकते थे। मुझे सिविल सेवा में ऊँचे पद पर जाने का कोई मौक़ा नहीं मिल पाया। हो सकता है कि मुझे जीवन-भर उन बनावटी मूर्खों के आदेशों का पालन करने में कुछ ग़ुस्सा भी आता रहा हो। वे बस इस एक आधार पर मुझसे श्रेष्ठ होने का दावा कर सकते थे कि वे उच्च कुलों में पैदा हुए और उनके माता-पिता अंग्रेज़ी माध्यम वाली अच्छी शिक्षा के महत्त्व को समझते थे। ताउम्र मैं अन्दर और बाहर से उनका उपहास उड़ाता रहा। लेकिन उस समय मुझे इस बात का हर्ष था कि मुझे एक सरकारी नौकरी मिल गई और वह भी केन्द्र सरकार की। पिताजी भी ख़ूब प्रसन्न थे और वे मेरे वेतन और भत्ते के बारे में अपने दोस्तों को ख़ूब बढ़-चढ़ कर बताते थे। उसके बाद मैंने तुमको भी इसी नौकरी के लिए आवेदन करने के लिए परेशान करना शुरू कर दिया, उसी परीक्षा की तैयारी करने के लिए कहना शुरू कर दिया जो मैंने दी थी। एक बार फिर मैं तुमको उस दिशा में जाने के लिए प्रेरित कर रहा था जिस दिशा में जाने की न तो तुम्हारी रुचि थी न ही योग्यता। तुम जानते थे कि तुम्हारे लिए यह बहुत कठिन था इसलिए तुमने फॉर्म भरा और परीक्षा भी दी, लेकिन तुमने मुझे बिना बताए अपने लिए कुछ और ही योजना बना रखी थी। दिन के वक़्त जब मैं कार्यालय में होता था तब तुमने पिताजी से खाना बनाना सीखना शुरू कर दिया। जब तुम छोटे थे तो तुमको उनके साथ बड़े घरों में जाना हमेशा पसन्द था, तुम मसाला बनाने में उनकी मदद करते थे, पूड़ी को उलट-पलट देते थे। लेकिन इस बात के ऊपर मैंने अधिक सोचा नहीं था। मुझे तुम्हारा इस तरह से समय काटना पसन्द नहीं था लेकिन मैं यह सोचकर इसे ज़्याद तूल नहीं देता था कि यह तुम्हारा बचपना है। लेकिन जब बड़े होकर तुमने पिताजी से काम सीखना शुरू किया तो बहुत अच्छा किया कि मेरी पीठ के पीछे सीखना शुरू किया। मैंने तुमको ऐसा करने की अनुमति कभी नहीं दी होती। मैं इसके लिए पिताजी से तब तक लड़ता रहता जब तक कि सिखाने का यह क्रम थम नहीं जाता। बेचारे पिताजी, उनको अपनी पाक कला पर बड़ा गर्व था, और उनको इस बात से कितनी प्रसन्नता हुई होती अगर मुझे भी उनके ऊपर गर्व रहा होता। लेकिन मुझे उनके ऊपर कभी गर्व महसूस नहीं हुआ। मुझे उनके ऊपर शर्म आती थी। मुझे एक रसोइये का बेटा होने पर शर्म आती थी। वे इस बात को जानते थे और मैं जानता था कि इस बात से उनको बहुत दु:ख होता था।

मैंने तुमको कभी बताया नहीं लेकिन 1977 में जब पिताजी आख़िरी बार बीमार पड़े तो एक संध्या मैं उनके पास बैठा हुआ था। उन्होंने मेरा हाथ अपने हाथ में लिया और बोले, "विशु, तुम जानते हो मुझे तुम्हारे ऊपर बहुत गर्व है, तुम्हारे लेखन पर भी और तुमको जो पुरस्कार मिले हैं उनके ऊपर भी। तुम्हारी पत्नी तुम्हारे ऊपर गर्व करती है, जग्गू तुम्हारे ऊपर गर्व करता है। रामजी उनको लम्बी आयु दें, यहाँ तक कि जब तुमको साहित्य अकादेमी का पुरस्कार मिला था तब सेठजी ने भी मिठाई बाँटी थी। मुझे विश्वास है कि इन बातों से तुमको अच्छा महसूस हो रहा होगा। लेकिन यह सब उसकी तुलना में कुछ भी नहीं है जब तुम्हारा बेटा इतना बड़ा हो जाएगा कि तुम्हारी किताबें पढ़ सके और जब वह तुम्हारी किताब पढ़कर तुमसे कहेगा, 'पापा, आपने बड़ी अच्छी किताबें लिखी हैं।'"

मैंने इस बारे में तुमको बताया नहीं क्योंकि मुझे ऐसा लगा कि उनके ऐसा कहने के पीछे दो सम्भावित कारण रहे होंगे, या तो वे इस बात के लिए भर्त्सना कर रहे होंगे कि मैंने उनके कौशल का आदर नहीं किया और न ही उस कला में उनकी सिद्धहस्तता का कभी उचित सम्मान किया। या हो सकता है कि वे मुझे यह कहना चाहते थे कि जब तुम उनके पास बैठकर उनसे यह कहते थे कि उस कला की शिक्षा तुम्हें दें तो उनको सबसे अच्छा लगता हो जो समस्त प्रशंसाओं और उन इनाम-इकरामों से बहुत बढ़कर था जो सेठजी और उनके परिवार के द्वारा उनको दिए जाते थे। उन्होंने जो कहा था तुम्हें उसके बारे में बताने की उदारता मैंने नहीं दिखाई क्योंकि मैं चाहता था कि तुमको इस बारे में पता न चले कि वे क्या महसूस करते थे।

जिस साल मेरी शादी हुई उसी साल तुम ख़ानसामाँ बन गए। मेरे ससुराल के कुछ लोगों ने मेरी पत्नी के ऊपर व्यंग्य किया, "कोई हलवाई क्या बुलाना है, अपने देवर से ही कह दो कि हमारे लिए खाना बना दे, आख़िर वह तुम्हारा देवर है और तुम उसकी भाभी हो।"

ज़ाहिर है, विमला ने उनको शान्त करवा दिया, और उनसे कहा, "मेरे देवर बहुत कुशल हैं और मुझे उनके ऊपर गर्व है।" वह सच में ऐसा मानती थी। मेरे कुछ लेखक दोस्त भी मेरा उपहास करते थे। पहले तो वे कहते, "कॉफ़ी हाउस बहुत महँगा है, आओ लायलपुर होटल चलते हैं, जगन्नाथ हमें मुफ़्त में कुछ खिला-पिला देगा।" जब मैं मना करता तो वे कहते, "अगर तुम्हारी किताबें नहीं बिकीं तो कम-से-कम तुम भूखों तो नहीं मरोगे," और ज़ोर-ज़ोर से हँसने लगते। मैं ग़ुस्से और शर्म के मारे जल-भुनकर रह जाता था, लेकिन जवाब में कुछ भी नहीं कहता। मुझे तुम्हारे ऊपर शर्म आती थी। एक लेखक बनने के अपने लक्ष्य, नये राष्ट्र के नये साहित्य का निर्माता बनने के अपने लक्ष्य तथा अपने भाई और पिता के काम के प्रति अपने दृष्टिकोण के बीच मुझे किसी तरह का विरोधाभास

नहीं दिखाई देता था। तुम रसोइये के रूप में काम करते थे, और वह भी एक अति महत्त्वाकांक्षी और कंजूस पंजाबी के लिए। उस चोपड़ा के लिए जो जितनी बार हँसता था उतनी बार वायु विमोचन करता था। वह इस शहर में आनेवाले उन आरम्भिक बर्बर लोगों में एक था जिसने इस शहर को अपने क़ब्ज़े में लिया और इसका नाश कर दिया। वे लायलपुर होटल में जिस तरह का तैलीय खाना खिलाते थे उससे पिताजी भी कुछ दुखी रहते थे। लेकिन वे इतने उदार थे कि वे उसके पीछे की सोच और उसमें लगनेवाली मेहनत का सम्मान कर सकें और इस बात को भी समझ सकें कि जो खाना पकाया जाता था वह अपने तरीक़े से स्वादिष्ट भी होता था तथा राशनिंग और कालाबाज़ारी की कठिनाइयों के बावजूद वह जेब के अनुकूल पड़ता था। उनको पंजाबियों के लिए अफ़सोस होता था कि उनको भारत विभाजन के समय सब कुछ पीछे छोड़कर आना पड़ा। "यह उनको उनके घर की याद दिलाता है विशु," जब मैं मक्खन वाली काली उड़द की दाल को देखकर नाक चढ़ाता था तो वे कह उठते, "जो चीज़ किसी ग़रीब को घर से उसके निष्कासन की याद दिलानेवाली हो वह ख़राब कैसे हो सकती है?" लेकिन मैं यह नहीं देख सकता था कि उस तेल वाले, बेईमान चोपड़ा की सम्पत्ति दिन-ब-दिन बढ़ रही थी, जो कभी दर-ब-दर होकर आया था। वह नगरपालिका के निरीक्षकों को घूस देता था, वह खाने में मिलावट करता था, वह कालाबाज़ारी करता था और इस तरह से अमीर होता जा रहा था। मैं उससे और उस जैसे लोगों से चिढ़ता था, और इस बात से नफ़रत करता था कि तुम ऐसे आदमी के लिए काम करते हो। कुछ महीने पहले मैं उससे मिस्टर बरार के चौथे पर मिला था, जो हमारे विभाग में अतिरिक्त सचिव था। चोपड़ा अब झुककर चलने लगा है और उसके चेहरे पर इतनी झुर्रियाँ पड़ गई हैं कि वह पहचान में नहीं आता है। मैं उसके पास से गुज़र ही रहा था कि उसने अपने हाथ में सहारा देने के लिए पकड़े वाकर से एक हाथ उठाया और मुझे रोका। "तुम जगन्नाथ के भाई हो न?" उसने धीमी काँपती आवाज़ में मुझसे पूछा। जो उसकी उस तेज़ आवाज़ से बहुत अलग थी जिससे मुझे बहुत चिढ़ थी। मैंने हामी भरी, "कितना अच्छा रसोइया था वह लड़का," वह बोला, "अब कैसा है?" उसने पूछा, उसके झूलते होंठों पर मुस्कान थी।

"मुझे पहचाना नहीं?" जब वह बोला तो उसका कमज़ोर शरीर हिल रहा था। "मैं चोपड़ा हूँ। तुम्हारा भाई मेरे लिए बेटे जैसा था।"

इस बारे में मैं बाद में बहुत देर तक सोचता रहा। इस बारे में कि प्यार की एक धारा तुम्हारे और चोपड़ा के बीच में बहती रही होगी। यह सब मेरी आँखों के सामने होता रहा और मैं पूरी तरह से अजान रहा। मैं और किन-किन बातों से अजान था?

9 मई, 2008

मैं लिखते-लिखते रुक गया क्योंकि बहुत देर हो चुकी थी, और अगले दिन प्रातःकाल जब मैं बैठा तो मुझे यह नहीं सूझ रहा था कि आगे किस तरह बढ़ा जाए। कहाँ से बात शुरू की जाए, और मैं आगे क्या कहना चाहता हूँ। शायद मुझे तुमको उस दिन की याद दिलाने से शुरुआत करनी चाहिए जिस दिन पिताजी हमें महात्मा गांधी की अन्तिम यात्रा में राजघाट लेकर गए थे। उन्होंने तुमको कंधे पर बिठा रखा था, मैंने उनकी उँगली पकड़ रखी थी, और हम तीनों चले जा रहे थे, बल्कि यों कहना चाहिए किसी जनसमुद्र में बहे जा रहे थे, सभी गांधी जी के अन्तिम दर्शन करने के लिए आगे बढ़े जा रहे थे। कोई आदमी भला ऐसी भयानक भीड़ में अपने दो-दो छोटे बच्चों को लेकर क्यों जाएगा? शायद इसलिए क्योंकि वह एक ऐसा दिन था जब कोई किसी को धक्का नहीं मार रहा था, कोई किसी से आगे निकलने की होड़ में नहीं था। अनेक लोग रो रहे थे, कुछ नारे लगा रहे थे, और हम तीनों चलते जा रहे थे, तुम पिताजी के कंधे पर सवार थे और मैं उनकी उँगली थामे चल रहा था। लेकिन हमने उस दिन राजघाट पर जो देखा उसको आज याद नहीं करना चाहता। मैं जिस बात की याद दिलाना चाहता हूँ वह यह है कि जब हम घर लौटे तो मैं तुमको एक तरफ़ ले गया और तुमसे बोला कि मेरे साथ यह दोहराओ, "मैं महात्मा गांधी के नाम की शपथ लेता हूँ कि अपने जीवन को देश के लिए समर्पित कर दूँगा।" कई बार हमने इस बारे में बात की और तुमने हमेशा यही कहा कि तुमको उस दिन का कुछ विशेष याद नहीं है और मुझे हर बार तुम्हारे ऐसा कहने से चिढ़ होती थी। लेकिन अब मुझे यह समझ में आता है कि शायद तुम इस बात को भूल जाना चाहते थे क्योंकि मैं हमेशा इस बात की चर्चा छेड़कर तुमको इस बात का एहसास करवाना चाहता था कि उस दिन मैंने तुमको जो शपथ दिलवाई तुम उससे मुकर गए।

यह बात सच है कि जिस दिन तुमने मुझे झिझकते हुए बताया कि तुमको न्यूयॉर्क में खुलनेवाले एक रेस्तराँ में काम करने की पेशकश आई थी, तब देश सेवा की उस शपथ को बाईस साल बीत चुके थे जो हम दोनों ने उस दिन ली थी। इन बाईस सालों में कितना कुछ हुआ। भगत सिंह ने कहीं लिखा था कि अगर कांग्रेस अपने लक्ष्य में सफल हो गई तो उसका नतीजा यह होगा कि गोरे लोगों की दमनकारी सरकार के स्थान पर भूरे लोगों का दमनकारी शासन स्थापित हो जाएगा। क्या भारतीय लोगों की निर्धनता और उनकी निराशा तब अधिक बुरी थी जब इसका कारण अंग्रेज़ थे या हम भारतीयों के शासन में अधिक है? यह मैं नहीं जानता, इस बारे में हमारे अर्थशास्त्री अच्छी तरह से बताएँगे। लेकिन अधिक बुरा क्या महसूस होता है? मैं ब्रिटिश राज के काल में अधिक समय तक नहीं रहा, और भगत सिंह की मृत्यु भी अंग्रेज़ों के शासनकाल के अन्त से काफ़ी पहले हो

गई थी इसलिए वह भी हमें यह नहीं बता सकते। लेकिन हम 1970 की बात करें यानी आज से 38 साल पहले की, तो देश के जीवन में कोई उम्मीद नहीं बच गई थी। हम दोनों ठीक थे—मेरे पास सरकारी नौकरी थी और तुम रेस्तराँ में अच्छा कमा रहे थे—इसी तरह हमारे पिताजी भी ठीक थे। लेकिन हर तरफ़ हमें बेरोज़गार नौजवान दिखाई देते थे, हम समाचार-पत्रों में पढ़ते कि लोग अकाल या बाढ़ से मर गए, निचली समझी जानेवाली जातियों की स्त्रियों के साथ बलात्कार हो रहे थे, उनकी हत्याएँ हो रही थीं। शहरों में रहनेवाले हम बुद्धिजीवियों को ऐसा लगता था कि शहरी भारत भ्रष्ट था और मुक्ति का मार्ग गाँवों के रास्ते आएगा। श्रीलाल जी के उपन्यास *राग दरबारी* ने इस धारणा को हमेशा के लिए ध्वस्त करके रख दिया, और हम नाउम्मीदी के विस्मरण में देखते रह गए। शायद इसी कारण अमेरिका में श्रेष्ठ जीवन का अवसर जब तुम्हारे सामने आया तो तुमने उसको लपक लिया।

तब तुम्हारा विवाह हुआ था, आगे चलकर बच्चे भी होते ही। तुमने सिर्फ़ अपने बारे में नहीं बल्कि उस परिवार के बारे में भी सोचा जिसके तुम मुखिया बननेवाले थे। और ऐसा नहीं था कि तुमने अपने बूढ़े पिता को छोड़ दिया हो। मुझे पता है कि अगर मैं दिल्ली में नहीं रहा होता या सेठजी पिताजी को पेंशन न दे रहे होते तो तुम उनके पास से कभी नहीं जाते। लेकिन उस समय मैंने ऐसा कुछ नहीं सोचा। मुझे लगता था जैसे मेरे साथ छल हुआ हो। मुझे क्रोध आ गया था। मैंने कहा कि मैं तुमको जाने नहीं दे सकता। मैंने तुमको अनुमति देने से इनकार कर दिया। और तीन दिन तक मैं इस निर्णय पर अडिग रहा। उन तीन दिनों के दौरान तुमने कुछ खाया-पिया नहीं, उन तीन दिनों के दौरान शीला लगातार रोती रही। विमला मुझे यह समझाने की कोशिश करती रही कि मैं तुमको जाने दूँ। "उसका अपना परिवार है, ज़रा उसके बारे में भी सोचो। उसके साथ बच्चों जैसा बर्ताव मत करो," वह बोली। लेकिन मैंने उसकी बात अनसुनी कर दी। अन्ततः चौथे दिन पिताजी मुझे एक तरफ़ ले गए। "उसको जाने दो," उन्होंने कहा। मैंने मना कर दिया। मैं चीख़ता-चिल्लाता रहा। मैं उनको अमेरिका, भारत, तुम, मैं, सेठजी, विमला, कांग्रेस, विपक्ष आदि सबके बारे में जो भी मुझे बुरा लगता था बताता रहा। उन्होंने मुझे क़रीब आधे घंटे तक बोलने दिया और फिर मुझे यह नहीं पता कि उन्होंने तुमको इस बारे में बताया या नहीं और मुझे पता है कि मैंने कभी नहीं बताया कि वे सीधे मेरे पास आए और मेरे दाएँ कान को हाथ से पकड़कर उसको उसी तरह से मसलने लगे जिस तरह तब मसलते थे जब मैं बच्चा था। मैं जाना-माना लेखक था। मुझे तब साहित्य अकादेमी सम्मान मिल चुका था। मैं एक विवाहित पुरुष था और पहली बार पिता बनने ही वाला था। मैं भारत सरकार में अधिकारी था। और पिता ने इतने बड़े हो चुके आदमी के कान को पकड़कर उमेठ दिया। मेरे कान दर्द करने लगे। मुझे समझ में नहीं आ रहा था कि क्या करना चाहिए इसलिए मैं चिल्लाने लगा, "मुझे जाने दीजिए,"

"मुझे जाने दीजिए।" उन्होंने एक बार फिर मुझसे उतने ही धीरे और सहजता से कहा जिस तरह से पहली बार कहा था। इतने साल बाद मुझे इस बात की याद तो नहीं है कि मैंने अपने आपको किस तरह समझाया लेकिन मैंने तुमको अमेरिका जाने दिया क्योंकि मेरे पिता मेरे वयस्क होने के इतने साल बाद भी मेरे साथ किसी उद्दंड बच्चे की तरह व्यवहार कर रहे थे। तुम खाना नहीं खा रहे थे, उनकी छोटी बहू का रोना ही बन्द नहीं हो रहा था, और सम्भवत: उनको ऐसा लगा हो कि मैं अभी भी इतना वयस्क नहीं हुआ था कि इस बात को समझ सकूँ कि क्या उचित था और क्या अनुचित। या यह कि मुझे इस बात को समझने में बहुत समय लगता कि मेरे सोच में अनुचित क्या था। वह सही थे। मुझे यह समझने में 38 साल लग गए। तुम भूख से मर गए होते और शीला रो-रो कर।

और इस तरह तुम अमेरिका चले गए। भारत में और भारत के बाहर अनेक देशों में असंख्य रामायण लिखे और सुनाए गए हैं, लेकिन मुझे लगता है कि यह रामायण का एकमात्र ऐसा संस्करण है जिसमें राम अयोध्या में रह गए और भरत का निष्क्रमण हो गया।

अगर तुमको इन वर्षों के दौरान ऐसा लगता रहा हो कि मुझे ऐसा लगता था कि अगर तुम एक बार अमेरिका पहुँच गए तो तुम्हारा जीवन सरल और समृद्धि से भरा हो जाएगा तो यह तुम्हारी भूल है। तुमने अपने पत्रों में लिखा था कि कितनी देर-देर तक तुमको काम करना पड़ता था, जिस जगह पर तुम्हारा आवास था उसका आस-पड़ोस कितना ख़तरनाक था और वह घर बहुत छोटा भी था। किस तरह तुम बचत करने के लिए रसोई का बचा-खुचा खाना खाते थे। मैं यही सोचता कि इसको देखिए अवसरों से भरी धरती को छोड़कर अब यह मेरी सहानुभूति प्राप्त करने की कोशिश कर रहा है। तुमने लिखा कि तुमको दिल्ली की याद आती है, चाँदनी चौक की, दरीबा की, तुम सोहन हलवा को बहुत मिस करते हो और छोले भटूरे को। जामा मस्जिद के ऊपर आकाश में होनेवाली पतंगबाज़ी तुमको बहुत याद आती है, तुमको पिताजी की याद आती है और तुमको मेरी याद आती है। तब मैंने सोचा कि ऐसा है तो वापस आ जाओ, इसमें क्या मुश्किल है? ये सारी चीज़ें अभी भी हैं, बस तुम ही चले गए हो।

जहाँ तक सुशान्त की बात है तो मैं उसके निर्णय को अधिक अच्छी तरह से समझ सकता था, उसने वहाँ जाने का फ़ैसला किया और फिर कभी नहीं लौटा। वह एक इंजीनियर था, एक वैज्ञानिक। यहाँ उसके करने के लिए कुछ था नहीं। अमेरिका में वह अपने क्षेत्र में विकसित की गई उन्नत तकनीक के साथ काम कर सकता था, नई-नई चीज़ें बनाता, नई तकनीकी ईजाद करता। यहाँ भारत में वह नौकरशाही से लड़ता रह जाता—उसके पिता जैसे लोगों से—जो उससे एक के बाद एक फॉर्म भरवाते रह जाते। अकादमिक जगत की राजनीति ने उसका

गला घोंट दिया होता, उसने उसकी जान ले ली होती। वैसे तेज़ी से आती एक कार ने उसको ऐसे भी मार डाला, वह भी घर से हज़ारों किलोमीटर दूर। यहाँ मरने के बजाय वह वहाँ परदेस में मरा। कम-से-कम अपने जीवन के अन्तिम क्षणों में इससे पहले कि दुर्घटना के प्रभाव से उसकी चेतना आख़िरी बार जाती, सम्भवतः उसने अपनी उपलब्धियों को याद किया होगा, जो काम उसने किए थे उनको याद किया होगा तो उसको प्रसन्नता महसूस हुई होगी। तुम जानते हो उसकी कम्पनी ने फ़िल्म की एडिटिंग के लिए एक नया सॉफ्टवेयर बनाया है जिसका एक हिस्सा तो पूरी तरह सुशान्त द्वारा डिज़ाइन किया गया था? उसने मुझे बताया था। कि दुनिया भर में हज़ारों-लाखों वीडियो एडिटर इस तकनीक का उपयोग कर रहे हैं। वे जब भी उसका उपयोग करते तो मेरे बेटे द्वारा लिखा गया एक कोड था जो उसको संचालित करता था। मुझे यह नहीं पता है कि इसका तात्पर्य क्या है। मुझे अभी भी यह नहीं पता है कि किसी व्यक्ति के कुछ लिख देने से भौतिक दुनिया में कुछ भी सम्भव हो सकता है। मेरे लिखे से तो आज तक न कुछ हुआ न ही कुछ परिवर्तित हुआ। लेकिन एक तरह से उसने जो काम किया उसने लाखों हज़ारों लोगों के जीवन को प्रभावित किया, और अप्रत्यक्ष रूप से उन लोगों के जीवन को भी जिन्होंने उन फ़िल्मों को देखा जो उन वीडियो एडिटर्स ने बनाईं। एक दिन मैं टीवी पर समाचार देख रहा था तो अचानक मुझे ध्यान आया कि हो न हो भारतीय टीवी न्यूज़ कम्पनियों द्वारा भी वही सॉफ्टवेयर इस्तेमाल किया जाता हो। या किसी कैबिनेट मंत्री के प्रेस कॉन्फ्रेंस का जो वीडियो मैं देखता हूँ हो सकता है उसको भी उसी सॉफ्टवेयर पर एडिट किया गया हो। बहुत सारी अन्य बातों पर आजकल यह सोचकर भी मेरी आँखों में आँसू आ जाते हैं और मैं अपना टीवी बन्द कर देता हूँ।

लेकिन मैं मूल बात से भटक रहा हूँ। अमेरिका में आरम्भिक सालों में तुम्हारा जो संघर्ष था मैंने उसको महत्त्व नहीं दिया। जब तक पिताजी जीवित थे तुम हर छह माह पर उनकी देखभाल के लिए पैसे भेजते थे। तुम दो बच्चों को पाल रहे थे और इसके बावजूद तुम हर तीसरे साल अपने पूरे परिवार के साथ दिल्ली आते थे। यह सच्चाई मैं उस वक़्त भी जानता था कि तुम्हारी जो कमाई थी उसमें पूरे परिवार के साथ दिल्ली आने-जाने का ख़र्चा तुम्हारे लिए भारी पड़ता था। और सबसे बढ़कर तुम पैसे भी भेजते थे। मैंने कई बार तुमको समझाने की कोशिश भी की थी कि पैसे भेजने की कोई ज़रूरत नहीं है। सेठजी के पेंशन और मेरे अपने वेतन के कारण यहाँ किसी प्रकार की कमी नहीं थी। लेकिन तुमने सुनने से मना कर दिया। एक पत्र में मैंने सख़्ती से यह लिख दिया था कि तुम अपने पिता को पीछे छोड़कर जाने की ग्लानि से उबरने के लिए पैसे भेजते हैं। ग़ुस्से में आकर जब मैं तुम्हारे ऊपर आरोप लगाता तो उनमें से बहुत कम आरोप ऐसे थे जिनका तुमने जवाब दिया

हो। वह अवसर उनमें से एक था। तुमने लिखा, "भैया, मैं इसलिए पैसे भेजता हूँ क्योंकि मैं अपने पिता से प्यार करता हूँ।" जब मैंने पहली बार तुम्हारे पत्र में यह पंक्ति पढ़ी तो मैंने इसके ऊपर अधिक विचार नहीं किया। यह बहुत निरर्थक बात थी, कहना बहुत आसान होता है। लेकिन न जाने साल-दर-साल वह पंक्ति मेरे मस्तिष्क में बनी रही। या शायद इसका भार मुझे 1977 में तब समझ में आया जब पिताजी की मृत्यु हुई। मैं किसी तरह अपनी हेठी और ग़ुस्से के ऊपर क़ाबू पाकर तुमको लेने के लिए एयरपोर्ट पहुँचा।

मुझे याद है जब तुम हवाई अड्डे पर कस्टम टनल से बाहर निकले और जैसे ही तुम्हारी दृष्टि मेरे ऊपर पड़ी तो तुमने अपना बैग पटक दिया और रोने लगे। मुझे सुरक्षा वालों से कहना पड़ा कि वे मुझे तुमको वहाँ से लेकर बाहर आने दें। उस दिन तुम कितना रोये थे जग्गू, कितना रोये थे। मैं भूल नहीं सकता मेरे प्यारे भाई कि उस दिन तुम बहुत रोये थे। कई बार जब मैं उस दिन को याद करता हूँ तो याद आता है कि मैं कितनी जल्दी यह भूल गया कि मैंने तुमको किस तरह अपने सीने से लगाया था, लोग अपना-अपना सामान उठाए साथ हमें धक्का मारते हुए आगे बढ़ रहे थे। जब तुम्हारी सिसकियों से तुम्हारा बदन काँप रहा था तो मेरे शरीर को कैसा महसूस हो रहा था। मुझे ऐसा लग रहा था जैसे मैं ख़ुद को प्रताड़ित कर रहा होऊँ, अपने आपको तकलीफ़ दे रहा होऊँ, अपने अन्दर कुछ समझदारी भरने की कोशिश कर रहा होऊँ। अब 2008 है और अगर 2008 का विश्वनाथ होश में है, 1977 का विश्वनाथ सदा के लिए विदा हो चुका है, वह अतीत की बर्फ़ के नीचे दब चुका है, उसे दुबारा जीवित नहीं किया जा सकता है। तुम अपने पिता के लिए इसलिए रुपए भेजते थे क्योंकि तुम उनको प्यार करते थे। यह बात मैं समझ चुका हूँ। मुझे इस बात को समझने का एक मौक़ा 1977 में भी मिला था लेकिन तब मैंने उसे नहीं समझा।

16 मई, 2008

इस बार मैंने यह निश्चय किया है कि मैं इस चिट्ठी को समाप्त करके ही उठूँगा। एक अन्तिम बात कहनी है। मुझे लगता है कि तुम सम्भवत: समझते हो कि वह बात क्या है, इन बातों को लेकर हमने कई बात चर्चा की है। रॉकविल में मैं जितने भी दिन रहा हम इन्हीं बातों को लेकर बहस करते रहे, मुझे एक या दो नई बातें कहनी हैं, इसलिए कुछ देर और मुझे झेल लो। सम्भवत: हाल के दिनों में जिस बात का मुझे बार-बार स्मरण आता है और जिसका स्मरण पहले नहीं आता था, वह मेरी दृष्टि से इस बात को लेकर मेरी निराशा है जो मुझे तब होती थी जब तुम

पढ़ाई में अच्छा नहीं कर पा रहे थे। इस बात को लेकर निराशा जब तुमने चोपड़ा के यहाँ रसोइये का काम शुरू किया, जब तुम अमेरिका गए। लेकिन यह सब उस बात से पहुँचे सदमे के सामने कुछ भी नहीं था जब तुमने मुझे 1985 में यह बताया कि रॉकविल में नये बने मन्दिर का तुमको मुख्य पुजारी बनने के लिए कहा गया है। तब मुझे यह बात पहली बार समझ में आई कि अमेरिका में तुम अपनी कमाई बढ़ाने के लिए पूजा करवाते थे, नामकरण संस्कार में पूजा कराते, श्राद्ध करवाते और यहाँ तक कि विवाह भी करवाते थे। बचपन में धार्मिक पुस्तकों में तुम्हारी रुचि, रामचरितमानस के प्रति तुम्हारे अनुराग, कर्मकांडों के प्रति तुम्हारा आकर्षण मुझे हमेशा दकियानूसी लगते थे और मुझे इस बात पर ग़ुस्सा भी आता रहा। यह तुम्हारे व्यक्तित्व का एक और पहलू था। अचानक इन सबको मुझे एक नई रोशनी में समझने का मौक़ा मिल रहा था। इससे भी अफ़सोस की बात यह थी कि मुझे यह बात भी समझ में आ गई कि तुम क्यों अपना नाम जगन्नाथ पांडेय ही लिखते आए थे, जब मैंने अपना नाम विश्वनाथ पांडेय से विश्वनाथ रख लिया था तो तुमने इसका अनुसरण करने से क्यों मना कर दिया था। मैंने जिस ब्राह्मणवाद का त्याग किया था उससे तुम्हारा चिपके रहना तब तुम्हारे बहुत काम आया जब तुम अमेरिका पहुँच गए। तुमको इसके ऊपर किसी तरह की शर्म नहीं आई जिस तरह मुझे आती थी। तुमने न सिर्फ उसको अपनाया बल्कि तुमने उसका उपयोग उसी तरह पैसे कमाने और अपनी सामाजिक हैसियत बढ़ाने के लिए किया जिस तरह से हमसे पहले ब्राह्मणों की अनेक पीढ़ियाँ करती आई थीं। तुमने मुझसे सब कुछ छिपाए रखा, तब तक जब तक कि एक बड़ा अवसर नहीं आ गया। तुमने गर्म रसोईघरों में दिन-रात जो हाड़-तोड़ मेहनत की थी जब उसका त्याग करने का समय आया।

जब 1980 का दशक आया और अयोध्या आन्दोलन ने ज़ोर पकड़ा तब तुम्हारे ऊपर मेरा ग़ुस्सा बढ़ गया। एक स्तर पर मुझे यह समझ में आ गया कि हमारे आसपास जो कुछ हो रहा था वह होना अवश्यम्भावी था। सरकारी धर्मनिरपेक्षता की जो सबसे बड़ी ग़लती थी वह यह थी कि इसके कारण हिन्दुओं को अपनी धार्मिक पहचान को लेकर शर्म महसूस होने लगी थी। जिस तरह पागलपन की हद तक जाकर कांग्रेस वोट बैंक के प्रबन्धन के लिए काम करती थी कई बार बीजेपी और उसकी सहयोगी पार्टियाँ हिन्दू संवेदनाओं को भड़काने के लिए उसी हद तक जाकर काम किया करती थीं। मैं इस बात को महसूस कर रहा था कि यह सब नियंत्रण से बाहर होता जा रहा है, और मैं इस सबको रोक पाने में ख़ुद को असफल पा रहा था। मुझे कांग्रेस और उसके नैतिक रूप से खोखले तरीक़ों को लेकर कोई प्यार नहीं रह गया था। महात्मा गांधी की अन्तिम यात्रा में मैं रोया था इसलिए मैं उन लोगों के साथ तो क़तई नहीं हो सकता था, जिनकी विचारधारा हमेशा मुसलमानों से नफ़रत करने की रही। हमारा देश जिस दिशा में जा रहा था उसको लेकर मेरा ग़ुस्सा उन

चेहरों के ऊपर था जो मैं समाचार-पत्रों में देखता था, लेकिन वे मुझसे बहुत दूर थे, मुझसे बहुत बड़े थे। मैं उनको वश में नहीं कर सकता था। इस कारण मुझे तुम्हारे ऊपर क्रोध था। मुझे पूरा विश्वास है कि तुमको उस पत्र का स्मरण होगा जो मैंने तुमको बाबरी मस्जिद के ध्वंस के बाद लिखा था। मैंने लिखा था कि अमेरिका में रहनेवाले हिन्दू मुसलमानों की हत्या के लिए धन उपलब्ध करवा रहे हैं। ज़ाहिर है, मेरा लक्ष्य था कि गांधी और नेहरू के सपनों के भारत के बिखरने का मैं तुमको निजी तौर पर ज़िम्मेदार ठहराऊँ। वह स्वप्न जिसमें सभी धर्मों के लोगों को साथ रहकर हम भारतीयों के लिए एक बेहतर भविष्य का निर्माण करना था, हम सभी के लिए जिनके पूर्वजों ने ग़रीबी और विदेशी शासन को सहन किया था, हम सभी के लिए जिनके लिए कवि ने कहा है—

इक़बाल कोई महरम अपना नहीं जहाँ में
मालूम क्या किसी को दर्द-ए-निहाँ हमारा

यह अल्लामा इक़बाल ने उस समय कहा था और जब हमारे पास अपने दर्द से मुक्ति का अवसर आया उससे पहले ही उनकी मृत्यु हो गई। उस अवसर का हमने क्या किया जग्गू? हमने उस अवसर का क्या किया?

1992 में अयोध्या में जो हुआ उसके लिए मैं तुमको ज़िम्मेदार मानता हूँ, जो ज़ाहिर है कि तुम नहीं थे। मैं किसी और को दोषी नहीं ठहरा सकता था इसलिए मैंने तुमको दोषी ठहराया। मुझे याद है कि तुमने उत्तर में मुझे क्या लिखा था। तुमने श्रीराम के प्रति अपने प्यार के बारे में लिखा था, और यह भी लिखा था कि अयोध्या में जो कुछ भी हुआ वह उन लोगों ने किया था जो रामराज्य का वास्तविक अर्थ नहीं जानते थे। तुमने लिखा—

राम राज्य बैठे त्रैलोका। हरषित भए गए सब सोका॥
बयरु न कर काहू सन कोई। राम प्रताप विषमता खोई॥

इस उत्तर से मुझे इतना क्रोध आया कि मैंने तुम्हारे पत्र का कोई उत्तर नहीं दिया। बल्कि मैंने *हे लंकेश* नामक उपन्यास लिखा। उसमें मैंने उस मुहावरे को अपनाया जो तुमने जवाब के लिए चुना था, गोस्वामी जी के मुहावरे को, मैंने उसका उपयोग राम राज्य के विचार के ऊपर निंदनीय तरीक़े से व्यंग्य करने के लिए किया। उपन्यास 1996 में प्रकाशित हुआ जब कांग्रेस ने भाजपा को सत्ता से दूर कर दिया था, और बाद में बहुरंगी गठबन्धनों के कारण भाजपा की सत्ता से दूरी बनी रही। आलोचक समाज ने धारा के विरुद्ध होने के कारण तो उसकी तारीफ़ की लेकिन पाठक समाज ने उस कृति को नकार दिया। मुझे यह समझ लेना चाहिए था कि उस संकेत का क्या निहितार्थ था, लेकिन मैंने नहीं समझा।

अब, उसके बारह साल बाद हमने 80 के दशक के उत्तरार्ध के सालों में जो संकेत देखे थे वे और मज़बूत हो चुके हैं। 2004 में भाजपा सरकार की हार ने हम जैसे बहुत से लोगों को दिलासा दिलाया जिनको इस बात का डर था कि यह देश भगवाधारियों और काली टोपी पहननेवालों का ग़ुलाम होता जा रहा है। लेकिन भविष्य को लेकर मैं निश्चिन्त नहीं हूँ।

स्वयं को गांधी का अनुयायी माननेवाले हम जैसे लोगों के अन्दर मस्तिष्क के स्तर पर इतना लचीलापन नहीं है कि हम हर कुएँ पर गहराई से जल ग्रहण करें। इसलिए हमने नेहरू की भाषा में बात करनी शुरू की, लेकिन हम असफल साबित हुए क्योंकि वह भाषा गांधी जी की भाषा की तरह शक्तिशाली नहीं है जो उस वक़्त भी निर्माण की कोशिश में संलग्न हुए थे जब एक हत्यारे की गोली ने उनकी जान ली। यहाँ भारत में बैठकर हम उन मुहावरों को समझ नहीं पाए जिन मुहावरों को अमेरिका में तुमने इतनी अच्छी तरह सीख लिया था। यह वह मुहावरा है जो इसलिए सीखना ज़रूरी है ताकि हम उन लोगों के साथ बहस कर सकें जो यह चाहते हैं कि भारत महज़ हिन्दुओं का देश हो जाए।

हमारे जनतंत्र का चाहे जितना क्षरण हो चुका हो इसका निरन्तर मज़बूत होते जाना इस बात को सुनिश्चित करता है कि अगर हमने लोगों के मुहावरे में बात नहीं की तो हम तर्क में हार जाएँगे। पिछले कुछ सालों के दौरान यह बात मेरे लिए और अधिक स्पष्ट होती गई है, और मैंने इस बात को और बेहतर तरीक़े से समझना शुरू कर दिया है। मैं उस भावना का अनुभव करने लगा हूँ जिस भावना का अनुभव मुझे कई साल पहले ही हो जाना चाहिए था। वह भावना जिसे महसूस करने की मैंने स्वयं को अनुमति नहीं दी जबकि उसने मुझे समृद्ध बनाया और तुम्हें भी, मुझे तुम्हारे ऊपर गर्व महसूस हो रहा है। मुझे गर्व इस बात का हो रहा है कि तुमने उस अवसर को अपनाया जिसने तुमको भारत की रोज़-रोज़ की मेहनत से मुक्ति दी, तुमने उसका उपयोग किया और स्वयं को हमारी परम्परा में डुबो लिया। तुम्हारे अन्दर अभी भी उदारता है जिसका तात्पर्य है कि तुम इससे साफ़ निकल आए। यहाँ भारत में और विदेशों में भी हमारे आसपास ऐसे बहुत से लोग हैं जिन्होंने उस परम्परा का जल केवल इसलिए पिया है ताकि वे मुसलमानों के ऊपर मूत्र विसर्जन कर सकें।

मेरे भाई मैंने बहुत-सी ग़लतियाँ की हैं, मैंने तुम्हारे साथ बहुत बुरा व्यवहार किया है। अपने जीवन की बहुत-सी महत्त्वपूर्ण बातों को लेकर मैंने ग़लतियाँ की हैं। तुमको ज़रूर ऐसा लग रहा होगा कि भइया को क्या हो गया जो स्पष्ट रूप से कह रहे हैं कि वे ग़लत हैं? ऐसा क्या वज्र गिरा गया है? फिर तुमको यह बात तत्काल समझ में आ जाएगी कि जब से सुशान्त की मौत हुई है तभी से मेरे लिए सही रह जाने का कोई विशेष अर्थ नहीं रह गया है। मेरे लिए अर्थ इस बात का रह गया है कि मैंने जो ग़लतियाँ कीं उनको सही कर लूँ। सबसे अधिक ग़लत तो मैंने

अपने साथ किया। इतने सालों में मुझे अपने प्रिय भाई की छोटी-बड़ी उपलब्धियों को लेकर प्रसन्न रहना चाहिए था। तुमने अपने बच्चों नील और इला की जो तस्वीरें भेजी थीं मुझे उनको फ्रेम करवाकर अपनी मेज़ पर तुम्हारी तस्वीर के पास लगा लेनी चाहिए थी ताकि जब भी काम से ध्यान हटाकर उधर देखूँ तो मुझे इस बात की ख़ुशी महसूस हो कि मैं तुम्हारे प्यारे बच्चों से जुड़ा हुआ हूँ, और तुमसे भी। इससे मेरी थकान उतर गई होती और मैं ख़ुद को फिर से स्फूर्ति से भरपूर महसूस करता। जब नील का दाख़िला प्रिंस्टन में हुआ तो मुझे इस बारे में अपने मित्रों और पड़ोसियों से बात करनी चाहिए थी और जब इला की पहली कहानी उसके विश्वविद्यालय की पत्रिका में प्रकाशित हुई और तुमने उसकी जो छायाप्रति भेजी थी मुझे उसे अपने लेखक मित्रों को दिखाकर कहना चाहिए था, वह अपने चाचा की तरह लेखिका बनना चाहती है। जगन्नाथ, मैंने क्या नहीं खोया! मैंने ख़ुद को किन चीज़ों से वंचित रखा!

आप इनके लिए किसी और को दोषी नहीं ठहरा सकते। जब सुशान्त पहली बार अमेरिका गया तो तुम हवाई जहाज़ से सैंटा बारबरा उसको फ़्लैट दिलवाने और वहाँ रहने में उसकी मदद करने के लिए आए। तुम हर दो-तीन हफ़्ते में उसका हालचाल लेने जाते रहते थे। जिस साल गर्मी में उसका पैर टूटा था तब तुमने उसको हवाई टिकट भेजा था और उससे तब तक अपने साथ रहने के लिए कहा था जब तक कि वह पूरी तरह ठीक न हो जाए। वह बेवक़ूफ़ भी अपने पापा की तरह ही घमंडी था, उसने तुम्हें टिकट वापस भेज दिया था। मैं जानता हूँ कि तुमको बहुत दुःख हुआ होगा। शायद शीला ने तुमको समझाया हो कि वह जवान लड़का है, अमेरिका में रहता है, नहीं चाहता होगा कि उसके चाचा हर समय ताकझाँक करते रहें। मुझे सुशान्त ने जैसा बताया, और तुम्हारी चिट्ठियों से भी मुझे जैसा समझ में आया कि उसके बाद तुमने उससे थोड़ी दूरी बना ली, लेकिन उतनी ही दूरी जितनी कि तुम्हारे जैसे प्यारे इनसान के लिए सम्भव थी। और पिछले साल जब वह दुःखद ख़बर आई तो तुमने ही वेस्ट कोस्ट से सैन होसे के लिए जहाज़ पकड़ा। वहाँ जाकर तुमने सारा प्रबन्ध किया कि उसके मृत शरीर को घर भिजवाया जा सके ताकि मैं उसे अग्नि के हवाले कर सकूँ। अपने बेटे की लाश को मुझे अग्नि के हवाले करना था। जब तुम वहाँ गए तो तुम्हारी भेंट सारा से हुई, नहीं? तुमने यह बात मुझसे छुपाई क्योंकि तुमको ऐसा लगा कि मुझे इस बात से पीड़ा होगी कि सुशान्त एक अमेरिकी लड़की के साथ रहता था। उस लड़की ने मुझे और विमला को कुछ महीने पहले एक चिट्ठी लिखी थी। वह एक लम्बी और दिल को दुखानेवाली चिट्ठी थी जिसमें उसने एक अच्छे इनसान सुशान्त के बारे में लिखा था, और यह कि वह उसको कितना प्यार करती थी। उसने तुमसे हुई भेंट के बारे में भी लिखा था। उसने लिखा था कि तुमने किस तरह उसको आशीर्वाद दिया था। तुमने उसके बालों को सहलाते

हुए उसको अपने सीने से लगा लिया था, इससे उसको ऐसी राहत महसूस हुई कि वह रोने लगी और इस क़दर रोई जितना वह पहले कभी नहीं रोई थी। उसने मुझे लिखा था कि आपके छोटे भाई प्यार से इतने भरे हुए हैं तो कल्पना की जा सकती है कि आप कितने प्यारे होंगे। उसने लिखा था कि वह भारत आकर हम लोगों से मिलना चाहती थी। मुझे इस बात का भय था कि कहीं उसको यह न समझ में आ जाए कि मैं उतना उदार और प्यार करनेवाला नहीं हूँ, लेकिन विमला उससे मिलना चाहती है इसलिए मैंने उससे कहा है कि वह जब चाहे आ सकती है।

अन्ततः, मुनीर नियाज़ी की इस नज़्म ने मेरी मदद की, मुझे मजबूर किया कि मैं यह चिट्ठी लिखूँ—

हमेशा देर कर देता हूँ मैं हर काम करने में
ज़रूरी बात कहनी हो कोई वा'दा निभाना हो
उसे आवाज़ देनी हो उसे वापस बुलाना हो
हमेशा देर कर देता हूँ मैं
मदद करनी हो उसकी यार को ढाढ़स बँधाना हो
बहुत देरीना रस्तों पर किसी से मिलने जाना हो
हमेशा देर कर देता हूँ मैं
बदलते मौसमों की सैर में दिल को लगाना हो
किसी को याद रखना हो किसी को भूल जाना हो
हमेशा देर कर देता हूँ मैं
किसी को मौत से पहले किसी ग़म से बचाना हो
हक़ीक़त और थी कुछ उसको जाके ये बताना हो
हमेशा देर कर देता हूँ मैं हर काम करने में...

मेरे प्रिय भाई, मेरे और तुम्हारे बीच भ्रातृत्व की प्राचीन सड़क है। इस सड़क पर कैकेयी की चाल और चौदह साल की कठिन जुदाई के बावजूद हम कितनी आसानी और कितनी बेताबी से चले। तुमने इस सड़क पर मेरा इन्तज़ार किया है, और तुमने मुझे अक्सर बुलाया भी है, लेकिन मैं ही इस सड़क पर नहीं चल पाया। मैं इस सड़क पर अब चलना चाहता हूँ, जितनी भी शक्ति मेरे अन्दर बची है उसको लगाते हुए, मेरी ज़िन्दगी के जितने भी दिन अब बचे हैं उन दिनों के लिए। मैं इस सड़क पर चलने के लिए तुम्हारी अनुमति नहीं माँगूँगा, क्योंकि मुझे पता है कि यह अनुमति है। मैं बस तुम्हारा शुक्रिया अदा करना चाहता हूँ कि तुमने इस सड़क पर इतने दिनों तक मेरी प्रतीक्षा की।

तुम्हारा भाई,
विश्वनाथ

2

लाला मोतीचन्द का दूसरा लड़का दीवानचन्द अस्वस्थ और अन्तर्मुखी स्वभाव का था। उसके कमज़ोर स्वास्थ्य का कारण था जचगी के दौरान उसकी माँ की बीमारी। दीवानचन्द को इस मशक़्क़त भरी दुनिया में लाने से पहले उनको कई तरह की बीमारियाँ हो गई थीं और वह हफ़्तों बिस्तर पर पड़ी रही थीं। लाला मोतीचन्द ज़ाहिर है बेटा होने से ख़ुश थे लेकिन दीनानाथ के जन्म से उनका वंश पहले से ही सुरक्षित हो चुका था, इसलिए इस बार वैसी ख़ुशी नहीं थी। इसके अलावा दूसरे लड़के की आमद के साथ इस बात की सम्भावना भी बढ़ गई कि बड़े होने के बाद उनके बीच संघर्ष हो सकता है। एक दूसरे को नुक़सान पहुँचानेवाला संघर्ष जो अगर कुरुक्षेत्र की तरह भाई के ख़ून से धरती को लाल कर देनेवाला नहीं हो, तो भी वह पूरे परिवार को तबाह कर सकता था और ख़ास तौर पर माता-पिता के लिए भारी पड़ सकता था। वे अकेले बेटे थे इसलिए ख़ुद तो उस तरह की लड़ाई से बच गए लेकिन उन्होंने उस तरह का संघर्ष कई परिवारों में देखा था। इसलिए उन्होंने दीवानचन्द के जन्म का स्वागत उसी तरह किया जिस तरह का स्वागत उन जैसे सामाजिक स्तर वाले व्यक्ति के लिए उपयुक्त था। बड़ी उदारता के साथ नौकरों और ग़रीबों के लिए इस मौक़े पर भंडारा आयोजित किया गया लेकिन वह किस तरह का था, इस टिप्पणी से समझा जा सकता है, "जब दीना भइया का जन्म हुआ था तब तीन तरह की मिठाइयाँ थीं इस बार बस दो तरह की।"

नवजात दीवानचन्द यह जान पाने के लिहाज़ से बहुत छोटा था कि उसके जन्म पर खान-पान के आयोजन में क्या बारीक फ़र्क़ था। इसके अलावा वह बीमार भी था, घंटों रोता ही रहता था। जब यह बात बिलकुल साफ़ हो गई कि जचगी के बाद से उसकी माँ की तबीयत ठीक नहीं हो पा रही है तो उसके पिता तथा घर के अन्य लोगों ने उनके ऊपर ध्यान दिया। जिसके कारण वह सहदेई की देखरेख में पलने लगा, इस वजह से वह इस अधिकार से स्थायी रूप से वंचित रह गया कि अपनी माँ को अपनी कमज़ोर क़द-काठी के लिए कोसे। बल्कि उसी को इस बात का दोष दिया जाता रहा कि उसके जन्म के समय से उसकी माँ कमज़ोर हो गई। जिन परिस्थितियों में यह सब हुआ वह शायद जैविक घटनाओं से अधिक कुछ नहीं थी, और अगर खान-पान में कुछ बताए गए सुझावों का पालन किया

गया होता तो इस स्थिति से बचा जा सकता था। या यह भी हो सकता है कि किसी प्रकार की जैविक कमी रही हो जो किसी नज़दीकी या दूर-दराज के रिश्तेदार से, सदियों तक सुप्त पड़े रहने के बाद, उसमें उस जचगी के दौरान प्रकट हो गई हो। लेकिन अक्सर होता यह है कि जब भी कुछ दुर्भाग्यपूर्ण होता है तो लोग या तो किसी आदमी पर या भगवान के ऊपर उसका दोष मढ़ने लगते हैं। और असल में कुछ दयालु लोग ऐसे भी थे जिन्होंने शायद इस बात को अच्छी तरह समझते हुए इसका दोष ईश्वर के ऊपर मढ़ने की कोशिश की कि वह इस आरोप को सँभाल पाने के लिए अच्छी तरह सक्षम है और निश्चित रूप से इसको झेलनेवाले दो कमज़ोर लोगों आशा देवी एवं दीवानचन्द से अधिक अनुभवी था। लेकिन इस तरह से दोष का स्थानान्तरण सफल नहीं हुआ क्योंकि भगवानों ने तो चुप्पी साधे रखी जबकि बच्चे के ज़ोर-ज़ोर से रोने-चिल्लाने से लोगों का ध्यान उसकी तरफ़ चला जाता था। जहाँ तक माँ की बात है तो उसने रत्नमाला के रूप में तीसरे बच्चे को भी जन्म दिया, लेकिन दीवानचन्द के जन्म के समय से ही आशा देवी इतनी बीमार हाल रहती थीं कि उनके ऊपर किसी तरह का दोषारोपण किया जा सकना मुश्किल था। एक ऐसी मुश्किल जो तब असम्भव बन गई जब अपने दूसरे बच्चे के जन्म के दस साल बाद अन्ततः उनकी मृत्यु हो गई।

ऐसा नहीं था कि आशा देवी के साथ जो भी हुआ उसके लिए लाला मोतीचन्द ने बालक दीवानचन्द को सज़ा दी हो। उनके लिए उनकी पत्नी की बीमारी एक और ऐसी कठिन परिस्थिति की तरह हो गई, जैसे कोई सुस्त सप्लायर, या कोई असंवेदनशील अधिकारी। इसलिए उन्होंने अपनी पत्नी द्वारा किए जानेवाले दो मुख्य कामों का विकल्प तलाश लिया, घर की देखभाल और सेक्स। अगर घर के नौकर-चाकर इस बात को जानते भी थे कि किस तरह का दुर्भाग्य उनकी मालकिन के ऊपर आया है तो भी उन्होंने इस बात का पूरा ध्यान रखा कि वह दुर्भाग्य दीवानचन्द से दूर ही रहे। ख़ासकर इसलिए क्योंकि दीवानचन्द की देखभाल उस विकट स्त्री सहदेई को सौंप दी गई थी। वह इस बात को समझती थी कि लाला मोतीचन्द के बेटे के लालन-पालन की ज़िम्मेदारी उठाना कितने सम्मान की बात थी। वह सबको यह समझाकर रखती थी कि कोई उससे ग़लत बात न कहे। लेकिन समस्या दीनानाथ की थी। उसको कभी यह बात स्पष्ट रूप से तो नहीं बताई गई थी कि उसकी माँ की बीमारी का कारण दीवानचन्द था लेकिन उसने घर के बड़े-बुज़ुर्गों के हाव-भाव से यह समझ लिया था। दीवानचन्द और रत्नमाला के लिए आशा देवी एक बीमार महिला थीं जिनके सामने दोनों को दिन में एक बार ले जाया जाता था। लेकिन आशा देवी दीनानाथ की भी माँ थीं। वह उसकी बीमारी वाले बिस्तर के पास अक्सर जाता था और आशा देवी के पास भी जितनी ऊर्जा थी, उससे वह उसको जो दे सकती थी देती थी। अगर वह पहले मर गई होती तो दीनानाथ

उसको भूल चुका होता और उसकी उस हालत से जो दर्द उसको हो रहा था वह नहीं हुआ होता। लेकिन ऐसा हुआ नहीं, और उस बच्चे के अन्दर जो निराशा थी वह आक्रामकता में बदल गई और वह अक्सर अपने साथ खेलनेवाले दूसरे बच्चों के ऊपर ग़ुस्सा उतार दिया करता था। इस ग़ुस्से का शिकार दीवानचन्द होता था जो अपने भाई के प्यार और अपने ऊपर ध्यान से अधिक कुछ भी नहीं चाहता था।

सहदेई ने इस बात को बहुत जल्दी पहचान लिया कि दीवानचन्द राम और लक्ष्मण की कहानियों को सुनते हुए जो प्रतिक्रिया व्यक्त करता था वैसी वह किसी अन्य चीज़ के प्रति नहीं जताता था। जब सहदेई ऐसी चौपाइयाँ और दोहे सुनाती जिनमें भाइयों के बीच प्यार का वर्णन होता था तो वह ख़ूब ख़ुश होता। आरम्भ के कुछ साल तो दीनानाथ भी उन दोनों के साथ बैठकर सुनता था, कई बार साथ-साथ गुनगुनाता भी था। लेकिन जैसे-जैसे उसकी उम्र बढ़ती गई इस तरह के प्रवचनों में उसकी रुचि कम होती गई। दीवानचन्द और रत्नमाला के विपरीत उसको ऐसा महसूस होता था कि अगर उसने सहदेई को अपनी माँ की भूमिका में स्वीकार कर लिया और फिर अपनी माँ की तरह शक्तिशाली मान लिया तो यह माँ के साथ धोखा होगा इसलिए वह अक्सर सहदेई की बात मानने से इनकार कर देता था। वह उसको रोकने की कितनी भी कोशिश करती लेकिन वह बाहर आँगन में जाकर नौकरों के बच्चों के साथ-साथ खेलने लगता। इससे एक तरफ़ तो दीवानचन्द दुखी हो जाता था लेकिन उसे ख़ुशी भी होती थी, क्योंकि *दशरथ अजिर बिहारी* (दशरथ के आँगन में खेलनेवाला) राम की तरह उसके भाई को भी आँगन में खेलना पसन्द था। 'क्या इसका मतलब यह है कि पिताजी राजा दशरथ हैं?' वह सहदेई से पूछता था। सहदेई बच्चे की इस कल्पना पर हामी भरने में हिचकती थी लेकिन कोई उपयुक्त जवाब न पाकर वह कह उठती, "हाँ, और तुम लक्ष्मण हो।" और जब भी सहदेई उस हिस्से का पाठ करती थी जिसमें लक्ष्मण युद्ध में गिर जाते हैं तो दीवानचन्द बाहर आँगन में जाता और अपने भाई से प्रार्थना करता कि वह भी अन्दर आकर उसके साथ कथा सुने। वह राम के छोटे भाई की वीरता और शक्ति के वर्णनों में अधिक दिलचस्पी नहीं लेता था, न ही युद्ध की उठापटक की कहानियों में। उसका सबसे पसन्दीदा हिस्सा वह था जिसमें हनुमान को संजीवनी बूटी लेकर आने में देरी हो रही होती है, जिससे उनके भाई के प्राण वापस आ जाते और इस बात से राम अधीर हो जाते हैं। कथा का यह हिस्सा दीवानचन्द को इतना पसन्द था कि सहदेई एक कथावाचक के पास गई जो कभी-कभार पास के मन्दिर में आता था और उसने उनकी मदद माँगी कि उसको वह प्रसंग याद करवा दे।

कई बार जब दोपहर में दीनानाथ पढ़ाई से मुक्त हो जाता था तब छह साल का दीवानचन्द भागता हुआ सहदेई के पास जाता और चाहे वह कोई भी काम कर रही होती, और बार-बार इस पंक्ति को दोहराने लगता, *राम उठाइ अनुज उर लायउ*।

उसके बाद वह दीनानाथ के पास जाता और उसकी बाँह पकड़कर खींचने लगता और अगर माँगेराम वहाँ होता तो उसको भी साथ ले जाता, वह हनुमान की भूमिका में होता था, जो दृश्य के अन्त में संजीवनी बूटी लेकर आता था जिससे उस प्रकरण का अन्त ख़ुशी-ख़ुशी हो जाता था। दीनानाथ अक्सर अपने ज़िद्दी भाई को टाल जाता था, लेकिन दीवानचन्द ज़िद करने लगता दीनानाथ खेलने के लिए तैयार हो जाता था। ऐसे दुर्लभ मौक़ों पर दीवानचन्द बहुत ख़ुश हो जाता था। वह फ़र्श पर लेट जाता, दीनानाथ को अपनी बग़ल में बिठा लेता, और अपनी आँखों को बन्द कर देता। लेकिन एक आँख खोलकर यह भी देखता रहता कि सब अपनी-अपनी भूमिका का निर्वाह अच्छी तरह कर रहे हैं या नहीं।

सहदेई गाना शुरू करती—

अर्ध राति गइ कपि नहीं आयउ
राम उठाइ अनुज उर लायउ

और दीवानचन्द एक आँख को कसकर मूँदे हुए और दूसरी आँख को हल्के से बन्द किए अपनी बाँह को आगे बढ़ा देता ताकि भाई उसको अपने सीने से लगा ले।

जब दीनानाथ दस साल का हुआ तो उसके पिता ने यह तय किया कि उसका दाख़िला स्कूल में करवाया जाए। साथ ही, उन्होंने एक एंग्लो-इंडियन अध्यापक को रखा जो घर आकर उसको अंग्रेज़ी पढ़ाता था। "लड़के को उन बातों को भी सीखने की ज़रूरत होती है जो उसके पिता उसको नहीं सिखा सकते। मेरे पूर्वज बदलते समय के साथ समृद्ध इसलिए नहीं हो पाए क्योंकि उनको ऐसा लगता था कि वे जो जानते थे उनके बेटों को भी वही जानना चाहिए," लाला मोतीचन्द से जो पूछता वे उसको जवाब में यह कहते। उनमें से कई लोग ऐसे भी होते थे जो इस बात को जानते थे कि न तो लाला के सभी पूर्वज एक तरह से समृद्ध हुए न ही उनमें से सभी के पास ऐसी दूरदृष्टि थी जैसी कि मोतीचन्द को लगता है कि थी। सहदेई को इसका कोई अनुभव नहीं था कि स्कूल के अन्दर का माहौल कैसा होता था लेकिन वह इतना तो समझती ही थी कि वह घर जैसा तो नहीं होता, इसलिए उसने इस बात को लेकर आपत्ति जताई कि दीवानचन्द की देखभाल अजनबियों के हाथ में सौंप दी जाए, चाहे वह कुछ घंटे के लिए ही क्यों न हो। लेकिन फिर भी दीवानचन्द का दाख़िला स्कूल में करवा दिया गया। ऐसा न करने से सवाल उठते जिनके जवाब देने के लिए लाला मोतीचन्द को कहना पड़ता कि दीवानचन्द एक बीमार और बिगड़ैल लड़का है और उसका विशेष रूप से ध्यान रखे जाने की ज़रूरत है। लाला यह कहने के लिए तैयार नहीं थे।

जो दीवानचन्द इस डर के कारण शायद ही कभी बाहर निकलता था कि कहीं उसको सर्दी या किसी और तरह की बीमारी न लग जाए, उसने जब यह सुना कि

वह हर दिन अपने भाई के साथ रिक्शे पर बैठकर जाएगा तो उसको बेहद ख़ुशी हुई। रिक्शे पर अपने भाई के साथ गर्व से बैठकर वह जब चलता तो स्कूल जाने में जो पाँच मिनट लगते थे उस दौरान वह जिनको पहचानता था और जिनको नहीं भी पहचानता था सबका अभिवादन करता जाता था। उसको ऐसा महसूस होता था जैसे कोई राजा हाथी पर सवार होकर ऐसे बाज़ार से गुज़र रहा हो जहाँ उसके चाहनेवाले भरे हुए हों। जब वह स्कूल पहुँच जाता था तो दस साल के उसके भाई को अपने छोटे भाई के साथ असहज महसूस होता था क्योंकि वह किसी भी तरह की गतिविधि में हिस्सा नहीं ले पाता था, जिसके कारण अपने भाई के कारण सब उसका मज़ाक़ उड़ाते थे। इसलिए स्कूल पहुँचते ही वह जल्दी से अपनी कक्षा में चला जाता था और दुबारा उससे तभी मिलता था जब घर जाने का समय आता था।

वह आशंका जिसका डर दीनानाथ को चार साल की उम्र से ही था, उसके चौदह साल का होने के बाद सही साबित हुई। आशा देवी एक दिन बेसुध हो गई और छह महीने तक उसी अवस्था में रहीं। वे महीने किशोर उम्र के बालक के लिए बहुत दुःख भरे बीते, जो उस दिन बहुत ख़ुश हो जाता था जिस दिन बच्चे का जी बहलाने के लिए उसके पास से गुज़रते हुए डॉक्टर यह कहता कि "आज उनकी हालत बेहतर हुई है।" उस दिन वह बहुत दुःख में डूब जाता जिस दिन डॉक्टर उसके पास से गुज़रते हुए उससे आँख भी नहीं मिलाता था। वह उसी बेहोशी के दौरान दुनिया छोड़कर चली गई। अपनी नाममात्र की माँ के चले जाने के कुछ सप्ताह बाद घर में सब कुछ फिर से सामान्य हो गया। नर्स और सेवक जो घर में बीमार मालकिन की दैनिक ज़रूरतों की देखभाल में लगे रहते थे घर से चले गए। अस्पताल का बिस्तर और बिस्तर के पास खड़े पानी चढ़ानेवाले स्टैंड और चिलमची को फेंक दिया गया। जिस कमरे में आशा देवी अपनी बीमारी के आख़िरी दिनों में रह रही थीं उसकी साफ़-सफ़ाई कर दी गई और पंडितों के पूजा-पाठ से उसको शुद्ध भी करवाया गया। सब कुछ सामान्य हो गया था, सिवाय दीनानाथ के जो अक्सर ऐसे बैठा रहता था जैसे इस दुनिया से उसका कोई लेना-देना ही न हो, चेहरे पर आँसू बहते रहते थे। जिस कमरे में उसकी बीमार माँ रहती थी, वह उस कमरे के दरवाज़े के बाहर खड़ा रहता था। जब वह बड़ा हो गया और उसके बीवी-बच्चे भी हो गए वह तब भी उस कमरे के सामने से गुज़रने से कतराता रहा।

पहले कुछ सप्ताह तक तो रिश्तेदार और हितैषी आते रहे और ऐसे लोग भी जो यह चाहते थे कि ऐसे मौक़े पर उनके बारे में भी जाना जाए कि वे लाला मोतीचन्द के घर गमी में आए थे। आशा देवी की बीमारी के दौरान जिन डॉक्टरों से सम्पर्क किया गया था उनमें से एक डॉक्टर लाला मोतीचन्द को समझा रहा था कि जब आशा देवी के पेट में दीवानचन्द था तो उनका शरीर कैसा हो गया था। दीनानाथ संयोग से डॉक्टर की उस बात को सुन रहा था जिसका कोई फ़ायदा उस महिला

को नहीं होनेवाला था जिसका देहान्त हो चुका था। उसका केवल एक ही लाभ था कि सुननेवाले वक्ता के ज्ञान से प्रभावित हो जाते। अगली सुबह लाला मोतीचन्द ने जैसे ही काम शुरू किया कि बच्चों के रहनेवाले हिस्से से आवाज़ें आने लगीं। "हुज़ूर, हुज़ूर, जल्दी आइए," माँगेराम ने आवाज़ लगाई। कोई नौकर अपने मालिक को आवाज़ लगाकर दूसरे कमरे में बुलाए इस बात को बेहद अनुचित माना जाता था इसलिए लाला मोतीचन्द तत्काल यह समझ गए कि कोई भयानक बात हुई है। वह अहाते की तरफ़ बढ़े, उन्होंने देखा कि दीनानाथ छड़ी से अपने छोटे भाई की पिटाई कर रहा था।

"मैं तुमको मार डालूँगा," दीनानाथ बार-बार कह रहा था। लाला मोतीचन्द ने उसका हाथ पकड़ लिया, उसको एक थप्पड़ मारा और हाथ से छड़ी छीन ली। "क्या तुम पागल हो गए हो?"

"हाँ," दीनानाथ बोला, उसकी आँखें अपने भाई पर टिकी हुई थीं। वह ज़मीन पर पड़ा हुआ था, छड़ी से उसके पैर पर लाल निशान बन गए थे जो दिखाई दे रहे थे, उसकी क़मीज़ पीछे से फटी हुई थी।

'हाँ, मैं पागल हो गया हूँ। मैं इसको मार डालूँगा, मैं इसको मार डालूँगा, मैं इस हरामी को मार डालूँगा।'

लाला मोतीचन्द ने बच्चे को एक तरफ़ खींचा। उन्होंने दूसरी तरफ़ खड़े माँगेराम की तरफ़ देखा। उसने नज़र मिलते ही अपनी नज़र झुका ली और माफ़ी माँगने की मुद्रा में हाथ जोड़ लिए। हालाँकि दीनानाथ जिस हालत में था उसमें किसी भी नौकर के लिए यह सम्भव नहीं था कि वह उसको अपने भाई की पिटाई करने से रोक दे, और वह जानता था कि उसके मालिक भी इस बात को जानते थे।

"तुम अपने भाई को मारना क्यों चाहते हो?" लाला मोतीचन्द ने दीनानाथ की कलाई को ज़ोर से दबाते हुए सख़्ती से पूछा।

"क्योंकि यह इसकी ग़लती है," दीनानाथ बोला, "क्योंकि यह इसकी ग़लती है।"

कुछ सप्ताह बाद अपने पिता के ज़ोर देने पर दीनानाथ भारी मन से आगे की पढ़ाई के लिए इंग्लैंड रवाना हो गया। जहाँ से वह पहली बार दो साल बीतने पर ही लौटा। लाला मोतीचन्द ने अपने बेटे की हर उस चिट्ठी को नज़रअन्दाज़ किया जो उसने पहले छह महीने के दौरान लिखी थी। वह विनती करता था कि उसको घर आने की अनुमति दी जाए। दीनानाथ ने जाने से पहले दीवानचन्द से बस एक शब्द कहा, 'अलविदा'। जिस दिन दीनानाथ ने एक तरह से अपने भाई दीवानचन्द की हत्या ही कर दी थी उस दिन के कई सप्ताह बाद उसने अपने भाई से पहली बार कुछ कहा था। वहाँ जाने के बाद वह अपने भाई को भी हर सप्ताह चिट्ठी लिखता था, लेकिन उसको कोई जवाब नहीं मिलता था। अपने भाई द्वारा माँ का हत्यारा होने का आरोप लगाए जाने के कारण दीवानचन्द बहुत आहत हुआ था। जैसा कि

उसकी उम्र के किसी बच्चे के साथ हुआ होता उसको भी इस बात की ग्लानि होने लगी क्योंकि उससे बड़ी उम्र के आदमी ने उसके ऊपर ऐसा आरोप लगाया था। वह भी उस आदमी ने जिसको वह अपना हीरो मानता था।

आरम्भ में जो कुछ चिट्ठियाँ दीवानचन्द ने अपने भाई को लिखीं उनमें उसने अपने आपको इस बात के लिए कोसा कि उसके कारण उसकी माँ की मौत हुई जो उसके भाई के लिए बड़े दुःख का कारण बनी। और वह उन चिट्ठियों में अपने भाई से प्रार्थना करता था कि वह उसको माफ़ कर दे। यह माफ़ी स्थगन में रही, लेकिन समय के साथ ग्लानि की जो धार थी वह कुछ कम हो गई। अब वह अपनी चिट्ठी में केवल माँ की मृत्यु की बात ही नहीं लिखता था, उन चिट्ठियों में वह घर की बातें भी लिखता था, स्कूल में अपने भाई के दोस्तों के बारे में लिखता था और उन कविताओं के बारे में जो उसने पढ़ी होती थीं। उन चिट्ठियों के अन्त में वह आत्मालोचन करते हुए जैसे उस वेदना का ज़िक्र भी किया करता था जिसके कारण उसके उस रिश्ते के लिए ख़तरा उत्पन्न हो गया था जिसे वह बहुत स्वस्थ समझता आया था। इसके बाद धीरे-धीरे ग्लानि के उसके आत्मस्वीकार के साथ-साथ झिझकते हुए वह उन पत्रों में इस बात का अनुमान भी लगाने लगा कि किस हद तक किसी अजन्मे बच्चे के ऊपर इस बात का आरोप लगाया जा सकता है जिसको शायद उस बारे में कुछ पता ही न हो। इस तरह के अनुमानों के माध्यम से वह उस दुःख के एकाकी दर्द को कुछ कम करने की कोशिश किया करता था जो माँ की मृत्यु से दीनानाथ को हुआ था।

जब तक दीनानाथ को वापस आने की अनुमति मिली तब तक कुल मिलाकर दीवानचन्द ने ख़ुद को उस बात के लिए लगभग माफ़ कर दिया था जो उसकी माँ के साथ हुआ था। जैसे-जैसे दीनानाथ के आने का दिन नज़दीक आता जा रहा था दीवानचन्द उस दर्द को पहले से अधिक शिद्दत से महसूस करने लगा था जो माँ की मृत्यु के कारण उसके भाई को हुआ था।

उसको कुछ हद तक यह भी लगने लगा था कि उसके भाई ने भी उसको माफ़ कर दिया होगा, वैसे उसने किसी पत्र में न तो ऐसा कुछ लिखा था न ही कभी ऐसा कहा था। हो सकता है कि वह आमने-सामने मिलकर कहना चाहता हो, यह बात मन-ही-मन वह कई बार सोचता था। हो सकता है दीनानाथ जिस भावना को प्रकट करना चाहता हो वह चिट्ठी के माध्यम से प्रकट न की जा सकती हो। कई बार उसको यह डर भी लगता था कि माँ के खोने के कारण दीनानाथ के अन्दर दुःख जनित ग़ुस्सा उबल रहा हो सकता है, आमने-सामने आने पर वह ग़ुस्सा फिर से उबल सकता है और उसे भूल भी सकता है।

लाला मोतीचन्द को जब दीनानाथ की एक चिट्ठी से मालूम हुआ कि अपने छोटे भाई के लिए उसके मन में अब किसी तरह का ग़ुस्सा नहीं है तो उनको बहुत

राहत महसूस हुई। फिर भी जब वे अपने बेटे की अगवानी करने के लिए बम्बई के लिए निकले तो उन्होंने दीवानचन्द को अपने साथ आने की अनुमति नहीं दी। जब दीनानाथ घर आया, उस घर में जिसमें उसकी माँ ने उसको जन्म दिया था और अपनी बाँहों में पाला था और अब वह उसके स्वागत के लिए नहीं थी, उसका भाई उसके पैरों पर गिरकर माफ़ी माँगने लगा। दीनानाथ नीचे झुका, उसे कंधे से पकड़कर अपने सीने से लगा लिया, उसके बाद दोनों रोने लगे। लेकिन दीवानचन्द के आँसू जहाँ अपने भाई के लिए थे, दीनानाथ बस अपने लिए रो रहा था।

अगले कुछ सालों में दीनानाथ ने अंग्रेज़ों की तरह पहनना और बोलना सीख लिया, शाम को दोस्तों के साथ मौज-मस्ती के लिए उसने उन अमीर-अभिजात युवाओं से दोस्ती गाँठ ली जिन्होंने उसके साथ पढ़ाई की थी। उसके पिता ने उसे यह कहा था कि उसने जिसके लिए उसको इंग्लैंड भेजा था उनमें किताब की पढ़ाई केवल एक चीज़ है। दूसरी चीज़ है उसके वे सम्पर्क जिनकी बदौलत उसको वापस आने के बाद परिवार के व्यवसाय का प्रमुख होने का उचित स्थान प्राप्त कर पाने में मदद मिलती। दीनानाथ अपनी स्वाभाविक बुद्धि से अपने पिता के निर्देशों के पीछे की भावना को समझ गया और पूरी मेहनत से उनका पालन करने लगा। लाला मोतीचन्द उसको उदारता से पैसे देते ताकि वह ख़ूब जमकर खर्च कर सके और उसके दोस्तों के मन में एक भूरे आदमी के साथ दोस्ती करने को लेकर किसी तरह का शुबहा हो तो उसको दूर किया जा सके।

वह अपने दोस्तों के साथ नाइट क्लब जाता, अटलांटिक की लहरों के साथ बहकर आते जैज़ संगीत को सुनता, केवल ऐसी तवायफ़ों के साथ संगत करता था जो उच्च कोटि की होती थीं, क्योंकि वह इस बात को समझता था कि वह जो मनोरंजन करता था या जिस तरह की शाहख़र्ची किया करता था वे केवल भविष्य की तैयारी के लिए थीं। वास्तविक ज़िन्दगी में उसको उच्च कुल की किसी महिला से शादी करके बच्चे पैदा करना था जो उसके परिवार के नाम को आगे बढ़ाएँगे। वह अक्सर अपनी उम्र के भारतीय लोगों से मिलता था, जिनमें से कुछ उच्च कुल के अमीर व्यापारी होते थे, जिनके बारे में उसको लगता था कि अपने पिता के पैसों पर ऐश की ज़िन्दगी जीने में उन्होंने अपने जीवन के सत्त्व को खो दिया है। वे सम्भ्रान्त अंग्रेज़ महिलाओं के पीछे भागते रहते थे, जो उनके पैसे उड़ाती थीं और पीठ पीछे उनका मज़ाक़ उड़ाया करती थीं। वह ऐसे लोगों को उपेक्षा की नज़र से देखता था।

दीनानाथ के पत्रों से, तथा कुछ अन्य स्रोतों के माध्यम से जिन्हें दीनानाथ नहीं जानता था, लाला मोतीचन्द को इस बात का पता चल गया था कि उनका पुत्र सही रास्ते पर जा रहा है। उनके स्थान पर कोई और हुआ होता तो वह इस डर से अपने बेटों को समुद्र के पार भेजता ही नहीं कि वे वहाँ जाकर कहीं रास्ता

न भटक जाएँ। लेकिन लाला मोतीचन्द अच्छी तरह से जानते थे, उनका व्यवसाय फलता-फूलता रहे इसके लिए यह ज़रूरी था कि उनका बेटा अंग्रेज़ों से उनकी ही भाषा में बात करे। अगर अंग्रेज़ों का राज एक दिन समाप्त भी हो गया तो वह इतनी तेज़ बुद्धि के थे कि इस बात को अच्छी तरह समझते थे कि जो लोग आज अंग्रेज़ों के शासन के अन्त की माँग कर रहे हैं वही एक दिन इन गोरे लोगों का स्थान ले लेंगे। ये लोग भारतीय होने से अधिक अंग्रेज़ थे, इनमें से ज़्यादातर लोगों की शिक्षा इंग्लैंड में हुई थी। बेटे को इंग्लैंड भेजने में ख़तरा तो था लेकिन उसको न भेजना तो बेवकूफ़ी होती। उन्होंने जो जुआ खेला था भविष्य में यह कितना कारगर होता इस बात को वे नहीं जानते थे, लेकिन उनको यह जानकर बड़ी राहत महसूस हुई कि उन्होंने अपने बेटे को खोया नहीं था।

हालाँकि, जब दीवानचन्द सोलह साल का हुआ तो एक दिन वह उनके पास आया और बोला कि उसे भी अपने भाई के साथ पढ़ने के लिए इंग्लैंड भेज दिया जाए, तो लाला मोतीचन्द ने मना कर दिया था। वे इस बात को जानते थे कि उनका यह बेटा अपने दिमाग़ और शरीर से कमज़ोर है। दीनानाथ को घर के बाहर की जानेवाली मेहनत पसन्द थी, उसके विपरीत दीवानचन्द अकसर बिस्तर में लेटा किताब पढ़ता रहता था, या शाम ढलने के बाद मिर्ज़ा कासिम की बरसाती में बैठकर तारों को देखते हुए गाता रहता था। वैसे तो भद्र लोगों की संगत में लाला मोतीचन्द साहित्य और कविता में रुचि दिखाते थे और उनको लगता था कि यह इसलिए आवश्यक है क्योंकि इससे लोगों को ऐसा लगता था कि वे शहरी हैं, लेकिन उनके अन्दर ऐसी कोई ख़्वाहिश नहीं थी कि उनको सुसंस्कृत समझा जाए। इसके अलावा, संगीत और नृत्य में वे तभी तक रुचि दिखलाते थे जब तक उससे सम्भोग की राह खुलती हो। वे बुनियादी रूप से इस बात को नहीं समझते थे कि कोई व्यक्ति किस कारण कविता या संगीत की तरफ़ खिंच जाता है, इसलिए इस दिशा में अपने बेटे के झुकाव को वे मनोरंजन के विकल्प के रूप में ही देखते थे। लेकिन एक दिन उनके हाथ एक मोटी-सी किताब लगी जो दीवानचन्द ने बैठक में छोड़ दी थी। हालाँकि वह किताब नागरी लिपि में थी जो मोतीचन्द अच्छी तरह से पढ़ नहीं पाते थे क्योंकि उन्हें नस्तालिक़ समझ में आती थी। उन्होंने किताब उठाई तो वह ख़ुद-ब-ख़ुद एक पन्ने पर जाकर खुली जिस पन्ने को कोने से मोड़कर रखा गया था। उस पन्ने पर उनके बेटे ने एक पद को घेरकर गोला बना रखा था—

किसी हृदय का यह विषाद है
छेड़ो मत यह सुख का कण है
उत्तेजित कर मत दौड़ाओ
करुणा का विश्रांत चरण है

इसके बाद से लाला मोतीचन्द को अपने इस दूसरे बेटे के लिए चिन्ता होने लगी थी। इसीलिए जब दीवानचन्द उनके पास यह आग्रह करने आया कि उसको पढ़ने के लिए इंग्लैंड भेज दिया जाए तो लाला मोतीचन्द ने यह कहते हुए मना कर दिया, "न हो तो अगले साल चले जाना।" अगले साल भी दीवानचन्द को उन्होंने यही जवाब दिया। लेकिन तीसरी बार भी जब यही जवाब मिला तो आमतौर पर आज्ञाकारी और विनम्र रहनेवाला दीवानचन्द अपनी माँग पर अड़ गया। कई दिनों तक तर्क-वितर्क चलता रहा। पहले तो दीवानचन्द ने इस तरह के तर्क दिए जो उसे लगता था कि उसके पिता सुनना चाहते थे लेकिन जो बहुत वजनदार नहीं थे, अगर मैंने इंग्लैंड में पढ़ाई की तो मैं व्यवसाय में आपकी और दीना भइया की मदद कर पाऊँगा। जब यह तर्क काम नहीं आया तो उसने कहना शुरू किया कि वह साहित्य की पढ़ाई करना चाहता है ताकि भारत लौटकर अध्यापक बन सके। उसका यह कथन यह बताता था कि वह जीवन में क्या करना चाहता है। लेकिन इस बात को सीधे तौर पर यह कहते हुए ख़ारिज कर दिया गया कि एक व्यवसायी परिवार के लड़के के लिए तो यह बिलकुल उपयुक्त नहीं है। यह ऐसी मनाही थी जिसके बारे में दीवानचन्द तभी समझ गया था जब यह बात कही गई थी, वह जानता था कि चाहे वह कितनी ही कोशिश कर ले यह फ़ैसला बदल नहीं सकता था।

अन्ततः, एक दिन वह अपने पिता के पास गया और बोला कि वह इसलिए इंग्लैंड जाना चाहता है क्योंकि वह निश्चित नहीं था कि उसके भाई ने उसे सच में माफ़ कर दिया या नहीं। उसको लगता था कि अगर वह अपने भाई के साथ रहेगा तो उसके साथ ऐसा रिश्ता बना पाएगा, जो कई हज़ार मील दूर रहकर नहीं बनाया जा सकता था। वह जानता था कि उसके पिता चाहते थे कि यह रिश्ता कायम हो। उसके पिता भले कुछ कहते नहीं थे लेकिन इस रिश्ते का न होना उनको बहुत चिन्तित रखता था। इस तर्क को सुनकर लाला मोतीचन्द का संकल्प कमज़ोर पड़ गया। जब दीवानचन्द ने देखा कि सफलता क़रीब ही है तो उसने और ज़ोर देते हुए कहा कि वह दुनिया में किसी भी आदमी से अधिक अपने भाई को प्यार करता है। उसको अपने भाई की याद आती है और वह उसके पास जाना चाहता है। उसने कहा कि हो सकता है कि अगर उसने यह बात पहले कही होती तो उसने इस बात के ऊपर जोर नहीं दिया होता क्योंकि उसको ख़ुद ही ऐसा लगता था कि उसकी उम्र अधिक नहीं थी। लेकिन अब उसको लगा कि वह इतना बड़ा हो गया है और जाना चाहता है। लाला मोतीचन्द का जवाब, जिसके ऊपर बाद में उन्होंने सोचा कि एक रणनीतिक ग़लती थी, "क्यों?" उन्होंने पूछा, "क्या तुम यहाँ अपने पिता के साथ ख़ुश नहीं हो?" दीवानचन्द ने अपने पिता की आँखों में सीधे देखते हुए वही कहा जो लक्ष्मण ने राम से उस वक़्त कहा था जब वह उनसे इस बात के लिए विनती कर रहे थे कि वे उन्हें भी अपने साथ वन में ले चलें—

मोरें सबै एक तुम्ह स्वामी। दीनबंधु उर अन्तरजामी॥

दीवानचन्द की अपने भाई के लिए प्यार की घोषणा, उसके अपने आकलन के हिसाब से अपने पिता के ऊपर एक तरह का क्रूर हमला था, इस हमले से लाला मोतीचन्द परास्त हो गए।

"इंग्लैंड में पढ़ना कोई जंगल में जाना नहीं होता," उन्होंने कमज़ोर पड़ती आवाज़ में कहा।

"फिर आपने दीना भइया को वहाँ क्यों भेजा?" दीवानचन्द ने पूछा। वह जानता था कि तर्क में वह जीत गया था।

दीवानचन्द इंग्लैंड के लिए रवाना हो गया। यह यात्रा सड़क और समुद्री मार्ग से होते हुए लम्बी यात्रा थी। वह जहाँ जा रहा था उस जगह के बारे में उसे कुछ भी स्पष्ट रूप से पता नहीं था, न ही दिमाग़ में कोई गम्भीर अकादमिक या पेशेवर मक़सद था। इंग्लैंड जाने की उसकी इच्छा महज़ इस ख़्वाहिश से उपजी थी कि जहाँ भी उसका भाई जाए उसे उसके साथ रहना चाहिए और जब तक उसकी उम्र नहीं हो गई तब तक उसने अपनी इस इच्छा को दबाए रखा था। हालाँकि उसके भाई ने न तो कभी अपने वचन या कर्म से दीवानचन्द का साथ माँगा था न ही उसकी ज़रूरत महसूस की थी। दीनानाथ दीवानचन्द के आगमन के बारे में सुनकर ख़ुश नहीं था। इसका कारण यह नहीं था कि उसको अपने छोटे भाई का ध्यान रखना पड़ता, बल्कि उलटे परिवार की कोई ज़िम्मेदारी उसे मिलती थी तो वह ख़ुद को परिपूर्ण महसूस करता था, वह दुखी इस बात से था कि उसको लगता था कि उसका भाई एक सफल व्यवसायी बनने की क्षमता नहीं रखता है, इसलिए उसको इंग्लैंड में पढ़ाने में बहुत अधिक पैसे बर्बाद होनेवाले थे, जिन पैसों को अगर कहीं और लगाया जाता तो काफ़ी मुनाफा आता। दीनानाथ को जैसे ही दीवानचन्द की योजनाओं के बारे में पता चला तो उसने अपने पिता को कई टेलीग्राम भेजे, लेकिन उसके पिता ने उसको वापस टेलीग्राम किया जिसमें लिखा था, 'तुम्हारा सन्देश मिला। दीवानचन्द अपनी योजना के मुताबिक़ ही जा रहा है।' और उसने अपने पिता के आदेश को अवश्यम्भावी समझकर स्वीकार कर लिया और अपने भाई के लिए कमरा तैयार करने और उसके लिए सेवक के इन्तज़ाम में लग गया।

जब उसका भाई जहाज़ से उतरा तो दीनानाथ ने बड़ी गर्मजोशी के साथ उसका स्वागत किया। इस गर्मजोशी के दो कारण थे। एक तो यह कि जब जन्म से ही किसी ज़िम्मेदार समझे जानेवाले आदमी को कोई नई ज़िम्मेदारी दी जाती है तो उसके अन्दर उत्साह पैदा होता है। दूसरा कारण यह था कि इतने लम्बे समय से घर से दूर रहने के कारण उसके दिल में जो दबी हुई तड़प थी वह उभरकर आ गई थी। कुछ हद तक कारण यह भी था कि अपने उस छोटे भाई को देखकर उसका

स्वाभाविक प्यार उमड़ आया था। माँ की मौत के कारण उसके मन में जो ग़ुस्सा था उसके कारण भी वह प्यार पूरी तरह ख़त्म नहीं हो पाया था।

इंग्लैंड में दीवानचन्द के आरम्भिक कुछ दिन एक तरफ़ भटकाव भरे थे तो दूसरी तरफ़ प्राणपोषक भी। वहाँ की सड़कों और इमारतों का नयापन देखकर वह हैरान-परेशान हो जाता था। गोरे लोगों की भीड़, ख़ासकर ग़रीब गोरे लोगों की भीड़, इस तरह का दृश्य दिल्ली के लिए बहुत अस्वाभाविक था, इसलिए वह इसको देखकर भय और आत्म सजग होने के भाव से भर जाता। लेकिन वह इस बात से बहुत ख़ुश होता था कि उसका भाई उसके साथ लगातार मौजूद रहता है और बहुत ख़ुश होकर उसको दुनिया की महान राजधानियों में से एक और उस विश्वविद्यालय परिसर की सैर करवा रहा था जहाँ उन दोनों को साथ-साथ रहना था। दीनानाथ अपनी तरफ़ से इस बात को पक्का करने के लिए बेचैन था कि दीवानचन्द जल्दी से जल्दी वहाँ जम जाए और महत्त्वपूर्ण सम्पर्क बनाने में उसका सहयोगी बने जो दोनों के लिए बाद में उपयोगी साबित हों।

अपनी पढ़ाई ख़त्म करके दीनानाथ ने एक छोटी सी कम्पनी खोल ली थी, जिसमें पूरा निवेश उसके पिता का ही था। वह कम्पनी कुछ सामग्री का व्यापार कर रही थी। लेकिन उस कम्पनी का मूल उद्देश्य यही था कि उसको लंदन में रहने का ठोस कारण मिले। साथ ही उसने लंदन में रहते हुए बड़ी मेहनत से जो सामाजिक सम्पर्क बनाए थे उनके माध्यम से कुछ बड़े व्यावसायिक अवसरों के ऊपर दाँव लगाए। इस बात से वह कुछ चिन्तित हुआ कि उसका भाई इतना तैयार नहीं हो पाया था कि वह इस काम में उसकी मदद कर पाए। भारत छोड़ने से पहले दीवानचन्द ने अपनी अंग्रेज़ी बेहतर बनाने की दिशा में कोई मेहनत नहीं की थी, न ही वह पहनने-ओढ़ने में ख़ास रुचि दिखलाता था, न ही पाश्चात्य संगीत में उसका मन लगता था। लेकिन दीनानाथ को ऐसा लगता था कि इसको जल्दी ही ठीक किया जा सकता है। उसने दीवानचन्द को तौर-तरीक़े सिखाने के लिए एक अनुभवी आदमी अल्फ्रेड का चयन किया। अल्फ्रेड ने उसकी जान-पहचान के एक राजकुमार को सिखाया था। उसने अल्फ्रेड को समझाया कि दीवानचन्द बहुत कच्चा है, और अगर उसने उसकी इस कमी को कम समय में दूर कर दिया तो उसको पर्याप्त इनाम दिया जाएगा।

अल्फ्रेड ने पाया कि दीवानचन्द प्यारा और मितभाषी नौजवान है। इससे पहले उसने अहंकारी और लम्पट क़िस्म के राजकुमारों को सिखाया था। उसके लिए यह बदलाव ख़ुशनुमा था। दीवानचन्द ने अल्फ्रेड के साथ शुरुआती मुलाक़ातों में ही समझ लिया था कि अल्फ्रेड देखने में कठोर और मर्यादित लगता था, लेकिन असल में वह बहुत प्यारा इनसान था। इसलिए जब अल्फ्रेड उसको यह सिखाने की कोशिश करता था कि छुरी-काँटे का प्रयोग किस तरह किया जाए, या किसी

नैपकिन को किस तरह खोला जाए तो वह ध्यान से सुनता और साथ-साथ दोहराता भी जाता। वैसे वह इन बातों को अधिक महत्त्व नहीं देता था, और जब वह बहुत बुनियादी अंग्रेज़ी शब्दों के उच्चारण भी ग़लत करता और अल्फ्रेड उनमें सुधार करता तो वह ज़रा भी नहीं चिढ़ता था।

बार-बार पूछे जाने पर भी अल्फ्रेड अपने परिवार के बारे में बात करना पसन्द नहीं करता था, लेकिन दीवानचन्द जल्दी ही समझ गया कि उसको उन साथियों के बारे में बात करना पसन्द था जिनके साथ मिलकर उसने फ्रांस की खाइयों में लड़ाई लड़ी थी। हालाँकि उसकी अनेक कहानियों का अन्त त्रासद होता था और जिस कारण दोनों का दिल भारी हो जाता था। लेकिन दीवानचन्द इस बात को समझ गया कि इन कहानियों को सुनाने से अल्फ्रेड का बोझ हल्का होता है। इसलिए वह अक्सर उससे उन दिनों के बारे में पूछता जब वह वेरदाँ में था और यह कि उसने किस तरह सोम्म की लड़ाई लड़ी। जब अल्फ्रेड कहानियाँ सुनाता था तब वह अलग-अलग कहानियों में कुछ किरदारों को पहचान लेता था। वह कहता, "अरे यह वही फ्लेचर नहीं है जो एक ख़ाली पड़े मैदान से सूअर का सर चुरा लाया था और जिसने सुझाव दिया था कि इससे बहुत अच्छा सूप बन सकता है?" वह युद्ध के दौरान ऐसे लोगों के बीच कायम हुई दोस्तियों की कहानियों के दु:ख, भय और मानवीय ख़ुशी को समझ पाता था, जो दोस्तियाँ ऐसे लोगों के बीच कायम हो जाती थीं जो अपने देश द्वारा लड़े जा रहे युद्ध महान वजहों की परवाह भी नहीं करते थे। इन बातों से उसने अल्फ्रेड का दिल जीत लिया।

दीवानचन्द के आने के कुछ महीने बाद दीनानाथ ने अल्फ्रेड को बुलाया और उससे पूछा कि क्या दीवानचन्द इसके लायक हो गया है कि उसे भद्र लोगों की सोहबत में ले जाया जाए। अगर अल्फ्रेड को अपने उस विद्यार्थी से लगाव न हुआ होता तो वह अधिक निर्मम होकर दीवानचन्द की तैयारी का आकलन करता। लेकिन जैसा कि कई बार अध्यापकों के साथ हो जाता है, वे इस कारण ग़लती कर जाते हैं क्योंकि उनको लगता है कि अपने विद्यार्थी की आलोचना करना उनको एक तरह से नीचा दिखाना होगा। वह इस बात को समझ नहीं पाया कि दीवानचन्द के साथ उसका जो पक्षपातपूर्ण रवैया था वह उसके ऊपरी तौर पर बोलने-चालने, पहनने-ओढ़ने पर आधारित नहीं था, जो सामाजिक मेल-मिलाप के लिए ज़रूरी होता है। वह उस नौजवान की सुनने की क्षमता और इस बात पर कि बोलनेवाले इनसान को यह महसूस करवा देने पर आधारित था कि उसे सुना जा रहा है। उसने दीनानाथ को इस बात के लिए आश्वस्त किया कि किसी भी सुसभ्य इनसान से अगर दीवानचन्द का परिचय करवाया जाए तो वह उसको प्रभावित करने की क्षमता रखता है। उसके बाद दीवानचन्द ने एक पार्टी का आयोजन किया, पार्टी के बाद क्रिकेट का खेल होनेवाला था। उस पार्टी में उसने भारत के कुछ बहुत धनी परिवारों के वंशजों को

आमंत्रित किया था, जिनमें कुछ भारतीय रजवाड़ों के राजकुमार थे। दीनानाथ ने दीवानचन्द को समझाते हुए कहा कि उन लोगों के महत्त्व को इस बात से समझा जा सकता है कि जब उनके पिताओं की मृत्यु होगी तो उनको कितनी बन्दूकों की सलामी दी जाएगी, और ज़ाहिर है, उनमें कुछ अंग्रेज़ दोस्त भी थे। उनमें एक ऐसा आदमी भी शामिल था जो उचित समय आने पर इंग्लैंड की सबसे पुरानी रियासत का उत्तराधिकारी बननेवाला था। कुछ और लोग थे जिनके नाम इतने ख़ानदानी तो नहीं थे मगर वे इतने सम्पन्न थे कि फ़िलहाल इस बात की ओर किसी का ध्यान नहीं जाता था। दीनानाथ ने दीवानचन्द से कहा कि "यह बात महत्त्वपूर्ण है कि तुम इन लोगों पर अच्छा प्रभाव छोड़ो।" लेकिन उसने इन बातों को उलटा समझ लिया, उसने सोचा कि यह सब एक तरह का मनोरंजन है जो उसको इस बात को समझाने के लिए था कि विदेशी धरती पर किस तरह के तौर-तरीक़े होते हैं।

जब मेहमान अपने लिए लगवाए गए उस सफ़ेद शामियाने में आए तो दीवानचन्द को इस बात से बहुत हैरानी हुई कि उसका शान्तचित्त और सुसंस्कृत भाई किसी चापलूस की तरह बर्ताव करता हुआ एक-एक आदमी के पास जा रहा था। वह छोटी-छोटी बातों पर नाक-भौं चढ़ा रहा था, ऐसी बातों पर भी हँसता था जो हँसने लायक नहीं थीं, बिना किसी बात के ख़ूब बढ़-चढ़कर तारीफ़ों के पुल बाँध रहा था, बहुत से ऐसे मेहमानों से अपनी क़रीबी जता रहा था जिनको देखने से ऐसा लग नहीं रहा था कि वे जवाब में उसी तरह का ख़ुलूस दिखा रहे हैं। उसने एक से अधिक बार देखा कि उसके ये महत्त्वपूर्ण मेहमान उसके भाई को घूर रहे थे, या दीनानाथ जब अपने ख़ुशामदी अन्दाज़ में बहुत जोश में आ जाता था या मज़ाक़ करने पर कुछ ज़्यादा ही ख़ुशी दिखा रहा होता था तो वे उसकी तरफ़ आँखें तरेर कर देखने लगते थे।

दीवानचन्द न तो शरीर से फ़ुर्तीला था न ही दिमाग़ से लेकिन जब उसको ज़बरदस्ती क्रिकेट के मैदान में उतारा गया तो उसने मिट्टी पलीद कर ली। अल्फ्रेड ने उसको बड़ी मेहनत से जो निर्देश दिए थे उनको भूलते हुए उसने बैट को ऐसे पकड़ा जैसे वह सहारा देनेवाली छड़ी हो, जिसका नतीजा यह हुआ कि वह पहली ही गेंद पर क्लीन बोल्ड हो गया। "क़िस्मत ख़राब थी बच्चे," उससे बॉलर ने कहा, वह आदमी जल्दी ही अर्ल ऑफ़ ड्यूक बननेवाला था और अपने पिता की उपाधियाँ भी उसे मिलनेवाली थीं, जब वह अपने टीम के खिलाड़ियों की तरफ़ दाँत निपोरते हुए मुड़ा तो उसने देखा कि वे सभी क्रीज़ पर उस नये खिलाड़ी की दयनीय उपस्थिति को देखते हुए हँसे जा रहे थे। दीनानाथ ने जब यह देखा कि दीवानचन्द का स्टंप अपनी जगह से उखड़ गया तो उसका दिल बैठने लगा। दीवानचन्द ने अजीब तरह से बैट को पकड़कर बॉल के ऊपर चलाया लेकिन बॉल ने उसका ज़रा भी सम्मान नहीं किया और जाकर मिडल स्टंप से टकरा गई। दीनानाथ यह

सब दूर पैवेलियन में बैठा देख रहा था और उसको तत्काल इस बात का एहसास हो गया कि उससे ग़लती हो गई है। उसने अल्फ्रेड से आँखें मिलाने की कोशिश की लेकिन दीवानचन्द के उस सेवक की आँखें मैदान में जमी हुई थीं। आमतौर पर सामान्य दिखनेवाली उसकी भौंहें चढ़ी हुई थीं।

अर्ल की टीम ने बड़ी चतुराई से जीत दर्ज की। मैच के बाद अन्दर शामियाने में दीवानचन्द की खिल्ली उड़ाई जा रही थी। बस कुछ ही मज़ाक़ ऐसे थे जो अच्छी भावना से किए जा रहे थे। दीवानचन्द अपने भाई के ऊपर अन्दर-ही-अन्दर बहुत ग़ुस्से में था जो कई बार अपने भाई को ग़ुस्से भरी नज़र से देखता और कई बार उसकी तरफ़ देखता ही नहीं था। ग़ुस्से की उसी हालत में दीवानचन्द ने वाइन के कई गिलास पी लिए। जब यह लगने लगा कि उसको अपने पैरों पर खड़े होने में मुश्किल हो रही है तो अल्फ्रेड ने उसको हाथ पकड़कर एक कुर्सी पर बिठा दिया जिसके पास ही अमेरिकी जैज़ संगीत बज रहा था। नशे और अस्तव्यस्तता की हालत में जब दीवानचन्द ने तुरही की आवाज़ सुनी तो जैसे उसका ग़ुस्सा काफ़ूर होने लगा। वह बैंड की तरफ़ मुड़ गया और जितने ध्यान से हो सकता था उतने ध्यान से संगीत सुनने में लग गया। अपने आसपास के माहौल से मानसिक रूप से ख़ुद को अलग हटाने के लिए उसने संगीत पर ध्यान लगा लिया। लेकिन शारीरिक तौर पर वह अपने आपको उससे नहीं जोड़ पाया। उसको अपने शरीर के अलग-अलग अंगों में अलग-अलग वाद्य यंत्रों की ध्वनियाँ सुनाई देने लगीं, बेस की भारी आवाज़ से उसका पेट उछलने लगा, ड्रम की आवाज़ से उसकी गर्दन ऊपर-नीचे होने लगी। लेकिन इन दोनों से बढ़कर ट्रम्पेट की एक साथ भारी और मद्धिम आवाज़ उसके कानों में पड़ी, तो उसे एक तरह से उड़ने जैसा महसूस हुआ, वह संगीत की धुन पर झूमने लगा, बात से अनजान कि वह इस तरह झूमते हुए उन जोड़ों के बीच में आ जा रहा था जो संगीत की धुन पर नाच रहे थे।

"यह बैटिंग के साथ-साथ डांस भी करता है," जब वहाँ शोरगुल तेज़ होने लगा तो अर्ल बोला।

इससे पहले कि कोई उसको रोकने के लिए आगे बढ़ता दीवानचन्द ने आगे बढ़कर अर्ल का कॉलर पकड़ लिया। "मैं तुम्हारी माँ को नाचना सिखाऊँगा," वह बोला। सौभाग्य से उसने यह बात अवधी में कही थी इसलिए केवल एक भारतीय राजकुमार ने यह समझा कि उसने क्या कहा। सौभाग्य की बात यह भी रही कि वह आदमी वहाँ के घटनाक्रम से इतना हैरान था कि उसने यही उचित समझा कि वह दीवानचन्द की बातों का अनुवाद वहाँ मौजूद लोगों के लिए नहीं करेगा।

"अपने हाथ हटाओ काले आदमी," अर्ल ने अंग्रेज़ी में ज़ोर से कहा, जिस भाषा को वहाँ मौजूद सभी देशी-विदेशी अच्छी तरह समझते थे। दीवानचन्द की कलाई पकड़ते हुए उसने उसको पीछे की तरफ़ इतनी ज़ोर से धक्का दिया कि वह

कई फुट दूर जाकर गिरा। एक पल के लिए पूरी तरह से ख़ामोशी छा गई। उसके बाद मेहमान वहाँ से जाने लगे जबकि दीनानाथ चुपचाप किसी मूर्ति की तरह खड़ा रहा। उसकी आँखें दूसरी तरफ़ थीं। वह विदा होते मेहमानों को अलविदा के शब्द भी नहीं कह पा रहा था।

अगली सुबह अल्फ्रेड ने आकर दीनानाथ को अपना इस्तीफ़ा सौंप दिया।

"अगर तुमने सावधानी से अपनी राय दी होती तो कल जो हुआ वह नहीं हुआ होता। लेकिन अर्ल का कॉलर तुमने नहीं पकड़ा था, इसलिए सज़ा तुमको नहीं मिलनी चाहिए," दीनानाथ बोला, कहते हुए उसने अल्फ्रेड को पत्र ऐसे दिखाते हुए वापस कर दिया मानो उसने उस पत्र को पढ़ लिया हो।

"आप बड़े दयालु हैं सर," अल्फ्रेड बोला।

"मेरे पास तुम्हारे लिए एक काम है। यह काम उस काम से अलग है जिसमें तुम असफल साबित हुए," दीनानाथ बोला।

"ऐसा क्या काम हो सकता है सर?" अल्फ्रेड ने पूछा। आसन्न संकट के टल जाने से वह कृतज्ञता के भाव से भर गया था।

'यह जब तक लंदन में है तब तक यह तुम्हारी ज़िम्मेदारी है कि इसको मुश्किलों से बचाए रखो।"

एक महीने बाद दीवानचन्द और अल्फ्रेड कैंब्रिज के लिए निकल गए। वहाँ उन्होंने एक साधारण सा आवास लिया, और दीवानचन्द ने पढ़ाई शुरू कर दी। दीनानाथ ने बड़ी मेहनत से जो सामाजिक हैसियत वहाँ बनाई थी उसके इतनी आसानी से बिखर जाने के बाद उसने उसको बचाने की अनेक कोशिशें कीं, उसके बाद लंदन में अपना काम समेटकर भारत आ गया।

दीवानचन्द ने पढ़ने के लिए साहित्य को चुना। वह लेक्चर सुनता था, अपने अध्यापकों से नियमित तौर पर मिलता था और जो उससे पढ़ने के लिए कहा जाता था उसको पढ़ता था। लेकिन इसमें उसका मन लगता नहीं था। ऊपर से वह दोस्ताना, अच्छा नौजवान लगता था, कई बार वह अपने साथ के विद्यार्थियों के साथ किसी रेस्तराँ में कुछ पीने भी चला जाता, दोपहर में नदी में मछलियाँ भी मारता, लेकिन उसके अन्दर एक तरह की शोरीली स्तब्धता आ गई थी। अल्फ्रेड ने पाया कि वह उतना स्पष्टवादी नहीं रह गया जितना कि लंदन में था। वह अभी भी अल्फ्रेड की कहानियाँ बड़ी विनम्रता से सुनता था, लेकिन वह अब कुछ पूछता नहीं था, न ही वह अल्फ्रेड को और कुछ सुनाने के लिए हुँकारी भरता था न ही पहले की तरह किरदारों के बारे में बात करता था। इस तरह धीरे-धीरे अल्फ्रेड ने बातचीत करना बन्द कर दिया और ख़ुद को उसके घर को सँभालने के काम तक ही सीमित कर लिया।

कैंब्रिज में पहले कुछ सप्ताहों के दौरान दीवानचन्द अक्सर अपनी धाय माँ

सहदेई के बारे में सोचता रहता। उसका मन उससे बातें करने या उसे लिखने का होता था। लेकिन उसको समझ में नहीं आता था कि वह उस अनपढ़ स्त्री को क्या लिखे, और जो आदमी उसको चिट्ठी पढ़कर सुनाएगा वह उसकी बातों की व्याख्या उसके लिए किस प्रकार करेगा। ज़ाहिर है, वह इस बात की सूचना लाला मोतीचन्द को भी देगा। अन्ततः उसने इस विचार को त्याग दिया क्योंकि अनिच्छा से ही सही उसने यह मान लिया कि सहदेई अब उसके जीवन का महत्त्वपूर्ण हिस्सा नहीं रह गई थी। जब वह भारत लौटकर जाएगा तो सहदेई उसके पिता के घर में ही होगी लेकिन अब वह वही सहदेई नहीं रह जाएगी जो बचपन में उसको लोरी सुनाती थी। सीधी सी बात यह थी जिससे बचा नहीं जा सकता था कि वह जब भी लौटेगा तो अब वह बच्चा नहीं रह गया होगा और इसको बदलने के लिए वह कुछ भी नहीं कर सकता था। वैसे तो आन्तरिक शान्ति और धीरज के लिए यह ज़रूरी था कि इस बात को स्वीकार कर लिया जाए कि सभी रिश्ते क्षणभंगुर होते हैं, लेकिन यह बात भी सही है कि इस तरह की स्वीकृति से आन्तरिक शान्ति का अनुभव नहीं होता है। दीवानचन्द को यह बात समझ में आई कि सहदेई से उसको जो मिलना था वह सब मिल चुका था, और इस समझ के कारण अपने भाई के प्रति एक तरह का ग़ुस्सा उसके मन में भर गया।

दीनानाथ ने उस आदमी को अपने भाई का अपमान कैसे करने दिया? उसने एक बार भी अपने भाई को दिलासा क्यों नहीं दिया, केवल एक बार यही कह देता कि जो कुछ भी हुआ सब ग़लत था? उस दिन जो कुछ भी हुआ उसके लिए वह अपने भाई के ऊपर ही ग़ुस्सा कैसे हो सकता था? दीवानचन्द काफ़ी बड़ा हो चुका था, और इतना समझदार भी हो चुका था कि अपने सवालों के तार्किक जवाब ढूँढ़ लेता, लेकिन वह इस बात को ख़ुद ही समझ नहीं पा रहा था कि अर्ल के साथ जो कुछ हुआ था उस बात को लेकर जो ग़ुस्सा उसके मन में था वह तो महज़ ज्वालामुखी का लावा था जो उस दिन बाहर फूट पड़ा था। वह उसके अन्दर बहुत दिनों से जमा हुआ था जब दीनानाथ ने बरसों पहले उसके ऊपर माँ का हत्यारा होने का आरोप लगाया था। उस लावा के ऊपर उसने तर्क का पानी छिड़कने का बहुत प्रयास किया लेकिन वह सम्पर्क में आते ही भाप बनकर उड़ गया, वह ग़ुस्से के मारे जलता रहा। नतीजा यह हुआ कि जब दीनानाथ लंदन में ही था तब उसने वीकेंड में या छुट्टियों के दिनों में अपने भाई के यहाँ जाना बन्द कर दिया। दीनानाथ ने अपने बर्ताव से यह जता दिया था कि उसको ऐसा महसूस होता था कि दीवानचन्द की मूर्खता के कारण उसका सावधानीपूर्वक बनाया गया सामाजिक ढाँचा बिखर गया है लेकिन उसने अपने भाई से कुछ कहा नहीं। इसके कारण उसने अपने भाई को यह मौक़ा भी नहीं दिया कि वह आरोप के जवाब में प्रत्यारोप लगा सके। दीवानचन्द दीनानाथ के प्रति अपने विलगाव को सधे तौर पर

कह नहीं पाया था लेकिन जब दीनानाथ कैंब्रिज आया तो दीवानचन्द ने उसका आदर-सत्कार तो किया लेकिन अपना बर्ताव ठंडा बनाए रखा। कुछ सप्ताह बाद दीनानाथ के प्रति उसका ग़ुस्सा जाता रहा, बल्कि कहना यह चाहिए कि उसकी अभिव्यक्ति नहीं हो पाने के कारण वह शान्त हो गया। वह कभी-कभार बीच-बीच में तब जाग जाता था जब दीनानाथ या तो स्वयं या चिट्ठी लिखकर उसको अपने होने का एहसास करवाता था, और उसके बाद वह निराश होकर सोने चला जाता था। आख़िरकार, दीनानाथ इंग्लैंड छोड़कर चला गया, और अपने ग़ुस्से के कारण के न रहने के बाद दीवानचन्द का ग़ुस्सा भी शान्त हो गया।

एक सुबह उठने के बाद दीवानचन्द ने अपने पिता को चिट्ठी लिखने का फ़ैसला किया, उन चिट्ठियों से अलग तरह की चिट्ठी जो उसने पहले लिखी थीं, जिनमें इधर-उधर की बातें होती थीं, उसकी पढ़ाई की बातें होती थीं, और उसके ख़र्च के बारे में ज़िक्र होता था। उसने सोचा कि अपने पिता को बताया जाए कि उसको ऐसा लगता था कि उसके पिता उसके विचारों को नहीं समझते, उसकी रुचियों और भावनाओं को नहीं जानते। क्योंकि उन्होंने अपने बेटे को इस बारे में बोलने के लिए कभी उत्साहित ही नहीं किया था। उसको ऐसा लगने लगा था कि अब यह सब बदलना चाहिए। उसने सोचा कि वह इस चिट्ठी को सहज रूप से लिखेगा, जिसमें वह तार्किक रूप से यह लिखेगा कि पिता और पुत्र के बीच के रिश्ते को कैसा होना चाहिए। लेकिन ज़ाहिर है, उसका यह संकल्प जल्दी ही टूट गया, बल्कि यह कहना चाहिए कि वह एक तरह से बच्चों की तरह शिकायती लहजे में बह गया। उसको यह बात समझ में आई कि यही एक लहजा था जिसमें वह अपने सख़्तमिज़ाज और दूर रहनेवाले पिता से बात कर सकता था। उसने उस चिट्ठी को बार-बार लिखा, हर शाम लिखे गए अनेक पन्ने आग के हवाले कर देता। अन्ततः एक दिन उसको मजबूर होकर अपने आप से यह स्वीकार कर लेना पड़ा कि वह पिता से जो कहना चाहता था वह इस तरह से कहे कि उसकी बात में बल भी रहे और उनके प्रति सम्मान भी बना रहे लेकिन इस तरह से बात करने में वह समर्थ नहीं था।

इसके बाद कुछ सप्ताह दीवानचन्द गुमसुम रहने लगा, वह लेक्चर सुनने भी नहीं जाता था। दोस्तों के आमंत्रण वह स्वीकार तो कर लेता था लेकिन उनको पूरा नहीं कर रहा था। एक दिन उसने पाया कि वह अपनी माँ के बारे में सोच रहा था, उस माँ के बारे में जिसको वह बमुश्किल ही जानता था। कई बार याद करने पर अपनी मृत माँ का चेहरा भी वह मुश्किल से ही याद कर पाता था। सहदेई के विपरीत उसकी माँ के साथ मामला यह था कि वह जो कहना चाहता था वह कह नहीं सकता था क्योंकि उसकी माँ की मृत्यु हो चुकी थी। लेकिन फिर भी वह मन-ही-मन वाक्य बनाता रहता था, उससे अपने भाई के बर्ताव की शिकायत करता

रहता था। उसे इस बात के लिए फटकारता रहता था कि उसने उसको पसन्द नहीं किया और उसे हमेशा कम प्यार किया गया। उसने पाया कि वह उससे कह रहा था कि वह उसके पिता को यह समझाए कि उनका छोटा बेटा भी उनसे उतना ही प्यार करता है जितना कि उनका बड़ा बेटा, और यह कि बड़े बेटे की तरह छोटा बेटा बड़ा होकर अपने पिता की तरह नहीं बनना चाहता था। इसका मतलब यह नहीं था कि वह चाहता था कि उसके सर पर पिता का हाथ न रहे। माँ के साथ उसका संवाद चल ही रहा था कि उसने अपनी किताब में मैथ्यू अर्नाल्ड की एक कविता पढ़ी, जिसका एक अनुच्छेद इस तरह था—

Or, as thou never cam'st in sooth,
Come now, and let me dream it truth.
And part my hair, and kiss my brow,
And say—My love! why sufferest thou?

या, जबकि तुम असल में कभी नहीं आई
अब आ जाओ, सपने में सच की तरह
मेरे बालों को सँवार दो, और मेरे माथे को चूम लो
और कहो—मेरे प्यार! तुम अभी तक पीड़ा में क्यों पड़े हो?

उसने इन चार पंक्तियों को बिना सोचे-समझे ही पढ़ा, कविता के पहले अनुच्छेद की लय से वह कुछ चिढ़ भी गया, लेकिन अनुच्छेद के अन्त तक आते-आते वह अपनी छाती में दिल को तेज़ी से धड़कते हुए महसूस कर पा रहा था। उसकी आँखों के सामने अँधेरा छा गया, और उसके भिंचे हुए जबड़े धीरे-धीरे सहज होने लगे। जान-बूझकर उसने किताब को बन्द कर दिया और उठ खड़ा हुआ। खिड़की के पास जाकर उसने बाहर झाँका। दोपहर के पहले का आकाश नीला था, दूर हरियाली में लाल और पीले चमकते फूलों की क्यारियों के बीच एक माली हाथ में कैंची लिए झुका हुआ था। दीवानचन्द वहाँ कुछ देर खड़ा रहा, उसकी आँखें उस आदमी के ऊपर टिकी हुई थीं जो बड़े ध्यान से फूलों की क्यारी के बीच चल रहा था। वह क़दम-क़दम पर रुकता और फूलों के उन सिरों को काट देता जो मुरझाने लगे थे। उसके बाद दीवानचन्द मुड़कर उस जगह गया जहाँ उसने अपनी किताब रखी हुई थी। उसने किताब उठाई और पन्ने पलटते हुए उस पन्ने पर पहुँचा जहाँ वह कविता थी। उसके बाद उसने महसूस किया कि किताब के हर पन्ने के पलटने के साथ उसका दिल तेज़ी से धड़क रहा था। अन्ततः उन चार पंक्तियों तक वह पहुँचा, उसको ऐसा महसूस हुआ जैसे उसने किसी बिजली के तार को छू लिया हो, जिसने पहली छुअन में ही उसके शरीर को झकझोर कर रख दिया हो। डरते-डरते उसने उस अनुच्छेद के पहले शब्द को देखा, बाक़ी शब्दों से नज़रों को हटाते हुए,

मानो वह तनी हुई रस्सी पर चल रहा हो और एक मुहावरा, एक शब्द, एक विराम चिन्ह को देखते ही उसका सन्तुलन बिगड़ सकता था और वह अतल गहराइयों में गिर सकता था। इसमें वह 'तुम' कौन था जो कभी नहीं आया या आई? क्या यह उसकी माँ थी? या उसके पिता? शायद उसका भाई रहा हो? लेकिन इन तीनों में से दो तो अभी भी ज़िन्दा थे और वह अपनी माँ को जानता भी नहीं था, इसलिए यह उनमें से एक कैसे हो सकते थे? यह भी हो सकता था कि पहली पंक्ति का 'तुम' कोई ऐसा रहा हो जिसको वह जानता ही न हो, कोई ऐसा जिसका न आना इतना निश्चित था कि उसको यह भी नहीं पता था कि वह था भी या थी भी या नहीं? लेकिन जिस आदमी को वह अभी तक जानता ही न हो उस आदमी के बारे में यह कैसे कहा जा सकता था कि वह कभी नहीं आया? और फिर वह आदमी अब किस तरह आ सकता है, यहाँ तक कि सपने में भी, यहाँ तक कि सबसे बेचैन कर देनेवाले सपने में भी जो सबसे अँधेरी रात के भी गहरे अँधेरे में देखा गया हो। वह आदमी किस तरह आ सकता था जब उसको यह भी नहीं पता कि वह आदमी कौन था या वह आदमी कभी था भी कि नहीं? किस तरह से उसका शरीर उस छुअन के लिए तड़प रहा था, बाल सहलाने के लिए, माथे पर उँगलियों की छुअन के लिए, माथे पर होंठों की वह मुलायम, उष्म छुअन! और वह आवाज़, वह सुन्दर, शानदार आवाज़! वह मुहावरा, 'मेरे प्यार!' और यह सवाल, वह इन्तज़ार करता रहा, करता रहा इस सवाल को सुनने के लिए, इतने धीरज के साथ इन्तज़ार करता रहा कि वह आज तक नहीं जानता था जब तक कि उस कविता के कवि मैथ्यू अर्नाल्ड की पंक्तियों—तेज़ से तेज़ धार वाली तलवार गहरे घाव देती है—से उसके सामने यह बात नहीं खुली कि वह अब तक के अपने जीवन में इसका इन्तज़ार करता रहा है कि कोई उससे यह सवाल पूछे। तुम क्यों इतनी पीड़ा में हो? क्यों? क्यों? उसको समझ में नहीं आ रहा था कि वह अंग्रेज़ी के उस कवि को क्या जवाब दे जो बिना उससे मिले ही उसको इतनी अच्छी तरह से जानता था, या अगर वह 'तुम' अर्नाल्ड नहीं हुआ कोई और 'तुम' हुआ तो भी उसको यह नहीं समझ आ रहा था कि उस अन्य 'तुम' को भी क्या जवाब दे। ऐसा नहीं था कि उसको इस सवाल का जवाब देने की ज़रूरत महसूस हुई। उसको इस सवाल का जवाब देने की ज़रूरत नहीं थी। वह बस चाहता था कि यह सवाल उससे पूछा जाए। वह केवल यह चाहता था कि कोई उससे यह सवाल पूछे।

जब दीवानचन्द शाम के खाने के लिए नहीं आया तो अल्फ्रेड उसको देखने के लिए गया। उसने पाया कि वह फ़र्श पर पड़ा हुआ था, उसका सर बिस्तर के सिरे से टिका हुआ था, बगल में मैथ्यू अर्नाल्ड की किताब पड़ी हुई थी, चारों तरफ़ काग़ज़ के छोटे-छोटे टुकड़े बिखरे हुए थे, सभी एक छोटे से पन्ने के टुकड़े थे जिसको किताब से फाड़ा गया था। जब अल्फ्रेड ने धीरे-धीरे उसको हिलाया तो

दीवानचन्द एक झटके में उठ खड़ा हुआ। उसने अल्फ्रेड को ऐसे देखा जैसे पहले कभी देखा ही न हो। उसने अपने आसपास यह देखने के लिए देखा कि वह कहाँ था। अन्ततः, उसने एक लम्बी साँस ली, मानो वह होश में आ रहा हो। इसके बाद वह अपने हाथों को जोड़कर अपने माथे पर लेकर आया और अपनी आँखों को बन्द कर लिया। फिर उसने कुछ ऐसा कहा जिसे सुनकर अल्फ्रेड को ऐसा लगा कि वह हिन्दी भाषा थी, लेकिन वह उससे इतनी अलग भी थी कि वह उसका एक शब्द भी नहीं समझ पाया।

"आप ठीक तो हैं सर?" जब दीवानचन्द ने दुबारा आँखें खोलीं तो अल्फ्रेड ने पूछा।

"मैं बिलकुल ठीक हूँ अल्फ्रेड," जब दीवानचन्द ने कहा तो उसके होंठों पर एक रहस्यमयी-सी मुस्कान ऐसे तैर रही थी मानो वह किसी और ही दुनिया में हो। "मैं बहुत अधिक ठीक हूँ।"

"दीवानचन्द जी, आप डिनर करेंगे?" अल्फ्रेड ने पूछा।

"नहीं अल्फ्रेड। मैं खाना नहीं चाहता, बात करना चाहता हूँ," दीवानचन्द ने कहा।

"मैं सुन रहा हूँ सर।"

"मैंने एक सुन्दर और परेशान करनेवाला सपना देखा अल्फ्रेड," दीवानचन्द ने कहा। कहते समय दीवानचन्द पैरों पर पैर चढ़ाकर सीधा तनकर बैठा हुआ था। "एक अँधेरा बंजर युद्ध का मैदान है। दूर गोलियाँ चलने और गोले फटने की आवाज़ें आ रही हैं। मैं एक खाई में पीठ के बल लेटा हुआ हूँ। उसी तरह की खाई में जिसका वर्णन तुमने कई बार किया है अल्फ्रेड, मेरे चारों तरफ़ कीचड़ फैला हुआ है। एक कोने में कुछ सिपाही दुबके बैठे हैं, उदास, काँपते हुए। मेरे बगल में एक ख़ाली साँचे में और कोई नहीं बल्कि इस धरती के रचयिता श्रीराम स्वयं बैठे हुए हैं। नीले शरीर वाले, ठंड के बावजूद उनके शरीर पर पीले रंग की धोती के सिवा कुछ भी नहीं है। अपना चेहरा हाथ में थामे वे रो रहे हैं। अपना सर उठाते हुए उन्होंने मेरी तरफ़ हाथ बढ़ाया और बोले—

निज जननी के एक कुमारा। तात तासु तुम्ह प्रान अधारा॥
सौंपसि मोहि तुम्हहिं गहि पानी। सब बिधि सुखद परम हित जानी॥
उत्तरु काह देहउँ तेहि जाई। उठि किन मोहि सिखावहु भाई॥

लेकिन मैं लेटा रहा, किसी लाश की तरह, बिना हिले-डुले। हो सकता है कि मैं मर गया था, या अगर तुमने मुझे कुछ मिनट और नहीं उठाया होता तो हनुमान उस बूटी के साथ लौटकर आ गए होते जिससे मुझे जीवन वापस मिल जाता। लेकिन इससे पहले कि वह लौटकर आता और मैं उठ पाता और अपने भाई को गले से लगाता, तुमने मुझे जगा दिया अल्फ्रेड।"

"मुझे माफ़ कीजिएगा दीवानचन्द जी," अल्फ्रेड ने कुछ न समझने के भाव से माफ़ी माँगने के अन्दाज़ में कहा। वैसे वह यह भी जानता था कि उसको किसी भी तरह इस बात के लिए ज़िम्मेदार नहीं ठहराया जा सकता कि उसके ही कारण एक ऐसा सपना टूट गया जिसके बारे में उसे पता ही नहीं था कि देखा भी जा रहा था। "मुझे कुछ पता नहीं था," अल्फ्रेड ने कहा।

"ऐसी बात नहीं है अल्फ्रेड," दीवानचन्द ने उसके हाथ को अपने दोनों हाथों में लेते हुए कहा, "कृपया माफ़ी मत माँगो मेरे दोस्त। मैं तुम्हें कोई इल्ज़ाम नहीं दे रहा, न ही मैं इस बात से दुखी हूँ कि सपना इस तरह टूट गया। श्रीराम मेरे सपने में आए थे अल्फ्रेड। और उन्होंने मेरे लिए अपने दैवी आँसू बहाए। मुझे और क्या चाहिए?"

"दीवानचन्द जी, मुझे यह नहीं पता है कि श्रीराम कौन हैं या यह कि वे खाई में कैसे पहुँच गए," अल्फ्रेड ने झिझकते हुए कहा।

"तुम नहीं जानते? ज़ाहिर है, नहीं जान सकते। मुझे माफ़ करना, मुझे यह ध्यान नहीं था कि तुम नहीं जानते।"

"कोई बात नहीं सर," अल्फ्रेड बोला।

दीवानचन्द को एक बात कौंधी, उसे अल्फ्रेड को राम की कहानी सुनानी चाहिए। उसके पास रामचरितमानस की प्रति थी जो उसके पिता ने उसे दी थी। जब बेटा समुद्र पार की यात्रा पर जा रहा होता था तो उसको रामचरितमानस की प्रति दी जाती थी। कुछ लोग इस उम्मीद में देते थे कि यह उसको किसी और के कहने पर अपने पिता के बताए रास्ते से भटकने से बचाएगा और अगर कोई दूसरों के बताए रास्ते पर भटककर चला गया तो उसे अपने पिता के रास्ते पर वापस ले आएगा। उसी तरह जिस तरह लाला मोतीचन्द थोड़ा-बहुत भटकने के बाद अपने पिता के रास्ते पर वापस लौट आए थे। मानस की प्रति उसके पास थी और अचानक दीवानचन्द को न केवल उसको पढ़ने की इच्छा हुई बल्कि उसके अन्दर यह इच्छा जगी कि वह उसको ज़ोर-ज़ोर से पढ़कर किसी को सुनाए। उसको उसके संगीत को सुनने की आवश्यकता महसूस हो रही थी, वह उसको सुनाना चाहता था और सुनाने का आनन्द उठाना चाहता था, वह उसको पढ़ते हुए अपने शरीर में उसको महसूस करना चाहता था, और सुननेवाले की आँखों में सुनाते हुए अपनी छवि को महसूस करना चाहता था।

उसको एक सुननेवाले की ज़रूरत थी। कोई ऐसा आदमी जो वह सब कुछ ले ले जो उसके पास देने के लिए था। क्या अल्फ्रेड ही वह श्रोता था जिसकी तलाश दीवानचन्द को थी? वह इस दौरान उसका दोस्त रहा है, इस तरह का दोस्त कि उसकी बताई खाई में दीवानचन्द को श्रीराम दिखाई दिए थे। अंग्रेज़ सिपाहियों के बीच राम प्रकट हुए थे, उन सिपाहियों में अल्फ्रेड भी एक था। कहना यह चाहिए

कि अल्फ्रेड उनमें से एक नहीं था बल्कि हर अंग्रेज़ सिपाही अल्फ्रेड था। अचानक सजग होते हुए उसने सोचा, क्या महज़ इसलिए यह मेरा दोस्त नहीं हो सकता है क्योंकि वह मेरे लिए काम करता है, मैं उसको वेतन देता हूँ? शायद यह उसी नौकरी की शर्तों का पालन करता है। लेकिन क्या सभी मानवीय रिश्ते हमें संयोगवश नहीं मिलते हैं? क्या रिश्ते अपने स्वार्थ के कारण नहीं बनते हैं? अल्फ्रेड ने जिन लोगों के साथ खाइयों में लड़ाई लड़ी क्या वे सेना मुख्यालय में किसी के द्वारा औचक रूप से बनाई गई सूची के कारण नहीं थे? जब तक युद्ध समाप्त हुआ तब तक क्या वे अल्फ्रेड के लिए उन लोगों से अधिक मायने नहीं रखने लगे थे जिनके साथ उसका ख़ून का रिश्ता था?

लेकिन किसी ऐसे आदमी को मानस पढ़कर सुनाना क्या कहलाएगा जिसने इसको पहले न सुना हो, जिसको इसमें सुनाई गई कहानी का भी पता न हो? दीवानचन्द को ध्यान आया कि दिल्ली में वह ऐसे किसी आदमी से नहीं मिला था जिसको राम की कहानी से थोड़ा-बहुत ही सही परिचय न हो, जिसको मानस की कुछ चौपाइयाँ याद न हों। वह किसी ऐसे आदमी को मानस कैसे सुना सकता है जिसने इसके बारे में पहले सुना ही न हो? और यह कैसे हो सकता है कि कोई किताब बहुत से लोगों के जीवन में इतना प्रमुख स्थान रखती हो कि ऐसा लगे कि इसकी कहानी कभी पहली बार सुनाई ही नहीं जा सकती, बल्कि हर बार इसे सिर्फ़ दोहराया ही जा सकता है?

"क्या मैं आपका भोजन कमरे में ही ले आऊँ, दीवानचन्द जी?" अल्फ्रेड ने पूछा।

"हाँ, अल्फ्रेड," दीवानचन्द ने खड़े होते हुए कहा, "लगता है मैं आज यहीं खाऊँगा।"

दीवानचन्द की झिझक के कारण, या शायद संस्कृतियों के अन्तर के कारण, या शायद उसकी क़िस्मत में ही नहीं था, अल्फ्रेड वह पहला आदमी नहीं बन पाया जो रामचरितमानस पर दीवानचन्द के व्याख्यान को सुन पाता। लेकिन कई रात पाठ करते हुए दरवाज़े के पीछे से उसे उसने ही सबसे पहले सुना। बाकी अन्य तरीक़ों से दीवानचन्द और अल्फ्रेड का दैनन्दिन जीवन यूनिवर्सिटी के कैलेंडर के हिसाब से निर्धारित था। हर शाम खाने के बाद दीवानचन्द अपने कमरे में जाकर उसी भाषा में एक के बाद एक पदों का पाठ करता था जिस भाषा में अल्फ्रेड ने उस शाम सुना था जब उसने दीवानचन्द को नींद से जगा दिया था। इंग्लैंड में उसके दूसरे अकादमिक सत्र के आख़िर में दीवानचन्द सभी परीक्षाओं में बुरी तरह से फेल हो गया, जबकि पहले साल उसका प्रदर्शन सम्मानजनक था। परीक्षा परिणामों की घोषणा के बाद उसने अपने पिता को लिखा कि वह भारत वापस आना चाहता है। पिता ने तुरन्त सहमति भेज दी।

जिस दिन वह पानी के जहाज़ से भारत के लिए रवाना होनेवाला था उससे

एक दिन पहले उसने अल्फ्रेड को सोने की एक अँगूठी दी जो उसके पिता ने उसको दी थी। उसने अपने सहायक को गले से लगा लिया और कहा कि अगर वह चाहे तो उससे मिलने के लिए भारत आ सकता है। अल्फ्रेड जो इससे पहले भी अनेक घरों के लिए काम कर चुका था, युद्ध के बाद पहली बार रोया। वह रोया इसलिए क्योंकि उसको लगा कि वह अपने काम में असफल रहा। हालाँकि तटस्थ रहकर देखने पर वह इस बात को जानता था कि उसने अपनी सारी ज़िम्मेदारियों को पूरी मेहनत से निभाया था। वह रोया इसलिए क्योंकि उसको ऐसा लगता था कि यह क्रूर, हृदयहीन दुनिया सीधे-सादे दीवानचन्द का वही हाल करेगी जो जर्मन गोलियों और गोलों ने उन हट्टे-कट्टे लोगों का किया था जिनके साथ उसने युद्ध में भाग लिया था। वे मज़बूत क़द-काठी के लोग जिनके शरीर आख़िरकार मांस और हड्डियों से ही बने थे, त्वचा की पतली सी परत जिसकी रक्षा करती थी, जिनसे उनके सुरक्षित और पूर्ण होने का एहसास होता था, वे बड़ी आसानी से लोहे के उड़ते गर्म टुकड़ों के शिकार बन गए। अल्फ्रेड को और भी कई प्रस्ताव आए लेकिन उसने फिर कभी किसी भारतीय के लिए काम नहीं किया।

~

दिल्ली आने के बाद दीवानचन्द ने पाया कि वह जिस घर में लौटा है वह घर काफ़ी बदल चुका था। जिस घर को वह छोड़कर गया था उस घर से अधिक चमकीला। हल्के रंग के पर्दे लगे हुए थे, कालीन साफ़-सुथरे लग रहे थे, फर्नीचर पॉलिश करके चमकाए गए थे। छोटे-छोटे ढेर सारे सजावटी सामान जिनमें से कुछ परिवार के पास पहले से ही थे, उन कमरों में इस तरह सजाकर रखे गए थे कि वे उन कमरों को ख़ुशहाली के एहसास से भर रहे थे। घर आने के मिनटों बाद जिस स्त्री ने उसका स्वागत किया घर में हुए इस रूपान्तरण के लिए वही ज़िम्मेदार थी। उसकी भाभी सुवर्णलता। दीनानाथ की शादी एक साल पहले हुई थी जिसमें इस आधार पर उसने आने से मना कर दिया था कि आने-जाने का ख़र्चा बेवजह होगा क्योंकि उसको कुछ महीनों में वापस लौटना ही पड़ता। उसके इस तर्क को उसके पिता और भाई ने तुरन्त मान भी लिया था।

"मुझे अपना देवर पाने के लिए एक साल का इन्तज़ार करना पड़ा," सुवर्णलता ने कहा और दीवानचन्द ने उसके पैर छुए तो सुवर्णलता ने उसको अपने हाथ से आशीर्वाद दिया और चहकते हुए बोली, "अधिकतर महिलाओं को देवर उसी दिन मिल जाता है जिस दिन उनकी शादी होती है।"

जब दीवानचन्द उसके पैरों से उठा तो उसने देखा कि वह शरारती लेकिन

प्यार भरे ढंग से मुस्कुरा रही थी। "मुझे माफ़ कर दीजिए भाभी," उसने सहज ढंग से मुस्कुराते हुए कहा, "मैं पढ़ाई में व्यस्त था।"

"मैं तो मज़ाक़ कर रही थी लाला," सुवर्णलता बोली, उसकी आवाज़ मुलायम हो चुकी थी। "स्वागत है।"

'लाला' शब्द में मातृत्व, छेड़छाड़ और दीवानचन्द के साथ संग-साथ का वह भाव भरा हुआ था जो देवर-भाभी के रिश्ते में होता है। वह बहुत सावधानी के साथ आया था लेकिन तब भी यह सुनकर उसको अच्छा महसूस हुआ। उस घर में जब वह उसका स्वागत कर रही थी तो उसने महसूस किया कि शायद उसको इस बारे में पता भी नहीं है कि जब वह वहाँ से गया था तब वह कैसा था। उसको महसूस हुआ कि वह अपना दायरा उस अतीत में बढ़ा रही थी जो उसका था ही नहीं, लेकिन उसको यह जानकर अच्छा लगा कि उसने घर के पूरे अतीत के बोझ को अपने कंधे पर उठाने का दुस्साहस किया था। दीवानचन्द ने उसके चेहरे की तरफ़ देखा, वह इतनी जवान थी कि उसके चेहरे पर लड़कियों जैसी मुलायमियत थी, लेकिन फिर भी इतनी दृढ़ता थी कि कोई भी अगर उसकी तरफ़ देखने का साहस करे तो उसको स्पष्ट रूप से बता दे कि वह इस घर की मालकिन है। दीवानचन्द को यह बात समझ में आई कि उसने दीनानाथ से, या नौकरों से या सगाई के दिनों में उसके परिवार वालों द्वारा जुटाई गई सूचनाओं से उसे जो भी जानकारियाँ मिली हों लेकिन उसने यह तय किया था कि वह उसके बारे में ख़ुद अपना नज़रिया बनाएगी।

"मैंने सुना है देवर जी कि आपको कविताएँ बहुत पसन्द हैं," सुवर्णलता ने कहा, "कुछ मुझे भी सुनाइए न।"

जो सुमिरत सिद्धि होइ, गन नायक करिबर बदन। दीवानचन्द ने भावशून्य आवाज़ में जवाब दिया। हालाँकि ऐसा कहते हुए वह अपने चेहरे पर शरारती मुस्कान को रोक नहीं पाया—*करउ अनुग्रह सोइ बुद्धि रासि सुभ गुण सदन।*

"धत्त," सुवर्णलता बोली, "मैं इस तरह की कविता की बात नहीं कर रही थी।"

"फिर आपके दिमाग़ में किस तरह की कविता है भाभी?" दीवानचन्द ने बहुत ही नाटकीय तरीक़े से पूछा।

"कितने मासूम बन रहे हैं," सुवर्णलता बोली, "देवर जी, मैं उतनी सीधी नहीं हूँ जितना आप सोचते हैं। इस रामलीला की बात रहने दीजिए और विदेश में अपनी कृष्णलीला के बारे में बताइए। आप लम्बे हैं, चौड़ा माथा है आपका, मज़बूत शरीर है, आप तो वहाँ गोपियों के साथ ख़ूब मस्ती करते रहे होंगे।"

भाभी ने जिस तरह उसका वर्णन किया उससे वह ख़ुश तो हो गया हालाँकि वह जानता था कि यह बात पूरी तरह से सही नहीं थी। इस बात को ख़ारिज करते हुए कि इंग्लैंड में रंगीन जीवन बिताया था दीवानचन्द कुछ इस तरह की बात कहना

चाहता था कि "तुम्हारा पति गोपियों के साथ रास रचाता था, मैं नहीं," लेकिन उसने कहा नहीं।

"कोई नहीं भाभी," उसने कहा, "मैं तो हमेशा पढ़ाई में लगा रहता था।"

"मुझे विश्वास है," सुवर्णलता ने मुस्कुराते हुए कहा, "लेकिन अब आपका इरादा क्या है? कम-से-कम एक देवरानी मुझे भी चाहिए ताकि मेरा समय कट सके।"

सुनकर दीवानचन्द शरमाते हुए बोला, "भाभी!"

"चिन्ता मत कीजिए," सुवर्णलता ने कहा, "मैं ढूँढ़ दूँगी आपके लिए।" और फिर बड़े सहज ढंग से अपने हाथ बढ़ाकर दीवानचन्द के बालों को इस तरह सहलाने लगी कि उनके बीच उम्र का जो अन्तर था वह उलटी दिशा में हो गया, वह दीवानचन्द से उम्र में कुछ साल छोटी ही थी। देवर की आँखों में आँसू आ गए।

दीनानाथ जब लौटकर आया तो उसने गर्मजोशी से अपने भाई का स्वागत किया। वह इसलिए भी ख़ुश था क्योंकि उसके पिता ने उसको आश्वस्त किया था कि दीवानचन्द को परिवार के व्यवसाय में जुड़ने के लिए नहीं कहा जाएगा। दो भाई अगर अलग-अलग काम करने के बजाय साथ मिलकर काम करें तो इस बात की सम्भावना अधिक रहती है कि वे अधिक शक्तिशाली बनें। लेकिन उनके पिता को पता था कि दोनों भाई एक-दूसरे को पसन्द नहीं करते, इसलिए इस बात की सम्भावना अधिक थी कि दोनों वह सब बर्बाद कर दें जिसे उनके पूर्वजों ने बड़ी मेहनत से बनाया था। जब दीनानाथ ने उससे इस इन्तज़ाम के लिए कहा तो वह झिझकते हुए इसके लिए मान गया। आनेवाले सप्ताहों में दीवानचन्द रात में जागकर यही सोचता रहता था कि उसकी रज़ामंदी का मतलब क्या यह था कि दीनानाथ को अपने पिता के जाने के बाद असहाय छोड़ दिया जाता। वह सोचता रहता था कि पिता के न रहने की अवस्था में दीनानाथ के ऊपर यक़ीन किया जा सकता था कि वह अपने भाई का ध्यान रखेगा जिस तरह पिता इस बात को सुनिश्चित करते थे कि उनके दोनों बेटों का ध्यान रखा जाए। वैसे दीवानचन्द ने इंग्लैंड में जो किया था लाला मोतीचन्द ने उसको बहुत नापसन्द किया था। जिसके कारण उनको व्यवसाय में नुक़सान तो हुआ ही था दीनानाथ की बदनामी भी हुई थी, इस वजह से उन्होंने उस समय कुछ सख़्त चिट्ठियाँ भी लिखी थीं। लेकिन अब उस घटना के कुछ साल बाद वह इस स्वाभाविक इच्छा को लेकर अधिक चिन्तित थे कि उनके बच्चों का इन्तज़ाम अच्छे से हो जाए। व्यवसाय में नुक़सान होने के कारण जो थोड़ा-बहुत ग़ुस्सा था वह जाता रहा, आख़िर उनको जो नुक़सान हुआ था उस तरह के अनेक नुक़सान उन्होंने अपने जीवन में सहे थे और उनसे पार भी निकल आए थे। लाला मोतीचन्द के शरीर पर उम्र का असर दिखने लगा था, और इस बात को लेकर वह बहुत अधिक जागरूक हो गए थे कि उनके दुनिया से जाने का समय अब उतना दूर नहीं रह गया जितना पहले था। जैसा कि सब करते हैं इस जागरूकता के साथ

वे इस बात के बारे में नहीं सोचते रहते थे कि न रहने का मतलब क्या होता है। वह इस बात के बारे में सोचने लगते थे कि उनके बाद जो जीवित रहेंगे वे उनके न होने पर किस तरह से रहेंगे। अन्ततः दीवानचन्द के लौटने के कुछ दिन बाद ही उन्होंने इस बारे में सोचना छोड़ दिया कि दीनानाथ की कृपा पर दीवानचन्द का क्या हाल होगा, इसलिए नहीं कि वे इस बात को लेकर आश्वस्त हो गए थे बल्कि मृत्यु और उसके बाद के जीवन के बारे में सोच-सोचकर ही जीनेवाला एक सीमा के बाद थक जाता है, ख़ासकर वे लोग जो हर चुनौती से मुक़ाबला करने के लिए काफ़ी कुछ करने के आदी होते हैं।

लाला मोतीचन्द ने ज़ाहिर है, न तो अपने बच्चों को कभी कहा कि उनको यह महसूस होने लगा है कि उनकी उम्र हो चली है, न ही उनको देखने से ऐसा कुछ महसूस होता था कि उनमें कुछ नाटकीय बदलाव आया है। बस कुछ बाल और सफ़ेद हो गए थे, चेहरे पर कुछ लकीरें और गहरा गई थीं, गालों पर लटकी हुई झुर्रियाँ पहले से कुछ ज़्यादा लटक गई थीं। फिर भी उनके व्यक्तित्व में कुछ ऐसा था जिससे दीवानचन्द को बड़ी हैरानी हुई। अपने पिता की जितनी भी स्मृतियाँ उसके अन्दर थीं वह एक प्रभावशाली, अदम्य और मज़बूत आदमी की थीं। पिछले सालों के दौरान उसके पिता की चिट्ठियों ने उसकी इस धारणा को पुष्ट ही किया। लेकिन तीन साल के अन्तराल के बाद जब वह अपने पिता के सामने आया तो वे कुछ बदले हुए लगे, वे असाधारण से साधारण हो गए थे।

फिर भी बजाय अपने को उस तरह विजयी महसूस करने के जिस तरह नौजवान अक्सर बड़े-बुज़ुर्गों के सामने करते हैं, ख़ासकर ऐसे नौजवान जिनकी अपने बुज़ुर्गों से नहीं बनती रही हो, उसका दिल भर आया और ऐसा लगा जैसे कुछ होनेवाला हो। सबसे बढ़कर, उसको महसूस हुआ कि उसकी यह पुरानी ख़्वाहिश बढ़ गई थी कि वह किसी तरह अपनी इस भावना को ज़ाहिर करे कि उसे अपने पिता के प्यार की आवश्यकता है, और अपने हावभाव से अपने पिता का प्यार पा ले, जिसकी उसे उसी तरह से बहुत दिनों से दरकार थी, जिस तरह से पैदा होनेवाले हर बच्चे का हक़ होता है। उसको हमेशा ऐसा लगता था कि अन्ततः वह ऐसी भाषा पा लेगा जिसमें वह अपने पिता को समझा सकेगा कि पुत्र के रूप में उस कर्तव्य से जिसकी वे उससे अपेक्षा रखते थे, पिता का प्यार उसके लिए अधिक महत्त्वपूर्ण था, अधिक सच्चा था, पुत्र के रूप, उसी तरह का प्यार जो स्वाभाविक रूप से दीनानाथ के लिए उनके अन्दर था। और अचानक तीन साल के अन्तराल के बाद जब वह अपने पिता के सामने खड़ा हुआ तो उसको ऐसा महसूस हुआ कि उसके पास इस सम्भावना पर पहुँचने के लिए बहुत कम समय रह गया है। इसका कारण उसकी अपनी नाकामयाबी या भावनात्मक अक्षमता नहीं थी जो उसकी कोशिशों को विफल बना देती। इसका कारण समय था, मृत्यु का वाहक समय जो बड़ी क्रूरता

से बीच में आकर उसकी इस पूरी कोशिश के ऊपर ही विराम लगा सकता था।

दिल्ली लौटने के कुछ सप्ताह बाद दीवानचन्द ने महसूस किया कि न तो उसके पिता न ही उसके भाई ने उससे यह पूछा था कि वह करना क्या चाहता है, अब वह लौट आया था और हर शाम जब दीनानाथ खाने के लिए घर आता तो वे साथ-साथ बैठते, अक्सर डिनर के बाद भी कुछ देर साथ-साथ होते जब दीनानाथ सिगार जलाकर कुछ घूँट कोन्याक के लगाता था। यह आदत उसको इंग्लैंड में लगी थी। तीनों के बीच बातचीत में कभी कोई तनाव नहीं रहता था, बातचीत हमेशा व्यवसाय को लेकर होती थी, जिसके बारे में दीवानचन्द कुछ भी नहीं जानता था, या बातचीत अपने कुनबे के लोगों या व्यावसायिक मित्रों के बारे में होती थी। उनमें से भी अधिकतर लोगों को दीवानचन्द या तो जानता ही नहीं था या जिनके बारे में उसने लम्बे अर्से से सुना ही नहीं था। या फिर बातचीत का विषय राजनीति होता था। ऐसा कभी नहीं हुआ कि बातचीत के दौरान यह सवाल उठा हो कि दीवानचन्द को अपने समय के उपयोग के लिए क्या करना चाहिए। इससे दीवानचन्द एक तरह से शुक्रगुज़ार भी था क्योंकि उसको इस बात का कोई अन्दाज़ा ही नहीं था कि वह करना क्या चाहता है। इस सम्बन्ध में उसके भाई या पिता के जो विचार हो सकते थे उसके विचार उनसे अलग भी थे, लेकिन इस बात से वह कुछ दुखी था।

डिनर के समय जो राजनीतिक चर्चाएँ होती थीं उनमें दीवानचन्द भाग ले सकता था और लेता भी था, ख़ासकर इसलिए क्योंकि दीनानाथ सरकार का बहुत बड़ा समर्थक था और वह स्व-शासन की माँग करनेवालों को प्रदर्शनकारी कहकर बुलाता था और उनकी बिलकुल परवाह नहीं करता था। उसके इस रुख़ के पीछे एक कारण तो व्यवसायियों का यथास्थितिवादी नज़रिया था, इसके अलावा, इंग्लैंड में रहते हुए उसके अन्दर अंग्रेज़ियत बहुत भर गई थी। इसी कारण दीवानचन्द को ऐसा लगता था कि सरकार के समर्थन में वह जिस तरह के तर्क देता था वे सैद्धान्तिक कम पक्षपातपूर्ण अधिक होते थे। दीवानचन्द इंग्लैंड में रहने के कारण और सम्भवत: वहाँ उसका जो अपयश हुआ था उस कारण यह मानता था कि भारत में अंग्रेज़ी राज अस्वाभाविक क़ब्ज़ा था। हालाँकि उसकी पढ़ाई इतनी छिटपुट थी और इतिहास तथा समकालीन राजनीति की उसकी समझ इतनी कम थी कि वह इस उलझन में रह जाता था कि भारत में ब्रिटिश राज का सबसे अच्छा विकल्प क्या हो सकता है; वह न तो अमेरिकी और ब्रिटिश पूँजीवाद के उत्पीड़न वाले मॉडल से प्रभावित था न ही मजबूरी की सामूहिकता का सोवियत मॉडल ही उसको अच्छा लगता था।

जब वह इंग्लैंड में था तो उसने ऐसे सभी प्रमुख भारतीयों का लिखा सब कुछ पढ़ा था जो भारत के भविष्य को लेकर तर्क-वितर्क में लगे हुए थे, और वह उनको सुनने के लिए भी जाता था, लेकिन अन्तत: उसने यही पाया कि वे कुछ अधिक बुद्धिमानी की बात नहीं कर रहे थे। वह स्वभाव से राजनीतिक नहीं था इसलिए

उसने इस विचार में शरण ली कि भारत हमेशा से बुद्धि और आध्यात्मिकता का केन्द्र रहा है, और उपयुक्त यही था कि भारत को दुनिया का आध्यात्मिक गुरु बनना चाहिए। इस कारण उसने उन चिन्तकों एवं नेताओं का समर्थन किया जो इसी तरह के तर्क रखते थे, अक्सर वह बिना सोचे-समझे उनका समर्थन करने लगता था, ख़ासकर तब जब वह अपने भाई के साथ राजनीतिक बहस में उलझा होता था और राजनीति के उन बिन्दुओं पर बात कर रहा होता था जिसकी बारीकियों को वह पसन्द नहीं करता था।

लाला मोतीचन्द तत्कालीन सरकार के सम्बन्ध में दीनानाथ के विचारों का समर्थन करते थे, तब तक तो ज़रूरी जब तक उसके पास यह शक्ति थी कि वह उनके और उनके परिवार की सम्पत्ति से न्याय कर सके, लेकिन वे होशियार थे और इस बात को समझते थे कि विश्वयुद्ध के बाद इतिहास ने एक मोड़ ले लिया था और यह कह पाना मुश्किल था कि ब्रिटिश शासन अभी सौ साल और रहेगा या इसका अन्त उनके जीवनकाल में अचानक हो जाएगा। अगर बाद वाली सम्भावना घटित हुई तो निश्चित रूप से सत्ता किसी-न-किसी भारतीय इकाई के पास चली जाएगी। वे जितनी भी भारतीय आवाज़ें सुन रहे थे वे सभी एक ऐसे भारत का ख़ाका पेश कर रही थी जिसका सब कुछ अपना होनेवाला था। यह नज़रिया दीवानचन्द के नज़रिये से भिन्न नहीं था। कई बार वे अपने छोटे बेटे दीवानचन्द का पक्ष लेते थे क्योंकि उनको लगता था कि अगर ब्रिटिश शासन को जाना ही होगा तो ऐसी स्थिति में दीवानचन्द तरकश में रखे जाने के लिए अच्छा तीर था।

इस तरह शाम के समय की बातचीत में राजनीति और देश का भविष्य उन तीनों के बीच बातचीत के प्रमुख विषय होते थे, और इस बातचीत से दीवानचन्द बाहर नहीं रहता था। चूँकि पिता इस बातचीत के दौरान ध्यान रखते थे कि इस कारण बेटों के बीच की असहमति कहीं कोई वास्तविक रूप न ले ले। इस विषय पर बातचीत में कई सप्ताह गुज़र गए और दीवानचन्द को यह बात पूरी तरह समझ में भी नहीं आई कि न तो उसके पिता ने न ही भाई ने उसको अपने साथ व्यवसाय का हिस्सा बन जाने के लिए कहा। हालाँकि पारिवारिक व्यवसाय का हिस्सा बनने में दीवानचन्द की कोई दिलचस्पी नहीं थी। वास्तव में, यह सोचकर उसको घिन आती थी कि वह दिन-दिन भर बही-खाते देखते हुए बिताए और दिन-रात इसमें लगा रहे कि हर लेन-देन से किस प्रकार मुनाफ़ा कमाया जाए। जब उसको यह समझ में आ गया कि उसके भाई और उसके पिता उसको व्यवसाय का हिस्सा बनाना नहीं चाहते थे तो इस बात से वह कुछ दुखी हुआ और शाम में उनके साथ वक़्त बिताने में जो आनन्द उसे आता था वह कुछ कम हो गया।

दीवानचन्द के दिल्ली में कुछ दोस्त थे। इंग्लैंड जाने से पहले स्कूल की पढ़ाई के दिनों के उसके दोस्त जो सब के सब अपने पारिवारिक व्यवसाय में लगे हुए थे

और उसको ऐसी कोई ख़्वाहिश नहीं हुई कि उनके साथ दुबारा दोस्ती बढ़ाई जाए। इसलिए वह सारा समय घर में ही बिताता था। लेकिन यह कोई कम आनन्द का कारण नहीं था क्योंकि उसने अपनी भाभी के रूप में एक नई मित्र को पा लिया था। जब घर के सभी पुरुष बाहर चले जाते और वह नौकरों को सब हिदायतें दे चुकी होती तो वह उसको बुलावा भेज देती थी।

सुवर्णलता अपेक्षाकृत एक उदार बाप की बेटी थी। इस कारण उसने मैट्रिक तक की शिक्षा ग्रहण की थी, और इस दरम्यान हिन्दी कविता के लिए उसका प्यार विकसित हो गया था। उसके पिता का यह मानना था कि एक ऐसी लड़की के लिए हिन्दी भाषा की पढ़ाई उचित थी जिसकी ज़िन्दगी के बारे में उनका अपना अनुमान यही था कि वह किसी समृद्ध घर की मालकिन बनेगी। सुवर्णलता को पता था कि उससे किस तरह का जीवन जीने की उम्मीद की जा रही थी और वह बड़ी बेताबी से उस तरह के जीवन की आकांक्षा भी रखती थी। लेकिन इसके कारण वह एक जवान भाषा की जवान कविता की तरफ़ आकर्षित होने से ख़ुद को रोक नहीं पाई जिसमें आकाश, हवा, नदी, पहाड़ अपने टेढ़े-मेढ़े पन के साथ उपस्थित होकर उसके अन्दर ऐसी भावना जगा देते थे जो अव्याख्येय रूप में विशाल और अकथ रूप से नई थी। यह उसकी भावनाओं को आलोड़ित कर देती थी लेकिन उसके अन्दर न तो वैसा साहस था और न ही वैसी भाषा जिससे वह अपने बड़ों के सामने इस बारे में ज़ोर-ज़ोर से कह सके कि हर नया जीवन नई सम्भावना लेकर आता है, बदलाव ही निरन्तरता का स्थायी संगी है, निश्चितता के साथ सदा अनिश्चितता बनी रहती है, कि यौवन मानवीय सौन्दर्य का सबसे शुद्ध रूप है। शुरुआती बातचीत में ही वह इस बात को समझ गई कि दीवानचन्द भी कविता की वैसी ही समझ रखता था, और हो-हल्ले से वह एक अच्छे सुननेवाला पाठक में बदल सकता था, लेकिन उन कुछ शुरुआती वार्ताओं में वह इस बात को भी समझ गई कि उसमें कुछ ऐसी बात थी कि उसके अन्दर नौजवानों की दुनिया के प्रति उतना आकर्षण नहीं था बल्कि उसका लगाव रामचरितमानस से था। वह उस सुन्दर किताब और उसके पाठ से अच्छी तरह परिचित थी, घर में अपनी माँ, ब्राह्मण पुजारियों को सार्वजनिक रूप से उसका पाठ करते देखती थी, लेकिन उसका पाठ उस लड़की की लालसाओं से मेल नहीं खाता था जो लड़की से अभी स्त्री बनी ही थी।

बहरहाल, वे बात करते थे; जब वह अपना कुछ नया पढ़ा हुआ सुनाती थी तो वह ध्यान से सुनता था, और बदले में, जब वह रामचरितमानस के अंश उसको पढ़कर सुनाता, और स्वयं द्वारा इकट्ठा की गई रामचरितमानस की अलग-अलग व्याख्याओं की तरफ़ उसका ध्यान इसलिए दिलाता ताकि उसको इस पुस्तक की गहराई और विविधताओं से परिचित करवा सके, तो सुवर्णलता, जिसको कम उम्र से ही यह सिखाया गया था कि धार्मिक किताबों का सम्मान किया जाना चाहिए,

ध्यान से उसकी व्याख्याओं को सुनती थी। कई बार उसको लगता था कि वह जिन टीका-टिप्पणियों से ख़ुश होती उसको उसका ओर-छोर समझ में नहीं आता था, वह हमेशा उसकी आँखों की उस चमक से प्रभावित होती थी जो उस समय पैदा होती थी जब शब्द उसके मुँह से मद्धिम लेकिन ठोस आवाज़ में निकलते थे। चूँकि पुरुषों को यह बहुत कम उम्र से ही सिखा दिया जाता है कि वे जो कहते हैं वह बात बहुत महत्त्वपूर्ण होती है, और उनको अक्सर लगता है कि महिलाएँ उनको इसलिए सुनती हैं क्योंकि वे जो बात कर रहे होते हैं वह बहुत मायने रखती है। इसलिए दीवानचन्द इस कारण आत्मविश्वास से भर गया कि उसके अन्दर योग्यता थी तभी वह स्त्री उसके ऊपर ध्यान दे रही थी। इस बात की तरफ़ उसका ध्यान नहीं गया कि उसके ऊपर ध्यान इसलिए दिया जा रहा है कि उसका आत्मविश्वास बहुत बढ़ा हुआ था।

"मैंने बहुत-सी कथाएँ सुनी हैं," सुवर्णलता कहती, "लेकिन राम और तुलसी के लिए आपका जो प्यार है ऐसा मैंने पहले कभी नहीं देखा है। आपको कथावाचन के बारे में सोचना चाहिए।"

अपनी तारीफ़ सुनकर दीवानचन्द शरमाते हुए कहता, "नहीं, नहीं, मुझे सच में कुछ जानकारी नहीं है। मैं कथा कैसे बाँच सकता हूँ?"

"फिर आप मुझे रोज़-रोज़ कथा कैसे सुनाते हैं?" सुवर्णलता शरारती अन्दाज़ में कहती।

"क्योंकि मुझे यह पता है कि अगर मैंने ग़लती की तो आप मुझे माफ़ कर देंगी," दीवानचन्द मज़ाक़-मज़ाक़ में कहता। लेकिन सुवर्णलता समझती थी कि मज़ाक़ उड़ाने का जो भाव था यह आधा-अधूरा ही था, और इस ज्ञान से उसको ख़ुशी महसूस होती थी।

हालाँकि वह नववधू थी, और इस कारण उसको विधवाओं की छाया से भी दूर रहने का निर्देश था लेकिन सुवर्णलता विधवाओं के आश्रम में जाती रहती थी। उस आश्रम में जो लाला मोतीचन्द पास के घर में ही चलाते थे, और उसमें उसकी एक रिश्तेदार रहती थी, जिसको उसी के आग्रह पर वहाँ प्रवेश मिला था। कमला सुवर्णलता से एक साल छोटी थी, और उसकी माँ की तरफ़ से रिश्ते में दूर की बहन थी। उसकी यह बहन और उसका परिवार सुवर्णलता के नाना-नानी के घर से दूर नहीं रहता था और इस कारण कमला और सुवर्णलता साथ-साथ बड़ी हुईं। जब भी सुवर्णलता की माँ अपने माता-पिता के घर जाती तो दोनों का वक़्त साथ-साथ बीतता। उसकी माँ अक्सर अपने माता-पिता के घर जाती थी। घर के अन्य बच्चे लड़के थे इसलिए दोनों लड़कियों में गाढ़ी दोस्ती हो गई। कमला सुवर्णलता को लता दीदी बुलाती थी और जब बड़ी हुई तो एक-दूसरे से मिलने का शिद्दत से इन्तज़ार करती रहती थीं, एक-दूसरे को चिट्ठियाँ लिखा करती थीं। पहले कमला

की शादी हुई, जिसके कारण सुवर्णलता ने उसकी ख़ूब खिंचाई की और झूठ-मूठ की ईर्ष्या का प्रदर्शन भी किया। लेकिन शादी के तुरन्त बाद कमला के पति को बुख़ार हुआ और वह अचानक मर गया तो यह ईर्ष्या देखते-देखते करुणा में बदल गई। उसके पति के सभी भाई उससे बड़े थे और उनकी शादियाँ भी हो चुकी थीं। उस जवान विधवा के लिए कोई पुरुष उपलब्ध नहीं था इसलिए उसके सास-ससुर ने उसको घर से निकाल दिया। उन्होंने अपने बेटे की मौत का ज़िम्मेदार उसको ठहराते हुए एक अतिरिक्त मुँह को खाना खिलाने से मुक्ति पाई और अपने घर को विधवा की छाया से भी मुक्त कर लिया, यह उस ज़माने की जानी-मानी रीत थी।

कमला घर वापस आ गई, जहाँ उसके माता-पिता ने अपने सीमित साधनों के बावजूद जितना सम्भव हो सकता था उतने अच्छे तरीक़े से उसका स्वागत किया। लेकिन जब उसके आने के कुछ दिन बाद ही उसके पिता की मृत्यु हो गई तो उसकी माँ ने सुवर्णलता से विनती की कि वह कमला को अपने घर में रख ले ताकि वह बनारस जाकर विधवा जीवन बिता सके। सुवर्णलता के पिता ने इसके लिए मना करते हुए कहा कि दोनों को बनारस जाने दो, इसलिए सुवर्णलता की माँ की इतनी हिम्मत नहीं हुई कि अपने पति की इच्छा के विरुद्ध एक जवान विधवा को अपने घर में रख ले, भले वह जवान विधवा उनकी प्यारी बेटी की बचपन की सहेली ही क्यों न हो। अगर सुवर्णलता की शादी न हुई होती और वह अपने पति दीनानाथ के घर दिल्ली नहीं आ गई होती तो उसने अपने पिता को मना भी लिया होता। उसके बारे में कहा जाता था कि वह अपनी बेटी को न नहीं कह सकते थे, और वह कमला को अपने घर में रहने देने के लिए उनको मना लेती, लेकिन आमने-सामने रहने पर वह जो काम करवा सकती थी चिट्ठी के माध्यम से वह सम्भव नहीं हुआ, इस तरह कमला अपनी बूढ़ी माँ के रहमो-करम पर रह गई। सुवर्णलता जब अपने पिता को मना नहीं पाई तो वह इतनी ग़ुस्से में आ गई कि उसने कमला को चिट्ठी लिखी और दिल्ली आकर अपने साथ रहने के लिए कहा। लेकिन कमला अपनी सहेली से अधिक बुद्धिमान थी, उसने जवाब में पूछा कि क्या उसने अपने पति से आज्ञा ले ली!

दीनानाथ से जब यह अस्वाभाविक आग्रह किया गया तो पहले तो उसका मन हुआ कि एक ऐसी जवान विधवा को घर में रखने से वह साफ़ मना कर दे जिसका घर के किसी भी आदमी से कोई सम्बन्ध नहीं, लेकिन आग्रह उसकी आकर्षक नई पत्नी का था जिसकी जवानी और स्त्रीत्व का नशा उसके ऊपर तारी था। इसलिए सीधे तौर पर मना कर पाना सम्भव नहीं था। प्रत्युत्पन्नमतित्व ने उसके पूर्वजों का सदियों तक अच्छी तरह साथ दिया था इसलिए उसने बचाव के लिए इसी गुण का सहारा लिया। उसने सुझाव दिया कि कमला को आशा देवी विधवाश्रम में रख लिया जाए जिसका नाम सुवर्णलता की सास के नाम पर रखा गया था, जिनसे मिलने का

सौभाग्य सुवर्णलता को नहीं मिला था। उसने कहा कि आश्रम पास में ही है और इस तरह लता अपनी सहेली से जब चाहे मिल भी सकती थी और आश्रम में जाकर इस बात को भी सुनिश्चित कर सकती थी कि एक विधवा के लिए जितनी सुविधाएँ सम्भव थीं वह सब बेहतरीन ढंग से उसकी सहेली को मिल रही हैं या नहीं। उसने यह दूसरा प्रस्ताव ऐसे ही कहने को रखा था कि सुवर्णलता विधवाओं से भरे उस घर में जा सकती है, वह अपनी दुष्टता भरे इस प्रस्ताव के बारे में समझ रहा था लेकिन वह जानता था कि उसकी नवविवाहिता पत्नी इसे मना नहीं कर सकती थी।

दीनानाथ इस बात को समझ चुका था कि सुवर्णलता कोई गाय नहीं है जिसको वह आँगन में बाँधकर रखता, यह सोचकर उसके शरीर में वासनामय झुरझुरी दौड़ गई थी लेकिन वह अपनी आधुनिक छवि के कारण सहज भाव से बैठा रहा, जो उसने इंग्लैंड में रहने के दौरान यह अर्जित की थी। अपने आधिपत्य के ढाँचे को कायम रखते हुए, वह चाहता था कि सुवर्णलता इस बात को महसूस करे कि उसके पास भी सत्ता है, इसलिए उसने उसकी विधवा सहेली से जुड़ी इस उलझन का उपयोग एक ऐसे अवसर के रूप में किया कि वह न केवल अपने खुलेपन से उसको आकर्षित कर सके बल्कि उसकी जवान काम-भावना को भड़का भी सके। बाद में उस रात उसने अपनी प्यारी सहेली को यह अच्छी ख़बर चिट्ठी में लिखी। वह अपनी सहेली के साथ फिर से एक होने की बात से बहुत ख़ुश थी और इस बात से गर्व से भी भरी हुई थी कि वह किसी की बुरे वक़्त में मदद कर पाई, और इस आज़ादी के नशे में भी थी जो दीनानाथ ने उसको मुहैया करवाई थी। सुवर्णलता ने उस रात अपने पति को बड़ी चालाकी से सोच-समझकर वह सब पुरस्कार स्वरूप दिया जो वह दे सकती थी।

कमला के आने से पहले सुवर्णलता उस आश्रम में गई। ऐसे घर में घुसते हुए एक तरह के अपशकुन के भाव से भरी हुई जहाँ इतनी सारी दुर्भाग्यशाली औरतें एक साथ रहती थीं। क्या पता वह असगुन अभी भी वहाँ हो जिसके कारण उनके पतियों की मृत्यु हुई थी तो, क्या पता वह अभी भी उनके शरीर से किसी हानिकारक गंध की तरह चिपका रह गया हो उसने जाने से इनकार कर दिया हो? पहले तो वह हिचकी लेकिन फिर उसको यह बात समझ में आई कि अगर उसने अपने पैर वापस खींच लिए तो उसके पति ने उसको जो सत्ता दी है वह उसके हाथ से जाती रहेगी, और इस तरह वह अपने पिता से लड़ाई हार जाएगी जिसे जीतने का वह निश्चय कर चुकी थी। इस तरह उसने ख़ुद को समझाया कि उनमें से अधिकतर महिलाओं ने अपने सर मुड़ा लिये हैं और इस तरह ख़ुद को सभी तरह के अभिमानों और बुरी शक्तियों से उस घर को मुक्त करवा दिया था। इसके बाद उसने जब विधवाश्रम में क़दम रखा तो वहाँ के निवासियों ने बड़े प्यार, सम्मान और भावुकता के साथ उसका स्वागत किया, सिवाय कुछ बूढ़ी विधवाओं के ऐसा

कहने के कि शादी के पहले साल उसको वहाँ नहीं आना चाहिए था, आमतौर पर वहाँ विह्वलता का ही माहौल था।

जो स्त्री उस आश्रम का संचालन करती थी उसको आश्रम में मालिक के परिवार के किसी सदस्य को देखने की आदत नहीं थी। अगर उसे पहले से पता होता तो वह जितना हो सकता था आश्रम की देखभाल करती। वह अभी भी एक ऐसे धर्मार्थ संस्थान की तरह लगता था जिसको मूल रूप से इसलिए चलाया जा रहा हो कि उसके लिए धन मुहैया करवानेवाले को स्वर्ग नसीब हो। जब सुवर्णलता ने देखा कि दीवारों से पलस्तर झड़ रहा था, कपड़ों को कीड़े खा गए थे, कम्बल फटे-चिटे थे, बर्तन-भाँड़े टेढ़े-मेढ़े और बाल्टी टूटी हुई थी तो उसका दिल बैठने लगा। तब उसको यह समझ में आया कि उसकी सहेली के ऊपर कितनी बड़ी विपत्ति आन पड़ी थी। उसने संकल्प लिया कि वह कमला को अपने घर में ही रखेगी, कम-से-कम दिन के वक़्त, ताकि उसको विधवा आश्रम की पीड़ा को रात में ही सहन करना पड़े। लेकिन जब कमला असल में आई तो उसका ख़ुशी भरा और आकर्षक चेहरा ऐसा लगता था जैसे मुरझा गया हो, उसके लम्बे और चमकीले बाल छोटे-छोटे और कँटीले हो चुके थे। उसको देखकर सुवर्णलता को यह समझ में आया कि न तो उसके पति न ही उसके ससुर उसको घर में लम्बे समय तक रहने की अनुमति प्रदान करेंगे, और सबसे बड़ी बात थी, जिस बात को सोचकर उसको बड़ी ग्लानि हो रही थी कि वह ख़ुद भी नहीं रहने देती।

कमला दिल्ली आई और उसको आश्रम में एक कोना दे दिया गया, उस कोने को जितना हो सकता था उतना ठीक-ठाक करवा दिया गया क्योंकि वहाँ लाला मोतीचन्द के घर की मालकिन की बहुत नज़दीकी दोस्त रहनेवाली थी, लेकिन वह कोना एक टूटे-फूटे परिसर का ही था जिसके लिए ठीक से धन मुहैया भी नहीं करवाया जाता था। हर दूसरे दिन सुवर्णलता कुछ देर के लिए उससे मिलने जाती थी और उससे बातचीत करने की कोशिश करती थी। लेकिन जब दोनों कुँवारी थीं तब बातचीत करना उनके लिए बड़ा सहज था, वह समय बीते अधिक वक़्त नहीं हुआ था, लेकिन अब उनके रास्ते बहुत अलग हो चुके थे। सुवर्णलता अपनी सहेली को यह बताने के लिए बेचैन थी कि उसका पति किस तरह का था, वह देखने में कितना सुन्दर था, वह कितनी अच्छी तरह से बातचीत करता था, हालाँकि इसके बारे में बात करने के बारे में सोचकर ही उसको शर्म आती थी कि शादी के बाद उसको उसके साथ बिस्तर में कैसा महसूस होता था। लेकिन कमला के चेहरे पर एक नज़र डालते ही यह बात स्पष्ट हो गई कि अगर इन बातों के बारे में उसने इशारे में भी कुछ कहा तो इसको अकथ क्रूरता समझा जाएगा। कमला अपनी तरफ़ से अपनी इस नई स्थिति को समझने की कोशिश कर रही थी, वह अभी भी इस बात को समझने का प्रयास कर रही थी कि अचानक हुए घटनाक्रम ने उसको

किस हाल में ला दिया था—घुटा हुआ सर, सफ़ेद सूती साड़ी, अपना कहने के लिए कोई घर नहीं, एक ऐसे अपरिवर्तनीय जीवन की सम्भावना जिसे उसे मरने तक जीते जाना था—उसके पास अपनी सहेली से इस सब के सिवा बात करने के लिए कुछ नहीं था कि दुर्भाग्य ने उसके साथ कितना अनुचित किया। हर बार जब वह उससे मिलती तो इस बात की चर्चा करती थी, हालाँकि उसको यह समझ में आ गया था कि इस तरह की बातचीत से उसकी सहेली दुखी हो जाती थी क्योंकि इस तरह की बातचीत सहने की उसकी क्षमता कम थी।

सुवर्णलता को शायद ऐसा लगता था कि कमला के दुर्भाग्य की कथा सुन-सुन कर कहीं उसके अपने जीवन में दुर्भाग्य न आ जाए, क्योंकि वह जानती थी, हर आदमी जानता है कि हमारा जीवन हमेशा मृत्यु से एक बाल भर की दूरी पर ही रहता है—चाहे वह वास्तविक मौत हो जैसी कमला के पति की हुई थी, या उस तरह की सांकेतिक मौत जिसका अनुभव कमला अपने पति की मौत के बाद से कर रही थी। वह ख़ुद को इतना मज़बूत नहीं पाती थी कि इस सच का सामना कर पाए, इसलिए वह दूसरी-दूसरी बातें किया करती थी। ज़ाहिर है, कमला यह जानती थी कि लता दीदी ने उसको भयानक रूप से निराश्रय होने से बचा लिया था जिसके बारे में वह सोच भी नहीं सकती थी, और इस बात के लिए उसको उसका आभारी होना चाहिए, लेकिन अपनी उस सहेली के प्रति ग़ुस्से को वह रोक नहीं पा रही थी जिसकी एक ही ग़लती थी कि उसके पति की मौत कम आयु में नहीं हुई थी। कुछ सप्ताह के अन्दर ही सुवर्णलता की असहजता और कमला के ग़ुस्से के कारण उनकी कम होती जा रही मुलाक़ातें लगातार मुश्किल होती जा रही थीं।

दीवानचन्द के वापस आ जाने से सुवर्णलता को ध्यान बँटाने का अच्छा माध्यम मिल गया। घर की मालकिन होने के नाते उसका यह कर्तव्य था कि वह अपने देवर का स्वागत करे और उसकी ज़रूरतों का ध्यान रखे और अगर इसका मतलब यह था कि आश्रम में उसका जाना कम हो गया था तो इसका अर्थ यह नहीं था कि वह अपनी सहेली के प्रति अपने कर्तव्य में कोताही कर रही थी। उसने उसको कुछ समय के लिए एक तरफ़ कर दिया था और अधिक ज़रूरी कर्तव्य का निर्वाह करने में लगी थी। हालाँकि हर दिन जब वह कमला के बारे में सोचती थी तो इस तर्क को दोहराती थी लेकिन वह ख़ुद को यह नहीं समझा पाती थी कि वह कमला के साथ ग़लत नहीं कर रही है।

चूँकि उसके ऊपर यह अनसुलझा भावनात्मक बोझ था जो उसके जीवन के हर पहलू को प्रभावित कर रहा था, उसकी सीधी रेखाओं को आड़ा-तिरछा बना रहा था, इसलिए एक सुबह वह यह सोचते हुए उठी कि दीवानचन्द को आश्रम की विधवाओं को कथा सुनाने जाना चाहिए। रात के अँधेरे में उसके दिमाग़ में यह योजना बनी थी, इस योजना से उसके दो उद्देश्य पूरे हो जाते, एक तरफ़ उसको

कमला के साथ आश्रम में समय बिताने का वैध कारण मिल जाता, दूसरी तरफ़ इससे दीवानचन्द की आध्यात्मिक उत्कंठा को शान्ति मिल जाती जो उसके अन्दर-ही-अन्दर उबल रही थी। ये दोनों ही उद्देश्य उसको निःस्वार्थ लग रहे थे और इससे उसको अपने आपमें अच्छा महसूस हो रहा था, जबकि उसने दीवानचन्द को इस योजना के बारे में बताया नहीं था। सुवर्णलता को ग्लानि महसूस हुई, वह शर्म से सिहर उठी क्योंकि उसको अप्रत्यक्ष रूप से यह महसूस हो रहा था कि किसी-न-किसी रूप में वह कमला और दीवानचन्द के बीच रिश्ता बनाने के बारे में सोच रही थी। हालाँकि इस बात को उसके दुस्साहस या बेवकूफ़ी से अधिक नहीं माना जा सकता था कि कमला एक विधवा थी तो भी वह अपने देवर को कमला के साथ एक करना चाहती थी। वह भी अपने लिए न कि किसी और के लिए, और प्रत्यक्ष तौर पर अपने लिए भी नहीं। बात यह थी कि दीवानचन्द के लिए उसको आकर्षण महसूस हो रहा था, जो उतना ही अनैतिक था जितना कि स्वाभाविक था।

जब दीवानचन्द ने आश्रम के आँगन में प्रवेश किया, उसने देखा कि वहाँ अलग-अलग उम्र की क़रीब तीस स्त्रियाँ बैठी हुई थीं, सभी ने सूती साड़ियाँ पहन रखी थीं, दीनानाथ के कारखाने में बननेवाले सूत से जो इंग्लैंड के मानकों पर खरा नहीं उतरता था। सभी स्त्रियों ने साड़ी के पल्लू को सर पर डाल रखा था, पल्लू के अन्दर कुछ स्त्रियों के सर तो अच्छी तरह से घुटे हुए लग रहे थे, जबकि कुछ स्त्रियों के सर पर खड़े बाल उग आए थे और अगर उन्होंने एक हाथ से कपड़े को कसकर पकड़ नहीं रखा होता तो वे स्त्रियाँ देखने में बेहद बदसूरत लगतीं। जब दीवानचन्द सामने आया तो ज़ोरदार तालियों ने उसका स्वागत किया। जब उसने आँगन में देखा तो पाया कि बहुत-सी खुली आँखें उसकी तरफ़ देख रही थीं। उसके बदन में सिहरन-सी उठी, कुछ उसी तरह कि जिस तरह से उस विद्यार्थी को होती है जो स्कूल में पहले दिन प्रवेश करता है या किसी नौजवान को विदेशी धरती को पहले दिन देखकर होती है जो उस जगह पर घर बनाना चाहता हो। दोनों तरह के डरों को दीवानचन्द जानता था और अक्सर उन्हें बार-बार जिया भी था। इन हालात से अनजान सुवर्णलता उसके साथ आई थी और उसने स्त्रियों का अभिवादन किया और उसका परिचय करवाया, "यह लाला दीवानचन्द हैं, लाला मोतीचन्द के लड़के। यह विद्वान हैं और राम के भक्त भी।" जवाब में सबने एक स्वर में कहा, "नमस्ते लाला जी।"

दीवानचन्द कुछ कहने की सोच ही रहा था कि पीछे से एक आवाज़ आई, "यह बहुत नौजवान कथावाचक हैं।" यह कथन बहुत तटस्थ था, एक तरह से सरपरस्ती की भाषा में, लेकिन जिस लहजे में यह बात कही गई थी उससे सुवर्णलता और आश्रम की संचालिका सहित पूरी सभा एक साथ हँस पड़ी, जिसके कारण बेचारा दीवानचन्द और भी असहज हो गया।

"और इतने सुन्दर हैं कि विद्वान नहीं हो सकते!"

इस जवाबी हमले से एक बार हँसी का दौर फिर चला। जब वह शरमाया हुआ सा उन हँसती हुई स्त्रियों के सामने खड़ा था तो उसका ध्यान कोने में खड़ी एक लड़की की तरफ़ गया, जो कम उम्र की थी, वह ज़ोर-ज़ोर से हँस नहीं रही थी, उसकी आँखें सूजी हुई और लाल थीं मानो वह रात भर रोती रही हो। उसने देखा कि वह हैरानी से उसको देख रही थी और उसने अपने होंठों को इस तरह दबा रखा था मानो ख़ुद को हँसने से रोक रही हो। जब उसने देखा कि दीवानचन्द उसकी तरफ़ देख रहा है तो उसने अभिवादन में अपनी आँखें झपका दीं, उसकी इस अदा से वह कुछ सहज हो गया, उसके चेहरे पर मुस्कान आ गई, और बिना कुछ कहे उनके बीच की बर्फ पिघल गई।

दीवानचन्द ने इस बात के ऊपर बहुत विचार किया था कि किन अंशों का चयन पहली बार कथा कहने के लिए किया जाए। चूँकि सुननेवाली अधिकतर बड़ी उम्र की महिलाएँ थीं, जिनका घर-परिवार था, इसलिए उसने तय किया कि वह उस हिस्से की कथा सुनाएगा जब राम अपनी माँ से मिलते हैं और उनको यह समाचार सुनाते हैं कि उनके पिता ने उनको जंगल जाने का आदेश दिया है ताकि भरत राजा बन सके। ज़ाहिर है, उसने इस बारे में अधिक गम्भीरता से नहीं सोचा था आश्रम में कुछ ऐसी भी स्त्रियाँ होंगी जो सन्तानहीन होंगी और कम उम्र में ही विधवा हो गई होंगी और यह कि वह अनुच्छेद जो माता की आँखों में आँसू लाए बिना नहीं रहता वैसी स्त्रियों के इस दर्द को और बढ़ा देगा जो सन्तानहीन रह गईं, और उनकी इस पीड़ा को गहरा बना देगा जिनकी माँ बनने की उम्र अभी बाकी हो लेकिन जो इससे वंचित रह गई हों, जो अभी भी अपने उर्वर समय के उत्ताल समुद्र में हैं, वृद्धावस्था के शान्त पानियों तक नहीं पहुँची हैं। उसने सोचा था कि वह कौशल्या की पीड़ा के लिए ज़मीन तैयार करेगा कि उनके बेटे को जाना पड़ेगा, और उनकी इस चिन्ता के बारे में बोलेगा कि जंगल में सीता का क्या होगा। इसकी शुरुआत उसने कुछ पहले के पद से की जिसमें कैकेयी की ब्राह्मण स्त्री मित्र उसको यह समझाने की कोशिश कर रही है कि वह अपनी इस माँग को वापस ले ले। उसने सोचा कि इस तरह से कैकेयी का कठोर हृदय कौशल्या के मुलायम मातृत्व भरे हृदय की विपरीत अवस्था को बहुत अच्छी तरह से प्रस्तुत करेगा।

लेकिन अब महिलाओं के इस श्रोता मंडल से असहज होकर उसने सोचा कि कैकेयी की क्रूरता और छल की चर्चा करना अनुचित होगा। इसलिए उसने उस हिस्से को छोड़ दिया और सीधे तौर पर शुरुआत वहाँ से की जिसमें अयोध्या के लोगों के उस समय के दुःख और ग़ुस्से का वर्णन है जब उनको इस समाचार का पता चलता है कि राम को जंगल भेजा जा रहा है। अगर दीवानचन्द का लक्ष्य यह था कि सुननेवालों की संवेदना को जगाया जाए तो यह पहल काम नहीं आई,

क्योंकि आरम्भ में अपना दुःख प्रकट करने के बाद अयोध्या निवासी कैकेयी के ऊपर जमकर गुस्सा निकालने लगते हैं। अगर अब वह इस हिस्से को छोड़कर आगे बढ़ जाएगा तो उसने सोचा कि सुननेवालों का ध्यान इस तरफ़ जाएगा, इसलिए वह कविता के अनियंत्रित घोड़े पर सवार हो गया जो पंक्ति दर पंक्ति आगे बढ़ता हुआ अन्ततः यहाँ पहुँचा—

सत्य कहहिं कबि नारि सुभाऊ। सब बिधि अगहु अगाध दुराऊ॥

कवि ने सच ही कहा है कि एक स्त्री के स्वभाव को समझा नहीं जा सकता है, वह अथाह और अज्ञेय होता है।

कुछ पल शान्ति छा गई क्योंकि इस पंक्ति का उन महिलाओं के ऊपर असर हुआ, और उनमें से एक महिला ने ज़ोरदार आवाज़ में टिप्पणी की, "जब वे कुछ समझना चाहें तो आसानी से समझ सकती हैं।" कुछ महिलाएँ हँसने लगीं, कुछ शरमा गईं, और उनमें से एक या दो ने अपने कान पकड़ लिए।

"जब वे किसी बात की तह तक जाना चाहती हों," एक और स्त्री ने कहा। उसकी कोशिश थी कि श्रोताओं में इसी तरह की भावना रखनेवाली स्त्रियाँ एक बार और हँस लें, "तब उनको रोककर देखो।"

"जब वे नहीं चाहतीं तो यह अबूझ हो जाता है," एक और स्त्री ने इस विचार में अपने विचार को जोड़ते हुए इसे पूरा किया।

हँसने की आवाज़ ऊँची होती जा रही थी। कोई और इनसान होता तो इस मौक़े को शरमाते हुए गुज़र जाने देता, लेकिन दीवानचन्द ख़ुद को अपमानित महसूस कर रहा था क्योंकि उसको यह बात समझ में आ गई थी कि स्त्रियाँ इस बात को छिपाने के लिए हँस रही थीं कि इस पंक्ति से उन्होंने ख़ुद को अपमानित और गिरा हुआ महसूस किया था, भले ही इसको प्रेरित किया हो घटिया सोच वाली स्त्री कैकेयी ने। और क्या कैकेयी अपनी असुरक्षा से संचालित नहीं थी, कि अपनी नौकरानी के भड़काने पर इतनी आसानी से भड़क गई, कि अगर राम राजा बन गए तो उसकी अपनी स्थिति क्या रह जाएगी? क्या इसी तरह का डर हर स्त्री में नहीं रहता है? क्या हर स्त्री उन शक्तियों की दया पर नहीं जीती है जिनके ऊपर उनका नियंत्रण नहीं होता है, इस डर से एक पल को भी वह अपने मन से हटा नहीं पाती हैं कि सारी सुरक्षा, सारी समृद्धि पुरुष के एक इशारे पर ख़ाक में मिल सकती है? ये जो सारी स्त्रियाँ उसके सामने बैठी हुई हैं क्या इसी वजह से उनकी ज़िन्दगी इतनी दयनीय नहीं हो गई कि उनकी शादी जिस आदमी से हुई थी उसकी मृत्यु हो गई? उसने सोचा किसी स्त्री की प्रकृति में ऐसा क्या अव्याख्येय और अबूझ होता है, और एक पल के लिए उसे उस कवि से घृणा महसूस हुई जिसने अकस्मात् ऐसी पंक्ति लिख दी थी।

आँखों में आँसू भरे उसने जब अपना सर ऊपर उठाया तो पाया कि सूजी आँखों वाली वह जवान स्त्री उसकी तरफ़ ग़ुस्से में देख रही थी। उसने अपने हाथ जोड़ लिए, मानो माफ़ी माँग रहा हो, और उसकी इस भंगिमा ने सभा को भी शान्त कर दिया। शान्ति हो जाने के एक पल बाद तक उसने अपने हाथों को जोड़े रखा क्योंकि उसको यह बात सूझी कि उसको तुलसीदास से भी माफ़ी माँगनी चाहिए। उसके बाद उसने नीचे किताब पर निगाह डाली और फिर से पढ़ना शुरू कर दिया :

काह न पावकु जारि सक, का न समुद्र समाइ।
का न करै अबला प्रबल, केहि जग कालु न खाइ॥

आग किस चीज़ को नहीं जला सकती है? समुद्र में क्या नहीं बह सकता है? एक मज़बूत शक्तिशाली स्त्री क्या नहीं कर सकती है? मृत्यु इस संसार से क्या नहीं ले जा सकती है?

इससे पहले कि कोई और कुछ कहता दीवानचन्द ने कहना शुरू कर दिया, "इस संसार में स्त्रियों को शक्तिहीन कहा गया है। और यह बात सच है कि जब शारीरिक शक्ति की बात आती है तो स्त्रियाँ कमज़ोर होती हैं। यह प्रकृति का नियम है। लेकिन शक्ति के कई रूप होते हैं—बुद्धि, चतुराई, शक्ति, उचित आचरण, नैतिकता, उत्साह, सुन्दरता, कोमलता, दया, वात्सल्य, वासना, क्रोध, आदि। किसी ख़ास स्थिति के अनुसार स्त्री इस बात का निर्णय करती है कि उसको किस प्रकार की शक्ति की आवश्यकता है, और क्या उस पल उसके उपयोग से जो वे चाहती हैं उसको करवा सकती हैं। गोस्वामी जी कहते हैं कि इस तरह शक्तिहीन दिखाई देनेवाली स्त्री असल में बहुत शक्तिशाली होती है।"

अपने इस कथन के समापन के बाद, उसको यह उम्मीद थी कि वह श्रोताओं के दिल को पुनः जीत लेगा, इसलिए वह इस उम्मीद में रुका कि उसको किसी तरह की प्रशंसा मिलेगी, या कम-से-कम वे सब इससे सहमति जताएँगी।

"लेकिन लाला जी," एक आवाज़ आई, और जब उसने देखा तो पाया कि वही जवान औरत बोल रही थी, उसकी आँखों में अब ग़ुस्सा नहीं था बल्कि एक तरह से चोटिल होने का भाव था। "अगर स्त्रियाँ इतनी शक्तिशाली होती हैं तो फिर पुरुष ही दुनिया पर शासन क्यों करते हैं?"

सभा में सन्नाटा छा गया। जो महिलाएँ अशिष्ट विनोद का आनन्द उठा रही थीं वे गम्भीर हो गईं और जो स्त्रियाँ दूसरी स्त्रियों के छिछोरेपन से चिढ़ी हुई थीं उन्होंने पाया कि उनकी चिढ़ ग़ायब हो चुकी है और उनके ऊपर एक तरह की उदासी छा रही है।

दीवानचन्द ने कमला की तरफ़ देखा। उसकी आँखों में किसी तरह की चुनौती नहीं थी, या कम-से-कम यह उस तरह की चुनौती नहीं थी जिस तरह की चुनौती

कई बार वाद-विवाद के दौरान दी जाती है, न ही उसमें सच्ची उत्सुकता का भाव था जो सच में इस सवाल का जवाब जानना चाहती हो, बल्कि उसके देखने में कुछ गहरी बात थी और एक तरह की उदासी। एक ऐसा भाव जिसमें अगर वह चुनौती थी तो खंडन था, और अगर सवाल था तो एक प्रकार की व्याख्या थी, असम्भव सी।

जब वह कमला की आँखों में देख रहा था तो उसने पाया कि उसकी आँखों से फिर आँसू बह निकले हैं। इन स्त्रियों ने उसके साथ बुरा किया था और वह शर्मिन्दा महसूस कर रहा था, लेकिन उसकी आँखों में आँसू उनकी उदासी और जीवन तोड़ देनेवाले भार और भावनात्मक निराश्रय में जीने की बात सोचकर आए थे। उसने एक बार फिर नीचे उस किताब में देखा जो उसके सामने खुली पड़ी थी, अपना दायाँ हाथ उठाकर उसने अपनी आँखों को पोंछा। उसके बाद उसने ऊपर देखकर कहा, "गोस्वामी जी का कहना है कि स्त्रियाँ इस संसार में शक्तिशाली और शक्तिहीन दोनों होती हैं। लेकिन वह यही नहीं कहते हैं। अगर आप इस दोहे के मर्म को देखें तो पाएँगे कि उन्होंने मर्दों का बिना नाम लिए उनके बारे में भी कुछ कहा है। उन पुरुषों के बारे में जो इस संसार पर राज करते हैं, जो ख़ुद को शक्तिशाली समझते हैं, क्या वे ख़ुद को अग्नि की ज्वाला से बचा सकते हैं? हो सकता है कि वे बच जाएँ अगर उनके दोस्त या नौकर उनको बचाने के लिए हों। लेकिन अगर उनको समुद्र में गिरा दिया जाए तो वे क्या ख़ुद को डूबने से बचा सकते हैं? हो सकता है कि वे बच जाएँ अगर उनका भाग्य अच्छा हो और पास से गुज़रते जहाज़ की उनके ऊपर नज़र पड़ जाए और उनको बचा लिया जाए। हो सकता है कि अपनी ताक़त के बल पर ख़ुद को बहुत सारी आपदाओं से बचा लें जो किसी को कमज़ोर बना सकती हैं। लेकिन अन्ततः क्या कोई उनको मौत से बचा सकता है? ये शक्तिशाली पुरुष जो दुनिया के ऊपर शासन करते हैं, तुलसी का इशारा इस तरफ़ है कि वे भी मृत्यु के सामने शक्तिहीन हो जाते हैं?"

एक पल को फिर ख़ामोशी छाई रही, उसके बाद सामने बैठी बूढ़ी स्त्री ने कहा, "सच्ची बात, लालाजी।" उसके कहने का लहजा ऐसा था कि उससे माहौल बदल गया, और सारा आँगन और वहाँ बैठी सारी महिलाएँ दया और भक्ति के माहौल में डूब गईं।

उस दिन के बाद से दीवानचन्द हर सप्ताह आश्रम जाने लगा। वह अगले प्रवचन के लिए तैयारी में लगा रहता था, बहुत सावधानी से किसी ऐसे अनुच्छेद का चयन करता जिसको वहाँ पढ़ा जाना हो, उसके लिए अलग-अलग व्याख्याओं को जमा करता रहता था। सबसे मुश्किल यह था कि वह अपनी बात को इस तरह से कहे कि वहाँ सुननेवाली स्त्रियों के लिए उसका कोई मतलब हो, जिन स्त्रियों के जीवन का एकमात्र उद्देश्य रह गया था मृत्यु का इन्तज़ार करना। सप्ताह दर सप्ताह वह आश्रम जाता और जीवन का एक सबक सीखता, हर सबक दूसरे सबक से भिन्न

था। एक तरफ़ वहाँ 80 साल की कल्याणी थी, जो छह साल की उम्र में विधवा हो गई थी, और जीवन के 74 साल उसने एक आश्रम से दूसरे आश्रम में घूमते हुए बिताए, दूसरी तरफ़ उसकी सबसे अच्छी दोस्त सुमित्रा थी, जो सत्तर साल की उम्र में भरा-पूरा पारिवारिक जीवन बिताकर विधवा हुई। उसको मजबूर होकर आश्रम में आना पड़ा क्योंकि उसका एकमात्र बेटा अपने पिता से कुछ साल पहले ही मर गया और उसकी बेटियाँ अपने सास-ससुर या पति को इसके लिए तैयार नहीं कर पाईं कि उनकी माँ को उनके साथ रहने दिया जाए। एक मोहिनी थी, जो 40 की उम्र में हट्टी-कट्टी और स्वस्थ थी, वह अपने चेहरे और शरीर की देखभाल उसी तरह मेहनत और नियम के साथ करती थी जिस तरह से विवाहिता स्त्रियाँ करती हैं, और कभी उस दुर्भाग्य के बारे में चर्चा नहीं करती थी जिसके कारण उसको यहाँ आना पड़ा—उसकी बहू ने उसके बेटे को इसके लिए तैयार कर लिया कि उसको घर से बाहर फेंक दिया जाए। फिर मीना थी, जो 20 से कुछ साल अधिक की उम्र में ही कृशकाय थी, जो भी उसको सुनने का इच्छुक होता था उससे वह लगातार अपनी तरह-तरह की बीमारियों के बारे में बताती रहती थी; कोई उसकी तीमारदारी नहीं करता था, क्योंकि आश्रम में भले किसी ने यह बात कही न हो लेकिन सभी जानते थे कि वह जल्दी ही मरनेवाली थी। और फिर कमला थी, बुद्धिमान कमला, जिसके सवाल कुरेदनेवाले होते थे और वह बहुत कुशाग्र थी। दीवानचन्द के आगमन पर उसकी गम्भीरता और भी बढ़ जाती थी।

कुछ अधिक नज़र रखनेवाली विधवाओं ने यह पाया कि कमला वैसे तो विनम्र और दोस्ताना मगर संकोची थी, लेकिन जिस सुबह दीवानचन्द का आगमन होनेवाला होता था उस दिन वह अधिक शरमीली हो जाती। विधवाओं की आपसी बातचीत के दौरान, जैसे ही कोई इस बारे में बात शुरू करता कि दीवानचन्द कितना सुन्दर है, या वह कितना अच्छा बोलता है, तो वह वहाँ से उठकर चल देती थी। जब दीवानचन्द बोलता था तो उसके साथ रहनेवाली विधवाएँ कमला को चोरी-छिपे देखती थीं कि असावधान क्षणों में जब वह अपने चेहरे की पेशियों को वह सब करने से रोके नहीं रहती थी जो करना उनका काम होता है, तो कमला के चेहरे पर आनन्द, ख़ुशी, उदासी और कई बार क्षण-भर को ही सही लालसा भी झलक जाती थी। जल्दी ही आश्रम में सामान्य रूप से सभी जान गए कि कमला को दीवानचन्द से प्यार हो गया है और इस बात से जुड़े कई पहलुओं के ऊपर कानाफूसियों में गरमागरम चर्चा होने लगी और वे सब ग्लानिवश चुप रहती थीं मानो कमला उनकी अपराधी हो।

एक विवाद भरा सवाल जिसको लेकर चर्चा होती थी, क्या सुवर्णलता को बता दिया जाए? घर की मालकिन का ध्यान इस तरफ़ नहीं गया था, हालाँकि वह सामान्य तौर पर प्रवचन के दौरान कमला के बग़ल में ही बैठती थी और जाने से

पहले कमला तथा अन्य विधवाओं से बातचीत भी करती थी। कमला से सहानुभूति रखनेवाली कुछ विधवाओं का ऐसा मानना था कि मालकिन को नहीं बताया जाना चाहिए क्योंकि तब तत्काल कमला को वहाँ से निकाल दिया जाएगा। इसके बाद वह क्या करेगी? विधवा मंडली का मत यह था कि उसको एक कोने में ले जाकर यह समझा देना चाहिए कि इससे पहले कि कुछ हो वह अपनी बेवकूफ़ी से बाज़ आए। दूसरी तरह की स्त्रियाँ भी थीं जो लाला मोतीचन्द के परिवार के प्रति ऐसे दरियादिली रखती थीं मानो वह डूबते आदमी के लिए फेंकी गई कोई रस्सी हो, इसलिए उनका यह मत था कि अगर उन्होंने सुवर्णलता को इस बारे में बताया नहीं और कुछ बुरा हो गया तो दोषी उनको ही ठहराया जाएगा और कौन जानता है कि गुस्से में आकर लालाजी क्या कर जाएँ। इस समूह की स्त्रियों ने आश्रम की संचालिका से सम्पर्क किया और उसको यह समझाने की कोशिश की कि सुवर्णलता को विश्वास में लेना उसकी ज़िम्मेदारी है।

संचालिका इस मत की नहीं थी, “किसी को बताना हमारी ज़िम्मेदारी नहीं है।” लेकिन यह झूठी बहादुरी उसकी चापलूसी के साथ सही नहीं बैठ रही थी जो चापलूसी वह आमतौर पर अपने मालिकों के लिए दिखाती थी, और विधवाओं को यह बात समझ में आ गई कि उसको डर है कि अगर कहीं धोखे से ही सही कमला को वह हासिल हो गया जो वह चाहती थी तो कमला उस आश्रम की मालकिन हो जाएगी। ऐसा होता तो जिस कर्मचारी ने उसकी शिकायत की होती तो उसको कहीं और नौकरी का इन्तज़ाम करना पड़ जाता। अन्ततः समूह की सबसे उम्रदराज महिला सुमित्रा एक दिन सुवर्णलता को एक किनारे ले गई।

“ललाइन,” उसने अपने आत्मसंशय से उबरते हुए बड़े होने का लाभ उठाते हुए कहा, ‘अपने ज़ीवन में मैंने देवर और भाभी की छोटी बहन के बीच थोड़ा-बहुत प्यार-मोहब्बत बहुत देखा है। यह स्वाभाविक है और कई बार मज़ेदार भी होता है। लेकिन घर के बड़े-बुज़ुर्गों को इसे इस तरह बढ़ावा नहीं देना चाहिए अगर आख़िर में जाकर शादी न करनी हो।’

सुवर्णलता पहले तो हैरान हुई फिर सन्न रह गई। “क्या बकवास है,” वह बोली, हालाँकि वह अच्छी तरह जानती थी कि सुमित्रा इतना बड़ा आरोप ऐसे ही नहीं लगाएगी। फिर, उसने इतनी छोटी-छोटी बातों के ऊपर ध्यान दिया था, लेकिन उसने उनके बारे में सोचा नहीं था, अब वह सब उसके दिमाग़ में आ जा रही थीं। सुवर्णलता मुड़ी और इससे पहले कि सुमित्रा कुछ कहती वह जल्दी से आश्रम से निकल गई, उसके गहने खनखना रहे थे, और पहली बार उस जगह पर गहनों का असम्भावित शोर हो रहा था जहाँ सिर्फ़ उसको ही गहने पहनने का अधिकार था। जिन लोगों ने उसको वहाँ से जाते हुए देखा उनमें केवल दीवानचन्द को इस बात से हैरानी हो रही थी कि हुआ क्या था। बाकी सभी लोग समझ गए कि हुआ क्या

था, यहाँ तक कि वहाँ जिस तरह की बातचीत हो रही थी वह कमला से भी छिपी हुई नहीं थी। वे सभी इस बात को समझती थीं कि इससे कोई फ़र्क़ नहीं पड़ता था कि कितनी सावधानी से उन्होंने इस बात का विश्लेषण किया था कि सुवर्णलता की सम्भावित प्रतिक्रिया क्या हो सकती थी, लेकिन अब गाड़ी आगे बढ़ चुकी थी और किसी के लिए भी इस बात का अनुमान लगा पाना असम्भव था कि यह कहाँ रुकनेवाली थी।

अपने कमरे में लौटकर सुवर्णलता ने महसूस किया कि उसका दिल बहुत तेज़ी से धड़क रहा है। उसको लग रहा था जैसे उसके साथ बहुत बड़ा छल किया गया हो। उसको यह समझने में कुछ समय लगा कि असल में कमला ने उसके साथ छल किया था न कि दीवानचन्द ने। उसको कुछ राहत महसूस हुई और उसने ध्यान दिया कि सुमित्रा के कहे का मतलब जो भी रहा हो लेकिन इस बात के कारण उसके मन में दीवानचन्द को लेकर जो थोड़ी-बहुत भावना थी वह विषैली हो गई। वैसे दीवानचन्द के लिए उसकी अपनी भावनाएँ तब तक जीवित थीं जब तक कि उसको यह पता चला कि कमला भी मन-ही-मन दीवानचन्द को चाहती थी, उसके अन्दर इस भावना की मौत सुवर्णलता के लिए राहत की तरह थी, क्योंकि वह न केवल अपने पति को प्यार करती थी बल्कि घर की मालकिन के रूप में अपनी स्थिति को भी अच्छी तरह से समझती थी। इसलिए अगर ऐसी स्थिति न भी आई होती तो भी किसी-न-किसी बिन्दु पर उसको इस भावना को कुचलना ही होता। ऐसा नहीं था कि कमला ने दीवानचन्द के साथ सम्बन्ध बनाकर उसको धोखा दिया हो बल्कि उसने उसे एक दोस्त के रूप में धोखा दिया था। उसने दीवानचन्द के सम्मान को ख़तरे में डाला था, और इस तरह से इस घर और परिवार के सम्मान को ख़तरे में डाला था।

सुवर्णलता अपने देवर के साथ इतना समय तो बिता ही चुकी थी कि वह इस बात को समझ चुकी थी कि वह एक ईमानदार और सच्चा आदमी था। उसको यह नहीं पता था कि दीवानचन्द ने कमला की भावनाओं को किस रूप में लिया था लेकिन वह इस बात को जानती थी कि अगर उसके मन में भी कमला के लिए भावनाएँ थीं तो वह इस तरह का आदमी नहीं था जो महज़ मौज-मस्ती के लिए ऐसा करे, जैसा कि आमतौर पर समृद्ध घरों के लड़के करते थे। वह इस बात को भी जानती थी कि उसके पति के विपरीत उनका छोटा भाई कोई भी क़दम उठाने से पहले अधिक सोच-विचार नहीं करता था, वह अपना दिल या दिमाग़ देने से पहले पिछली या आनेवाली पीढ़ियों का कोई ख़याल नहीं करता। और वह उसके इस खुलेपन की क़द्र करती थी, उसने इतनी कविताएँ और इतना संगीत सुन रखा था कि सौन्दर्यबोध के स्तर पर वह उसके व्यक्तित्व की तारीफ़ करती थी, लेकिन अन्ततः वह एक व्यापारी परिवार की बेटी थी, जिसको बहुत सोच-समझ कर

दीनानाथ की पत्नी के रूप में चुना गया था, वह हर तरह से लाला मोतीचन्द के पोते की माँ बनने के उपयुक्त थी। और इसलिए, इस ख़बर से जहाँ उसको सदमा पहुँचा, उसने पाया कि उसका दिमाग़ उस स्थिति को समझने की कोशिश कर रहा है ताकि उसका कोई समाधान निकाला जा सके। अपने पति को बताने का तो सवाल ही नहीं उठता था। वह तत्काल कमला को वहाँ से भगा देते, या इससे भी बुरा यह होता कि वह आश्रम को ही बन्द करवा देते। इससे सुवर्णलता की बदनामी होती, लोग कहते कि या तो इसका अपने देवर पर दिल आ गया इसलिए इसने कमला के प्रति क्रूरतापूर्ण व्यवहार किया, या यह कहते कि संकट में पड़ते ही उसने अपनी सहेली को छोड़ दिया। इसका यह भी मतलब होता कि अपने पति के सामने इस बात को स्वीकार कर लेना कि कमला को दिल्ली लाना बड़ी भूल थी, जबकि वह असल में उसकी बड़ी जीत थी। वह इतनी बड़ी बदनामी नहीं चाहती थी, अपने रिश्ते के इतने शुरुआती दौर में तो नहीं ही। जो कुछ हुआ था इस बारे में उसने अपने पति को नहीं बताया। उसको बस एक ही विकल्प दिखाई दे रहा था। कथा पहले की तरह ही चलती रहे। कमला को यह बताना होगा कि अगर वह इस आश्रम में रहना चाहती है तो उसको अपनी भावनाओं को क़ाबू में रखना होगा। जहाँ तक दीवानचन्द की बात थी तो कमला के लिए उसके मन में किसी तरह की भावना थी या नहीं इस बात का कोई मतलब नहीं था। हर हाल में, उसको उसके लिए लड़की की तलाश करनी थी। उसकी शादी करवानी ही थी।

~

सुमित्रा जल्दी से आँगन में आई, वहाँ पहुँचकर वह धीरे-धीरे चलने लगी और सामने के नज़ारे को देखकर आह भर उठी। आश्रम के आँगन के बीचोबीच एक अमलतास का पेड़ था, उस पेड़ से फूलों को तोड़कर फूल मालाएँ बनाकर पेड़ को अच्छी तरह से सजाया गया था, सुबह की ठंडी हवा में वे सभी मालाएँ एक-दूसरे से टकरा रही थीं। सुनहरी आभा एक-दूसरे से ऐसे ठिठोली कर रही थी मानो नदी किनारे खड़ी गोपियों की टोली को अचानक शरमाते हुए इस बात का पता चल गया हो कि दूर नदी किनारे कृष्ण का आगमन हो चुका है और उन्होंने बाँसुरी अपने होंठों से लगा ली है, वे एक-दूसरे को आगे कर रही हों ताकि वे उस मधुर संगीत की पहली तान को सुन सकें जो पानी के निर्मल जल पर तैर रही है। अमलतास के पीले फूल उस समय सोने से भी अधिक चमकीले हो जाते हैं जिस समय उनको कृष्ण अपने शरीर से लपेट लेते हैं और झुरमुट से बाहर यह देखने के लिए निकलते हैं कि कौन स्त्री अनंतकाल से उनके साथ केलि करने के लिए इन्तज़ार कर रही है। वहाँ मटमैले सफ़ेद रंग की साड़ी पहने वह औरत बैठी थी जिसके लिए सुमित्रा

बुरी ख़बर लेकर आई थी। एक पल रुकने के बाद, उसने अपने पुराने शरीर को याद दिलाया कि किसी अरुचिकर काम को टाल देने भर से वह कम अरुचिकर नहीं हो जाता है। इसलिए सुमित्रा आगे बढ़ी और उसने अपना गला साफ़ किया।

"कुछ समाचार है," सुमित्रा बोली। सुनकर कमला ने ऊपर देखा और उठकर अपने सर पर साड़ी का पल्लू डाल लिया। "बनारस से।"

दो महीने से सुवर्णलता इस बात पर ज़ोर दे रही थी कि दीवानचन्द उसके साथ बनारस चले, जहाँ उसकी माँ के एक प्यारे भाई और उसके सबसे प्यारे मामा रहते थे, "जब से मेरी शादी हुई है तब से मैंने काशी विश्वनाथ देखा नहीं है, और छोटे मामा बार-बार चिट्ठी लिख रहे हैं कि मुझे उनसे मिलने जाना चाहिए। मैं अकेले जा नहीं सकती और आपके भाई साहब तो जाएँगे नहीं इसलिए आप ही क्यों नहीं चलते हैं? छोटे मामा का परिचय बहुत से विद्वानों एवं पंडितों से है, हर दूसरे दिन घर में महफ़िल जमती है, आपको सच में बहुत मज़ा आएगा। यहाँ दिल्ली में अकेले किताबों के साथ बैठे रहने का क्या मतलब है? यह सारा का सारा ज्ञान जो आपने जमा कर रखा है अगर इसको हवा नहीं मिली तो सड़ जाएगा।"

उसने ध्यानपूर्वक बातचीत के बाद यह बात समझ ली थी कि दीवानचन्द अभी तक कमला के प्यार में नहीं पड़ा था, लेकिन वह दोनों को अच्छी तरह जानती थी इसलिए उसको इस बात का डर भी था कि हो सकता है वह प्यार में पड़ जाए। इसलिए उसने यह षड्यंत्र रचा कि उसको दिल्ली से बाहर कुछ सप्ताह के लिए बनारस ले जाया जाए। उसको पता था कि वहाँ उसके मामा बड़े सम्पर्क वाले थे और वे उसे आध्यात्मिक और साहित्यिक चर्चाओं में लगाए रखेंगे जिसकी यहाँ घर में इतनी कमी थी कि वह यह भी नहीं समझ पाता था कि वह उसके लिए तड़प रहा था। इस दरम्यान मामा उसके देवर के लिए उपयुक्त वधू की तलाश भी कर देंगे। जैसी कि उम्मीद थी दीनानाथ दिल्ली से लम्बे अर्से के लिए बाहर जाने में दिलचस्पी नहीं रखता था, इसलिए उसने ख़ुशी-ख़ुशी इस प्रस्ताव को मान लिया कि सुवर्णलता के साथ उसका भाई चला जाए। लाला मोतीचन्द सुवर्णलता के छोटे मामा मुरारीलाल को जानते थे और उसको पसन्द भी करते थे इसलिए जब उनको पता चला कि उनका बेटा मुरारीलाल के यहाँ जा रहा है तो उन्होंने उत्साह के साथ इस बात का समर्थन किया। वे जानते थे कि उनके बेटे की तरह मुरारीलाल की दिलचस्पी भी धार्मिक ग्रंथों में थी और वह उनसे उन किताबों के बारे में चर्चा कर सकता था जिससे दीवानचन्द को कुछ लाभ ही होता। उन्होंने मुरारीलाल को चिट्ठी लिखकर यह पूछा कि क्या दीवानचन्द उनके यहाँ जा सकता है, हालाँकि उनको पता था कि मुरारीलाल अपनी प्यारी भांजी के किसी आग्रह को मना नहीं करते।

"बनारस," कमला बोली। उसके बोलने में न तो सवाल था न ही कोई कथन, बल्कि उसने सुमित्रा के आख़िरी शब्द को दुहरा दिया था।

"हाँ," सुमित्रा बोली, "ललाइन ने अपने देवर के लिए दुल्हन खोज ली है। अक्टूबर में शादी है।"

"यह अच्छी ख़बर है," कमला ने सहज भाव से कहा, लेकिन इस समाचार को इतने शान्त तरीक़े से ग्रहण करते हुए उसने किसी तरह का नाटक नहीं किया और न ही सुमित्रा से यह पूछा कि इस ख़बर को सुनाते समय उसकी आवाज़ क्यों काँप रही थी।

सुमित्रा को इस बात की उम्मीद थी कि उसको कमला से कोई धमाकेदार जवाब मिलेगा, या तो वह रोने लगी या इस ख़बर का प्रतिकार करेगी या क्या पता बेहोश ही हो जाए। इसलिए जब ऐसा कुछ भी नहीं हुआ तो उसने राहत की साँस ली। साथ ही, इस लड़की के लिए उसका दिल ज़ोर-ज़ोर से धड़कने लगा जिसके लिए उसके दिल में बहुत सहानुभूति थी, विशेष रूप से इस कारण से क्योंकि उसको उस आदमी के साथ प्यार हुआ था जिसके साथ नहीं होना चाहिए था। उसने अपना हाथ उठाया और कमला के माथे को हल्के से सहला दिया। "याद रखो, राधा और कृष्ण का कभी विवाह नहीं हुआ था," वह बोली।

"मुझे पता है दीदी," कमला ने नरमी लेकिन दृढ़ता से सुमित्रा का हाथ अपने माथे से हटाते हुए कहा, "न ही किसी कवि ने यह लिखा है कि राधा कृष्ण से विवाह करना चाहती थी।"

इस बीच, बनारस में दीवानचन्द को इस बात से बहुत ख़ुशी हुई कि सुवर्णलता के मामा न केवल शौक़ीन आदमी थे बल्कि ज्ञानी भी थे। घर से बाहर कलफ़दार सिल्क की धोती डाले बिना नहीं निकलते थे, सर पर अपनी पसन्दीदा टोपी करीने से डालकर, होंठों पर पान की लाली और आँखों में सुरमा डालकर। उनको कविताओं का भी शौक़ था और कहे जाने पर पूरी रामचरितमानस अपनी स्मृति से सुना सकते थे। मुरारीलाल को इस बात के ऊपर बहुत गर्व था कि वे काशी में अस्सी घाट से कुछ ही दूरी पर रहते थे, जिसके बारे में कहा जाता है कि वहाँ तुलसीदास ने अपने महाकाव्य की रचना की थी। "गोस्वामी जी ने रामलीला के लिए पूरे शहर को मंच में बदल दिया था दीवानचन्द," दीवानचन्द के उस लम्बे प्रवास के दौरान उन्होंने एक से अधिक बार उससे यह बात कही। "और आज भी हालाँकि राम और सीता, लक्ष्मण और रावण, बन्दर और भालू, शक्तिशाली बालि और प्यारे भरत, और बाकी सारे अन्य चरित्र अब मुझे या तुम्हें आँखों से दिखाई नहीं देते हैं, लेकिन शहर भर में असंख्य रूपों में लीला आज भी जारी है।"

सुवर्णलता ने अपने मामा को बताया था कि दीवानचन्द को मानस की टीकाओं का अच्छा ज्ञान है और यह हमेशा ऐसी किताबों की तलाश में रहता है ताकि मानस की उसकी समझ कुछ और बेहतर हो सके। इसलिए दीवानचन्द के दिल्ली से आने के एक या दो दिन बाद मुरारीलाल उसको मारुति शरण चौबे से मिलवाने

ले गए। वे एक पुराने कथावाचक थे, जो सालों से अलग-अलग कथावाचकों की टिप्पणियों एवं टीकाओं का संकलन कर रहे थे, जो अब एक विशाल सार-संग्रह बन गया था। उनको यह उम्मीद थी कि जब यह सब छपकर आएगा तो लोगों को पता चलेगा कि गोस्वामी जी के इस महाकाव्य से प्रेरित होकर सैकड़ों सालों के दौरान अनेक प्रतिभाशाली और समर्पित लोगों ने इसकी टीका करने का काम किया है। पहली मुलाक़ात परिचय जानने में ही पूरी हो गई, लेकिन उसके बाद जब दीवानचन्द अगले दिन फिर गया, और फिर बार-बार जाने लगा तो मारुति शरण चौबे को यह बात समझ में आ गई कि यह लड़का कुछ सीखना चाहता है। तब उन्होंने उसको सैकड़ों बहियाँ, असंख्य टीकाएँ दिखाईं, साथ ही, बाँधकर रखे गए काग़ज़ के गट्ठर दिखाए, जिनमें उन्होंने मानस की हर दोहा-चौपाई से जुड़े उन सन्दर्भों को दर्ज कर रखा था जो उनके संकलन में मौजूद थी।

"पाँच साल पहले मैंने अख़बार में पढ़ा था कि बंगाल के जैव-उद्यान के बरगद के विशाल पेड़ के तने को हटाना पड़ा था। तने में कीड़ा लग गया था और यह उसकी आगे वृद्धि के लिए घातक था और उस पेड़ को बचाने का एकमात्र तरीक़ा यही था कि उसको पैदा करनेवाले तने को ही हटा दिया जाए," मारुति शरण ने दीवानचन्द से कहा, "और जब मैंने यह सुना तो बहुत विचलित हुआ। मैंने कभी उस महान पेड़ को देखा नहीं था, कभी देखने की कोशिश भी नहीं की, जबकि मैं कई बार कलकत्ता गया हूँ। लेकिन तब भी यह समाचार जानकर कि जिस शरीर से यह विशाल पेड़ फैला था अब नहीं रहा मैं कई रात नहीं सोया। मैं बिस्तर में करवटें बदलता रहता था, और कुछ भी नहीं कर पा रहा था जिससे कि ख़ुद को शान्त कर सकूँ। तभी एक रात मैं थकान के मारे सो गया था या पता नहीं जगा हुआ था, गोस्वामी जी स्वयं मेरे पास आए और उन्होंने मुझे वह चौपाई सुनाई, जिसे लाखों लोगों ने सुना और सुनाया है—

हरि अनंत हरि कथा अनंता। कहहिं सुनहिं बहु विधि सब संता॥

उसके बाद वह मेरे ऊपर मुस्कुराए और गायब हो गए। इसका क्या मतलब है, प्रभु, क्या मतलब है, मैं तब तक रोता रहा जब तक मेरी पत्नी ने मुझे हिलाकर जगाया नहीं। लेकिन जब तक सुबह हुई तब तक मैं समझ चुका था कि इस बात का मतलब क्या था। गोस्वामी जी वाल्मीकि के अवतार थे, उनको वाल्मीकि से तुलसी स्वयं राम ने बनाया था, उन्होंने मुझे रास्ता दिखाया।"

"वह क्या था गुरुजी?" दीवानचन्द ने पूछा। वह उनके लिए जिस सम्बोधन का प्रयोग कर रहा था उसके उपयोग के लिए अभी उसको अधिकृत नहीं किया गया था।

"सुनो, दीवानचन्द," मारुति शरण बोले। उन्होंने दीवानचन्द को टोका नहीं।

"हर पुस्तक पेड़ जैसी होती है, उसका विकास एक बीज से होता है और वह

विस्तृत होकर फूल, फल बनती है और जिसको ज़रूरत होती है उसको छाया भी देती है। हर पुस्तक पेड़ जैसी होती है, क्योंकि इसको पोषण उसी मिट्टी से मिलता है जिसमें वह विकसित होती है, बदले में वह मिट्टी में अपनी जड़ों को फैलाकर उसको बाँधती है और मज़बूत बना देती है। कुछ पेड़ ख़ूब लम्बे हो जाते हैं और बहुत दिन जीवित रहते हैं। कुछ पेड़ कुछ फीट से अधिक बड़े नहीं हो पाते हैं, या जल्दी मर जाते हैं, लेकिन बहुत कम पेड़ ऐसे होते हैं, जैसे कलकत्ता का विशाल बरगद का पेड़ जो न केवल बहुत ऊँचा हो जाता है बल्कि अपनी छाया का भी इतना विस्तार कर लेता है कि उसके नीचे पूरा गाँव आ जाए। बरगद का पेड़ सभी पेड़ों से बहुत अलग होता है क्योंकि जैसे-जैसे यह उम्रदराज होता जाता है वैसे-वैसे यह ऊपर से नीचे मिट्टी की तरफ़ अपनी जड़ों को फेंकता है और ये जड़ें नई शाखाएँ बन जाती हैं जो बूढ़े पेड़ की मदद वैसे ही करती हैं जैसे बेटा अपने मज़बूत कंधों से बुज़ुर्ग बाप को सहारा देता है। रामचरितमानस बरगद के पेड़ जैसा है, इसकी शाखाओं से जो जड़ें फूट रही हैं और नीचे ज़मीन पर जिन्होंने अपनी जड़ें बना ली हैं वह हर जड़ इसकी एक व्याख्या है जो राम की सागर जैसी कहानी से निकली है, वह एक संवेदना है, एक भावना जो कि इस महाकाव्य ने लाखों सुननेवालों के अन्दर जगाई है। नीचे की मिट्टी, जहाँ ऊपर से आनेवाली जड़ को व्यग्रता से स्वीकार कर लिया जाता है, महान कथावाचकों का दिल है जो इस क़ाबिल थे कि उन्होंने उस संवेदना को ग्रहण किया। उन्होंने इसका स्वागत ऐसे किया जैसे किसी बहुत प्यारे मेहमान का किया जाता है, उसको खिलाया-पिलाया चाहे उनके ख़ुद के पास खाने के लिए कुछ न हो, उसका पोषण किया, और फिर दिन, महीनों, सालों तक प्यार के साथ इसको प्रस्तुत किया, जो भी सुनने के लिए आए उनके साथ उसको साझा किया।

"यह सुन्दर संवेदनाओं की संरचना है, इसकी हर संवेदना की खोज या कहना चाहिए कि उनको प्रकट किया गया ग्रहण करनेवाले किसी ख़ास व्यक्ति द्वारा, फिर उसकी सुन्दरता से प्रभावित होनेवाले शिष्यों और लाखों सुननेवालों ने उसके सूत्रों को आगे बढ़ाया और उसको मज़बूत बनाया। यह संवेदनाएँ गोस्वामी जी की इस महान कृति को सहारा देती है, जिस तरह अलग-अलग पीढ़ियाँ परिवार की मदद करती हैं, उसे इस तरह से आगे की तरफ़ ले जाती हैं कि वह समय को मात दे देता है। यह मानव-जीवन की तरह लम्बे समय तक रहती हैं और बरगद के पेड़ के तने की तरह काट दिए जाने के बाद भी इनका कुछ नहीं बिगड़ता है, जो कि इस भंगुर संसार का आख़िर एक भंगुर पेड़ ही तो है। उस समय जब मैं बिस्तर से उठा तो मुझे यह समझ में आया कि इसके बावजूद कि मानस और उसके अर्थ अनश्वर हैं और उसकी सततता के लिए मेरे तुच्छ योगदान की कोई ज़रूरत नहीं है, लेकिन मेरा दिल अपना सम्मान प्रकट करना चाहता था। पिछले दिनों मुझे

बेचैनी महसूस होने लगी थी क्योंकि मुझे इस बात को लेकर चिन्ता हो रही थी कि मानस से प्रेरित होकर की गई इसकी कुछ व्याख्याएँ और टीकाएँ समय के साथ नष्ट हो जा सकती हैं। चूँकि मेरे पास पहले से कुछ पुराने और दुर्लभ काग़ज़ात हैं जिनमें इनमें से कुछ टीकाएँ थीं। मैं जानता था कि मेरा जो सम्मान प्रदर्शन हो वह संग्रह के रूप में हो जिसमें सभी ऐसी टीकाएँ हों जो मेरे हाथ लगें, उस अनंत तने के इर्द-गिर्द एक संरचना का निर्माण हो जाए जिसको गोस्वामी जी ने लगाया था। अपने देवता को देखती हुई उनकी पूजा में रत और जो उन तीर्थयात्रियों को दिशा-निर्देश दे जो उसकी पूजा के लिए आएँ।"

दीवानचन्द मारुति शरण के चरणों में बैठकर उन शब्दों को ग्रहण कर रहा था जो ऐसा लगता था जैसे युगों-युगों से गूँज रहे हों। दूसरी तरफ़, मुरारीलाल ने सुवर्णलता की सलाह पर उसके लिए उचित पत्नी का चुनाव कर लिया—शकुन्तला, जो झाँसी के प्रसिद्ध अनाज व्यापारी की बेटी थी, और सुवर्णलता की मामी यानी मुरारीलाल की पत्नी की रिश्तेदार भी थी।

~

जिस सुबह दीवानचन्द पहली बार विधवा आश्रम में आया था तब तक कमला को शायद ही इस बात का पता था कि उसके आने से कितनी उत्तेजना फैलने वाली थी, दीवानचन्द के आने के कुछ ही मिनटों पहले वह आँगन में आई और संयोगवश उसने देखा कि उसके दरवाज़े के पास चमेली की बहुत लम्बी झाड़ी के शिखर पर एक सफ़ेद फूल चक्र खिला हुआ था। यह देखकर उसका दिल खिल गया कि वह जल्दी ही फूल बनकर खिलनेवाला था और इस दृश्य के तत्काल बाद उसने एक नौजवान को देखा और उसके प्यार में पड़ गई, और इस तरह यह बात एक तरह से पक्की हो गई कि आनेवाले महीनों में, या फिर शेष जीवन भर जब भी वह चमेली का फूल देखेगी, उसके भीतर एक टीस उठे बिना नहीं रहेगी। उस दिन जब उसने उस आदमी को देखा तो उसको बेहद ख़ुशी महसूस हुई—लम्बा, सफ़ेद कुर्ता, रेशमी धोती, उसके माथे पर एक लट अपने ही भार से ऐसे लटकी हुई थी जैसे फलों के भार से दबी पेड़ की शाखा। उसकी आँखें चमक रही थीं लेकिन उदास थीं, उसकी सुन्दर हिचक भरी आवाज़ में आरोह-अवरोह ऐसे था मानो उसका आत्मविश्वास आ-जा रहा हो, उसका बेढंगापन और उसका संकोच, मुस्कुराने से पहले अपनी मूँछों को ऐंठना, यह सब देखकर वह भावविभोर हो गई। हालाँकि उसका एक मन इस हर्षातिरेक से अलग दूसरी तरफ़ खड़ा रहा, यहाँ तक कि उस पहले दिन भी उसका एक मन था जो यह जानता था कि अचानक यह जो भँवर उठा है इससे कोई भला नहीं होनेवाला है। लेकिन उसका एक और मन था,

जो लड़की का ही था और अभी तक औरत का नहीं हुआ था, वह उससे कह रहा था कि वह इस भाव को जी ले, इसकी अलग-अलग सुवास का आनन्द ले ले, इसकी लहरों के उतार-चढ़ाव के साथ डूब-उतरा ले। यह न सोचे कि क्या होगा क्या नहीं बल्कि जो उस समय था उसी के बारे में सोचे, इस पल के बारे में सोचे जो बूँद की तरह समुद्र में मिल जाएगा—इसकी समस्त अनंतता और सम्भावना के बारे में, इसकी नश्वरता के बारे में, जिसे हमेशा-हमेशा के लिए भुला दिया जाएगा।

अगली सुबह वह स्वप्नविहीन नींद से जाग उठी, वैसी नींद जैसी उसे तब आती थी जब उसकी शादी नहीं हुई थी। कमला को यह बात समझ में आ गई कि वह उस चीज़ के चंगुल में आ गई थी जिसके बारे में उसने इतना पढ़ा और सुना था। एक दिन पहले उसे कैसा महसूस हुआ था इसको याद करके उसको शर्म भी आ रही थी और गुदगुदी भी हो रही थी, जैसे किसी शराबी को उस रात की याद आती है जब वह नशे में था। नींद से उठने के कुछ पल बाद ही उसको यह बात समझ में आ गई कि एक ग़रीब विधवा होने के कारण उसका जिसके प्रति आकर्षण था उसको पा सकना असम्भव था। लेकिन बजाय इस बात से भार महसूस करने के, यह सोचकर उसे भी हैरानी महसूस हुई कि वह मुक्त महसूस कर रही थी, शायद उस तरह से, उसने सोचा, जिस तरह से देश के लिए फाँसी पर लटकनेवाले आदमी को उस समय महसूस होती होगी जब वह उस प्रांगण में पहुँचता होगा जहाँ जल्लाद उसकी प्रतीक्षा में खड़ा रहता होगा। असम्भवता की निश्चितता ने उसके दिमाग़ को शान्त कर दिया, उसको सम्भावना की खोज की कष्टदायक ज़िम्मेदारी से आज़ाद कर दिया। उसने निश्चय कर लिया था कि उसे जीवन में ऐसे जीना है जैसे कुछ हुआ ही न हो, और वह इस बात को निश्चित करेगी कि किसी का ध्यान इस बात की तरफ़ जाए भी नहीं कि क्या हुआ था। वह अपने बिस्तर से उठी और इस उत्साह के साथ अपने दैनन्दिन का काम करने में जुट गई जिसके ऊपर दूसरी विधवाओं का ध्यान तुरन्त गया। जब से वह आई थी तब से यह ख़ुशी उसके चेहरे से ग़ायब ही थी। जिन दिनों में दीवानचन्द आश्रम में नहीं आता था उन दिनों में वह अक्सर काम करते हुए गुनगुनाती रहती थी, दूसरों के काम में हाथ बँटाने के लिए सदा तत्पर रहती थी या किसी बुज़ुर्ग महिला के काम में मदद के लिए तैयार रहती थी। इन दिनों उसका हाव-भाव देखकर नकली नहीं लगता था—वह ख़ुद को हल्का और ख़ुश महसूस कर रही थी, वह अपने गुप्त प्यार को पाल रही थी, इस ज़िम्मेदारी से पूरी तरह मुक्त थी कि इस बारे में उसको कुछ करना भी था। लेकिन आज़ादी का यह भाव उन दिनों में रुक जाता था जिन दिनों दीवानचन्द को आना होता था—वह बेसब्र और चिड़चिड़ी हो जाती थी, सारा समय घड़ी की तरफ़ देखती रहती थी, किसी की बात पर ध्यान नहीं दे पाती थी। अन्ततः जब दीवानचन्द आता था तो उसका चेहरा चमक उठता था,

और हालाँकि वह इस बात का अच्छी तरह ध्यान रखती थी कि वह न मुस्कुराए लेकिन उसकी आँखें चमक उठती थीं।

आरम्भिक कुछ सप्ताहों के दौरान दीवानचन्द ने जो भी कहा और किया सब कमला को बहुत आकर्षक लग रहा था, वह जब भी कोई मुहावरेदार बात बोलता तो कविता की तरह लगती थी। वह दीवानचन्द की कही गई बातों को ऐसे वक़्त बार-बार दोहराती थी जब उसको लगता था कि कोई नहीं सुन रहा, इसे वहाँ की महिलाओं ने अक्सर सुना। दीवानचन्द की हर मुद्रा उसको कोमल या मर्दानगी भरी लगती। वह इतनी सावधान रहती थी कि आगे बढ़कर उस शर्बत को बनाने की पेशकश नहीं करती थी जो उसे पसन्द था या कई बार प्रवचन के दौरान वह थोड़ा-बहुत जो भी खाता उसको बनाने की बात भी नहीं करती, लेकिन वह दीवानचन्द के आने से एक दिन पहले उसे बनानेवाली औरत से यह पूछने से ख़ुद को रोक नहीं पाती थी कि सारी तैयारी हुई या नहीं। ऐसा करना उसको तब छोड़ देना पड़ा जब उसके पूछने पर औरतों ने उसको चिढ़ाना शुरू कर दिया। उन कुछ सप्ताहों के दौरान कमला उतनी ख़ुश रहती थी जितनी कि प्यार में पड़ी कोई भी औरत हो सकती है। शायद सबसे अधिक ख़ुश रहती थी क्योंकि हर कुछ दिनों में उसको अपने प्रेमी के दर्शन कुछ घंटे के लिए हो जाते थे जो इस बात के लिए काफ़ी होते थे कि उसको उसके व्यक्तित्व के कुछ और पहलुओं के बारे में पता चल सके। उसके साथ भौतिक रूप से अकेले मिलने या उसके पास जो था उससे कुछ अधिक पाने की कोशिश करने की सम्भावना तो थी नहीं, इस वजह से वह इस तरह की चिन्ताओं से मुक्त थी कि उससे किस तरह अकेले में मिला जाए या जो उसके पास पहले से ही था उससे अधिक की आकांक्षा पाले। उसके बाद बूढ़ी विधवा सुमित्रा ने इस बात से डरकर जिसकी कमला ने अपेक्षा भी नहीं की थी सुवर्णलता को बता दिया कि कमला को दीवानचन्द से प्यार हो गया है और इस तरह कमला के जीवन के सबसे ख़ुशी भरे दिनों का अचानक अन्त हो गया।

ज़ाहिर है, वह इस बात को जानती थी कि अन्य विधवाओं को इस बारे में पता था कि उसको प्यार हो गया है। जिस तरह से उसका शरीर और उसका चेहरा उसको धोखा देता था, जिस तरह से उसका मिज़ाज दिखाई देता था बातचीत के लहजे से वह अन्दर से ख़ुश दिखाई देती थी, उस सबसे उनको कैसे पता नहीं चलता? लेकिन उसने सोचा कि उन्हें डर किस बात का था, सुवर्णलता को क्यों बताना चाहिए? क्या वह किसी तरह की ईर्ष्या थी, ईर्ष्या ही थी कि वे इस जोश को देख पा रही थीं जिसकी उनके लिए मनाही थी? लेकिन जब उसकी भावना का ज्वार उतरा, तब उसको यह बात समझ में आई कि इसके बावजूद दीवानचन्द ने किसी भी तरह से ऐसा कोई संकेत नहीं दिया था कि वह भी उसी तरह की भावना रखता था, न ही उसने इस तरह की कोई कोशिश की कि दीवानचन्द की भावनाएँ उसके

लिए जाग्रत हो जाएँ, उसके अन्दर भावनाओं का जो आलोड़न था, भावनाओं की इस अधिकता के कारण उसका नियंत्रण कमज़ोर पड़ गया था, और यह ख़तरनाक था। सुमित्रा और दूसरी स्त्रियाँ चौकस थीं जिन्होंने अनियंत्रित होने से पहले इस ख़तरे को उससे पहले ही भाँप लिया।

सुवर्णलता ने जो किया उसके लिए भी यही तर्क लागू होता था। लेकिन यह मुश्किल बात थी क्योंकि कमला ने उसके साथ अपना अतीत जिया था, दोनों लड़कियों का अतीत एक समान था जिसमें लता दीदी अधिक भाग्यशाली थीं। देखने में अच्छी थीं और इनके पिता अमीर थे और बड़े घर में रहती थीं, इस तरह की लाभकारी स्थितियों के कारण जो भी खेल वह खेलती थीं उसमें वह अगुआ बन जाती थीं वह स्वाभाविक रूप से कमला की उत्तरा के मुक़ाबले सीता बन जाती थीं, कमला की राधा के सामने रुक्मिणी बन जाती थीं। लता दीदी से पहले शादी हो जाना कमला के लिए पहली जीत थी, हालाँकि उसको बर्बाद कर देनेवाली वह शादी बहुत छोटी सी अवधि के लिए रही। कमला को कहीं न कहीं दिमाग़ में ऐसा लग रहा था कि दीवानचन्द से प्यार करना उसकी दूसरी जीत थी। और अब लता दीदी ने उसकी दूसरी जीत उससे छीन ली। क्यों? क्या इसलिए कि लता दीदी ख़ुद दीवानचन्द से प्यार करती थीं? हाँ, बिलकुल, वह पहले इस बात को क्यों नहीं समझ पाई, वह तो लता दीदी को इतनी अच्छी तरह जानती थी। अब समझ में आया कि जब वह बोलता था तो वह खिलखिलाती क्यों रहती थीं, कई बार तो अनुचित स्थल पर। वह लगातार अपने पल्लू से खेलती रहती थीं, उसको देखती रहती थीं। अब उन बातों का मतलब समझ में आया। तभी शायद उन्होंने अचानक आश्रम आना बन्द कर दिया, उसको लेकर इतनी जल्दी बनारस चली गई, कमला धागों में मोगरे की मालाएँ गूँथते हुए सोच रही थी। आश्रम उन मालाओं को बेच देता था और उससे जो पैसे आते थे वह उसे बनानेवाली को मिल जाते थे। जब से दीवानचन्द गया था तब से वह इस काम को ख़ासतौर पर करना चाहती थी। फूल के दिल को सूई से भेदने से पहले वह हर पत्ती को प्यार से छूती, फिर उसको धागे के एक सिरे तक ले जाती और फिर वह दूसरा फूल उठाती। लता दीदी उसको कमला के साथ बाँटना नहीं चाहती थी।

सुमित्रा जो ख़बर लेकर आई—कि दीवानचन्द की शादी होनेवाली है—और वहाँ रहनेवाली विधवाओं में यह समझ इतनी साफ़ थी कि उन्होंने इसमें भी कमला का पहलू देख लिया। उनका यह कहना था कि सुवर्णलता दीवानचन्द का विवाह जल्दबाज़ी में इसलिए करवा रही थी क्योंकि उसको इस बात का पता चल गया था कि कमला दीवानचन्द से प्यार करती है। इस बात से कमला की यही धारणा पुष्ट हुई कि सुवर्णलता ने यह सब अपनी बचपन की सहेली से ईर्ष्या के चलते किया। वह दीवानचन्द को एक तीसरी औरत को देने के लिए इसलिए राज़ी हो

गई ताकि कमला उसको न पा सके। कमला के यह जानने के बाद कि दीवानचन्द की शादी किसी और स्त्री से कुछ महीने में होनेवाली थी तो वह इस बात से कुढ़ने लगी कि वे अब अकेले में नहीं मिल सकते, वह उससे बहुत-सी बातें अब नहीं कह सकती थी जो अचानक उसको कहने का मन होने लगा था। वह उसकी गर्दन में बाँहें डालकर फूलों की माला की तरह तब तक नहीं झूल सकती थी जब तक कि उसके बदन से टिक कर उसे सहारा न मिल जाए, उसके सुन्दर चेहरे को देखते हुए। एक नज़र में उसकी सुन्दरता को पीते हुए, उसके मादक होंठों को, उसकी लम्बी, धनुषाकार भौंहों को, उसकी मज़बूत लेकिन लज्जाशील नाक को निहारते हुए।

कई बार रात में जब सब सोये रहते थे वह भंडार में से मोगरे की माला से एक फूल निकालती और उसको सूँघने लगती, लेटकर यह सोचती रहती कि दीवानचन्द के जीवन और घर की मालकिन वह होती तो कैसा लगता। उसके साथ नाराज़गी जताने का नाटक करना कैसा लगता जिससे वह तरह-तरह से उसको मनाने की कोशिश करता, अन्ततः एक मुस्कान के साथ मान जाने से पहले वह उसको ख़ुद को ख़ुश करने की तरह-तरह की रणनीतियाँ अपनाने देना कैसा लगता, सुबह उसके भार से जागना कैसा लगता, उसका एक पैर उसके दोनों पैरों के बीच फँसा हो, उसकी पीठ पर उसकी छाती हो, वह उसकी एक बाँह के घेरे में हो, उसका बचाव करते हुए भी और उसके शरीर को आश्वस्ति का भाव देते हुए भी, वह किस तरह से उसकी साँसों के उतार-चढ़ाव को महसूस करते हुए लेटी रहती, इस डर से न हिलते हुए कि कहीं वह जाग न जाए और शरीरों का यह बेहतरीन गुंफन टूट न जाए।

इसी समय, बनारस में, दीवानचन्द एक अलग तरह की मंत्रमुग्ध अवस्था में था। मारुति शरण ने उसको किताबों से भरे एक घने जादुई जंगल में जाने की अनुमति दे दी थी, जिनमें से कुछ को तो उसने सुन रखा था और कुछ के बारे में पहली बार सुन रहा था। मानस का हर दोहा और हर चौपाई ऐसा लगता था जैसे जंगल के बीच का रास्ता हो—उद्धरण और संकेत, और कई बार व्याख्याकार की व्याख्या और कल्पना, विकल्पों के हथियार। अगर परिश्रमपूर्वक किसी ऐसे व्यक्ति द्वारा अनुसरण किया जाए तो हर रास्ता यह वादा था कि वह बहुत शानदार मंजिल तक लेकर जाएगा जहाँ अर्थ और सौन्दर्य इस उदात्तता के साथ मिल-जुल कर नृत्य करते थे जैसा कि उसने पहले कभी नहीं देखा था। वह जो पढ़ता था या मारुति शरण जो कहते थे वह उनको बहुत कम समझ पाता था लेकिन इतना तो समझ ही गया था कि वह अधिक-से-अधिक पढ़ना चाहता था और अधिक समझना चाहता था। वह अपने दिन या तो मारुति शरण के साथ बिताता या उन अलग-अलग किताबों को समझने में जो उसने ख़रीदी थीं या अर्जित की थीं ताकि मारुति शरण की कही बातों का मतलब समझ सके। वह इतना अधिक व्यस्त हो

गया था कि सुवर्णलता पहले इस बात से ख़ुश हुई कि वह अपने आप में व्यस्त है लेकिन बाद में वह चिढ़ गई जब उसने देखा कि जिस काम में उसकी भूमिका सबसे महत्त्वपूर्ण होनेवाली थी यानी उसकी शादी, उसी में वह किसी तरह की रुचि नहीं दिखा रहा था।

दीवानचन्द इस बात को जानता था कि देर-सबेर यह तो होना ही था इसलिए शादी को लेकर न तो उसके अन्दर किसी तरह की बेचैनी थी न ही किसी तरह का विरोध। वह शादी के लिए तैयार तो हो गया था लेकिन इस बात को लेकर कोई ख़ास उत्सुक नहीं था कि किस लड़की से उसकी शादी हो रही है या उसका परिवार कैसा है। मुरारीलाल और सुवर्णलता लाला मोतीचन्द की अनुमति से और उनकी तरफ़ से जो तरह-तरह की बातें कर रहे थे उनको लेकर वह परेशान भी हो रहा था। वह इस बात से चिढ़ गया था कि उसको एक दोपहर अपने होनेवाले ससुर के साथ बितानी पड़ गई, जो झाँसी से उससे मिलने के लिए आए थे। वे दीवानचन्द के ज्ञान से तो प्रभावित हुए लेकिन उनको इस बात से चिन्ता भी हुई कि वह दुनियादार नहीं है। लेकिन लाला मोतीचन्द के व्यवसाय और सम्पत्ति के बारे में उसको जो पता चला था उसको याद करके उसने इस चिन्ता को परे कर दिया। जब दीवानचन्द के होनेवाले ससुर झाँसी लौट गए तो सुवर्णलता इस बात के लिए अधीर हो गई कि वह जल्दी से दिल्ली लौटकर जाए और असंख्य छोटे-बड़े मसलों को ठीक-ठाक करे, शादी से पहले जिनको ठीक किए जाने की ज़रूरत थी। जब से उसने अपने ससुर के घर का काम-धाम सँभाला था उसके बाद यह उस घर में होनेवाला सबसे बड़ा आयोजन था और वह इस बात का निश्चय कर चुकी थी कि वह लाला मोतीचन्द और अपने कुनबे को यह एहसास करवाकर रहेगी कि इस समृद्ध घर में अन्ततः उस तरह की मालकिन आ गई है जिसकी ज़रूरत थी। दीवानचन्द इस बात से दुखी था कि उसकी शिक्षा में बाधा पड़ सकती थी, दिल्ली में बिना मारुति शरण के ज्ञान और उनके घर में जमा काग़ज़ात तथा किताबों के, उसको जारी रख पाना भी सम्भव नहीं था। और इस बात को समझने से उसको अन्ततः यह बात समझ में आ गई कि उसकी ज़िन्दगी बदलनेवाली थी, उसकी शादी होनेवाली थी।

दिल्ली छोड़ने के तीन माह के बाद जब दीवानचन्द दिल्ली वापस लौटा तो उसने पाया कि सब कुछ तेज़ी से बदल रहा था। कुछ बदलाव तो सुवर्णलता के तौर-तरीक़े में आ गया था, उसका ध्यान पूरी तरह से अपने काम पर था, उस विस्तृत काम पर जो उसके सामने था, जिस कोमलता और हल्के-फुल्के व्यवहार के कारण वह उसको आकर्षक संगी लगती थी वह उसी तरह से उससे झड़ गया था जिस तरह पक्षी के बड़े होने पर उसके बचपन के पंख झड़ जाते हैं। ख़ुद दीवानचन्द के अन्दर भी बदलाव आ रहा था। अपने जीवन में पहली बार उसको ऐसा लगने लगा

था कि वह जिस जगह पर रहना चाहता था, यह वह जगह नहीं है। इस घर और इस शहर में वह नहीं हो सकती थी, जहाँ सभी कुछ ऐसा लगता था जैसे सम्पत्ति और शारीरिक तन्दुरुस्ती के इर्द-गिर्द घूम रहा हो। उसको अपना स्थान बनारस में मारुति शरण के पैरों में दिखाई देता था, जहाँ ऐसा लगता था मानो ज्ञान की लता ज़मीन से आसमान की तरफ़ बढ़ रही हो। उसके शरीर का रोआँ-रोआँ कहता था कि उन्हीं शाखाओं पर कहीं ज्ञान का वह फूल था जो उसके दर्द को कम कर सकता था और जिससे उसको इस कठोर और वैमनस्य भरे संसार का कुछ अर्थ समझ में आ सकता था।

दीवानचन्द को जैसे-जैसे अपने आसन्न विवाह के सख़्त बन्धन के बारे में समझ में आता गया उतनी ही उसकी बेचैनी बढ़ती गई, रातों को वह सो नहीं पाता था। उसने विवाह के बन्धन से बचने की कोई कोशिश नहीं की थी क्योंकि उसको यह बात समझ में नहीं आई थी कि उसको जो आज़ादी हासिल थी उसका उसके लिए कोई मतलब था भी या नहीं। घर के बाकी सारे लोग शादी जैसे बड़े आयोजन से जुड़े एक से एक जटिल मामले को सुलझाने में लगे हुए थे। लाला मोतीचन्द नज़दीक-दूर के रिश्तेदारों को शादी का निमंत्रण देकर बुलाने तथा दिल खोलकर उनके आतिथ्य की महती पारिवारिक ज़िम्मेदारी को पूरा करना चाहते थे। इससे दोहरा उद्देश्य पूरा होता, एक तो परिवार का बन्धन मज़बूत होता और दूसरे वे उनके भरपूर संसाधनों से प्रभावित होते। लेकिन सबसे बढ़कर वह इस मौक़े का इस्तेमाल अपने नाराज़ व्यावसायिक सहयोगियों को आयोजन में महत्त्व देकर उनके साथ सम्बन्ध बेहतर बनाने के लिए करना चाहते थे, बेटे के विवाह के बहाने हो सकता है कुछ नये लोगों से परिचय भी कायम हो जाता। इसके अलावा शादी के हँसी-ख़ुशी भरे माहौल में अपने परिचितों से मिलकर सम्बन्ध अच्छे बनाना चाहते थे। अपने पिता की हर योजना में उनके साथ रहनेवाला दीनानाथ उनके साथ यह योजना बना रहा था कि किस तरह से इस विवाह के बहाने व्यवसाय की सम्भावनाओं का विस्तार किया जा सकता है, साथ ही वह इस बात को भी समझता था कि शादी के शानदार आयोजन में अपनी पत्नी की मदद करके वह घर की मालकिन के रूप में उसकी स्थिति को और भी मज़बूत बना सकता है। इससे अन्ततः घर के मालिक के रूप में उसकी ही स्थिति और मज़बूत होती। उसकी इस स्थिति को लेकर ज़ाहिर है किसी तरह का शुबहा नहीं था लेकिन असफल होने से वह प्रभावित हो सकता था। घर के नौकरों को यह बात समझ में आ गई थी कि इस समय सब कुछ उसी तरह तेज़ी से घूम रहा था जिस तरह युद्ध के दिनों में घूमता है, इसके रुकने पर सब कुछ उथल-पुथल हो जाता। कामकाज के इस माहौल में मालकिन की आँख में किसी की ज़रा सी भी ग़लती पड़ जाती तो वह बढ़कर कई गुना हो जाती, इसलिए सब अपने-अपने हिसाब से ख़ूब बढ़-चढ़ कर काम में लगे हुए थे।

विधवा आश्रम में भी ख़ूब उत्साह का माहौल था। मोगरे की मालाएँ तैयार की जा रही थीं, गेंदे के फूलों तथा आम के पत्तों के तोरण तैयार किए जा रहे थे, अलग-अलग तरह की चीज़ों की सिलाई में तथा हर तरह की साफ़-सफ़ाई में बहुत सारी औरतों को लगाया गया था। उनको न केवल इस तरह के काम बहुत अच्छी तरह करने आते थे बल्कि उन्हें इसके बदले में अधिक मेहनताना भी नहीं देना पड़ता था। इस बात के ऊपर सभी का ध्यान गया था कि कमला पूरे ज़ोर-शोर से इन कामों में लगी हुई थी, उससे भी अधिक ज़ोर-शोर से जितनी कि आवश्यक थी। कथा को फ़िलहाल रोक दिया गया था। जब एक विधवा ने इस बारे में पूछा तो सुवर्णलता ने कहा कि बहुत अधिक काम है, साथ ही उसने यह भी जोड़ दिया कि अब दीवानचन्द आश्रम में अपनी पत्नी की अनुमति के बाद ही आ सकता है। इस कथन को सुनकर सुननेवाली विधवा को हैरानी हुई क्योंकि वह जानती थी कि ऐसा कहने का कारण महज़ कमला की मौजूदगी थी लेकिन उसको यह उम्मीद नहीं थी कि सुवर्णलता इस स्रोत की तरफ़ ध्यान देगी। लेकिन सुवर्णलता आश्रम में चल रहे कामकाज का मुआयना करने के लिए रोज़ आती थी और, उसकी नज़र अक्सर कमला के ऊपर पड़ जाती थी। कमला जहाँ तक हो उससे बचने का प्रयास करती थी और नहीं बच पाती तो चेहरे पर फीकी मुस्कान बिखेरकर हूँ-हाँ में बात करती और चल देती थी।

दोनों एक-दूसरे से नाराज़ थीं और दोनों को ऐसा लगता था कि दूसरी ने उसके साथ धोखा किया है। लेकिन पहला अन्तर यह था कि सुवर्णलता को ऐसा लग रहा था कि उसके साथ जो धोखा हुआ, उसने उसका बदला ले लिया था जबकि कमला को लगता था कि उसने धोखा नहीं दिया था। दूसरा बड़ा अन्तर यह था कि सुवर्णलता को ऐसा महसूस होता था कि उसकी जीत इसलिए हुई थी क्योंकि उसका पक्ष उचित था और उसने इस सम्भावना को नज़रअन्दाज़ कर दिया कि उसकी जीत तो पहले से निर्धारित थी क्योंकि वह एक बड़े अमीर व्यक्ति की पत्नी थी जो अभी जीवित था और इस कारण वह अधिक शक्तिशाली थी। कमला इस बात को अच्छी तरह समझ रही थी कि वह हालात को अपने पक्ष में इसलिए नहीं मोड़ पाई क्योंकि हालात ने उसको शक्तिहीन बना डाला था।

जब पूरा घर और आश्रम की महिलाएँ, जिनमें कमला भी शामिल थीं, शादी की तैयारियों में लगी हुई थीं, उस आयोजन का नायक, दूल्हा दीवानचन्द कभी एक तो कभी दूसरी किताब उलट-पुलट रहा था। लेकिन उसने अपने पढ़ने के लिए जिन किताबों को रखा था उनमें से कोई भी किताब वह पढ़ नहीं पा रहा था क्योंकि वह जैसे ही अपनी मेज़ पर जाता कि उसकी भाभी एक और सूट का नाप लेने के लिए दर्ज़ी को उसके पास भेज देती या उसके पिता या उसके भाई का बुलावा उसके पास आ जाता कि किसी परिचित के यहाँ विवाह का निमंत्रण लेकर जाना है। वह

दोनों काम बिना किसी विरोध के कर लेता रहा, उसको ठीक से यह समझ में नहीं आ रहा था कि किस तरह से विरोध किया जाए या किस बात पर विरोध जताया जाए, लेकिन हाँ, जब इस तरह के बुलावे बढ़ने लगे तो उसने पाया कि वह इन सबसे और अलग-थलग होता जा रहा है। उसको लगने लगा है कि वह एक पासा था जिसे उस मेज़ पर चला जा रहा था, जिसका वह था ही नहीं, और खेलनेवाले खिलाड़ियों को इसकी परवाह ही नहीं थी।

अन्तत: शादी का समय आ गया, दिल्ली और झाँसी दोनों जगहों पर ऐसे जश्न मनाया जाता रहा मानो समुद्र तट पर ज्वार आ गया हो। वहाँ आनेवाले पुरुष उत्तर भारत की सबसे सुन्दर और प्रतिभाशाली गायिकाओं और नर्तकियों की कला का आनन्द उठा रहे थे। औरतों का अपना नाच-गाना हो रहा था, उसके बाद बहुत से ऐसे अनुष्ठान जिनमें स्त्री-पुरुष दोनों को ही भाग लेने की अनुमति थी। आश्रम की विधवाओं को जिस तरह के कपड़ों और खाने की आदत थी उससे काफ़ी अच्छे तोहफ़े उनको मिले। वर पक्ष का स्वागत करनेवाले शहनाईवादकों को उस शाम की सुहानी हवा में लाला मोतीचन्द से पुरस्कार मिला था। शहनाई की आवाज़ कुछ छतों को पार करती हुई उन औरतों के कानों में पड़ रही थी जो वैसे तो बहुत थकी हुई थीं लेकिन अपने हफ़्तों के काम से सन्तुष्ट थीं। अब वे पत्तलों में झुक-झुक कर घी में बनी पूड़ियाँ, तरह-तरह की मसालेदार सब्ज़ियाँ, और अलग-अलग प्रकार की मिठाइयाँ खाने में लगी हुई थीं। खा-खा कर वे शादी के उस आयोजन में वर-वधू को वहीं से आशीर्वाद दे रही थीं क्योंकि उनको भौतिक रूप से वहाँ मौजूद होने की मनाही थी।

दीवानचन्द तरह-तरह के विधि-व्यवहार कर रहा था जिनके मतलब वह ख़ुद भी नहीं समझता था, लोगों का मुस्कुराते हुए स्वागत करते-करते वह उन लोगों को भी पहचानना भूल गया था जिन लोगों को पहले से जानता था, ऐसे लोगों के साथ यात्रा कर रहा था जो बहुत जोशीले और ऊर्जा से भरपूर थे इसलिए उनके साथ वह भी रात भर जगा रहा। इन कारणों से वह बुरी तरह थक गया था। इसी हालत में उसने पाया कि वह एक बड़े से कमरे में रिश्ते की बहुत-सी हँसती-खिलखिलाती बहनों के बीच में घिरा हुआ था। कमरे में उस तरह का सारा सामान भरा हुआ था जो सुवर्णलता को लगा था कि नई वधू के लिए ज़रूरी था। उसको उसी कमरे में अपनी पत्नी के साथ रहना था। जब उसको कमरे में छोड़कर कमरे को बाहर से बन्द कर दिया गया तो उसने महसूस किया कि वह एक ऐसी स्थिति के आमने-सामने था जिसको वह जीवन भर याद रखनेवाला था। वह कमरा जो जब से उसे याद था बन्द था, अब उसके बीचोबीच मोगरे की मालाओं से लदा-फँदा एक बड़ा सा बिस्तर पड़ा था जो चमकदार चन्दन का बना हुआ था। मटमैले रंग का फ्रेंच बेल-बूटों वाला पर्दा बिस्तर के चारों तरफ़ टँगे चँदोवे से बँधा हुआ था, नीचे हल्के

पीले रंग की चादर बिछी हुई थी, जिसके ऊपर मोगरे की मालाओं की लड़ियाँ बिछी हुई थीं। मोगरे की ख़ुशबू एक साथ उसको मदहोश भी बना रही थी और उसकी इन्द्रियों को सक्रिय भी कर रही थी। इस सबके बीच एक औरत बैठी हुई थी, जिसने लाल रंग की साड़ी पहन रखी थी जिसके ऊपर सुनहरे रंग का काम किया हुआ था।

यह कहना उतना ही ग़लत होगा कि दीवानचन्द ने जैसे ही घूँघट उठाया वह प्यार में पड़ गया जितना ग़लत यह कहना होगा कि दीवानचन्द जैसे ही ख़ुशबू से सराबोर और सजावट से भरपूर उस कमरे में घुसा जिस कमरे को इसी मक़सद से सजाया गया था कि वह दुल्हन के प्रेम में पड़ जाए। वह उसके प्रेम में पड़ गया। साथ ही, शायद अगर वही जवान और तरोताज़ा स्त्री शकुन्तला किसी सामान्य अवस्था में उसको मिली होती तो वह उसकी तरफ़ दुबारा मुड़कर भी नहीं देखता, ऐसा सोचना कल्पनात्मक बात होगी, ख़ासकर इसलिए क्योंकि वधू को तैयार करने से लेकर सुहाग कक्ष को तैयार करने का काम सुवर्णलता ने अपनी देखरेख में करवाया था। शादी-ब्याह की तैयारियों का मक़सद होता ही यह है कि उसके माध्यम से सुन्दरता और कामुकता को अभिव्यक्त किया जा सके, इस उम्मीद में कि जैसे वर कमरे में प्रवेश करे तो उसकी स्मृति में वह पल इस तरह से अंकित हो जाए जैसे नदी के किनारे पानी का उच्च जल स्तर चिन्हित होता है, और भविष्य में उस भव्यता की याद दिलाता रहे जो हो सकता है कि फिर कभी न आ पाए।

दीवानचन्द के दिल में उस रात जो संवेदना उत्पन्न हुई, और जिस समय वह पूर्ण रूप में प्रकट हुई, उसे अपने जीवन की परिस्थितियाँ याद आईं, अपनी कामनाओं की जो कभी पूरी नहीं हुईं, यह सब याद करके वह भावुक हो गया। एक बार जब घूँघट उठा तो शकुन्तला का चेहरा देखकर और पति-पत्नी के रूप में अपने रिश्ते को याद करके सब कुछ असंगत रूप से उसके मन में घुमड़ने लगा। दोनों पहली बार एक-दूसरे के आमने-सामने थे। वह इस तरह शरमा रही थी जिस तरह से शरमाने के लिए उसको कहा गया था, वह उत्सुक भी थी, थोड़ी सहमी हुई, लेकिन सबसे बढ़कर वह उत्साहित थी। दीवानचन्द झेंपा हुआ था, हिचकिचा रहा था, सबसे अधिक वह इस बात का मतलब समझना चाह रहा था, क्योंकि उसने कभी ऐसे लोगों से कुछ नहीं माँगा था जिनसे उसको माँगना चाहिए था, और उसको पूरी तरह से इस स्त्री के ऊपर भावनात्मक और शारीरिक अधिकार दे दिया गया था। वह जिसे कभी इस बात की अनुभूति नहीं हुई थी कि किसी का ध्यान अपनी तरफ़ आकर्षित करने के लिए किस तरह की संवेदना दिखानी होती है, वह अब इस जवान, आकर्षक युवती का मालिक बन चुका था जिससे वह पहली बार मिल रहा था। उस स्त्री ने माथे पर सुनहरा टीका लगा रखा था, उसकी भौंहें दो हंसों के गर्दन जैसे आकार की थीं जो ऐसा लग रहा था जैसे एक दूसरे को चूमनेवाले हों। उसकी गोल भूरी आँखें ऐसे चमक रही थीं जैसे उसने अपनी हँसी

को दबा रखा हो, उसकी नाक थोड़ी सी चपटी ज़रूर थी लेकिन तब भी प्यारी लग रही थी। उसका मुलायम होंठों वाला मुँह हल्का सा खुला हुआ था जिससे उसके सफ़ेद दाँत ऐसे झाँक रहे थे, कि जो भी देखता उसे ऐसा महसूस होता मानो वह कुछ कहनेवाली हो।

पहली मुलाक़ात का असर ऐसा होता है कि उसके ख़त्म हो जाने के बाद भी कई युगल दशकों तक उसी में जीते हैं, कई बार दोनों में से एक की मृत्यु हो जाने के बाद भी वह बना रहता है। जैसा कि वाल्मीकि ने रामायण की आरम्भिक पंक्तियों में कहा है कि वह दोनों की मृत्यु के साथ ही समाप्त होता है, कुछ युगलों की कहानियाँ तो उनके मरने के बाद भी सुनी-सुनाई जाती रहती हैं। लेकिन उन लोगों के लिए भी जिनके प्यार का भाग्य मनुष्य जीवन की नश्वरता को पार कर जानेवाला नहीं होता है, पहले कुछ सप्ताह और महीने चमकीले और सुवासित होते हैं, हर दिन कुछ नया पा लेने की उत्तेजना होती है जिससे नई तरह की अन्तरंगता विकसित होती है। दीवानचन्द और शकुन्तला दोनों सहज स्वभाव के थे और एक दूसरे के साथ में दोनों को ख़ुशी का अनुभव हो रहा था। सुवर्णलता का सहयोग उस ख़ुशी को और भी बढ़ा रहा था। सुवर्णलता इस बात से राहत का अनुभव कर रही थी कि शादी हो चुकी है और कमला के साथ सम्बन्ध ठहरने का ख़तरा टल चुका था, अब वह अपने नौजवान और आकर्षक देवर को सामाजिक रूप से मान्य भावनाओं के प्रकटीकरण, छेड़छाड़ और थोड़ी-बहुत चुहल की अनुमति दे देती थी, जो वह अपनी नई पत्नी के सामने प्रकट कर सकता था।

शादी के बाद कुछ महीनों तक कथा रुकी रही क्योंकि सुवर्णलता का कहना था कि इतनी सारी विधवाओं की छाया नव वधू के लिए मंगलकारक नहीं होगी। शुरू-शुरू में इस मनाही से दीवानचन्द को किसी तरह की परेशानी नहीं हुई क्योंकि वह हर दिन अपनी पत्नी के साथ बिताता था, चाहे घर में या बाहर। शकुन्तला को सिनेमा से प्यार था और वह लाला मोतीचन्द और दीनानाथ की जानकारी के बिना उसके इस शौक़ का हिस्सा बनकर आनन्दित होता था, क्योंकि उसको पता था कि वे दोनों इसकी अनुमति नहीं देते। शकुन्तला की रुचि साहित्य में नहीं थी, और धार्मिक साहित्य में तो बिलकुल ही नहीं थी इसलिए जब कभी दीवानचन्द अपनी किताबों के साथ बैठता तो वह आती और उसको वहाँ से खींचकर ले जाती। लेकिन कुछ महीने बीतने के बाद उसने पाया कि अनजाने में ही वह कभी-कभी कोई दोहा गुनगुनाने लगता था या जब सुबह के समय वह उठता था तो उसके दिमाग़ में कोई चौपाई घूमती रहती थी। सोनेवाले सोचते कि खिड़की से छनकर आती धूप ने उसको जगा दिया होगा लेकिन अक्सर वह सूरज उगने से पहले जगा रहता था। इसी तरह दीवानचन्द नव-विवाहित होने की मोहक मोहनिद्रा से जग चुका था और अब उसको राम के सबसे बड़े भक्त तुलसी के शब्दों में राम की स्मृति परेशान कर

रही थी, और वह इसके लिए योजना बनाने में लग गया कि किस तरह से वापस तुलसी की झील के किनारे वापस जाया जाए।

बनारस वापस जा पाना सम्भव नहीं था। वह वहाँ नहीं जाती, और अगर जाती भी तो वह वहाँ करती क्या, क्योंकि वह तो मारुति शरण के चरणों में बैठा रहता? घर में बैठकर किताब पढ़ते रहने का बचाव नहीं किया जा सकता था, ख़ासकर ऐसी पत्नी के सामने जिसकी पढ़ने में कोई ख़ास रुचि नहीं थी। इसलिए एक ही समाधान दिखाई दे रहा था कि फिर से आश्रम में कथा शुरू की जाए। इससे न केवल उसको मानस के पास वापस जाने का बहाना मिल जाएगा बल्कि सुननेवालों के सामने जाने से उसको मजबूर होकर उन अलग-अलग व्याख्याओं की तुलना करने तथा उनको व्यवस्थित करने का मौक़ा भी मिल जाएगा जो मारुति शरण ने जुटा रखी थीं और जिनमें से कुछ की प्रतिलिपि करके वह अपने साथ ले आया था। इससे उसको ईमानदारी से मारुति शरण की शागिर्दी का मौक़ा भी मिल जाएगा, जिस शागिर्दी को करने के बारे में उसने फ़ैसला ले रखा था, बावजूद इसके कि मारुति शरण ने उसको साफ़ तौर पर इस बारे में कुछ भी नहीं कहा था। वैसे भी इसके लिए भौतिक रूप से बनारस जाकर रहने के लिए उनके पास कोई स्पष्ट रास्ता नहीं था।

पहले तो वह शकुन्तला के सामने इस बात को उठाने में हिचक रहा था। उसे ठीक से समझ में नहीं आ रहा था कि वह उससे क्या कहे, उसे किस तरह समझाए कि उसको इंग्लैंड के उन मुश्किल दिनों से ही गोस्वामी तुलसीदास के शब्दों से बहुत राहत पहुँचती थी, उसके अन्दर से यह भाव कभी गया ही नहीं कि वह लक्ष्मण है जो युद्ध के मैदान में अपने कलपते भाई राम की बाँहों में अचेत पड़ा हुआ है। उसको यह समझ में नहीं आता था कि वह किस तरह से किसी को यह बताए कि जब वह राम का ध्यान लगाता था या तुलसी की किताब का कोई पन्ना खोलता था या किसी को राम का नाम लेते हुए सुनता था तो राम के बारे में सुन-पढ़कर उसके दिमाग़ में राम की वही छवि उभरती थी कि वे अपने भाई के लिए दुखी होकर रो रहे हैं और तब उसको लगता कि उसने उन्हें खो दिया है। लेकिन एक रात सम्भोग के पलों के बाद वह जगा रहा, उस रात पहली बार उसे सम्भोग से सन्तुष्टि नहीं हुई थी। वह कदम्ब के सुगन्धित पेड़ जैसे अपने कमरे में इधर-उधर देख रहा था, वही शयनकक्ष जिसमें वह पहली रात इतना उत्तेजित हो गया था अब उसको जाना-पहचाना चमकदार कमरा लग रहा था जहाँ वह उस सुन्दर स्त्री के साथ आमोद-प्रमोद कर रहा था। उस औरत को उसने समझना शुरू कर दिया था, वह खिलंदड़ और कामुक स्वभाव की होने के बावजूद होशियार थी, उसको प्यार करती थी। ऐसे में अगर वह अपनी पत्नी को अपनी ज़रूरतों के बारे में नहीं बताता तो यह एक तरह से उसका अपमान ही होता।

शकुन्तला संवेदनशील और बुद्धिमान थी इसलिए इस बात की तरफ़ उसका

ध्यान पहले ही जा चुका था कि उसके बार-बार पूछे जाने के बावजूद दीवानचन्द ने उसको अपने बचपन के बारे में बहुत कम बताया था और उसका यह कहना था कि उसको अपनी माँ का अधिक कुछ याद नहीं था जबकि जब उनकी मौत हुई थी तब वह दस साल का था। कई बार वह इस बारे में बात करता था कि जब वह छोटा था तो सहदेई, अपने भाई और माँगेराम के साथ किस तरह के खेल खेलता था, लेकिन वह उनके बारे में बात करते-करते रुक जाता था। ऐसा लगता था कि उसको अपनी स्मृति में दूर तक जाने से कोई चीज़ रोकती थी, शायद किसी तरह की तकलीफ़ के बारे में सोचकर वह रुक जाता था, शकुन्तला को बार-बार इस बात की शंका होती थी कि दीवानचन्द सहदेई या माँगेराम से कभी-कभार ही क्यों मिलता है, जबकि दोनों अब भी घर में काम कर रहे थे, और वह हमेशा अपने भाई से कुछ कटा-कटा सा क्यों रहता था। सुवर्णलता के अलावा जिस एक आदमी के बारे में दीवानचन्द बड़े प्यार से बात करता था वह अल्फ्रेड था जो इंग्लैंड में उसका सहायक था, सुवर्णलता तो उसके पति के लिए माँ और दोस्त का मिला-जुला रूप थी। वह अक्सर उसको युद्ध के मैदान में लड़ाइयों की कहानियाँ सुनाता रहता था, ख़ून-ख़राबे और साहस से भरी कहानियाँ, उसके साथ टहलने की कहानियाँ—लेक डिस्ट्रिक्ट, कॉर्नवल, आयरलैंड में की गई यात्राओं की कहानियाँ। ख़ूबसूरत भू-दृश्यों के बीच लम्बी-लम्बी यात्राओं की कहानियाँ जो अपनी आकर्षक हरियाली और पशु-जीवन के दृश्यों के साथ उसकी आँखों के सामने जीवन्त हो जाया करता था। उस तरह के भू-दृश्य शकुन्तला ने कभी देखे नहीं थे, वहाँ के लोगों और उनके जीवन के बारे में सुनकर उसको अजीब लगता था लेकिन दीवानचन्द को नहीं, और सबसे बढ़कर अल्फ्रेड और दीवानचन्द के बीच लम्बी-लम्बी बातचीत के बारे में, जिसमें ऐसा लगता था कि चुप्पी को भी उठाना ही महत्त्व दिया जाता था जितना बोलने को।

लेकिन शकुन्तला को जो बात खलती थी वह दीवानचन्द का तुलसी से गहरा लगाव था। दीवानचन्द ने उससे मानस के बारे में बातचीत करने की कोशिश की तो उसने उसकी बात को मज़ाक़ में उड़ा दिया, ऐसा लगता था कि धर्म और इश्क़बाज़ी उसके लिए अच्छा मेल नहीं था। इसलिए दीवानचन्द उसके सामने इस बारे में बात करने से कतराने लगा क्योंकि उसे यह संवेदनहीनता लगी, जबकि असल में यह उसकी अपनी अति संवेदनशीलता थी जिसके कारण वह इस बात को देख नहीं पाया कि अगर उसको इस बारे में पता होता कि उसके लिए मानस का क्या अर्थ था तो शायद किसी दूसरे तरीक़े से बर्ताव किया होता। एक सुबह जब शकुन्तला उठी तो उसने पाया कि उसका पति उससे आँखें नहीं मिला रहा है और हूँ-हाँ के अलावा कुछ नहीं बोल रहा है। उसको तत्काल लग गया कि कहीं कुछ गड़बड़ है, उसने उससे पूछा कि मामला क्या है तो उसको सुनकर राहत महसूस हुई कि

इसका कोई सम्बन्ध पिछली रात सम्भोग की कई असफल कोशिशों से नहीं था। यह सुनकर उसे बेहद राहत महसूस हुई जब उसने कहा कि असल में वह विधवाओं को रामकथा सुनाना चाहता है, सुनकर उसकी हँसी फूट पड़ी। लेकिन ऐसा लगा कि उसकी हँसी से दीवानचन्द बहुत दुखी हो गया। "आप बिलकुल सुना सकते हैं!" उसने जल्दी से जवाब दिया, लेकिन उस पल वह उस जवाब से उलझन में थी, जैसा अक्सर विवाहित जोड़ों के साथ होता है, उनकी चिन्ता अपने पति के ग़ुस्से के कारण को समझने के बजाय उसको शान्त करने की अधिक होती है। "मैं भी चलूँगी," उसने माहौल को कुछ हल्का बनाने के उद्देश्य से कहा, "वहाँ उतनी सारी औरतें होंगी और आप अकेले मर्द होंगे। अगर कोई अपने सामान का ध्यान ख़ुद न रखे तो उसको इस बात की शिकायत नहीं करनी चाहिए कि उनकी चोरी हो गई है।" उसकी मुस्कुराती हुई आँखों को देखकर दीवानचन्द ख़ुद को उसका कृतज्ञ महसूस कर रहा था और उसे एक बार फिर उसके ऊपर बहुत प्यार आने लगा।

सुवर्णलता ने विरोध किया, लेकिन वह आपत्ति जताने का बस एक ही कारण बता सकती थी—नवविवाहित को विधवाओं की अशुभ छाया से दूर रहना चाहिए। शकुन्तला ने इस बात को अपने हिसाब से सँभाल लिया—"आपकी मंगलकारी मौजूदगी मुझे बचा लेगी" कहते हुए उसने अपनी मीठी ज़ुबान में पूरी दृढ़ता के साथ कहा, "मुझे पता है दीदी आप इस छोटी सी बात के लिए मना नहीं करेंगी, मेरी प्यारी दीदी।" इससे सुवर्णलता को समझ में आ गया कि उसकी छोटी और सहज दिखाई देनेवाली देवरानी अपना दिमाग़ भी रखती थी, वह वैसे भी पहले से ही घर में सुवर्णलता के बनाए छोटे-मोटे दर्जनों नियम चुपचाप तोड़ चुकी थी। अगर सुवर्णलता उसके इस तरह खुलकर आगे बढ़-बढ़ कर सोचने की शिकायत को लेकर दीनानाथ के पास जाती और उससे कहती कि वह शकुन्तला को आश्रम जाने से रोके, तो अपने पति को इसमें शामिल करने से उसकी अपनी देवरानी के साथ लड़ाई शुरू हो जाती। सुवर्णलता इतनी होशियार तो थी ही कि यह समझ जाए कि ऐसे में लड़ाई शुरू करना बेवकूफ़ी है और इसको तब तक टाला जाना चाहिए जब तक कि आप इस बात को लेकर निश्चिन्त न हों कि जीत आपकी होगी और आप अपने दुश्मन को बर्बाद कर देंगे। अगर शकुन्तला इस मामले को लेकर अपने ससुर के पास चली गई और कहीं अपनी नई बहू को ख़ुश करने के लिए वे मान गए तो? क्या पता यह बात खुलकर सामने आ जाए कि उसकी हिचक का असली कारण यह है कि उसकी सहेली कमला दीवानचन्द से प्यार करती थी? वह जानती थी कि यह बात आश्रम और घर के नौकरों के बीच दबी-छुपी थी, और किसी के पास इसका कोई कारण नहीं था कि वह इस बात की तरफ़ लाला मोतीचन्द या दीनानाथ का ध्यान दिलाए। यह कमज़ोर कड़ी थी लेकिन अभी उसके पास तुरुप की चाल बची हुई थी, वह कमला को कहीं भेज सकती थी, लेकिन यह चाल वह

चलना नहीं चाहती थी। कोई विकल्प बच नहीं गया था इसलिए उसने ख़ुद को मज़बूत बनाया और कमला को बुलवा भेजा।

दिल्ली में रहते हुए उसको डेढ़ साल हो गए थे और पहली बार कमला सुवर्णलता के निजी कमरे में गई। कमरा ख़ूब शानदार ढंग से सजाया हुआ था, कमरे में एक विशाल बिस्तर था जिसके चारों कोने पर खम्भे लगे थे। बिस्तर की चमक देखकर सहज ही यह अन्दाज़ा लगाया जा सकता था कि कमरे की मालकिन की हैसियत एक सौभाग्यवती विवाहिता नारी की थी। अगर किसी ईर्ष्यालु के मन में किसी तरह की शंका हो तो उसको दूर करने के लिए कमरे में एक विशाल आईना लगा हुआ था, जो उस विशाल कमरे की विशालता को और बढ़ा रहा था। कोने में एक मेज़ थी जिसके ऊपर उस स्त्री के सौन्दर्य प्रसाधन रखे हुए थे जिसका यह कमरा था और जिसका उद्देश्य उस स्त्री का सौन्दर्य बढ़ाना था। कमरे में खड़ी होकर वह अपने बचपन की सहेली को देख रही थी, जो एक नक़्क़ाशीदार सोफ़े पर बैठी हुई थी और अपने चाँदी के पनबट्टे में झाँक रही थी। कमला खड़ी-खड़ी सोच रही थी कि कितनी आसानी से इसका उलटा भी हो सकता था, लेकिन उसने तत्काल राहत की साँस ली, और इसके लिए मन-ही-मन शुक्रिया जताया कि ऐसा नहीं था।

जब अन्ततः सुवर्णलता ने साहस करके ऊपर नज़र उठाई तो उसको हैरानी हुई कि कमला का जो रूप उसको याद था वह उससे अलग लग रही थी, जबकि उसको देखे उसे छह या सात महीने ही हुए थे, तब उसने शादी की तैयारियों के बीच उड़ती-उड़ती नज़रों से ही सही लेकिन उसको देखा था। उसको ध्यान आया कि क़रीब एक साल हो गए थे और उसने अपनी सहेली की तरफ़ ठीक से देखा तक नहीं था। वह दुबली हो चुकी थी, उसके चेहरे की कोमलता ग़ायब हो चुकी थी, लेकिन जिस तरह से वह तनकर खड़ी थी उसमें अहंकार नहीं बल्कि सहजता दिखाई दे रही थी। उसका चेहरा दमक रहा था, यह चमक उसकी आँखों की थी, जिसमें उदासी या ख़ुशी नहीं चमक रही थी बल्कि वह चमक किसी और चीज़ की थी, किसी गहरी और बड़ी बात की। इसके बावजूद कि वह सहज थी और मिलने का उद्देश्य भी उसके सामने स्पष्ट था तो भी सुवर्णलता के मन में उसके लिए एक तरह का आदर पैदा हुआ।

"कैसी हो?" सुवर्णलता ने पूछा। उसको समझ में नहीं आ रहा था कि क्या पूछे।

"मैं ठीक हूँ," कमला ने कहा, उसने इतनी शान्त आवाज़ में कहा कि लगा कि पता नहीं बोलते वक़्त उसके होंठ हिले भी थे या नहीं। "तुमने मुझे यहाँ क्यों बुलाया?"

उसको ध्यान आया कि उसने इस बारे में सोचा भी नहीं था कि वह कमला से क्या कहना चाहती थी। अगर उसने ठीक से सोच भी रखा होता तो भी उसके लिए यह सम्भव नहीं लग रहा था कि वह जो बात कहना चाहती थी उस बात को इस

तरह से कहे कि उसे लगे भी नहीं और उसको समझ में भी आ जाए। सुवर्णलता ने कहा, "मैं यह चाहती हूँ कि तुम यहाँ से चली जाओ। मेरे चाचा वृन्दावन में एक आश्रम को अक्सर चन्दा देते रहते हैं। मैंने उनको चिट्ठी लिखी और उन्होंने सब इन्तज़ाम कर दिया है। मैं तुम्हारे साथ किसी को भेज दूँगी जो वहाँ तुम्हारा सब इन्तज़ाम कर दे।"

"नहीं," कमला ने कहा और जाने के लिए मुड़ गई।

"नहीं?"

"नहीं।"

"तुम क्या चाहती हो?" सुवर्णलता ने कहा।

"मुझे कुछ नहीं चाहिए," कमला बोली।

"फिर तुम क्यों नहीं जाओगी?"

"क्योंकि वृन्दावन में राधा नहीं रहती। केवल कृष्ण रहते हैं," कमला ने कहा।

"न तो तुम राधा हो, न ही वह तुम्हारा कृष्ण," सुवर्णलता ने तेज़ आवाज़ में कहा।

"और अब छोटी बहू आ गई है," कमला ने ग़ुस्से से काँपती आवाज़ में कहा, "अब तुम भी रुक्मिणी नहीं रह गई हो।"

जब सुवर्णलता ने कमला को जाते हुए देखा तो वह सन्न रह गई, फिर जब कमला कमरे से निकल गई तो उसको सब याद आया और वह अपनी सहेली और उसके साथ बिताए बचपन को याद करके रोने लगी जो दोनों के लिए अब काफ़ी पीछे रह गया था।

उस रात बाद में कमला के आत्मसम्मान ने उसको धिक्कारा—जिस इनसान ने उसको यहाँ बुलाया था जब उसी ने जाने के लिए कह दिया हो तो वह जाने से मना कैसे कर सकती है? वैसे भी यहाँ उसके लिए था क्या? उसे तो दिन में एक बार भोजन, सर पर छत और मरने तक बतकही ही तो चाहिए थी, इससे अधिक क्या चाहिए था। वृन्दावन भी बाकी जगहों जैसा ही था। क्या इसकी वजह यह थी कि वह इस बात को जानती थी कि सुवर्णलता को उसके यहाँ होने से परेशानी थी, वह इस बात से परेशान थी कि उसकी देवरानी को कहीं न कहीं से यह पता चल ही जाता कि उसको दीवानचन्द से प्यार था? क्या उसका कारण यह था कि शकुन्तला उस कथा के लिए आश्रम में आनेवाली थी जिसकी घोषणा एक साल बाद अचानक हुई थी और उसके वहाँ जाने से उसको पता भी चल सकता था। हो सकता है कि वह सुवर्णलता को इस बात का दोषी ठहराती कि उसके नज़रअन्दाज़ करने के कारण उसकी शादी पर संकट आ गया था? क्या वह यही चाहती थी कि वह इस बात से अपनी सुविधा से वहाँ से जाना नहीं चाहती थी कि छोटी बहू उसको देखकर यह समझ जाए कि उससे कोई बात छिपाई जा रही थी और इस तरह अपनी सहेली से उसका बदला पूरा हो जाए। लेकिन उससे क्या बात छिपी

हुई थी? कुछ भी तो नहीं! बस यह कि एक बेवकूफ़ विधवा उसके पति के प्यार में पड़ गई थी, हालाँकि उसके पति ने कभी ऐसा कुछ नहीं दिखाया जिससे लगे कि वह भी उससे प्यार करता था, बल्कि उसका तो ध्यान भी इस बात पर नहीं गया था कि एक बेवकूफ़ विधवा उससे प्यार करती थी। लेकिन उसको उससे प्यार हुआ ही क्यों था? वह क्या था? क्या उसका चेहरा, उसका सुन्दर चेहरा और उभरा हुआ माथा जो कुछ हद तक बालों के नीचे ढका रहता था या उसकी बदली जैसी उदास आँखें? या जिस तरह से वह बोलता था; उसकी मीठी आवाज़ मर्दानी थी लेकिन फिर भी मुलायम थी। या वह जिस तरह की बातें करता था? जिस तरह से वह राम को प्यार करता था! जिस तरह से वह तुलसी के साथ झूमता था, जिस तरह से वह एक-एक शब्द का उच्चारण करता था, हर पद का, मानो वह संगीत बनाने की कोशिश कर रहा हो। संगीत का एक घर बनाने का प्रयास कर रहा हो। ऐसा घर जो एक पल को तो हरे-भरे जंगल में आरामदेह बँगले जैसा लगता हो और दूसरे पल विस्तृत मैदान में शानदार महल जैसा जिसके सामने ऊँची सीढ़ियाँ हों, एक ऐसा घर जो अल्पकालिक हो लेकिन हो आरामदेह, एक ऐसा घर जहाँ उसको महसूस होता हो कि उसको राहत मिलती थी क्योंकि वह ऐसा घर था जहाँ उसको पता था कि उसको राहत महसूस होती थी।

वह जानती थी कि दीवानचन्द उसका कभी नहीं हो सकता था, तब भी वह कितनी बुद्धू थी कि उसके प्यार में पड़ गई। यह वही था जिसको इस तरह से अच्छी तरह कहा जा सकता था, "मैं दिल से यह चाहती नहीं थी कि ऐसा हो जाए" या यह कि "मैं यह नहीं चाहती थी कि ऐसा हो," लेकिन उसने ऐसा होने से ख़ुद को रोका क्यों नहीं? क्यों? उसने ख़ुद को इतना दर्द क्यों होने दिया? इन महीनों में, अब तो साल होने को आया, उसने जब भी सोचा कि उसकी यह भावना दब गई है, तभी कुछ हो जाता और यह भावना फिर से उभर जाती। गर्मियों में अमलतास के खिलने पर, इतना चमकीला कि लगता था पेड़ मई के सूरज से बात करना चाहते हों, मौसम की पहली बारिश जो धरती की सोंधी महक को बाहर निकाल देती है, जिस महक से हर उस दिल में कुछ हो जाता है जो मरा न हो, काले घने बादल आसमान में ऐसे चले जा रहे थे मानो गोपियाँ बंशी की धुन सुनकर नदी की तरफ़ जा रही हों। उसके बाद अक्टूबर की मुलायम लेकिन नमी वाली ठंडक और उसकी भीनी-भीनी सुबहें, ठंड के दिनों में कमज़ोर पड़े सूरज की गर्मी, और फिर, अन्ततः रंग-बिरंगा वसन्त, एक-एक फूल ऐसे लगता जैसे कोई नुकीला तीर सीधे दिल पर फेंका गया हो। वह एक बार फिर उसके भावों में डूब जाती जिसने उसके दिल को चुराया था, और यह भावना कि वह कुछ भी अधिक नहीं चाहती थी—न उसकी छुअन, क्योंकि हवा जब उसके चेहरे को छूती थी तो लगता था जैसे उसने छुआ हो, उसकी आवाज़ भी नहीं क्योंकि सुबह के समय कोयल उसी की आवाज़

में गाती है, उसका चुम्बन भी नहीं चाहिए क्योंकि मोगरे के फूलों की पत्तियाँ उसके होंठों पर उसी के होंठों जैसी महसूस होती हैं, उन फूलों की ख़ुशबू से उसके अन्दर हूक-सी उठती है जिससे वह बस उसकी आवाज़ सुने और उसका चेहरा देख सके। अपनी आँखों में उसका मोहक चेहरा लिए और कानों में उसकी मधुर आवाज़ लिए कमला ऐसी गहरी नींद में डूब जाती जिसमें कोई सपना नहीं होता था।

आश्रम में यह बात पहुँच गई कि सुवर्णलता की आपत्ति के बावजूद दीवानचन्द फिर से कथा शुरू करना चाहता है। सब सही ही समझ रहे थे कि सुवर्णलता की इस आपत्ति का कारण कमला थी इसलिए उसकी आपत्ति का किसी ने बुरा नहीं माना, लेकिन जो बात सबकी कल्पना को उद्वेलित कर रही थी वह यह कि उसकी पत्नी, छोटी बहू ने न केवल इस बात के ऊपर ज़ोर दिया कि कथा फिर से शुरू हो बल्कि वह कथा सुनने के लिए आना भी चाहती थी जबकि उसकी शादी के बहुत दिन हुए भी नहीं थे। कुछ विधवाओं का मानना था कि छोटी बहू केवल इस कारण से तैयार हो गई होगी क्योंकि उसको पता नहीं था कि कमला मन-ही-मन दीवानचन्द को प्यार करती थी। जबकि कुछ औरतों को ऐसा लग रहा था कि ऐसा हो ही नहीं सकता था कि उसको पता न हो और उनको उसके साहसिक निर्णय पर हैरानी हो रही थी। घर के नौकर घर से इस तरह के समाचार लेकर आते थे कि दीवानचन्द अपनी नई-नवेली पत्नी के ऊपर पूरी तरह लट्टू था, और यह भी विवाद का विषय था, कुछ विधवाएँ इस बात को ज़ोर देकर कह रही थीं कि वह अपनी पत्नी के साथ आश्रम में इसलिए आ रहा था क्योंकि वह कमला को ऐसा सन्देश देना चाहता है, जबकि कुछ का कहना था कि बहू ही कमला को सन्देश देना चाहती है। कुछ और महिलाओं का कहना था कि दीवानचन्द को इस बारे में कुछ भी पता नहीं था कि कमला को कैसा महसूस होता है, और अचानक से कथा से दुबारा शुरू होने से कमला का दूर-दूर तक लेना-देना नहीं था। हालाँकि इस बात को जानने का उनके पास कोई ज़रिया नहीं था।

कथा की सुबह तक अफ़वाहों का बाज़ार गर्म हो चुका था। महिलाओं की निराशा या आशा का स्तर जो भी रहा हो लेकिन जब दीवानचन्द आया तो उनको समझ में आ गया कि उस गम्भीर और दोस्ताना नौजवान को वे पसन्द करती थीं जिसने उनके मनोरंजन के लिए कई घंटे बिताए थे, वह उनको सिखाता था, और बिना किसी भेदभाव के दिल से उनके साथ बातें करता था। और फिर उन्होंने उसकी नई पत्नी को देखा, वह सुन्दर युवती थी, वह अपनी जेठानी की तरह गहनों से वैसी लदी-फँदी नहीं थी, इसके बावजूद कि उसकी शादी नई-नई हुई थी, उसने मुस्कुराते हुए हर स्त्री का गर्मजोशी के साथ अभिवादन किया, जो कम उम्र की विधवाएँ थीं उनको गले से लगाया, बड़ी उम्र की विधवाओं के पैर छुए, उन स्त्रियों ने दिल से उसको दुआएँ दीं और उसको अच्छे विवाहित जीवन की शुभकामनाएँ दीं। वैसे तो

वहाँ हर औरत ने उसका अभिवादन गर्मजोशी से किया लेकिन शकुन्तला ने ध्यान दिया कि उम्र में उससे बड़ी एक औरत ने, जिसका नाम उसको कमला बताया गया था, कुछ अधिक ही गर्मजोशी से उसका अभिवादन किया, उसको गले से लगाने के बाद वह बड़े प्यार से उसके चेहरे को देखे जा रही थी मानो कुछ ढूँढ़ रही हो, उसका हाथ वह तब तक थामे रही जब तक कि दूसरी औरतों ने उसको प्यार से किनारे नहीं कर दिया। जब सब बैठ गए और कथा शुरू हो गई तब भी शकुन्तला की आँखें हैरानी से पीछे कमला को देखे जा रही थीं, जिसको देखकर ऐसा लग रहा था मानो वह रोनेवाली हो, हालाँकि उसके चेहरे से ऐसा लग रहा था मानो वह बहुत ख़ुश इनसान हो, उसकी आँखें दीवानचन्द पर टिकी हुई थीं।

दीवानचन्द ने जिस प्रसंग का चुनाव किया था वह तब का था जब राम और सीता, सीता के पिता के बगीचे में एक-दूसरे को पहली बार देखते हैं। इस चयन से वहाँ मौजूद सभी को समझ में आ गया था कि ऐसा उसने अपनी पत्नी के लिए किया है। जब उसने *सिया मुख भये नयन चकोरा* का वाचन शुरू किया तो वह अपनी पत्नी की दिशा में मुड़ गया जिससे वह शर्म के मारे लाल हो गई और सब दिल खोलकर हँसने लगे और वहाँ का माहौल सौहार्दपूर्ण हो गया, यहाँ तक कि कमला भी अपने प्रिय की इस शरारत पर मुस्कुरा उठी। जब उसके वाचन की उपकथा स्थापित हो गई और उसको सुननेवालों की स्वीकृति भी मिल गई तो दीवानचन्द ने उस अंश का वाचन शुरू किया जिसमें दुनिया के पालनहार राम अपने सामने के दृश्य को देखकर अवाक् रह जाते हैं—*सुन्दरता कहुँ सुन्दर करई*—और जब उसने यह पाठ किया तो सभी ख़ुशी के मारे झूम उठे। अन्ततः राम ने बोलना शुरू किया, अपने भाई की तरफ़ मुड़कर उन्होंने उससे कहा कि यह स्त्री हो न हो राजा की पुत्री हो जिसको वे जीतने के लिए आए हैं। इस बात को वे समझ जाते हैं क्योंकि उसको देखकर उनका हृदय लगातार उद्वेलित हो गया है और रघुकुल का कोई भी पुरुष किसी दूसरे पुरुष की स्त्री की चाह नहीं कर सकता, अपने सपने में भी नहीं।

जैसे ही दीवानचन्द ने यह समझाना शुरू किया कि किस तरह तुलसीदास ने राम को इतना विनम्र बनाया है कि वे अपने उच्च नैतिक चरित्र को अपना गुण बताने के बजाय अपने परिवार का गुण बताते हैं, तभी एक बड़ी उम्र की स्त्री बोल पड़ी, "लालाजी, कृष्ण को दूसरे पुरुषों की स्त्रियों के साथ नाचने और खेलने में कोई परेशानी नहीं थी। क्या यह ग़लत था?"

"उम्म," दीवानचन्द ने नीचे अपने लिखे हुए नोट्स की तरफ़ देखते हुए कहा, जबकि उसको पता था कि वहाँ उसके पास ऐसा कुछ भी नहीं था जो इस सवाल का जवाब हो पाता। "कृष्ण की क्रीड़ा अनन्त है जबकि तुलसी के राम आदमी और भगवान् दोनों हैं," उसने जवाब दिया।

"लेकिन कृष्ण भी तो पुरुष थे," सवाल पूछनेवाली ने फिर पूछा, और भागने के आधिभौतिक रास्ते को बन्द कर दिया। "वह द्वारका गए, राजा बने, रुक्मिणी से विवाह किया, पांडवों के साथ युद्ध में हिस्सा लिया। वह भी पुरुष और ईश्वर दोनों थे, लालाजी।"

दीवानचन्द अचम्भित था। उसके बग़ल में बैठी शकुन्तला उत्सुक थी कि उसका पति किस तरह इस सवाल का जवाब देता है। उसकी बग़ल में बैठी सुवर्णलता के दिल की धड़कन तेज़ हो गई। दीवानचन्द ने दोनों की तरफ़ देखा और फिर बोला, "मेरे पास इस सवाल का कोई जवाब नहीं है। मुझे माफ़ कर दीजिए।"

"हो सकता है लालाजी कि गोपियों का प्यार इतना पवित्र रहा हो कि कृष्ण उनकी लीला के लिए मना कर उनका अपमान न करना चाहते हों। वे यह नहीं चाहती थीं कि उनके घर में बैठकर राज करें, वे तो उनके साथ बस कदम्ब के कुंजों में खेलना चाहती थीं," पीछे से एक आवाज़ आई।

शकुन्तला ने सर उठाकर देखा तो पाया कि बोलनेवाली कमला थी। अगर उसको वह सही लग रही थी तो काश उसने अपनी जेठानी को देखा होता जिसका पसीना छलक आया था। उसकी आँखें कमला के चमकते चेहरे से हट नहीं पा रही थीं। उसको देखते हुए शकुन्तला को समझ में आ गया कि इस औरत को उसके पति से प्यार है, और उसको समझ में आ गया कि यह बात उसकी समझ में उसी वक़्त आ गई थी जब कमला ने उसको गले से लगाया था और उसके हाथ थाम लिए थे।

"शुक्रिया," दीवानचन्द ने कहा, "आपने मेरी जान बचा ली।" और कथा आगे बढ़ चली।

अगली सुबह कमला दिल्ली से वृन्दावन चली गई, वहाँ से उसने सुवर्णलता को एक चिट्ठी लिखी कि वह अब लौटकर नहीं आएगी और उसको देखने के लिए किसी को न भेजा जाए। सुवर्णलता आश्रम गई और उसने वहाँ विधवाओं को बताया कि क्या हुआ था। उन्होंने उसको ध्यान से सुना और फिर बाद में कहा कि जो हुआ उनको पहले से ही पता था। सुवर्णलता ने उनको बताया कि दीवानचन्द को इस बारे में कुछ भी नहीं पता, और न ही शकुन्तला को इसलिए उसने उन लोगों से यह विनती की कि वे इस राज़ को राज़ ही बनाए रखें।

शकुन्तला ने दीवानचन्द से कई बार सावधानी से पूछताछ की और उसको समझ में आ गया कि उसके पति को कमला के बारे में इस बात के सिवाय कुछ ख़ास पता नहीं था कि वह सुवर्णलता की पुरानी सहेली थी। सुवर्णलता ने अपनी देवरानी के सामने ख़ूब नाटक किया, उसको अपने बचपन और कमला से दोस्ती के बारे में सब कुछ बता दिया, उसको कमला के दुर्भाग्य के बारे में बताया कि किस तरह वह शादी के बाद जल्दी ही विधवा हो गई थी कि जब कमला दिल्ली आई थी तो वह कितनी ख़ुश थी और उसके जाने से वह कितनी उदास हो गई और

जब कमला के एक बूढ़े चाचा ने उसको कलकत्ता से चिट्ठी लिखी कि वे बीमार हैं और उनको उसकी ज़रूरत है तो उसे कमला को जाने देना पड़ा। हो सकता है कि उस बूढ़े के मरने के बाद कमला वापस आ जाए या न भी आए। शकुन्तला पूरी तरह से सन्तुष्ट नहीं हुई लेकिन उसकी उत्सुकता को इस बात को आगे बढ़ाने का कोई सिरा नहीं मिला, इसलिए उसने इस बात को छोड़ दिया, ख़ासकर जब कुछ हफ़्तों बाद उसको यह पता चला कि वह गर्भवती है।

~

उसने कभी सोचा नहीं था कि एक दिन वह पिता बन जाएगा इसलिए दीवानचन्द ने इसके बारे में अधिक विचार नहीं किया कि किसी गर्भवती स्त्री का पति होने का उसके लिए क्या मतलब था जबकि जब सुवर्णलता गर्भवती थी तो वह मौजूद था। इसलिए जब वह मौक़ा आया तो उसने पाया कि विवाहित जीवन में अचानक आए इस सम्पूर्ण बदलाव से वह भौचक्का रह गया है। सुवर्णलता जब गर्भवती थी तो उसको घर में किसी बड़ी उम्र की स्त्री की उपस्थिति का लाभ हासिल नहीं था, इसलिए उसने यह पक्का कर लिया था कि उसकी देवरानी की अच्छी तरह देखभाल हो और उसके ऊपर पूरा ध्यान दिया जाए जो कि इस हाल में ज़रूरी होता है। इस वजह से दीवानचन्द के घर में औरतों का आना-जाना लगा रहा। कई बार उसको अपने ही कमरे से बाहर कर दिया जाता था क्योंकि कोई ख़ास तरह की मालिश की जानेवाली होती थी, या सुबह के वक़्त पूजा-पाठ होनेवाला होता था। उसकी स्वस्थ और ख़ुशमिज़ाज पत्नी मरीज़ के रूप में बदल गई थी और पूरा घर उसकी तीमारदारी में लगा हुआ था। अगर उसकी नींद में किसी तरह की गड़बड़ी आती या उसे पाचन की कोई समस्या हो जाती तो इस बात के बावजूद कि डॉक्टर उसको मामूली बात कह रहा होता, घर भर के लोग उसके बारे में देर-देर तक विचार-विमर्श करते थे।

अगर यह सिर्फ़ घर की ही बात होती भी तो सब ठीक रहा होता, लेकिन शकुन्तला तरह-तरह के संवेदनों से ख़ुद ही डरी-घबड़ाई रहती थी, हर कुछ दिन में एक नये तरह का संवेदन वह महसूस करती हो। इसकी वजह से वह भी उससे बातें नहीं करती थी, वह हमेशा इसी बारे में या तो सोचती रहती थी या बातें करती रहती थी कि उसको कैसा महसूस हो रहा है, कई बार वह उसकी बात बीच में काट देती और उसको बताने लगती कि उसकी पीठ में दर्द हो रहा है या उसको घबड़ाहट हो रही है या उसके शरीर के बग़ल के हिस्से में दर्द हो रहा है। इनमें से हर बात चिन्ताजनक होती थी या ध्यान देने लायक तो ज़रूर होती थी इसलिए दीवानचन्द को यह उचित नहीं लगता था कि वह उसको इस बात के लिए डाँट दे

कि वह उसको अपनी बात तो पूरी कर लेने दे। वह अपनी किताबों में घुसा रहता था, हमेशा अपनी नई कथा की तैयारी में लगा रहता था। लेकिन अब कथा का आकर्षण भी जाता रहा था, कुछ तो इस वजह से कि अधिकतर समय शकुन्तला को अच्छा महसूस नहीं होता था इसलिए वह जाने के लिए तैयार नहीं होती थी, और बोलते समय उसकी अनुपस्थिति उसको परेशान करती थी। कमला के जाने के बाद से सुवर्णलता की भी कथा सुनने की भूख जाती रही। हालाँकि वह ऐसा कहती नहीं थी, बल्कि हर बार कोई-न-कोई बहाना बना देती थी। यहाँ तक कि वहाँ की औरतों की दिलचस्पी भी राम के जीवन-कर्म से अधिक छोटी बहू के स्वास्थ्य में रहती थी। "अब आपके अजिर बिहारी के आने में कितने सप्ताह का समय रह गया है," वहाँ की औरतें दीवानचन्द से पूछती थीं और दीवानचन्द से जब भी यह सवाल पूछा जाता था, चिढ़ जाता था।

अन्ततः शकुन्तला अपनी माँ के घर चली गई, वहाँ से उस दिन जब उसे ठीक महसूस होता था वह चिट्ठियाँ लिखा करती थी। वे चिट्ठियाँ ज़बरदस्ती लिखी होती थीं, अपने पति को सम्बोधित होती थीं, उनमें छेड़छाड़ तो होती थी लेकिन ज़्यादातर स्वास्थ्य सम्बन्धी बातें होती थीं। चूँकि सुवर्णलता से लेकर नौकर-चाकर तक और यहाँ तक कि दीवानचन्द के भाई और पिता भी रोज़-रोज़ पूछते थे, "छोटी बहू की कोई चिट्ठी आई? वह कैसी है?" उसके हालचाल के बारे में इतना पूछा जाता था कि चिट्ठी में निजी बातें कम ही होती थीं, यहाँ तक कि चिट्ठी पाने वाले के दिमाग़ में भी। अन्ततः यह ख़बर आई कि शकुन्तला को बच्चा हुआ है, और मानो जश्न मनाने के लिए यह बात अपने आप में ही काफ़ी न हो, ख़बर यह भी आई कि उसको लड़का हुआ था। लाला मोतीचन्द को पहला पोता हुआ था। यह बात लाला मोतीचन्द के लिए इतनी ख़ुशी की थी कि उन्होंने ग़रीबों और बेघरों के लिए भोज का इन्तज़ाम किया और अपने नौकरों को शहर में दूर-दूर तक भेजा ताकि कोई दुर्भाग्यशाली आदमी इस मौक़े पर लाला मोतीचन्द के परिवार की नई पीढ़ी को दुआ देने से वंचित न रह जाए।

अब दीवानचन्द ने यह पाया कि उसके नौकर अब उसको अपने भाई और भाभी से बहुत अलग नज़रिये से देखने लगे थे। उनको दो बेटियाँ थीं और अचानक और अनुचित तरीक़े से उसका दर्जा शकुन्तला और दीवानचन्द से कमतर हो गया था। इसी वजह से उसके भाई-भाभी उसको गर्मजोशी से बधाई तो देते थे लेकिन कुछ तनाव के साथ। यहाँ तक कि, ऐसा लग रहा था कि उसके पिता भी उससे कुछ अधिक ख़ुश दिखाई दे रहे थे। इस बात से वह बहुत चिढ़ा हुआ था कि बच्चे के जन्म में उसकी कुछ भूमिका ज़रूर रही हो लेकिन उसने अपनी जानकारी में ऐसा कुछ भी नहीं किया था जिससे कि यह बात पक्की हो जाए कि उसको लड़का हो, जितनी भूमिका हर पिता की अपने बच्चे में होती है उसकी भी उतनी ही थी।

यह बात जानकर कि उसको इस कारण से अधिक महत्त्व दिया जा रहा था क्योंकि वह एक बेटे का पिता था उसको अधिक ख़ुशी नहीं हो रही थी बल्कि वह ख़ुद और ख़ुद के हालात को लेकर और भी बुरा समझ रहा था।

शकुन्तला अभी अपने बच्चे के साथ दिल्ली आई भी नहीं थी कि दीवानचन्द को मारुति शरण की एक चिट्ठी मिली, उन्होंने लिखा था कि उनको मदद की ज़रूरत है। उनको लगने लगा था कि अब उनकी उम्र हो चुकी है और उनके अन्दर और काम करने की ताक़त नहीं बची है। इसके अलावा, उनको ऐसा लग रहा था कि उनके घर में सीलन की वजह से पहले ही कुछ दस्तावेज़ ग़ायब हो चुके थे जिन्हें उन्होंने दर्ज भी नहीं किया था, सूची भी नहीं बनाई थी और उनको डर था कि कहीं कुछ अन्य दस्तावेज़ भी न बर्बाद हो जाएँ। "जितनी अच्छी तरह से तुम मेरे काम के महत्त्व को समझते हो उतनी अच्छी तरह कोई भी नहीं समझ सकता, मेरे बेटे भी नहीं," उन्होंने लिखा था, "बस एक तुम ही हो जो इस काम को आगे बढ़ा सकते हो। मुझे पता है कि इस काम के पूरा होने से पहले मैं मर जाऊँगा। अगर इस काम को तुमने हाथ में नहीं लिया और इसको पूरा नहीं किया तो जीवन भर की मेरी साधना बर्बाद हो जाएगी। एक तुम ही हो जो मेरे लिए इस काम को पूरा कर सकते हो।"

नए-नए पिता बनने के दबाव में आकर दीवानचन्द पहला या अन्तिम पुरुष नहीं था जिसने भाग जाने की ख़्वाहिश की, लेकिन बहुत सारे उन दूसरे नौजवानों के विपरीत दीवानचन्द ने यह तय किया कि इस भागने का सदुपयोग किया जाए। यह फ़ैसला स्वार्थी था लेकिन जीवन भर उसके अन्दर यह भाव रहा था कि उसकी उन लोगों ने उपेक्षा की जिन लोगों को अपने कर्तव्यवश उसकी भावनात्मक ज़रूरतों की देखभाल करनी चाहिए थी। इसलिए उसने बड़ी सहजता से इस फ़ैसले को लिया। अधिकतर लोगों के स्वार्थी होने के पीछे औचित्य-साधन की ज़रूरत होती है, जो कि वे सही या काल्पनिक रूप से इस तरह से पा लेते हैं कि कहने लगते हैं कि उनके साथ ग़लत हुआ था। और, इसके अलावा मारुति शरण के आग्रह ने उसके अलग तरह के स्वभाव को, मानस के प्रति उसके असाधारण प्यार को प्रेरित किया था और उसकी इस एकमात्र मान्यता जिसके अनुसार इस ग्रंथ में महान लोगों के भीतर जो भावनाएँ जगाई थीं, उन्हें संकलित करना बहुत मूल्यवान काम था।

दीवानचन्द मारुति शरण की चिट्ठी लेकर अपने पिता के पास गया और उनको वह चिट्ठी दिखाई।

"यह सब क्या बकवास है?" लाला मोतीचन्द ने पूछा। उनको इस बारे में ख़ास पता नहीं था कि दीवानचन्द ने बनारस में क्या किया था, हालाँकि उनको आश्रम में होनेवाली नियमित कथाओं के बारे में पता था, लेकिन वे इस बात को नहीं समझ पाए थे कि दीवानचन्द किस हद तक उस तरह की धार्मिकता

का हिस्सा बना हुआ था जिसको वे बकवास समझते थे।

"मुझे जाना होगा," दीवानचन्द ने उसी तरह से उद्धत होते हुए कहा जिस तरह किशोरावस्था में अपने पिता से इंग्लैंड भेजने के लिए कहा था। "यह मेरे लिए जीवन का काम है।"

लाला मोतीचन्द ने एक बार और चिट्ठी की तरफ़ देखा, मानो वे उसमें छिपे किसी गुप्त अर्थ को समझने का प्रयास कर रहे हों। उसके बाद उन्होंने अपने बेटे की तरफ़ मुड़ते हुए कहा, "अब यह मेरे अधिकार क्षेत्र में नहीं है कि मैं तुमको जाने या न जाने के बारे में सलाह दूँ। जब तुम्हारी पत्नी लौटकर आए तो उसी से पूछ लेना। और वैसे तो हो सकता है कि वह अभी जवाब न दे पाए, लेकिन अपने बेटे से पूछना।"

आख़िरकार शकुन्तला आई और उसके साथ आया बच्चों के सामानों का पूरा ज़खीरा। बिस्तर, झूला, कपड़ों का पहाड़। तरह-तरह के खिलौनों ने दीवानचन्द के घर को भर दिया। उसका वह घर जो सुख-स्थली थी वह अब बच्चे की पालना स्थली में बदल गई। उसके घर की शान्ति के स्थान पर बच्चे के रोने-धोने ने ले ली थी, जहाँ लगातार लोग आते रहते थे। या तो वे बच्चे के लिए साफ़ कपड़े लेकर आते थे या उसके गन्दे कपड़ों को ले जाने आते थे। दिन-रात एक हो गए थे, दिन अब सूरज के निकलने या अस्त होने पर नहीं हो रहे थे बल्कि उस कभी न थकनेवाले बच्चे के सोने-जागने से हो रहे थे। उस बच्चे के आने से घर में तरह-तरह के जश्न मनाए जा रहे थे, अनुष्ठान किए जा रहे थे, उन सभी में दीवानचन्द की मौजूदगी ज़रूरी होती थी लेकिन नाममात्र के लिए।

शकुन्तला चाहती थी कि दीवानचन्द बच्चे को जितना अधिक-से-अधिक हो सके अपने पास रखें, लेकिन यह उन बहुत सारे असंख्य छोटे-छोटे कामों में से एक था जो शकुन्तला को अपने छोटे बच्चे के लिए करने होते थे। उन बेहद ज़रूरी कामों से बिलकुल अलग जो उस बच्चे के शरीर से जुड़े होते थे और जिनके लिए थोड़ी-थोड़ी देर पर वह ज़ोर-ज़ोर से चिल्ला उठता था। अक्सर, जब वह दीवानचन्द से कहती थी कि वह बच्चे को सँभाल ले तभी बच्चे के शरीर के निचले भाग से मल त्याग हो जाता और उसकी गंध भर जाती या बच्चे के गाल से उसके पिछले भोजन का अनपचा हिस्सा झलक जाता और उसमें बाधा पड़ जाती। अगर दीवानचन्द ने अपने आपको मौक़ा दिया होता तो उसने बच्चे की साफ़-सफ़ाई का अन्तरंग काम करना सीख लिया होता। माँ में तो यह अन्तरंगता गर्भ धारण करने, गर्भ को पालने और बच्चे को जन्म देने के कारण पहले से ही विकसित हो चुकी होती है। लेकिन वह जल्दी से बच्चे को शकुन्तला को वापस कर देता और अपनी पत्नी के ध्यान में पीछे चला जाता, जो बीच-बीच में उसकी तरफ़ होता था। लेकिन वापस छोटे बच्चे की तरफ़ चला जाता था जिसका नाम उसने केशो रखा था क्योंकि उसको

अपने पति के शरीर में जो चीज़ सबसे अच्छी लगती थी वह उसके माथे पर बिखरे रहनेवाले बालों की लटें थीं।

दिल्ली आने के कुछ सप्ताह बाद एक दिन देर रात शकुन्तला ने बच्चे को दूध पिलाने के बाद उसको नीचे बिस्तर पर रख दिया, और अपने ब्लाउज़ को ठीक करते हुए वह अपने पति की तरफ़ मुड़ गई। वह बिस्तर पर अपनी वाली तरफ़ लेटा, सोने का नाटक कर रहा था। शकुन्तला ने उसका हाथ उठाया और अपनी ठुड्डी पर रखते हुए दीवानचन्द की छाती पर सर टिकाकर सो गई। दीवानचन्द आँखें बन्द किए इन्तज़ार करता रहा, उसको समझ में नहीं आ रहा था कि क्या करना चाहिए। वह यही सोच रहा था कि रात की इस शान्ति में जब बच्चा भी सो रहा है उसको वह बात उठानी चाहिए जिसे उठाने के लिए वह बहुत दिन से इन्तज़ार कर रहा था। वह जो कहना चाह रहा था उसके बारे में उसने कुछ देर सोचा—मैं तुमको और अपने नन्हे बच्चे को छोड़कर बनारस जाना चाहता हूँ। छह या सात महीने के लिए या हो सकता है कुछ और समय लग जाए। ज्ञान कोश बनाने में मुझे एक बूढ़े आदमी की मदद करनी है। जब वह इस बात को कहने ही वाला था कि उसे महसूस हुआ कि यह बात बेवकूफ़ी और स्वार्थ से भरी हुई थी।

जब यह ख़याल उसके दिमाग़ में उथल-पुथल मचाने लगा तो इसका विपरीत भाव भी जाग गया, उसके अन्दर की हताशा ग़ुस्से में बदल गई। जब ग़ुस्सा आता है तो वह सबसे नज़दीकी के ऊपर ही उतरता है, चाहे उस क़रीबी इनसान का उस परिस्थिति से अधिक वास्ता न हो जिसके कारण ग़ुस्सा आया हो। दीवानचन्द को शकुन्तला पर इस वजह से ग़ुस्सा आ गया कि वह अपनी माँ के पास क्यों गई, वह बच्चे में इतना अधिक क्यों डूबी रहती है, इस बात के लिए कि वह उसके ऊपर निर्भर थी जिसके कारण वह एक जवाबदेह इनसान बन गया था लेकिन उसके पास उस सवाल का जवाब देने का समय नहीं था जो वह पूछना चाहता था। उसने अपनी बाँह हटाने की कोशिश की, लेकिन उसने हाथ वापस खींच लिया जो उसके स्तन पर गिरा।

"अभी नहीं," वह उनींदी आवाज़ में बोली, "मुझे बहुत नींद आ रही है।"

"सो जाओ फिर," दीवानचन्द ने ग़ुस्साते हुए कहा और अपना हाथ उसके ऊपर से हटा लिया।

शकुन्तला आँखें खोलते हुए बैठ गई। उसने बग़ल की मेज़ के नीचे पड़े लैम्प को उठाया और अपने पति के चेहरे की तरफ़ देखने लगी। पिछले कई महीनों में शायद पहली बार उसने सीधे उसका चेहरा देखा था। "क्या हुआ?" वह बोली।

"मैं बनारस जाना चाहता हूँ," दीवानचन्द ऐसी आवाज़ में बोला जिस आवाज़ में बोलने के लिए उसको तत्काल अफ़सोस भी हुआ कि उसने वैसी आवाज़ में क्यों कहा कि लगा जैसे कोई बदमाश बच्चा बोल रहा हो।

"बनारस," शकुन्तला ने आँखों से नींद भगाने की कोशिश करते हुए पूछा, "इस समय?"

"नहीं, नहीं," दीवानचन्द ने कहा, "मारुति शरण जी ने मुझे चिट्ठी लिखकर *मानस के दिव्य रहस्य* के संकलन में मदद के लिए बुलाया है।"

"मारुति शरण कौन हैं और *मानस के दिव्य रहस्य* क्या हैं?" शकुन्तला ने पूछा, उसको तो ऐसा लग रहा था जैसे वह किसी सपने के बीच में हो।

"मैंने तुमको उनके बारे में बताया था," दीवानचन्द बोला। उसका ग़ुस्सा फिर से बढ़ता जा रहा था। "कई बार। और *दिव्य रहस्य* के काम के बारे में भी।"

शकुन्तला के दिमाग़ में हल्की सी स्मृति कौंधी, किसी ऐसे आदमी के बारे में ध्यान आया जिससे दीवानचन्द बनारस में मिला था और वह आदगी तुलसीदास के बारे में कुछ कर रहा था। कई महीने पहले उसने उससे यह बात कही थी, बच्चे के जन्म से पहले, बल्कि उसके गर्भधारण से भी पहले। उसके बाद बच्चे को दूध पिलाना, उसकी देखभाल और देर-देर से सोना शुरू हो गया, उसने सोचा। "हाँ, हाँ! मुझे याद है," वह बुदबुदाई।

"जिस बात का तुम्हारे बच्चे से कोई लेना-देना नहीं होता है वह तुम सुनती ही नहीं हो," दीवानचन्द बोला। जब शकुन्तला से उसने आख़िरी बार इस बारे में बात की थी तब उसका ध्यान बँटाने के लिए कोई बच्चा भी नहीं था।

इस बात से शकुन्तला की नींद खुल गई थी।

"यह बात सही नहीं है," वह बोली, उसके अन्दर ग़ुस्सा उबल रहा था। "आप इस तरह से कैसे बोल सकते हैं?" उसने अपने आँसुओं को रोकने की कोशिश करते हुए कहा।

"मैं कई सप्ताह से तुमसे यह पूछने का इन्तज़ार कर रहा हूँ कि क्या मैं कुछ महीने के लिए बनारस जा सकता हूँ," दीवानचन्द बोला। "लेकिन तुम्हारे लिए तो केशो ही सब कुछ है, अभी उसको दूध पिलाना है, वह अभी छीछी कर रहा है, अभी वह सो रहा है, बच्चे को लेकर मन्दिर जाना है, उसका यह संस्कार है, उसका वह संस्कार है। तुम इसी बारे में तो बात करती रहती हो।"

"वह बच्चा है," शकुन्तला बोली, उसके आँसू सूख चुके थे और अब वह लड़ाई के लिए तैयार थी। "अगर आप उसका ध्यान नहीं रखेंगे तो कौन रखेगा? आप रखेंगे न?"

"मैं बनारस जाना चाहता हूँ," दीवानचन्द बोला। अपने बिस्तर के पास रखी मेज़ से उसने चिट्ठी निकालकर शकुन्तला को दिखाई। "मारुति शरण जी को मेरी मदद की ज़रूरत है। अगर मैं नहीं गया तो उनका काम अधूरा रह जाएगा।" शकुन्तला ने चिट्ठी की तरफ़ देखा और फिर अपने पति की तरफ़ देखा, उसके चेहरे पर खिन्न अविश्वास का भाव था। उसके बाद उसने चिट्ठी को एक तरफ़

उड़ा दिया। "सब झूठ है," वह बोली, "मुझे पता है कि आप क्यों जाना चाहते हैं? आप अपनी ज़िम्मेदारियों से पीछा छुड़ाकर बनारस में अपनी राधा के पास जाना चाहते हैं।"

"कौन राधा?" दीवानचन्द ने पूछा।

"मुझे बेवकूफ़ मत समझिए," शकुन्तला बोली, "तुम्हारी भाभी और आश्रम की औरतों ने मुझे नहीं बताया कि आपका उस लड़की के साथ चक्कर था तो आपको क्या लगता है कि मुझे पता नहीं चलेगा। मुझे पता चल गया। एक बार उसके चेहरे को देखकर ही मुझे अन्दाज़ा हो गया था कि तुम दोनों के बीच क्या चल रहा था।"

"तुम पागल हो गई हो क्या?" दीवानचन्द ने पूछा, वह हैरान-परेशान था कि बातचीत की दिशा एक बार फिर से बदल गई थी। "तुम क्या कह रही हो?"

"वह कमला," शकुन्तला बोली। "झूठ मत बोलिए। मैंने देखा था कि वह किस तरह से आपको देख रही थी। और अगर आप दोनों के बीच कुछ नहीं था तो मेरे आने के बाद वह चली क्यों गई? बताइए?"

अचानक दीवानचन्द को सब बातों का मतलब समझ में आने लगा। कमला के हाव-भाव, जिस तरह से वह उससे बात करती थी, जिस तरह से आँखें चुराती थी, जब उसको लगता था कि वह उसकी तरफ़ नहीं देख रहा है तो वह जिस तरह से मुस्कुराती थी—वह उसकी बातों का मतलब क्यों नहीं समझ पाया। वह भी जिस तरह से उसको देखने का इन्तज़ार किया करता था, जब वह कथा के बीच में हिचकते हुए आवाज़ उठाती थी, गर्मजोशी के साथ जिस तरह वह महीन आवाज़ में बोलती थी, ऐसा लगता था जैसे किसी धार्मिक ग्रंथ से लिपटा कपड़ा हटाया जा रहा हो, उसके बाद उसके संवेदनशील और बुद्धिमान दिमाग़ का प्रकाश ज़ाहिर होता था।

"मुझे पता था," शकुन्तला बोली। उसकी आवाज़ की रुखाई के कारण दीवानचन्द हल्की भीनी ख़ूशबू वाले खुले आँगन से जैसे ऐसी जगह में आ गया जो बच्चों से भरा हुआ हो और जहाँ बच्चों की मौजूदगी से जो तरह-तरह की महक आती है वैसी ख़ुशबू आ रही हो। उसको लगा कि उसकी पत्नी ने उसके माथे पर लिखी हुई ग्लानि को पढ़ लिया, एक ऐसे अपराध की ग्लानि को जो उससे अनजाने हो गया था।

"बनारस जाइए" शकुन्तला ने कहा, "या जहाँ वह है वहाँ जाइए और अपने सच्चे प्यार को खोज लीजिए, और मुझे आपके बच्चे की देखभाल के लिए अकेले छोड़ दीजिए।"

"वह मेरा सच्चा प्यार नहीं है," दीवानचन्द ने कहा। लेकिन उसके अपने कानों को भी ऐसा लगा कि उसकी आवाज़ में वह दृढ़ता नहीं थी।

"मुझसे झूठ मत बोलिए। आप उससे प्यार करते हैं। आप अभी भी उसको प्यार करते हैं।"

हो सकता है कि अगर शकुन्तला का लालन-पालन ख़ूब ध्यान रखनेवाली माँ और प्यार करनेवाले पिता के घर में नहीं हुआ होता, अगर वह हमेशा ऐसे भाई-बहनों से घिरी न रही होती जो उसको मज़ाक़ में चिढ़ाते-परेशान करते लेकिन सब उसको प्यार भी करते थे, तब वह इस बात को समझ पाती। इस बात को कि कुछ लोगों को प्यार की ज़रा सी भी सम्भावना दिखाई देती है, अब चाहे वह सम्भावना अतीत में ही रही हो और हो सकता है कि किसी तरह की सम्भावना ही न रही हो, तो उसे जानकर उनके अन्दर ऐसी तड़प उठती है कि उसके लक्षण प्यार में पड़े होने जैसे लगते हैं। ऐसी भावना ख़ासकर ऐसे भोले-भाले लोगों में जग जाती है जिनको कभी किसी से प्यार न हुआ हो, जिन्होंने प्यार का अनुभव महज़ शब्दों और किताबों में ही किया हो। शकुन्तला ने इस बात को बहुत हल्के में लिया था कि जो लोग उसके सबसे क़रीब थे वे उसको ख़ूब दुलार करते थे और अक्सर अपने हाव-भाव से ऐसा जताते भी थे, जैसे गले से लगा लिया, प्यार से सहला दिया, कोई तोहफ़ा दे दिया। ज़रूरत पड़ने पर छोटी-बड़ी कुर्बानियाँ दे दीं। अगर वह इस सबके प्रति सचेत होती तो उसको समझ में आता कि प्यार के स्वीकार का अर्थ यह नहीं होता है कि प्रेमी इस तरह से जताए भी या इस तरह से जताने की इच्छा प्रकट करे। दुर्भाग्य से, शकुन्तला इतने लाड़-प्यार में और इतने हँसी-ख़ुशी के माहौल में पली थी कि वह इस बात को समझ नहीं सकती थी कि उसके सामने जो आदमी ग्लानि में डूबा खड़ा था उसके मन में कमला के लिए कोई भावना थी भी तो उसने जताया नहीं था, वह तो इतना मासूम था कि वह इस बात को समझ भी नहीं पाया था कि कमला को उससे प्यार था। असल में वह तो इतना भोला था कि वह इस बात को समझ भी नहीं पाया कि कमला के मन में उसी ने ऐसी भावनाओं को जगाया था। न ही शकुन्तला अपने पति को इतनी अच्छी तरह समझती थी कि इस बात को समझ पाती कि जिस तरह की चतुराई आमतौर पर पुरुषों में होती है, वह चतुराई जिसके द्वारा पुरुष ऐसी महिलाओं का फ़ायदा उठाते हैं जिनके पास उसको रोकने का कोई ज़रिया नहीं होता है, इस आदमी में उसकी कोई सम्भावना भी नहीं थी क्योंकि यह भावनात्मक और शारीरिक रूप से उतना साहसी नहीं था। इसके अलावा, इसके अन्दर सही-ग़लत का भाव इतना अटल था कि वह भी इसकी कायरता के साथ जुड़ जाता था।

रघुबंसिन्ह कर सहज सुभाऊ। मनु कुपंथ पगु धरइ न काऊ॥

जन्म से रघुवंशी का स्वभाव ऐसा था कि उसने कभी अपने पैर ग़लत रास्ते पर रखे ही नहीं, दीवानचन्द बुदबुदा रहा था लेकिन शकुन्तला रोने लगी, उसने अपने हाथ से अपने चेहरे को ढक रखा था इसलिए उसने क्या कहा शकुन्तला को सुनाई नहीं दिया। यह अच्छा नहीं हुआ क्योंकि दीवानचन्द अपनी अन्तरात्मा

की बात नहीं कर रहा था जो कि वह जानता था। न ही वह उसकी मौजूदगी की बात करके अपनी आन्तरिक शक्ति को दिखाना चाहता था, बल्कि अपने भय को जताकर वह राम जैसे मूल्यों को जता रहा था जो उसको अनजान दिशा में जाने से रोक रहा था जिससे वह जाकर उस स्त्री को खोज सके जो उसके दिल की सच्ची संगिनी हो सकती थी। उसकी यह कोशिश थी अपने अन्दर की मद्धिम आवाज़ को शान्त करने की जो उससे निकल जाने के लिए कह रहा था, निकलकर उसके ऊपर दावा करने के लिए जो उसका था, जो दावा करने पर उसका हो सकता था। बजाय इसके कि जहाँ खड़ा था वहीं खड़ा रहे और इस बात की शिकायत करता रहे कि उसको उसका हक़ नहीं मिला।

बच्चा केशो जग गया और अजीब तरह से दूध की माँग करने लगा, अभी भी रोती जा रही शकुन्तला ने उसको उठाया और उसके मुँह में अपना स्तन दे दिया। बिस्तर पर बैठकर उसको दूध पिलाते-पिलाते वह सो गई। दीवानचन्द भी बिस्तर पर लेटकर बातचीत की फिर से शुरुआत का इन्तज़ार करने लगा, अब उसको समझ में नहीं आ रहा था कि बातचीत फिर से किस प्रकार शुरू करे। अन्तत: वह सोकर उठी। उसने देखा कि बच्चे ने दूध पी लिया था तो केशो को वापस उसके बिस्तर में सुला दिया। उसके बाद वह बिस्तर पर आई और उसको तत्काल ऐसे नींद आ गई जैसी कि नये बच्चों की माँ को नींद की कमी के कारण आ जाया करती है। उसको सोने का अपना यह फ़ैसला याद तो नहीं था लेकिन बाद में उसको इस फ़ैसले के ऊपर अफ़सोस होनेवाला था। आनेवाले सालों में उसको लगनेवाला था कि अगर उस रात वह जगी रह गई होती तो इस बात की हल्की-सी सम्भावना हो सकती थी कि बातचीत की दिशा को वह ऐसा मोड़ देती जिससे उसकी ज़िन्दगी कि वह तबाही थम सकती थी जो आनेवाली थी।

इस बात से अनजान कि उसकी पत्नी नींद की आगोश में जा चुकी थी दीवानचन्द भी नींद की आगोश में चला गया। नींद में उसने सपना देखा कि वह कमला के साथ एक बगीचे में है, उसके सामने नंगा। उसने हाथ बढ़ाकर उसको छूना चाहा, तो अचानक उसने पाया कि उसका सारा मांस ग़ायब हो चुका था, और बस हड्डियों का ढाँचा रह गया था जो ऐसा लग रहा था जैसे उसके ऊपर हमला करनेवाला हो। एक झटके में उसकी नींद खुल गई, उसका दिल तेज़ी से धड़क रहा था, उसको यह बात समझ में आई कि उसने जो भी करने का फ़ैसला लिया हो लेकिन वह कमला की तलाश में नहीं जाएगा। यह उचित नहीं होगा, उसने अपने आप से कहा, चाहे उसकी पत्नी कितनी ही कठोर हृदय की या स्वार्थी हो लेकिन उसके साथ यह सही नहीं होगा।

उसने इस बात से राहत महसूस की कि उसको कमला के ऊपर दावा जताने के लिए साहस करने की ज़रूरत नहीं थी, वह इस कर्तव्य से मुक्त महसूस कर

रहा था। उसके शरीर को राहत महसूस हो रही थी और उसके दिमाग़ ने उस दीवार का सहारा लिया जिसे उसने ख़ुद से अपनी कायरता को छिपाने के लिए बना रखा था। वह सोचने लगा कि अगर उसका विवाह नहीं हुआ होता तो वह परम्परा को तोड़ देता, वह अपने पिता से उसी तरह लड़ाई करता जिस तरह उसने तब की थी जब वह लन्दन जा रहा था, और साहस के साथ आगे बढ़कर एक विधवा का हाथ थाम लिया होता। उसने ज़ोर-ज़ोर से इस बात की घोषणा की होती कि उनका मिलन आत्माओं का मेल था इसलिए यह समाज की मान्यताओं के ऊपर था। काश उसकी शादी नहीं हुई होती। इस बिन्दु पर आकर उसको यह बात समझ में आई और उसको इस बात से सदमा भी पहुँचा कि जो बात उसको पता नहीं थी उसके बारे में सुवर्णलता को पता था कि कमला उससे प्यार करती थी और वह कमला से प्यार करता था। इसी वजह से वह उसको बनारस लेकर गई थी और जल्दी-जल्दी में उसके विवाह का विचार रखा था। वह उस तबाही को टालना चाहती थी जो हो सकता है हो जाती अगर उसको इस बारे में पता चल जाता कि कमला को उससे प्यार था। हो सकता है कि यह दुर्घटना हो जाती अगर वह भी एक ऐसी स्त्री के प्यार में पड़ जाता जो पूरी तरह से नि:स्वार्थ भाव से उसको प्यार करती थी, वह स्त्री जो उसके जीवन का दैवी प्यार हो सकती थी, जो उसका हाथ थामकर उसको ऐसी दुनिया में ले जाती जहाँ इस घटिया संसार की सारी कुरूपता पीछे रह जाती और हर संवेदन का अनुभव शरीर और आत्मा दोनों के साथ होता—

वेदना मधु मदिरा की धार, अनोखा एक नया संसार।

और अब यह नहीं हो सकता। उसकी माँ समान भाभी ने उसको धोखा कैसे दे दिया। वह सोचता था कि वह उसे प्यार करती थी, उसे लगता था कि वह उसकी ख़ुशी के अलावा कुछ नहीं चाहती थी। उसे लगता था कि वह इससे ज़्यादा कुछ नहीं चाहती थी कि एक सुन्दर और संवेदनशील औरत का प्यार उसे मिले, ऐसी औरत जैसी उसको भाभी लगती थी। उसने उसके साथ धोखा किया, और उसने अपने बचपन की सहेली के साथ भी धोखा किया। उस सहेली के साथ जिसे वह ख़ुद दिल्ली लेकर आई थी। तब उसे दूसरी बात यह सूझी कि हो सकता है उन्होंने ही उसको वहाँ से भगा दिया हो। जब यह दूसरी बात सूझी तो अपने आप यह दोहा आ गया—

सत्य कहहिं कबि नारि सुभाऊ। सब बिधि अगहु अगाध दुराऊ॥

नहीं, उसके लिए ऐसे घर में रह पाना अब सम्भव नहीं था जिस घर में वह स्त्री रहती थी जिसने उसके विश्वास को तोड़ा उसकी उस ख़ुशी को हासिल करने का मौक़ा बर्बाद कर दिया जो हासिल करने की बहुत लोग उम्मीद भी नहीं कर सकते, और अब वह भी उनमें से एक था। उसने सोचा कि वह शकुन्तला को माफ़ कर

सकता था, जबकि उसने रुककर यह भी नहीं सोचा कि शकुन्तला का कोई दोष नहीं था सिवाय इसके कि नवविवाहिता पत्नी में जो अत्यधिक ईर्ष्या होती है वही उसमें थी इसलिए माफ़ी जैसा दुखदायी शब्द उसके लिए नहीं था। लेकिन सुवर्णलता ने उसके लिए जो किया था वह उसके लिए उसको माफ़ नहीं कर सकता था।

यह सम्भव है कि अगर दीवानचन्द ने जीवन के किसी दौर में कभी सामाजिक और पेशेवर रिश्तों के ताने-बाने को समझने की कोशिश की होती जिसने लाला मोतीचन्द को फलने-फूलने का मौक़ा दिया कि वे अपने और अपने बच्चों के लिए सम्पत्ति जुटा सके, तो उसे यह समझ होती कि यह अजीब बात है लेकिन भौतिक समृद्धि का सीधा सम्बन्ध अच्छी छवि से भी होता है। उसको किसी भी तरह से इस बात की भनक होती कि एक विधवा के साथ शादी करने जैसा सनसनीख़ेज़ कुछ हो गया होता तो उसके परिवार के व्यवसाय पर इसका असर बुरा पड़ा होता, उनकी जगह माल दूसरे वितरकों से मँगाया जाने लगता, इस सनसनी से ख़ुद को दूर रखनेवाले व्यावसायिक साथी भी उन लोगों से अलग हो जाते। अगर उसको इन बातों की समझ होती तब उसको समझ में आता कि सुवर्णलता ने जो किया था उसके पीछे का तर्क क्या था। दीवानचन्द अपने जीवन से जुड़े इन पहलुओं को अपने पिता से जोड़कर देखता था और अपने पिता से दूरी बनाए रखने के लिए वह ख़ुद को उस दुनिया से भी अलग रखता था जो उसके पिता की गद्‌दी के इर्द-गिर्द थी। जब से वह कथा की दुनिया में चला गया था और उसने शादी कर ली थी तब से वह इस बात को लगभग भूल ही गया था कि वह दिल्ली के एक प्रसिद्ध व्यापारी लाला मोतीचन्द का लड़का था, तथा इंग्लैंड में शिक्षित डी. नाथ, श्रीमान का भाई था, और इन रिश्तों की कुछ ज़िम्मेदारियाँ थीं।

यहाँ तक कि बहुत ऊँचाई तक उड़कर जानेवाली चिड़िया भी दाना चुगने धरती पर आती है; अगर दीवानचन्द ने इस बात को समझा होता तो उसका फ़ैसला उससे अलग होता जो उसने लिया। लेकिन नींद और जाग के बीच लेटा हुआ, वह उठकर दूसरे कमरे में जा पाने में असमर्थ था, अगर किसी ने उसको दूसरे कमरे में सोते हुए देख लिया तो वह क्या जवाब देगा? वह नींद के राहत भरे आगोश में जाने में ख़ुद को असमर्थ पा रहा था। उसके दिमाग़ में धोखा और आज़ादी को लेकर विचार चल रहा था। सुवर्णलता उसके लिए धोखे का प्रतीक बन गई थी जबकि प्रिय विद्वान् मारुति शरण आज़ादी के। कमला और शकुन्तला दोनों का ख़याल दिमाग़ में पीछे जा चुका था। जब तक आधी रात हुई तब तक दीवानचन्द ने यह फ़ैसला कर लिया था कि वह अपने परिवार वालों को यह बताएगा कि वह कुछ दिनों के लिए बनारस जा रहा है, और फिर वह कभी नहीं लौटेगा।

12 फाइन होम अपार्टमेंट्स
मयूर विहार फ़ेज़-1
नई दिल्ली-110091

28 अक्टूबर, 2008

सुश्री सारा हेंडरसन
3798 फ्लोरेंस स्ट्रीट
रेडवुड सिटी, सीए 94063
यूएसए

प्रिय सारा,

मैंने तुमसे वादा किया था इसलिए यह पत्र लिख रहा हूँ। हो सकता है कि तुमको इस वादे की याद नहीं हो क्योंकि जिन दिनों तुम यहाँ आई थी तब मैंने प्रकट तौर पर ऐसा कोई वादा किया नहीं था। तुमने अभी उस मनुष्य को खोया है जिसके साथ तुमने जीवन साझा किया था, और तुम जानती हो कि केवल इस बात से कि किसी इनसान से कोई वादा किया गया है और उस इनसान ने उस वादे को लेकर हामी नहीं भरी तो भी इससे वह वादा कम ज़रूरी नहीं हो जाता है। बल्कि एक तरह से अधिक हो जाता है। चूँकि तुमको इस बारे में नहीं पता है कि मैंने तुमको लिखने का वादा किया था इसलिए हो सकता है कि यह पत्र तुमको आश्चर्य में डाल दे। और अगर ऐसा हुआ तो इसके लिए किसको दोष दिया जाए? तुम हमारे घर में दो सप्ताह रही, उस दौरान कई बार ऐसा हुआ होगा जब कोई बाहरी आया हो तो उसे लगा हो कि मैं तुमसे बेपरवाह रहता था, सम्भवत: तुमको पसन्द नहीं करता था। जिन दिनों तुम यहाँ थीं और तुम्हारे जाने के बाद भी मेरे इस तरह के बर्ताव के लिए विमला ने कई बार डाँट लगाई, जबकि वह मुझे बहुत अच्छी तरह से जानती है। लेकिन मैंने अपने बचाव में उससे कुछ भी नहीं कहा। क्योंकि तुम्हारे कारण से कई महीनों बाद अन्तत: उसने मुझसे बात तो की। पाकिस्तान की एक बहुत अच्छी शायर है परवीन शाकिर, जिनका एक शेर है—

हो गई आधी रात

मुद्दतों बाद उसने आज मुझसे कोई गिला किया
मनसब-ए-दिलबरी पे क्या मुझ को बहाल कर दिया?

एक साल के आसपास हो गए जब हमें वह समाचार मिला था, तब से उसने शायद ही कभी एक शब्द भी कहा हो। लेकिन तुमको देखकर उसमें परिवर्तन आ गया। हालाँकि विमला अब वह विमला नहीं रह गई थी जो वह पहले थी लेकिन अब कम-से-कम वह मुझसे कभी-कभार बात तो कर लेती है। उसने अब थोड़ा-बहुत घर से बाहर निकलना भी शुरू कर दिया है, एकाध लोगों से मिलने भी लगी है। और अब जब मैं उसके कमरे में घुसता हूँ तो मुझे देखकर वह अपना रोना बन्द नहीं करती है। इसके लिए मैं तुम्हारा बहुत आभारी हूँ।

वैसे विमला को ऐसा लगता है कि तुम्हारे प्रति मेरा व्यवहार रूखा रहा, मैंने तुमसे दूरी बनाकर रखी, लेकिन मुझे ऐसा लगता है कि तुम इस बात को जानती हो कि जब तुम यहाँ थीं तब तुम्हारे कहे एक-एक शब्द को मैंने ध्यान से सुना था। मुझे जवाब देने या तुमसे किसी तरह का सवाल पूछने में शर्म आ रही थी। मुझे शर्म आ रही थी क्योंकि मुझे जैसे ही इस बारे में पता चला कि तुमने दिल्ली आने का टिकट ख़रीद लिया है तो मुझे उसी समय समझ में आ गया कि उसने तुमको सब कुछ बता दिया होगा। तुम दुनिया के दूसरे हिस्से में एक मृत व्यक्ति के बूढ़े माता-पिता से मिलने नहीं आती अगर वह आदमी तुम्हारा हिस्सा न रहा होता, और यह असम्भव है कि कोई आदमी तुम्हारे जीवन का हिस्सा बन जाए और तुम उसके जीवन का हिस्सा न बनो। वैसे, अगर तुम विमला से पूछो तो सम्भव है वह तुमको बताए कि मैं तो उसका हिस्सा बन गया लेकिन वह कभी मेरा हिस्सा नहीं बन पाई। यह बात सही नहीं है लेकिन मैं ऐसा सोचने के लिए उसको दोष नहीं दे सकता। ख़ैर, अब उस बात पर लौटते हैं जो मैं कह रहा था। मैंने तुमसे अधिक बातचीत इसलिए नहीं की क्योंकि मुझे ऐसा लग रहा था कि तुमको मेरी शर्मनाक कमियों के बारे में किसी से भी अधिक अच्छी तरह पता है, विमला से भी अधिक अच्छी तरह। हालाँकि जब तुमने यह बताया कि उसने अपने माता-पिता के बारे में क्या बताया था तो तुमने केवल यही बताया कि वह मेरे और मेरी उपलब्धियों के ऊपर कितना गर्व करता था। तुमने हम लोगों को बताया कि बर्कले के एक प्रोफ़ेसर ने उसको ढूँढ़ निकाला था और उसको एक घंटे तक यह समझाता रहा था कि उसके पिता कितने महान थे। तुमने हम लोगों को बताया कि उस प्रोफ़ेसर से हुई भेंट से तुम दोनों को शर्म भी आ रही थी और गर्व भी महसूस हो रहा था। तुमने हम लोगों को बताया कि कैसे उसने कहा था कि जब वह छोटा बच्चा था तो बड़े होकर पिता की तरह पुस्तकें लिखना चाहता था। लेकिन तुमने हम लोगों को यह नहीं बताया कि कब और क्यों उसने यह तय किया कि उसको अपने पिता जैसा

नहीं बनना था। जिस प्यार के साथ तुमने हम लोगों को उन सारी अच्छी बातों से अवगत करवाया जो उसने मेरे बारे में कही थीं, उसी से मैं यह समझ गया था कि तुम मुझे दूसरी तरह की बातों से बचा रही हो, अधिक सच्ची, गहरी और दर्द भरी उन बातों से, जो उसने तुमको ज़रूर बताई होंगी।

उसने तुमको अवश्य यह बताया होगा कि उसका पिता हर साल गर्मियों में दो या तीन सप्ताह के लिए अपनी अत्यंत महत्त्वपूर्ण पुस्तक लिखने के लिए पहाड़ पर चला जाता था। जब लौटता था तो शारीरिक और मानसिक रूप से इतना थक चुका होता था कि न तो उसके होम वर्क पर ध्यान दे पाता था न ही इंटर स्कूल प्रतियोगिता में उसको मिले पुरस्कार पर शाबाशी ही दे पाता था। उसने तुमको अवश्य बताया होगा कि हर साल यह सोचते हुए गर्मी की छुट्टियाँ बिताना उसको कैसा लगता था कि वह कब अपने पिता को देख पाएगा, अपने आदर्श को। अगर मैंने अपने पिता को अपना आदर्श माना होता तो मुझे समझ में आया होता कि सुशान्त को बचपन में कैसा महसूस होता रहा होगा। लेकिन अब ऐसा लगता है कि मैंने अपने पिता के ऊपर शर्मिन्दा होकर उनको दुखी किया था तो यह अवश्यम्भावी था कि मैं अपने बेटे को भी इस बात को न समझकर दुखी करूँ कि अपने पिता को आदर्श बनाने का तात्पर्य क्या होता है।

मैं तुम्हारे सामने कैसे बोलता? तुम जानती थी कि मेरे पुत्र की मृत्यु यह सोचते हुए हुई कि उसके पिता स्वयं को अपने बच्चे से अधिक प्यार करते थे। जो व्यक्ति ऐसे घृणित अपराध का दोषी हो वह क्या कह सकता है? लेकिन उन दिनों में जब तुम घर से या हमारी सोसाइटी के परिसर से भी बहुत कम बाहर निकलती थीं, ताजमहल या हुमायूँ का मकबरा देखने की तो बात ही अलग है, लेकिन तुमने मुझे परोक्ष या अपरोक्ष रूप से एक बार भी दोषी नहीं ठहराया। तुम जो जानती थी और अगर किसी बात को तुमने विमला से छिपाया तो विमला ने जिस दिन समाचार सुना उसी दिन से उस अपराध के लिए उसकी चुप्पी मुझे रोज़ दोषी ठहरा रही थी जबकि तुमने मुझे दोषी नहीं ठहराया।

कई साल पहले मैंने कुर्रतुल ऐन हैदर का उपन्यास पढ़ा था *आग का दरिया*। उसमें एक जगह पर वह यह कहानी सुनाती हैं, जो सूफ़ी परम्परा की एक पुरानी कहानी है। कहानी यह है कि जब पैगम्बर मोहम्मद अल्लाह से मिले तो अल्लाह ने उनको खिरका दिया, खिरका किसी सूफ़ी सम्प्रदाय का पीर अपने उत्तराधिकारी को देता है, और उनसे कहा कि वह इसे अपने किसी ऐसे संगी-साथी को दें जो इस सवाल का सही-सही जवाब दे दे। अगर तुमको खिरका दिया जाए तो तुम क्या करोगे? यह कहने के बाद अल्लाह ने पैगम्बर साहब के कान में फुसफुसाकर जवाब बता दिया। पैगम्बर साहब लौटकर आए और उन्होंने अपने संगियों से यही सवाल पूछा। एक ने कहा कि वह संसार में न्याय की स्थापना करेगा, एक ने शायद यह

कहा कि वह दुनिया में सच का प्रसार करेगा। इसी तरह के कुछ और उत्तर थे। अन्ततः पैगम्बर ने अली से पूछा, जिसको इनसानों के राजा और अल्लाह के सिंह के रूप में जाना जाता था, और अली ने वही जवाब दिया जो अल्लाह ने पैगम्बर साहब के कान में फुसफुसाकर कहा था। उसने कहा कि वह किसी व्यक्ति की ऐसी कमियों को उसके अनुयायियों वालों से छिपा देगा जो शर्मिन्दा करनेवाली हों। बहुत सालों तक मैं इस बात को नहीं समझ पाया कि अल्लाह ने सत्य और न्याय जैसे महान विचारों से भी अधिक महत्त्व कमियों को छिपाने को क्यों दिया। यहाँ तक कि आज भी मुझे नहीं पता कि किस आधार पर मैं यह तर्क कर सकता हूँ कि यह जवाब सही था, लेकिन जब से तुम गई हो तब से मुझे यह बात बहुत अच्छी तरह समझ में आ गई है कि ऐनीजी (ऐनीजी कुर्रतुल ऐन हैदर के पुकार का नाम था) ने अपनी महान पुस्तक में इस कहानी को क्यों उद्धृत किया था। इस कहानी को लिखने के लिए मैंने जितना धन्यवाद उनको अदा किया उतना ही तुम्हारा भी किया। मैं तुमको अब यह चिट्ठी इसलिए लिख रहा हूँ क्योंकि जो बातें तुमने हमें नहीं बताईं मैं तुमको उस समय न बताने के लिए शुक्रिया नहीं कह पाया था।

मैं इस पत्र का सन्दर्भ बता देना चाहता हूँ, यह मेरे और मेरे पुत्र के बारे में है, लेकिन मुझे समझ में नहीं आ रहा है कि कहाँ से आरम्भ करूँ। विनोद कुमार शुक्ल ने एक बार कहा था कि आरम्भ का कोई सन्दर्भ नहीं होता—कि कुछ होता है जो आरम्भ का सन्दर्भ बन जाता है ठीक उसी तरह जिस तरह बाँसुरी की उपस्थिति संगीत का सन्दर्भ बन जाती है। लेकिन पिछले कुछ महीनों के दौरान मैंने यह पाया है कि हर आरम्भ का कोई सिरा पिछली किसी शुरुआत में होता है और मैं अपने वर्तमान का अर्थ समझने की कोशिश में पीछे और पीछे जा रहा हूँ। कोई कितनी दूर तक जा सकता है? किसको कितना पीछे जाना चाहिए? किसी मनुष्य के लिए इन प्रश्नों का जवाब देना भी उतना ही मुश्किल होता है जितना कि देश के लोगों के लिए जवाब देना मुश्किल होता है। शायर अदम गोंडवी ने हमारे देश के किसी कठिन दौर की प्रतिक्रिया में लिखा था—

हम में कोई हूण, कोई शक, कोई मंगोल है
दफ़न है जो बात अब उस बात को मत छेड़िए

कितनी विडंबना की बात है कि एक ऐसा व्यक्ति जिसने अपना उपनाम अदम रखा वह वर्तमान के ऊपर अतीत के दबाव से इतना परेशान है कि वह हमसे यह आग्रह करता है कि हम सब अपने-अपने मूल को भूलकर उसके ऊपर ध्यान दें जो हम अभी यानी वर्तमान में हैं। बहरहाल, शुरुआत सुशान्त के जन्म से करते हैं। मैं इसको सन्दर्भ देते हुए बस यही कह रहा हूँ कि मेरा पहला और इकलौता बेटा विमला और मेरी शादी के ठीक पाँच साल बाद पैदा हुआ था। वह बहुत मुश्किल

से गर्भ में आया था। और मुश्किल इस बात से हो गई थी कि विवाह के पहले तीन सालों के दौरान मैं अपने दूसरे उपन्यास को पूरा करने के लिए संघर्ष कर रहा था। मेरा सबसे सफल उपन्यास भी वही था, मेरा सबसे कटु उपन्यास—और उसके बारे में आलोचकों और पाठकों दोनों का समान भाव से कहना है कि वह मेरा सबसे चुटीला उपन्यास है—*कुर्सी का स्वयंवर*।

तुमने मुझे बताया था कि तुमने अनुवाद के माध्यम से उस उपन्यास को पढ़ा था, सुशान्त जब एक बार हिन्दुस्तान से लौटा था तो वह उपन्यास लेकर लौटा था। मुझे इस बारे में कभी पता नहीं चला कि उसने मेरी कोई किताब पढ़ी भी थी या नहीं। लेकिन अब मुझे लगता है कि उसने पढ़ी थी, सारी पढ़ी थी। जब वह बच्चा था तो उन्हीं पुस्तकों के कारण उसके पिता उससे दूर रहते थे।

ख़ैर, उसकी माँ की चिन्ता यह थी कि उसको सन्तान नहीं हो रही थी, जबकि मैं पूरी तरह से *कुर्सी का स्वयंवर* लिखने में तल्लीन था। उस दौरान मैं एक तरह से रूपान्तरित हो गया था। सरकारी सेवा में मैंने पीड़ा के पाँच साल बिताए थे तब जाकर यह श्रेष्ठ साहित्यिक रचना सामने आई। जब यह पुस्तक प्रेस में मुद्रण के लिए गई तब सुशान्त गर्भ में आया और अगले ही वर्ष उसका जन्म हुआ। तब तक इस पुस्तक ने मुझे साहित्यिक सफलता के शिखर पर पहुँचा दिया था। इस पुस्तक के बारे में पन्ने दर पन्ने लिखे जा रहे थे। मेरी लिखी चुटीली पंक्तियों को दिल्ली की आला पार्टियों और गाँवों में राजनीतिक रैलियों में उद्धृत किया जाता था। मुझे एक प्रतिष्ठित पुरस्कार भी मिला, साहित्य अकादेमी पुरस्कार। शायद हर दृष्टिकोण से वह मेरे जीवन का सबसे अच्छा साल था, उस साल बच्चे के नैपी बदलने के मुश्किल काम से लेकर देर रात उसको दूध पिलाने के काम की बजाय मैं आसमान में छाया हुआ था। ये सारे काम मैंने अपनी पत्नी के लिए छोड़ दिए थे, शायद उसी तरह जिस तरह मेरी पीढ़ी के अधिकतर पुरुष छोड़ दिया करते थे। वही समय था जब मेरी पीढ़ी के देशवासियों ने इस बात को समझना शुरू कर दिया था कि अंग्रेज़ों के जाने के बाद से जिस राजनीतिक व्यवस्था ने उनको जकड़ रखा है वह पूरी तरह से भ्रष्ट है और वह अपने लाभ के लिए काम करती है। मेरी पुस्तक एक तरह से नैतिक दिशासूचक बन गई और उसके लेखक को देश की अन्तरात्मा कहा गया। लेकिन यह अन्तरात्मा पुरुषों को मिली पारम्परिक सुविधाओं का लाभ उठाता रहा और आराम से सोता रहा जबकि उसकी पत्नी रोते बच्चे को दूध पिलाने के लिए जागती रही।

मैंने ऊपर लिखा कि 1970 मेरे जीवन का सबसे अच्छा साल था, लेकिन कई अर्थों में वह मेरे जीवन का सबसे बुरा साल भी था। कठिनाई का आरम्भ पुरस्कार समारोह से हुआ। पुरस्कार प्रधानमंत्री द्वारा दिया जाना था जो संयोग से उस समय वित्त मंत्री भी थीं। मुझे पता नहीं कि सुशान्त ने तुमको इस बारे में बताया है या नहीं

लेकिन मैंने अपना जीवन क्लर्क के रूप में बिताया है। पदोन्नति हो जाने के बाद भी मैंने अफ़सरों के मातहत ही काम किया। इसलिए प्रधानमंत्री महोदया जब हमारे कार्यालय में वित्त मंत्रालय की फ़ाइलों को देखने आती थीं तो मैं उनसे दो-एक बार मिला भी था, लेकिन मैंने उनसे कभी बात नहीं की क्योंकि जो मेरा अधिकारी था, बात हर बार वही करता था। कई बार तो ऐसा होता था कि उन फ़ाइलों में जो नोट होते थे वे मेरे लिखे होते थे लेकिन तब मैं इतना जूनियर था कि अपने हस्ताक्षर नहीं कर सकता था। वे हमेशा मेरे अधिकारी के नाम से जाते थे। इन सब बातों को कहने का क्या औचित्य है? प्रधानमंत्री अच्छी पाठिका मानी जाती थीं, वह एक पक्के अंग्रेज़ीदां की बेटी थी, इसलिए उन्होंने मेरी पुस्तक नहीं पढ़ी थी, क्योंकि वह हिन्दी में लिखी गई थी। लेकिन वह एक उदार इनसान थीं और किसी ने उनको ज़रूर यह बताया होगा कि मैं वित्त मंत्रालय में काम करता हूँ तो आयोजन के बाद चाय के अवसर पर उन्होंने मुझसे कहा, "मैंने आपकी पुस्तक पढ़ी नहीं है, लेकिन ज़ाहिर है मैंने वित्त मंत्रालय की फ़ाइलों में आपका लिखा ज़रूर पढ़ा है।" अकादेमी के कुछ कर्मचारियों के अलावा कुछ और लोग जिन्होंने इस बातचीत को सुना वे मुस्कुरा रहे थे। मैं समझ गया था कि वह उदारता दिखाने की कोशिश कर रही थीं लेकिन सरकार में मेरे निचले स्तर पर कार्यरत होने की बात का स्मरण दिलाकर उन्होंने उस पल का मज़ा किरकिरा कर दिया। मैंने सोचा था कि उस पल के बाद मैं निम्न स्तर से सदा के लिए अलग हो जाऊँगा और महत्त्वपूर्ण लोगों के बीच मेरी जगह मज़बूत हो जाएगी।

ज़ाहिर था कि कुछ दिनों के अन्दर ही बात फैल गई और लोग मेरा उपहास उड़ाने लगे। "ज़रा कार्मिक विभाग की फ़ाइल लाना खेत राम। मैं इस महान लेखक की लेखनी को पढ़ना चाहता हूँ लेकिन मेरे पास पुस्तक ख़रीदने के लिए दो रुपए नहीं हैं।" "विश्वनाथ, मुझे ब्याज से हुई कमाई का सार चाहिए बस, अकादेमी पुरस्कार जीतनेवाला लेख नहीं।" और इसी तरह की बातें। मैं समझता था कि वे मुझसे ईर्ष्या करने लगे थे, और वे बहुत ग़ुस्से में भी थे क्योंकि कार्यालय में जो नीचता होती थी मैंने उसका भी खुलासा कर दिया था—ओछापन, भ्रष्टाचार, ऐयाशी और सामान्य तौर पर नैतिक पतन। वे मेरे पीछे पड़ गए, सब के सब। मेरे साथ काम करनेवाले क्लर्क भी मेरा मज़ाक़ उड़ाते थे क्योंकि अफसर लोग मुझे अपने साथ कभी-कभार एकाध पैग पिलाने के लिए ले जाया करते थे। उनमें से किसी ने भी प्रधानमंत्री के साथ चाय नहीं पी थी, और यह मामूली लोअर डिविजन क्लर्क लाइन तोड़कर आगे पहुँच गया था। उनके लिए सब साहित्य-वाहित्य था। उन्होंने मुझे सबक सिखाने का फ़ैसला किया। मेरी मेज़ पर ज़रूरत से ज़्यादा काम डाल दिया गया। मुझे छुट्टियाँ नहीं दी जाती थीं। यहाँ तक कि मुझे पदोन्नति देने में भी अकारण देरी की गई।

अत्याचार और रोज़-रोज़ का अपमान वास्तव में उतना तबाह करनेवाला नहीं था जितना कि इस बात की समझ कि मेरी पुस्तक के प्रकाशन से कुछ बदला नहीं था। मुझे यह बात समझ में आ गई कि इस बात के बावजूद कि मैं स्वयं को सब कुछ जाननेवाला समझता था, लेकिन मन-ही-मन मैं यह उम्मीद रखता था कि अगर मैंने यह खुलासा कर दिया कि सरकार में अन्दर तक किस सीमा तक भ्रष्टाचार था तो किसी-न-किसी तरह की क्रान्ति हो सकती थी। मैं इतना भोला था कि मुझे लगता था कि एक बार उसका खुलासा हो जाए जो उस तरह के दफ़्तरों में चल रहा था जिनमें मैं काम करता था तो जनता जाग जाएगी और व्यवस्था को बदल देगी। मैं महात्मा गांधी के उच्च नैतिक आदर्शों में विश्वास करते हुए बड़ा हुआ था, मुझे लगता था कि अंग्रेज़ों के जाने के बाद नेहरू उनको व्यवहार में अपनाएँगे। और पता नहीं क्यों मुझे ऐसा लगता था कि मेरे अधिकतर देशवासी भी इस आदर्श में विश्वास रखते थे। इसीलिए जब उनको लगेगा कि किस हद तक उन आदर्शों के साथ समझौता किया गया है तो वे उन शहीदों के नाम पर उठ खड़े होंगे जिन्होंने भारत की स्वतंत्रता के लिए अपनी जान दे दी थी, वे उठ खड़े होंगे उन असंख्य युवाओं द्वारा जेल में बिताए उन सालों के नाम पर जो उन्होंने इस उम्मीद में बिताए ताकि उनके बच्चे जब बड़े हों तो वे एक सहिष्णु और प्रेम करनेवाले समाज का निर्माण करेंगे। जब वे जागेंगे तो वे माओ के बूढ़े आदमी की तरह अपनी कुदाल से बुराई के उस पहाड़ को ढहा देंगे जिसने हमें न्यायपूर्ण समाज से अलग कर रखा है।

लेकिन ऐसा कुछ भी नहीं हुआ। कुछ बैठकें हुईं जिनमें मेरी तथाकथित सफलता का उत्सव मनाया गया, जिनमें समाज की अवस्था को लेकर बातें हुईं। हिन्दी पत्र-पत्रिकाओं में कुछ बड़े-बड़े लेख प्रकाशित हुए जिनमें मेरे इस बेहतरीन उपन्यास की ख़ूब प्रशंसा की गई और यह भी कहा गया कि इसका प्रकाशन हमारे देश के जीवन में नई भोर की तरह है। लेकिन मुझे तकलीफ़ हुई कि इन लेखों का स्वर बदलने लगा। धीरे-धीरे मेरे लेखन को व्यंग्य कहा जाने लगा और इसके लिए मेरी प्रशंसा की जाने लगी कि मैंने गुदगुदानेवाले और व्यंग्यात्मक मुहावरों का प्रयोग किया था। इससे पहले तो मुझे आश्चर्य हुआ, फिर चिढ़ हुई और फिर इस बात से मैं और क्रोधित हो गया। मेरे लेखन के सौन्दर्यबोध को व्यंग्य के खाँचे में डाल दिया गया, जिसे अन्ततः साहित्य के घर के किसी अँधेरे तहखाने में डाल दिया जाता, जबकि तथाकथित गम्भीर साहित्य को मेहमान कक्ष में रखा जाता। यह सब देखकर मुझे ग़ुस्सा आ रहा था, यह सब इतना व्यवस्थित तरीक़े से हो रहा था, जिसके माध्यम से मेरे लेखन की जो आग थी वह ठंडी पड़ती जा रही थी। इसे कम करने के लिए मैंने एक और पुस्तक लिखी, जो मेरे पिछले उपन्यास से अधिक कठोर थी। लेकिन नुक़सान तो हो चुका था। मुझे व्यंग्यकार की कोटि में डालकर दुनिया आगे निकल चुकी थी।

यह सही है कि मैंने जिस भोर की उम्मीद की थी वह कुछ हद तक आई भी। यह इसका मौक़ा नहीं है कि 1970 के दशक में आधुनिक भारत का इतिहास लिखूँ, लेकिन देश में हर कहीं आन्दोलन होने लगे। उनका सीधा सम्बन्ध मेरी किताब से नहीं था लेकिन उनके पीछे वही ग़ुस्सा था जो मेरे लेखन की शक्ति थी। लेकिन उस दशक के समाप्त होते-होते वे आन्दोलन समाप्त हो गए। मैं इस समझ के विरुद्ध लड़ने की कोशिश कर रहा था कि साहित्य से कुछ भी नहीं बदलता है, न तो दुनिया में न ही लेखक के अपने जीवन में, कम-से-कम उस हद तक तो नहीं ही जिस तरह से लेखक बदलना चाहता है। मैं एक के बाद एक किताब लिखे जा रहा था, हर किताब पिछली किताब से कम सफल रही, मैं उन्हीं हथियारों से हारी हुई लड़ाई जीतने की कोशिश करता रहा, जिनसे अतीत में मुझे असफलता के सिवा कुछ प्राप्त नहीं हुआ था। स्टीवेंसन ने कहीं लिखा है, "उम्मीद के साथ सफ़र करते रहना कहीं पहुँचने से बेहतर होता है।" पहुँचने पर मैंने पाया कि मैं अकेला और ग़ुस्सैल हो गया था, मैं उन दिनों के बारे में सोचता था जब मैं इस उम्मीद में सफ़र किए जा रहा था कि वहाँ पहुँचने पर दुनिया और मेरे जीवन में सब कुछ बदल जाएगा। इस बीच मेरी पत्नी निर्लिप्त भाव से मेरे बच्चे को पाल रही थी और मेरे घर को सँभाल रही थी, गर्मियों में मुझे कुछ सप्ताह के लिए पहाड़ पर भेज दिया करती ताकि मैं लिखता रहूँ।

मैं अभी भी उससे बड़ी किसी सफलता के लिए संघर्ष कर रहा था जो मुझे *कुर्सी का स्वयंवर* से मिली थी। 1975 में मेरे पिता अन्तिम बार बीमार पड़े। उस समय उनकी उम्र केवल 60 साल थी और इसके बावजूद कि मैं तेरह साल से सरकारी नौकरी में था और दिल्ली में मेरे पास अपना सरकारी घर था, उन्होंने पुरानी दिल्ली के एक अमीर व्यापारी के घर में रसोइए का अपना काम नहीं छोड़ा था। "जब तक इन हाथों में कुछ ताक़त है तब तक मैं किसी और के ऊपर निर्भर नहीं रहूँगा," वे कहते। कहते हुए वह यह भी नहीं सोचते थे कि उस 'दूसरे आदमी' को सुनकर कैसा महसूस होता होगा, जो उनका बेटा भी था। सुशान्त जब पाँच साल का था तो मेरे पिता हमारे साथ रहने के लिए आ गए और वे दो साल हमारे साथ रहे, उन दो सालों के दौरान वे अधिकतर बिस्तर पर ही रहे, लगातार बीमार। अन्तिम साल तो उन्होंने लगभग बेहोशी की हालत में ही बिताया, इसलिए सुशान्त के पास अपने दादा के लिए कहने को कुछ ख़ास नहीं था। लेकिन मेरे घर में आने से पहले तक मेरे पिता बहुत हट्टे-कट्टे आदमी थे। उनको भोजन पसन्द था, उनको भोजन पकाना पसन्द था, उनको संगीत पसन्द था, और उनको औरतें पसन्द थीं। वे अपने बच्चों को भी बहुत प्यार करते थे और मुझे लगता है मेरे जिस भाई जगन्नाथ से तुम मिली थी उसने उनके प्यार का पूरा प्रतिदान दिया, लेकिन मुझे लगता है कि मैं नहीं दे पाया।

मैं इस बात से उबर नहीं पाया कि जब मैं बच्चा था तब वे कभी इस तो कभी उस औरत के साथ मस्ती में डूबे रहते थे, लेकिन तब भी मुझे लगता था कि इसके कारण उन्होंने पिता के रूप में अपनी ज़िम्मेदारियों को प्रभावित नहीं होने दिया, इसलिए वे कभी किसी औरत को घर लेकर नहीं आए। उनके मरने के सालों बाद मुझे यह बात समझ में आई कि उन सम्बन्धों का उनके लिए क्या मतलब था। और जब यह बात मुझे समझ में आई तो मैंने स्वयं को बुरी तरह से कोसा कि मुझे यह बात इतनी देर से समझ में क्यों आई कि मैं उनको ग़लत समझने के लिए उनसे माफ़ी भी नहीं माँग सकता। मैं उनको घरेलू नौकर होने के कारण भी निम्न स्तर का समझता रहा। *ग्रेट एक्सपेक्टेशंस* के पिप की तरह मैं मध्य दिल्ली के उस विशाल कॉफ़ी हाउस में भी गया था, वहाँ उच्च कुल के लेखक देश के ग़रीबों और निम्न स्तर का जीवन बिता रहे लोगों के बारे में चर्चा कर रहे थे। मैंने उस बूढ़े इनसान को वहाँ मौजूद पाया, वे जानते थे कि उनको लेकर मुझे शर्म आती थी, इसलिए उस मौक़े पर उन्होंने घरेलू नौकर की तरह से अभिनय किया ताकि अपने समकक्ष लेखकों से मिलने के लिए उनको मना न करना पड़े। वे एक गर्वीले इनसान थे, और आज जब मैं यह लिख रहा हूँ तो मुझे भी उनके नकचढ़े बेटे के सामने उनके लिए खड़ा होकर गर्व का अनुभव हो रहा है। वे कंधे पर रखे गमछे से पसीना पोंछ रहे थे, जबकि मैं वहाँ सूट-बूट पहनकर खड़ा था, और मेरे दोस्त धीरे-धीरे मुस्कुरा रहे थे।

ख़ैर, वे मेरे पिता थे इसलिए जब वे बीमार पड़े तो मैं अपनी मरज़ी से उनको अपने घर लेकर आ गया। हालाँकि जिस तत्परता और बेताबी से मैंने यह काम किया उसका कारण सम्भवत: यह था कि मैं अपने भाई से बदला भी लेना चाहता था, जिसको मैंने इस बात के लिए कभी माफ़ नहीं किया कि वह अमेरिका में रसोइये की नौकरी करने के लिए देश छोड़कर चला गया। जगन्नाथ ने इलाज के लिए पैसे भेजने की पेशकश की लेकिन मैंने मना कर दिया। मेरा वेतन बहुत नहीं था लेकिन पर्याप्त था। इसके अलावा मेरे पिता जिस सेठजी के लिए काम करते थे वे और उनका परिवार बहुत मददगार था। पहले छह महीने के दौरान वे अक्सर पूछताछ करते रहे और दो बार तो उन्होंने सरकारी अस्पताल से बाहर के जाने-माने डॉक्टर से इलाज का प्रबन्ध करवा दिया और मुझसे किसी तरह का पैसा लेने से इनकार कर दिया। "अगर तुमने पैसे देने की बात फिर से मुझसे की तो मैं तुम्हारे पैर पकड़कर उसी तरह उलटा लटका दूँगा जैसे मैं तब लटका देता था जब तुम दो साल के थे और फिर तुम्हारे पीछे से तुमको झापड़ लगाऊँगा," सेठजी ने मुझसे कहा। जब वह जीवित थे तब तक मैं उनको पसन्द नहीं करता था लेकिन अब मुझे इतने साल बाद मजबूर होकर यह स्वीकार करना पड़ता है कि अपने धंधे में वह चाहे जैसे बेईमान रहे हों लेकिन वे अपने कर्मचारियों के

साथ अच्छा बर्ताव करते थे। उनमें अच्छाई थी, लेकिन उस तरह की अच्छाई नहीं थी मैं जिसकी तलाश में था। बहरहाल, सेठजी और उनके परिवार ने दवा और डॉक्टर के इलाज से मेरी मदद की, इसलिए आर्थिक रूप से कोई कठिनाई नहीं हुई। कठिनाई दूसरी तरह की थी।

पहली कठिनाई यह थी कि पिता के घर में रहने के कारण मैं लिख नहीं पाता था। पहले मैं डिनर के बाद लिखने बैठ जाता था और दो घंटे लिखने के बाद सोने चला जाता था। मैं उस तरह के लोगों में कभी नहीं रहा जो देर रात तक लिख सकते थे, और इसके अलावा, मुझे कार्यालय में जितना काम करने को दिया जाता था उसके कारण मैं थकान के कारण डिनर के बाद लिख भी नहीं पाता था। लेकिन एक बार मेरे पिता हमारे साथ रहने के लिए आए तो वह शामें भी मेरे लिए अपनी नहीं रह गईं जब मैं थका हुआ नहीं होता था। आरम्भ में जब उनकी बीमारी उतनी नहीं बढ़ी थी तो वे मेरे साथ कुछ देर बैठकर इधर-उधर की बातें करना चाहते थे। कई बार जब मैं बहुत उलझा हुआ रहता था तो मैं उनसे कहता कि मुझे लिखना है और उठ जाता था, लेकिन इससे उनको बुरा महसूस होता था। बिस्तर में पड़े रहना या बिना कुछ किए बैठे रहना ऐसे आदमी के लिए बहुत पीड़ादायी था जो कुछ समय पहले तक एक बड़े घर की रसोई चलाता था। इसलिए डिनर के बाद मैं उनके साथ बैठने लगा। लेकिन उसके बाद उनका स्वास्थ्य ख़राब हो गया और उन्होंने बिस्तर पकड़ लिया।

उसके बाद धीरे-धीरे मेरा घरेलू जीवन उस बुज़ुर्ग इनसान के इर्द-गिर्द घूमने लगा। यहाँ तक कि जिस पाँच साल के बच्चे को अपने अधिकार से हमारे जीवन का केन्द्रीय आधार होना चाहिए था उसको भी मजबूर होकर अपनी उन माँगों को रोक लेना पड़ता था जो वह अपने माँ-पापा से कर सकता था। कारण यह था कि हमेशा कभी ख़ून की जाँच हो रही होती थी, कभी चिलमची साफ़ करना होता था, कभी कोई डॉक्टर आ रहा होता था, दवा या दस्ताने ख़रीदे जाने होते थे। सुशान्त की माँ साफ़-सफ़ाई करती और खाना बनाकर घर चलाती थी, उसका पापा कभी दवाई ख़रीदने या कभी पानी की बोतल लगा रहा होता था या पिता को देखने आए किसी डॉक्टर से बातचीत कर रहा होता था। जैसे-जैसे दिन सप्ताहों में बदलने लगे तो सुशान्त चिड़चिड़ा और ज़िद्दी हो गया। वह पड़ोस के बच्चों से लड़ाई कर लेता था, उसके स्कूल के अध्यापक उसके बर्ताव की शिकायत किया करते।

अपने पिता की बीमारी के कारण तरह-तरह की माँगों के कारण मैं इतना चिढ़ा हुआ रहता था कि जिस शाम सब कुछ शान्त रहता था तब भी मैं बैठकर लिख नहीं पाता था इसलिए मैं अख़बार पढ़ने की कोशिश करता था जबकि सुशान्त मेरा ध्यान खींचने के लिए तरह-तरह के करतब करता रहता था। पहले तो मैं कोशिश करता कि विमला बच्चे को सँभाल ले लेकिन फिर वह बीमार पड़ गई। वह

पहले एक सप्ताह तक तेज़ बुख़ार से पीड़ित रही, तब मुझे समझ में आ गया कि उसको थकान हो गई है। इसलिए सांध्य काल दफ़्तर से आने के बाद मैंने सुशान्त को अपने पास बिठाकर उसका होमवर्क करवाना शुरू कर दिया। लेकिन मैं जो समझता था कि सुशान्त को मुझसे चाहिए था वह उससे भिन्न था जो सुशान्त को वास्तव में चाहिए था। वह जानबूझकर ग़लतियाँ करता, वही हिसाब ग़लत कर देता था जिसको कुछ दिन पहले वह बहुत अच्छी तरह बना चुका होता था। क्यों? मैं कभी समझ नहीं पाया। ऐसा लगता था कि वह चाहता था कि मैं उससे ग़ुस्सा हो जाऊँ, उसके ऊपर चिल्लाने लगूँ, अपना आपा खो बैठूँ और किताबों को कमरे में इधर-उधर फेंक दूँ। क्या दूसरे बच्चे भी ऐसा करते हैं? मैं उन दिनों की प्रतीक्षा करता था जब पिताजी की दवाइयाँ लानी होती थीं। कम-से-कम घर से बाहर जाने का एक अच्छा कारण मिल जाता था। एक तरफ़ पिताजी की लगातार बीमारी और दूसरी तरफ़ बच्चे की माँग के बीच मुझे घर किसी जेल की तरह लगने लगा था। लेकिन बाहर भी मेरे लिए कुछ नहीं होता था। मैं जिन दोस्तों के बीच बड़ा हुआ था वे भी दूसरे नौकरों के बेटे थे, जितनी जल्दी हो सकता था मैंने उन लोगों के साथ अपने सारे सम्पर्क तोड़ लिए। जिन लोगों के साथ मैं काम करता था वे कार्यालय से बाहर मुझसे मिलना नहीं चाहते थे क्योंकि उनको ऐसा लगता था, जो उचित भी था कि मैं घमंडी था और वे मेरे साथ उसी तरह का बर्ताव करते थे। जिस तरह से मुझे केवल व्यंग्यकार बना दिया गया उस ग़ुस्से के कारण मैंने साहित्यिक समाज से भी अपने आपको काट लिया। मैं जिस जेलख़ाने में बन्द था वह मेरे पिता या मेरे बेटे का बनाया हुआ नहीं था बल्कि मेरा अपना ही बनाया हुआ था। लेकिन अचानक, उस जेलख़ाने का दरवाज़ा खुला और मैं उससे बाहर निकला, लेकिन दिन के उजाले में नहीं बल्कि एक लम्बी गहरी सुरंग में। मेरे पिता के ऊपर किसी तरह का दौरा पड़ा और उनको अस्पताल में भर्ती करवाना पड़ा।

उन तीन महीनों को तीस साल से अधिक हो गए जो मैंने अपने पिता के साथ अस्पताल में बिताए थे, लेकिन मेरी स्मृति में वह समय बिलकुल स्पष्ट है, अजीब तरह से स्पष्ट है जो स्मरण करने के साथ आमतौर पर नहीं जुड़ा होता है। हर दूसरे या तीसरे दिन ऐसा लगता कि वे जानेवाले हैं, उसके बाद वे कुछ ठीक हो जाते थे, बीच-बीच में उनका सन्तुलन चला जाता था, कई बार वे बात भी करने लगते थे, हँसी-मज़ाक़ करते और फिर बेहोश हो जाते। अचेतावस्था में अपनी गर्दन इधर से उधर हिलाते रहते थे, ऐसे लोगों के नाम ज़ोर-ज़ोर से पुकारने लगते थे जिनको संसार छोड़े दशकों हो गए थे। उसके बाद घंटों सोये रहते, कई बार हफ़्तों तक सोये रह जाते थे।

हर शाम मैं दफ़्तर से सीधे अस्पताल में आता था, अपने कपड़े बदलता था और तब तक उनके बिस्तर के पास बैठा रहता था जब तक कि उनके सोने का

समय नहीं हो जाता था। क़रीब चार महीने तक मैं उनके बिस्तर के पास कुर्सी पर सोया, बार-बार उठकर चलता रहता था, यहाँ तक कि उन रातों को भी जब वे गहरी नींद में होते थे। सुबह साढ़े आठ बजे मैं अस्पताल के सामान्य स्नानघर में नहाने जाता था, जहाँ मेरे जैसे लोग होते थे जिनका दुर्भाग्य मेरी तरह ही होता था, बस उनके कारण अलग-अलग होते थे। नहाने के बाद मैं दफ़्तर के लिए निकल जाता था। अजीब बात यह थी कि जब मैं अस्पताल के अँधेरे गलियारे से निकलकर भोर के सूर्य के तेज प्रकाश में बस स्टॉप की तरफ़ बढ़ता था तो एक मरणांतक भारीपन, अजीब सी थकान मेरे ऊपर छाने लगती थी। जबकि पिछले सोलह घंटों में बैठने और सोने के अलावा मैंने कुछ भी नहीं किया होता था। बीच-बीच में नीचे कुछ दवाएँ लेने दवा की दुकान पर जाता था या नर्सों के क्षेत्र में उनसे यह कहने जाता था कि वे ड्रिप बदल दें या बेडपैन ला दें। वीकेंड में मैं अपना सूटकेस लेकर घर जाता था। विमला हमेशा उन कपड़ों को बाक़ी कपड़ों से अलग धोती थी। अब पीछे मुड़कर सोचने पर मुझे समझ में आता है कि मुझे देखभाल के लिए किसी को रख लेना चाहिए था, बहुत लोगों ने मुझे सुझाव भी दिया था, डॉक्टरों ने भी, क्योंकि उनको लगता था कि अगर यह बीमारी बहुत लम्बी खिंच गई तो मेरे स्वास्थ्य पर भी असर पड़ सकता था। सेठजी ने तो मुझे कहा कि अगर ख़र्चे के कारण मैं परेशान हूँ तो मुझे ख़र्चे की चिन्ता नहीं करनी चाहिए। ख़र्चे की चिन्ता तो मुझे थी ही नहीं, मैंने पिता के अस्पताल में रहते हुए कभी घर में आराम से सोने के बारे में गम्भीरता से सोचा ही नहीं।

एक लेखक होने के कारण मैंने जो कुछ भी देखा या अनुभव किया सबको कथानक में ढालने की कोशिश की। मुझे लगता है कि यह एक ऐसी कमज़ोरी है जो लेखकों में होती है, कुछ चीज़ें जिस तरह घटित होती हैं उनको उसी तरह से लेना, कथानक की जीवन के ऊपर प्राथमिकता नहीं होती है, यह बस जीवन का नौकर होता है जो कई बार कुछ सही कर देता है लेकिन यह अक्सर अपने मालिक के साथ बुरा ही करता है। लेकिन इस कमज़ोरी से मैं कभी नहीं उबर पाया, और मैंने इससे निकलने की कभी कोशिश भी नहीं की। बल्कि मैंने बीते सालों के उन चार महीनों का कुछ मतलब समझने का प्रयास किया। क्या मैंने कुछ सीखा, मैंने अपने आप से पूछा, कम-से-कम अपने बारे में, अपने पिता के साथ मेरे रिश्ते के बारे में, जीवन और मृत्यु की प्रकृति के बारे में? अगर मैंने कुछ सीखा तो क्या यह उसी की स्मृति है जो मैं कुछ सहन करने लायक हो गया? और फिर इससे पहले कि मैं इन प्रश्नों के ऊपर ध्यान लगाता कि मैंने यह प्रश्न किया, किस तरह के लोग वैसी स्थिति में भी आत्मदया का सहारा लेते हैं जबकि वह आदमी जो पीड़ा में हो वह उसका पिता हो और जिसको मरने से पहले बहुत पीड़ा और वेदना से गुज़रना पड़ा हो?

बहरहाल, मैंने कुछ बातें सीखीं। एक बात यह कि मुझे अपने पिता को लेकर जो शर्म महसूस होती थी वह कृत्रिम थी। वह महज़ एक पर्दा था जो मैंने अपनी अनुभवहीनता के कारण वास्तविक पीड़ा की ऊपरी सतह पर डाल रखा था, उस पीड़ा की सतह पर जिसका मैं सामना कर पाने में असमर्थ था, माँ के बिना बीता मेरा बचपन, ग़रीबी से निकलने के रास्ते में आई कठिनाइयाँ। बिना समझे-बूझे वे ग़ुस्से में ढल गईं और उस ग़ुस्से का निशाना मेरे पिता बन गए। यह बात मेरी समझ में तब आई जब मैं उनके मरने के बाद कमरे में उनके मृत शरीर के साथ अकेला प्रतीक्षा कर रहा था कि नर्सें वार्ड बॉय को लेकर आएँ जो उनकी लाश को मुर्दाघर में ले जाएँ। मैंने उनके मृत शरीर से क्षमा माँगी। जब मैं किशोर था तब एक दौर ऐसा आया था जब मुझे इस बात का बराबर डर लगा रहता था कि मेरे पिता मर जाएँगे, और तब मैं अपने आपको यह समझाता था कि बीस साल में मैं इतना बड़ा हो जाऊँगा कि अगर ऐसा हुआ तो इस सदमे को सहन कर लूँगा। जब मेरे पिता की मृत्यु हुई तो मैं अड़तीस साल का था। तब मुझे यह सीख मिली कि आप कभी भी इतने बड़े नहीं होते कि अपने माता-पिता को खो सकें। मैंने यह भी सीखा कि एक बच्चा हमेशा बच्चा ही होता है, चाहे वह कितना भी बड़ा हो जाए, उसके पत्नी-बच्चे हो जाएँ, उसको नौकरी मिल जाए, अपने जीवन का अपना उद्देश्य हो, लेकिन माता-पिता हमेशा माता-पिता ही होते हैं। कड़वाहट से भरा यह अफ़सोस आज मुझे खाए जा रहा है कि मैंने यह तो सीखा कि बच्चा हमेशा बच्चा ही होता है और माता-पिता हमेशा माता-पिता ही होते हैं, मैंने इस ज्ञान का उपयोग अपने जीवन के दूसरे चरण में नहीं किया, जिसका आरम्भ मेरे पिता की मृत्यु के साथ हुआ।

अपने पिता के निधन के बाद, उनके अन्तिम संस्कार के दौरान उन लालची पुजारियों से लड़ते हुए जिनको एक दुखी बेटे में अधिक कमाई का स्रोत दिखाई दे रहा था, मृत्यु प्रमाणपत्र लेने, उनकी अन्तिम अस्थियों को प्रवाहित करने के बाद के दिनों में मैंने यह देखा कि सुशान्त जब भी दुखी होता या उसको किसी बात से तकलीफ़ पहुँचती थी तो वह पिताजी-पिताजी कहने लगता था। इस बात से मैं उसके ऊपर क्रोधित हो जाता था, इसलिए नहीं कि वह मेरा ध्यान आकर्षित करने की कोशिश करता था बल्कि इसलिए क्योंकि वह बच्चा था और इसलिए ज़ोर-ज़ोर से अपने पिता को आवाज़ दे सकता था, जबकि बड़े होने के कारण मैं नहीं दे सकता था। मैंने उसको उन दिनों में क्या दिया होगा कि वह पिताजी-पिताजी कहकर चिल्लाता था। मुझे उससे ईर्ष्या होती थी कि उसके पास मद्धिम-सी ही सही लेकिन इस बात की कुछ सम्भावना तो थी कि उसके पिताजी उसकी बात का उत्तर देंगे। मेरे पास तो वह भी नहीं थी।

मेरे पिता की मृत्यु ने मुझे उसी तरह नदी के पार पहुँचा दिया जिस तरह पिता की मौत के साथ अक्सर हो जाता है, उस नदी के पार जो अभेद्य यौवन को

अवश्यम्भावी मृत्यु से अलगाती है। मेरे पिता की मृत्यु ने मेरे पैरों के नीचे अतल गह्वर खोद दिया था, इसके कारण मैं उसी तरह से अनिश्चित और कमज़ोर अनुभव कर रहा था जिस तरह से मैंने तब महसूस किया होगा जब मैं माँ की कोख से इस संसार में आया था। मुझे अचानक यह बात समझ में आई कि मैंने अपनी जवानी उन भावनात्मक संसाधनों को जुटाने में लगा दी जिनकी ज़रूरत मुझे अपने जीवन के दूसरे चरण में पड़नेवाली थी, वह जीवन-काल जो हमें अन्तिम मुकाम तक ले जाता है, उस मुकाम तक जिसको अच्छी तरह से पाया जा सकता है—मृत्यु। इसके बारे में स्टीवेंसन ने उसी लेख में लिखा जिस लेख में उसने यह लिखा है कि किसी उम्मीद के साथ यात्रा करना कहीं पहुँचने से बेहतर होता है। लेकिन फिर वह किस तरह की जवानी होगी जो मौत की तैयारी में बिता दी जाए? इस सारी उधेड़बुन के बीच मैं केवल अपने पिता की मौत के बाद एक ही बात समझ पाया, कुछ ग़लत हो गया था। अधिकतर लोग, बड़े से बड़े कुशाग्र लोग भी आत्मविश्लेषण करते हुए चूक जाते हैं, मैंने यह मान लिया कि वह ग़लती मेरी सोच की नहीं थी; मेरे साथ यह ग़लती दुनिया ने की थी, और ग़लत समझे जाने को लेकर मैं ग़ुस्से से भर गया। ग़ुस्से में मैं हर उस व्यक्ति को अपना शिकार बनाता था जिनके ऊपर मैं ग़ुस्सा हो सकता था। अब जाकर, अपने बेटे की कीमत पर, तुम्हारे सुशान्त को खोकर मुझे यह बात समझ में आई है कि बजाय इसके कि उन बातों के ऊपर ग़ुस्सा होने के जो अपने नियंत्रण से बाहर थीं मुझे उन बातों के ऊपर ध्यान देना चाहिए था जो मेरे घर की चारदीवारी के भीतर थीं, और जो मेरे मस्तिष्क के अन्दर था। काश मैं अपनी तरफ़ मुड़कर पूछता, "तुम इतने निश्चित रूप से कैसे कह सकते हो कि तुम हमेशा सही होते हो?" हो सकता है तब स्थितियाँ अलग हुई होतीं।

जब तक मैंने सुशान्त के होने को समझा तब तक वह किशोर उम्र में आ चुका था। वह अपने विद्रोह को जताने के लिए गणित और विज्ञान में डूबा रहता था तथा साहित्य और मानविकी के विषयों को पूरी तरह से नकारता था। यह विद्रोह उस समय के लिए स्वीकार्य था क्योंकि माता-पिता हमेशा यही चाहते थे कि उनका बच्चा इंजीनियर बने। जब उसकी स्कूली शिक्षा के अन्तिम कुछ साल चल रहे थे तब मैंने उससे उसकी पढ़ाई और उसकी आगे की योजनाओं के बारे में बात करने की कोशिश की। इसके पीछे एक तो ज़िम्मेदारी का भाव था और कुछ इस कारण भी क्योंकि उन दिनों *कुर्सी का स्वयंवर* पर आधारित टीवी शो दिखाया जा रहा था जिसके कारण मेरी नये सिरे से पहचान बनी थी और राष्ट्रीय स्तर पर उच्च सम्मान भी मिल रहा था और इस कारण से मैं स्वयं कुछ सहज महसूस कर रहा था। लेकिन हर बार उसने मुझे झिड़क दिया। इस हद तक कि जब वह आईआईटी की प्रवेश परीक्षा में सफल हुआ तो मुझे यह समाचार अपने पड़ोसी से पता चला जिसने अगले दिन के समाचार-पत्र में चित्र देखा। वह आईआईटी दिल्ली में भी जा

सकता था लेकिन मुझे लगता है कि उसने आईआईटी बम्बई में दाख़िला इसलिए लिया क्योंकि वह घर से दूर रहना चाहता था। एक बार बम्बई जाने के बाद वह दूर जा चुका था, अब वह अपने पिता के घर का नागरिक नहीं रह गया था। वह छुट्टियों में आता तो था लेकिन कभी इस बारे में बात नहीं करता था कि उसकी पढ़ाई कैसी चल रही है। पढ़ाई में उसका प्रदर्शन अच्छा रहा, मुझे यह बात इससे समझ में आई कि उसको यूनिवर्सिटी ऑफ़ कैलिफोर्निया में पढ़ने के लिए पूर्ण छात्रवृत्ति मिली। लेकिन उसने कितना अच्छा प्रदर्शन किया था इस बारे में मुझे तब तक कोई जानकारी नहीं थी जब तक कि मेरी मुलाक़ात आईआईटी में उसके साथ पढ़नेवाले एक सहपाठी से संयोगवश नहीं हुई। उसने मुझे बताया कि सुशान्त की प्रशंसा महज़ इसलिए नहीं की जाती थी कि वह कक्षा में पढ़ाई में बहुत अच्छा था बल्कि आईआईटी में उसका सम्मान इस कारण से भी बहुत था कि वह कमज़ोर वर्ग के विद्यार्थियों के प्रति भरपूर करुणा और उदारता दिखाता था।

जब वह पहली बार अमेरिका जा रहा था तो मैं और विमला उसको एयरपोर्ट पर छोड़ने के लिए गए। मैं एक हाथ की उँगलियों पर गिनकर बता सकता हूँ कि कब-कब विमला ने मुझसे ग़ुस्से में बात की थी। उनमें से एक अवसर तब आया था जब हम उस दिन टैक्सी से एयरपोर्ट से वापस लौट रहे थे। "अपने बेटे को दुनिया के दूसरे कोने में भेजकर उम्मीद करती हूँ कि तुम ख़ुश होगे।" मैं उसकी इस बात से आश्चर्यचकित रह गया लेकिन जब मैंने इसका कोई उचित जवाब तलाश करने की कोशिश की तो मैंने यह पाया कि अपने बचाव में कहने के लिए मेरे पास बहुत कुछ था नहीं।

प्रस्थान गेट की दूसरी तरफ़ यह हुआ कि मेरा बेटा उसके रास्ते अमेरिका गया तो, लेकिन लौटकर आया ही नहीं? तुम इस बारे में मुझसे बेहतर जानती हो, क्योंकि मैं उससे मिलने एक बार 1997 में अमेरिका गया था, लेकिन सारा समय मैं अमेरिका देखने में ही लगा रहा क्योंकि मुझे लगता था कि अमेरिका दुनिया का दोहन कर रहा था और अपनी सैन्य ताक़त से दुनिया के ऊपर शासन करना चाहता था। जब आप कहीं किसी चीज़ की तलाश में जाते हैं और जब वह आपको मिल जाती है तो आप कुछ और नहीं देखते हैं। इसलिए मैं उस अकेलेपन को नहीं देख पाया जो उसको महसूस होता था, अनजान धरती पर बीतते अपने सप्ताह, महीने और सालों के दौरान उसको घर की याद सताती थी। इस कारण वह भारतीय शास्त्रीय संगीत की सभाओं में जाता, भारत में रहते हुए कभी इस तरह की संगीत महफ़िलों में नहीं जाता था, घंटे-घंटे भर गाड़ी चलाकर वह ऐसे भारतीय रेस्तराओं में खाने जाता था जिनमें ख़राब क़िस्म का खाना परोसा जाता था, भारत में रहते हुए उसने उस तरह के भोजन को खाने में विशेष रुचि नहीं दिखाई थी। वह वहाँ जाकर न लौट पाने की कमज़ोरी से बचने का सहारा ढूँढ़ता था।

तुम मुझसे, उसके पिता से इस बात को बेहतर जानती हो कि उसके ऊपर क्या बीतती रही होगी। जब उसको उस जगह की याद आती होगी जहाँ वह बड़ा हुआ था, जब वह उस बचपन के लिए रोता रहा होगा जो कभी नहीं आने के लिए जा चुका था तो तुम अवश्य उसको थामकर दिलासा देती रही होगी। जब मैं तुमसे मिला तो स्वयं मुझे भी बहुत राहत महसूस हुई, जब तुम उसके बारे में इतने प्यार और प्रशंसा के साथ बात कर रही थी तो मुझे राहत महसूस हुई। मुझे बहुत दुःख के साथ यह बात समझ में आई कि उसकी भी भावनात्मक ज़रूरतें थीं जिनको पूरा करने की मैंने कभी कोशिश नहीं की, मुझे उन आवश्यकताओं को समझ जाना चाहिए था क्योंकि वह मुझमें भी हैं, मुझमें अभी भी हैं। मुझे इस बात से भी बेहद प्रसन्नता महसूस हुई कि उसकी भेंट तुमसे हो गई, क्योंकि तुम्हारा स्वभाव शान्त है और तुम्हारे भीतर सहनशीलता है, ख़ूब प्यार के साथ सम्मान का भाव भी है, जो विमला में भी है। और मुझे लगता है कि इन गुणों के कारण ही उसको बहुत शक्ति मिलती रही होगी, जिस तरह से मैंने विमला से बहुत शक्ति प्राप्त की। इस बात से मुझे तुमसे ईर्ष्या भी हो रही है कि उसको जिस तरह का सहयोग चाहिए था उसको देने का अवसर तुमको मिला।

अगर मुझे अभी भी उसकी तरफ़ से बोलने का हक़ है तो विमला और अपनी तरफ़ से तुम्हारा धन्यवाद मेरे बेटे के जीवन में प्यार देने के लिए, उसको वह सबसे बड़ा उपहार देने के लिए जो कोई किसी और को दे सकता है, स्वयं का उपहार। मुझे पता नहीं कि सुशान्त मुझे यह कहने का अधिकार देता या नहीं लेकिन मुझे ऐसा लगता है कि वह भी तुम्हारा ध्यान रखता था, मुझे लगता है कि तुमको जैसी आवश्यकता थी उसने तुम्हारा भी साथ दिया, मुझे लगता है कि तुम्हें अपने जीवन में जो ख़ालीपन महसूस होता रहा होगा उसने उसको भर दिया होगा। मुझे लगता है कि वह तुमको उसी तरह प्यार करता था जिस तरह तुम उसको करती थी।

अन्त में, मैं यह कहना चाहता हूँ कि जब तक हम ज़िन्दा हैं तब तक तुमको अगर कभी हमारी आवश्यकता महसूस हो तो हमें अपना समझना। मुझे विश्वास है कि इस बात से विमला भी सहमत होगी, मैं तुमको जीवन की मंगलकामनाएँ देता हूँ और यह कामना करता हूँ कि तुम्हारा जीवन लम्बा और सुखी हो। सबसे बढ़कर हम यह चाहते हैं कि तुम अपने जीवन के लिए किसी दूसरे व्यक्ति का चुनाव कर लो। मुझे उम्मीद है कि किसी दूसरे व्यक्ति के साथ तुम सुखी जीवन बिताओगी, हो सकता है कि उससे तुम्हें सुन्दर बच्चे हों। वह व्यक्ति जो भी हो, और जब भी बच्चे हों, उसके लिए हमारा प्यार और हमारी दुआएँ रहेंगी।

इस पत्र को समाप्त करने का मेरा मन नहीं हो रहा है क्योंकि लिखते हुए मुझे ऐसा महसूस हो रहा है कि मैंने एक सिरा थाम रखा है जो तुम तक जाता है, और तुम्हारे माध्यम से सुशान्त तक। लेकिन अब मैं इस पत्र को समाप्त करूँगा क्योंकि

मैं चाहता हूँ कि तुम इसको पढ़ो, और मैं इस बात को भी सीखना चाहता हूँ कि हर चीज़ का अन्त होता है। तुम्हारे उत्तर का बेताबी से इन्तज़ार करूँगा लेकिन मैं यह भी बता देना चाहता हूँ कि तुम्हारे ऊपर उत्तर देने की किसी तरह की बन्दिश नहीं है।

विमला और मेरी तरफ़ से अपने माता-पिता, मिसेज कात्या और मिस्टर जॉन हेंडरसन ऑफ़ हैरिसबर्ग, पेंसिलवानिया को प्यार भरा सलाम देना। कृपा करके उनको यह बता देना कि वे जब भी दिल्ली आना चाहें तो हम उनका स्वागत करने के लिए बेताब हैं। वे मुझसे मिले नहीं हैं, शायद उन्होंने मेरे बारे में सुना भी नहीं है, लेकिन मेरे ऊपर उनका इतना बड़ा ऋण है कि मैं उनको टुकड़ों में भी लौटाने के बारे में नहीं सोच सकता।

हमेशा ढेर सारा प्यार!

तुम्हारा पापा

3

जब परसादी को अपने भाई की वह चिट्ठी मिली जिसमें उसको जल्दी आने और अपनी पत्नी को ले जाने के बारे में लिखा था तो उसको लगा कि हो सकता है उसकी पत्नी की अपनी जेठानी के साथ ठन गई होगी। इसकी सम्भावना कम लगती थी क्योंकि वह राधारानी को एक विनम्र और समझदार महिला के रूप में जानता था, इसलिए इस बात की सम्भावना अधिक लग रही थी कि उसने उसके भाई या पिता को किसी तरह से दुखी कर दिया होगा। पिता तो वैसे भी अक्षम जैसे ही थे जिनको देखभाल की ज़रूरत थी। उसको महज़ कुछ दिनों की छुट्टी मिल पाई। इस बीच न ही उसके भाई को और न ही उसको अपने छोटे भाई समान माननेवाली भाभी उसके साथ बातचीत करने का समय निकाल पाई। उन्होंने उसको बस इतना ही बताया कि ओमवती और उनके पिता के बीच ठीक से बन नहीं रही थी इसलिए उनको ऐसा लगा कि बेहतर यही होगा कि वह अपनी पत्नी को अपने साथ दिल्ली ले जाए। उसके पिता ने ओमवती को बुरा-भला कहा, कहा कि वह रंडी थी, वह उनके खाने में थूक फेंक देती थी, और उनके कमरे में पेशाब कर देती थी। लेकिन वे इनमें से किसी बात का प्रमाण नहीं दे सके। और जब एक दिन परसादी ने उनको अपने कमरे में पेशाब करते हुए देख लिया तो उसके भाई ने जो बात इशारों में कही थी उसको समझ में आ गया। उसके पिता अब अपने होश में नहीं थे।

ओमवती ने ख़ुद कुछ भी नहीं कहा, पिटाई के बारे में भी नहीं, इसलिए परसादी इस नतीजे पर पहुँचा कि वह बूढ़े आदमी के पागलपन के दौरान उनकी ठीक से देखभाल नहीं कर पा रही थी, और वह उसको अपने साथ लेकर चला आया। दिल्ली के रास्ते में उसने उस विशाल हवेली के बारे में विस्तार से उसे बताया जहाँ वह काम करता था, अपने पिता के कामकाज की प्रतिष्ठा के बारे में बताया। वह इस बात को समझ नहीं पाया कि उसने जो कुछ भी कहा वह उसमें से किसी भी बात को समझ नहीं पा रही थी, और वह उसके चेहरे की तरफ़ ऐसे देखे जा रही थी मानो उससे कुछ कहना चाहती हो। अपने नये घर में अपनी पत्नी को लेकर आने के बाद परसादी ने अपने वैवाहिक अधिकार को हासिल करने के बारे में सोचा और अपनी पत्नी के कपड़े उतारने लगा। जब वह उसके कपड़े

उतार रहा था तो वह मूर्ति की तरह शान्त बैठी रही। लेकिन जैसे ही उसके पति ने उसके स्तन छुए, वह उठकर भागने लगी, कमरे के एक कोने में चली गई, ग़ुस्से में सामान फेंकने लगी। उसका पति कुछ समझ नहीं पाया। कहीं यह गर्भवती तो नहीं है, उसने एक पल को सोचा, उसको याद आया कि उसके पिता ने क्या कहा था। लेकिन देर रात का समय था, सुबह का नहीं, और फिर अगले कुछ दिन तक भी उसने किसी तरह की उल्टी वगैरह नहीं की जब तक कि उसने फिर से कोशिश नहीं की, लेकिन नतीजा फिर वही रहा। अगले कुछ महीने तक उसने हर तरह से कोशिश की—मान-मनौवल, मारपीट, प्रलोभन—लेकिन न उसने अपना तरीक़ा बदला, न ही ओमवती ने एक बार भी बताया कि क्यों अपने पति के छूने पर वह इतनी उग्र हो जाती थी।

परसादी हताश हो गया, मामला इतना निजी था कि वह किसी से इस बारे में सलाह भी नहीं ले सकता था। अपनी हताशा को मिटाने के लिए वह अक्सर वेश्याओं के पास जाने लगा। उसको पहले उतनी निराशा नहीं होती थी क्योंकि घर में लुभानेवाली कोई स्त्री नहीं थी, जो उसको लुभाती तो थी लेकिन कुछ करने से मना कर देती थी। वैसे ओमवती इस बात से दुखी थी और वह उससे अक्सर विनती करती थी कि वह ऐसा न करे, तब परसादी जवाब में कहता कि "अगर भूखे आदमी को घर में भोजन नहीं मिलेगा, तो वह बाहर ही खाएगा," जवाब में वह कुछ कह नहीं पाती थी। अन्ततः एक दिन परसादी को यह ख़बर मिली कि उसके पिताजी नहीं रहे। ख़बर सुनकर उसको अधिक दुःख पहुँचा होता अगर उसने उन्हें मानसिक विक्षिप्तता की अवस्था में नहीं देखा होता, एक तरह से मृत्यु से पहले की अवस्था में, और इस बात को स्वीकार न कर लिया होता कि उसके पिता दुनिया से जल्दी ही जानेवाले थे।

लाला मोतीचन्द ने उसको छुट्टी दे दी लेकिन उसकी पत्नी न तो उसको जाने देना चाहती थी न ही उसके साथ गाँव जाने के लिए ही तैयार थी। वह उसको जाने से इतने ज़बरदस्त तरीक़े से मना कर रही थी कि उसने अपने भाई को लिखा कि उसको छुट्टी नहीं मिली क्योंकि हवेली में कोई बहुत बड़ा आयोजन होनेवाला था और सभी नौकरों को उसकी तैयारी करने को कहा गया था। मातम का अन्तिम दिन गुज़र गया था और उसने अपने बिस्तर पर लेटकर अपनी आँखें मूँदी ही थीं कि उसको अपनी जाँघों पर हल्की सी छुअन महसूस हुई, क्या चूहे वापस आ गए, उसने सोचा, लेकिन उसने पाया कि उसकी पत्नी का हाथ टाँगों पर ऊपर की तरफ़ जा रहा था। कामनाओं के उतार-चढ़ाव के दौर के समाप्त होते ही उसकी पत्नी सो गई। परसादी को समझ में नहीं आ रहा था कि क्या बदलाव हो गया था, उसने सोचा कि इस बदलाव का कारण कहीं उसके पिता का गुज़र जाना तो नहीं। उसके बाद उसने एक तरफ़ करवट ली और सोचने लगा कि शायद कोई कारण

नहीं था, और अगर कुछ था तो उसको तब तक चिन्ता करने की कोई ज़रूरत नहीं है जब तक कि दुबारा ऐसा न हो। वह सो गया और इस बारे में उसने और कुछ नहीं सोचा।

जब दस महीने बाद बच्चे का जन्म हुआ तो परसादी ने फ़ैसला किया कि उसका नाम रामदास रखा जाए। यह नाम उसने हनुमान के प्रति सम्मान में रखा था जो राम के बहुत बड़े भक्त थे। परसादी जब बच्चा था तो उसको बड़े विस्तार से यह बताया गया था कि लाला मोतीचन्द के प्रति उसके पिता के समर्पण के वही आदर्श थे और अगर उसने दीनानाथ को अपनी सेवाएँ दी होतीं तो उसके आदर्श भी वही रहे होते। हालात और दुनियादारी की अपनी समझ में कमी के कारण उसको हनुमान की प्रसिद्ध पंक्ति को अपनाने का मौक़ा नहीं मिल पाया—*राम काजु कीन्हें बिनु, मोहि कहाँ बिश्राम।* अपनी निराशा और इस महत्त्वाकांक्षा को लेकर कि एक दिन उसका बेटा केशोलाल का सेवक बनेगा वह मंगलवार के दिन हनुमान जी की पूजा करने लगा। जब आरती अपनी चरम अवस्था पर पहुँचती तो वह जैसे परमानन्द की अवस्था में आ जाता था। उस अवस्था में वह अक्सर अपने बेटे को भूल जाता और ख़ुद की कल्पना हनुमान के रूप में करने लगता—मज़बूत, बुद्धिमान, कुशल और कर्तव्यनिष्ठ। जैसा कि अक्सर अपनी बनाई छवि के साथ होता है वही हुआ। जिस तरह वह ख़ुद को देखता और दूसरे उसको जिस तरह देखते दोनों में काफ़ी अन्तर था। वह कुछ मोटा था, शारीरिक मेहनत के ऊपर अधिक ध्यान दिए बिना उसकी भोजन की क्षमता उसके पिता माँगेराम के जवानी के दिनों जैसी थी। उसको सोने से प्यार था, और दुर्भाग्य से यह बात दूसरे नौकरों या घर के मालिक की निगाहों से छुपी हुई नहीं थी। कारण यह था कि बहुत से दूसरे मोटे लोगों की तरह वह भी सोते में ज़ोर-ज़ोर से खर्राटे मारता था। वह सुस्त था और उसकी ख्याति यह थी कि उसको जो भी काम दिया जाता था उसको आधा ही करता था। उसकी इस आदत को आरम्भ में ही समझ लिया गया था इसलिए घर के मालिक के लिए आसान निर्णय यह था कि उसको प्रतिनियुक्ति पर रखा जाए। लेकिन हनुमान की ही तरह उसकी वफ़ादारी सन्देह से परे थी। कहीं न कहीं मन-ही-मन उसने अपनी कमियों को समझ लिया था कि उसका असली गुण उसकी वफ़ादारी थी, इसलिए वह उस वफ़ादारी के गुण से चिपका हुआ था और मौक़ा आने पर ज़ोर-ज़ोर से कहता था।

इस बात को समझते हुए कि अगर रामदास को लाला मोतीचन्द परिवार के समर्पित नौकर की तरह बड़ा करना है तो उसको सेवा का महत्त्व समझाना होगा, परसादी को जब भी मौक़ा मिलता वह अपने बेटे को हनुमान चालीसा पढ़कर सुनाने लगता। उसके बाद वह इस बात की तरफ़ सभी का ध्यान दिलाता कि पाठ शुरू होते ही वह बच्चा रोना बन्द कर देता था, हालाँकि कई बार इस दावे को वह बच्चा दावा किए जाने के चन्द पलों के भीतर ही ग़लत साबित कर देता था। *बिद्यावान*

गुणी अति चातुर/राम काज करिबे को आतुर पंक्तियों पर आकर परसादी धीरे-धीरे पढ़ने लगता और आगे बढ़ने से पहले उनको कुछ देर दोहराता भी। उसको लगता था कि बार-बार दोहराने से उसका बेटा शायद उस पद के अर्थ को समझ जाए। बच्चों के हावभाव से उसके बेचैन और बेसब्र माता-पिता अक्सर ऐसे-ऐसे मतलब निकाल लेते हैं जिनका वह खंडन कर पाने की स्थिति में भी नहीं रहता है। "जब मैं बिद्यावान कहता हूँ तो इसकी आँखें कैसे चमकने लगती हैं," परसादी ओमवती से कहता, लेकिन उसको बच्चे की आँख में ऐसी कोई चमक दिखाई नहीं देती थी। जब से उसको गर्भ ठहरा था तभी से वह कुछ बदल गई थी, परसादी ने ध्यान दिया कि जब उसकी उससे शादी हुई थी उस समय वह जितनी ख़ुश रहती थी, अब कुछ हद तक वह उतनी ही ख़ुश रहने लगी थी। जब उसका पति उसका ध्यान इस तरफ़ दिलाता तो वह अपने पति को धीरे से सहला देती थी। वह उसको नज़रअन्दाज़ करते हुए कहता, "इस पद से इसका गहरा लगाव है।"

जब रामदास तीन साल का हुआ तो परसादी उसको लेकर लाला मोतीचन्द के घर जाने लगा, वह चालाकी से उसको उन कमरों की तरफ़ छोड़ देता था जिन कमरों में स्कूल से लौटकर आने के बाद केशोलाल खेलता था। लेकिन माधो का बेटा बंसी केशोलाल से महज़ कुछ महीने ही बड़ा था, और उसका इरादा कुछ और ही था। इसके अलावा, सात साल का केशोलाल आठ साल के बंसी के कई गुणों से बहुत प्रभावित था जो उसने नौकरों के परिसर में रहते हुए सीखे थे, जैसे लट्टू नचाना, पतंग उड़ाना, आवारा कुत्तों को पत्थर से मारना। वह बंसी के हुनर-कौशल को अपने आरामदेह घर के एकान्त में बैठकर देखता रहता था। तीन साल के रामदास के प्रति उसका किसी तरह का आकर्षण नहीं था। जब भी बंसी या माधो उस बच्चे को मालिक के पोते के साथ देखते तो वे या तो उसको च्यूँटी काट लेते थे या उसको चिढ़ा देते या धक्का दे देते जिससे वह चिल्लाने लगता और उसको वहाँ से ले जाना पड़ता। जब यह कई बार हुआ और परसादी को अपने बेटे का दर्द के मारे चिल्लाना सहा नहीं गया तो, वह समझ गया कि वह पिछड़ गया था और उसने कोशिश करनी छोड़ दी। वह फिर से हनुमान चालीसा की शरण में लौट आया, उसको पूरा भरोसा था कि उसके बच्चे का उसके साथ ख़ास रिश्ता था, इसलिए उसने बच्चे को हनुमान चालीसा सिखाना शुरू कर दिया। उसने सोचा था कि अगर इसने हनुमान चालीसा सीख ली तो इसको लाला मोतीचन्द के सामने युवा साधू के रूप में प्रस्तुत किया जा सकता था, या कम-से-कम भक्ति के अकालप्रौढ़ आश्चर्यजनक उदाहरण के तौर पर। लेकिन रामदास तीन साल का सामान्य बालक साबित हुआ, किसी भी चीज़ के ऊपर उसका ध्यान कुछ सेकेंड से अधिक नहीं टिकता था, कई बार अक्षरों के उच्चारण में अटक जाता था तो कई बार पूरा शब्द ही ग़लत बोल जाता था।

परसादी ने इतनी आसानी से हार नहीं मानी और एक के बाद एक योजना बनाता रहा जिससे रामदास को हनुमान की एक न एक चाल की नक़ल आ जाए, लेकिन हर क़दम पर छलाँग लगाने की ज़रूरत होती और सामान्य रूप से छलाँग लगाने के बिन्दु पर आकर बच्चे ने यह तय किया कि बाल हनुमान बनने में उसकी किसी तरह की दिलचस्पी नहीं। दोस्ताना सलाह, प्रलोभन, धमकी, चालाकी, परसादी ने प्रोत्साहित करने के लिए इन चार पद्धतियों को आजमाया, हनुमान ने स्वयं देखा था कि अशोक वाटिका में रावण सीता पर इन्हीं चार पद्धतियों को आजमा रहा था, लेकिन शास्त्रीय रूप से मानी गई इन चार पद्धतियों का रामदास पर भी वही प्रभाव पड़ा जो अशोक वृक्ष के नीचे बैठी सीता के ऊपर पड़ा था और ये योजनाएँ किसी काम की साबित नहीं हुईं। अन्ततः परसादी ने संघर्ष करना छोड़ दिया। "रामजी नहीं चाहते हैं कि यह लड़का हनुमानजी के अवतार के रूप में जाना जाए," उसने ओमवती से कहा, "अभी तो नहीं।"

लेकिन चमत्कार कई रूपों में होता है और इसलिए एक दिन हुआ यह कि रामदास दोपहर की नींद से जल्दी उठ गया, उठकर वह अपने उछलते हुए अन्दाज़ में स्कूल के अहाते में चला गया और उसको पार कर मास्टर जी के दफ़्तर में प्रवेश कर गया। मास्टर जी अपने विद्यार्थियों को छोड़कर परसादी या किसी और के साथ कोई बातचीत नहीं करते थे। वे सख़्ती से इस बात का पालन करते थे। चाहते तो पिता का ग़ुस्सा वे बेटे के ऊपर निकाल सकते थे। लेकिन रामदास जैसे प्यारे बच्चे को देखकर वे नरम पड़ गए। पिता के अपराध के लिए बेटे को सज़ा देने में असमर्थ होने के कारण उन्होंने उसको नज़रअन्दाज़ कर दिया। एक छोटे गम्भीर चेहरे पर चमकती आँखों को देखकर उन्होंने परसादी को आवाज़ दी लेकिन न तो कोई जवाब आया न ही वह आदमी। अन्ततः वह दूसरी तरफ़ देखने लगे। वह एक किताब पर झुककर कुछ पढ़ रहे थे, उन्होंने दोबारा पढ़ना शुरू किया ही था कि उसको अपनी बाँह पर एक नन्हे हाथ का स्पर्श महसूस हुआ। उसने मुड़कर देखा कि रामदास उसकी कुर्सी के पास खड़ा था, मुँह में अँगूठा डाले उसकी तरफ़ देखे जा रहा था। "क्या चाहिए?" मास्टर जी ने पूछा।

रामदास ने अपने मुँह से अँगूठा निकाला और अपने हाथ ऐसी मुद्रा में उठाए जिसको मना नहीं किया जा सकता था। इससे पहले कि वे अपने आपको रोकते मास्टर जी नीचे झुके, उन्होंने बच्चे को उठाया और अपनी गोद में बिठा लिया। रामदास अच्छी तरह बैठ गया, उसने अपना अँगूठा फिर से मुँह में डाला और दूसरे हाथ से मास्टर जी की कलाई पकड़कर उसको थपथपाने लगा। जब परसादी ने उनको देखा तो दोनों इसी तरह बैठे हुए थे। "अपने बच्चे को क़ाबू में नहीं रख सकते?" मास्टर जी ने रूखी आवाज़ में कहा और ध्यानपूर्वक रामदास को वापस सौंप दिया।

"ऐसा फिर नहीं होगा मास्टर जी," परसादी ने अपनी मुस्कान को छिपाते हुए कहा।

उसके बाद के दिनों में दोपहर के वक़्त रामदास अक्सर मास्टर जी की गोद में बैठा दिखाई देता। एक हाथ का अँगूठा मुँह में और दूसरा हाथ मास्टर जी की कलाई पर, जबकि मास्टर जी कुर्सी पर बैठे पढ़ाई करते रहते थे। ऐसी ही एक दोपहर परसादी ने इस बात का ध्यान रखा कि मास्टर जी के कमरे में तब तक न जाए जब तक कि उसका बेटा अपने आप बाहर न आ जाए, या जब तक मास्टर जी उसको लेकर बाहर न आ जाएँ। वे उसको लेकर बाहर आए और परसादी से बिना आँखें मिलाए बच्चे को पिता के सामने रख दिया।

~

बाहर से कौवे की लगातार आती आवाज़ ने मास्टर जी की चेतना को असमय भंग कर दिया जो दोपहर की गहरी और हल्की नींद के बीच झूल रहे थे। वह झटके से उठे, उनके दिल की धड़कन तेज़ हो गई थी जो कानों में सुनाई दे रही थी। जब उन्होंने खिड़की से बाहर देखा तो उनको समझ में आया कि वह पूरी दोपहर सोये रह गए थे और अब क़रीब-क़रीब शाम हो आई थी। वह बिस्तर से उठे, अपना चेहरा धोया और कमरे में इधर-उधर देखने लगे। वह कमरा, स्कूल, आसपास का शहर और उसकी सँकरी गलियाँ और उनके किनारे घनी आबादी वाली इमारतें उनको पिंजरे जैसे लगे। उनके लिए ज़रूरी था कि वह इस चौहद्दी से निकलकर किसी ऐसी जगह चले जाएँ जहाँ आकाश चारों तरफ़ से ईंटों की दीवारों से घिरा हुआ नहीं हो। शायद उनके लिए यह ज़रूरी था कि वह लाल क़िले की तरफ़ टहलने निकल जाएँ जहाँ नदी की तरफ़ से आती ठंडी हवाओं और संगमरमर जड़े लाल पत्थर की विशाल संरचनाओं को देखकर उनको उस तरह की राहत महसूस हो जिस तरह की राहत वह चाहते थे। भले कुछ देर की राहत ही मिलती लेकिन राहत मिलती तो ज़रूर। इसके अलावा, वह सोचने लगे कि दिल्ली में लाला मोतीचन्द की सेवा में उन्होंने जो साल गुज़ारे थे उस दौरान एक बात हुई थी कि उनको अपने जीवन के निरन्तर दबाव से मुक्ति मिल गई थी, और वे उस दबाव का दुबारा सामना करने के लिए तैयार नहीं थे।

मास्टर जी अभी स्कूल से निकले ही थे कि उन्होंने देखा कि वह जिस बाधा से बचना चाहते थे वह सड़क पर अहसान मियाँ के रूप में चली आ रही थी। अहसान मियाँ लाला मोतीचन्द के घर उर्दू पढ़ाते थे। लाला मोतीचन्द के घर में अहसान मियाँ का एक ही विद्यार्थी था लाला मोतीचन्द का पोता—केशोलाल। शायद उनको ऐसा लगता था कि पोतियों को उर्दू सिखाने की ज़रूरत नहीं थी,

हिन्दी ही काफ़ी थी—सभी बच्चे कनॉट प्लेस के महँगे स्कूल में पढ़ते थे जहाँ दिल्ली के सभी महत्त्वपूर्ण लोगों के बच्चे पढ़ने जाते थे। लेकिन लाला के हिसाब से उन स्कूलों में उर्दू की पढ़ाई ठीक से नहीं होती थी। चूँकि उर्दू अध्यापक का ख़र्च आशा देवी मेमोरियल स्कूल के नाम पर था इसलिए अहसान मियाँ महीने में एक बार मास्टर जी के पास अपना वेतन लेने आते थे। मास्टर जी को यह बूढ़ा आदमी अच्छा लगता था, वह विनम्र था, वह बोलता ज़रूर थोड़ा अधिक था लेकिन अन्य उर्दूदां लोगों की तरह वह उस तरह से आलंकारिक लहजे में नहीं बोलता था जो उनको बनावटी लगता था।

वेतन लेने के लिए ज़रूरी औपचारिकताओं को पूरा करने में अहसान मियाँ सामान्य से कुछ अधिक समय लगाते थे, जिससे हो सकता है कि सामनेवाले इनसान को ऐसा लगता हो कि अहसान मियाँ को उनका साथ पसन्द था। लेकिन ऐसे ही लोग होते हैं जो जीवन के रेगिस्तान को कारवां के सहारे चलते हुए पार कर लेते हैं, खजूर साझा करते हुए, एक हाथ से दूसरे हाथ में पानी की मशक देते हुए। कुछ लोग ऐसे होते हैं जिनके बारे कवि का यह प्रसिद्ध कथन है, जो अकेले सफ़र शुरू करते हैं और जैसे-जैसे आगे बढ़ते जाते हैं कारवां साथ जुड़ता जाता है। कुछ लोग ऐसे होते हैं जिनको दूर कोई राहगीर चलता हुआ दिखाई देता है, इस बात की सम्भावना दिखाई देती है कि कोई उनके साथ भी कुछ क़दम चल लेगा, पास जाने पर पता चलता है कि वह मृगतृष्णा थी। मास्टर जी को ऐसा लगता था कि वे सबसे अन्तिम वाले वर्ग से ताल्लुक़ रखते थे। शायद इसीलिए जब अहसान मियाँ ने मास्टर जी को अपने घर आने का आमंत्रण दिया तो उन्होंने स्वीकार कर लिया; उनको अनुमान नहीं था कि आमंत्रण मिलनेवाला था इसलिए उनको कोई बहाना बनाने का मौक़ा ही नहीं मिला।

जो शाम मास्टर जी ने अहसान मियाँ के यहाँ बिताई वह उनके लिए यादगार रही, ख़ासकर इसलिए कि अहसान मियाँ ने उनसे एक बड़ा मासूम सवाल पूछा—"क्या आपको शायरी पसन्द है मास्टर जी?" जवाब में मक्खन लाल ने ख़तरा उठाते हुए अपना पसन्दीदा शेर सुनाया। अहसान मियाँ ने अस्वीकृति में सर हिलाया, "मुझे पता है कि आप इस शेर को इसलिए पसन्द करते हैं क्योंकि यह रामप्रसाद बिस्मिल को पसन्द था, और शायद वे इसलिए इस शेर को पसन्द करते थे क्योंकि इसमें जो अल्फ़ाज़ थे वे उनको अपने दिल से निकले हुए लगते थे, या शायद इसलिए क्योंकि इसको लिखनेवाला बिस्मिल अज़ीमाबादी उनका हमनाम था। दोनों ही बड़े अच्छे इनसान थे मास्टर जी, लेकिन यह शायरी नहीं है, यह तो बस एक बुद्धिमान और पढ़े-लिखे नौजवान की छंद में निकली आह है जो शक्तिशाली दुश्मन के साथ युद्ध लड़ने जा रहा हो और उसको पता है कि वह युद्ध में बर्बाद हो जाएगा।"

"मुझे शायरी के बारे में ख़ास कुछ पता नहीं है," झेंपे हुए मक्खन लाल ने

धीमी आवाज़ में कहा। यह सुनते ही अहसान मियाँ को जैसे मुँहमाँगी मुराद मिल गई। उन्होंने अपने अस्तबल के दरवाज़े खोल दिए और अपने पसन्दीदा घोड़े पर सवार होकर निकल पड़े।

"जहाँ तक शायरी की बात आती है मास्टर जी तो इसमें दिमाग़ की कोई भूमिका नहीं होती है, शायरी को रूह से समझना पड़ता है," अहसान मियाँ ने कहा और तत्काल विद्वानों का अन्वेषण शुरू कर दिया। आमतौर पर जिस तरह शुरुआत की जाती है शुरुआत वाल्मीकि की रामायण से हुई, उसके बाद कालिदास से होते हुए जयदेव के *गीत गोविन्द* की चर्चा पर आए। उसके बाद सादी की रचनाओं से उद्धरण सुनाए, और अमीर खुसरो की पहेलियाँ। "क्या आपको पता है कि सादी ने अमीर खुसरो को प्रेरित किया कि वे केवल फ़ारसी में लिखना छोड़ दें और स्थानीय भाषाओं में भी शायरी करना शुरू कर दें? ज़रा सोचिए कि अगर उन्होंने शुरुआत नहीं की होती तो आज उर्दू भाषा ही नहीं होती!" उसके बाद उन्होंने जायसी और तुलसी की चर्चा की—"जायसी की अवधी सुनिए मास्टर जी, उसको सुनने के लिए आपको ज़ोर-ज़ोर से पढ़ना होगा, उसमें आपको जायस की ऐसी महक मिलेगी जो सूखी मिट्टी पर बारिश की पहली बूँद के गिरने से उठती है। और तुलसीदास, उन्होंने जायसी की कुएँ से पानी निकालती किसी आकर्षक युवती की तरह की अवधी भाषा को लिया और उसे संस्कृत के सोने और रेशम से लाद दिया जो उन्होंने अपने गुरुजी से सीखी थी। गाँव की सुन्दरी राजकुमारी बन गई। राधा और रुक्मिणी को एक कर दिया। ज़रा उसकी तरफ़ देखिए तो उसकी भव्यता को देखते हुए आपकी आँखें कहीं अन्धी न हो जाएँ!" उसके बाद वे मीर, दाग़ और ग़ालिब की ग़ज़लों की चर्चा करने लगे, इससे पहले उन्होंने संक्षेप में अनीस और दबीर के मर्सियों की चर्चा की। शिया न होने के बावजूद उनको इस बारे में भी पता था।

चाय के प्याले पर प्याले आते रहे और तब मास्टर जी को यह समझ में आया कि दो घंटे से अधिक समय बीत चुका है। उनको वहाँ इतना मज़ा आया कि इतना मज़ा उनको शायद ही पहले कभी आया हो, और उनको याद आया कि उनको अपना सर उसी तरह से भारी लग रहा था जिस तरह से लम्बी परीक्षा देने के बाद हो जाया करता था।

"दो सप्ताह बाद बहुत बड़ा मुशायरा होनेवाला है मास्टर जी," अहसान मियाँ ने अपने मेहमान को विदा करते हुए कहा, "आपको ज़रूर आना चाहिए," और मास्टर जी ने हामी भर दी क्योंकि वे इतने घबड़ाए हुए थे कि न नहीं कह पाए।

असल में जिस शाम उनको कौवे की आवाज़ ने दोपहर की नींद से जगा दिया उसी शाम वह मुशायरा था जिसमें आने के लिए अहसान मियाँ ने उनको आमंत्रित किया था, हालाँकि मास्टर जी उसके बारे में पूरी तरह भूल चुके थे।

"मास्टर मक्खन लाल," अहसान मियाँ बोले, "आप कहाँ जा रहे हैं?"

जब उन्होंने घुमाकर यह सवाल उनकी तरफ़ फेंका तो मास्टर जी को समझ में आया कि अहसान मियाँ पास के सिनेमा हॉल में जा रहे थे जहाँ वह मुशायरा शुरू होनेवाला था जिसके बारे में दो सप्ताह पहले उन्होंने बताया था, "पूरे भारत से शायर आए हैं मास्टर जी," अहसान मियाँ बोले, "जब से लड़ाई शुरू हुई है उसके बाद से यह अब तक का सबसे बड़ा मुशायरा है। क्या पता अगर लड़ाई जारी रही तो आनेवाले लम्बे समय के लिए यह सबसे बड़ा मुशायरा हो।"

मास्टर जी ने सर हिलाया और अहसान मियाँ के कंधे से दूसरी तरफ़ देखने लगे मानो वे इस बातचीत से बचने का कोई रास्ता तलाश रहे हों, ताकि वे क़िले की तरफ़ आगे बढ़ते रहें। लेकिन अहसान मियाँ का कहना जारी रहा, "इस तरह के मौक़े बार-बार नहीं आते," वे बोले, "आपने कहा था कि शायरी में आपकी दिलचस्पी है तो फिर आप मेरे साथ चलते क्यों नहीं हैं? मैं आपको लेने के लिए ही आया हूँ।"

"अहसान मियाँ मैं..."

"आपने वादा किया था," अहसान मियाँ बोले। एक हैरान-परेशान आदमी के सर हिलाए जाने को वे कुछ ज़्यादा ही समझ बैठे थे—*रघुकुल रीत सदा चली आई...*

"मैं रघुवंशी नहीं हूँ," मास्टर जी बोले।

"तो क्या हुआ, आप अच्छे परिवार से हैं, नहीं क्या?' अहसान मियाँ बोले। फिर अचानक उनको समझ में आया कि उनसे ग़लती हो गई, क्योंकि उन्होंने इस तरह की अफ़वाहें सुन रखी थीं कि मास्टर जी लाला मोतीचन्द की अवैध सन्तान हैं।

मास्टर जी का चेहरा स्याह पड़ गया लेकिन इससे पहले कि वे कुछ कहते अहसान मियाँ ने फिर से कहा, "आपको किसी से मिलना है क्या?"

"नहीं।"

"आप कुछ ख़रीदने जा रहे हैं?"

"नहीं।"

"क्या आप किसी काम से निकले हैं?"

"नहीं।"

"तो फिर आप चलते क्यों नहीं हैं?" अहसान मियाँ ने पूछा।

तेज़ रफ़्तार से खोद-खोद कर ईमानदारी से की गई इस पूछताछ के बाद मास्टर जी के पास कहने को कुछ ख़ास नहीं बचा और उनके परिवार के उल्लेख से उनका मिज़ाज जिस तरह से बिगड़ गया था वह ठीक भी हो गया। वह इतने उत्साहित थे कि उनकी जो सामान्य विनम्रता थी वह कम हो गई थी, उन्होंने यह सोचा और उस शाम क़िले की शानदार दीवारों के पास के ठंडे एकान्त में बिताने का ख़याल जाने दिया। वह शाम उन्होंने उस आदमी की सोहबत में बिताने का फ़ैसला किया जो जोश में आते हुए उनके समय पर ऐसे दावा कर रहा था जिस

तरह का दावा कोई दोस्त ही कर सकता था। ऐसे लोग जिनके अधिक दोस्त नहीं होते हैं उनके लिए ऐसे दावों को इनकार कर पाना मुश्किल होता है और इसलिए मास्टर जी ने लाल क़िले की तरफ़ बढ़ते अपने क़दमों को इस तरह पीछे की तरफ़ खींच लिया जिससे अहसान अली के लिए यह साफ़ इशारा हो गया कि वह अब उनके साथ चलने के लिए तैयार है। बिना किसी तरह के संकेत का इन्तज़ार किए अहसान मियाँ ने अपने क़दम फिर से इस तरह आगे बढ़ाने शुरू कर दिए कि इस बात की कल्पना भी मुश्किल लग रही थी कि उनमें किसी तरह की बाधा आई भी थी। उन्होंने मास्टर जी की कुहनी पकड़ी और उनको बिलकुल उलटी दिशा में घुमा दिया, और उनको अपने साथ लेकर चलने का पक्का इरादा ज़ाहिर कर दिया। "वहाँ हमें नब्बन मियाँ मिलेंगे," अहसान मियाँ ने कहा, "आइए तेज़ी से चलते हैं। मैंने उनसे अपने लिए सीट रखने के लिए कहा था लेकिन अब हम दो लोग हो गए।"

"नब्बन मियाँ, दर्ज़ी?" मास्टर जी ने पूछा।

"हाँ," अहसान मियाँ बोले, "आप उनको जानते हैं न?"

"मैं उनसे शायद एक बार मिल चुका हूँ," मास्टर जी ने कहा।

"अब आप उनसे अक्सर मिलेंगे," अहसान मियाँ बोले, "लाला मोतीचन्द के लड़के लाला दीनानाथ उनको कोई बड़ा ऑर्डर देना चाहते हैं।"

मास्टर जी ने इसे पहले दीनानाथ को 'दीना भइया' या 'बड़े भइया' कहे जाते सुना था इसलिए लाला दीनानाथ में ऐसा ध्वनित हो रहा था मानो सत्ता का हस्तान्तरण एक पीढ़ी से दूसरी पीढ़ी में हो रहा हो, वे एक पल के लिए ख़ामोश हो गए, लेकिन फिर उन्होंने इस बात को ख़त्म करने के उद्देश्य से कहा—

"वो तो ठीक है लेकिन मुशायरे में..."

"क्यों?" अहसान मियाँ बोले। "कोई दर्ज़ी मुशायरे में नहीं जा सकता?"

"नहीं, नहीं, मेरा मतलब यह नहीं था..."

ज़ाहिर है, मास्टर जी का वही मतलब था लेकिन अहसान मियाँ ऐसे आदमी नहीं थे जो एक स्थान पर तो चालाकी दिखाएँ और दूसरी जगह पर न दिखा पाएँ, बल्कि वे उस तरह के आदमी थे जो इस बात में फ़र्क़ करना जानते हैं कि किस स्थान पर चालाकी करने की ज़रूरत होती है और किस मौक़े पर उसको छोड़ देने की। वे ऐसे आदमी भी थे जिनको इतना आत्मविश्वास था कि वे न केवल फ़र्क़ कर सकते थे बल्कि उसके मुताबिक़ काम भी करना जानते थे।

"मास्टर जी," उन्होंने कहा, "मुझे जितनी बार आपसे मिलने का मौक़ा मिला है उससे मुझे यही समझ में आया है कि आप रहते तो संसार में हैं अपनी आजीविका भी यहीं चलाते हैं लेकिन आप स्वभाव से फ़क़ीर हैं। मैं यह भी जानता हूँ कि आप लाल झंडे में यक़ीन करते हैं। अगर आप मुझे बोलने की अनुमति दें तो मैं यह

कहना चाहता हूँ कि आपको ऐसा लगता है कि आपके जीवन की त्रासदी यह है कि आप अपने विचारों को इस तरह से अपने जीवन में नहीं अपना पाए जिस तरह से पिछले सालों में अनेक नौजवानों ने अपनाए, जैसे आपके प्रिय कवि बिस्मिल, अल्लाह उनको जन्नत बख़्शे। अब मैं इतना कुछ बोल चुका हूँ, और शायद अभी से आपको बहुत परेशान कर चुका हूँ इसलिए मैं यह भी कहना चाहता हूँ कि अब समय आ गया है कि आपको इस बात को समझ लेना चाहिए कि सभी इनसान कुछ करने के लिए ही नहीं बने होते हैं। असल में, कई बार कुछ करना विचार का दुश्मन होता है, भावनाओं का दुश्मन होता है। जो आदमी कुछ कर गुज़रता वह भी कुछ करने से पहले कुछ सोचता ही है, नहीं? आप नाव में बैठकर तोप नहीं चला सकते। सोचनेवाले आदमी का दिमाग़ नाव की तरह होता है, नहीं? हमेशा एक तरफ़ से दूसरी तरफ़ डोलता रहता है, वह एक स्थान पर स्थिर नहीं रह सकता, जैसाकि तोप के गोले को दागने के लिए ज़रूरी होता है। जिसको कुछ करना होता है उसको निश्चित रूप से कुछ करने से पहले अपने ऊपर सवाल उठाने की प्रक्रिया को छोड़ देना चाहिए। लेकिन जो सोचनेवाला इनसान होता है वह निश्चित रूप से आनेवाले ख़तरों को लेकर इतना डरा हुआ होता है कि वह अपने आपसे सवाल करने से ख़ुद को रोक नहीं पाता। लेकिन इसके लिए ख़ुद को मत कोसिये कि आपने कुछ किया नहीं, दुनिया को दोनों तरह के लोगों की ज़रूरत होती है। महज़ इसलिए कि हम एक ऐसे दौर में हैं जो हमें बाहर निकलकर कुछ करने के लिए कह रहा है, वह समय जो हमें चुनौती दे रहा है हम उठें और कुछ करें, इसका मतलब यह नहीं है कि हम यह सोचना शुरू कर दें कि सोचने-समझनेवाले लोगों के लिए कोई जगह ही नहीं है। शायद आज उनकी अहमियत पहले से कहीं अधिक हो गई है।"

"उम्म, अहसान मियाँ," मास्टर जी का साथी गला साफ़ करने के लिए रुका और मास्टर जी ने उसका लाभ उठाने की कोशिश करते हुए बोलना शुरू किया।

"मुझे माफ़ कीजिएगा," अहसान मियाँ बोले। उनका गला अब पूरी तरह साफ़ हो चुका था, आवाज़ फिर से बुलंद हो चुकी थी। "आपको ऐसा लग रहा है कि इन बातों का नब्बन मियाँ से क्या लेना-देना है। असल में मैं जो बात कहना चाह रहा था वह यह कि जिस तरह से आप कपड़े पहनते हैं और जिस तरह से आप जीवन जीते हैं उससे मुझे लगा कि आप स्वभाव से फ़क़ीर हैं, हो सकता है एक राजनीतिक फ़क़ीर, लेकिन फ़क़ीर तो हैं ही, और इसके बावजूद कि नब्बन मियाँ की कलाकारी के प्रमाण आप रोज़ देखते हैं लेकिन आपका ध्यान उसके ऊपर नहीं गया।"

"ओह," मास्टर जी ने कहा। उनको राहत महसूस हुई जब उन्होंने देखा कि अहसान मियाँ ने आश्चर्यजनक रूप से उनका बिलकुल सही आकलन किया था, वे एक ऐसी बीमारी के बारे बोल रहे थे जिसके बारे में उनको पता ही नहीं था कि उससे वे ग्रस्त थे। जिस तरह से अहसान मियाँ ने ध्यान दिलाया था उनको ग़ुस्से

में आ जाना चाहिए था, वे उनके उस एकालाप का मतलब समझने की कोशिश कर रहे थे, इस वजह से तत्काल वे इस बात को समझ ही नहीं पाए कि इस तरह अयाचित रूप से उनके निजी जीवन में हस्तक्षेप उचित नहीं था।

"आख़िरकार मास्टर जी," अहसान मियाँ बोले, "जो आदमी कपड़े के टुकड़ों से इतनी सुन्दर दिखनेवाली आड़ी-तिरछी रेखाओं को खींच सकता हो, जिसकी सिलाई इतनी अच्छी और सन्तुलित होती हो कि आपका मन करने लगे कि कुर्ते को पहनने के बजाय उसको उलटकर उसकी कलाकारी की तारीफ़ करें, जो इस बात को समझता हो कि कशीदाकारी के टुकड़े की ख़ूबसूरती तब और बढ़ जाती है जब उसके आसपास सादगी का ख़ालीपन हो, तो क्या वह बहुत आला दर्जे का कलाकार नहीं हुआ? या आप भी बहुत सारे अन्य लोगों की तरह यह महसूस करते हैं कि पेट की आग बुझाने के लिए हाथ से किया जानेवाला काम दिमाग़ से किए जानेवाले कामों के मुक़ाबले निम्न दर्जे का होता है?"

"नहीं," मास्टर जी ने कहा। जबकि उनको यह समझ में आ गया था कि वे वास्तव में ऐसा ही महसूस करते हैं। "मैं इसमें यक़ीन नहीं करता।"

"लेकिन मैं यह कहना चाहता हूँ," अहसान मियाँ ने आगे कहा। वह इस बात से ख़ुश थे कि वह एक ऐसी बहस में जीत रहे थे जिसमें पड़ना मास्टर जी चाहते ही नहीं थे, कि नब्बन मियाँ की शायरी की समझ बहुत अच्छी है। जबकि भाषा की बारीकियों की उसको कोई समझ नहीं है। एक इज़ाफ़त तो वह सँभाल ले सकता है लेकिन दूसरे की बारी आते ही वह हाथ खड़े कर देगा। वह हमेशा एक ही बात कहता है, *ये रुबाई है या सिलाई है?*

यह सुनकर अहसान मियाँ ज़ोर-ज़ोर से हँसने लगे और मास्टर जी इज़ाफ़त के अलग-अलग रूपों को समझने में व्यस्त हो गए लेकिन उनको उसमें कुछ ख़ास हँसनेवाली बात नहीं लगी, फिर भी विनम्रतावश धीरे-धीरे हँसते रहे।

बहरहाल, अहसान मियाँ ने गहरी साँस लेकर अपने हाथ इस तरह उठाए मानो उन्होंने अभी जो कहा हो उसको ठीक करना चाहते हों, बल्कि अपने ऊपर फिर से क़ाबू पाना चाहते हों, "यह कहा जा सकता है कि एक ऐसा हलक़ा है जिसमें अच्छी तरह बनाई गई लाइन को नब्बन मियाँ तवज्जो देते हैं और उसका कपड़ों और उससे बनी किसी चीज़ से कोई लेना-देना नहीं है।"

"क्या यह ख़ुशनवीस भी हैं?" मास्टर जी ने पूछा।

"ख़ुशनवीस?" अहसान मियाँ ने दोहराते हुए कहा। उसके बाद वह फिर से हँसने लगे, इस बार इतनी ज़ोर से कि उसके लिए अपने आपको रोक पाना मुश्किल हो रहा था। "मास्टर जी मुझे जितना लगते थे आप उससे अधिक मासूम हैं।"

"अच्छा," मास्टर जी ने कहा। उनको यह बात समझ में आ गई थी कि अहसान मियाँ के कहने का क्या मतलब था, शर्म के मारे उनके गाल लाल हो रहे थे।

"आप हैं क्या?" अहसान मियाँ ने अपने दाएँ हाथ की तर्जनी को अपनी दाईं नाक पर रखते हुए पक्का किया कि वह जिस बारे में बात कर रहे थे उसके बारे में मास्टर जी समझ जाएँ।

"देखिए मास्टर जी," अहसान मियाँ ने कहना जारी रखा, "जो पैसे वाले होते हैं, नाम वाले होते हैं, उनकी यह ज़रूरत होती है कि वे मनोरंजन के अलग-अलग साधनों की तलाश करें। कुछ पतंग उड़ाते हैं, कुछ घुड़सवारी करते हैं, कुछ लोग शाम को चिड़ियों का गाना सुनते हैं। इस तरह के शौक़ रखने से न केवल उनका समय कट जाता है, यह उनके लिए इसलिए भी ज़रूरी होता है ताकि उनको यह बात और अच्छी तरह समझ में आ जाए कि ऊँचे घराने में जन्म लेने के कारण उनके लिए इस बात की सम्भावना भी थी कि उनको अपना समय इसी तरह कुछ भी करते हुए बिताना पड़ सकता था चाहे उस काम का कोई लाभ न भी हो। लेकिन अफ़सोस की बात यह है कि नब्बन मियाँ ऐसे परिवार में पैदा नहीं हुए थे जिनके बेटे अपने परिवार का नाम ऊँचा करने के लिए बाज़ार की सबसे जानी-मानी तवायफ़ों से प्यार जताएँ। उनके जैसे लोगों के लिए सुन्दर चेहरे का प्यार पाने के लिए महज़ एक ही व्यावहारिक विकल्प होता है।"

"वह क्या अहसान मियाँ?" मास्टर जी ने पूछा। उन्होंने यह तय कर लिया था कि उस शाम अब और किसी तरह का अनुमान नहीं लगाना है।

"शादी और क्या!" अहसान मियाँ ने कहा, "वह दो दशक पहले लखनऊ से दिल्ली आए तो इनके साथ एक बीवी थी और सन्दर्भ देने के लिए अपने उस्ताद कलीमुल्ला का नाम था। समय के साथ उन्हें शानदार ग्राहक मिले और दो बीवियाँ भी। उसके बाद उनके साथ लखनऊ से जो बीवी आई थीं वह मर गईं इसलिए उन्होंने अपने लिए एक और बीवी खोज ली। उनकी पुरानी बीवियों में से एक भाग गई इसलिए फ़िलहाल कुछ समय से उनके पास दो बीवियाँ हैं। कुछ समय बाद उनको एक और चाँद जैसे चेहरे वाली लड़की से इश्क़ हो गया, सोलह साला दोशिजा नहीं, उनके घर से कुछ दरवाज़े छोड़कर ही रहती है। अब तो मुझे लगने लगा है, और मुझे ही नहीं मेरे जैसे तमाम लोगों को लगने लगा है जो इस भलेमानुस को काफ़ी दिनों से जानते हैं कि इनको उस लड़की से मोहब्बत नहीं है बल्कि मोहब्बत से ही मोहब्बत है। अल्लाह जानता है, और उसकी गवाही से मैं भी कह सकता हूँ कि अपनी हर बीवी के लिए उसका प्यार जीने-मरनेवाला है। हो सकता है कि आप इस बात को समझ न पाएँ कि एक से अधिक चेहरों के लिए जीने-मरनेवाला प्यार रखने का क्या मतलब होता है। जैसा कि सादी ने कहा है, "मधुमक्खी के बारे में उससे बात करना बेकार है जिसने जीवन में कभी डंक न सहे हों।" इस बात को मैं भी नहीं समझ सकता, सही कह रहा हूँ, मुझे जीवन में एक बार ही डंक मिला और मैंने पाया कि एक ज़िन्दगी के लिए एक डंक ही

काफ़ी था, इसलिए मैं उसको नहीं समझ सकता। लेकिन महज़ इस आधार पर किसी नतीजे पर नहीं पहुँचना चाहिए कि मैं इस बात को नहीं समझता, नब्बन मियाँ के दिल के रहस्यों को मैं नहीं समझ सकता। आपको सच बताऊँ मास्टर जी, यह मेरा बड़ा पुराना दोस्त है, लेकिन जब यह मेरे घर आता है तो मैं पूरा ध्यान रखता हूँ कि मेरी बेटियाँ घर के अन्दर ही रहें।"

"लेकिन वह ऐसा नहीं..."

"आप सही कह रहे हैं," वह बोले, "वह शायद ऐसा न करें। इसके अलावा, उनके लिए अपना भोजन-पानी चला पाना भी मुश्किल होता जा रहा है। साल-दर-साल गुज़रने के साथ उनकी आय तो बढ़ती गई लेकिन माँग भी बढ़ती गई, आप समझ ही सकते हैं कि बीवियों की गिनती बढ़ने का क्या नतीजा होता है, नहीं?"

"क्या! अहसान मियाँ?"

"इससे बच्चों की तादाद बढ़ जाती है! और अब दिल्ली के सबसे पसन्दीदा इस दर्ज़ी को आना-पैसा गिन-गिनकर रखना पड़ता है। अगर आप मुझे इजाज़त दें मास्टर जी तो मैं यह कहना चाहूँगा कि इनके बटुए का पतंगा नब्बन मियाँ की मोहब्बत की लौ में जलकर कब का ख़ाक हो चुका है जिसे नब्बन मियाँ ने अपने लम्बे जीवन में जलाए रखा। अब हालत यह है कि शाहजहानाबाद में आपको उनसे बड़ा कंजूस नहीं मिलनेवाला। इसी वजह से वह उस बड़े ऑर्डर को लेकर बहुत उत्साहित हैं जिसके बारे में लाला दीनानाथ बात कर रहे थे। उन पैसों से वे अपनी कुछ बेटियों की शादी कर सकते हैं। शश...शश...वे आ गए हैं। नब्बन मियाँ, आदाब, कैसे हैं आप?"

मास्टर जी की कल्पना में नब्बन मियाँ का किरदार इतना बड़ा हो चुका था कि उन्होंने जब उनको आमने-सामने देखा तो कुछ निराशा हुई। वे ठिंगने, दुबले आदमी थे, उनका चेहरा भी पतला था जो ठुड्डी के कुछ नीचे तक लटकी उनकी छितराई हुई दाढ़ी के कारण और लम्बा लग रहा था। अहसान मियाँ को देखकर वे आगे की तरफ़ बढ़े, साफ़ दिख रहा था कि वे चिढ़े हुए थे। "इतनी देर कहाँ हो गई? प्रोग्राम शुरू होने ही वाला है," वह बोले, "यह रहा आपका टिकट। तीन पैसे।"

"मुझे लगा कि हम एक आनेवाला टिकट लेनेवाले थे," अहसान मियाँ ने कहा और काग़ज़ का वह टुकड़ा लेकर उसको आँखों से कुछ दूर रखते हुए पढ़ने लगे कि उसके ऊपर क्या लिखा था।

"आप पैसे वाले घर में पैदा हुए होंगे उस्ताद जी," नब्बन मियाँ बोले, "लेकिन मैं ग़रीब की औलाद हूँ।" उसके बाद मास्टर जी की तरफ़ मुड़ते हुए उसने कहा, "आदाब, मास्टर मक्खन लाल, क्या आप भी मुशायरे के लिए आए हैं? बहुत अच्छी बात है। इससे हमें भी आपके साथ बातचीत का मौक़ा मिल जाएगा।"

"इनको पहले टिकट दिलाना है," अहसान मियाँ बोले, "और चूँकि आपने

यह तय किया है कि हम लोग एक साथ बैठेंगे तो इन बेचारे को टिकट के लिए धक्का-मुक्की करनी पड़ेगी।"

पन्द्रह मिनट बाद टिकट खिड़की से किसी तरह टिकट लेकर मास्टर जी रास्ता बनाते हुए भीड़ में बढ़े जा रहे थे। उनके पीछे अहसान मियाँ और नब्बन मियाँ थे, सभी पीछे की तरफ़ एक पंक्ति में आ गए। हॉल का यह हिस्सा आम लोगों के बैठने के लिए था, सामने की कुर्सियों पर महत्त्वपूर्ण लोग बैठे थे, आला पुलिस अधिकारी, जज, बड़े-बड़े व्यापारी, प्रोफ़ेसर, सभी अपनी सीट से उठकर एक दूसरे से मिल-जुल रहे थे जिससे वहाँ मौजूद दर्शकों को उनको पहचानने का मौक़ा मिल जा रहा था और वे उनकी महिमा के बारे में बात करने लगते थे। वहाँ लाला मोतीचन्द भी थे, दमकती सुनहरी किनारी वाली धोती और मटमैले कुर्ते में, जिसके ऊपर उसी रंग की कशीदाकारी की गई थी। वे एक आदमी से बात कर रहे थे जिसकी काली शेरवानी की शान चाँदी की चेन से चमक रही थी, जो पीछे से भी साफ़ दिखाई दे रही थी, वह चेन उनकी जेब में से निकल रही थी, शायद जेब घड़ी के लिए रखी हो।

"लालाजी से रफ़ी साहब बात कर रहे हैं," नब्बन मियाँ ने कहा।

"ज़रा शेरवानी की सिलाई तो देखिए," अहसान मियाँ बोले। उनको समझ में आ गया था कि नब्बन मियाँ उनको इशारे कर रहे थे। "बिलकुल सही। यह सही है कि रफ़ी साहब का व्यक्तित्व बहुत शानदार है, लेकिन नब्बन मियाँ की कलाकारी के बिना कुछ भी नहीं है।"

मास्टर जी ने रफ़ी साहब को इससे पहले कभी नहीं देखा था, और इसलिए उन्होंने रफ़ी साहब को ऐसी हालत में नहीं देखा था कि वे बता सकते कि नब्बन मियाँ की कलाकारी के बिना उनका शानदार व्यक्तित्व कैसा लगता होगा। उन्होंने अनुमान लगाया कि अहसान मियाँ को भी ऐसा मौक़ा नहीं मिला होगा। "सही में, यह शानदार है," उसने कहा। हालाँकि उसने जीवन में कभी शेरवानी नहीं पहनी थी और न ही कभी इस नज़रिये से किसी की शेरवानी को देखा था कि उसकी सिलाई कैसी थी या किसी और नज़रिये से भी उन्होंने शेरवानी नहीं देखी थी।

अचानक मास्टर जी के दिमाग़ में यह विचार आया कि शायद रफ़ी साहब भी कहीं धर्मार्थ स्कूल चलाते होंगे और वह स्कूल भी किसी ऐसे आदमी द्वारा चलाया जा रहा हो जो उसका ही मुस्लिम प्रतिरूप हो। एक नौजवान, ईमानदार, आदर्शवादी, अपनी शिक्षा के कारण विचारों की दुनिया को समझनेवाला, सही और ग़लत की दुनिया को समझनेवाला, एक ऐसी दुनिया में जिसमें शायद उसको ग़लती से यह भ्रम हो गया कि उसकी बुद्धि और उसके समर्पण का अपने आप में कुछ मूल्य था और इसके लिए उसको किसी तरह का ईनाम मिलना चाहिए, लेकिन ऐसी दुनिया में पड़ा हुआ था क्योंकि उसके पास अपने संसाधन नहीं थे, न पैसा न ही सम्पर्क,

ताकि वह खड़ा होकर दुनिया को जीत सके। इसके अलावा, अगर रफ़ी साहब के अवैध बेटे की सत्ता तक पहुँच हो भी गई, तो मास्टर जी की तरह वह भी इस बात को लेकर निश्चिन्त नहीं रह सकता कि ऐसी दुनिया में जिसमें पैसे और सम्पर्क के माध्यम से ही सफलता सुनिश्चित की जा सकती हो, वह दुनिया ऐसी थी भी कि जिसको जीता जा सके। उस नौजवान की इतनी तारीफ़ के अलावा मास्टर जी उन लोगों के बारे में सोच रहे थे जिनको फाँसी पर लटका दिया गया या जिनको गोली मार दी गई, जिन लोगों का नैतिक स्तर बहुत ऊँचा था क्या वे निचली पृष्ठभूमि से आते थे? वे सब-के-सब किसी-न-किसी अमीर आदमी के बेटे थे, या ऐसे लोगों के जिनके पास साधन थे कि अपने बच्चों को वकील, डॉक्टर या किसी अन्य लाभकारी पेशे की पढ़ाई करवा सकें। इसमें कोई शक नहीं कि वे लोग बहुत तेज़ और समर्थ लोग थे, वे अच्छे थे और नैतिक रूप से उन्होंने अपना विकास किया, लेकिन अगर उनको अच्छे परिवार में जन्म लेने का लाभ न होता तो क्या उनके लिए नेतृत्व के इतने ऊँचे स्तर तक पहुँच पाना सम्भव था? इसी तरह के विचार जो उत्तेजना के उतार-चढ़ाव के दौरान ज़ेहन में आ सकते थे, जिसका प्रभाव यह हुआ था कि उनको लगता था कि उनके दिमाग़ के ऊपर किसी तरह का दबाव है और वह उसको रोकने की असफल कोशिश कर रहे थे कि तभी उस मुशायरे के सदर रफ़ी साहब ने माइक सँभाला और एक-एक करके शायरों को मंच पर आमंत्रित करने लगे।

देश भर की बुलबुलें इस उजड़े हुए गुलशन में जुटी हैं जो दिल्ली रहते हैं, वहाँ मौजूद लोगों को बताते हुए उन्होंने कहा कि इनके मिल-जुलकर गाने से इस उजड़े गुलशन में फिर से बहार आ जाएगी। वहाँ होनेवाले चमत्कार को देखने के लिए जो गण्यमान्य लोग जुटे थे उनका परिचय करवाते हुए उन्होंने मुहावरे को थोड़ा-सा बदल दिया, "आज रात आकाश में अनेक चाँद निकले हैं।"

"रफ़ी साहब जैसा चमकदार इनमें कोई भी नहीं है," अहसान मियाँ ने फुसफुसाते हुए कहा।

"सब नब्बन मियाँ की कलाकारी का कमाल है," मास्टर जी ने जवाब दिया।

"हैं?" अहसान मियाँ ने कुछ चौंकते हुए कहा। फिर उनको याद आया कि कुछ मिनट पहले उन्होंने क्या कहा था, "हाँ, हाँ, बिलकुल।"

नब्बन मियाँ के होंठों पर हल्की मुस्कराहट तैर गई और उन्होंने विनम्रता पूर्वक अपने हाथ को इस तरह उठाया जिससे किसी को भी भरोसा नहीं हुआ। "आप लोगों ने लाला मोतीचन्द का कुर्ता देखा?" उन्होंने पूछा। "चीनी रेशम, बारह रुपए गज।"

इससे पहले कि मास्टर जी लाला के कुर्ते की कारीगरी की तारीफ़ करते या अहसान मियाँ अपने हाथ की कारीगरी की तरफ़ ध्यान दिलाने के लिए नब्बन मियाँ को बुरा-भला कहते भीड़ में से कोई पीछे मुड़ा और बोला, "कृपया आप मंच

पर आसीन गण्यमान्य लोगों के बीच क्यों नहीं जाते? यह बहुत बड़ा अन्याय है कि आप लोगों की बातचीत का लाभ महज़ हम कुछ लोगों को मिल पा रहा है।"

पहले नौजवान शायरों ने पढ़ना शुरू किया। उनके बाल अच्छी तरह काढ़े हुए थे, उनकी शायरी या तो बहुत संकोची थी या अपारम्परिक रूप से क्रान्तिकारी। सुननेवाले विनम्रता से उनकी वाहवाही कर रहे थे, बीच-बीच में किसी शेर की तारीफ़ कर देते थे तो इसलिए नहीं कि वह कोई महान शायरी थी बल्कि इसलिए कि उसमें यह सम्भावना छिपी हुई थी कि भविष्य में महान कविता सामने आए। उसके बाद अपेक्षाकृत अधिक उम्र के शायर आए, उनकी कविताओं में वह चमक दिखाई दे रही थी जो ग़लतियाँ करने और उनके ऊपर सोचने से आती है। सालों के अनुभव ने इन कवियों को यह सिखा दिया था कि किस तरह से शायरी को एक के बाद एक सुनाकर सुननेवालों का जी बहलाया जाए और किस तरह माइक के सामने रहते हुए माहौल को चरम पर ले जाया जाए। मुशायरे के इस दौर में सुननेवाले कुछ जोश में आ गए, वे शायरी के अपने शौक़ को आज़माने लगे, अक्सर उन ग़ज़लों की फ़रमाइश करते जिन्हें उन्होंने पहले सुन रखा हो। और जब पसन्दीदा ग़ज़ल सुनाने का आग्रह पूरा कर दिया जाता तो सुननेवालों और शायरों को ऐसा महसूस होता कि समय में अतीत से आगे की तरफ़ जा रहे हों, उनके साथ अतीत की सुगंध भी आ जाती थी। इस उम्मीद में कि शब्दों के हेर-फेर से चमत्कृत हो जाएँ, भाषा के खेल से वे सर हिलाने के लिए विवश हो जाएँ। जब ऐसा कोई मौक़ा आता था तो वे अपनी जगह पर खड़े हो जाते, और हाथ उठाकर वाहवाही करते, अपने किसी पड़ोसी की तरफ़ मुड़कर ज़ोर-ज़ोर से उन पंक्तियों को सुनाते जिसने उनको प्रभावित कर दिया हो।

क़रीब-क़रीब आधी रात के समय आतिश जालंधरी की बारी आई। वे धीरे से उठे, उन्होंने अपनी पीठ सीधी की और एहतियात बरतते हुए माइक की तरफ़ बढ़े, चलते समय वे एक पैर को घसीट रहे थे। उनकी दाढ़ी पूरी तरह से सफ़ेद थी, उनकी काली बंडी देर तक बैठे रहने के कारण मुचड़ गई थी।

उन्होंने एक ढीली-ढाली पगड़ी बाँध रखी थी। उस शाम जिस तरह से साफ़े और दो पल्ले वाली टोपियों का प्रदर्शन देखने में आया था उसके सामने उनकी पगड़ी कुछ ख़ास नहीं लग रही थी।

"आतिश जालंधरी," अहसान मियाँ ने जोश में आते हुए कहा, "यह स्कूल के किसी अध्यापक की तरह लग रहे हैं, नहीं?"

"क्या ये स्कूल में पढ़ाते हैं?" मास्टर जी ने पूछा।

"हाँ, यह पढ़ाते हैं।"

इस बातचीत से पैदा हुई उलझन से मास्टर जी अभी उबर भी नहीं पाए थे कि आतिश जालंधरी ने बोलना शुरू किया। धीमी आवाज़ में उन्होंने आयोजकों

का धन्यवाद ज्ञापन किया, आयोजन में आए उस्तादों का अभिवादन किया, मंच पर अपने पीछे बैठे वरिष्ठ शायरों को सलाम किया, और कुछ ऐसे शायर जो अब इस दुनिया में नहीं थे उनको याद किया, उसके बाद उन्होंने कहा, "इससे पहले कि मैं अपनी बेवजह की शायरी से कुछ पंक्तियाँ सुनाऊँ मैं इस बात को स्वीकार करना चाहता हूँ कि चालीस से भी अधिक सालों से मैं यह कोशिश करता रहा हूँ कि कविता और शब्दों के खेल के बीच के अन्तर को समझ सकूँ, और आज तक मैं इस फ़र्क़ को नहीं समझ पाया। कई बार मुझे ऐसा लगता है कि एक पंक्ति को दूसरी पंक्ति के पीछे लगाना इस अर्थ में अपराध है, एक पाप। लेकिन अल्लाह मुझे माफ़ करें, मैंने यह पाप इस उम्मीद में किया है ताकि एक दिन अल्लाह की मरज़ी हुई तो मैं यह सीख पाऊँगा कि कविता क्या होती है और क्या नहीं होती है।"

उस शाम मास्टर जी अब तक आ चुके शायरों की झूठी विनम्रता को सुन-सुनकर पक चुके थे, कई बार वे चिढ़ भी जाते थे। लेकिन जब इस आदमी ने बोलना शुरू किया तो उसकी आवाज़ में कुछ ऐसी उदासी थी, वे जिस सपाट तरीक़े से पढ़ रहे थे उससे मास्टर जी को लगा कि इस आदमी में कुछ अलग बात है। "आतिश साहेब बहुत विनम्र हैं," उसने अहसान मियाँ से फुसफुसाकर कहा। अहसान मियाँ ने मास्टर जी की तरफ़ सवालिया निगाहों से देखा। उनके होंठ इस तरह टेढ़े हुए मानो वे कोई कड़वी बात कहनेवाले हों। लेकिन उन्होंने कहा नहीं।

आतिश जालंधरी थोड़ा रुके, फिर अपनी बग़ल से हाथों को बिना हिलाए माइक की तरफ़ जिस अदा से झुके उससे सभी के लिए यह बात बिलकुल साफ़ हो गई कि अब वे कविता पढ़नेवाले हैं। *न गुलरुख़ों के लिए है,* उन्होंने बिलकुल सहज-सपाट ढंग से पढ़ा, *न गुलबदन के लिए है।*

यह पंक्ति कुछ ख़ास नहीं थी। इसमें गुलाब से चेहरे और बदन की तुलना की गई थी और उस समय की शायरी का रिवाज़ यही था, बहुत घिसा-पिटा था लेकिन उसमें यह संकेत छिपा था कि अगली पंक्ति में कुछ ख़ास बात कही जानेवाली है क्योंकि पहले शेर में गुलाब जैसे बदन वालियों को ख़ारिज किया गया था, इसी उम्मीद में सुननेवालों ने वाह-वाह का जुमला उछाला। रफ़ी साहब ने ध्यान दिया कि किसी ने भी उस शेर को दोहराया नहीं इसलिए मुशायरे के सदर होने के नाते उन्होंने ही माइक पर उस शेर को दोहरा दिया। रफ़ी साहब के पढ़ लेने का इन्तज़ार करने के बाद उन्होंने पढ़ा—*मेरे लहू की हर एक बूँद मेरे वतन के लिए है।*

एक पल के लिए अविश्वास की चुप्पी छाई रही, और उसके बाद सुननेवाले जोश में आ गए। मास्टर जी को मंच दिखाई नहीं दे रहा था क्योंकि उनके सामने सभी लोग अपनी-अपनी सीट से उठ खड़े हुए थे, उनका दायाँ हाथ सुननेवालों की तरफ़ इशारा कर रहा था। 'क्या बात है! क्या शेर है! वाह वाह!' अनेक लोग दूसरी पंक्ति को दोहरा रहे थे, कुछ लोग तो बार-बार दोहरा रहे थे। जब मास्टर जी खड़े

हुए तो उन्होंने देखा कि आतिश जालंधरी अभी भी उनके सामने माइक पर उसी मुद्रा में खड़े थे, उनका चेहरा उतना ही प्रभावशाली बना हुआ था। उनके पीछे दूसरे शायर थे, जवान, बूढ़े, वे सब एक-दूसरे की तरफ़ मुड़-मुड़कर वाह-वाह कर रहे थे। सब हैरान थे, उनके चेहरे पर तारीफ़ का भाव था। कुछ लोग अभी भी दूसरी पंक्ति को दोहरा रहे थे। इस सबके बीच आतिश साहेब खड़े होकर इन्तज़ार कर रहे थे। उन्होंने शेर को नहीं दोहराया।

मास्टर जी अपने पंजों के बल खड़े हो गए और सामने की पंक्तियों में बैठे ख़ास-ख़ास लोगों की प्रतिक्रिया देखने लगे, क्योंकि उनमें से अधिकतर लोगों के सरकार के साथ अच्छे रिश्ते थे लेकिन वे भी सर हिला रहे थे। यहाँ तक कि वहाँ जो प्रशासनिक अधिकारी और पुलिस अधिकारी मौजूद थे वे भी। हालाँकि पिछली पंक्तियों में जिस तरह से वाह-वाह हो रही थी उसके मुक़ाबले उनकी सहमति कुछ संयत थी।

ग़ज़ल का लहजा राजनीतिक था, और शायद शायर की लिखी बेहतरीन शायरी में से भी नहीं था, लेकिन पहले शेर ने ही सुननेवालों को एक तरह से नशे जैसी हालत में ला दिया था, और हर शेर का ज़ोरदार स्वागत किया जा रहा था, शायद इसलिए कि उसका छंद ऐसा था जो बार-बार पहले शेर की याद दिलाता था। आतिश साहब बिना अपने लहजे को बदले एक के बाद एक शेर सुनाए जा रहे थे, मानो वे कक्षा में हाज़िरी लगा रहे हों, दर्शकों के सामने चेहरे पर उसी तरह की उदासी ओढ़े हुए थे। जब ग़ज़ल पूरी हो गई तो उन्होंने बिना किसी भूमिका के अगली ग़ज़ल शुरू कर दी।

"इनकी शायरी तो कमाल है," अहसान मियाँ बोले, "लेकिन ये पढ़ते बढ़िया नहीं हैं।"

"हो सकता है कि इनको ऐसा नहीं लगता हो कि मीर और ग़ालिब के वारिसों को उस तरह से उछल-कूद मचाना चाहिए जिस तरह से बारिश के मौसम में मयूर उछल-कूद मचाते हैं," मास्टर जी बोले।

अहसान मियाँ कुछ पल के लिए तो कुछ भी नहीं बोले, उसके बाद उन्होंने मास्टर जी की आँखों में आँखें डालते हुए सहज आवाज़ में कहा, "आपके भीतर ग़ुस्सा बहुत है मास्टर जी।"

"क्यों, अहसान मियाँ, उन्होंने जो कहा उसमें क्या ग़लत था?" नब्बन मियाँ बीच में बोल पड़े, "बहुत ख़ूब कहा मास्टर जी। पैगम्बर *सल्लल लाहू अलाहि वालहे वसल्लम* ने कहा है कि विनम्रता और कुछ नहीं अच्छाई लेकर आती है। लेकिन हमारे बहुत से शायर इस हदीस को भूल गए हैं।"

ऊपर मंच पर आतिश साहब ने घोषणा की कि अब वे उस शाम की आख़िरी ग़ज़ल सुनाने जा रहे हैं। यह सुनकर अहसान मियाँ और मास्टर जी दोनों उस तरफ़

देखने लगे। *हर दिल की वही शोरिदासरी, अरमान बदलते रहते हैं,* आतिश साहब ने कहा। पीछे से किसी ने इस पंक्ति को दोहराया। आतिश साहब रुक गए, उन्होंने रफ़ी साहब की तरफ़ देखा, एक पल के लिए हिचके, उसके बाद उस शाम पहली बार उन्होंने अपने शेर की पहली पंक्ति को दोहराया—*हर दिल की वही शोरिदासरी, अरमान बदलते रहते हैं,* एक पल के लिए रुके और फिर—*ज़िन्दान वही रहते हैं, दरबान बदलते रहते हैं।*

अहसान मियाँ उछल-उछल कर दाद देने लगे। आसपास के सभी लोग दाद दे रहे थे, वाह-वाह कर रहे थे। नब्बन मियाँ भी खड़े हो गए, "क्या शे'र है! कमाल है!" अहसान मियाँ ने पीछे मुड़कर मास्टर जी की तरफ़ देखा और बोले। जब उनकी नज़र मास्टर जी के चेहरे पर पड़ी तो वे जल्दी से बैठ गए। "आप ठीक तो हैं मास्टर जी? क्या हुआ?"

मास्टर जी की आँखें शून्य में निहार रही थीं। सामने की तरफ़ सर किए वे ऐसे देख रहे थे कि मानो सामनेवाली सीट के पीछे देख रहे हों, लेकिन साफ़ था कि वे जो देख रहे थे उसको देख नहीं रहे थे।

"मास्टर जी, कुछ बोलिए। आप ठीक हैं न?" अहसान मियाँ बोले।

मास्टर जी धीरे से अहसान मियाँ की तरफ़ मुड़े और बोले, "मैं ठीक हूँ, मैं बस यह सोच रहा था कि मेरे मामले में न तो जेल बदलती है न ही सन्तरी बदलता है।"

अहसान मियाँ ने मास्टर जी की तरफ़ देखा और फिर आगे की पंक्तियों में बैठे लोगों की पीठ की तरफ़ देखा, वे अभी भी खड़े थे और मंच की तरफ़ देखकर ज़ोर-ज़ोर से दाद दे रहे थे। उसके बाद वह मास्टर जी की तरफ़ झुके और उनके कानों में कुछ बुदबुदाकर कहा, मानो उनको कोई ऐसी रहस्य की बात बता रहे हों जिसके बारे में किसी को नहीं पता हो, "कोई सन्तरी सदा के लिए नहीं रहता है मास्टर जी, आप हिम्मत मत हारिए।" अहसान मियाँ ने यह बात ज़ाती ख़तरा उठाते हुए कही थी और इस बात से यह संकेत मिलता था कि अहसान मियाँ को कोई गुप्त बात पता थी। इस बात को सुनकर मास्टर जी को कोई राहत नहीं पहुँची, जबकि अहसान मियाँ का मक़सद यही था, लेकिन इस बात को सुनकर वे कुछ असहज हो गए, और उनके अन्दर एक नया कौतूहल जाग गया कि पता नहीं वे क्या जानते हों।

घर लौटते समय रास्ते में नब्बन मियाँ और अहसान मियाँ के बीच बहस छिड़ गई। बहस तब शुरू हुई जब नब्बन मियाँ ने दावा किया कि आतिश जालंधरी का वह शेर मुशायरे का सबसे अच्छा शेर था। इस दावे का बड़ी आसानी से यह कहकर खंडन किया जा सकता था कि उस शाम ऐसे मौक़े कई बार आए जब उन्होंने खड़े होकर किसी शेर की दाद दी। लेकिन अहसान मियाँ ने अधिक सामान्य ढंग से उनके ऊपर आक्रमण किया, उन्होंने कहा कि नब्बन मियाँ यह नहीं मानना

चाहते कि भाषा की कलाकारी भी अच्छी कविता के लिए उतनी ही मायने रखती है जितना कि कविता का उपयुक्त विषय। चूँकि नब्बन मियाँ इस बात को मानने के लिए तैयार नहीं थे इसलिए खाइयाँ खुद गईं और दोनों एक-दूसरे के ऊपर एक के बाद एक हमले करने लग गए। दोनों में से जो भी आक्रमण कर रहा होता वह अपने पसन्दीदा शायर के शेर के साथ हमला बोलता; दूसरा पक्ष पहले तो इस हमले के असर को कम करने के लिए उस शायर के जीवन से जुड़ी किसी ऐसी घटना का बयान करता जिसमें उसको ख़राब रौशनी में दिखाया जा सके और फिर जवाबी हमले के रूप में उसी विषय पर अपने किसी पसन्दीदा शायर का बेहतर शेर सुना देता। अगर मास्टर जी ध्यान से सुन रहे होते या उनको उर्दू शायरी के बारे में गहरा ज्ञान होता तो उनको यह समझ में आता कि उन दोनों पुराने दोस्तों के बीच थोड़े-बहुत फेरबदल के साथ यह बहस पहले कई बार हो चुकी थी, जिसका मक़सद शेरों का अभ्यास करना होता था और जिनको दोहराने से उनको मज़ा आता था, मज़ा तब और दोगुना हो जाता था जब उससे बहस में जीतने की सम्भावना भी जुड़ जाती थी। लेकिन मास्टर जी के लिए उन शेरों को समझ पाना कठिन होता जा रहा था, इसलिए वे यह नहीं समझ पा रहे थे कि वह बस खेल था। जैसे-जैसे खेल आगे बढ़ता जा रहा था वह और ज़्यादा परेशान होते जा रहे थे, विशेषकर इस वजह से क्योंकि वे दोनों अभी भी मुशायरे में खोये हुए थे और अपनी-अपनी स्वाभाविक शालीनता को छोड़कर ऊँची आवाज़ में बहस कर रहे थे।

"बहुत हो गया!" अन्ततः वे बोले। "मैं यह कहना चाहता हूँ कि प्लीज़ आप लोग इस तरह से लड़ाई न करें। मुझे यही समझ में नहीं आ रहा कि बहस किस बात की है। क्या अच्छी कविता के लिए भाषा की कलाकारी और उपयुक्त विषय का चुनाव दोनों ज़रूरी नहीं होते हैं? अगर इनमें से एक भी कम हुआ तो क्या वह ख़राब कविता नहीं हो जाएगी? और, फिर यह कौन तय करता है कि अच्छी भाषा और उपयुक्त विषय क्या होते हैं? कौन इस बात का फ़ैसला करने का दावा रखता है और उसका आधार क्या होता है?"

दोनों बुज़ुर्गों को कुछ समझ में नहीं आया और वे चुप हो गए। उसके बाद, अहसान मियाँ बोले, "हम फ़ैसला करते हैं मास्टर जी, क्योंकि हम अपना वक़्त देते हैं और शायरी को प्यार करते हैं।'

"लेकिन जिन लोगों ने आपको सिखाया क्या पता उन्होंने आपको ग़लत दिशा दिखाई हो?" मास्टर जी ने पूछा, "क्या पता उन्होंने आपको यह समझा दिया हो कि वे जो कह रहे थे वही सही था, और ऐसा उन्होंने अपने तर्क की बदौलत नहीं बल्कि इस दम पर कहा हो कि उन्होंने महँगा रेशमी कुर्ता पहन रखा है?"

"बहुत अच्छा कहा मास्टर जी," नब्बन मियाँ बोले। मास्टर जी और अहसान मियाँ दोनों समझ गए कि नब्बन मियाँ मास्टर जी से सहमत नहीं हुए, वे महज़ इस

कारण से तारीफ़ कर रहे थे क्योंकि मास्टर जी ने अपनी बात बहुत सुन्दर तरीक़े से रखी थी। इस बात को समझकर दोनों ही ख़ामोश हो गए। अहसान मियाँ इसलिए ख़ामोश हो गए क्योंकि नब्बन मियाँ ने बहुत सही इशारा किया था कि बहस गर्म हो चली थी इसलिए अब शान्त हो जाना चाहिए। मास्टर जी इस वजह से शान्त हो गए क्योंकि उन्होंने जो कहा था उस बात से नब्बन मियाँ बहुत नाराज़ हो जा सकते थे लेकिन उन्होंने उदारता दिखाते हुए उस निंदाजनक टिप्पणी के लिए उनको माफ़ कर दिया था जो मास्टर जी ने उनके और अहसान मियाँ की शिक्षा को लेकर की थी और यह कहने की कोशिश की थी कि वे बौद्धिक रूप से उनसे कमतर थे। यही नहीं, उन्होंने उस हालात को टालने के लिए उनके द्वारा प्रयोग की गई भाषा की तारीफ़ भी की।

नब्बन मियाँ के जाने के बाद अहसान मियाँ और मास्टर जी कुछ देर तक चुपचाप चलते रहे, फिर मास्टर जी बोले, "आपने जो यह कहा था कि कोई भी सन्तरी हमेशा के लिए नहीं रहता, इस बात का क्या मतलब है?"

अहसान मियाँ शहर भर में घूमते थे और शहर में उनके बहुत से परिचित थे। उनका एक परिचित हकीम सद्दे ख़ान के साथ काम सीख रहा था, उसने अहसान मियाँ को बताया था कि हाल में लाला मोतीचन्द कई बार हकीम साहब से मिलने गए थे। हकीम साहब लाला को अपने दोस्तों में मानते थे, लेकिन हर बार उन्होंने लाला को गम्भीर चेहरे के साथ विदा किया। आमतौर पर हकीम साहब अपने मरीज़ों की बीमारी की चर्चा अपने शिष्यों के साथ करते थे लेकिन जब उनके शागिर्द ने लाला मोतीचन्द के बारे में पूछा तो उन्होंने विषय बदल दिया। लेकिन एक चिन्ता की बात हकीम के उस शिष्य ने साझा की—हकीम साहब वैसे तो सार्वजनिक तौर पर पश्चिम से आनेवाली आधुनिक चिकित्सा की निंदा किया करते थे लेकिन उन्होंने लाला मोतीचन्द को एलोपैथ के बंगाली डॉक्टर के पास जाने की सलाह दी थी जिसका क्लिनिक चाँदनी चौक में था।

लेकिन अहसान मियाँ ने सुनसान सड़क पर जलते नाटूट लैम्प की धुँधली रोशनी में देखा कि मास्टर जी के चेहरे पर चिन्ता की लकीरें उभर आई हैं तो उन्होंने मन-ही-मन सोचा कि शायद हो सकता है यह बात सही हो कि मास्टर जी लाला मोतीचन्द की अवैध सन्तान थे, इसलिए उनको एक बेटे को अपने पिता की आसन्न मृत्यु का समाचार नहीं देना चाहिए। और अगर वह उनका बेटा नहीं था तो भी उसे किसी ऐसे आदमी की बीमारी के बारे में गप्पबाज़ी नहीं करनी चाहिए जिसकी बीमारी के बारे में उसको कुछ भी पता नहीं, ख़ासकर उस आदमी के बारे में जिसने उसको नौकरी दी थी और उसका कुछ भी बुरा नहीं किया था। हमेशा की तरह उन्होंने ख़ुद से कहा, तुम भावनाओं में बह गए और कुछ ऐसी बातें कह दीं जो नहीं कहनी चाहिए थीं। अब आप क्या करेंगे अहसान मियाँ?

"मुझे बताइए अहसान मियाँ," मास्टर जी ने ज़ोर देते हुए कहा, "इस बात का क्या मतलब हुआ?"

"मुझे पता नहीं कि मैं क्या कह रहा था मास्टर जी," अहसान मियाँ बोले, "मैंने आपको बहुत बुरी स्थिति में देखा, मैं आपको दिल से चाहता हूँ, बस इसलिए कुछ बक दिया।"

"नहीं, अहसान मियाँ," मास्टर जी बोले, "मैं आपकी इस बात का यक़ीन नहीं करता।"

"मास्टर जी," अहसान मियाँ ने कहा, "हममें से हर आदमी को एक न एक दिन मरना ही है न? मेरे कहने का इतना ही मतलब था कि आप जिसको भी अपना सन्तरी समझते हैं, जिसने आपकी ज़िन्दगी तबाह की, वह कोई भी हो एक दिन वह भी इस दुनिया से चला जाएगा। मैं आपको उम्मीद बँधाने की कोशिश कर रहा था।"

"आपके ऊपर मुझे भरोसा नहीं हो रहा अहसान मियाँ," मास्टर जी ने कहा।

"आप जो चाहे मान लें" अहसान मियाँ बोले और चलने लगे। उन्होंने यह तय कर लिया था कि मास्टर जी उनको असभ्य समझें तो समझें लेकिन वह एक बेटे को यह नहीं बतानेवाले कि उसके पिता शायद अधिक दिनों के मेहमान नहीं हैं। मास्टर जी के हाव-भाव में उनको कुछ ऐसा दिखा था कि उनको पूरी तरह इस बात का यक़ीन हो गया था कि मास्टर जी के पिता के बारे में उन्होंने जो अफ़वाहें सुनीं, वे सही ही थीं।

मास्टर जी अहसान मियाँ को जाते हुए देखते रहे। उन्होंने मन-ही-मन सोचा कि अहसान मियाँ को शायद इस बात का पता है कि लाला मोतीचन्द मेरे पिता हैं, उनको कुछ और भी पता है जो वे मुझे बताना नहीं चाहते। वे जो जानते हैं उस बात को मुझे बताने के बजाय उन्होंने चले जाना उचित समझा। मास्टर जी को लगता था कि वे लाला मोतीचन्द के नाम से कई सालों से दिल में नफ़रत रखते थे, लेकिन यह ख़बर सुनकर उनका कलेजा मुँह को आ गया कि उनके पिता दुनिया से जानेवाले हैं।

~

रामदास के चार साल का होने के कुछ दिन बाद। एक सुबह परसादी द्वारा यह कहते हुए मना करने के बावजूद कि 'एक नौकर का बेटा मुंशी नहीं बन पाएगा' ओमवती ने उसका हाथ पकड़ा और आँगन पार कर मास्टर जी के पास गई और अपने बेटे को उन्हें सौंप दिया। मास्टर जी की कक्षा शुरू ही होनेवाली थी। उन्होंने अलमारी के ऊपर रखी स्लेटों में से एक स्लेट उठाई और उसके ऊपर बच्चे का नाम लिख दिया और रामदास को कक्षा में आगे की तरफ़ बिठा लिया। इसके बाद

सामने जाकर उन्होंने बोर्ड पर उन अक्षरों को लिखा जो वे उस दिन सिखाना चाहते थे। लिखने के बाद जब वे पीछे मुड़े तो उन्होंने देखा कि रामदास की माँ अभी भी दरवाज़े पर खड़ी है। इससे पहले कि वह पूछते कि उसको क्या चाहिए वह कक्षा में शेल्फ़ के पास गई, वहाँ से एक स्लेट उठाई और उसको मास्टर जी को देते हुए घूँघट के पीछे से मुलायम लेकिन स्पष्ट स्वर में बोली, "मेरा नाम ओमवती है।" भौचक अवस्था में मास्टर जी ने घूँघट वाले उस चेहरे की तरफ़ देखा मानो यह अयाचित माँग करनेवाली औरत शायद अपना चेहरा दिखाए, लेकिन चेहरे पर पर्दा चुपचाप पड़ा रहा, और हाथ में स्लेट पकड़े हुए वह स्त्री उनके सामने उसी तरह खड़ी रही।

कक्षा में पूरी तरह शान्ति छाई हुई थी कि पीछे से एक अधिक उम्र के विद्यार्थी ने कहा, "लिख दीजिए मास्टर जी, लिख दीजिए मास्टर जी, लिख दीजिए मास्टर जी।" शोर बढ़ने लगा और कुछ बड़ी उम्र के और लड़के खड़े हो गए और 'लिख दीजिए मास्टर जी' कहते हुए नाचने लगे, नाचते हुए वे तालियाँ भी बजाते जा रहे थे। उनकी उछल-कूद तब जाकर रुकी जब मास्टर जी ने पूरी ताक़त लगाकर कहा, "ख़ामोश!" लेकिन जन अपनी बात कह चुके थे और इस बात को समझते हुए कि वे जिन बच्चों को पढ़ा रहे हैं वे नये भारत के प्रगतिशील नागरिक थे उनके सामने इसके अलावा कोई विकल्प नहीं बचा कि वे उस बढ़े हुए हाथ से स्लेट ले लें। उन्होंने स्लेट ली और उसका नाम उसके ऊपर लिखकर कक्षा की तरफ़ इशारा किया कि उनका दाख़िला हो गया है। उनको इस बात का डर था कि इसका परिणाम बुरा भी हो सकता था, ख़ासकर परसादी के साथ उनके रिश्ते तनावपूर्ण बने हुए थे और वे उसको सीधे-सीधे नाराज़ नहीं करना चाहते थे। शोर-शराबे के बीच ओमवती कक्षा में पीछे की तरफ़ बढ़ी और बैठ गई। बैठकर उसने अपने माथे के आँचल को ठीक किया ताकि उसको ब्लैकबोर्ड दिखाई दे सके। उसका आधा चेहरा देखकर मास्टर जी ठमके, उसके बाद बोर्ड की तरफ़ मुड़कर उसके ऊपर लिखे अक्षरों को दोहराने में डूब गए।

अगले कुछ सप्ताह तक मास्टर जी को यह बात समझ में आई कि जब माँ और बेटे दोनों ही विद्यार्थी हों तो कोई भी अध्यापक पढ़ाना चाहेगा लेकिन अलग-अलग कारण से। रामदास साफ़ तौर पर होशियार था और बोले गए शब्दों को तुरन्त पकड़ लेता था, उसको नकल उतारने में महारत हासिल थी और बिना अर्थ समझे कविता का पाठ बहुत अच्छी तरह करता था। उदाहरण के लिए *सिंहासन हिल उठे राजवंशों ने भृकुटी तानी थी* कविता के स्वर-व्यंजनों का पाठ उसमें इस तरह से जीभ घुमा-घुमाकर कि मास्टर जी ख़ुश हो जाते थे। उस कविता में जो महान भावनाएँ व्यक्त थीं उससे वे बहुत प्रभावित थे और वे इस बात से असहज हो जाते थे कि इतने महान विचारों को एक ऐसे व्यक्ति द्वारा ध्वनियों के अनुक्रम में बदल दिया

जा सकता था जिसको उसके अर्थ के बारे में ज़रा भी पता नहीं था। ओमवती कक्षा में शायद ही कभी बोलती थी, वह ध्यान लगाकर लिखने-पढ़ने में लगी रहती थी, दोनों में ही उसको बहुत संघर्ष करना पड़ता था। उसको अक्सर कक्षा के बीच में से जाना पड़ जाता था क्योंकि उसका पति आता और उसको किसी-न-किसी काम के बहाने खींचकर ले जाता। इस तरह की घटनाएँ उस दिन के बाद से अक्सर होने लगीं जब उसके कानों में इस तरह की टिप्पणी पड़ी कि 'परसादी की पत्नी डॉक्टरनी बननेवाली है'। लेकिन उसकी सहन शक्ति ग़ज़ब की थी, इस तरह कि जिस तरह किसी वयस्क व्यक्ति में ही हो सकती है। इस तरह की सहनशक्ति तब आती है जब आपने बहुत भुगता हो और फिर आप ख़ुद को ऐसी स्थिति में ले आएँ जहाँ आपकी पीड़ा का कारण वापस आपके पास पहुँच ही न पाए।

इस बात से हैरान कि वह अक्षर नहीं लिख पाती थी लेकिन पूरी तरह प्रतिबद्ध थी कि उसको लिखना सीखना भी है, मास्टर जी वैसे तो ये कोशिश करते थे कि सीधे तौर पर उसको कम-से-कम सम्बोधित करें लेकिन एक दिन उन्होंने उससे पूछा कि वह पढ़ना क्यों चाहती है। 'कई बार इसका फ़ायदा हो जाता है,' उनको जवाब में यह सुनने को मिला। यह जवाब वैसे तो टालू था लेकिन जिस लहजे में यह जवाब दिया गया था उससे मास्टर जी को बोलनेवाले के संकल्प का पता चल गया था कि उस औरत के अतीत में कोई ऐसी बात ज़रूर थी जिसके कारण उसने इस तरह का अस्वाभाविक फ़ैसला लिया। चूँकि जब कोई विद्यार्थी ईमानदारी से कुछ करना चाहता है तो अध्यापक भी अपना सर्वश्रेष्ठ प्रदर्शन करता है, इसलिए मास्टर जी ने इस बारे में बहुत गम्भीरता से सोचा कि बिना अकेले में पढ़ाए उसकी किस प्रकार से मदद की जाए, क्योंकि इससे उसके पति को और भी ग़ुस्सा आ जाता। अन्तत: उन्होंने उसके बेटे को उसको सिखाने की ज़िम्मेदारी सौंपी, जो सारे छोटे बच्चों में लिखने के मामले में सबसे अच्छा था।

ओमवती को लिखना सिखाने की समस्या के समाधान का एक ऐसा परिणाम भी निकला जो उसका उद्‌देश्य नहीं था। ओमवती इस बात से ख़ुश हो गई कि अध्यापक ने रामदास के बारे में ऐसा सोचा कि वह इतना होशियार है कि उसको पढ़ा सकता था। इस कारण उसको अपने बेटे के साथ स्लेट पर लिखने में बहुत आनन्द आता था, बल्कि धीरे-धीरे उसको यह भी लगने लगा कि उसके बेटे में अपने पुरखों से कुछ अधिक करने की क़ाबिलियत थी। इस बात को समझने के साथ पढ़ने और लिखने की उसकी जो ललक थी वह कम पड़ गई। जैसा कि इस तरह के मामलों में अक्सर होता है जैसे ही अक्षरों को लिखना सीखने की उसकी बेचैनी कम हुई उसके हाथ अधिक सहजता से चलने लगे और जिस वर्णमाला को सिखाने में मास्टर जी महीनों से मेहनत कर रहे थे वही उसने दो सप्ताह में सीख ली। यह ऐसा चमत्कार था जिसके लिए सबने रामदास को श्रेय दिया। परसादी को

एक बार फिर अपनी पत्नी का दिमाग़ समझ में नहीं आ रहा था। वह हैरान था कि ओमवती को वह लिखना न सीख पाने के कारण चिढ़ाता रहता था और वह लिखना सीख गई, और जब उसने लिखना सीख लिया तो स्कूल जाना छोड़ दिया। "मुझे जो चाहिए था वह मिल गया," उसने कहा। और मास्टर जी ने भी उसको जाने से रोका नहीं क्योंकि वह जानते थे कि जैसे-जैसे स्कूल में उसका लड़का आगे पढ़ता जाएगा वह अपने आप सीखना जारी रख सकती थी।

जब मास्टर जी ने यह देखा कि उसका बेटा मास्टर जी की पसन्दीदा देशभक्ति के गीतों की दिशा में जा रहा है तो परसादी अपने बेटे को अक्सर पास के मन्दिर में ले जाने लगा। एक तो इसीलिए कि देशभक्ति की कविताओं में सामान्य भाषा के साथ अजीब तरह के शब्द होते थे, जैसे उसको भृकुटी का मतलब समझ में नहीं आता था। मन्दिर में परसादी अपने बेटे को भजन मंडली के पास बिठाता। रामदास अभी बच्चा था और बच्चों में इस क्षमता के विकास में कुछ समय लग जाता है जो एक तरह की कविता को दूसरी तरह की कविता से अलगा सके, इसलिए उसने उतनी ही सहजता से तुलसीदास की आवृत्तिकारी ध्वनि को पकड़ लिया जिस सहजता से उसने सुभद्रा कुमारी चौहान की वीर रस की कविता को अपनाया था। एक शाम जब गाना ख़त्म हुआ तो सहदेई परसादी के पास आई और रामदास के माथे को थपथपाते हुए बोली, "जीते रहो बेटा। जब तुम द्रबहु सो दशरथ अजिर बिहारी गा रहे थे तो ऐसा लग रहा था मानो रामलला स्वयं तुलसी की कविता गा रहे हों।"

"यह राम का बड़ा भक्त है अम्मा," परसादी बोला। कहते हुए उसने अपने हाथ जोड़कर आँखों को मूँद लिया। उसको ऐसा करते हुए देखकर रामदास ने सही ही समझा कि उसको तत्काल इसकी नक़ल करनी चाहिए।

"तुमको इसे लालाजी के पास ले जाना चाहिए और उनके सामने गाने के लिए कहना चाहिए," सहदेई बोली, "वह भी राम के बड़े भक्त हैं और उनको तुलसी के मानस का गायन सुनना पसन्द है।"

"अम्मा, मैं सच में यह चाहता हूँ कि लालाजी इस बच्चे को गाता हुआ सुनें," परसादी बोला। उसको इस बात का बिलकुल पता नहीं था कि भगवान राम में लाला मोतीचन्द की कोई ख़ास आस्था थी, लेकिन वह एक बूढ़ी स्त्री की लाला के प्रति आस्था को खंडित नहीं करना चाहता था, ख़ासकर जब उसका उद्देश्य एक ऐसे दरवाज़े को खोलना हो जिसके माध्यम से रामदास बड़े घर में प्रवेश कर पाए। "लेकिन माधो इस बच्चे को हवेली में एक मिनट भी नहीं टिकने देता।"

सहदेई ने आह भरी। वह इस घर की राजनीति को बहुत अच्छी तरह समझती थी, बहुत से लोगों से अधिक बेहतर तरीक़े से, और वह इस बात को जानती थी कि माँगेराम के परिवार को लाला मोतीचन्द की सोच से बहुत दूर पहुँचा देने के बाद अब माधो किसी भी सूरत में उनको वापस नहीं आने देगा। इसलिए उसने उस

तरह की बात की जिस तरह की बात लोग तब कहते हैं जब उनको ऐसा लगता है कि वे कुछ नहीं कर सकते, "मैं देखती हूँ कि क्या कर सकती हूँ।"

परसादी को लाला मोतीचन्द की सेवा में काम करते हुए इतने साल हो गए थे और इस दौरान सहदेई उसकी कोई मदद नहीं कर पाई थी, फिर भी परसादी इस बात से ख़ुश हो गया कि उसने मदद की पेशकश की, और उसको लगा कि अपनी पत्नी के ऊपर उसकी यह छोटी सी जीत थी। इसलिए जब ओमवती खाना बना रही थी उसने उसी समय उसको आवाज़ लगाई और बताया कि क्या हुआ था, "अम्मा आज भजन सुनने के लिए आई थीं और वह रामदास की आवाज़ और उसकी गहरी भक्ति से बहुत प्रभावित हुईं। तुलसी, नारद सभी संत इस बच्चे की आवाज़ में गाते हैं, उन्होंने कहा कि इस बच्चे में तो क़ुदरती प्रतिभा है। कोई भी सच्चा भक्त इसकी आवाज़ सुनेगा तो उसको लगेगा जैसे राम स्वयं मौजूद हों। उनका कहना था कि अगर लालाजी ने इसका गाना सुना तो वे बहुत ख़ुश हो जाएँगे, और अम्मा ने मुझे आश्वस्त किया कि वह कोशिश करेंगी कि लालाजी इस बच्चे का गाना सुनें!"

"और अगर उन्होंने सुन लिया तो?" ओमवती ने सवाल पूछा। इस बात के बावजूद कि घर भर के लोग सहदेई को उसकी उम्र के कारण अम्मा बुलाते थे, वह इस बात को उचित नहीं समझती थी कि परसादी अपने पिता की रखैल को अम्मा कहकर बुलाए। "लालाजी इस बच्चे को ऐसा क्या वरदान दे देंगे?"

"बड़ा वरदान? इससे बड़ा वरदान और क्या हो सकता है कि इस बात की सम्भावना हो जाए कि लड़का घर के मालिक का निजी नौकर बन जाए?"

"मेरा बेटा बड़ा होकर एक दिन ख़ुद मालिक बनेगा," ओमवती बोली, "यह एक विद्वान् आदमी बनेगा।"

परसादी के सर में जैसे ख़ून चढ़ गया। उसने अपनी बाँह खींचते बच्चे को छोड़ा और चलकर उस जगह गया जहाँ उसकी पत्नी खड़ी थी। "अगर तुमने अपना मुँह बन्द नहीं किया तो मैं मालिक बनने का तुम्हारा सारा ख़्वाब निकाल दूँगा।"

"हम्म," ओमवती ने कहा। वह काँप रही थी लेकिन पीछे हटने को तैयार नहीं थी।

"मेरा बेटा लाला केशोलाल का निजी नौकर बनेगा," प्रसन्नचित्त परसादी बोला, "मैं हो सकता है इस ऊँचाई पर न पहुँच पाऊँ लेकिन यह अपने महान दादा माँगेराम की तरह वहाँ पहुँचेगा।"

"थू," ओमवती ने दूसरी तरफ़ नहीं बल्कि सीधा अपने पति के पैर पर थूक दिया।

"कुतिया! दो टके की रंडी! मेरे पिता के नाम पर थूकने की तुम्हारी हिम्मत कैसे हुई!" परसादी अपने दोनों हाथों से अपनी पत्नी के ऊपर टूट पड़ा। उसके ऊपर तब तक थप्पड़-घूसों की बरसात करता रहा जब तक कि वह ज़मीन पर नहीं गिर गई। उसके बाद भी वह उसको गालियाँ देता हुआ लातों से मारता रहा। वह वहाँ

लेटी हुई चुपचाप मार सहती रही, वह जानती थी कि अपने पति को उसके पिता की करतूत के बारे में बताने के लिए उसको यही सज़ा मिलनेवाली थी।

"मेरा बेटा मालिक बनेगा," जब परसादी साँस लेने के लिए रुका तो ओमवती ने कहा, "आप देखिएगा।"

जिस रामदास के लिए यह बहस हो रही थी वह एक कोने में खड़ा बुक्का फाड़कर रोये जा रहा था। उसके पिता ने उसको एक हाथ से उठाया और प्यार भरी बातें की, फिर उसको उस बिस्तर पर लिटा दिया जिसके ऊपर सभी सोते थे। उसके बाद उसने अपनी पत्नी की उठने में मदद की, वह उठी और अपनी धोती के एक किनारे को गीला कर अपने घावों को साफ़ करने में लग गई।

~

दीनानाथ ने आख़िरी बार ख़ुद को आईने में देखा, ध्यान से देखा कि उसने बालों को अच्छी तरह कंघी की थी या नहीं—की थी। मूँछों के दोनों सिरे अच्छी तरह तराशे गए थे या नहीं—तराशे गए थे; चेहरे की शेविंग में बाल तो नहीं छूट गए—नहीं छूटे थे; सूट कंधों पर ठीक बैठा था या नहीं—बैठा था; टाई कॉलर पर बराबर है या नहीं—थी; पैंट की प्लेटों पर अच्छे इश्तरी हुई या नहीं—हुई थी। हर तरह से सन्तुष्ट होने के बाद उसने अपनी ड्रेसिंग टेबल से काग़ज़ों की फ़ाइल को उठाया। उसने अपने पीछे खड़ी पत्नी को अलविदा कहा जो इसीलिए खड़ी थी ताकि इस बात की तसदीक हो सके कि सब कुछ सही तरीक़े से किया गया था। इसके बाद वह सेना के अधिकारियों से मिलने से पहले तेज़ी से अपने पिता के आशीर्वाद के लिए बढ़ा, उसको उम्मीद थी कि सेना के अधिकारियों के साथ उसकी कोई महत्त्वपूर्ण सन्धि हो जाएगी। आँगन पार करने के बाद वह बरामदे की तरफ़ बढ़ा जहाँ पिताजी सब कामकाज किया करते थे तो उसने देखा कि न जाने क्यों मुंशीजी अपनी कुर्सी से उठकर उसके पिता के सामने खड़े थे। उसके पिता अपनी आदत के विपरीत अपनी चटाई पर लेटे रहने के बजाय बैठे हुए थे।

"पिताजी," कहकर वह आगे बढ़ा और उनके पैर छुए। "मैं ब्रिगेडियर जेम्स से मिलने के लिए जा रहा हूँ। आशीर्वाद दीजिए"

लाला मोतीचन्द ने कुछ नहीं कहा लेकिन अपने दोनों हाथ उन्होंने दीनानाथ के सर पर रख दिए। दीनानाथ ने उठने की कोशिश की लेकिन पिता के हाथ उसके सर को दबाए जा रहे थे, जिससे वह उठ नहीं पाया।

"पिताजी?"

लाला मोतीचन्द को आँखों से कुछ दिखाई नहीं दे रहा था, वे कुछ अनिश्चित ढंग से अपने पैरों पर खड़े हुए और इससे पहले कि दीनानाथ कुछ कर पाते पिता

के मुँह से उल्टी का एक तिरछा फव्वारा निकला और सीधा दीनानाथ के चमकते चेहरे और नये सूट पर जा गिरा। वह बूढ़ा इनसान आगे की तरफ़ गिरा और उनके बेटे ने अपने हाथ उनके कमर के इर्द-गिर्द डाल दिए जिससे उनको गिरने से रोका जा सके, वह उस शरीर के भार को थामने में लड़खड़ा गया जिसने ख़ुद को खड़े रखने की क्षमता को गँवा दिया था। आधे पचे हुए भोजन के कण उसके जैकेट और उसके पिता के रेशमी कुरते के बीच में थे, लेकिन उसकी गंध से दीनानाथ को उल्टी जैसा कुछ महसूस नहीं हो रहा था। एक पल की ख़ामोशी के बीच दीनानाथ ने अपने पिता के शरीर के भार के नीचे से ख़ुद को सँभालने के लिए अपने पैर अड़ाने की कोशिश की। मुंशी जी की आँखें पहले से भी अधिक फैल गई थीं, उनका मुँह खुला हुआ था लेकिन आवाज़ नहीं निकल रही थी। उसके बाद दीनानाथ ने आवाज़ लगाई, "कोई है? कार निकालो!" चूँकि मुंशीजी को अपने मालिक से आदेश लेने की आदत थी इसलिए यह सुनकर इतनी तेज़ी से भागे जितनी तेज़ी से उनके बूढ़े पैर उनको भागने की अनुमति दे सकते थे। वे उस तरफ़ भागे जा रहे थे जहाँ दिन के उस वक़्त नौकर मौजूद होते थे।

जब कार धीरे-धीरे चल रही थी तो दीनानाथ ने देखा कि भीड़ में बहुत सारे जाने-पहचाने चेहरे आ जुटे थे, नौकर, पड़ोसी, दुकानदार, भिखमंगे। सभी चिन्तित लग रहे थे, एक-दो औरतें तो रो रही थीं। लेकिन खिड़की के शीशे ऊपर चढ़ गए और वह कार के भीतर थे, वे ड्राइवर के साथ आगे की सीट पर अकेले बैठे थे और पीछे की सीट पर मोतीचन्द का निढाल शरीर पड़ा हुआ था, दीनानाथ को इसका भान हो गया था कि क्या कुछ होनेवाला था। यह जानकारी उसको कितने अचानक ढंग से मिली। नहीं, उतना भी अचानक नहीं। क्या उसको हकीम जी ने एक शाम एक तरफ़ ले जाकर यह नहीं बताया था कि यह जो इनको हफ़्तों-हफ़्तों तक बुख़ार रहता है, इनकी खाँसी जो कभी थमने का नाम नहीं लेती, इनकी पीली रंगत और ये जो लगातार कमज़ोरी की शिकायत करते रहते हैं अच्छे संकेत नहीं हैं, और उसको बुरे से बुरे हालात के लिए तैयार रहना चाहिए? वे उस बुरे हालात के लिए तैयार नहीं थे क्योंकि बुनियादी तौर पर किसी बच्चे के लिए यह सम्भव नहीं होता है कि वह बुरे से बुरे के लिए तैयार रहे। जब तक उसके पिता अभी भी खा-पी रहे हों और बातें भी कर रहे हों तो किसी भी बच्चे के लिए यह सोच पाना सम्भव नहीं होता है कि वह इस तरह की बात सोचे। उसकी आँखें बार-बार अपने पिता की छाती की तरफ़ जा रही थीं ताकि वह इस बात की ताकीद कर सके कि वह उसी तरह ऊपर-नीचे हो रही हैं जिस तरह दशकों से होती आई थीं और दीनानाथ उन धड़कनों को इतना समझता था कि उसके ऊपर उसका ध्यान चला जाता था। हालाँकि सच बात यह है कि उसने इसी बार इसको लेकर सच में समझने की कोशिश की थी क्योंकि उसने सच में यह देखने की कोशिश कभी की भी नहीं

थी कि उसके पिता की धड़कन चल रही है या नहीं और इसलिए उसने इस बात को कभी बहुत महत्त्व दिया भी नहीं था जो आज उनके लिए सबसे महत्त्वपूर्ण बन गया था। उसने अपने पिता को प्रत्यक्ष रूप में ही देखा था और उसी रूप में उनकी कल्पना भी की थी। वह इस रूप में नहीं सोच सकता था कि वे एक दिन कभी न लौटने के लिए चले जाएँ।

उसके दिमाग़ में जो शून्य पैदा हो गया था वह यही सोच रहा था कि काश वह भी बाहर खड़े लोगों में एक होता, जिनके पिता अभी मरनेवाले नहीं थे। उसके दिमाग़ में अपनी कमज़ोर, ख़ूबसूरत, कृशकाय, प्यार करनेवाली माँ का ख़याल आ रहा था जिनका शरीर बहुत दुबला था, हाथ महज़ हड्डियों का ढाँचा, जो कहती थीं, "मेरा प्यारा दीनू, मेरा सबसे अच्छा दीनू, मेरे राजा दीनू।" जब उसको यह बात याद आई तो उसकी छाती भारी हो गई, गला भर आया और वह सुबकने लगा, फिर रोने लगा और फिर ज़ोर-ज़ोर से रोने लगा। रोते-रोते उसको याद आया कि वह उसी तरह से तब रो रहा था जब उसकी माँ की मृत्यु हुई थी, और आज फिर वही दिन लौट आया था, इतने सालों बाद भी उसमें इतना कम बदलाव आया था कि इस नतीजे पर पहुँच पाना असम्भव लग रहा था कि वह रुदन असल में उसके अन्दर कहीं ठहरा हुआ था। वह इसी पल के इन्तज़ार में था कि कब यह मौक़ा दूसरी बार उभरकर आए। आमतौर पर अपने चुस्त-चालाक और व्यवस्थित रहनेवाले मालिक को बच्चे की तरह रोते हुए देखकर गाड़ी का ड्राइवर इतना चौकन्ना हो गया कि उसने गाड़ी को क़रीब-क़रीब रोक दिया। वह इस बात को समझ नहीं पाया कि यह रुलाई एक परेशान बेटे की थी जो यह सोचकर रो रहा था कि उसके पिता की मृत्यु होनेवाली है।

जब कार अस्पताल पहुँची तो अस्पताल के बाहर डॉ. ग्रेगरी दीनानाथ का इन्तज़ार कर रहे थे, जो ब्रिगेडियर जेम्स के दोस्त थे। सामाजिक आयोजनों में दीनानाथ उनसे कई बार मिल चुका था। उस पल वह ज़िन्दगी बहुत दूर दिखाई दे रही थी, ऐसा लग रहा था मानो वह किसी और आदमी की ज़िन्दगी हो। वह ज़िन्दगी जिसमें दीनानाथ सिल्क की साड़ी पहने अपनी पत्नी के साथ कनॉट प्लेस के किसी आधुनिक रेस्तराँ में जाता, जहाँ वे अंग्रेज़ों के साथ नाचते और मेल-जोल बढ़ाते। वहाँ मौजूद अमेरिकी अधिकारीगण पीठ पीछे दीनानाथ जैसे लोगों की सामाजिक महत्त्वाकांक्षा का मज़ाक़ उड़ाते। वे कहते कि एक और देसी अंग्रेज़ों से भी बड़ा अंग्रेज़ बनने की कोशिश कर रहा है। लेकिन जब अपना काम करवाने के लिए वह उनको शानदार दावत या घूस देता तो वे ख़ुशी-ख़ुशी उसको स्वीकार कर लेते थे। अन्य जाने-माने अंग्रेज़ों की तरह डॉ. ग्रेगरी अक्सर दीनानाथ की सामाजिक रूप से प्रतिकूल परिस्थितियों को लेकर कहानियाँ बनाते थे। कहते कि इसका पिता अंग्रेज़ी का एक शब्द नहीं बोल सकता, इसके भाई ने एक बार इंग्लैंड में एक

कुलीन आदमी का कॉलर पकड़ लिया था। इसके भाई के बारे में यह कहा जाता है कि एक विधवा से उसका चक्कर था और उसके बाद वह अपनी पत्नी और बेटे को छोड़कर साधू बनने के लिए बनारस चला गया। सबसे बदनामी वाली बात यह बताई जाती थी कि दीनानाथ बड़े लोगों की संगत में रहने के लिए बेचैन रहता है और वह इसके लिए कोई भी कीमत चुकाने के लिए तैयार रहता है। और इस तरह की कहानियाँ अक्सर उन लोगों द्वारा सुनाई जाती थीं जो दीनानाथ द्वारा उपहार में दी गई सुनहरी घड़ी पहनने से गुरेज नहीं करते थे या उस सूट को ख़ुशी-ख़ुशी पहनते थे जिसके लिए दीनानाथ इंग्लैंड से महज़ इसलिए कपड़े मँगवाता था क्योंकि उसको ऐसा लगता था कि उसको पहननेवाला उसमें अच्छा लगेगा।

डॉ. ग्रेगरी बहुत बड़ा ऐयाश था और हिन्दुस्तानी औरतों के ऊपर उसकी नज़र रहती थी, चाहे उन औरतों की सामाजिक हैसियत जो भी हो। कहा जाता था कि दीनानाथ को एक से अधिक बार सुवर्णलता को उसकी हरकतों से बचाना पड़ा था, इस क्रम में कई बार उसको नस्ली टिप्पणियों का भी सामना करना पड़ता था। लेकिन वह बहुत अच्छा डॉक्टर माना जाता था। डॉ. ग्रेगरी ने कर्मचारियों को निर्देश जारी किए और लाला मोतीचन्द को एक ऐसे कमरे में पहुँचाया गया जिसमें ऑक्सीजन सिलेंडर, पानी चढ़ाने की नली, तथा सुविधानुसार स्थिर किए जानेवाले बिस्तर थे। उस कमरे में एक ख़ास तरह की गंध भरी हुई थी जहाँ अनेक लोगों की मृत्यु हो चुकी थी। डॉ. ग्रेगरी ने आगे बढ़कर दीनानाथ का हाथ थाम लिया। जिस तरह से उसने दीनानाथ का हाथ अपने हाथ में लिया उससे उन दोनों के बीच की कटुता जाती रही। उनके सामने जो तात्कालिक मसला था वह अधिक मायने रखता था, वह अधिक सच्चा था, वह मसला ऐसा था जो नस्लीयता और सामाजिक हैसियत की दूरी को मिटा देनेवाला था। उन दोनों के लिए वह बात इतनी अधिक मायने रखती थी कि उसके सामने वे अस्पताल के बाहर के अपने जीवन को भूल गए।

"मिस्टर नाथ," डॉ. ग्रेगरी ने ऐसी आवाज़ में कहा जैसी आवाज़ में उस आदमी ने उससे किसी भी पार्टी में बात नहीं की थी। "मैं आपसे झूठ नहीं बोलूँगा। अच्छा नहीं लग रहा है।"

"आप जो कर सकते हैं कीजिए डॉ. ग्रेगरी, मुझे आपके ऊपर पूरा भरोसा है," दीनानाथ ने कहा।

सुबह दोपहर हो गई और दोपहर रात में ढल गई लेकिन कमरे में अफ़रातफ़री का माहौल बना हुआ था। कभी उनको पानी चढ़ाने के लिए नई बोतल लगाई जा रही थी, तो कभी सूई लगाई जा रही थी, जिससे उनकी ऐंठन कुछ कम हुई, उल्टी के दौरे के बाद उनकी स्थिति कुछ बेहतर लग रही थी, स्थिर लग रही थी। दीनानाथ बैठा। सब कुछ देख रहा था। उसने घर से आए नए कपड़े पहन लिये, सुवर्णलता ने जो खाना उसके लिए भेजा था, खा लिया। माधो दस बजे आया। "बड़ी बहू ने

आपको घर आने के लिए कहा है। रात में मैं यहाँ रुक जाता हूँ।"

"नहीं," दीनानाथ बोला, "सुबह खाना और कपड़े लेकर आ जाना।"

आधी रात तक अस्पताल में शान्ति छा गई थी। नाइट लैम्प को छोड़कर कमरे की सारी बत्तियाँ बुझाई जा चुकी थीं। कमरे में एक तरफ़ अटेंडेंट के लिए भी बिस्तर लगा हुआ था लेकिन दीनानाथ का मन लेटने का नहीं हुआ, न ही उसका मन कपड़े बदलने का हो रहा था। वह अटेंडेंट के बिस्तर के पास एक कुर्सी पर बैठा रहा। उसकी आँखें बार-बार कमरे के बीचोबीच जा रही थीं, अस्पताल के उस बड़े से बिस्तर के चारों तरफ़ तरह-तरह के उपकरण लगे हुए थे, देखकर ऐसा लग रहा था मानो चारों तरफ़ से बिस्तर को घेर दिया गया हो। लेकिन वह उस तरह से चार खूँटों वाला बिस्तर नहीं लग रहा था जिसके ऊपर सामान्य रूप से उसके पिता सोते थे। वहाँ पास में धातु की एक छतरी जैसी कोई चीज़ बेतरतीब तरीक़े से रखी हुई थी जिसे मद्धिम रौशनी में देखकर ऐसा लगता था मानो विशालकाय जानवर नीचे लाला मोतीचन्द के चित पड़े शरीर को घूर रहे हों। रात-भर पिता की गिरती साँस दीनानाथ की चेतना के ऊपर छाई रही। बीच-बीच में वे खर्राटे भरने लगते थे जिससे शुरू-शुरू में उसको चिन्ता हुई। कई बार तो उसको लगा कि नर्स को बुला ही लिया जाए लेकिन धीरे-धीरे उसका डर तो कम हुआ लेकिन नींद नहीं आई।

अस्पताल में दिन के वक़्त रहना बहुत उबाऊ था। चारों तरफ़ तरह-तरह की गतिविधियाँ हो रही थीं और उनकी आवाज़ें दीवारों से छन-छन कर कमरे में आ रही थीं। उस कमरे में जिसमें उसके पिता की छाती के अलावा कुछ भी नहीं हिल रहा था और उसके पिता की साँस लेने की आवाज़ के अलावा कुछ भी सुनाई नहीं दे रहा था। उनके गले से बार-बार ऐसी आवाज़ आ रही थी कि लगता था मानो उनको बहुत अधिक ताक़त लगानी पड़ रही हो। अब रात में जब बाहर की आवाज़ शान्त हुई वह अपने आप से बातें करने लगा। उसको अजीब-अजीब तरह के ख़याल आने लगे जो उसके लिए तात्कालिक रूप से बहुत मायने रखते थे—पिताजी ने ज़रूर अपनी वसीयत बनाई होगी; वह कहाँ होगी, मुझे उनसे यह बात पहले ही पूछ लेनी चाहिए थी। मेरे चाँदी के कफ लिंक्स के ऊपर अभी तक पॉलिश क्यों नहीं हुई, मैंने तो उनको पिछले सप्ताह ही कहा था। डॉ. ग्रेगरी किस तरह के इन्फेक्शन के बारे में कह रहे थे? फराशखाना के पास वह कौन औरत रहती थी जिसके बारे में वे बातें करते हैं, कोई मुस्लिम नाम था। मुझे दीवानचन्द को भी बताना है, उसको पता होना चाहिए। आदमी तो बहुत बेवक़ूफ़ है लेकिन जब वसीयत खुले तो उसका रहना ज़रूरी होगा। लड़कियाँ पिकनिक-पिकनिक की रट लगाए हैं, एक बार मोतीचन्द जी अस्पताल से बाहर आ जाएँ तो उनको पिकनिक मनाने क़ुतुबमीनार ले जाना चाहिए। अन्ततः उसको नींद आ गई, उसको बार-बार यह सपना आ रहा था कि वह कार से नीचे उतरकर डॉ. ग्रेगरी से हाथ मिला रहा

था, वहीं पास में एक मुस्लिम महिला सर पर दुपट्टा में खड़ी थी।

तीन रात दीनानाथ अस्पताल में रहे। वह उसी जगह पर स्नान करते थे जहाँ वैसे रोगी नहाते थे जो ख़ुद से नहा सकते थे और वहीं उनके अटेंडेंट भी नहाते थे। सुवर्णलता दिन में दो बार जो खाना भेजती वह वही खाता। उसकी पत्नी ने माधो के माध्यम से उसको सन्देश भिजवाया था कि वह घर आ जाए और माधो को अस्पताल में रहने दे लेकिन उसने अपनी पत्नी के सुझाव को मानने से इनकार कर दिया। सुवर्णलता अपने पति को इतना तो जानती ही थी कि अगर उसने कोई फ़ैसला ले लिया तो चाहे कुछ भी हो जाए वह उस फ़ैसले पर अडिग रहेगा। यह एक ऐसा गुण था जिसने उसको और उसके पूर्वजों को व्यवसाय में फ़ायदा पहुँचाया था, इसी की वजह से वे धन्धे में लगातार बने रहे। लेकिन फिर भी उसने इसलिए सुझाव भेज दिया था ताकि उसके पति को यह तो पता रहे कि वह उसका कितना ध्यान रखती थी। इन तीन दिनों में दीनानाथ को बहुत गहरी निराशा का अनुभव हुआ। अचानक ज़ोर-ज़ोर से घरघराहट की आवाज़ आती और उसके बाद नर्स और डॉक्टर जल्दी-जल्दी आने लगते थे, सूइयाँ लगाई जाने लगतीं, छाती और पैर के पास अजीब-अजीब तरह के दाँव-पेच आजमाए जाते, और फिर धीरे-धीरे सब सामान्य होने लगा, उम्मीद पहले से अधिक बढ़ गई। इस तरह की बातें कही जाने लगीं कि "आज उन्होंने अच्छे से खाना खाया, दाल की एक पूरी कटोरी पी गए" या "दिन के खाने के बाद से उनका ब्लड प्रेशर बिलकुल सामान्य है।"

चौथी सुबह डॉ. ग्रेगरी ने कहा कि अब लाला मोतीचन्द को घर ले जाया जा सकता है, हालाँकि वे ज़्यादातर बेहोशी की हालत में ही थे, "मिस्टर नाथ, अभी इनकी स्थिति स्थिर है, हो सकता है कि इसी स्थिति में हफ़्तों, या कुछ दिनों तक रहें या हो सकता है कि ठीक भी हो जाएँ, लेकिन हर हाल में आप घर में इनकी बेहतर देखभाल कर सकते हैं। आप बस एक बेहतर नर्स का इन्तज़ाम कर लीजिए और मैं कुछ और चीज़ें लिख देता हूँ आपको जिनकी ज़रूरत होगी।"

जब दीनानाथ ने विदा के समय डॉ. ग्रेगरी से हाथ मिलाया तो उसको एक बात समझ में आ गई थी कि सब कुछ सामान्य हो जाने के बाद जब वह इस आदमी से मिलेगा तो इसके बारे में उसकी धारणा बदल चुकी होगी। उसे अब वह पहले की तरह एक ऐसे लम्पट डॉक्टर के रूप में नहीं देखेगा जिसकी उपयोगिता यही थी कि उसको महत्त्वपूर्ण जगहों से आमंत्रण मिलते रहते थे लेकिन उसके व्यक्तित्व का सन्दिग्ध पक्ष उसको उस सामाजिक दर्ज़े को हासिल करने से रोकता था जो उसने अन्यथा हासिल कर लिया होता। जब दीनानाथ अपनी कार की तरफ़ जा रहा था तो उसको महसूस हुआ कि सिर्फ़ डॉ. ग्रेगरी को लेकर ही उसकी धारणा में बदलाव नहीं आया था बल्कि जिन गण्यमान्य लोगों के साथ वह तीन दिन पहले तक अपनी शामें बिताता आया था उनको लेकर भी उसकी धारणा बदल गई थी।

जब उसने यह याद करने की कोशिश की कि अगली बार उसको किस सामाजिक आयोजन में जाना है तो उसको निश्चित रूप से यह नहीं याद आ रहा था कि हालाँकि उसे लग रहा था कि कहीं जाना तो है। जब वह कार से धीरे-धीरे अपने घर की तरफ़ जा रहा था तो शहर उसको उसी तरह से अलग महसूस हो रहा था जिस तरह बारिश के बाद महसूस होता है। सब कुछ पहले जैसा ही था—दुकानें भी सामने से वैसी ही दिखाई दे रही थीं, एक-एक छेद उसी तरह से दिखाई दे रहा था, उसी तरह से मुअज़्ज़िन की आवाज़ें आ रही थीं, क़िला उसी तरह से लाल दिखाई दे रहा था, घोड़ों की टापें उसी तरह सुनाई दे रही थीं, सड़कों पर फेरीवाले उसी तरह से आवाज़ें लगा रहे थे, दुकानों के बाहर लोग उसी तरह से ज़ोर-ज़ोर से बहस कर रहे थे—लेकिन उसको सब अलग-सा महसूस हो रहा था। उसको सबकी लज्जत उसी तरह से अलग महसूस हो रही थी जिस तरह से उसने बेहद स्वादिष्ट दही भल्ले का एक टुकड़ा मुँह में यह सोचकर लिया हो कि वह ठंडा होगा, उसका स्वाद रसदार और मीठा होगा लेकिन मुँह में डालने पर पाया कि वह हल्का गर्म था। अचानक, उसको अपने कंधों के पास थकावट महसूस हुई, ऐसा लग रहा था जैसे शरीर का वज़न हो, उसको ऐसा महसूस हो रहा था मानो उसका पूरा शरीर सीट पर कुछ आगे की तरफ़ झुक गया हो। जब ड्राइवर ने हवेली के पास कार रोकी और पिछला दरवाज़ा खोला तो उसने पाया कि दीनानाथ गहरी नींद में था, उसकी गर्दन एक तरफ़ झुकी हुई थी और दोनों हाथ पिता के पैरों के इर्द-गिर्द थे।

जब दीनानाथ की नींद खुली तो उसने पाया कि शाम गहरा चुकी थी। कमरे में उसके पिता का इन्तज़ाम किया जा चुका था और न केवल नर्स को बुलाया जा चुका था, बल्कि उसने उन्हीं उपकरणों के बीच जगह बनाते हुए काम करना भी शुरू कर दिया था जो उसने अस्पताल में देखे थे। बेडपैन, पानी चढ़ानेवाला स्टैंड और कई सारे ट्रे, हालाँकि उसके पिता के कमरे में वे कुछ अलग तरह से दिखाई दे रहे थे, जैसे कोई घुसपैठिया अपने आपको लेकर पक्के तौर पर निश्चित न हो। इसके अलावा, सुवर्णलता ने वे सारे इन्तज़ाम कर दिए थे जिनके बारे में डॉ. ग्रेगरी ने लिखा था, उसको उनका लिखा नोट अपने पति की जेब में मिल गया था। उसने हकीम साहब को भी लाला मोतीचन्द के आने की इत्तिला दे दी थी और वे दीनानाथ के जागने से ठीक पहले वहाँ आ चुके थे। हकीम साहब को देखकर उसको शर्मिन्दगी महसूस हुई कि वह उनको बताए बिना अपने पिता को सीधे अस्पताल ले गया इसलिए दीनानाथ ने उनसे माफ़ी माँगने की कोशिश की, लेकिन उस बुज़ुर्ग आदमी ने उसके कंधे को दबाकर सर हिला दिया। मानो वे यह कहना चाह रहे हों, "मेरा बेहद पुराना दोस्त दो अलग-अलग चिकित्सा पद्धतियों के बारे में तुम्हारी राय से ज़्यादा मायने रखता है, इस बात से कोई फ़र्क़ नहीं पड़ता कि मैंने एक तरह की चिकित्सा पद्धति के लिए अपना पूरा जीवन समर्पित कर

दिया है।" उसके बाद वह फिर से सुवर्णलता से बातचीत करने लगे। दीनानाथ उस कमरे में अकेले खड़ा रहा जिसको उसकी पत्नी ने पूरी तरह से अपने क़ब्ज़े में ले लिया था, ताकि वह अपने काम-धन्धे से जुड़े महत्त्वपूर्ण काम कर सके। लेकिन इस वजह से वह और दुखी महसूस कर रहा था कि अपने पिता से उसकी वह नज़दीकी छिन गई थी जो उसने अस्पताल में महसूस की थी।

"मुंशीजी आपका इन्तज़ार कर रहे हैं," किसी ने आवाज़ लगाई। दीनानाथ बिना यह देखे कि आवाज़ किसने लगाई थी या इस बात की तरफ़ ध्यान दिए कि मुंशीजी के काम करने का वक़्त पूरा हो चुका था पीछे मुड़ा और सीढ़ियाँ उतरते हुए उस बैठक की तरफ़ जाने लगा जिसे वह अब भी पिताजी की बैठक ही समझता आया था। मुंशीजी ने पहले लाला मोतीचन्द की तबीयत के बारे में पूछा और दीनानाथ ने उसका जो गोल-मोल जवाब दिया उसको ध्यान से सुनने के बाद मुंशीजी ने बही-खाता उठाया और उसके उस पन्ने को खोला जिसके ऊपर उसने निशान लगा रखा था।

"कृपया इसको देख लीजिए," वह बोला, "पिछले चार दिन से इसको नहीं देखा गया है।"

दीनानाथ ने नीचे देखा। वह प्रमुख बही-खाता था, उसमें घर में आने-जानेवाले एक-एक पाई का हिसाब लिखा जाता था। हालाँकि कहा यह जाना चाहिए कि वह बही-खाता प्रमुख बही का नया रूप था, क्योंकि यह रिवाज़ था कि हर साल दशहरे के दिन पुराने बही-खाते की जगह नये बही-खाते में काम शुरू कर दिया जाता था। कुछ उसी तरह से जिस तरह से वह अपनी पीढ़ियों की श्रृंखला में अपने पिता की जगह लेनेवाला था। दीनानाथ को याद आया कि यात्राओं के दिनों को छोड़कर हर शाम इस बही के बन्द होने से पहले उसके पिता उसको देखते थे—पिछले कुछ सालों से वे यात्राओं पर बहुत कम गए थे। दीनानाथ की आँखों में आँसू आ गए और उसने अपने क़दम पीछे खींच लिए।

"आपको दिखाए बिना मैं बही-खाता बन्द नहीं कर सकता," मुंशीजी ने कहा। "अगर आप यहाँ नहीं रहे होते तो मैंने इसको बन्द कर दिया होता। लेकिन जब आप यहाँ हैं तो मैं इसको आपको दिखाए बिना बन्द नहीं कर सकता।"

दीनानाथ ने आगे बढ़कर बही-खाते को ले लिया। वह डरते-डरते अपने पिता की गद्दी पर बैठा, बही को उसने अपने घुटनों के ऊपर रखा और एक-एक करके उसकी प्रविष्टियों को देखने लगा। देखते हुए उसने अपनी ठुड्डी पीछे की तरफ़ कर रखी थी ताकि उसके आँसू उस बही के ऊपर गिरकर स्याही को धुँधला न कर दें।

अगली सुबह दीनानाथ अपने भाई के बारे में सोचते हुए उठा। उसने सोचा कि उसको अपने भाई को ख़बर भिजवानी होगी, लेकिन जब उसको यह ध्यान आया तो उसको यह बात भी समझ में आई कि यह बात उसको सिर्फ़ इसलिए नहीं

सूझी थी क्योंकि वह एक ज़िम्मेदार इनसान था और हमेशा अपने परिवार के लिए अच्छा सोचता था। केवल यही बात नहीं थी कि अगर उसके पिता के जाने का समय आ चुका था तो यह उसका कर्तव्य बनता था कि वह अपने भाई-बहनों को इत्तिला कर दे; केवल यही बात नहीं थी, वह चाहता था कि उस समय दीवानचन्द उसके क़रीब रहे, उसको यह नहीं याद आ रहा था कि पहले कभी उसको ऐसी ज़रूरत महसूस हुई थी या नहीं। दीनानाथ को पता नहीं था, उसको ऐसा लगता था कि उसने सीधे-सीधे अपने भाई के बारे में सोचना छोड़ दिया था। वह अब उसको केवल अपने भतीजे केशोलाल के अनुपस्थित पिता के रूप में याद करता था। केशोलाल अपने चाचा को पिता की तरह देखता था, चाची को अपनी दूसरी माँ के रूप में देखता था और अपनी चचेरी बहनों को अपनी बहनों की तरह। बदले में दीनानाथ और उसके परिवार से उसको भी भरपूर प्यार मिलता था। दीनानाथ अपने अनुपस्थित भाई की पत्नी के लिए भी अपनी पत्नी और पिता की तरह सहानुभूति और दोस्ताना रुख़ रखता था, क्योंकि उसके भाई ने उस औरत के साथ अच्छा बर्ताव नहीं किया था। बदले में शकुन्तला भी उसकी गर्मजोशी का जवाब देती थी और अपने पति के बड़े भाई से अपने बच्चे का पालन-पोषण करने के लिए कुछ भी माँगने में हिचकती नहीं थी।

दीवानचन्द के जाने के एक या दो साल बाद तक उसकी पत्नी और उसके पिता लौट आने के लिए उससे मनुहार करते रहे, दीनानाथ तो बनारस भी गया ताकि वह उसको इस बात के लिए तैयार कर सके कि वह अपनी पत्नी और बच्चे का इस तरह से त्याग न करे, उसने उसको अच्छी तरह से झाड़ भी लगाई। उसके बाद धीरे-धीरे दीवानचन्द को वह भूलने लगा। वह एक असाध्य समस्या बन चुका था जो पृष्ठभूमि में कायम रहा, कुछ उसी तरह से जिस तरह से कई मुद्‌दे व्यवसाय के साथ भी चलते रहते हैं, जैसे किसी गोदाम में चोरी हो जाती है, या कोई प्रतिद्वंद्वी व्यवसायी बाज़ार में उनकी साख को ख़राब करने की कोशिश करता है। इन बातों से कुछ रुकता नहीं है लेकिन यह सब ख़त्म भी नहीं होता। लेकिन सुबह उठने के बाद दीनानाथ ने सबसे पहले अपने भाई के बारे में सोचा, इस बारे में अधिक याद नहीं आया कि दीवानचन्द ने क्या किया क्या नहीं, न ही साथ-साथ बिताए बचपन की याद आई जब दोनों साथ-साथ खेलते थे। लड़की होने के कारण उनकी बहन रत्नमाला को लड़कों के खेल खेलने नहीं दिए जाते थे। तमाम मतभेदों और कड़वाहट के बावजूद उसने पाया कि वह अपने भाई की मौजूदगी के बारे में सोच रहा था, एक ज़िन्दा साँस लेनेवाले इनसान के रूप में, जो दीनानाथ के साथ एक ही घर में पले-बढ़े होने के कारण, एक ही माता-पिता की सन्तान होने के कारण बहुत-सी ऐसी बातों को जानता था जिनका दीनानाथ के साथ सीधा ताल्लुक़ था। जिनके बारे में किसी को भी उतना पता नहीं था,

सुवर्णलता को भी नहीं, जितना दीवानचन्द को इस समय उसको अपने जीवन से जुड़े उन पहलुओं को लेकर पीड़ा हो रही थी और इसीलिए जब वह सोया हुआ था तो उसका ध्यान एक ऐसे इनसान की तरफ़ गया जो शायद उसको उस पीड़ा से राहत पहुँचा सकता था। वैसे यह बात स्पष्ट नहीं थी कि दीवानचन्द यह जानता था या नहीं कि राहत किस तरह पहुँचाई जाए और अगर जानता भी होता तो क्या वह इस बात की परवाह करता।

बाद में उस सुबह जब दीनानाथ अपने कमरे से निकलकर नीचे आए तो उन्होंने देखा कि मुंशीजी मास्टर मक्खन लाल से बातचीत कर रहे हैं, जो कुछ परेशान लग रहा था। यह देखकर दीनानाथ को थोड़ी हैरानी हुई क्योंकि उसको ऐसा लगता था कि स्कूल मास्टर कुछ कम्यूनिस्ट रुझान वाला था और इसके लिए लाला मोतीचन्द ने उसकी पिटाई भी की थी, इस वजह से वह अपने मालिक से नफ़रत करता था लेकिन इसके बावजूद वह इसलिए टिका हुआ था क्योंकि उसको नौकरी की ज़रूरत थी। मास्टर जी ने हाथ जोड़कर दीनानाथ का अभिवादन किया और दीनानाथ ने भी बेमन से उसके अभिवादन का जवाब दिया और मुंशीजी की तरफ़ मुड़ने ही वाला था उसको एक पल के लिए मास्टर जी की आँखों में उस तरह की याचना का भाव दिखा जैसे किसी बच्चे को किसी बात से तकलीफ़ होती है तो वह अपने माता-पिता की तरफ़ देखता है। लेकिन इससे पहले कि दीनानाथ किसी तरह की प्रतिक्रिया जता पाता मास्टर जी के चेहरे से वह भाव ग़ायब हो गया, और शायद शरमाते हुए वह वहाँ से जल्दी से चला गया।

"ये यहाँ क्या कर रहा था?" दीनानाथ ने पूछा।

"यह लालाजी को देखने आया था।" मुंशीजी ने जवाब दिया।

"हमें इसको स्कूल के बारे में बताना पड़ेगा," दीनानाथ ने कहा।

"स्कूल के बारे में क्या मालिक?"

"मैं ब्रिगेडियर जेम्स से नहीं मिल पाया हूँ," दीनानाथ ने कहा, "लेकिन मुझे निश्चित रूप से लगता है कि अनुबन्ध जल्दी ही हो जाएगा। हमें स्कूल को बन्द करना पड़ेगा ताकि नब्बन यहाँ काम शुरू कर सके।"

"लेकिन मास्टर जी..."

"उसे तीन महीने की तनख़्वाह दे दीजिए और कह दीजिए कि मैं उसके लिए एक अच्छी सिफ़ारिशी चिट्ठी लिख दूँगा," दीनानाथ ने कहा, "असल में, मैं एक दिन कुंदन मल से मिला तो वह कह रहा था कि वह स्कूल खोलने के बारे में सोच रहा है। मैं मक्खन लाल के बारे में उससे बात कर लूँगा।"

जब मुंशीजी ने कुछ जवाब नहीं दिया तो दीनानाथ को बड़ा अजीब लगा और उसने मुड़कर उनकी तरफ़ देखा।

"क्या हुआ मुंशीजी?"

"लालाजी ने अपनी वसीयत में वह स्कूल मास्टर जी के नाम कर रखा है," मुंशीजी ने कहा।

"स्कूल की वसीयत कर दी? मास्टर जी को? क्यों?"

मुंशीजी अपने मालिक की वफ़ादारी के कारण एक पल के लिए झिझके क्योंकि उनके मालिक ने उनको भरोसे में लेकर वसीयत बनाई थी और उनको वसीयत का गवाह भी बनाया था। लेकिन उनकी उम्र इतनी हो चुकी थी कि उन्होंने अपने जीवन में बहुत-सी मौतें देखी थीं, और जिस घटना की वजह से उनके मालिक की आज ऐसी हालत हो गई थी उससे कुछ हफ़्ते पहले से वे अपने मालिक को ध्यान से देख रहे थे इसलिए वे इस बात को समझते थे कि इस बात की सम्भावना अब कम रह गई है लालाजी बिस्तर से उठ पाएँ। इसलिए अब दीनानाथ के प्रति वफ़ादारी जताने का वक़्त आ गया था। हालाँकि वे कुछ उदास हो गए और कुछ हद तक उनको ग्लानि भी हुई लेकिन वे जानते थे कि ग्लानि का कोई मतलब नहीं था और अगर लाला मोतीचन्द कुछ कह पाने की हालत में होते तो उन्होंने मुंशीजी से कहा होता कि वह दीनानाथ को सारी सच्चाई बता दें ताकि वह यह फ़ैसला कर सके कि परिवार के हित में इस मसले से किस तरह निपटा जाए। मुंशीजी ने दीनानाथ को पूरी कहानी सुनाई कि लाला मोतीचन्द जब आगरा में थे तो किस तरह लाजवंती से उनका सम्बन्ध हो गया था जिससे मक्खन लाल पैदा हुआ और किस तरह आगे उसका जीवन रहा। अन्त में मुंशीजी ने हाथ जोड़कर कहा, "मालिक, मुझे इस बात के लिए माफ़ कीजिएगा कि मैंने आपके पिता के जीते-जी उनके विश्वास को तोड़ा और आपको यह कहानी सुनाई, लेकिन राम कसम मैं यह सब परिवार के हित में ही कर रहा हूँ।"

"मैं आपको माफ़ करता हूँ," दीनानाथ ने कहा, और मन-ही-मन सोचा कि जल्दी ही इस बूढ़े को काम से निकालना पड़ेगा जो उसके पारिवारिक मामलों के बारे में बहुत अधिक जानकारी रखता है। "मुझे वसीयत दिखाइए।"

"वकील साहब के पास है," मुंशीजी ने हाथ जोड़े-जोड़े कहा। जब उनको यह बात समझ में आई कि इस घर में उनकी नौकरी अब संकट में है तो उनको लगा जैसे उनका शरीर और भारी हो गया हो और दीनानाथ के सामने उन्होंने अपनी रीढ़ और झुका दी जो इस परिवार की सेवा के लिए मेज़ के पीछे पालथी मारकर बैठने के कारण पहले ही झुक गई थी।

दीनानाथ अपने पिता के कमरे में गया और जाकर उनके पास बैठ गया। उनके सर के पीछे दो तकिये लगे हुए थे, मुँह खुला हुआ था, ऊपरी होंठ स्याह पड़ गया था और ऐसा लग रहा था जैसे उनकी ठुड्डी पर लटका हुआ हो, नाक में ऑक्सीजन की नली लगी हुई थी, हाथ बग़ल में पड़े हुए थे, बीच-बीच में उनका सर हिलने लगता था। एक शौक़िया पहलवान का शरीर बीमारी के कारण बर्बाद हो चुका था

लेकिन उनके शरीर का ढाँचा बता रहा था कि अपने अच्छे दिनों में वह कैसा रहा होगा, वही शरीर इस समय बिस्तर पर चित पड़ा हुआ था, बिस्तर की चादर के बाहर उनके पैरों की उँगलियाँ लटकी हुई थीं जिनके नाख़ून भी पीले पड़ चुके थे। लेटे पड़े लाला मोतीचन्द बीच-बीच में कुछ बड़बड़ाने लगते थे। यह आपने क्या किया पिताजी, दीनानाथ मन-ही-मन सोच रहा था, हम लोगों को आपने किस उलझन में डाल दिया। लेकिन उसके दिमाग़ में किसी तरह की कड़वाहट नहीं थी। अपने पिता की वसीयत को बिना देखे ही वह जानता था कि उसमें क्या था। उन्होंने अपनी चारों पोतियों की शादी के लिए नगदी और सम्पत्ति के कुछ हिस्सों का इन्तज़ाम किया होगा, जबकि उनको इस बात का पता था कि दीनानाथ और सुवर्णलता ने अपनी तरफ़ से इसके लिए इन्तज़ाम कर रखे थे। वसीयत में उन्होंने अपने सभी विश्वस्त नौकरों के लिए इमदाद तय किए होंगे। इसके अलावा उन्होंने ज़मीन के एक या दो टुकड़े दीनानाथ के नाम किए होंगे और अपनी सम्पत्ति का बड़ा हिस्सा केशोलाल के नाम कर दिया होगा तथा दीनानाथ को तब तक के लिए अपनी मिल्कियत का प्रशासक नियुक्त कर दिया होगा जब तक कि केशोलाल बालिग न हो जाए। साथ ही, उन्होंने इस बात को सुनिश्चित किया होगा कि जब केशो व्यवसाय सँभाल ले तब भी दीनानाथ के हिस्से उसकी आय का निश्चित हिस्सा जाता रहे।

और अब जब उसको यह पता चल गया था कि मास्टर जी लाला मोतीचन्द का पुत्र है इसलिए दीनानाथ को समझ में आ गया था कि क्यों उसके पिता ने अपनी सम्पत्ति का एक हिस्सा उसके नाम वसीयत कर दिया था, उसको यह उम्मीद थी कि बस एक ही हिस्सा हो। दीनानाथ यह जानता था कि वह भी ऐसा ही करता, और एक पल के लिए उसको इस बात की फ़िक्र हुई कि कहीं इंग्लैंड में कोई बच्चा यह दावा न कर दे कि वह उसका पिता है, फिर उन्होंने ख़ुद को इस बात के लिए बधाई दी कि शादी के बाद उन्होंने अपनी सुन्दर पत्नी के साथ छल नहीं किया। दीनानाथ इस बात को जानता था कि एक या दो सम्पत्ति मास्टर जी के नाम वसीयत कर देने के बाद इतनी बड़ी मिल्कियत के ऊपर कोई ख़ास फ़र्क़ नहीं पड़नेवाला था। जो असली समस्या थी और जिस बात को उसके पिता को समझना चाहिए था वह यह थी कि मोतीचन्द द्वारा वसीयत में उसको अपने उत्तराधिकारी के रूप में स्वीकार करने का मतलब यह था कि कल को वह या उसकी आनेवाली पीढ़ी लाला मोतीचन्द के असली वारिस होने की क़ानूनी लड़ाई लड़ सकती थी। इस बात का कोई काग़ज़ी साक्ष्य नहीं था कि मक्खन लाल लाला मोतीचन्द का पुत्र था, उसके पिता इस तरह की किसी चीज़ को होने ही नहीं देते। इसका मतलब यह था कि वे मक्खन लाल को अपनी वसीयत से पूरी तरह अलग नहीं कर पाए। वे अपने एक बेटे को दुनिया में अपना इन्तज़ाम ख़ुद करने के लिए छोड़ नहीं पाए, जब दीनानाथ को यह तर्क सूझा तो उसको अपने पिता के ऊपर गर्व महसूस हुआ।

साथ ही, फिर उसके मन में कुछ उमड़ा, यह भाव कि उसके पिता जानेवाले थे, उनकी अच्छी निर्णय-क्षमता और उनकी बुद्धि, परिवार के अन्दर से उमड़नेवाला प्यार सब जानेवाला था, और सबसे बढ़कर उनकी भौतिक उपस्थिति भी मिटनेवाली थी। अब वह किसके पास जाएगा? जब उसको कोई मुश्किल होगी, किसी तरह की चिन्ता होगी तो वह किसके पास जाएगा, अब किसी भी समय वे जा सकते थे, यह सोचकर वह बेचैन हो उठा कि उसके पास अब समय नहीं रह गया था?

अपने ऊपर क़ाबू करते हुए दीनानाथ बिस्तर से उठकर जाने ही वाला था कि उसको ऐसा लगा कि उसके पिता कुछ कह रहे हैं। वह नीचे झुका, उसके पिता के मुँह से जो आवाज़ें आ रही थीं उनको समझने की कोशिश करने लगा, बाहर तो बस आवाज़ ही सुनाई दे रही थी लेकिन इसमें कोई शक नहीं कि अन्दर-ही-अन्दर वे कुछ शब्द बोल रहे थे, लेकिन वे शब्द जब तक निकलते थे तब तक घों-घां जैसी ध्वनियाँ बन जाती थीं। वह क्या कह रहे थे? वे कहना क्या चाह रहे थे? दीनानाथ ध्यान लगाकर सुनने की कोशिश करने लगा कि वे कह क्या रहे थे और वे जो कह रहे थे उसको उसने इस रूप में समझा, "अपने भाइयों का ध्यान रखना।" उसने जल्दी से ऊपर की तरफ़ देखा लेकिन वहाँ खड़ी नर्स ने सवालिया निगाह से उसकी तरफ़ देखा, उसको कुछ सुनाई नहीं दिया था। अपने भाइयों का ध्यान रखना। भाइयो! उसने बहुत ध्यान लगाया लेकिन उसके बाद जो भी आवाज़ें निकल रही थीं उनका कोई मतलब समझ में नहीं आ रहा था। क्या उसने सही सुना था, "अपने भाइयों का ध्यान रखना?"

आधी रात के वक़्त दीनानाथ अपने बिस्तर से उठ गया, सीढ़ियाँ चढ़ते हुए मिर्ज़ा कासिम की बरसाती में चला गया और वहाँ से नीचे शहर को देखने लगा, जो जामा मस्जिद के हाथी दाँत की नक़्क़ाशी वाले कंगूरों के ठीक ऊपर चमकते चाँद से जगमगाते आसमान की रौशनी के नीचे सोया पड़ा था। दो विकल्प थे—या तो वसीयत को बदल दिया जाए, जिसको जालसाज़ी माना जाता क्योंकि उनके पिता किसी भी काग़ज़ पर हस्ताक्षर करने के लायक़ नहीं रह गए थे, या वह जिस रूप में थी उसको उसी रूप में स्वीकार कर लिया जाए। वकील साहब ऐसे इनसान थे जो इस तरह की ओछी हरकत का हिस्सा नहीं बन सकते थे लेकिन दीनानाथ इस बात को समझता था कि मास्टर जी को वसीयत का हिस्सा बनाने का मतलब क्या होगा, इसलिए परिवार के हित में अगर परिवार चाहे तो वे वसीयत में बदलाव के लिए मान जाएँगे। लेकिन वसीयत में बदलाव का मतलब होगा अपने पिता की इच्छाओं को नहीं मानना। इससे भी बढ़कर उस व्यक्ति का त्याग कर देना जिसके बारे में इस बात से इनकार नहीं किया जा सकता था कि वह उसका और दीवानचन्द का भाई था। क्या वह अपनी अन्तरात्मा से इस बात के लिए षड्यंत्र कर सकता था कि अपने भाई को उसका हक़ न दे, चाहे वह उसका सौतेला भाई ही क्यों न हो? वह

अपने भाई को इस तरह कैसे छोड़ सकता था? शायद उसको दीवानचन्द से यह पूछना चाहिए कि किस तरह से बिना किसी तकलीफ़ के भाई को छोड़ दिया जाता है। उसको पता होगा। और वह यानी दीनानाथ यह फ़ैसला क्यों ले। वैसे भी पिताजी ने यह तो निश्चित कर ही दिया था कि उसकी सभी बेटियों का अच्छी तरह से ध्यान रखा जाए। असली नुक़सान तो केशोलाल का था, जो उसके लिए बेटे जैसा था, लेकिन असल में जो उसका बेटा नहीं था। अगर इन दो बातों के बीच का फ़ैसला लेना हो कि पिता की इच्छाओं का सम्मान न किया जाए या केशोलाल के भविष्य को ख़तरे में डाल दिया जाए तो यह फ़ैसला अकेले दीनानाथ ही क्यों ले? क्या उसने बेटा होने के कर्तव्य को नहीं निभाया है जबकि दीवानचन्द तो अपनी मौज में आकर भाग गया था? क्या यह दीनानाथ नहीं था जिसने जब यह देखा कि उसके पिता की ऊर्जा कमज़ोर पड़ने लगी तो उसने व्यवसाय को सँभाला और उसको नई दिशा दी? जब उसके पिता बेसुध होकर गिरे थे तो क्या उसने उनको नहीं थामा? तब दीवानचन्द कहाँ था? क्या यह वह नहीं था जो पिता के बिस्तर के पास बैठकर यह देख रहा था कि उनके ऊपर मौत के साये मँडराने लगे हैं जबकि दीवानचन्द बनारस में गंगा के तट पर बैठा हुआ, इस सबसे बेख़बर राम के गुण गा रहा था? उसका बेटा है, वह फ़ैसला ले, दीनानाथ ने ख़ुद से कहा। वह वापस आ जाए और ले, उसने ऐसा सोचा और यह सोचते ही उसके ऊपर से परिवार के प्रधान होने का जो बोझ था वह कुछ कम हो गया, वह बोझ जिसको उठाने का इन्तज़ार वह बहुत दिनों से कर रहा था, वह बोझ जिसको परिस्थितियों ने उससे छीन लिया था। अब वह मुक्त था। इस बात के लिए मुक्त कि वह एक बेटे के अलावा कुछ नहीं।

इस आज़ादी को महसूस करते हुए दीनानाथ ने बलुआ पत्थर की उस मूठ को थाम लिया जिसे बरसाती पर बने कठघरे को सजाने के लिए मिर्ज़ा कासिम ने ख़ुद बनाया था और तिरछे चाँद की शफ़्फ़ाफ़ रौशनी में अपने मरते पिता के लिए रोने लगा।

~

लाला मोतीचन्द की बीमारी परसादी के लिए बहुत बड़े झटके की तरह थी क्योंकि रामदास को हवेली में जगह दिलाने की उसकी पुरानी साध उस आपदा के घटित होने से कुछ दिन पहले पूरी होती लगने लगी थी जिसकी वजह से मालिक को अस्पताल जाना पड़ गया। उस दिन किसी तरह रामदास अपने आप घर में घुस गया, और बजाय इसके कि इस बात के लिए उसको सज़ा मिलती, वह लाला मोतीचन्द को मोहित करने में सफल रहा। परसादी इस बात को समझ नहीं पा रहा था कि उसके बेटे में इतना साहस कैसे आ गया कि वह लाला के सामने चला

गया। लालाजी ने न केवल दो जोड़ी नई निकर रामदास के लिए भिजवाई बल्कि परसादी को बुलवाया और उससे कहा, "तुम्हारा बेटा होशियार है। इसको कभी-कभी केशोलाल के साथ खेलने के लिए ले आया करो।"

परसादी अपनी ख़ुशी को रोक नहीं पा रहा था लेकिन फिर भी उसने चार दिन तक इन्तज़ार किया और रामदास को उसके सबसे अच्छे कपड़े पहनाए, उसको उन भजनों और कविताओं को सुनाने के लिए कहा जिनको गाते हुए उसकी आवाज़ सबसे अच्छी लगती थी, कई बार उसके बालों में कंघी की और उसको लेकर हवेली गया। वहाँ जाने पर उसने पाया कि घर में अफ़रातफ़री मची हुई थी, नौकर इधर से उधर भाग रहे थे, चारों तरफ़ से आवाज़ें आ रही थीं, तभी उसने लालाजी की मोटरगाड़ी के स्टार्ट होने की आवाज़ सुनी और कार तेज़ी से बाहर निकल गई, उसको कुछ समझ में नहीं आ रहा था इसलिए वह अपने बेटे को घसीटता हुआ उस तरफ़ बढ़ा तो उसे कार के पीछे के शीशे से दीनानाथ का चेहरा दिखाई दिया और लोगों के भीड़ के बीच गाड़ी आगे बढ़ी जा रही थी, जबकि लाला मोतीचन्द कहीं दिखाई नहीं दे रहे थे।

लाला मोतीचन्द की बीमारी से परसादी बहुत निराश हुआ, उसकी छोटी सी महत्त्वाकांक्षा एक छोटी नाव की तरह थी जो मालिक के घर में आए तूफ़ान में बह गई। घर के दोनों मालिकों के अस्पताल में होने के कारण, लाला मोतीचन्द की हवेली की व्यवस्था, जो उन्हीं दोनों लोगों की आवश्यकताओं के इर्द-गिर्द घूमती रहती थी, अव्यवस्थित हो गई थी। खाने का कोई निश्चित समय नहीं रह गया था, सामान इधर-उधर बिखरे रहते थे और उनको मालगोदामों में नहीं रखा जा रहा था जो बेहद सुव्यवस्थित थीं। बहुत से ऐसे काम थे जिनको पूरा करना बेहद ज़रूरी होता था क्योंकि ऐसा न होने की स्थिति में इस बात का डर रहता था कि कहीं दीनानाथ या उसके पिता के कोप का भाजन न बनना पड़े, लेकिन अब वे उतने ज़रूरी नहीं लगते थे। घर की सत्ता अब एकमात्र मालकिन सुवर्णलता के पास रह गई थी, जो दिमाग़ी तौर पर पूरी तरह से उलझी हुई थी, जिसके कारण घर का जो व्यवस्थित सोपानक्रम था वह अव्यवस्थित हो गया था। अब दीनानाथ का निजी नौकर बिन्देश्वर उस तरह के सारे आदेश देने लग गया था जो पहले माधो दिया करता था।

जैसा कि अक्सर होता है ख़ाली बैठे रहने और दुश्चिन्ता के कारण तरह-तरह की अफ़वाहें फैलने लगीं, जिनमें से कुछ अफ़वाहों का सम्बन्ध घर के मालिक लाला मोतीचन्द से होता था कि उनका देहान्त हो गया या लाला मोतीचन्द बोलने लगे। कुछ अफ़वाहों का सम्बन्ध इस बात से था कि उसके बाद आगे क्या होनेवाला है। इस बारे में कोई खुलकर बात नहीं करता था लेकिन सब जानते थे कि जल्दी ही वह होनेवाला है। कई तरह की बातें सुनने में आ रही थीं—दीनानाथ ने अपने पिता को

इसके लिए तैयार कर लिया था कि वे वसीयत में अपने छोटे बेटे को हिस्सा न दें, लालाजी ने अपना सारा पैसा उस मन्दिर के नाम कर दिया था जिसको उनके छोटे बेटे ने बनारस में बनाया था। लेकिन एक अफ़वाह ऐसी थी जो सुनने पर विश्वास करने लायक़ तो नहीं लग रही थी लेकिन जिसकी चर्चा बहुत थी क्योंकि दावा यह किया जा रहा था कि उसके बारे में मुंशीजी ने बताया था—लाला मोतीचन्द ने यह मान लिया था कि मास्टर मक्खन लाल उनका बेटा है। उनका कहना था कि "मुझे इस बारे में पता था और मैंने आपसे कहा नहीं था कि एक न एक दिन लालाजी इस बात को स्वीकार कर लेंगे।" चर्चा यह भी थी कि अपनी वसीयत में अपनी मिल्कियत का बड़ा हिस्सा उन्होंने मास्टर जी के नाम कर दिया है।

यह अफ़वाह ख़ासकर इसलिए फैल रही थी क्योंकि इस बात को लेकर बहुत दिनों से फुसफुसाहट चलती रहती थी कि मास्टर जी लाला मोतीचन्द की अवैध सन्तान हैं। यह अफ़वाह न केवल गन्दी थी बल्कि इससे घर में काम करनेवाले सभी लोग बड़े परेशान भी थे। इसके कारण उत्तराधिकार का संकट खड़ा होने की सम्भावना थी, बल्कि ऐसा लग रहा था कि उत्तराधिकार की प्रक्रिया सम्भव होगी भी या नहीं। वैसे तो सब लोग लाला मोतीचन्द की लम्बी उम्र की कामना कर रहे थे, लेकिन सब इस बात को समझ चुके थे कि उनकी आयु पूरी हो चुकी है। जब कुछ साहसी क़िस्म के लोगों ने इस अफ़वाह के बारे में सुना तो इसके बारे में मास्टर जी को बताया, मास्टर जी भी समझ गए थे कि इस तरह की अफ़वाहें उड़ रही हैं क्योंकि घर में काम करनेवाले अनेक नौकरों का उनके प्रति बर्ताव बदल गया था, लेकिन सुनकर वह कुछ कहते नहीं थे बल्कि कई बार सुनकर अनसुना कर देते थे। हालाँकि इसके कारण उनके चेहरे पर तनाव था जिसको छिपाया नहीं जा सकता था, सभी उनके चेहरे के तनाव की व्याख्या अपने-अपने तरीक़े से कर रहे थे।

आख़िरकार, दो समाचार एक साथ आए कि डॉक्टर ने लाला मोतीचन्द को इसलिए घर ले जाने के लिए कह दिया क्योंकि वे और कुछ करने की स्थिति में नहीं थे—'क्या वे ऐसा तभी नहीं कहते हैं जब मृत्यु अवश्यम्भावी हो?' —दूसरी ख़बर यह कि दीवानचन्द को दिल्ली बुलवाया गया था—जो इस बात की पुष्टि करने के लिए काफ़ी था कि लालाजी दुनिया में कुछ दिनों के ही मेहमान थे। अपने पुराने प्रेमी से जुड़ी दूसरी ख़बर के गम्भीर मतलब होने के बावजूद सहदेई ने अपना कोई बच्चा न होने के कारण जिसके कारण 'अम्मा' के सम्बोधन को बरसों दिल से माना था, इस बात से ख़ुश थी कि उसका प्यारा दीवानचन्द घर आ रहा था, जिसे उसने पाला था।

केशोलाल की उम्र तीन साल हो चुकी थी और अब वह अपनी आया या माँ की देखरेख के बिना ही घर में घूमने लगा था, और सहदेई उसको अक्सर बुला लेती। पहले तो इस वजह से क्योंकि उसको देखकर उसके पिता की याद आती

थी और बाद में इसलिए क्योंकि उन दोनों को दीवानचन्द के बचपन की कहानियाँ अच्छी लगती थीं—सहदेई कहानियाँ सुनाती थी और वह सुनता था। केशोलाल की माँ शायद ही कभी अपने पति की बात करती थी और जब बच्चा केशोलाल वापस आता और उन कहानियों को दोहराता जो वह सहदेई से सुनता था तो वह इतनी परेशान हो जाती कि उसको समझ में आ गया कि अब वह उन कहानियों को अपनी माँ को कभी नहीं सुनाएगा। लेकिन वह केशोलाल को सहदेई से मिलने से मना नहीं करती थी—उस आदमी ने जो भी किया इस बच्चे का पिता तो वही था और वह दिल की इतनी सख़्त नहीं थी कि वह अपने बच्चे को अपने पिता के बचपन की कहानियाँ सुनने से मना करे। वह ख़ुद दीवानचन्द के बारे में बात नहीं करती थी इसलिए एक तरह से यह अच्छा ही था कि सहदेई ने उस बच्चे के जीवन की इस कमी को पूरा कर दिया, पिता की अनुपस्थिति के कारण उसके जीवन में जो कमी आ गई थी उसको उसकी कहानियाँ कुछ हद तक भर सकती थीं।

समय के साथ सहदेई और केशोलाल बहुत अच्छे दोस्त बन गए, और अब भी जब वह सात साल का हो गया था, अक्सर उसके पास जाता रहता था। लेकिन जब सहदेई को यह पता चला कि दीवानचन्द लौट रहा है तो सहदेई ने बच्चे को बुलवाया, क्योंकि उसने उस समस्या का एक समाधान निकाला था, जो समस्या वह जितना सोचती थी उससे बड़ी थी, जिसको सुलझाने के लिए उससे किसी ने नहीं कहा था, लेकिन उसको ग़लती से ऐसा लगता था कि वह उस मसले को सुलझा सकती है। "तुम्हारे पिता राम के बड़े भक्त हैं," सहदेई ने केशोलाल से कहा, "वह रामायणी हैं, तुलसी के रामायण की कहानियाँ सुनाते हैं। राम के माध्यम से उसके दिल तक पहुँचा जा सकता है। अगर तुम राम की तरह से बनकर उनके सामने जाओ, तो वह ज़रूर तुमको बाँहों में भर लेंगे और तुम्हारे पास वापस आ जाएँगे।" चूँकि बच्चों की ऐसी आदत होती है कि बड़ों द्वारा किए गए वादों के ऊपर बिना इस बात को समझे यक़ीन कर लेते हैं कि बड़ों में उस वादे को सम्भव करने की ज़रा भी क्षमता है या नहीं, इसलिए केशोलाल ने उसकी बात के ऊपर विश्वास कर लिया। पिता के आगमन के कारण उसके मन में जो तरह-तरह की भावनाएँ उठ रही थीं उनको दबाते हुए उसने रामायण के उन दृश्यों का अभ्यास शुरू कर दिया जिनका चुनाव सहदेई ने उसके लिए किया था। इस प्रक्रिया में उसका परिचय छोटे बालक रामदास से हुआ, जो बहुत अच्छी तरह से बोलता और गाता था। सहदेई ने केशोलाल को राम और रामदास को लक्ष्मण बना दिया था। अगले कुछ दिनों तक सहदेई के निर्देशन में केशोलाल और रामदास भाई की भूमिका का निर्वाह करते रहे। सहदेई के छोटे से कमरे के बाहर महत्त्वपूर्ण घटनाओं के कारण घर हिला हुआ था, चूँकि हमारे रिश्ते वही होते हैं। इसलिए हम जिन भूमिकाओं का निर्वाह करते हैं अक्सर उनको रिश्ते समझने लगते हैं। चूँकि केशोलाल का कोई छोटा भाई

था नहीं इसलिए उसको लगता था कि रामदास उसका छोटा भाई है, और रामदास भी उसी तरह केशो को प्यार करने लगा जिस तरह से छोटा भाई अपने बड़े भाई को करता है।

~

आँगन में लोग भरे हुए थे और अन्दर बारादरी में लाला मोतीचन्द की गद्दी पर बैठे एक दाढ़ी वाले आदमी को देख रहे थे, जिसकी आँखें चमक रही थीं और उसने अपने सामने एक मोटी सी किताब खोल रखी थी। बात फैल गई थी कि प्रसिद्ध रामकथा वाचक तुलसीप्रेमी दिल्लीवाले आए हुए हैं। उनका नाम तो सबने सुन रखा था लेकिन उनको उस समय यह बात समझ में आई कि असल में वह लाला मोतीचन्द का छोटा बेटा था जो अपनी पत्नी और छोटे बच्चे को छोड़कर क़रीब एक दशक पहले बनारस अपने गुरु की सेवा के लिए चला गया था। इस समय वह कथा शुरू करने ही वाला था। जिसका उद्देश्य यह था कि उसके पिता का लोक से परलोक गमन सहजतापूर्वक हो जाए।

एक तरफ़ लाला मोतीचन्द थे, लेकिन उनकी गद्दी पर तुलसीप्रेमी बैठे हुए थे, लालाजी अस्पताल के बिस्तर पर लेटे हुए थे, ऐसा लग रहा था कि उनको इस बात की कोई चेतना नहीं थी कि वहाँ इतने सारे लोग बैठे हैं या इतने सालों बाद उनका बेटा लौटकर आया है। ठीक सामने दीनानाथ बैठा था। उसी दिन सुबह में जब उसका भाई आया था तो उसने उसका ख़ूब गर्मजोशी से स्वागत किया था, दोनों जब मिले तो वह उसको गले लगाकर रोने लगा, जिस तरह से राम जब बनवास काटकर अयोध्या आए थे तब भरत रोने लगे थे। फ़र्क़ यह था कि दीनानाथ छोटा भाई था, और जब भरत और राम का मिलन हुआ था तब उनके पिता का देहान्त हो चुका था। लाला मोतीचन्द अभी ज़िन्दा थे, भले ही अन्तिम साँसें ले रहे हों, इसलिए लगाव का जो धागा था वह अभी भी अटूट था, हालाँकि उसके बने रहने की उम्मीद बहुत हल्की थी। तुलसीप्रेमी का सामना एक ऐसे आदमी से हुआ जो इस बात से डरा हुआ था कि उसके पिता दुनिया से जानेवाले हैं, आसपास के लोग उसको उसी तरह दिलासा देने में लगे हुए थे जिस तरह से ऐसे मुश्किल समय में लोग दिलासा देते हैं। लेकिन तुलसीप्रेमी कुछ हद तक इस बात से अपने आपको अलग कर पाने में सफल हो गया था कि उसके अन्दर एक दीवानचन्द था और वह उस रोनेवाले आदमी की तरह उसी पिता को खोनेवाला था। वह दीनानाथ जिसको वह जानता था यह उसका कुछ अधिक उम्रदराज और कमज़ोर रूप था, जो उसको दुखी दिखाई दे रहा था।

दीनानाथ के बग़ल में सुवर्णलता बैठी हुई थी और जब तुलसीप्रेमी ने उसके

पैर छुए तो उसने उसको चुपचाप आशीर्वाद दिया। लेकिन सुवर्णलता की आँखों में उसके लिए तिरस्कार का भाव था, जिसे देखकर तत्काल उसके अन्दर की आग भभक उठी जो उसको लग रहा था कि ठंडी पड़ गई थी—उसी ने उसके साथ छल किया था, फिर उसको क्या हक़ था उसके लिए तिरस्कार दिखाने का? लेकिन उसने अपने आपको यह याद दिलाते हुए अन्दर की ज्वाला के ऊपर क़ाबू पा लिया कि सभी इनसानों के अविश्वसनीय स्वभाव का एक महत्त्वपूर्ण पहलू यह है कि वह ग्लानि के बोझ को बहुत दिन तक उठाए नहीं रह सकते इसलिए उसका बोझ उतारने के लिए वह उसको किसी और के ऊपर टाल देता है। और वहाँ शकुन्तला भी बैठी थी, उसकी जवानी की सुन्दरता जा चुकी थी, शरीर कुछ भारी हो गया था—जिस शरीर को देखकर तुलसीप्रेमी के मन में एक पल के लिए बरसों की दबी हुई कामना जग गई। उसकी साड़ी उसके शरीर से पहले से अधिक शिष्ट तरीक़े से लिपटी हुई थी, उसके माथे पर तीन सीधी रेखाएँ थीं जो लम्बी उदासी के कारण आ गई थीं। उसके चेहरे पर चिन्तित, उलझन-भरा भाव था—उसको उम्मीद करनी चाहिए या नहीं, उसको विनती करनी चाहिए या उलाहना देना चाहिए? उसने अपनी पत्नी के चेहरे की तरफ़ एक नज़र देखा और उसको यह एहसास हो गया कि दिल्ली में रहते हुए रात घर में नहीं बिताने का उसका जो फ़ैसला था वह सही था, क्योंकि इससे किसी के भी मन में कोई ग़लत धारणा नहीं बनती, हालाँकि इस फ़ैसले के बारे में उसने अभी दीनानाथ को बताया नहीं था।

तुलसीप्रेमी की आँखें उस बच्चे को देखकर चमक उठीं जो शकुन्तला के बग़ल में बैठा था—चौड़ा माथा, साफ़ आँखें जो उत्सुकता के साथ उसकी तरफ़ देख रही थीं, और जब उस बच्चे ने देखा कि उसके पिता उसकी तरफ़ देख रहे हैं उसके चेहरे पर मुस्कान फैल गई। उसकी उस मुस्कान से उस बच्चे के पिता के मन में छोटे-छोटे हज़ारों सवाल उभर आए। यह बच्चा बात किस तरह से करता है? यह चलता किस तरह से है? इसको खाने में क्या पसन्द है? यह किस तरह के खेल खेलता है? जब यह चलता है तो क्या अपने आपमें गुनगुनाता है? इनमें से हर सवाल तुलसीप्रेमी के दिल में तीर की तरह चुभ रहा था, और अपने उस घर में लौटने के बाद जहाँ उसका जन्म हुआ था दीवानचन्द को पहली बार कुछ अफ़सोस हुआ।

"मेरे प्यारे साथियो, आज आप लोग दैवी झील के किनारे आम के पेड़ों की तरह जुटे हैं। वह झील है राम की कथा जो इस भौतिक संसार में प्रवाहित है, वह कथा जो गोस्वामी तुलसीदास ने सुनाई थी। यह आपकी भक्ति की शक्ति है, राम के प्रति आपका सच्चा प्रेम है कि इस पवित्र झील के तट पर यह सोता सदा प्रवहमान रहता है। आज इस कथावाचन के पीछे हमारा मूल उद्देश्य है कि हमारे प्रिय व्यक्ति के प्राण सहजतापूर्वक दूसरे लोक में जाएँ। गोस्वामी जी कहते हैं—*नामु लेत भवसिंधु सुखाई,* इसका मतलब यह हुआ कि श्रीराम का नाम लेने से मनुष्य

भवसागर पार कर लेता है, जिसके बारे में विद्वानों का कहना है कि ईश्वर से मिलने में यही बाधक होता है। ऐसा प्रतीत होता है कि जिस लंगर ने भवसागर के तट से हमारे प्रिय लाला मोतीचन्द को बाँध रखा था वह कमज़ोर पड़ने लगा है, मैंने लाला मोतीचन्द जी के लड़के दीनानाथ जी को यह सलाह दी कि वे इसका वाचन आरम्भ करें। अगर लाला मोतीचन्द का समय सचमुच में आ गया है तो इस नाम के स्मरण से उनकी यात्रा में मदद मिलेगी और अगर यह उनके जीवन का महज़ एक मुश्किल अन्तराल है तो नाम स्मरण से उनको इस बाधा को पार करने में मदद मिलेगी और आनेवाले कुछ और समय के लिए वे हमारे जीवन को समृद्ध बनाएँगे।

"अपने गुरु के आशीर्वाद से मुझे यह सौभाग्य मिला कि मैं उस ज्ञान की कुछ बूँदों को साझा कर सकूँ जो मानस के बारे में मैंने कई सालों में ज्ञानी लोगों की संगत में बैठ-बैठकर प्राप्त किया है लेकिन यहाँ एक बड़ा अन्तर है, और हम सब जानते हैं कि वह क्या है। आमतौर पर जब मैं कथा सुनाना शुरू करता हूँ तो मैं इसे पहले यह बताता हूँ कि मैं राम की सेवा इस अलग तरीक़े से क्यों करता हूँ। आप लोग इस बात को अच्छी तरह जानते हैं कि यह सब कब शुरू हुआ, किस प्रकार मैंने अपने सम्पन्न जीवन का त्याग किया और अपने गुरु के चरणों में चला गया—*बंदउँ गुरु पद पदुम परागा। सुरुचि सुबास सरस अनुरागा॥* स्वर्गीय मारुति शरण जी के घर में, उनसे सीखने के लिए और मानस को लेकर कई सदियों के दौरान व्यक्त किए गए विचारों को संचित करने के लिए। और अगर इस कहानी की शुरुआत का महज़ यही एक बिन्दु रहा होता तो आप बिना किसी तरह का सवाल किए इस बात को स्वीकार कर लेते, लेकिन आपके मन में एक सवाल और है, जिसे मैं आप लोगों की आँखों में देख सकता हूँ, आप अपनी पत्नी और बच्चे को छोड़कर कैसे जा सकते हैं?

"मेरा घर, हो सकता है कि कपिलवस्तु के राजपरिवार जैसा समृद्ध न रहा हो, और उनके सामने मेरी हालत चींटी जैसी हो, लेकिन महात्मा बुद्ध ने भी अपनी पत्नी और बच्चे का त्याग किया, उनसे किसी ने भी सवाल नहीं किया, क्योंकि सबको जवाब पता था—उन्होंने अपने परिवार का इसलिए त्याग कर दिया क्योंकि उनको ऐसा महसूस हुआ कि उनके पास दुनिया को देने के लिए कुछ है। लेकिन मेरे पास देने के लिए कुछ नहीं है, मैंने भी उसी कारण से अपने घर का त्याग किया जिस कारण उस महान इनसान ने। मेरे साथियो, आप लोगों ने वाल्मीकि की कहानी सुन रखी होगी, आदि कवि जिन्होंने रामायण लिखी और संस्कृत साहित्य का श्रीगणेश किया। आप लोगों ने सुन रखा है कि वे एक शिकारी और डाकू थे और एक दिन उनका सामना एक साधू से हो गया और चूँकि एक सच्चा संत लोगों के बीच भेद नहीं करता, जैसा कि कहा गया है—*बंदउँ संत समान चित हित अनहित नहिं कोइ। अंजलि गत सुभ सुमन जिमि सम सुगंध कर दोइ॥* इसलिए उस साधू ने बजाय

डरने या ग़ुस्सा करने के वाल्मीकि से पूछा, 'तुम इतने पाप किसके लिए कर रहे हो?' वाल्मीकि ने जवाब दिया, 'अपने परिवार के लिए, अपनी पत्नी और अपने बेटे के लिए।' 'जाओ और उनसे यह पूछकर आओ कि क्या वे तुम्हारे पाप के भागी बनेंगे,' साधू ने कहा, 'मैं तुमसे वादा करता हूँ कि मैं यहीं तुम्हारा इन्तज़ार करूँगा।' वाल्मीकि को संशय हो गया, वह दौड़ता हुआ अपने घर गया और अपनी पत्नी और बच्चे से पूछा कि क्या वे उसके पाप के भागी बनेंगे क्योंकि उसने उसी से उनके लिए भोजन और कपड़े का इन्तज़ाम किया है, जवाब में दोनों ने कहा, 'नहीं, वह तुम्हारा पाप है।' वाल्मीकि दौड़ता हुआ आया और साधू के पैरों पर गिरकर गिड़गिड़ाने लगा और बोला कि वे ऐसा मार्ग बताएँ जिससे वह अपने पापों से मुक्ति पा सके। साधू ने उसको मरा शब्द को दोहराने के लिए कहा—*आखर मधुर मनोहर दोऊ। बरन बिलोचन जन जिय जोऊ॥*

उसको इससे मुक्ति का मार्ग मिल जाएगा। वह एक पेड़ के नीचे बैठकर इस शब्द को दोहराने लगा और एक दिन उसको समझ में आया कि वह राम! राम! का जाप कर रहा है। वाल्मीकि की तरह मैंने भी इन दो अक्षरों के लिए अपने घर का त्याग कर दिया, लेकिन वाल्मीकि ने संसार को रामायण दी इसलिए मुझे लगता है उनकी पत्नी और बच्चे ने उनको माफ़ कर दिया हो। लेकिन मैंने ऐसा क्या किया कि मुझे माफ़ कर दिया जाए?

"न तो मैं इसमें समर्थ हूँ कि वह कर सकूँ जो महात्मा बुद्ध ने किया था, न ही मैं इस लायक हूँ कि वह कर सकूँ जैसा महाकवि वाल्मीकि ने किया था, इसलिए मैं आपको अपने सबसे आदरणीय गोस्वामी तुलसीदास के जीवन की एक कहानी सुनाता हूँ। कहा जाता है कि एक बार बाबा जब कई दिनों बाद अपने घर लौटे तो उन्होंने पाया कि उनकी पत्नी अपने भाई के साथ अपने पिता के घर गई हुई थी, जो यमुना नदी के पार था। रात घिर चुकी थी और चारों तरफ़ अँधेरा था लेकिन तुलसीदास उसी समय अपनी पत्नी से मिलना चाहते थे—उसके बिना एक और रात बिताने का ख़याल उनको असहनीय लग रहा था। इसलिए उन्होंने नदी तैरकर पार करने का फ़ैसला किया, क़रीब पचास या साठ गज तैरने के बाद उनको समझ में आया कि नदी की धार बहुत तेज़ है, अँधेरे के कारण जिसको वे तट से नहीं समझ पाए थे। पार कर पाना असम्भव लग रहा था, और लौट पाना भी मुश्किल लग रहा था। धार के विरुद्ध तैरने में उनकी ऊर्जा ख़त्म होती जा रही थी, अचानक उनको एक बड़ी वस्तु का सहारा मिला, शायद किसी पेड़ का तना जिसको पकड़कर वे तैरते हुए नदी पार कर गए। बाद में उनको पता चला कि उन्होंने जिसे थाम रखा था वह तो लाश थी!

"बहरहाल, वे अपने ससुर के गाँव पहुँचे और उनके साथ जो भी हुआ था उसके बारे में अपनी पत्नी को बताया। उनकी पत्नी ने उनसे कहा, मांस और मज्जा

से बने मेरे शरीर से आपको जितना प्यार है उतना प्यार आपको अगर राम के लिए होता तो जीवन और मृत्यु को लेकर आपका भय चला गया होता। उसी समय गोस्वामी जी ने अपने गृहस्थ जीवन का त्याग कर दिया और प्रयाग के लिए रवाना हो गए। उस पत्नी की प्रशंसा करनी चाहिए जिसने अपने पति को ईश्वर मिलन के रास्ते पर भेज दिया, वह उसी तरह तारीफ़ के क़ाबिल है जिस तरह सीता ने उस अवस्था में भी अपने पति का साथ न छोड़ने की ज़िद की जब उनके पति ने अपने पिता के वचन के पालन के लिए चौदह साल जंगल की कठिन परिस्थितियों में बिताने का संकल्प लिया, जबकि सीता राजकीय ऐशो-आराम में पली थी। और अगर हम ध्यान से सोचें तो हमें यह समझ में आएगा कि न तो राम ने अपनी पत्नी को अपने साथ ले जाकर किसी तरह की ग़लती की न ही तुलसी ने अपनी पत्नी का त्याग करके ग़लत किया। उन दोनों ने किसी-न-किसी रूप में अपने कर्तव्य का पालन किया, कर्तव्य जो एक तरह का प्यार भी था।

"बहरहाल, मैं गोस्वामी जी के शब्दों *खलउ करहि भल पाइ सुसंगू* को उम्मीद की एक किरण के रूप में पढ़ता हूँ और अपने गुरु की शिक्षा के सार रूप में भी अगर मैं अपने बारे में कुछ और बात करूँ तो जैसा कि आप देखेंगे कि मैंने जो भी किया अपने गुरु की इच्छा के अनुसार किया। जब इस घर में मेरा जन्म हुआ तो मुझे एक नाम मिला, और मेरा दूसरा जन्म बनारस में हुआ, वहाँ मुझे दूसरा नाम मिला जिस नाम से मुझे आज लोग जानते हैं। जब मैंने अपने गुरु के चरणों में बैठकर शिक्षा आरम्भ की तो उसके क़रीब एक साल बाद ऐसा हुआ। मुझे यह बात समझ में नहीं आई कि जब गुरुजी गोस्वामी जी की कविता की कुछ बारीक व्याख्या करते या जब मैं तुलसी की भाषा के बारे में किसी व्याख्याकार की टिप्पणी को पढ़ता था तो मैं ख़ुशी से भर जाता था। मैं बोल पड़ता, 'जय तुलसी बाबा!' और उस महान कवि के सम्मान में अपने हाथ जोड़ लेता। यह एक तरह से मेरा स्वभाव बन गया जिसके ऊपर शायद ही कभी मेरा ध्यान गया हो, न ही मैंने इसके बारे में अधिक सोचा, मुझे ऐसा लगता था कि मेरे स्थान पर कोई दूसरा शिष्य होता तो उसकी प्रतिक्रिया भी इसी तरह की रही होती। हालाँकि, मेरे गुरु का ध्यान इस तरफ़ गया, लेकिन बहुत दिनों तक इस बारे में उन्होंने मुझे कुछ कहा नहीं। मेरे दूसरे पिता मारुति शरण जी महाराज सच्चे गुरु थे। मैं उनकी श्रद्धा में सर झुकाता हूँ और हर दिन मुझे उनकी याद आती है। वे मुझे बहुत ध्यान से देखते थे लेकिन मुझे कोई सलाह तभी देते जब वे उसके बारे में निश्चिन्त हो जाते।

"फिर एक दिन सुबह जब मैं उठा तो मेरे दिमाग़ में कुछ विचार चल रहे थे। उनको दिमाग़ में दबाए हुए मैं दिन-भर उनके साथ बैठकर उस विषय में बात करता रहा जिसके ऊपर हम काम कर रहे थे। उसके बाद रुकते हुए उन्होंने अचानक कहा, 'अच्छा बताओ तुम क्या कहना चाहते हो।' मैंने झिझकते हुए उनसे कहा,

में श्रीराम के सबसे बड़े भक्त हनुमान के साथ गोस्वामी जी की मुलाक़ात के बारे में सोच रहा था। कहा जाता है कि एक प्रेत गोस्वामी जी से बहुत प्रभावित हो गया क्योंकि उन्होंने उसको पीने के लिए पानी दिया था, इसलिए उसने उनको वरदान दिया। तुलसीदास जी ने कहा कि वे श्रीराम को अपनी आँखों से देखना चाहते हैं। प्रेत ने कहा कि उनको इस बारे में हनुमान जी से पूछना चाहिए। 'वह आपके मुँह से अपने प्रभु की कथा सुनने के लिए एक बूढ़े कोढ़ी का भेष बनाकर रोज़ आते हैं। वे सबसे पहले आते हैं और सबसे आख़िर में जाते हैं।' अगले दिन तुलसी ने पाया कि उस तरह का एक आदमी सच में उनकी कथा सुनने के लिए आया था। जब कथा समाप्त हुई तो वे उस आदमी के पीछे-पीछे जंगल में चले गए। जब उस आदमी ने यह मानने से इनकार कर दिया कि वह हनुमान है तो गोस्वामी जी उसके पैरों पर गिर गए, अन्ततः उन्होंने तुलसी को अपना वास्तविक रूप दिखाया और कहा कि वे चित्रकूट चले जाएँ मानव रूप में उनको राम के दर्शन होंगे।

'मुलाक़ात में क्या हुआ?' मेरे गुरु ने पूछा। हनुमान के बहुत से गुण हैं, मैंने कहा, वह शक्तिशाली हैं, बुद्धिमान हैं, उनको बहुत से काम आते हैं, और उनका सबसे बड़ा गुण यह है कि राम के लिए उनकी भक्ति अतुलनीय है। फिर वे एक साधारण ब्राह्मण से राम की कथा सुनने के लिए क्यों जाते थे जबकि उन्होंने इस संसार में राम के जीवन के महत्त्वपूर्ण भाग को देखा था। 'कहते रहो' गुरु ने कहा, जबकि मैं उनकी आँखों को देखकर कह सकता था कि उनको समझ में आ गया है कि मैं क्या कहने जा रहा था। इसलिए मैंने कहा—उन्होंने गोस्वामी जी को अपना वास्तविक रूप दिखाया वह एक संकेत था, एक तरह से उत्साहवर्धन था, इस बात की स्वीकार्यता कि गोस्वामी जी का मानस बहुत उच्च कोटि का था। उसकी गुणवत्ता महज काव्य-कौशल या राम के प्रति प्रेम नहीं था, बल्कि एक तरह से दोनों का मेल था जिसने उसको उच्च कोटि का बना दिया।

"मेरे गुरु मुझे देखकर मुस्कुराए और बोले, 'जिस तरह से राम के प्रति हनुमान की भक्ति अतुलनीय है उसी तरह तुलसी के प्रति तुम्हारी भक्ति भी अतुलनीय है।' आज से तुमको तुलसीप्रेमी के नाम से जाना जाएगा। जब तुम स्वतंत्र रूप से कथा वाचन शुरू करो तो इस बात का ध्यान रखना कि जिस तरह से अगरबत्ती पूजा की जगह को सुगन्धित बना देती है उसी तरह तुम्हारी प्रत्येक कथा तुलसीदास के प्रति तुम्हारे प्रेम से सुवासित होनी चाहिए।' उनके इस निर्देश को मैं आज तक अपनाने की कोशिश करता हूँ।

"गोस्वामी जी ने स्वयं मानस की महानता के बारे में तथा उसके पढ़ने और सुनने से होनेवाले लाभों के बारे में विस्तार से चर्चा की है, लेकिन जो मैं कहना चाहता हूँ उसको कहने से पहले कुछ बातें गोस्वामी जी के बारे में कहता हूँ। और चूँकि हर चीज़ किसी और चीज़ से निकलती है इसलिए मैं उसके बारे में बोलना

चाहता हूँ जो उनके पहले आया। आप लोगों ने रानी पद्मिनी और हीरामन तोते की कहानी सुनी होगी। हो सकता है कि आप लोगों ने मलिक मुहम्मद जायसी की पुस्तक पद्मावत के कुछ दोहे-चौपाई भी सुन रखे हों, जिसने पहले से लोकप्रिय इस कहानी को और भी लोकप्रिय बना दिया। आप या मैं उस इलाक़े से नहीं आते हैं जहाँ अवधी बोली जाती है, लेकिन जो अवधी समझते हैं उनके लिए जायसी की पद्मावत वैसी ही है जिस तरह पहली बारिश के बाद उनके गाँव की धरती से आनेवाली सोंधी ख़ूशबू।

जब हूँत कहि गा पंखी सन्देसी, सुनियन कि आवा है परदेसी
तब हूँत तुम्ह बिनु न जियु, चातक भयउँ कहत पिऊ पिऊ।

(जब मैंने यह सन्देश सुना कि परदेसी आ गया है, मेरा दिल तुम्हारे साथ नहीं है, जैसे चातक पिऊ कहाँ, पिऊ कहाँ कहता रहता है।)

"आपकी महानता यह है बाबा जायसी कि आपने अपनी मातृभाषा की तान इस तरह से छेड़ी कि आपके देशवासी जो परदेश में थे, वे जैसे घर वापस आ गए, वे अपने प्राकृतिक वातावरण से और जो घर पर ही थे वे अपनी नदियों, खेतों और पेड़ों के साथ एकमेक हो गए। अब अपने तुलसीदास की बात करते हैं, उनकी भी भाषा वही है, लेकिन जैसा कि आचार्य रामचन्द्र शुक्ल ने लिखा है कि तुलसी की भाषा भी अवधी है, वह भी दोहे-चौपाई लिखते हैं लेकिन दोनों में बहुत अन्तर है। गोस्वामी जी ने केवल जनता की भाषा में ही नहीं बल्कि देवों की भाषा में भी क़दम रखा। शुक्ल जी एक चौपाई का हवाला देते हैं—*सुकृति संभु तन बिमल बिभूती। मंजुल मंगल मोद प्रसूती॥ आखर मधुर मनोहर दोऊ। बरन बिलोचन जन जिय जोऊ॥* (गुरु का चरण रज उस पवित्र राख की तरह है जो शिव के शरीर पर विराजता है, जो सुन्दर पवित्रता और ख़ुशी का निर्माण करता है)। यह इस बात का अच्छा उदाहरण है कि किस तरह तुलसीदास ने अवधी के व्याकरण को उठाया और उसके ढाँचे में संस्कृत भाषा के नगीने जड़ दिए—इसमें हर प्रमुख शब्द संस्कृत से ही निर्मित हुआ है। इसके एक चौपाई बाद ही हम गोस्वामीजी की प्रतिभा की चमक एक बार फिर देखते हैं।

"यह देखें—*दलन मोह तम सो सुप्रकासू। बड़े भाग उर आवइ जासू॥* (सच्ची रोशनी के प्रकाश में उसका भ्रम टूट गया, वह भाग्यशाली होता है जिसके हृदय में यह रहता है)। अवधी भाषा के सुप्रकासू और जासू के बीच में गोस्वामी जी ने संस्कृत के तम को जड़ दिया, यही नहीं, ज़रा देखिए कि उन्होंने किस तरह से उसको वहाँ जड़ा, उसको अवधी के सो के साथ जोड़ दिया। इस तरह यह तमसो हो गया जिसमें हमें उपनिषदों के *तमसो मा ज्योतिर्गमय* की ध्वनि सुनाई देती है, जो आम जनता की भाषा के हरे मैदानों से निकलकर आती है। तुलसी ने जायसी

के साधारण इकतारा को लिया और उसमें संस्कृत के तारों को जोड़ दिया, वह तार जो हमारे पूर्वजों का है, और इसके जुड़ने से वह सरस्वती वीणा का जन रूप हो गया। जब भी वे उसको छेड़ते हैं तो हमारा समस्त अस्तित्व गुंजायमान हो जाता है, और हमारे भीतर जितने भी विरुद्ध रहते हैं, स्वार्थ और परोपकार, प्रेम और घृणा, ख़ुशी और उदासी, समस्त दु:ख और उत्सव, वे सभी रूपान्तरित होकर संगीतमय ध्वनि में बदल जाते हैं और व्योम से गुज़रते हुए हममें से हरेक को एक-दूसरे से और श्रीराम से जोड़ देते हैं। ऐसा महसूस होता है कि मेरे तुलसी मुझे जानते हैं, वे मेरे दुखों और ख़ुशियों को जानते हैं, वे इस बात को जानते हैं कि मैंने जीवन में क्या पाया और किस चीज़ से वंचित रह गया। वे मुझे इतनी अच्छी तरह से जानते हैं! जब मैं उनकी कविता सुनता हूँ तो जैसे उनकी उँगलियाँ मेरे दिल के तारों को छेड़ने लगती हैं। ओह तुलसी! मैं ऐसे दैवी संगीत को सुनाने के लिए आपकी किस तरह तारीफ़ करूँ, जिसे सुनकर मेरे रोंगटे खड़े हो जाते और मेरा दिल इतना भर जाता है कि लगता है मानो फट पड़ेगा! मैं आपकी प्रशंसा कर रहा हूँ लेकिन मैं जानता हूँ कि मैं आपकी उतनी प्रशंसा नहीं कर पाऊँगा। मैं आपको धन्यवाद ज्ञापित करता हूँ लेकिन मैं जानता हूँ कि मैं कभी आपका भरपूर आभार व्यक्त नहीं कर सकता।

"इसमें कोई शक नहीं है कि तुलसी प्रशंसा के लायक हैं, लेकिन उससे भी प्रशंसनीय उनके भगवान हैं। यह श्रीराम कौन हैं, भारद्वाज याज्ञवल्क्य से पूछते हैं, जो इतने शक्तिशाली हैं कि भगवान शिव भी बार-बार उनका नाम लेते हैं? क्या यह वही अयोध्या के राजकुमार हैं, इक्ष्वाकु के वंशज, जिनके बारे में यह प्रसिद्ध है कि उनको निर्वासन दे दिया गया था, बाद में जिनकी पत्नी का अपहरण रावण ने कर लिया जिसको उन्होंने बन्दरों और भालुओं की सेना की मदद से युद्ध में पराजित कर दिया? सती शिव से पूछती हैं—

ब्रह्म जो ब्यापक बिरज अज अकल अनीह अभेद।
सो कि देह धरि होइ नर जाहि न जानत बेद॥

यानी सर्वज्ञ ब्रह्मा जो इस बारे में जानते हैं और यह भ्रम से परे बात है, जो अजन्मा है, जो दृश्य नहीं है, जो इच्छाओं के बिना है और जिसके कोई लक्षण नहीं हैं कि उनके आधार पर उनको पहचाना जा सके, जिसके बारे में वेद भी नहीं जानते, क्या उसके लिए यह सम्भव है कि वह शरीर धारण कर ले और पुरुष बन जाए?

"सवाल सही है और भगवान शिव इसका उत्तर तर्कपूर्ण ढंग से नहीं देते, बल्कि वह अपनी पत्नी से अयोध्या के राजा की परीक्षा लेने के लिए कहते हैं। वह उनकी बिछड़ी पत्नी सीता का भेष बना लेती हैं और जंगल में जिस समय वे अपनी प्रिया की तलाश में असहाय भटक रहे होते हैं तब उनका अभिवादन करती हैं। वह कोशिश करती हैं लेकिन तत्काल पकड़ी जाती हैं, लेकिन बात यह नहीं

है। बात यह है कि सब कुछ जाननेवाले शिवजी महाराज भी इस प्रश्न का जवाब नहीं दे पाते हैं कि जो अनंत काल से अरूप रहा हो वह किस तरह से इनसान का रूप धारण कर सकता है।

"यहाँ तक कि तुलसी महाराज भी काफ़ी कुछ इस बारे में लिखते हैं कि किस तरह राम का नाम उनके मनुष्य रूप से अधिक शक्तिशाली है क्योंकि राम के मानव रूप ने केवल दो भक्तों को अपने संरक्षण में लिया—सुग्रीव और विभीषण को। लेकिन उनके नाम ने अपना आशीर्वाद न जाने कितने अधमों को दिया, जिनमें ख़ुद तुलसी भी थे—*जो सुमिरत भयो भाँग ते तुलसी तुलसीदास।* (नाम स्मरण से भाँग समान तुलसीदास पवित्र तुलसी के पेड़ समान हो गए)। लेकिन अगर सर्वोच्च दैवी सत्ता अज्ञेय और अरूप है, न केवल दुनिया के कुछ बड़े धर्मों के मुताबिक़ बल्कि कबीर और नानक जैसे गुरुओं के अनुसार भी रा(सूर्य का प्रतीक) और म(चन्द्र का प्रतीक) उनके मानवीय स्वरूप श्रीराम अधिक शक्तिशाली हैं। फिर श्रीराम का भौतिक रूप तुलसीदास के लिए इतना महत्त्व क्यों रखता है, क्योंकि उनकी कथा कहने और सुनने का इतना महत्त्व है?

"धार्मिक ग्रंथ पढ़नेवाले हर नौसिखुआ की तरह मैंने भी इस सवाल पर काफ़ी मनन किया। एक दिन मैंने पाया कि मैं इस बारे में सोच रहा हूँ कि आदर्श कविता के आदर्श तरीक़े से उच्चारण किए जाने से ही सर्वोच्च सत्ता की प्रकृति का पता चल सकता है, लेकिन समस्त काव्य-रचनाएँ हमारे लिए मर्त्य मनुष्यों द्वारा की गई हैं। इससे मैं इस बारे में सोचने लगा कि तुलसी का जो सम्बन्ध आदर्श उच्चारण से है वही श्रीराम के भौतिक रूप से उनके अज्ञेय रूप से है। तुलसी की कविता हमें इतनी जाग्रत कर देती है कि हम यह पाते हैं कि हम दैवी सत्ता के बहुत क़रीब हैं, और उस दैवी सत्ता तक पहुँचने का मार्ग राम हैं, हमारी आपकी तरह प्रेम और दुःख के भाव से ग्रसित लेकिन फिर भी सम्पूर्ण दैवी सत्ता के इतने क़रीब जितने कि हम और आप कभी नहीं हो सकते। इसी तरह तुलसी की कविता उसी तरह के शब्दों और रूपकों से निर्मित है जिस तरह बाकी अन्य कविताएँ हैं, लेकिन एक फ़र्क़ है—हम उसको आदर्श रूप में उच्चरित करने के जितने ही पास होते हैं उतने ही हम उस अज्ञेय को जानने के उतना क़रीब होते हैं जितना मर्त्य मानव अपेक्षा कर सकता है।

"अयोध्या के राजकुमार को बचपन में उसी तरह भरपूर प्यार मिलता है जिस तरह हम लोगों को मिलता है, और वह भी अपनी माँ, अपने पिता, भाइयों, अपनी पत्नी तथा दोस्तों को प्यार करता है, उसी तरह जिस तरह हम अपने प्रिय व्यक्तियों को प्यार करते हैं। हम लोगों की ही तरह उनको भी बहुत-सी उलझनों का सामना करना पड़ता है, और सही-ग़लत का परीक्षण करना होता है—चूँकि उनकी पत्नी किसी और के घर में रहकर आई है क्या इसलिए उनको घर से निकाल दिया जाना

चाहिए, जबकि वे अच्छी तरह से जान रहे होते हैं कि वह पवित्र है? बालि ने अनुचित तरीक़े से अपने भाई से उसका राज्य और उसकी पत्नी छीन ली थी इसलिए क्या पेड़ के पीछे से छिपकर उसके ऊपर वार करना सही है? हम लोगों की तरह ही वह इस बात को जानते हुए फ़ैसले लेते हैं कि चाहे वह जो फ़ैसला लें उसको ग़लत ठहराया जा सकता है। जब उनकी पत्नी का अपहरण होता है तो वे परेशान हो जाते हैं और जब उनको ऐसा लगता है कि उनके भाई की मृत्यु हो जाएगी तो वे दुखी हो जाते हैं। इस सबके बीच तुलसी हमें यह याद दिलाते रहते हैं कि यह सब सर्व-शक्तिमान श्रीराम की लीला का हिस्सा है, उन्होंने मानव रूप धरा है, और वे उन मानवीय भावनाओं से उतने ही परे है जितने उन भावनाओं में बसते हैं।

"तुलसी क्या कहना चाह रहे हैं? शायद वे यह कहना चाह रहे हैं कि आप भी इन भौतिक बन्धनों से मुक्त हैं। लेकिन यह आसान नहीं है। मुझे ऐसा लगता है कि तुलसी यह कहना चाहते हैं कि संसार से और उसके कई बार सुन्दर और कई बार तकलीफ़ भरे लगाव से मुक्ति उस लगाव में तल्लीनता से डूब जाने के बाद ही होती है, उन सम्बन्धों को मन भर जी लेने के बाद, और लगातार इस बात के लिए संघर्ष करने के बाद कि हम जिनसे प्यार करते हैं उनके लिए अपनी तरफ़ से उचित करते रहें, भले ही इस बात को तय कर पाना बहुत मुश्किल ही क्यों न हो कि वह उचित क्या है। अगर सर्वोच्च दैवी सत्ता पुरुष का रूप ले सकती है तो पुरुष अपने अन्दर उस सर्वोच्च सत्ता का अनुभव क्यों नहीं कर सकता? क्या उपनिषदों में इसी तरह का कुछ नहीं कहा गया है? मैं उपनिषदों और वेदों को सैकड़ों बार प्रणाम करता हूँ लेकिन मेरे और मेरे जैसे अनेक लोगों के लिए वे अबूझ हैं। इस सांसारिक जीवन में, जिसमें हमें हर दिन अपने और अपने प्रिय लोगों के शरीर का पोषण करना पड़ता है, जहाँ हर दिन हमें तत्त्वों से बचने के लिए छाँह चाहिए होती है, तुलसी हमें एक धागा देते हैं जो हमें उससे बाँध देता है जो विशाल और अज्ञेय है, एक ऐसा धागा जिसकी शक्ति इस बात के ऊपर निर्भर करती है कि हमारे अन्दर भावना किस तरह की है—*जाकी रही भावना जैसी, प्रभु मूरत देखी तिन तैसी।* यह ऐसा धागा है जिसको अगर हम थामकर रखें तो यह हमें इस सांसारिक जीवन के उथल-पुथल भरे समुद्र को सन्तुलित तरीक़े से पार करने में मदद करता है।

"मित्रो, यह कहा जाता है कि चार घाट हैं जिनके माध्यम से तुलसी के पवित्र सागर तक पहुँचा जा सकता है—बुद्धि का घाट, भक्ति का घाट, मानवता का घाट और कर्तव्य का घाट। आज मैं उस सागर तक कर्तव्य के घाट के माध्यम से जाऊँगा क्योंकि लाला मोतीचन्द स्वयं इसमें सक्षम नहीं हैं कि नाम का स्मरण कर सकें या श्रीराम की कथा सुन सकें। आज मैं उनके लिए और आप सभी लोगों के लिए कथा वाचन करूँगा, जैसा कि मैं आमतौर पर करता हूँ, लेकिन आज इस कथा को उनकी तरफ़ से सुनूँगा भी, जिस तरह से आप सभी लोग सुनेंगे। ज्ञानी-

ध्यानियों ने कहा है कि बच्चों को अपने पिता का सम्मान अवश्य करना चाहिए और उन लोगों ने यह भी कहा है कि हमारे ऊपर अपने माता-पिता और पूर्वजों का ऋण होता है, लेकिन सच्चाई यह है और इस बात से आप भी सहमत होंगे कि हममें से सभी इस ऋण को चुकाने में समर्थ नहीं हो पाते। हमारे बीच ऐसे बहुत से लोग होते हैं जो इस ऋण को स्वीकार नहीं करते, और कुछ तो ऐसे होते हैं जो इस बात का दावा भी करते हैं कि उनको उनके माता-पिता से जो मिला वह उनका हक़ है। अगर मेरे पिता ने जो मुझे दिया वह मेरा हक़ है तो ऋण अदायगी किस बात की? कुछ लोग इस तरह पूछते हैं। और अगर यह मेरा हक़ है और मुझे अच्छी तरह से नहीं मिला तो बच्चे सवाल उठाते हैं और न्याय के लिए अदालत भी चले जाते हैं। ऐसे में हमें यह याद रखना चाहिए कि कोई पुत्र अपने पिता के वचन की रक्षा के लिए राजकीय सुखों का त्याग कर जंगल के कठिन जीवन का चुनाव हँसते हुए कर लेता है, अपनी प्रिय पत्नी को उस वचन के सम्मान के लिए अपने से दूर देता है जो राजा द्वारा अपनी जनता को दिया गया है, जिसके बेटे उस हालत में भी उसका सम्मान करते हैं जबकि उसने उनकी पवित्र माँ को इसलिए निर्वासित कर दिया क्योंकि एक धोबी ने उसके चरित्र के ऊपर सन्देह व्यक्त किया था। इसलिए अपने पिता के सम्मान में तथा लोक-परलोक दोनों में उनकी अच्छाई के लिए मैं अब उस प्रभावशाली कहानी का वाचन करूँगा जो सर्वश्रेष्ठ पुत्र की है, सर्वश्रेष्ठ पुरुष की है।"

दिन भर कथावाचन चलता रहा। रात हो गई। उस कथावाचन को बिना किसी बाधा के अगली शाम तक चलते रहना था। तुलसीप्रेमी के दो सहयोगी अधिकांश पाठ कर रहे थे और बीच-बीच में गुरु किसी-किसी कविता के महत्त्व को बताने के लिए बोलते, लेकिन संक्षेप में ही, क्योंकि पूरी किताब का पाठ होना था। अर्धरात्रि तक कोई भी सुननेवाला नहीं रह गया; यहाँ तक कि लाला मोतीचन्द को भी उनके कमरे में पहुँचा दिया गया और लेकिन दरवाज़ा खुला रखा गया ताकि कथा की आवाज़ उनके कानों तक पहुँचती रहे। देर रात एक बजे के क़रीब दीनानाथ नीचे आया, उसके कपड़ों से ऐसा लग रहा था कि वह सोने चला गया था और फिर उठकर आया है। नीचे आकर उसने तुलसीप्रेमी की तरफ़ इशारा किया। उसको लेकर वह एक कमरे में गया और कमरे को भीतर से बन्द कर लिया, जिससे बाहर ज़ोर-ज़ोर से पाठ की जो आवाज़ें आ रही थीं वह कम हो गईं।

"उम्मीद करता हूँ कि आपको सारा इन्तज़ाम सही लगा होगा," दीनानाथ ने पूछा। इस बार उसने औपचारिक 'आप' के सम्बोधन का प्रयोग किया जबकि वह पहले उसको अनौपचारिक 'तुम' के सम्बोधन से बुलाया करता था। जब वे बच्चे थे तब वह उसको तू कहकर भी बुलाता था, और इसके लिए उसने पिता से एक बार झापड़ भी खाया था।

"सब कुछ बहुत बढ़िया है लालाजी," थके हुए लेकिन प्रशान्त तुलसीप्रेमी ने कहा, "आप जैसे सरपरस्त मुश्किल से मिलते हैं।"

जिस सहजता से यह ख़ुशामदी बात कही गई उससे दीनानाथ को कुछ ग़ुस्सा आ गया। "तुम यहाँ कब तक हो?" उसने सीधे तौर पर अनौपचारिक ढंग से पूछा। दीवानचन्द ने लहजे में आए इस बदलाव को महसूस किया, और उसके अन्दर का छोटा भाई जाग गया। लेकिन उसने अपने अन्दर के उस भाई को दबाया और बोला, "कथा कल पूरी हो जाएगी।"

"ओह," दीनानाथ बोला। वह इस तरह से सर हिला रहा था मानो ख़ुद से बोल रहा हो—"ज़ाहिर है।"

"मैंने यह सोचा था कि मैं कुछ दिन यहाँ रुक जाऊँ," दीवानचन्द बोला, "अगर..."

दीनानाथ का दिल ये सोचकर छोटा हो गया कि बड़ी कोशिश के बावजूद वह जिस बात को टालना चाहता था उसको टाल नहीं पाया। उसने एक गहरी साँस ली और बैठ गया।

"केशोलाल काफ़ी बड़ा हो गया है," दीवानचन्द ने बात को बदलने की कोशिश करते हुए कहा।

"हाँ," दीनानाथ ने चहकते हुए कहा, "वह बुद्धिमान है और बहुत प्यारा भी। वह अपनी बहनों और चाची को प्यार करता है, अपनी माँ की देखभाल करता है और मुझे...मानता है।"

"पिता की तरह," दीवानचन्द बोला, "आप कह सकते हैं। मैंने इसके बारे में किसी और तरह से सोचा ही नहीं। मुझे पता था कि आप उसको सच्चे दिल से प्यार करेंगे और उसको जीवन में किसी चीज़ की कमी महसूस नहीं होने देंगे।"

दीनानाथ के दिल में अपने भाई के लिए प्यार उमड़ आया, ऐसा प्यार जैसे दिल में दर्द हो रहा हो। "मैं यह कहना चाहता था कि मुझे माफ़ कर दो," वह बोला।

"किस बात की माफ़ी?" दीवानचन्द ने पूछा।

"उस दिन पिटाई करने के लिए।"

"किस दिन?" दीवानचन्द ने पूछा, जबकि उसको यह पता था कि दीनानाथ किस दिन के बारे में बात कर रहा था।

"मैं भी बच्चा था," दीनानाथ ने उसके सवाल को नज़रअन्दाज़ करते हुए कहा, "एक ऐसा बच्चा जिसने अपनी माँ को खो दिया था। मैंने तुमको इसलिए दोषी ठहराया क्योंकि मुझे किसी-न-किसी को दोषी ठहराना ही था, मुझे अपना ग़ुस्सा कहीं न कहीं निकालना ही था।"

"मैं समझता हूँ," दीवानचन्द ने कहा। उसको उस घटना की बहुत स्पष्ट याद थी, लेकिन अब उसको यह याद नहीं था कि उसको कैसा महसूस हुआ था।

आपको अपने छोटे भाई से माफ़ी की कोई ज़रूरत नहीं है, लेकिन अगर आप यह चाहते हैं कि मैं यह कहूँ तो मैं कहूँगा, "मैं आपको माफ़ करता हूँ," वह बोला।

दीनानाथ की आँखों की कोरों पर आँसू छलक आए थे जो अब गायब हो गए। वह समझ गया कि दीवानचन्द के लिए यह बात अब मायने नहीं रखती है, इसलिए उसकी माफ़ी ऊपरी तौर पर ही रह गई, उसमें राहत पहुँचाने की शक्ति नहीं बची।

"इस बारे में भूल जाइए भइया," दीवानचन्द ने कहा।

"मैं तुमसे कुछ और कहना चाहता था," दीनानाथ बोला। वह जल्दी से उस मामले पर आना चाहता था जिससे वह परेशान था। इसीलिए उसने बचपन की उस ग़लती के लिए माफ़ी माँगी थी जिसके लिए उसको लगता था कि माफ़ी कभी नहीं मिलेगी—उसने माफ़ी माँगने के लिए बहुत लम्बा इन्तज़ार किया था। "एक बार फिर चले जाने से पहले तुमको एक फ़ैसला लेना है। इसका सम्बन्ध केशोलाल से है।"

"ऐसा क्या है?" दीवानचन्द ने पूछा। अचानक उसका दिल ज़ोर-ज़ोर से धड़कने लगा।

"आज सुबह मैंने तुम्हें मास्टर मक्खन लाल से मिलवाया था," दीनानाथ ने कहा, "याद है?"

"हाँ," दीवानचन्द ने धीरे से कहा। हालाँकि दिन-भर कथा सुनाने के बाद उसको बस इतना याद था कि घर के सदस्यों से अजीब ढंग की मुलाक़ात के बाद नौकरों की क़तार लगी हुई थी। वे नौकर जो उस समय भी इस घर में काम करते थे जिस वक़्त वह घर छोड़कर गया था। उनके लिए उसका 'लौटकर आना' मायने रखता था, शायद इसलिए ताकि वे बाद में आए नौकरों के ऊपर अपनी वरिष्ठता को जता सकें। और उसको यह याद था कि जब वह सहदेई से मिला, जिसके दाँत भी टूट चुके थे और जो छड़ी के सहारे चल रही थी, तो भी उसको कुछ ख़ास महसूस नहीं हुआ।

"मुझे हाल में यह पता चला है कि वह हमारा सौतेला भाई है," दीनानाथ ने कहा, "आगरा में पिताजी का किसी औरत के साथ सम्बन्ध था, यह उसी औरत से पैदा हुआ बेटा है।"

दीनानाथ ने जाने से पहले उसको यह समझा दिया कि लाला मोतीचन्द की वसीयत का उसके भाई के लिए क्या मतलब है और उसने उसके सामने दो विकल्प रखे—केशोलाल के भविष्य को बचाने के लिए वसीयत को चुपके से बदल दिया जाए या फिर उस वसीयत को इस सम्भावना के साथ स्वीकार कर लिया जाए कि भविष्य में उसके कारण हो सकता है कि बहुत सारी क़ानूनी लड़ाइयाँ हों—दीवानचन्द अपने सर को बहुत हल्का महसूस कर रहा था और साथ ही बेहद उदास भी। बारादरी में लौटने के बाद उसने अपने शिष्यों को कथा जारी रखने का निर्देश दिया और उनसे कुछ दूर ज़मीन पर ही चादर ओढ़कर लेट गया और आँखें मूँदकर सोने की कोशिश करने लगा। लेकिन ऊपर दीनानाथ और कुछ घर की दूरी पर स्कूल

में मास्टर जी की तरह दीवानचन्द को भी नींद नहीं आई। उसके सर में दर्द हो रहा था और वह सोने के लिए जिस तरफ़ भी मुड़ता सर का दर्द उसी तरफ़ बढ़ जाता। जहाँ तक उसको याद आया पहली बार उसको कथा की आवाज़ से परेशानी हो रही थी। उसका शरीर शान्ति के लिए चीत्कार रहा था। 'राम, श्रीराम, श्रीराम' वह बार-बार दोहराए जा रहा था, उसकी आँखें अभी भी बन्द थीं, और धीरे-धीरे नाम स्मरण ने अपनी शक्ति सिखानी शुरू कर दी; धीरे-धीरे उसके दिल की धड़कन सामान्य होने लगी और माथे का दर्द कुछ कम हो गया।

उसका ध्यान गया कि वह केशोलाल के बारे में सोच रहा है, वह बहुत प्यारा था, और उसकी मुस्कान बहुत प्यारी थी। सोचकर दीवानचन्द को गर्व महसूस हुआ; यह गर्व किसी भी माता-पिता का स्वाभाविक प्यार होता है जो कई बार अपने बच्चे की प्रशंसा के रूप में फूट पड़ता है लेकिन कोई आवश्यक नहीं है कि वह उस रूप में फूटे भी। यह गर्व उससे बहुत अलग था जो किसी के अन्दर आमतौर पर होता है, बहुत अलग, नि:स्वार्थ, जो विनम्रता के रूप में महसूस हो। यह विनम्रता के रूप में क्यों महसूस हुआ? हो सकता है कि इसका कारण यह हो कि जब आप अपने बच्चे के ऊपर गर्व का अनुभव करते हों तो आप इस बात को स्वीकार करते हों कि इस संसार का चलते रहना आपके शरीर के ऊपर निर्भर नहीं है, आपका शरीर तो एक दिन नष्ट हो जाएगा और उसके साथ ही आपका अहम् भी मर जाएगा। यह अच्छा विचार था, सुबह उसको इस विचार को लिख लेना चाहिए, वह इसका कहीं इस्तेमाल कर सकता था, शायद इसके माध्यम से वह इस बात को समझा पाता कि रावण के अपने कृत्यों के ऊपर गर्व के मुक़ाबले राम के माता-पिता का अपने बेटे के ऊपर गर्व प्रशंसा के क़ाबिल था।

केशो एक अच्छा पारिवारिक इनसान बनेगा, वह इस बात को जानता था और दीना भइया को भी ऐसा ही लगता था। वह इस परिवार के मूल्यों के सहारे इस परिवार को आगे लेकर जाएगा। क्या अपने बेटे से वह यही चाहता था? अपने दादाजी की गद्दी पर बैठकर लकड़ी, अनाज और कपड़ों का व्यापार करे, लेकिन किसी-न-किसी को तो यह करना ही था। क्यों? किसी को क्यों करना होगा? जब आसपास हज़ारों नौजवान अनन्त युद्ध लड़ते हुए मर रहे हों तो ऐसे में इस परिवार के लिए यह ज़रूरी क्यों है कि यह बरकरार रहे और अपना ध्यान रखे? लेकिन केशो को मरना नहीं चाहिए। नहीं, नहीं, केशो को तो हमेशा ठीक-ठाक रहना चाहिए, और उसका ध्यान अच्छी तरह रखा जाना चाहिए। केशो को अपने दादा की तरह लम्बी उम्र तक जीना चाहिए। सौ साल तक। पिताजी की उम्र सौ साल नहीं है। लेकिन उन्होंने अच्छी ज़िन्दगी जी, जीवन के सुखों का भरपूर उपयोग किया, उस तरह के सुखों का भी उपभोग किया जिनका उपभोग एक सच्चरित्र आदमी को नहीं करना चाहिए।

मास्टर मक्खन लाल, दीनानाथ ने उस आदमी का यही नाम बताया था। सौतेला भाई। इसका मतलब क्या हुआ : सौतेला भाई? क्या सौतेला भाई इसलिए कहते हैं क्योंकि उसका जन्म एक उसके पिता और दूसरे किसी अन्य के मेल से हुआ था, हो सकता है, वह जो आदमी है मक्खन लाल शायद वह उन दोनों को जानता हो, दीवानचन्द तो उसके एक ही अभिभावक को जानता रहेगा, तो ऐसे में क्या वह मेरा पूरा असली भाई बन जाएगा, लेकिन मैं उसके लिए सौतेला भाई ही बना रहूँगा? इस बात को पिताजी ने हम लोगों से छिपाए क्यों रखा? हो सकता है कि उसके बारे में हमें बचपन में पता होता तो हम दोनों साथ-साथ खेले होते। हो सकता है कि वह आत्मविश्वास से भरपूर खिलाड़ी हुआ होता जैसा कि मैं बचपन में नहीं था, वह आदमी ग़ुस्से के कारण मुझसे दूरी बनाकर नहीं रहा होता, उसने मुझे मेरी माँ की मृत्यु के लिए दोषी नहीं ठहराया होता। भइया ने उस बात के लिए मुझे माफ़ कर देने के लिए कहा था। मैंने उनको माफ़ कर दिया है। वे भी बच्चे थे, उनकी माँ की मृत्यु हो गई थी। लेकिन मैंने तो उनसे भी पहले अपनी माँ को खो दिया था, मुझे इस बारे में कभी पता नहीं चला। आख़िर उनको ग़ुस्सा होने का हक़ क्यों था और मुझे क्यों नहीं? क्या मुझे वे सारे साल लौटा सकते हैं जब मैं प्यार के लिए तरसता रहता था और मुझे कड़वाहट के सिवा कुछ भी नहीं मिला? उसके कारण मेरा क्या हुआ? उसने मुझे क्या बना दिया? राम, श्रीराम, राम, श्रीराम। कोई बात नहीं, यह बहुत पुरानी बात हो गई अब। अब मुझे उन बातों से कोई परेशानी नहीं है, अब मैं श्रीराम के चरणों में हूँ और तुलसी मेरे कानों में गाते रहते हैं। आपकी जय हो श्रीराम, आपकी जय हो, बाबा तुलसी, आपका संगीत माँ के दूध से अधिक मीठा है!

दीवानचन्द उठकर उस स्थान पर गया जहाँ उसके शिष्य मानस का पाठ कर रहे थे। वे दोनों जो चौपाई गा रहे थे उसके बीच से उसने उनके साथ गाना शुरू किया और उनके साथ पाठ में शामिल हो गया; अब उसको उस किताब से कोई भी सूत्र पकड़ने में कोई दिक़्क़त नहीं होती थी जो उसके लिए न जाने कितने सालों से जीवन सूत्र की तरह रही है। वह इस बारे में फ़ैसला नहीं करेगा, उसने पाठ करते-करते सोचा, अब यह दीनानाथ का परिवार है और अब अगर केशोलाल उत्तराधिकारी बनाया गया तो क्या हुआ—किसी ने उससे पूछा कि वह उत्तराधिकारी बनना चाहता था या नहीं? इस बारे में फ़ैसला दीनानाथ को ही करना चाहिए कि वह वसीयत में हेरफेर का अपराध करना चाहता है या कि अपनी पिता की अन्तिम इच्छा का अपमान कर उससे भी बड़ा अपराध करना चाहता है।

अगली दोपहर तक कथा अध्याय छह तक पहुँच गई और राम तथा रावण का युद्ध निकट ही लग रहा था जब लाला मोतीचन्द के आँगन में उत्सव जैसा माहौल बना हुआ था। बड़ी संख्या में लोग आ-जा रहे थे और ख़ानसामे वहाँ आनेवाले

लोगों के लिए खाना पकाने में व्यस्त थे जो या तो कथा सुनने के लिए आ रहे थे, या मुफ़्त का भोजन करने के लिए आ रहे थे या लाला मोतीचन्द की आलीशान हवेली को अन्दर से देखने के लिए आ रहे थे या यह देखने की उत्सुकता के साथ आ रहे थे कि बहुत दिन पहले घर छोड़कर जानेवाला भाई कथा सुनाने वापस आया है और अब वह देखने में कैसा लगता था या, अधिकतर इनमें से सभी कारणों से आ रहे थे। तुलसीप्रेमी और उनके दोनों शिष्य जल्दी-जल्दी पाठ कर रहे थे ताकि सूरज डूबने से पहले कथा पूरी हो जाए ताकि कथा की समाप्ति के मौक़े पर श्रीराम और मानस की भव्य आरती सम्पन्न की जा सके।

अचानक भीड़ ने 'जय श्रीराम' का ज़ोरदार जयकारा लगाया। देखने के लिए तुलसीप्रेमी ने सर उठाया तो पाया कि सभी लोग आँगन के एक प्रवेश द्वार की तरफ़ देख रहे हैं। पहले तो उसको लोगों की पीठ ही दिखाई दे रही थी जो यह देखने के लिए मुड़े हुए थे कि क्या हो रहा है, उसके बाद जब भीड़ ने जगह बनाई तो उसने देखा कि सहदेई उसकी तरफ़ बढ़ी आ रही है। उसके पीछे दो बच्चे थे—बड़े बच्चे ने राम का भेष बना रखा था, उसका चेहरा नीले रंग से रंगा हुआ था, सर पर गत्ते से बनाया हुआ सुनहरे रंग का मुकुट था, दाएँ हाथ में एक खिलौना तीर था उसके बाएँ कंधे से तीरों से भरा तरकश लटका हुआ था, यह केशोलाल था। उसके पीछे जो छोटा बच्चा था उसने भी उसी तरह की वेशभूषा बना रखी थी लेकिन उसके चेहरे पर नीला रंग नहीं लगा हुआ था। इस बच्चे को उसने कल भी देखा था। शायद किसी नौकर का बेटा था। जब वे दोनों बच्चे उस बरामदे के पास आए जहाँ कथा चल रही थी लोगों ने एक बार फिर जय श्रीराम का जयकारा लगाया।

उसका दिल तेज़ी से धड़कने लगा लेकिन कथा में बाधा नहीं आई, दीवानचन्द खड़े हो गए, और अपने हाथ जोड़े हुए वे उन दोनों बच्चों के सामने झुक गए। 'जय श्रीराम' इस बार और भी ज़ोरदार जयकारा लगा। सहदेई ने वहाँ मौजूद भीड़ को शान्त करवाया, उसके बाद वह दोनों बच्चों को अपने पास ले आई और फुसफुसाते हुए उनसे कुछ कहा, उनको कुछ निर्देश दिए। उसके बाद छोटा बच्चा ज़मीन पर लेट गया और उसने अपनी आँखें बन्द कर लीं। बड़ा बच्चा अपने घुटने के बल बैठ गया तथा उसके ऊपर झुकते हुए उस लेटे हुए बच्चे को अपनी बाँहों में उठा लिया। उसी तरह से जिस तरह से राम ने अपने भाई लक्ष्मण को बाँहों में उठा लिया था। दीवानचन्द को ज़ोरदार सुमधुर आवाज़ में एक चौपाई सुनाई दी—

अर्ध राति गइ कपि नहिं आयउ। राम उठाइ अनुज उर लायउ॥

(आधी रात हो गई और हनुमान अभी तक नहीं लौटे हैं। राम ने अपने भाई को उठाया और कलेजे से लगा लिया)

और उसको समझ में आया कि वह स्वयं ही गा रहा था। वह वहाँ सन्न अवस्था में खड़ा था, अपने सामने के दृश्य को देखते हुए, उसकी छाती भारी हो गई थी, आँखों से आँसू बह रहे थे, लेकिन वह पाठ किए जा रहा था, तब तक सुनाता रहा जब उसको लगा कि उसका गला इतना भर आया था कि वह अब और नहीं सुना सकता था।

5 मार्च, 2009

मेरी प्रिय विमला,

मुझे लगता है कि मैं तुम्हारे ऊपर इस तरह का आरोप भी नहीं लगा सकता कि अगर तुमको यह पता चल गया कि यह पत्र मैंने लिखा है या तुमने मेरी हस्तलिपि पहचान ली तो तुम शायद उसको खोलो भी नहीं, बल्कि मैं यह सोचता हूँ कि अगर तुमने इस पत्र को खोला तो तुमको बहुत आश्चर्य होगा कि मैं बिस्तर पर तुम्हारे साथ ही सोता हूँ फिर भी मैंने तुमको पत्र लिखा है, क्योंकि तुम और मैं दोनों यह जानते हैं कि तुमने मुझसे खाने, दवाई या छोटे-मोटे घरेलू प्रसंगों के अलावा किसी बारे में बात करना बन्द कर दिया है। मैं जो कहना चाहता हूँ तुमने मुझे कहने से कभी रोका नहीं है, लेकिन तुमने बिना एक भी शब्द कहे मेरे लिए इस बात को स्पष्ट कर दिया है कि फ्रिज से बहते पानी से अधिक महत्त्वपूर्ण किसी प्रसंग पर स्वयं से बात करने के मेरे अधिकार को तुमने छीन लिया है। इसलिए, वैसे तो मैं यह जानता हूँ कि तुम उन बातों को नहीं सुनना चाहती हो जो मैं तुमसे कहना चाहता हूँ, इसलिए मैं तुमको पत्र लिख रहा हूँ? क्या तुमने जीवन-भर मुझे सुना नहीं है? क्या मैंने उन बातों के बारे में निरन्तर बात नहीं की है जो मेरे लिए तो महत्त्व रखती थीं, लेकिन मैंने यह जानने की परवाह भी नहीं की कि वे बातें तुम्हारे लिए महत्त्व रखती थीं या नहीं, और क्या तुमने हर बार सब्र के साथ मुझे नहीं सुना और मुझे सुझाव नहीं दिए? और अगर यह बात सही है कि हर व्यक्ति की एक सीमा होती है कि वह दूसरे व्यक्ति से कितना माँगे, चाहे वह दूसरा इनसान उसका पति या पत्नी ही क्यों न हो, और अगर मैंने अपनी सीमा को पार कर लिया है तो मुझे क्या अधिकार है कि मैं उस चुप्पी को तोड़ूँ जो तुमने मेरे ऊपर लगाई है। जवाब है—मुझे कोई अधिकार नहीं है। फिर भी, यह पत्र।

मेरी विमली, सड़क पर खड़े किसी भिक्षुक की तरह मैं गिड़गिड़ाकर कह रहा हूँ कि इस चिट्ठी को पढ़ लो, और चूँकि मैंने एक पूरा उपन्यास भिक्षुकों के

ऊपर लिखा है, इसलिए मैं इस बात से अवगत हूँ कि किसी भिक्षुक की याचना को सुनने से पहले ही ख़ारिज कर देना आरोपण हो सकता है, लेकिन मैं यह आरोपण आज दो कारणों से कर रहा हूँ। पहला, जब से मुझे यह समाचार मिला, समाचार इतना भयानक था कि मैं इसको 'समाचार' से अधिक और कुछ नहीं कह सकता, कम-से-कम तुमको इस पत्र में तो नहीं ही, तब से मुझे बहुत पश्चात्ताप हो रहा है, और बहुत अधिक महसूस हो रहा है कि मैंने जीवन में बहुत लोगों का बहुत बुरा किया है, उन लोगों का जिन्होंने मुझे प्यार किया और मेरा ध्यान रखा। उनमें से कुछ लोग ऐसे स्थानों पर पहुँच चुके हैं जहाँ डाकिया पत्र नहीं पहुँचा सकता, और जगन्नाथ जैसे लोगों के पास मेलबॉक्स है, लेकिन उनको जो घाव मैंने दिए हैं वे भर चुके हैं, और चूँकि उनके घाव हरे नहीं हैं इसलिए उनके द्वारा दी जानेवाली क्षमा सच्ची क्षमा नहीं हो सकती, इससे मेरी ग्लानि कम नहीं हो सकती। बस एक तुम ही बची हो जिससे मैं सच्ची क्षमा माँग सकता हूँ। मुझे क्षमा करना कि मैंने तुमको उन लोगों का प्रतिनिधि बना दिया, मैंने तुमसे तुम्हारी अपनी पहचान छीन लेने की एक नई पद्धति खोज ली है, लेकिन यह उन बहुत-सी चीज़ों में सबसे नई है जिनके लिए मुझे तुमसे क्षमा माँगनी है, और चूँकि इस पत्र में सच के सिवा कुछ नहीं है इसलिए मैं इसको छुपाने की कोशिश भी नहीं करूँगा।

दूसरा कारण यह है कि पिछले क़रीब एक साल से मैं एक तरह से सज़ा काट रहा हूँ। मैं बूढ़ा हो चुका हूँ, इतना बूढ़ा कि अब कुछ नया नहीं सीख सकता, कुछ दिन पहले ही मैंने एक उपन्यास के रूप में बहुत सारे वाक्य लिखे हैं जिसका पहला प्रारूप मैंने अभी कुछ दिन पहले ही पूरा किया है। तुमको पता है कि मैं लिख रहा था, तुमने मुझे काम करते हुए भी देखा है। और पहले की तरह तुमने मुझसे एक बार भी यह नहीं पूछा कि यह पुस्तक किस विषय पर है। मेरे आरम्भिक दिनों से कितनी अलग बात है यह। जब मैं अपना पहला उपन्यास लिख रहा था तो ऐसा लगता था कि दुनिया भी धीरे-धीरे चक्कर लगाए और कोई मुझे परेशान न करे—सुशान्त को बाहर वाले कमरे में खेलना पड़ता था, किसी मेहमान को नहीं बुलाया जाता था, यहाँ तक कि काम वाली से भी कह दिया गया था कि वह दरवाज़े की घंटी न बजाए। घर के कई ज़रूरी प्रसंगों को तब तक टाल दिया गया जब तक कि मैं उसके ऊपर बातचीत करने के लिए तैयार न हो जाऊँ, और एक बार तो मुझे बहुत अफ़सोस भी हुआ जिसके बारे में मैंने तुमको बताया नहीं। सुशान्त झूले से नीचे गिर गया था और उसको चोट लगी थी, तब मैंने अपने पड़ोसी वर्मा से बच्चे को अस्पताल ले जाने के लिए कह दिया था क्योंकि मैं एक महत्त्वपूर्ण सीन लिख रहा था। लेकिन शायद आज मुझे इस बात पर पहले से भी अधिक शर्मिन्दगी हो रही है कि जब तुम्हारी पीठ में परेशानी थी और तुम सात महीने के लिए बिस्तर पर थी तब मैंने किस तरह का व्यवहार किया था। मैं घर और बच्चों का ध्यान रखता,

ज़ाहिर है, कामवाली की मदद से, और रात में सुशान्त जब सोने चला जाता तो मैं लिखने का काम भी करता, लेकिन मैं इस बात को सुनिश्चित करता था कि जो भी घर आए उसको सुनाऊँ कि मैं अपनी पत्नी के स्वास्थ्य के लिए कितना त्याग कर रहा हूँ। तुमने इस बात की तरफ़ मेरा ध्यान क्यों नहीं दिलाया कि उन सात महीनों के दौरान मैंने अपने जीवन में जो थोड़ा-बहुत बदलाव किया और कामवाली का वेतन बढ़ाया वह उसके सामने कुछ भी नहीं था जो त्याग तुम जीवन-भर करती आई थी? इस बात को मैं भी पहले क्यों नहीं समझ पाया?

बहरहाल, जो मैं कहना चाह रहा था वह यह कि जब मैं कुछ लिख रहा होता था, और मुझे इस बात की ज़रूरत महसूस होती थी कि तुम उसको पढ़कर कुछ राय दो तो उसका तात्पर्य होता था तत्काल, चाहे सुशान्त का स्वास्थ्य ख़राब हो या तुम फ़ोन पर अपनी-अपनी माँ से बात करना चाहती हो। मैंने तुमको इस बात के लिए मजबूर किया कि तुम सब कुछ छोड़कर मेरा काम करो। और यह अच्छी बात नहीं थी। जो बात अच्छी थी, बल्कि बहुत अच्छी थी वह यह कि तुम जिस तरह की सलाह दिया करती थी! तुम कितनी सरलता से बनावटीपन और असत्य को पकड़ लेती थी, कितनी सरलता से तुम वहाँ पहुँच जाती थी जो मेरे लेखन की आत्मा होती थी। विमली, काश तुम इस बात को जान पाती कि मैंने तुमको केवल पत्नी या अपने बच्चे की माँ के रूप में प्यार नहीं किया बल्कि मैंने हमेशा तुम्हारी बुद्धि का भी सम्मान किया है। जब तुम मेरे लिखे पन्नों को पढ़ती थी, जब तुम उनकी आलोचना किया करती, तो तुम्हारे कहे को मैंने कभी अनदेखा नहीं किया। कई बार मेरे अहम् को ठेस पहुँचती, और मैं बहस करने लगता, और कई बार ग़ुस्सा भी हो जाता और अपने बड़े उपन्यासकार होने का हवाला देकर बहस में जीतने की कोशिश करता, जिसके पीछे यह घृणित सोच भी होती थी कि तुम एक घरेलू औरत से अधिक कुछ नहीं हो, जिसने यूँ ही साहित्य में एमए तक की पढ़ाई कर ली, और जब तुम प्रशंसा करती तो मैं बहुत ख़ुश हो जाता। उस दौरान जो बातचीत होती थी वह मेरे जीवन की सबसे सार्थक साहित्यिक चर्चा होती थी, बल्कि सिर्फ़ साहित्यिक ही क्यों, उस दौरान जो बातचीत होती थी वह मेरे जीवन की सबसे सार्थक बातचीत होती थी। पिछले तेरह-चौदह साल के दौरान, जब से मेरी क़लम सूखी है, उस तरह की बातचीत कम हो गई जिसके कारण हमारे बीच की दूरी बढ़ गई। या शायद हम सुशान्त के अमेरिका जाने के बाद से अलग-अलग होने लगे थे न कि मेरी क़लम के सूख जाने के बाद? पिछले एक साल के दौरान मैं बैठकर लिखता और तुम मुझे लिखते हुए देखकर भी अनदेखा कर देती, मुझे उस तरह की बातचीत की कमी बहुत खलती है। केवल यही नहीं बल्कि अब मुझे इस बात का अफ़सोस होता है कि किस तरह मैं तुमको जबरन उस बारे में बातचीत करने के लिए कहता था जो मेरे लेखन से जुड़ी होती थी, जबकि वह वास्तव में मेरे

अपने बारे में होती थी। जीवन में हमारे बीच ऐसी बातचीत बहुत कम हुई जिसमें मैंने तुमको वह दिया जो तुम उस तरह की बातचीत के दौरान मुझे देती थी। मैंने पहले अपने आप से पूछा—उसने मुझसे कभी उस तरह से कुछ क्यों नहीं माँगा जिस तरह से मैं उससे माँग लिया करता था? उसके बाद मुझे यह समझ में आया कि मेरे लिए यह कहना स्वार्थपूर्ण था क्योंकि तुम इसलिए कुछ नहीं माँगती थी क्योंकि तुमको ऐसा लगता था कि मैं दे नहीं सकता था। अपने लिए कुछ माँगना तुम्हारे लिए बहुत मुश्किल है, कई बार कुछ अधिक ही। वह माँगना जो तुम्हारा अधिकार है बहुत मुश्किल होता है, विमली।

अब मैं उस बात पर वापस आता हूँ जो पहले कह रहा था। मैं पिछले एक साल से एक उपन्यास लिख रहा था, ख़ुद को सज़ा देने के तौर पर। उस उपन्यास में क्या है, क्या नहीं यह महत्त्व नहीं रखता। नहीं, यह कहना सही नहीं है, यह प्रासंगिक है, लेकिन मैं अपने अतीत के व्यवहार से इतना शर्मिन्दा हूँ कि मैं एक और परेशान करनेवाले उपन्यास का प्रारूप बताकर तुम्हारे ऊपर उसका भी बोझ नहीं डालना चाहता, जिसे एक बेचैन आत्मा ने लिखा है। इसलिए इस बात को जाने दो। चलो मैं यह बताता हूँ कि उस समाचार के बाद के हफ़्तों-महीनों में क्या-क्या हुआ। पहले तो मैं सन्न रह गया, जो स्वाभाविक प्रतिक्रिया थी, और फिर मुझे समझ में आया, और फिर मुझे तब एक बार और सदमा पहुँचा जब तुम्हें दिलासा दिलाने के मेरे सभी प्रयास बेअसर हो रहे थे, बल्कि यह कहना चाहिए कि तुम बड़े चिड़चिड़े ढंग से उनको नकार रही थी। शुरू-शुरू में मुझे पीड़ा हुई, फिर मैं उस बारे में सोचने लगा जो तुमने उस समय कहा था जब सुशान्त पहली बार अमेरिका जा रहा था और हम उसको हवाई अड्डे छोड़ने गए थे।

तुमने मेरे ऊपर यह आरोप लगाया था कि मैंने तुम्हारे पुत्र को दूर देश भेज दिया। उस समय मैंने यही सोचा कि तुम ग़ुस्से में ऐसा कह रही हो जो उचित नहीं था। वह तुम्हारे स्वभाव से इतना अलग था, उस तरह ज़ोर-ज़ोर से बोलना, मेरे ऊपर आरोप लगाना, तुमने पहले कभी ऐसा किया नहीं था इसलिए मैं सन्न रह गया। उसके बाद के सालों में मैंने उस कथन के बारे में कई बार सोचा है। और, सोचने पर मुझे यही लगा कि तुम्हारा वह आरोप एक अर्थ में अनुचित था—आईआईटी बम्बई और उस तरह के अन्य अच्छे कॉलेजों में पढ़नेवाले सुशान्त के सहपाठी, जिनमें साइंस और इंजीनियरिंग की प्रतिभा थी उस समय अमेरिका गए थे, हमारा बेटा कोई अपवाद नहीं था। लेकिन दूसरे अर्थ में मैं इस बात को समझ गया कि तुम कह क्या रही थी—तुमने मेरे ऊपर आरोप लगाया, यह कहने की कोशिश की थी कि अपने आसपास की चीज़ों के ऊपर जो मेरा निरन्तर ग़ुस्सा बना रहता था उसके कारण ही हमारा बेटा दूर चला गया। मैं स्वयं से पूछ रहा था, अगर तुमको यह पता था कि सुशान्त के सहपाठी और उसके सीनियर अमेरिका में थे, और वह

उस समय बहुत अच्छा कैरियर माना जाता था, फिर तुमने उसके अमेरिका जाने के निर्णय को मेरे ग़ुस्सैल स्वभाव से जोड़कर क्यों देखा, और उस आकस्मिक घटना को जिसके कारण उसकी मृत्यु हुई? और अचानक मुझे यह बात समझ में आई कि क्यों—केवल सुशान्त की मृत्यु के लिए ही तुम मुझे और मेरे स्वार्थी ग़ुस्से को दोषी नहीं ठहरा रही, तुम मुझे इस बात के लिए दोषी ठहरा रही हो कि तुमको एक बेमुरौवत और अहंकारी पुरुष के कारण बहुत मुश्किल जीवन बिताना पड़ा, उस आदमी के कारण जिसने जीवन-भर उसी परिश्रम के साथ इस भावना को मन में पाले रखा कि उसके साथ ग़लत हुआ था, जिस परिश्रम के साथ तुमने अपने बेटे को पाला।

लेकिन विमला तुम्हारी माँ ने तुमको स्त्री के जो संस्कार दिए थे, उनके ऊपर तुम इतना विश्वास करती थी कि तुम सीधे तौर पर मुझे दोषी नहीं ठहरा सकती थी, अपने पति और अपने स्वामी को, कि उसके कारण तुमको वह प्रसन्नता और वह सहज जीवन नहीं मिला जो हर व्यक्ति को मिलना चाहिए। तुम्हारे अन्दर जो माता थी जिसके साथ ग़लत हुआ था वह तुम्हारे कर्तव्यशील पत्नी के रूप पर भारी पड़ गई—क्योंकि जो कर्तव्यनिष्ठ पत्नी थी उसने कभी शिकायत नहीं की, बल्कि हमेशा सब कुछ सहती रही। वह माँ जिसके साथ अनुचित हुआ था वह पहली बार तब बोली जब हम टैक्सी में अपने घर लौट रहे थे, और शायद तभी से लगातार मन-ही-मन अपनी जीत की तैयारी कर रही थी। वह धीरे-धीरे पत्नी के उस कर्तव्यनिष्ठ रूप से अपने को स्वतंत्र कर रही थी जिसके कारण तुम एक विवेकहीन और लापरवाह पुरुष के साथ बँधी हुई थी। और जब वह समाचार आया, तब उस कर्तव्यनिष्ठ पत्नी की आख़िरी साँस भी उखड़ गई। कृपया मुझे ग़लत मत समझो : मैं इस बात से प्रसन्न हूँ कि अब वह कर्तव्यनिष्ठ पत्नी नहीं रही। मैं प्रसन्न हूँ, पहले इस बात से कि कर्तव्यनिष्ठ स्त्री ने मुझे लगातार घटिया इनसान होते जाने से नहीं रोका। अगर उस कर्तव्यनिष्ठ रूप ने तुमको यह कहने दिया होता कि दुनिया को देखने के मेरे दृष्टिकोण में क्या अनुचित था तो मैं एक बेहतर मनुष्य बन सकता था, जिस तरह से तुम यह कहती थी कि मेरे लेखन में क्या ग़लत था। दूसरे, और यह कहते हुए मुझे कुछ झिझक हो रही है, लेकिन मैं यह कहना चाहता हूँ विमली कि मैं प्रसन्न हूँ क्योंकि मैं तुमको प्यार करता हूँ।

मैंने पत्र लिखने के बारे में कई बार सोचा, अपने मस्तिष्क में वाक्य बनाता रहा, सोचता रहा कि यह कहना है वह कहना है, उसी तरह से जिस तरह मैं जीवन भर अपनी पुस्तकों में कहता रहा, सिवाय इस बात के कि जो मैंने लिखा है या लिखूँगा यह उन सबसे महत्त्वपूर्ण है। सबसे पहले, मैंने यह सोचा कि मुझे अपने अपराध को स्वीकार करना चाहिए, उसके बाद मैं यह बताऊँ कि मैंने किस तरह प्रायश्चित्त करने की कोशिश की और अन्त में तुमसे एक अपील कि मेरे मुक़दमे का निर्णय

सुनाओ और मेरा यह वादा है कि मैं उस निर्णय को हर हालत में स्वीकार करूँगा, चाहे वह हमारे वैवाहिक जीवन के अन्त का फ़ैसला ही क्यों न हो। लेकिन इस बारे में जब मैंने कुछ और सोचा तो मुझे समझ में आया कि यह सोचने का बचकाना तरीक़ा था, अपनी ज़िम्मेदारी से भागने का एक और ढंग, इस बात की एक और कोशिश कि तुमको और अधिक भावनात्मक श्रम करना पड़े। अगर तुमने उस मार्ग को स्वीकार कर लिया जिस बारे में मैंने सोचा था और उसके अनुसार मुझे कुछ सज़ा दी और अगर एक बार मैंने सज़ा काटनी शुरू कर दी तो मैं ग्लानि के भाव से मुक्त हो जाऊँगा, भले ही सज़ा कितनी ही मुश्किल क्यों न हो। मुझे समझ में आया कि यह मेरे लिए बच निकलने का आसान रास्ता था, शायद इसी कारण मैंने इस बारे में सोचा था, औरतों के जीवन को नर्क बनानेवाले अधिकतर पुरुष इसी तरह अपने बचाव का रास्ता निकालते हैं। इसलिए मैंने इस विकल्प का त्याग कर दिया, लेकिन इसका त्याग करने के बाद मेरे पास तुम्हारे या किसी और के लिए किसी तरह का सहारा नहीं रहा। इसका तात्पर्य हुआ कि मुझे अपने मामले का याचिकाकर्ता, वकील, जज बनना है, और जब मैंने इसे स्वीकार कर लिया है तो अब यह स्वाभाविक लग रहा है।

तुमको जगजीत और चित्रा सिंह का गाया वह शेर याद है—*मेरा क़ातिल ही मेरा मुंसिफ़ है, क्या मेरे हक़ में फ़ैसला देगा?* जब मैंने इसको स्वीकार कर लिया तो मुझे इसका नया अर्थ समझ में आया (ओह विमली! मैंने इस शेर को लिखा तो अचानक मुझे याद आया कि जगजीत और चित्रा जब इस एलबम की रिकॉर्डिंग कर रहे थे तभी उनके बेटे की मृत्यु हुई थी)। ख़ैर, मैं इस उलझन भरे मामले को अव्यवस्थित तरीक़े से सुलझाते हुए एक निर्णय पर पहुँचा जिसने मुझे इस नये उपन्यास को लिखने के लिए प्रेरित किया। मुझे नहीं पता कि मैंने तुम्हारे या अपने प्रति अच्छा किया है या बुरा। मुझे कुछ समझ नहीं आ रहा है इसलिए मैं यहाँ उन विचारों को लिखने जा रहा हूँ जो मैंने सोचे थे, इस प्रक्रिया में मैंने जो भी सोचा सब तुमको भेज रहा हूँ, इसलिए नहीं कि मैं तुम्हारा ध्यान आकर्षित करना चाहता हूँ बल्कि इसलिए क्योंकि मैं यह सब किसी और को नहीं भेज सकता और मैं कमज़ोर हूँ, और मुझे इस बात से डर लगता है कि अगर मैंने सब कुछ अन्दर-ही-अन्दर दबाए रखा तो मेरी स्थिति बुरी हो जाएगी।

पिछले क़रीब एक या डेढ़ साल के दौरान मैंने अपने जीवन के बारे में बहुत सोचा और इस बात को समझने की कोशिश की कि मैंने अपना पूरा जीवन इतने क्रोध में क्यों बिताया। मुझे याद है कि जब मैं बच्चा था तब अपने भाई से क्रोधित रहता था क्योंकि मुझे पता चला था कि उसको जन्म देते हुए मेरी माँ की मृत्यु हो गई थी, मातृत्वहीन बचपन की जो उदासी थी वह ग़ुस्से में बदल गई। माँ के प्यार की कमी ऐसी कमी थी जिसको पिता का भरपूर प्यार भी नहीं भर सकता था। हो

सकता है कि जगन्नाथ नहीं रहा होता, अगर माँ के साथ उसकी भी मृत्यु हो गई होती तो मुझे ग़ुस्से का वह पहला दौरा नहीं आया होता। सच बात यह है कि ग़ुस्सा नशे जैसा होता है जो आपके दिल और दिमाग़ को अपने वश में कर लेता है और उसके कारण आप ऐसे-ऐसे काम कर जाते हैं जो आप सामान्य स्थिति में नहीं करते, इसलिए जब पहली बार मुझे ग़ुस्से का नशा चढ़ा तो फिर वापसी का कोई रास्ता नहीं था। बचपन भर मैंने उस बेचारे बच्चे को प्रताड़ित किया जिसको अपने भाई के प्यार से अधिक कुछ नहीं चाहिए था।

मैं पढ़ने में अच्छा था, और जैसा कि तुम जानती हो मैं उस मास्टर जी से प्यार करता था जो उस छोटे से स्कूल में पढ़ाते थे जिसको सेठजी का परिवार चलाता था। मैंने मास्टर जी से केवल साहित्य के लिए प्यार और अपनी सामाजिक चेतना ही नहीं पाई, इन दो बातों के लिए मैंने हमेशा मास्टर जी को श्रेय दिया, बल्कि मैंने उनसे यह भी सीखा कि संसार के अन्याय के प्रति ग़ुस्सा प्रकट करना न्यायोचित है। मैं यह कह सकता हूँ कि वे सेठजी से केवल इस कारण घृणा करते थे क्योंकि सेठजी पूँजीवादी थे, और पूँजीवादी उनके लिए शत्रु थे। मेरे ख़याल से उनको लगता था कि रूसी क्रान्ति के बाद धीरे-धीरे पूँजीवाद का अन्त हो जाएगा और साम्राज्यवाद को हराने के बाद जिस नये भारत का उदय होगा वह समाजवाद और सामूहिकतावाद के सिद्धान्त का अनुसरण करेगा। जब उनकी उम्र कुछ अधिक हुई और भारत में धीरे-धीरे भ्रष्ट होती जा रही कांग्रेस के नेतृत्व में स्वशासन आया, तब उनको भगत सिंह की उस भविष्यवाणी में विश्वास होने लगा कि कांग्रेस जिस तरह की स्वाधीनता चाहती है उससे केवल एक ही चीज़ बदलनेवाली है—शासन करनेवालों की त्वचा का रंग। भगत सिंह मर चुके थे और उनकी अपनी आजीविका पूँजीपतियों की दया पर थी, इसलिए वे अंग्रेज़ों को घूस देकर भी उतने ही ख़ुश थे जिस तरह काम करवाने के लिए किसी भारतीय को घूस देकर। मास्टर जी इस वजह से बहुत कटु हो गए थे और उनकी कटुता कक्षा में दिखाई दे जाती थी, सिवाय उस समय के जब वे मुझसे बात करते थे। मुझे लगता है कि उनको मेरे अन्दर कुछ-कुछ अपनी छाया दिखाई देती थी, एक साधारण परिवार का लड़का जो बहुत बुद्धिमान था। आज मुझे यह बात समझ में आई कि उन्होंने मुझे केवल अच्छी बातें ही नहीं सिखाईं बल्कि कड़वाहट और क्रोध भी दिया।

आज मुझे यह बात समझ में आई है कि उनका क्रोध एक तरह से नैतिक असफलता थी, और वे इस बात को अपने विद्यार्थियों से छिपाते भी नहीं थे, जिसके कारण हम लोगों को ऐसा महसूस होता था कि ग़ुस्सा करना तब तक वाजिब है जब तक कि आपको इस बात पर अच्छी तरह विश्वास न हो कि आप सही हैं। न्यायसंगत क्रोध नैतिक रूप से आपको असफल बनाता है क्योंकि यह आपको अपने आप से यह पूछने से रोकता है कि आप सही में सही हैं या नहीं, यह आपको

यह देखने से भी रोकता है कि उचित-अनुचित के एक से अधिक दृष्टिकोण भी हो सकते हैं। मेरी मदद करो विमली, क्योंकि इन पंक्तियों को लिखते हुए मुझे मास्टर जी के ऊपर क्रोध आ रहा है कि उन्होंने अपने क्रोध को मुझसे छुपाया क्यों नहीं, इसलिए क्रोध आ रहा है कि उन्होंने मुझे और जो कुछ भी दिया उसकी महानता को उस भाव ने हीन कर दिया जिसको एक बार श्रीलाल शुक्ल ने अहंकार भरी ईमानदारी कहा था।

अपनी इस अहंकार भरी ईमानदारी के कारण जो पहला बड़ा ग़लत फ़ैसला मैंने लिया वह एम.फ़िल. कोर्स छोड़ने का था। आज़ादी के बाद दिल्ली विश्वविद्यालय में बी.ए. में हिन्दी की पढ़ाई शुरू की गई थी और मैंने बड़े उत्साह के साथ, बल्कि कहना चाहिए कि देशभक्ति की भावना के साथ पढ़ाई करने का फ़ैसला किया था, और वे तीन साल मेरे जीवन के सबसे अच्छे साल थे। ऐसा महसूस हो रहा था जैसे हम पुरातत्त्ववेत्ता हों, और अपनी सभ्यता की महान साहित्यिक निर्मितियों की फिर से खोज कर रहे हों—जायसी, तुलसी, अमीर ख़ुसरो के साथ ऐसे महान लेखक जो तब हमारे बीच मौजूद थे, दिनकर, निराला, महादेवी वर्मा। मैंने इन सबको बड़े उत्साह के साथ पढ़ा और ऐसे जोश के साथ जैसा मुझे पहले कभी अनुभव नहीं हुआ था। आगे पढ़ाई करना, स्कॉलरशिप के माध्यम से आगे शोध करके अपनी संस्कृति की महान कृतियों को लोगों के लिए उपलब्ध करवाना बहुत स्वाभाविक काम था, सबसे अच्छा काम जो मैं कर सकता था। मुझे ऐसा महसूस हुआ कि यह सच्चा योगदान होता और मैंने अपने आपको इसमें झोंक दिया। मुझे ऐसा महसूस हुआ जैसे मुझे पंख लग गए हों और उड़ने के लिए मेरे सामने खुला आसमान था। लेकिन मैं उस वक़्त धरती पर धड़ाम से आ गिरा जब प्रोफ़ेसर मिश्रा ने मनोहरलाल जी की आरम्भिक कृतियों पर मेरे अप्रकाशित शोध को अपने नाम से प्रकाशित करवा लिया, उन्हीं प्रोफ़ेसर मिश्रा ने जिनका मैं अत्यधिक सम्मान करता था।

मैं सदा इस बात को उचित ठहराता रहा हूँ कि मेरी प्रतिक्रिया सही थी—मैंने विश्वविद्यालय की पढ़ाई छोड़ दी और सरकारी नौकरियों के लिए आवेदन करने लगा और एक चुभता हुआ उपन्यास लिखा, जिसमें मैंने यह दिखाया कि किस तरह नये भारत में अवसरवाद और आभिजात्यवाद के कारण कमज़ोर घरों से आनेवाले प्रतिभाशाली लोगों को आगे बढ़ने से रोका जाता है, और यह सब उच्च आदर्शवाद के आवरण में हो रहा था। यह प्रोफ़ेसर मिश्रा के चेहरे पर थप्पड़ था और उस व्यवस्था के चेहरे पर भी जिसने देश की आँखों पर पर्दा डाल रखा था। तुमने मुझे कई बार यह कहते हुए सुना है। लेकिन बाद में मुझे यह बात समझ आई कि मैंने वह थप्पड़ और किसी के नहीं बल्कि अपने ही चेहरे पर मारा था। कुछ लोग ऐसा भी मानते हैं कि जो होता है अच्छे के लिए ही होता है और मुझे यह बात मान लेनी चाहिए कि अगर मैं शोध में ही लगा रह गया होता तो एक उपन्यासकार के रूप

में मैं प्रसिद्ध न हुआ होता, बल्कि उपन्यासकार ही न हुआ होता। लेकिन यह बात भी सही है कि हिन्दी साहित्य के माध्यम से मैं जो योगदान कर सकता था वह मैं कभी नहीं कर पाया।

सम्भवत: हिन्दी को मेरे योगदान की कमी नहीं अखरती, इसलिए यह हिन्दी का कोई बड़ा नुक़सान नहीं हुआ, लेकिन मैंने अपना नुक़सान किया क्योंकि मैं यह जानता हूँ कि इन महान साहित्यिक कृतियों को पढ़ना, और इस बारे में सोचना कि इनके बहुआयामी अर्थों और गहरे सन्देशों के बारे में लिखने के बारे में सोचना कैसा लगता है। जब मैंने जायसी का *पद्मावत* पढ़ा तो मुझे इतनी ख़ुशी महसूस हुई विमली कि बता नहीं सकता! जयदेव के संगीत से मुझे नाचने का मन होता था! क्या तुम कल्पना कर सकती हो कि तुम्हारा पति जो गम्भीर और उदास लगता है, साहित्य अकादेमी पुरस्कार का विजेता है, वह जयदेव के लिखे उन गीतों पर नृत्य कर रहा हो जो उन्होंने ब्रज में कृष्ण और गोपियों के रास पर लिखे हैं? मैं यह जानता हूँ कि ऐसे अनेक विद्वान हैं जिनकी प्रतिष्ठा भी मेरी तरह ही रही है, लोगों ने उनके ज्ञान के सिक्के का इस्तेमाल राज्यसभा में जगह पाने या अन्तरराष्ट्रीय पुस्तक मेलों के लिए हवाई टिकट हासिल करने के लिए किया, लेकिन ऐसे भी अनेक हैं जिनकी आँखें किसी दोहे की चर्चा करके चमक उठती हैं, ग़ालिब के किसी शेर की आन्तरिक लय के बारे में बताते हुए जिनकी आवाज़ उत्साह से भर उठती है। आज, मैं उन लोगों से बहुत ईर्ष्या करता हूँ और स्वयं को इस बात के लिए कोसता हूँ कि मैं इस बात को समझ नहीं पाया कि मैं भी उनमें से एक हो सकता था। मैं भाषा के प्रति प्यार, कविता की सांगीतिकता के इर्द-गिर्द अपना जीवन बना सकता था, मैं मनुष्य के हृदय की धड़कन के उस संगीत की धुन पर नृत्य कर सकता था जिसको साहित्य कहा जाता है।

लेकिन मैं जो हो सकता था या जो नहीं हो पाया उसको लेकर, अगर अकादमिक जगत में रहा होता तो, मुझे उतनी पीड़ा नहीं हुई होती जितनी इस रास्ते पर चलने से हुई जो मैंने अपने लिए चुना। पहली ग़लती थी अपनी पहली पुस्तक को बदले की भावना से लिखना, जिसका मूल उद्‍देश्य था प्रोफ़ेसर मिश्रा को शर्मिन्दा करना, यह उद्‍देश्य कुछ हद तक उस समय पूरा हो गया जब इस पुस्तक की प्रशंसा कालिदास पांडेय द्वारा की गई। जब मैं पांडेय जी से मिला तो स्वयं को कितना दोषमुक्त महसूस कर रहा था! उन्होंने मुझसे कहा, "अगर मिश्रा लालची न रहा होता तो तुम हिन्दी साहित्य में उसका सबसे बड़ा योगदान हुए होते। अपने पैरों के बीच दुम दबाए भटकता रहता है।" लेकिन दोषमुक्ति के भाव के अलावा, जिसका मैंने लम्बे समय तक आनन्द उठाया, औचित्य के भाव के अलावा, जो मैंने तब महसूस किया जब लोगों ने ग़लत को ग़लत कहने के लिए मेरी प्रशंसा की, मेरी उपलब्धि क्या रही? कोई यह कह सकता है कि मुझे पहचान मिली, और उपन्यासकार के

रूप में मैं जाना गया, लेकिन मुझे वह गहरा सुकून नहीं मिला जो लोगों के दिलों को छू लेने से आता है।

अब मैं इस बात को अच्छी तरह से मान चुका हूँ, जबकि अब मुझे यह बात समझ में आती है कि इसके ऊपर मैंने उस दिन भी सन्देह किया था जिस दिन *अंधी गली का मुसाफ़िर* पूरा हुआ था, जिस साहित्य में नफ़रत भरी होती है वह लोगों के दिल तक कभी नहीं पहुँच सकता, केवल प्रेम से परिपूर्ण साहित्य ही लोगों के हृदय तक पहुँचता है। और इस सन्देह के कारण मैं कभी अपनी पुस्तक की सफलता का आनन्द नहीं उठा पाया। जिसने तुलसी का मधुरस चख रखा हो, जो जयदेव के संगीत पर झूमा हो, जो हाथ जोड़कर ख़ुसरो के सामने झुका हो, जो ग़ालिब के मस्तिष्क की महानता से भाव-विभोर हुआ हो, वह दिमाग़ जो दिल की तरह धड़कता हो—*पहुँच गया है वो उस मंज़िले-तफ़क्कुर पे जहाँ दिमाग़ भी दिल की तरह धड़कता है।* वह कभी इस बात को मान सकता है कि वह साहित्य जो केवल दुनिया की कुरूपता को उघाड़ता हो, जिसमें इसकी सुन्दरता का लेशमात्र भी न हो, वह साहित्य क्या लिखने लायक है? मैं इतना अन्धा कैसे हो गया?

यह कैसे हो सकता था, पहली पुस्तक के बाद मुझे अपने रास्ते के तौर-तरीक़े सीख लेने चाहिए थे। पहली पुस्तक आख़िरकार पहली ही होती है और इस बात को मान लेने में कुछ ग़लत नहीं है, मानकर अपन रास्ता बदल लेने में, कम-से-कम उपन्यासकार के रूप में तो नहीं ही। लेकिन जब सफलता मेरे रास्ते आई तब मैंने दूसरी ग़लती यह कर दी कि सरकारी नौकरी कर ली, वह भी क्लर्क की। एक नौकर का बेटा, जिसको अपने पिता के पेशे से घृणा थी, जिसको साहित्य की शक्ति का अच्छी तरह अन्दाज़ा था, प्रोफ़ेसर मिश्रा द्वारा किए गए छल के बावजूद वह इस बात में विश्वास रखता था कि नये भारत में आख़िरकार बुद्धि को उसका हक़ मिलेगा, वंशवाद के ऊपर प्रतिभा को पहचान मिलेगी, लेकिन साहित्यिक सफलता में आकंठ डूबा मैं अफ़सरों के निर्देश पर उठने-बैठनेवाले संसार में चलता चला गया। यह बहुत बड़ी भूल थी! मुझे ऐसे औसत लोगों के बीच काम करना पड़ा जिनकी श्रेष्ठता का बस यही दावा था कि उनके माँ-बाप के पास धन था और उनको इस तरह से शिक्षा दी गई थी कि वे रूखे ढंग से अंग्रेज़ी बोलकर मुझे अवाक् कर सकें और मुझे उन दूसरे क्लर्कों के साथ कंधे से कंधा मिलाकर चलना पड़ता था जिनको लगता था कि सरकारी नौकरी तथा इसके कारण होनेवाली कई तरह की आय उनके भौतिक जीवन को अच्छा बना सकती है, जिस भौतिक जीवन को दुनिया में सबसे महत्त्वपूर्ण माना जाता था।

क्या तुमने मन में कभी मेरे किसी ऐसे सहकर्मी के साथ विवाह करने के बारे में सोचा था जिनके लिए घर ऐसी जगह होती है जहाँ वे अपने हृदय और मस्तिष्क के साथ आराम कर सकें? जब मैं उनकी बेईमानी के ख़िलाफ़ उठ खड़ा हुआ तो

क्या तुमने अन्दर-ही-अन्दर उन लोगों को क्षमा कर दिया क्योंकि वे अपने बच्चों और पत्नियों की बहुत अधिक परवाह करते थे, और जो ऐसी वस्तुओं के क्रय के लिए अपनी ईमानदारी को दाँव पर लगाने के लिए तैयार रहते थे जिससे वे अपने परिवारों को ख़ुश रख सकें? अगर तुमने ऐसा किया हो तो मुझे बताना ताकि मैं देख सकूँ कि तुमने आख़िर ऐसा किया क्यों? तुमने ऐसा क्यों नहीं किया, जब मैं उन लोगों की धज्जियाँ उड़ा रहा होता था, यह दिखाने में लगा रहता था कि मैं उनसे बेहतर हूँ, और उस समय मैं केवल इसी बारे में सोच सकता था, तब भी मेरी शादी एक बहुत अच्छी स्त्री से हुई जिसको मैं बहुत प्यार करता था, जिसका मैं बहुत सम्मान करता था, जिससे मुझे बहुत गहरा लगाव भी था। तुम घर में प्रतीक्षा करती रहती और मैं लेखक होने के कारण कॉफ़ी हाउस में शामें बिताया करता था, वहाँ मैं उस जीवन को भुलाने की कोशिश करता रहता था जिस तरह का दोयम दर्ज़े का जीवन मैं दिन में बिताया करता था। कॉफ़ी हाउस में मैं दूसरे लेखकों और बुद्धिजीवियों को अपने आला दर्जे के ज्ञान से प्रभावित करने की कोशिश में लगा रहता था, हमारे नये देश में किस तरह का साहित्य होना चाहिए और किस तरह का साहित्य नहीं होना चाहिए जैसे विषय पर बहस करके बहुत उत्साहित होता था। जबकि दिन के समय मुझे तब भी अपने अधिकारी की बात माननी पड़ती थी जब मुझे पता होता था कि वह ग़लत बोल रहा है, यहाँ मैं इस तरह की बहसों में अक्सर जीत जाता था, किसी बहुत अच्छे वाक्य को कहने के बाद मुझे उम्मीद रहती थी कि किसी युवती की नज़र मेरे ऊपर पड़ जाए, जबकि वह जिस लेखक के साथ आई होती थी वह घबड़ाया हुआ बैठा होता था। *कुर्सी का स्वयंवर* जिस तरह की उबाल भरी भावस्थिति में लिखा गया था वह उस काल के थकान भरे दिनों और उमंग भरी शामों से निकली थी। उन दिनों तुम इस बात को लेकर बहुत चिन्तित रहती थी कि तुम माँ नहीं बन पा रही हो, और फिर अन्ततः जब तुम गर्भवती हुई तब तुम अधिकतर बिस्तर पर ही पड़ी रहने लगी थी।

उसके बाद 1970 का साल आया जब सुशान्त पैदा हुआ और मुझे साहित्य अकादेमी पुरस्कार मिला। जानती हो विमली, उपन्यासकारों की यह बड़ी बुरी आदत होती है कि वे किसी भी चीज़ की कहानी लिख देते हैं, और पिछले साल के दौरान जब मैं इन बातों के बारे में सोच रहा था तो मैं 1970 के बारे में सोचने लगा क्योंकि यह वह साल था जब मुझे अपने रास्ते में तेज़ मोड़ दिखा, जब मुझसे सदा-सदा के लिए यह कहा गया कि दूध को पानी से अलगाकर रखूँ। इस परीक्षा में मैं बुरी तरह असफल रहा। शायद इसके लिए मुझे दोषी नहीं ठहराया जा सकता। तब मेरी उम्र महज़ 32 साल थी, मुझे सबसे कम उम्र में साहित्य अकादेमी पुरस्कार मिला था, यह रिकॉर्ड आज तक अटूट है। समिति के एक सदस्य ने कहीं कहा था कि फ़ैसला लेने में महज पाँच मिनट लगे। किताब को इतनी प्रसिद्धि मिली थी कि

इसको पुरस्कार न दे पाना असम्भव था। सम्मान समारोह हुआ और समारोहों के दौर चले! सौभाग्य से इस क्रम में मेरी मुलाक़ात प्रधानमंत्री से भी हुई, और सारी परेशानी वहीं से शुरू हुई। हालाँकि अब जब मैं उसके बारे में सोचता हूँ तो पुरस्कार मिलने के बाद कार्यालय में मुझे जिन षड्यंत्रों का सामना करना पड़ा वह तब भी करना पड़ा होता अगर उन्होंने उस दिन जो कहा वह नहीं कहा होता। उनकी बात ने कुछ और ही रूप ले लिया।

बहरहाल, इस तरह की अलग-अलग उपलब्धियाँ एक तरफ़ थीं, दूसरी तरफ़ यह बच्चा था। दुनिया के सभी स्वस्थ विवाहित लोगों के बच्चे होते हैं। इसमें ऐसी क्या विशेष बात है? पुरस्कार के साथ गौरव आया, बच्चे के साथ आए डाइपर और रातों का जागरण। मैंने अनुचित निर्णय लिया विमली। मुझे विशेष कुछ पता नहीं था, और मैंने अनुचित निर्णय ले लिया। जब मैं उन दिनों-रातों के बारे में सोचता हूँ, उस छोटे बच्चे और थकान से भारी तुम्हारे उनींदे चेहरे पर प्रसन्नता के बारे में सोचता हूँ, तो अब मुझे लगता है कि मैंने अनुचित निर्णय लिया। तुम मुझे इस बात के लिए क्षमा कर सकती हो कि उन आरम्भिक दिनों में पिता के रूप में मैंने अपने कर्तव्यों में कोताही की, आधी रात को तुम बच्चे को दूध पिलाती रहती थी और मैं नींद में रहता था। इसका कारण यह था कि हमारी पीढ़ी की औरतों को इसी विश्वास के साथ पाला-पोसा जाता था कि इस तरह के काम औरतों के हिस्से होते हैं। आज जब वह छोटा बच्चा इस दुनिया में नहीं है तो मुझे यह बात समझ में आ रही है कि मैंने सबसे सुन्दर अनुभवों में से एक का अवसर गँवा दिया जो पुरुष के रूप में मुझे प्राप्त हो सकता था। मैंने इसे इस हद तक गँवा दिया कि मुझे इस बारे में ज़्यादा कुछ याद भी नहीं है कि पितृत्व किसी पुरुष को बहुत गहरे स्तर पर प्रभावित करता है। मैं इस बात को कभी नहीं समझ पाऊँगा कि अगर तब मैंने इसके ऊपर ध्यान दिया होता तो पितृत्व ने मुझे उस सर्वनाश से बचा लिया होता जिसके तरफ़ आगे बढ़ा जा रहा था।

मुझे सारी बातें अब समझ में आ रही हैं, जब बहुत देर हो चुकी है, किसी दूसरे मौक़े की कोई सम्भावना भी नहीं है। लेकिन उस समय तो मुझे बस यही सुझाई देता था कि मैं एक पुरस्कार प्राप्त लेखक हूँ, और मेरे आसपास के लोगों द्वारा क्रूर षड्यंत्र किए जा रहे हैं, कार्यालय के लोग और दूसरे लेखक मेरी सफलता से जलते थे और उनकी ईर्ष्या के कारण कई बार मुझसे इंटरव्यू में चुभते हुए सवाल पूछे गए, मेरी सफलता को हीन ठहराने की कोशिश की गई, और तब मैंने *गोपनीयता की शपथ* उपन्यास लिखना शुरू किया। इस पुस्तक की सफलता मेरे लिए सर्वनाश का कारण बनी। इसने मुझे व्यंग्यकार बना दिया, जबकि मैं उपन्यासकार बनना चाहता था। अपनी इस पदावनति के सदमे से मैं उबर पाता कि उससे पहले मेरे पिता बीमार पड़ गए, और मैं तुम्हारे ऊपर और ज़िम्मेदारी नहीं डालना चाहता था

क्योंकि सुशान्त तब छोटा था, इसलिए मैं एक सुरंग में घुस गया जिसमें डॉक्टर और नर्स भरे हुए थे और मेरे अन्दर अनाथ हो जाने का डर।

अगर 1970 के साल ने ग़लत दिशा ले ली तो मेरे पिता की मृत्यु वह अवसर हो सकता था जब मैं अपने पाँवों को पुनः टिकाने की कोशिश करता। लेकिन जैसा कि अनेक लोगों के साथ होता है मेरे साथ भी हुआ। पिता की मृत्यु मेरे लिए ऐसे घने जंगल में जाने जैसी थी जिसका कोई नक़्शा भी नहीं था। इस जंगल को पार कर दूसरी तरफ़ पहुँचने के लिए अपने ऊपर पूर्ण भरोसा होना चाहिए, और इस बात की स्पष्ट समझ कि क्या महत्त्वपूर्ण है और क्या नहीं, लेकिन मेरा जो आत्मबोध था वह संसार द्वारा वैध ठहराए जाने से जुड़ा हुआ था, इसलिए मैं खो गया। पिता की मृत्यु के कारण मैं भावुक था और उसको भावों में ढालना चाहता था, लेकिन वह उपन्यास जो एक सिपाही के बारे में था जिसको भिखारी से प्यार हो गया था कलात्मक और व्यावसायिक दोनों ही रूप में पूरी तरह से या उतना सफल रहा जितना इसे होना चाहिए था, कारण यह था कि मैं अभी क्रोध और नफ़रत के बीच इतना अधिक फँसा हुआ था कि प्रेम का स्पष्ट मार्ग नहीं खोज पाया। क़रीब एक दशक तक मैं भटकता रहा, मुझे लगता था कि मेरा यौवन बीत चुका है और मैंने जिस महान गौरव के बारे में सोच रखा था वह मेरे रास्ते आनेवाला नहीं है। इस बीच, जनता के बीच में मेरी छवि बेहतर होती जा रही थी, लेकिन जब भी कोई व्यंग्यकार के रूप में मेरी महानता की चर्चा करता तो मेरे अन्दर ज्वाला जाग उठती थी। उसके बाद *कुर्सी का स्वयंवर* पर धारावाहिक बना, जिससे मेरी छवि और मज़बूत हुई और मेरा नाम जाना-माना हो गया। मुझे पद्‌मश्री मिला, लेकिन तुम जानती हो कि मैं कितना बेख़ुद था कि टीवी निर्मात्री शर्मिला को लेकर मुझसे भयानक ग़लती हो गई। मैंने तुमसे सब कुछ स्वीकार कर लिया, और कुछ देर की चुप्पी के बाद तुमने मुझे क्षमा कर दिया, लेकिन न तो तुमने न ही मैंने इस बात को समझा कि जो भी हुआ था उसका अतृप्त शारीरिक इच्छाओं से कोई सम्बन्ध नहीं था, और पुरुषत्व के भाव से किए जानेवाला हर अहंकार चूर-चूर हो गया। आज सोचने पर यह बात विचित्र लगती है—पुरस्कार विजेता लेखक, जिसकी प्रसिद्ध पुस्तक पर टीवी धारावाहिक का निर्माण हो चुका हो, एक जाना-माना नाम, जिसको पद्‌मश्री मिलनेवाला हो, सभी जिसको लुभाने में लगे रहते हों, और उसको अभी भी ऐसा लगता हो कि यह पर्याप्त नहीं है। एक भूख ऐसी होती है जो कभी नहीं मिटती। जब तुम इसको पढ़ोगी मुस्कुरा उठोगी। यही वह समय था जब मैंने *भूख मिटती नहीं* उपन्यास लिखा था। बजाय इसके कि अपने अन्दर झाँका जाए, उसमें भी हमेशा की तरह दूसरों पर उँगली उठानेवाला उपन्यास, एक भ्रष्ट राजनेता और उसके घूसखोर बेटे की कथा को लेकर यह उपन्यास लिखा।

उसके बाद 1980 के दशक के उत्तरार्ध में जब मेरी उम्र पचास साल के क़रीब

हो चुकी थी, और सुशान्त के स्कूल की पढ़ाई पूरी होनेवाली थी, तब मुझे एक नया विषय लिखने के लिए सूझा। दशकों तक नेताओं, अधिकारियों एवं दूसरे लेखकों के ऊपर क्रोध दिखाते रहने के कारण क्रोध की जो नदी सूखने लगी थी वह फिर से उबलने लगी। जगन्नाथ ने पुजारी का काम करना शुरू कर दिया, जो रेस्तराँ में रसोइये की नौकरी से बड़ा काम था। लेकिन मेरे लिए यह और पतन की बात थी, ख़ासकर इसलिए क्योंकि वह समय ऐसा था जब देश के लोग इस तीसरे दर्जे के धर्मनिरपेक्ष जनतंत्र के चालीस साल पूरे होने का इन्तज़ार कर रहे थे, तभी इसको नष्ट करनेवाली घटनाएँ प्रकाश में आ रही थीं। वह कैसा समय था विमली, देश पर शासन करनेवाले अंग्रेज़ीदां शासक इस विचार के साथ खिलवाड़ कर रहे थे जिनको इस बारे में कुछ भी अनुमान नहीं था कि धर्म किस सीमा तक लोगों की भावनाओं को भड़का सकता है, और कितनी आसानी से उन भड़की हुई भावनाओं के माध्यम से राजनीतिक लाभ उठाया जा सकता है।

वे हमारे पास मदद के लिए आ सकते थे, हम हिन्दीभाषी लोगों के पास जो यह जानते थे कि जनतंत्र को केवल बहुसंख्यकों के लिए नहीं होना चाहिए, वैसे मैं अब इस बात पर सन्देह करने लगा हूँ। कम-से-कम हम यह जानते थे कि तुलसीदास कौन हैं और हमने उनकी कृतियों को भी पढ़ रखा था, जिनको उनमें से न तो कोई पढ़ने में समर्थ था और अगर कोई उसे पढ़कर उन लोगों को सुना भी देता तो वे शायद ही उसको समझ पाते। शायद हम लोग साथ मिलकर एक ऐसा वैकल्पिक पाठ तैयार कर सकते थे जिसमें लाउडस्पीकर के शोर की शिकायत करने पर किसी की धार्मिक भावना को ठेस नहीं पहुँचती। लेकिन हम लोग उनकी दृष्टि में हमेशा दोयम दर्जे के बुद्धिजीवी रहे, ऐसे लोगों से अधिक नहीं जो हाथ में फ़ाइल लेकर खड़े होने और प्रतीक्षा करने के लिए बने थे, जबकि वे दूसरी तरफ़ बैठकर निर्णय लेते। और उन्होंने क्या निर्णय लिया! बहरहाल, उसकी इस पत्र के सन्दर्भ में कोई प्रासंगिकता नहीं है, जो बात प्रासंगिक है वह यह कि जगन्नाथ और ऐसे लोगों की आलोचना की जाए जो उन सपनों के अवशेषों को भी मिटाने में लगे थे जो गांधी और नेहरू ने देखे थे। मैंने कड़वाहट से लबरेज दो उपन्यास लिखे, जिनके बारे में कहा जा सकता है कि इतिहास-चक्र के ऊपर उनका प्रभाव मेरी पिछली पुस्तकों से अधिक पड़ा। इनको लिखकर मेरे हृदय के क्रोध को उसी तरह ठंडक महसूस हुई जिस तरह मुझे अपनी पहले की किताबों से हुई थी, हालाँकि यह कहा जाना चाहिए कि सभी किताबों को लिखकर नहीं।

अन्ततः मेरी क़लम सूख गई और क़रीब एक दशक तक सूखी रही और जब वह अकथनीय समाचार आया तब मेरे क़लम से स्याही की कुछ बूँदें छलकीं। पिछले एक-डेढ़ साल के दौरान मैंने काफ़ी कुछ पढ़ा है विमली, विशेषकर वे पुस्तकें जिनको मैं पहले भी कई बार पढ़ चुका था। लेकिन इस बार मैंने उनको

अलग दृष्टिकोण से पढ़ा। इस दौरान मैंने कई चीज़ें सीखीं। मैंने सीखा कि साहित्य इतिहास की गति को थाम नहीं सकता है, क्योंकि इतिहास लाखों-करोड़ों लोगों के स्तर पर काम करता है जबकि साहित्य एक समय में एक व्यक्ति के स्तर तक ही रहता है। क्या इसका तात्पर्य यह है कि साहित्य हमें बेहतर मनुष्य नहीं बनाता है? सरसरी तौर पर अगर हम बीसवीं शताब्दी के इतिहास को देखें तो उससे पता यह चलता है कि मानव जाति इस बात का दावा नहीं कर सकती है कि वह पहले से बेहतर हो गई है, अधिक परवाह करनेवाली जाति जैसी कि वह पहले थी। हालाँकि यह बात भी सही है कि छोटी-बड़ी ऐसी कई घटनाएँ हुई हैं जिनसे उम्मीद जगती है, और यह नहीं कहा जा सकता है कि इस शताब्दी के दौरान जो महान साहित्य लिखा गया, जो महान कलाकृतियाँ निर्मित हुईं उनका इन गतिविधियों से कोई सम्बन्ध नहीं है। अब प्रश्न यह उठता है कि अगर साहित्य किसी तरह का परिवर्तन ला सकता है, तो उस परिवर्तनकारी साहित्य की प्रकृति किस तरह की हो सकती है। और देशकाल के अर्थ में किस सीमा तक वह परिवर्तन सम्भव है? यह एक कठिन प्रश्न है और मैं इतना समर्थ नहीं हूँ कि इसका उत्तर देने का प्रयास करूँ। इसके अतिरिक्त, मुझे यह भी महसूस होने लगा है कि हमें इस बात को भी अनदेखा नहीं करना चाहिए कि चाहे कितना भी बड़ा साहित्य हो, कितना ही ब्रह्मांडीय हो, सवाल किसी एक व्यक्ति द्वारा ही पूछा जाता है, और जवाब भी एक ही आदमी देता है। इससे मैं आज एक ही नतीजे पर पहुँच पाता हूँ, अच्छा लेखक होने के लिए आपको पहले एक अच्छा इनसान होना चाहिए।

अब चाहे यह सीख मेरे किसी काम की हो या नहीं, चाहे मेरे नये उपन्यास को पढ़ने से पाठकों को कुछ महसूस हो या न हो, इसलिए इस समय इस बात का कोई महत्त्व मुझे समझ में नहीं आता है। इस समय मैं यह सोच रहा हूँ कि मैंने अपने जीवन में साथ-साथ अलग तरह से ऐसा क्या किया होता कि मेरे सबसे बड़े दु:ख के दिनों में मेरे पास आने के बजाय तुम मुझसे दूर नहीं गई होती। कॉलेज के दिनों में जब मैं बड़े-बड़े लेखकों को पढ़ रहा था तो मुझे यह बात सूझी थी और मैंने इसके बारे में सोचा भी था। आज उन लेखकों का इस दुनिया में न होना मुझे बहुत खलता है—बहुत अधिक, विमली! हालाँकि वे मेरे होने को नहीं जानते थे क्योंकि मैं बहुत दूर भविष्य में हुआ, मेरे अन्दर कुछ था जो कहता था कि वे मुझे जानते थे, वे मेरे अन्दर की पीड़ा को समझते थे, वे इस बात को समझते थे कि किस तरह भाषा का मरहम लगाकर उनको शान्त किया जाए। काश मैं ग़ालिब के हाथ चूम पाता, जब जायसी सोये होते तो उनके पैरों को दबा पाता, सूरदास को अपने कंधे पर बिठाकर ले जाता, तुलसी के पैरों गिरकर आदर के कारण रो पड़ता।

लेकिन मुझे कोशिश करने दो, वैसे मेरे लिए यह मुश्किल है, लेकिन फिर भी अपने आपको स्वयं से अलगाकर तुम्हारे पास आने की एक आख़िरी कोशिश

करने दो। कुछ महीने पहले जब मैं जयदेव का 'गीत गोविन्द' पढ़ रहा था, तो मुझे वह श्लोक दिखाई दिया जो मुझे बहुत पसन्द था—

धीरसमीरे यमुनातीरे वसति वने वनमाली
गोपीपीनपयोधरमर्दितचंचलकरयुगशाली।

(यमुना का तीर, मृदु मन्द समीर। वनमाली वहीं है। गोपियों के मांसल स्तन मसलते समय उसके हाथ चंचल हो उठते हैं।)

न जाने क्यों यह बात मेरे मस्तिष्क से नहीं निकली। यह बात मेरे मस्तिष्क में चलती जा रही थी कि मुझे यह समझ में आया कि स्त्री और पुरुष का प्यार मन और मस्तिष्क के चुपचाप मिलन पर आधारित होता है। इस समय तो यह बहुत बड़ा दावा लगता है लेकिन जहाँ तक मैं तुमको जानता हूँ उसके आधार पर कह सकता हूँ कि तुमने कभी इस बात की शिकायत नहीं की कि मैंने कभी छुट्टी क्यों नहीं ली, क्योंकि मैं छुट्टियों को जमा कर एक साथ लेता और पहाड़ पर जाकर उपन्यास पूरा करता था। तुम बच्चे की अनन्त ज़रूरतों को पूरा करने में लगी रहती थी, मुझसे कभी कुछ नहीं पूछती थी। मेरी शिकायतों को सुनती थी और हमेशा कोई ऐसी बात कह देती थी जिससे मुझे राहत पहुँचे, मेरे द्वारा छोड़े गए विष को पी जाती थी, जैसे शिव ने समुद्र के मंथन से निकले विष को पी लिया था। तुम यह सब इसलिए करती ताकि मैं दिन-भर कार्यालय में काम करने के बाद इन बातों से मुक्त होकर खुले दिमाग़ से लिख सकूँ। मुझे पता है कि अगर मैं कुछ अधिक मुस्कुराया होता, बजाय कड़वाहट भरी हँसी के मैं अगर खुलकर हँसा होता, अगर मैंने छोटे बच्चे के खेल में कुछ अधिक दिलचस्पी दिखाई होती, अपने पिता की मृत्यु के बाद मैं प्यार से रोया होता, अगर मैंने तुमसे इसलिए दिलासा देने के लिए कहा होता मुझे अपने भाई की याद आ रही है, अगर मैंने दिल्ली में खिलनेवाले अमलतास के सैकड़ों पेड़ों में से किसी एक की तरफ़ इशारा किया होता, अगर मैं उन इमारतों में होनेवाली नीचता और भ्रष्टाचार को लेकर बेपरवाह रहा होता, अगर मैंने यमुना के किनारे किसी झुरमुट में अनजाने में या क्या पता जानबूझकर तुम्हारे वक्षों को छुआ होता, तो तुम सब कुछ भुलाकर मेरी बाँहों में उसी समय आ जाती, बजाय ड्राइंग रूम में बैठे रहने के जहाँ से मुझे टीवी का स्वर सुनाई देता रहता था जबकि मुझे पता होता था कि तुम केवल देख रही हो, उसके ऊपर दिखाए जा रहे कार्यक्रमों में तुम्हारी किसी तरह की रुचि नहीं है।

पिछले साल मैं सत्तर साल का हो गया विमली, और मुझे नहीं पता है कि अब जीवन कितना और शेष है, और अब तुम भी पैंसठ साल की हो चुकी हो। अब इस जीवन का जो भी थोड़ा-बहुत बचा हुआ है मैं चाहता हूँ कि वह पहले से भिन्न हो। सिर्फ़ तुमसे एक और मौक़े की माँग करते हुए मैं स्वयं को स्वार्थी महसूस

कर रहा हूँ उन बहुत से लोगों से नहीं क्योंकि अब बहुत देर हो चुकी है, मैंने इसमें बहुत देर कर दी है। केवल तुम ही क्यों इस स्वार्थी पुरुष का भार उठाओ? मेरे पास स्वार्थी होने के अलावा कोई और विकल्प नहीं रह गया है, तुमसे वादा करने के अलावा, किसी गुमराह बच्चे की तरह—स्त्रियों के सामने पुरुष हमेशा गुमराह बच्चों की तरह क्यों व्यवहार करते हैं? ऐसा क्यों कहते हैं कि यह मेरा स्वार्थ था, अब मैं और स्वार्थी नहीं होऊँगा। मैं तुमसे प्रार्थना करता हूँ विमली कि मुझे क्षमा कर दो, हालाँकि मैं क्षमा के योग्य नहीं हूँ, उसी तरह जिस तरह मैं उस प्यार के योग्य नहीं था जो तुमने इतने साल मुझे नि:स्वार्थ भाव से दिया। मुझे कुछ और नहीं कहना है, कुछ और नहीं करना है। मेरा गर्व चूर-चूर हो चुका है। मैं बस यही कर सकता हूँ कि हाथ जोड़कर तुमसे प्रार्थना करूँ कि मुझे एक बार और क्षमा कर दो।

विश्वनाथ।

उपसंहार

कोने में टहलते हुए पड़ोस के हलवाई खैरातीमल की बेसुरी आवाज़ आ रही थी। वह कोई फ़िल्मी गीत गा रहा था। कानों में उस आवाज़ के पड़ते ही रामदास तेज़ी से चलते हुए राह बदलते हुए उस गली में मुड़ा जहाँ से संगीत की आवाज़ आ रही थी।

"खैराती चाचा," उसने पुकारा, "एक पेड़ा इस मुँह को भी दान में दे दो और हज़ारों दुआएँ कमा लो।"

"कौन है?" खैरातीमल ने हैरान होते हुए अपना काम बीच में रोका और बोला, "ओह, रामदास, फिर से। मैंने अभी दुकान खोली ही है और यह मुफ़्तखोर माँगने आ गया।"

"अगर मैं खैराती से मुफ़्त में चीज़ें नहीं माँगूँगा तो फिर किससे माँगूँगा?" रामदास ने गाते हुए जवाब दिया।

"बदतमीज़ बच्चा!" खैरातीमल बड़बड़ाया, लेकिन इससे पहले कि वह उसकी पिटाई के लिए अपनी कलछी घुमाता रामदास भाग चुका था।

रामदास खैरातीमल के गाने की धुन को गुनगुनाता हुआ भाग रहा था कि तभी अचानक धातु के एक गोलाकार टुकड़े पर दोपहर के सूरज की रौशनी चमकी और उसकी आँखों से टकराई। यह एक पैसे का सिक्का है! उसने आसपास देखने के लिए नज़र दौड़ाई कि कोई उसे देख तो नहीं रहा है और फिर उस सिक्के पर कूद पड़ा। एक पैसा! वह तो अमीर हो गया! अब क्या करना चाहिए? क्या इसे घर लेकर जाना चाहिए? नहीं! माँ इस पैसे से घास ख़रीदकर गायों को खिला देगी। "कोई भी चीज़ जो तुम्हारी नहीं है उसे कभी अपने पास नहीं रखना चाहिए," वह हमेशा यह कहती है। और बाबा, अगर उन्हें पता चलेगा तो वे इसे ले लेंगे। "मैं इसे तुम्हारे लिए सुरक्षित रख दूँगा," वे ऐसा कहेंगे और उसके बाद रामदास उस पैसे को कभी नहीं देख पाएगा। उसने पैसे को अपने पैंट की जेब में रख लिया, पैसा जेब से फिसलकर नीचे गिर गया। ये पुरानी पैंट है, छोटे मालिक की, जिन्हें केशो भैया कहकर पुकारने की अनुमति उसको हासिल थी, आसपास कोई और बच्चा न होने के कारण उन्होंने उसको यह पैंट दे दी थी, जिसे वे तब पहनते थे जब वे चार साल के थे। रामदास अब पाँच वर्ष का है, लेकिन ये पैंट उसे अच्छे से आ

जाती है। उसने सिक्के को फिर से उठाया। इसे खर्च करना ही होगा।

"क्या मुझे एक पेड़ा मिल सकता है?"

खैरातीमल ने सर उठाया। "तुम फिर आ गए," उसने कहा, "मैंने तुमसे कहा है कि जब तक मैं बोहनी नहीं कर लेता तब तक मुफ़्त में कुछ नहीं मिलेगा।"

रामदास ने सिक्का दिखाया और खैरातीमल की तरफ़ मुस्कुराकर देखने लगा।

"तुमने इसे चुराया है, है न?" खैरातीमल ने नर्म आवाज़ में कहा। इस लड़के की मुस्कान से हमेशा उसका दिल पिघल जाता था।

"मुझे मिला है, खैराती चाचा" बच्चे ने फुसफुसाकर कहा। फिर अचानक चिन्तित होते हुए बोला, "आपका तो नहीं है न?"

"अब यह मेरा है," खैरातीमल ने लड़के के हाथ से सिक्के को छीनते हुए कहा। उसने अपने बैठने की जगह के पास ही रखी हुई छोटी मूर्ति के पैरों पर उस सिक्के को छुआते हुए उसके नीचे पड़े अपने गल्ले में रख लिया। उसने एक पेड़ा निकाला और रामदास को दे दिया। "जाओ" उसने कहा, "मज़े करो।"

रामदास ने मुँह खोला और पेड़े को अन्दर डालकर अपने रास्ते चल दिया। उसे खैराती चाचा के पेड़े से प्यार है। वह जब भी यह बात अपनी माँ से कहता, वह कहती है, "एक नौकर का बेटा होकर इसके स्वाद को देखो!"

पेड़े को खाए कुछ ही मिनट हुए थे कि अचानक उसके पेट में गुड़गुड़ाहट होने लगी। अरे, नहीं! अब क्या? सड़क बहुत चौड़ी है। अगर वह यहाँ बैठेगा तो कोई उसे देख लेगा और डाँटने लगेगा। वह एक गली में गया और दीवार की तरफ़ अपनी पीठ करके अपनी पैंट सरकाकर किनारे बहनेवाली नाली के ऊपर निशाना लगाकर बैठ गया। आ, अब अच्छा महसूस हो रहा है! वह उठने ही वाला था कि उसके पेट में फिर से कुछ महसूस हुआ और वह फिर वहीं नीचे बैठ गया।

"हरामी कहीं के! तू यहाँ क्या कर रहा है?"

यह माधो चाचा थे। रामदास ने इस बात पर ध्यान नहीं दिया था कि वह हवेली में नौकरों के घुसनेवाले गेट के आसपास भटक रहा था।

"राम राम चाचा," रामदास ने कहा और धीरे-से ऊपर उठते हुए उसने अपनी पैंट को ऊपर कर लिया।

"बदमाश कहीं का," माधो अपनी बाँहें ऊपर उठाकर चिल्लाते हुए बोला, "कम से कम धो तो ले।"

रामदास मुस्कुराया और अपनी हथेली को लहराते हुए बोला, "मेरे पास पानी नहीं है," लेकिन उसकी मुस्कुराहट का माधो पर वैसा असर नहीं होता था जैसा दूसरे लोगों पर।

"यहीं रुक," माधो ने कहा, वह अभी भी नाराज़ लग रहा था। "मैं तेरे लिए पानी भिजवाता हूँ।"

कुछ देर बाद भोले एक छोटे से बर्तन में पानी लेकर बाहर आया।

"यहीं पर," भोले ने मुस्कुराते हुए कहा, "हवेली के बग़ल में ही! माधो भैया के सामने ही!"

भोले बहुत मज़बूत क़द-काठी का था और वह कभी-कभी रामदास को अपने कंधों पर बिठाकर गलियारों में घुमाता था और 'टकबक टकबक टकबक' की आवाज़ निकालता था मानो रामदास राणा प्रताप हो और वह उसका बहादुर घोड़ा चेतक जिसने अपने मालिक को आक्रमणकारी दुश्मनों से बचाने के लिए नदी पार की थी।

"अन्दर आना चाहता है?" भोले ने षड्यंत्रकारी आवाज़ में फुसफुसाकर कहा।

रामदास की आँखें चौड़ी हो गईं। वह अपने पिता के बिना कभी भी उस हवेली के अन्दर नहीं गया था। क्या उसको जाने की अनुमति मिलेगी? उसके पिता ने कभी भी स्पष्ट रूप से यह नहीं कहा था कि वह उनके बिना हवेली के भीतर नहीं जा सकता है, कहा था क्या? उसने धीरे से सिर हिलाया। भोले ने उसका हाथ छोड़ दिया। रामदास ने उसे पकड़ लिया।

भोले ने उसे एक सँकरे गलियारे की तरफ़ से लेकर—जिसमें दोनों तरफ़ दरवाज़ा था—ये सामान रखने के लिए बनाए गए कमरे हैं, जहाँ बहुत अधिक मात्रा में दाल और अनाज रखे गए हैं, रामदास के पिता ने उसे बताया था—रसोईघर में ले गया। यह एक विशालकाय और गुफानुमा कमरा है, इसकी दीवारों और छतों का रंग लकड़ी के धुएँ से काला पड़ गया था।

उसकी एक तरफ़ एक बड़ा सा मिट्टी का चूल्हा है, जिसके ऊपर कुछ उबल रहा है और उससे बादल की तरह ढेर सारी भाप निकल रही है। कमरे की दूसरी तरफ़ ज़मीन पर सब्ज़ियों का ढेर लगा हुआ है; बिना दाँत वाले छेदी काका अपनी दोनों टाँगों के बीच हँसुआ फँसाकर उन सब्ज़ियों को काट रहे हैं। "कौन? रामदास? कैसे हो बच्चे?" उन्होंने कहा, "क्या तुम्हें गाज़र चाहिए?"

रामदास ने गाजर ले ली और बूढ़े छेदी ने उस छोटे बच्चे के सिर पर अपना हाथ फेरा। "तुम्हारे दादा बहुत अच्छे इनसान थे," रामदास से हमेशा की तरह उसने कहा, "जब वे लालाजी के पीछे अपनी कड़ी मूँछों को चमकाकर फ़िटन पर चलते थे, तब सभी लोग उन्हें मुड़-मुड़ कर देखा करते थे।"

रामदास ने सिर हिलाया। उसे समझ में नहीं आ रहा था कि वह बूढ़ा आदमी क्या कह रहा है, या फिर वह उसे इतना प्यार क्यों कर रहे थे, लेकिन वह यह जानता था कि छेदी काका का इरादा अच्छा है।

"देखो कौन आया है," पीछे से एक आवाज़ आई। सुन्दरी चाची थी, लड़की की आया। "हमेशा बड़े घरों में घूमना चाहता है। बिलकुल अपने बाप की तरह," रामदास घबड़ाया। लेकिन भोले उसके बचाव में आ गया। "रहने दो चाची। मैंने इसे बाहर देखा इसलिए अन्दर लेकर आ गया। मैंने सोचा आज महाराज के बनाए दही भल्ले का स्वाद ले ले।"

"वह बाद में भी चख सकता है," सुन्दरी चाची ने कहा, "जब इसका बाप उनमें से कुछ चुराकर घर लेकर जाएगा।"

रामदास मुस्कुराया। सुन्दरी चाची सही कह रही हैं। उसके पिता अक्सर हवेली से कुछ खाना लेकर घर आते थे। उसकी माँ हमेशा नाराज़ हो जाती और उन्हें डाँटती, इसलिए कभी-कभी जब उसके पिता कुछ लेकर आता, तो रामदास को इशारे से बाहर बुला लेता और घर से बाहर ले जाकर अपनी गोद में बिठाकर उसके साथ अपने साथ लाया समोसा या कचौड़ी या पूड़ी-आलू या चिल्ला या बेड़मी या पराँठा बाँटकर खा लेता था।

भोले ने सुन्दरी चाची को नज़रअन्दाज़ कर दिया और सुन्दरी चाची भी व्यस्त थी। वह जो लेने आई थी लेकर बाहर चली गई। भोले एक दोने में दही-भल्ला लेकर आया और रामदास को थमा दिया।

"भोले, ओ भोले!" घर के भीतर से आवाज़ आई, "तू मर गया या कहीं चला गया?"

"जल्दी खा और जा!" भोले ने फुसफुसाते हुए कहा और जवाब देने के लिए भागा।

दही को बर्फ़ से ठंडा किया गया था और इसमें डूबा हुआ भल्ला बहुत ही मुलायम और स्वादिष्ट था। उसने जैसे ही इन्हें अपने मुँह में रखा वह घुल गया। खट्टी-मीठी चटनी। उसने चटखारे लेकर खाया। कितना मज़ेदार है!

दही भल्ला बहुत जल्दी ख़त्म हो गया, लेकिन कुछ नहीं किया जा सकता था। छेदी काका बीड़ी पीने बाहर चले गए थे, इसलिए वह रसोईघर में अकेला था। उसे जाना चाहिए, जैसा कि भोले ने उससे कहा था, लेकिन उसे घर की दूसरी तरफ़ जाने का लालच हो रहा था। उसने पीछे मुड़कर देखा कि कहीं छेदी काका वापस तो नहीं आ रहे। अभी नहीं। वह दरवाज़े में से सरकता हुआ बड़े घर के आँगन में पहुँच गया।

गलियारे से सटे उसने एक ढका हुआ बरामदा देखा जहाँ लाला मोतीचन्द बैठते हैं। लालाजी वहाँ हैं, किसी से बात कर रहे हैं, मुंशीजी के साथ, जो अपनी निश्चित जगह पर बैठे हुए हैं। उसे डर लगा कि वे उसे पकड़ लेंगे, वह तुरन्त पीछे हट जाता है, और पहली मंज़िल पर जानेवाली सीढ़ियों के नीचे छुप जाता है। क्यों न ऊपर जाया जाए? दबे पाँव चढ़ते हुए वह पहली मंज़िल पर पहुँच

गया। यहाँ क्या हो सकता है? पता करना पड़ेगा। अगर किसी ने उसको नीचे से देख लिया तो? वह अपने हाथों और घुटनों पर झुक गया और चारदीवारी से सटकर चलने लगा।

"कौन है वहाँ? रामकली?" किसी अधखुले दरवाज़े के पीछे से एक मधुर आवाज़ सुनाई पड़ी। रामदास स्तब्ध रह गया।

"तुम कहाँ थी रामकली?" आवाज़ ने फिर से पूछा और इस बार दरवाज़ा पूरी तरह खुल गया। यह बड़ी बहू थी।

रामदास ने बड़ी बहू को पहले भी कई बार देखा था। वह दुनिया की सबसे ख़ूबसूरत औरत है। वह लम्बी है, गोरी है और उनके बाल काले और घने हैं। उसके बाल दाहिने तरफ़ से उसके चेहरे पर ऐसे गिरते हैं जैसे स्वर्ग से गंगा निकलती है। वह बालों को कंघी कर रही है। उसके होंठ उभरे हुए और लाल हैं। उसकी गीली लाली ताज़ा है जो पान चबाने के कारण है। उसकी आँखें बड़ी और गोल हैं, बड़ी बहू की आँखें चमकीली हैं, लेकिन वैसी नहीं जैसी उनके पिता की ख़ुश होने पर चमकती हैं। जब वह अपने बचपन और अपने घर के बारे में बातें करती हैं तो उनकी आँखें उसकी माँ जैसी चमकती हैं।

"कौन हो तुम?" बड़ी बहू ने बिना कठोर हुए पूछा, "रामकली कहाँ है?"

"मेरा नाम रामदास है," रामदास ने कहा। वह नहीं जानता है कि रामकली चाची कहाँ हैं?

"यह तुम्हारा नाम है?" उन्होंने अपने हाथों को घुटनों पर टिकाते हुए रामदास के चेहरे की तरफ़ झुककर कहा, "लेकिन तुम हो कौन?"

"मेरे पिता का नाम परसादी है, माँगेराम का बेटा," रामदास ने कहा। बड़ी बहू हँसने लगी, एक खुली और ज़ोरदार हँसी जिसने रामदास के दिल की धड़कनों को थोड़ा तेज़ कर दिया, और जिसकी वजह से वह उनके प्यार में थोड़ा और ज़्यादा डूब गया।

"अपना पूरा इतिहास बताने की कोई ज़रूरत नहीं है," उन्होंने खड़े होकर और अपने हाथों को कमर पर रखते हुए कहा। रामदास ने हिचकिचाते हुए अपना हाथ उनके हाथों के ऊपर रखा। कितना गोरा और मुलायम हाथ है! भोले के रूखे और कड़े हाथों से बहुत ज़्यादा अलग।

बड़ी बहू का कमरा बहुत ही आलीशान और आरामदायक है जिसके बीचोबीच एक बहुत ही बड़ा पलंग था, जिसके चारों तरफ़ पर्दे लगे हैं। एक तरफ़ बहुत बड़ा सा मढ़ा हुआ आईना लगा है, जिससे सटी हुई एक छोटी मेज़ का सेट है जिसके ऊपर छोटी-छोटी अनगिनत शीशियाँ और एक चाँदी का बक्सा रखा हुआ है।

"आ जाओ, मैं तुम्हारे लिए पान बनाती हूँ," वह कहती हैं। रामदास सर हिला देता है। उसके पिता का कहना है कि बच्चों को पान खाना मना है।

"डरो मत," उन्होंने मुस्कुराते हुए कहा, "मैं तुम्हारे लिए मीठा पान बनाऊँगी।"

वह अपना बक्सा खोलती हैं। रामदास बक्से के भीतर झाँकने के लिए अपने पंजे पर खड़ा हो जाता है—सात या आठ छोटे-छोटे खाने बने थे और प्रत्येक में कुछ न कुछ रखा था—एक रंग-बिरंगा, एक में तरल, एक सफ़ेद पेस्टनुमा कुछ—बहुत सारी चीज़ें। उन्होंने एक पत्ता उठाया और चतुराई से एक के बाद दूसरी चीज़ उस पर लगाई और उस पत्ते को तिकोने आकार में मोड़कर उसे पकड़ा दिया।

रामदास अपना हाथ आगे बढ़ाता है। वो अपना सर हिलाकर मुँह खोलती है। रामदास एक क़दम आगे बढ़ते हुए अपना मुँह खोल लेता है। वे पान उसके मुँह में ठूँस देती हैं। वो उसे चबाना शुरू करता है और स्वाद का सतरंगा इंद्रधनुष उसके जीभ पर फूट पड़ता है।

"अब जाओ," उन्होंने उसके बाल सहलाते हुए कहा, "तुम्हें यहाँ नहीं होना चाहिए।"

रामदास अपने मुँह में पान के स्वाद को चबाता हुआ कमरे से बाहर निकला। निचले तल पर पहुँचकर वह जैसे ही रसोईघर की तरफ़ जाने के लिए मुड़ा कि तभी माधो वहाँ से बाहर आया।

"बदमाश कहीं का," माधो चिल्लाया, "तुम यहाँ क्या कर रहे हो?"

"वहाँ क्या चल रहा है?" गलियारे से एक आवाज़ आई।

माधो ने उसके कान पकड़कर उसे खींचना शुरू कर दिया। उसने लड़के को गलियारे में खींचा। "यह परसादी का बेटा है, मालिक," उसने कहा "यह घर में घुस आया है। मुझे विश्वास है इसने ज़रूर कुछ न कुछ चुराया होगा।"

लाला मोतीचन्द ने इशारा किया—यहाँ आओ-और रामदास का दिल धड़कने लगा। चारों तरफ़ से ढके उस बरामदे में घुस आया। माधो ने लड़के का कान छोड़ते हुए उसे आगे की तरफ़ धक्का दिया। लाला मोतीचन्द लेटे हुए थे और मसनद पर आराम कर रहे थे। उनके गोल चेहरे पर उनके चमकदार बाल क़रीने से कंघी किए हुए थे। उनके बालों की लटें उनके दोनों कानों की तरफ़ लटकी हुई थीं जैसे कि उनके सिर के दोनों तरफ़ दो छोटे-छोटे सींग उग आए हों। लेकिन रामदास उनके बड़े और चिपटे नाक से प्रभावित था जिससे उनका आधा चेहरा ढका हुआ था।

"लड़के, तुम्हारा नाम क्या है?" लाला मोतीचन्द ने पूछा। मुंशीजी ने अपने चेहरे को उठाकर ऊपर की तरफ़ देखा ताकि वे अपने चश्मे के फ्रेम के ऊपर से साफ़-साफ़ देख सकें।

"रामदास, परसादी का बेटा, माँगेराम का पोता," रामदास बड़बड़ाया।

लाला मोतीचन्द ठहाके लगाकर हँसने लगे। "बहुत अच्छा," उन्होंने कहा, "बहुत अच्छा।"

"मैंने कुछ नहीं चुराया है मालिक," रामदास ने लालाजी की ख़ुशमिज़ाजी से प्रभावित होते हुए कहा।

"अगर तुमने कुछ चुराया भी होता," लालाजी ने कहा, "तुम्हारे दादा और पिता ने इस घर के लिए इतना कुछ किया है कि यह उनकी कमाई होती।"

"क्या मैं जा सकता हूँ, मालिक?" रामदास ने पूछा।

"रुको," लाला मोतीचन्द ने कहा। अपने सामने रखे कटोरे में से उन्होंने एक पैसे का एक सिक्का उठाया और रामदास को दे दिया। "यह लो।"

रामदास को अपने भाग्य पर भरोसा नहीं हो रहा था। एक दिन में दो बार एक-एक पैसा!

"जब तुम छोटे थे, तब मैंने तुम्हें इस गलियारे में पेशाब करते देखकर उलटा लटका दिया था," लाला मोतीचन्द ने कहा, "अब तुम बड़े हो गए हो। तुम इतने बड़े हो गए हो कि यह बूढ़ा अब तुम्हें अपने पैरों से पकड़ने की कोशिश भी नहीं कर सकता है।"

"मुझे माफ़ कर दीजिए, मालिक," रामदास ने कहा।

"किसलिए?" मोतीचन्द ने पूछा, "आज घर में छुप कर घुसने के लिए या उस दिन यहाँ पेशाब करने के लिए?" वे फिर से ठहाके मार कर हँसने लगे। इस बार मुंशीजी भी हँस पड़े।

रामदास ने सिक्के को अपनी जेब में रखा और धीरे-धीरे पीछे की तरफ़ खिसकने लगा। सिक्का फिसलकर फ़र्श पर गिर गया।

"तुम्हें अपने पैसे को लेकर सावधान होना पड़ेगा, रामदास, परसादी के बेटे, माँगेराम के पोते," लाला मोतीचन्द ने कहा, "तुम्हारी जेब में एक छेद है।"

रामदास ने सिक्का उठाया और पीछे की तरफ़ चलता रहा।

"मुंशीजी," लाला मोतीचन्द ने कहा, "इस लड़के की माप के दो जोड़े पैंट और दो क़मीज़ें लीजिए और परसादी के घर भिजवा दीजिए।"

"बहुत अच्छा, हुज़ूर," मुंशीजी ने कहा।

"अब जाओ," लाला मोतीचन्द ने कहा, "और याद रखना, इस घर में बिना इजाज़त के घुसने की आज्ञा नहीं है।"

"जी मालिक," रामदास ने कहा और वह अब भी पीछे की तरफ़ चल रहा था। जब वह खुले आँगन में पहुँचा, वह मुड़ा और रसोईघर की तरफ़ भागते हुए उसने छेदी काका की "अरे, यहाँ वापस आ जाओ" की आवाज़ को भी अनसुना करते हुए—भंडार घर को पार करते हुए दरवाज़े से बाहर भाग गया। वह तब तक भागता रहा जब तक हवेली से सटे चौड़े मुहाने पर नहीं पहुँच गया। वह रुका और नीचे अपने पंजों पर झुक गया, वह हाँफ रहा था, और धीरे-धीरे उसकी साँस वापस आई।

एक दिन में दो एक पैसा! गली में बहुत हल्की हवा बह रही थी और रामदास ने दाहिने हाथ की मुट्ठी में अब भी एक पैसे के सिक्के को कसकर पकड़े गली से बाहर निकलना शुरू कर दिया, वापस उसी रास्ते पर जहाँ से आया था, खैरातीमल की दुकान, जहाँ उस दिन का दूसरा पेड़ा उसका इन्तज़ार कर रहा था।

आभार

लेखक कृतज्ञ है—आलोक राय, अनीस सिद्दीकी, हरतोष सिंह बल, हिम्मत आनन्द, कृष्णा सोबती, मिलिन्द वाकणकर, मुकुल केशवन, प्रत्युष चन्द्रा, आर.वी. स्मिथ, जगरनॉट टीम और हमेशा की मानिन्द, रतिका कपूर का।

चुस्त, अदम्य महत्त्वाकांक्षी तथा भाषा प्रयोग के मामले में नवोन्मेषी।

—द हिंदू

इस उपन्यास की एक उपलब्धि यह है कि यह बिना अधिक प्रयास के उस सांस्कृतिक और भाषायी जमीन को उभार पाने में सफल रहा है जिसमें इसकी जड़ें हैं।

—इंडियन एक्सप्रेस

एक दिलचस्प किताब...इसका परिदृश्य इतना स्पष्ट है कि शब्दों को पढ़ते हुए आप मन ही मन हर दृश्य का चित्र बना सकते हैं।

—एशियन एज

इस उप-महाद्वीप में ऐसे उपन्यास ज़्यादा नहीं हैं जिनकी आधारभूमि इस उपन्यास के समान जटिल, अंतरंग हो और जिनमें इतनी संवेदना और निपुणता हो।

—मिंट

एक अचूक और असाधारण उपन्यास।

—स्क्रॉल

एक विलक्षण साहित्यिक उपन्यास जिसमें हरेक पाठक को प्रभावित करने की क्षमता है।

—हिंदू बिज़नेस लाइन